UMA
Vida
PARA
Anne

GABRIELA MAYA

Copyright© Gabriela Maya, 2021

Esta é uma obra de ficção, qualquer semelhança com nomes, pessoas, fatos ou situações da vida real terá sido mera coincidência.

Todos os direitos reservados. Nenhuma parte deste livro pode ser utilizada ou reproduzida sob quaisquer meios existentes - tangíveis ou intangíveis - sem autorização da autora. A violação dos direitos autorais é crime estabelecido na lei nº 9.610/98, punido pelo artigo 184 do Código Penal.

CAPA E DIAGRAMAÇÃO
Sara Vertuan

REVISÃO
Giullia Dozzo

PREPARAÇÃO
Gabriela Maya

Texto revisado segundo o Acordo Ortográfico da Língua Portuguesa.

Dados Internacionais de Catalogação na Publicação (CIP)
(Câmara Brasileira do Livro, SP, Brasil)

Maya, Gabriela
   Uma vida para Anne / Gabriela Maya. -- 1. ed. --
São Paulo : Sarvier Editora, 2021.

   ISBN 978-65-5686-020-6

   I. Ficção brasileira I. Título.

21-68092   CDD-B869.3

Índices para catálogo sistemático:

1. Ficção : Literatura brasileira B869.3

Aline Graziele Benitez - Bibliotecária - CRB-1/3129

Uma Vida para Anne

Gabriela Maya
2021

Para Annie, minha querida mãe, que sempre me falou
sobre Anne Frank.
E para Otto Frank, um homem admirável.

PRÓLOGO
12 de junho de 2019

Noventa anos!

Estou completando noventa anos, Kitty. Em retrospecto, admito que após o dia 15 de abril de 1945, o intervalo entre a vida e a morte sempre me pareceu como cartazes de filmes pregados nos cinemas: mudando a cada semana, exibindo nas salas de nossa mente diferentes hipóteses. Isso se deveu ao tempo tenebroso em que o mesmo filme foi exibido na Europa por seis longos anos, e não apenas foi exibido na sala da minha consciência como na de milhares de pessoas.

Kitty, querida, estive tanto tempo afastada de você... Culpei-a pelo desfecho da nossa relação como se a ti coubesse a escolha de manter nossos segredos invioláveis. Se tudo tivesse ficado guardado, esquecido, naquele sótão de vivências dolorosas e belas, eu poderia ter voltado a ser apenas uma sobrevivente e não uma indigente, como me impingi por muito tempo. Fomos todas vítimas, eu, você, Pim, Eva, e outros milhares. Vítimas sobreviventes. Porém, quando finalmente recordei meu nome e minha história, já era tarde. Papai já havia revelado todos os nossos segredos para os estranhos, os estranhos do mundo inteiro. E como eu fiquei? Embaraçada, a princípio. Principalmente quando recordei as coisas escritas sobre mamãe. Embora quando as escrevi fosse a pura verdade de meus sentimentos, após todo o pesadelo, percebi com imensa dor o quanto fui injusta. Ela era apenas uma mulher temendo o futuro de sua família e de sua nação. Hoje, aos noventa anos, vejo mamãe como uma moça bem parecida com minha vizinha que tem três filhos adolescentes. Sempre que nos encontramos ela está com aquele olhar apressado das jovens mães, entretida nas tarefas do lar, dos filhos e de seu trabalho como professora primária. Muito preocupada com o Brext, que é o assunto recorrente dos nossos jornais.

Por isso, quando Malik me enviou sua última mensagem pedindo para que o ajudasse a escrever uma matéria para o The Guardian, comuniquei-o de que esta seria minha última contribuição. Primeiro, porque é triste admitir que a saúde de meus olhos não se ajustou à sagacidade de minha mente, e esta luminosidade dos aparelhos modernos causa-me uma insuportável ardência ocular. Depois, porque os assuntos econômicos do mundo são para mim como as baratas, sobreviverão a nós. Além disso, quero gastar meus últimos créditos com textos emocionais, o tecnicismo está definitivamente banido de mim. Por isso não escrevo mais biografias pois, por mais poéticas que pareçam — como a de Gaskell sobre a vida de Charlotte Brontë – prescindem de certa técnica a qual não mais me submeto.

Quero dizer ao meu leitor somente as coisas do meu coração, o que faz deste livro uma autobiografia para a qual não haverá a menor regra.

Venho a público dizer a você Kitty, que me inspirou por longos e dolorosos anos, que está tudo bem entre nós. Você foi minha musa e como musa fez o papel não só de me inspirar, mas suportar meus nervos, alicerçar minha fé na vida. Esse nosso relacionamento, rompido a partir do dia 4 de agosto de 1944, em verdade, norteou-me por uma vida. Foi para você que escrevi linhas e mais linhas nos cadernos de minha combalida consciência, nos barracões de Bergen-Belsen. Tenho a nítida certeza de que tais linhas, nascidas no mais sombrio berço de meus pensamentos, continham uma beleza com a qual, após todos esses anos, não posso contar. Pois, do conforto de minha poltrona, enquanto olho para as calçadas de minha rua pelo vidro da janela, recordo-me daquele terrível período como se fosse um filme. Equidistante. Sinto-me feliz por isso e triste por não reproduzir as tais linhas que escrevi mentalmente para você, há quase setenta e cinco anos.

Decidi que este último recado, Kitty, além de uma despedida teria de ser um esclarecimento. Afinal, nessas minhas recordações seu lugar será ocupado pelos leitores do mundo.

Dirijo-me a eles, a partir de agora.

Com amor,

Sua Anne.

P.S: Este prólogo escrevi há um ano. Antes de finalizar minhas memórias.

"Você foi encontrada por soldados britânicos no dia 15 de abril de 1945, na
pilha dos mortos... Em Belsen."

Assim me disseram quando tornei a me comunicar com
os médicos do Hospital-Mansão, em Celle.

Por incrível que pareça, essas frases eu jamais esqueci. Talvez porque tenham sido o ponto de partida para minha nova vida... Ou, porque ressoam com a voz de Lewis, uma voz querida e gentil que me acompanharia por mais de cinquenta anos. Quem de nós pode prever a longevidade de uma amizade? Quem de nós duvidaria de que amigos são os anjos que encontrámos neste planeta constantemente esfacelado?

Penso que vozes são como músicas; nós podemos amá-las ou detestá-las assim que as ouvimos. Algumas delas nos são muito caras. A voz de Lewis me conduziu para a vida que consegui construir apesar de minha amnésia.

CAPÍTULO 1

Salvamento

Cheguei a Londres em agosto de 1945, aos 16 anos de idade (embora este detalhe me fosse desconhecido). Tive a sorte de ser selecionada pelas equipes da Cruz Vermelha, em Bergen-Belsen. Ah! Como me dói escrever ou falar este nome... Ainda hoje, 75 anos depois, aquele tempo me parece resistente demais.

O que aconteceu ao libertarem as dezenas de campos nazistas, tanto os de trabalhos forçados como os de extermínio, foi que as Forças Aliadas, no fim das contas, não faziam a menor ideia do que encontrariam por lá. Não faziam ideia de que a degradação humana pode alcançar graus incalculáveis. Imaginem vocês, que havia lugares na própria Alemanha onde os moradores sequer conheciam a nossa realidade imposta pelos nazistas. Era um tempo em que a mentira e o mal contavam com a escassez de informações, e eu lhes garanto: a informação é o primeiro caminho para a igualdade. Além do que acontecia conosco; os judeus e os ciganos, homossexuais, e testemunhas de Jeová, havia consequências para os que tentavam nos esconder, nos alimentar ou nos ajudar a sobreviver. Esses eram chamados de traidores, e nos faziam companhia como prisioneiros políticos. A verdade é que na hora da chamada para "o banho" eles eram poupados, se tivessem como trabalhar e não contraíssem doenças. Eles tinham algo que nós não tínhamos; podiam ser usados como moeda de troca.

Nós, os sobreviventes, não possuíamos nada quando fomos encontrados pelas tropas britânicas. As únicas coisas abundantes eram as doenças e a subnutrição. Centenas contraíram tifo, tuberculose, pneumonia, sarna, disenteria. No entanto, todos, sem exceção, estavam doentes dos nervos. Alguns menos do que os outros, porque os espíritos de cada um de nós têm densidades extremamente diversas. O meu tinha sido um espírito leve e gentil, otimista e amável, mas ficara aturdido em lugares escuros de meu subconsciente. Ele voltou para mim, muitos anos depois.

Alguns esclarecimentos:

Esqueça os filmes de Hollywood; A vida é bela, O resgate do soldado Ryan e até A lista de Schindler. A L I B E R T A Ç Ã O, realmente, ocorreu muito tempo depois de os soldados soviéticos, britânicos, americanos e canadenses abrirem os portões dos campos de extermínio. No caso de Belsen, o exército britânico encontrou 60.000 sobreviventes, entre eles; eu. Mais 13.000 cadáveres estavam espalhados, a céu aberto. Isso foi apenas uma data: 15 de abril de 1945, algo que se marca com um x no calendário da História. Serve para os militares e historiadores, mas não para os sobreviventes.

L I B E R T A Ç Ã O é uma palavra exigente.

Dois meses depois, fui uma das escolhidas para partir nos caminhões da Cruz Vermelha inglesa. E ali começou a minha *via crucis* por sanatórios. Além de minha total subnutrição e um estado emocional deplorável, eu não sabia quem eu era. Fui diagnosticada com amnésia. Nas palavras do primeiro médico que me tratou em Bergen-Belsen, aparentemente eu só me lembrava dos fatos posteriores ao meu salvamento, o que mais tarde ficou conhecido por Amnésia Retrógrada. Um psiquiatra judeu, vivendo entre nós, fez vários testes comigo e chegou à conclusão de que eu nem mesmo sabia onde estava. Mas um golpe de sorte me livrava de um destino incerto: A Cruz Vermelha tinha um programa para os doentes de guerra que eram milhares, então o médico e o general encarregado do "nosso campo", concluiram que, no caos em que se instalou ao nosso redor, não havia a menor chance de eu ser tratada na Alemanha. Então, a Inglaterra pareceu uma possibilidade para o tratamento de pessoas como eu que, por força do trauma e da subnutrição, haviam perdido completamente a noção de quem eram.

Bergen-Belsen, esvaziava à medida que os prisioneiros, como fomos chamados pelos nazistas, obtinham forças para caminhar por semanas até suas casas. A princípio, ao tomarem ciência de que os britânicos realmente haviam escancarado os portões para quem quisesse partir, a euforia tomou todos por uma sensação de imensa felicidade e apenas a celebração da sobrevivência foi sentida de forma unânime. Depois, quando todos tomaram noção de que aquela libertação nos jogaria a uma vida sem eira nem beira – sem nossas famílias, sem nossas casas ou amigos queridos -, os sobreviventes foram se arranjando com as hipóteses que tinham. Por termos sido aprisionados brutalmente pelo regime nazista durante anos, não fazíamos ideia de como o nosso continente havia sido devastado. E então eu lhes digo que a sorte existe. Infelizmente, nem sempre para todos.

Hoje, converso com inúmeros sobreviventes e ouço suas histórias para engrossar as páginas de livros que ajudei a escrever, revisar ou traduzir. Alguns estiveram comigo nos três lugares por onde passei com minha família, simultânea ou anteriormente (Westerbok, Auschwitz – Birkenau e Bergen-Belsen), é claro que não sabem com quem falam. Mencionam o nome de Anne Frank estando diante dela e, obviamente, usam o tom solene dos mortos. Tento me lembrar deles. Mas, na maior parte das vezes, isso não acontece. Existem muitos momentos que jamais voltaram para o meu hipocampo (desculpe, eventualmente você terá de me ouvir falar em termos científicos, isso se tornou uma psicose para mim). Ainda hoje, após todos esses anos, há detalhes monstruosos dos quais não tive conhecimento até bem pouco tempo.

Cada um de nós enfrentou seus próprios problemas com a força de Deus, a coragem que lhe restava e uma boa dose de sorte.

Sentada em minha poltrona preferida de veludo vermelho em captone, olho pela janela e vejo a rua de meu bucólico bairro em Londres. Foi aqui que decidi viver meus últimos anos. Observo pessoas de todas as idades, biótipos, raças. Isso me alegra. É um sinal de que resistimos. Algumas me parecem mais simpáticas do que outras, embora eu deseje a todas elas a mesma coisa: que jamais percam a memória.

Quer saber... Até hoje tenho medo de levar um tombo e bater com a cabeça, ficar inconsciente, sofrer de Alzheimer. Sinceramente, este é o meu maior medo. Não quero mais esquecer quem eu sou, e o que vivi. Mesmo que muitas lembranças me doam visceralmente, elas fazem parte de quem eu sou e do que me tornei, e isso é imprescindível para termos discernimento. Além disso, pelo que ouço e pelo que descobri não só nos relatos de Pim e Miep, mas também por tantos outros que li ao longo dos anos, não sou muito diferente daquela Anne, não mesmo.

Eu não quero esquecer mais nada.

Uma pequena nota de esclarecimento: Esta é a única vez que escreverei o nome de Adolf Hitler. Apenas para informá-los que a partir de agora você encontrará a abreviação A.H (quando necessário) e não o nome inteiro.

Acredito no poder das palavras, tanto as boas quanto as más. E por isso mesmo não irei fortalecê-lo, ainda que *post-mortem*.

Usei esta regra por toda a vida.

CAPÍTULO 2

Um origami de mim mesma.

O Hospital Geral de Londres era composto por três amplas alas. A primeira, praticamente uma enfermaria, onde ocorria a triagem dos pacientes que lá chegavam. Muitos não possuíam uma ficha confiável sob o ponto de vista da psiquiatria; ou desconheciam absolutamente suas perturbações como patológicas, ou as conheciam e as negavam, e havia ainda aqueles que, como eu, acreditavam estar ali simplesmente por não terem para aonde ir – o que, em parte, não deixava de ser verdade. Por meio de uma anamnese que poderia levar duas ou mais semanas de observação, a junta médica e seus residentes, sob a supervisão do diretor, distribuía os pacientes entre duas categorias: graves e não graves, o que hoje me parece algo como perigosos e não perigosos. Cidadãos britânicos não eram a maioria ali. Até 1940, quando a Inglaterra ainda mantinha uma indigesta distância do Eixo, o sanatório se reservava a receber, no máximo, pacientes exportados de Gales. Porém, a partir do primeiro bombardeio em Londres, empregado pela força aérea alemã — a Luftwaffe, pessoas com alguma alteração psicológica (ainda que um trauma administrado por medicação), eram levadas para lá aos borbotões. Os alemães chamaram esta operação contra a Grã-Bretanha de Blitz, e ela durou 57 dias! Já imaginaram isso? 57 dias de bombardeio sobre suas cabeças?

Reconheço que uma das grandes vantagens do agora é a facilidade com que os profissionais da saúde mental têm para diagnosticar síndromes, transtornos, psicoses, neuroses ou simplesmente o medo de enfrentar a vida, usando das teses e experimentos acumulados pela ciência ao longo de décadas. A quantidade de palestras, programas de tv, entrevistas, artigos em revistas e grupos de apoio para pessoas que passam por circunstâncias de aflição mental, é tão vasta que permite – muitas vezes –, o diagnóstico precoce de doenças com aparência sutil, no entanto, extremamente danosas à mente humana.

Infelizmente, a maioria de nós sequer imaginava o dia ou o mês em que estava. Eu mesma, por mais que tente, não consigo me lembrar dos detalhes de minha viagem a Londres, só me lembro de flashes recortados entre um caminhão da Cruz Vermelha que sacolejava de tal forma que me fazia preferir perder os sentidos a manter-me desperta. As estradas da Europa estavam esburacadas, ou pelos bombardeios ou pelos tiros de canhões disparados pelos tanques de guerra. Antes de ir para o Hospital de Londres, através de um navio da Marinha britânica, estive em outro hospital improvisado pelas equipes da Cruz Vermelha, ficava no distrito de Celle próximo a Belsen, em uma mansão do século XVII. Fiquei lá até meados de julho. Com o fim da guerra oficialmente declarado no dia oito de maio de 1945, logo após ocorreu a desmobilização do exército britânico e uma grande parte das tropas voltou para casa. A palavra DESMOBILIZAÇÃO também nos assustou, alguns de nós não acreditavam que a Guerra tinha acabado por completo. Embora não mais ouvíssemos tiros de canhões e de metralhadoras, ainda temíamos a fúria sanguessedenta dos nazistas. Até que ponto eles haviam sido derrotados? Quantos deles estavam à solta pelo mundo? Se A.H havia se matado, onde estava seu corpo? Houve quem jurasse que ele fugira com alguns oficiais para a América Latina. Essa versão martelou em nós por muito tempo. Não na minha cabeça, que continuava confusa e improdutiva, mas nas de centenas de judeus e prisioneiros de diferentes campos nazistas. Com a desmobilização a Cruz Vermelha ampliou os serviços de assistência social para homens e mulheres com deficiência. A minha deficiência, por exemplo, era mental. Então a equipe de médicos e enfermeiras pensou: Como e onde poderemos liberar esta paciente que sequer recorda do próprio nome? Na mansão-hospital, onde a maioria advinha de Bergen-Belsen, ninguém disse se lembrar de mim. Eu mesma não reconhecia ninguém. A única pessoa que, no intervalo de um mês, tornou-se um rosto familiar para mim, foi a enfermeira Baumer. Ela era uma londrina, muito magra de cabelos longos e loiros, embora eles estivessem presos a maior parte do tempo. Possuía, não sei como, um sorriso aberto nas primeiras horas da manhã, tornando sua beleza potente mais pela via da simpatia do que propriamente por traços marcantes. Contou-me, quando chegamos na Inglaterra, que seu maior sonho era fazer medicina e não enfermagem. Mas o pecúlio mirrado que seu pai a havia proporcionado só deu para isso; um curso de enfermagem no Netley Hospital, em Hampshire. Mesmo assim era grata por isso. A enfermeira Baumer foi a primeira porta para minha nova vida.

Tudo que A. H quis com o início da guerra; segregar e purificar o continente, mostrou-se inexoravelmente contrário ao seu desejo. Após a libertação nunca estivemos em um número tão grande de miscigenados, ajudando uns aos outros, compartilhando copos, pratos, pedaços de qualquer coisa que nos mantivesse vivos até o dia seguinte. Foi também, o momento em que percebi que o idioma no qual aprendemos a ler e escrever, é prescindível para nos entendermos como semelhantes. Ainda em Belsen, recebi carinho e cuidados de enfermeiras de diferentes nacionalidades; polonesas, britânicas, francesas, que eram prisioneiras como eu, e isso tudo ocorre quando a nossa humanidade é posta à prova.

Em Celle, ainda na região de Hanôver, a maior parte dos pacientes, vinha do Campo do Horror, como Bergen-Belsen ficou conhecido pelos britânicos. Nós éramos mortos-vivos, caveiras falantes, pedaços de gente sem a menor esperança de retomarmos a dignidade. Os efeitos da doutrinação nazista, implementada pelos soldados e oficiais da SS, haviam carregado nossas almas por um período.

Até hoje, sinto uma dor quase física ao lembrar que nem todos tiveram a mesma sorte que eu e meus companheiros de Belsen. Relatos de sobreviventes, como os de meu amigo Halter, o irmão gêmeo de Esther, arrepiam meus pelos e relembram minha fraqueza de não poder ouvir detalhes, além dos que vivi.

Margot Snyder

A partir daquele momento, começou a se desenhar a vida de Margot Snyder. Eu tinha chegado à mansão-hospital com uma etiqueta de papel pendurada pelo pescoço, onde se lia: Margot Snyder, aproximadamente 15 anos de idade, sem memória. O doutor Ygor Klanovicks, considerou que ao menos fisiologicamente eu estava pronta para deixar Bergen-Belsen. Se não havia ninguém no campo com quem eu tinha alguma espécie de ligação, também não faria bem manter-me em um local onde os piores momentos de minha vida ocorreram. Ainda no campo, mantiveram-me duas semanas na enfermaria improvisada pela Cruz Vermelha britânica. Centenas de prisioneiros passaram por lá a fim de encontrar seus familiares desaparecidos. Havia quem se detivesse às minhas feições por vários minutos, e eu rezava, silenciosamente, para que me reconhecessem e com isso, devolvessem minha identidade. Este foi o primeiro momento em que me dei conta de minha vulnerabilidade. Qualquer coisa sobre mim, estava nas mãos de pessoas com nomes dos quais eu não me lembrava. O doutor Ygor Klanovicks, ao término do mês de abril, sentia-se angustiado ao notar o campo cada vez mais vazio enquanto minhas chances de encontrar rostos familiares se tornava escassa. A equipe médica me chamava de Margot, sempre que me despertavam para tomar uma água rala em temperatura ambiente, feita provavelmente de restos de legumes. Não havia muito com o que contar, além dos suprimentos enlatados dos soldados, porém, nos primeiros dias, em virtude do grande número de pessoas que morreu ao ingerir esses suprimentos, os médicos notaram que nossos organismos estavam debilitados demais para receber certos alimentos. Nem mesmo nossa fome podia ser saciada. Não da forma como alguém em condições normais faria. Conheço pessoas que demoraram meses para voltar a ingerir alimentos aquecidos. Devido a inanição, nossos aparelhos digestivos estavam debilitados demais.

Percebo que tive muita sorte. Até recobrar minha memória, anos depois, jamais fui enganada, apesar de minha declarada ansiedade para encontrar familiares ou amigos que me identificassem. Este conselho recebi ainda em Bergen-Belsen. Ao notar meu desespero diante de prisioneiros que procuravam por familiares e não me reconheciam, o Dr. Hugh Llewelyn Hughes, um dos últimos médicos britânicos no nosso campo e, portanto, alguém que assinou meu atestado médico, disse-me:

— Jamais pergunte a alguém diretamente se esta pessoa lhe conhece. A partir de agora, sua amnésia pode ser uma arma contra você.

Ele me disse isso dois dias antes de me enviar para a mansão-hospital, nas imediações de Celle. Em algum momento eu seria solta no mundo, porque a Cruz Vermelha não podia cuidar de mim para sempre e, sem memória, qualquer um poderia inventar uma vida para mim. Apesar de me sentir ancorada pelos primeiros cuidados que recebi em Belsen, logo isso se dissipou. Tive de controlar meus nervos até chegar a Celle pois, mais uma vez, senti-me como uma nau à deriva em um mar bravio. O lugar para onde me levavam teria de ser um abrigo seguro, pois era possível que meus nervos não dessem conta de toda aquela devastação.

A Baixa — Saxônia estava repleta de mansões abandonadas, geralmente, por seus donos apoiadores do regime nazista ou pelos opositores, muito antes do fim da guerra, igualmente assassinados por não apoiarem o partido. Foi em uma dessas lindas casas que conheci a enfermeira Baume. Seu nome completo era Ethel Olsen Baume.

CAPÍTULO 3

A Mansão-Hospital

Em Celle fiquei aproximadamente dois meses e meio. Todo aquele hospital improvisado seria desmontado e devolvido ao governo local. Nas primeiras semanas, a enfermeira Ethel enfaixou meus braços para protegê-los de mim mesma. Eu me coçava, aparentemente sem nenhuma alergia ou urticária. Havia, na verdade, uma terrível sensação de que piolhos caminhavam sobre mim constante e vagarosamente. Segundo consta, eu repetia: "*piolhos, tenho piolhos*". A enfermeira Ethel, ou qualquer pessoa que tentasse ajudar, não encontrava um piolho sequer, pois já havíamos sido higienizados e recebido cuidados antes de chegarmos a Celle. Nem mesmo a sarna, que eu e minha irmã contraímos quando estivemos em Auschwitz-Birkneau, deixara tantas marcas em mim como os piolhos. Não posso falar disso até hoje, porque começo a me coçar. Foi uma das neuroses que os nazistas me deixaram como recordação.

Isto constou em meu prontuário, meses depois, nos arquivos do Hospital Geral de Londres, que naquela época chamava-se apenas Hospital Geral Brook. Como eu fui parar lá?

A enfermeira Ethel havia recebido uma carta de seu primo, o Dr. Lewis, um médico pesquisador da área de danos psicológicos causados por traumas, particularmente relativos à memória. Antes de sua partida, para trabalhar nos serviços da Cruz Vermelha Britânica, Ethel ouviu o primo lhe dizer que estava reunindo pacientes acometidos por perda de memória, até mesmo as transitórias, para catalogar, e assim, ajudá-lo a desenvolver sua tese. Mais tarde, esta tese chamou o meu tipo de situação de Memória Reprimida.

Ethel foi meu primeiro anjo no pós-guerra.

— Margot, — disse-me ela à beira de meu leito – tenho boas notícias...

Naquele momento eu ainda não me comunicava com naturalidade. Não da forma como sempre me comuniquei com o mundo; atrevida, expansiva, direta e brincalhona. A vida me amedrontava, a obrigação de enfrentar meu destino sem ao menos ter a ideia de por onde começar — um ponto de apoio ou alguém que me amasse -, era simplesmente assombrosa. Imagine... Sequer havia lembranças para me fazerem companhia, rostos de pessoas amadas, o cheiro da minha casa, vozes familiares, minha cidade – mesmo que ela estivesse em escombros –, alguém por quem procurar, um nome ao menos. Até aquele momento eu não me lembrava de nada, além de Bergen-Belsen, além daquele maldito barracão e de uma presença que me alimentou com migalhas e um pouco de água. Até hoje, mesmo após recordar quem eu sou e todos os tenebrosos momentos que nos assolaram, não faço a menor ideia de quem cuidou de mim nos fundos do barracão quando, certamente, Margot já estava morta.

E por falar em Margot, minha amada irmãzinha, era seu nome que eu repetia incansavelmente em delírios de um transe cataléptico que custou quase uma semana para me abandonar. Ygor Klanovicks, o médico que me auxiliou inicialmente, em Belsen, não conseguiu tirar quase nada de mim, a não ser a repetição deste nome. Por isso, eles me identificaram com a etiqueta pendurada por um barbante: Margot Snyder.

O porquê do Snyder? Acredite, não faço a menor ideia!

No final de julho de 1945, partimos de Celle. Todos os enfermeiros e médicos, assim como os pacientes, também foram deslocados. O serviço médico tinha um destino: sua casa, a Inglaterra. Alguns pacientes receberam alta hospitalar e foram em busca de suas famílias (os que ainda podiam nutrir esperanças), caminhavam semanas até sua terra natal, pegavam caronas em caminhões, conseguiam entrar em comboios. Outros, como eu, não tinham para onde ir, e foi então que os ingleses entraram eternamente para o meu coração: eles nos levaram para a Inglaterra, devastada também, mas onde acreditavam que poderiam encontrar ajuda para nós. Graças a enfermeira Ethel, eu já tinha lugar certo no navio que partiu de Calais, na França, sem saber que me distanciava ainda mais de minha casa e de meu pai, o único sobrevivente de nossa família. Naquela altura ele já havia chegado a Amsterdã, ciente de que mamãe morrera por exaustão, semanas antes da libertação em Auschwitz-Birkenau. Quanto a mim e Margot, ele ainda nos procurava, desesperadamente.

CAPÍTULO 4

Hospital Geral de Brook – Londres

Sob o aspecto fisiológico, eu estava relativamente melhor. Tinha recebido cuidados e carinho no Hospital-Mansão de Celle. A enfermeira Ethel, que tinha seu posto fixo no Hospital de New Hampshire, acompanhou-me até Londres e deixou-me aos cuidados de seu primo, o Doutor Richard Baume Lewis. Em seu jaleco lia-se apenas Dr. Lewis, e assim ele era conhecido no meio médico. Era um homem jovem, de vinte e seis anos, olhar atento e dócil. Para falar diretamente, sem enrolação; Lewis era lindo! Assim que o vi, lembro-me de passar as mãos sobre meus ralos cabelos, a fim de conferir a mim uma apresentação menos comovente. Contudo, essa tentativa mostrou-se absolutamente inócua; primeiro porque eu estava mesmo um farrapo humano – ainda bem abaixo do peso, com enormes olhos, e aspecto cadavérico. Outra, porque... Bem, no futuro você saberá que meus esforços para causar esse tipo de impacto sobre Lewis nunca surtiram efeito.

Após uma semana fui liberada da enfermaria, onde, como eu já disse, ocorria a triagem. Os médicos notaram que, apesar da minha perda de memória, nenhuma neurose ou enfermidade mental de ordem alucinatória havia se apresentado. Fizeram também, testes de idiomas. Descobriram que além do alemão e de noções de francês, eu podia me comunicar em inglês. Eu mesma me surpreendi com isso. As palavras saíam com naturalidade de mim e, embora parecesse algo bom por um aspecto, para eles foi ainda mais intrigante. Por quê? Havia estudos de que os idiomas se alojavam no mesmo espaço cerebral onde as memórias se alojam, no hipocampo, numa região próxima das têmporas. Então, como explicar que eu lembrasse de idiomas, ainda que com pequenas noções, e não me lembrasse de quem eu amava, de minha família?

Era um mistério. Porém, o que nós chamamos de mistério, os cientistas chamam de estudos inacabados. Lewis tinha em mim a chance de finalizar uma pesquisa que começara desde os tempos em que era um residente.

A ala onde fui colocada, tinha aproximadamente vinte pacientes. Alguns, até hoje, não consigo entender por que estavam lá. Não apresentavam nenhuma debilidade mental, além, é claro, de traumas aparentes. Quando me refiro aos traumas aparentes, estou falando da fragilidade no olhar, da linguagem corporal que na maior parte dos pacientes encurva a cervical, ombros combalidos, resistência aos alimentos, alterações de humor, crises intermináveis de choro, apatia e, ao fim de tudo, sorrisos sinceros. O sorriso sincero de alguém com debilidades físicas e psicológicas, é algo terno e doloroso.

Incluo-me em todas as descrições acima.

Havia dias em que eu simplesmente não queria viver. Não digo que quisesse dar fim a minha existência. Entendam, nunca pensei em suicídio. Eu simplesmente não queria estar. Entendem? É um estado perigoso esse... Chamam-no de depressão. Nós não sabíamos o que era depressão no pós-guerra, embora, quase todos padecessem da mesma doença.

Só havia uma coisa capaz de me tirar deste estado mental: O Dr. Lewis.

Gradativamente fui me apaixonando por ele. Não era algo difícil de acontecer. Lewis, que se parecia com Errol Flynn, tinha voz, altura, rosto, charme, paciência e tudo o mais que alguém em minha condição carecia de olhar e sentir. No entanto, apesar de estar plenamente ciente desses sentimentos, eu também conhecia meu aspecto físico. Odiava me olhar no espelho, encontrar os ossos de meus quadris enquanto os ensaboava na hora do banho. Tinha vergonha de meu aspecto, e durante uns meses, sequer imaginei que Lewis fosse uma possibilidade para mim. Eu simplesmente o amava, mais e mais a cada dia. Seus turnos no Hospital eram as segundas e quartas, e imagine como meu coração ficava nos outros horrorosos dias da semana. Aos domingos, às vezes, ele aparecia e mesmo que o clima lá fora estivesse cinzento e chuvoso, fazia Sol dentro de mim.

Pelas janelas amplas e envidraçadas do hospital, nós podíamos ver os carros e viaturas fazendo a volta ao redor de uma rotunda sobre o chão de cascalhos, então eu gastava boa parte de meu tempo com os olhos pregados no enorme portão de ferro por onde o carro do Dr. Lewis entrava.

A sra. Weintraub, que acompanhava seu marido leito a leito, já havia notado meus sentimentos por Lewis. Seu jeito de me dizer isso era através de um sorriso cúmplice, todas as vezes em que ela o via chegar antes de que eu me desse conta. Ela simplesmente apontava para mim com um gesto do queixo. Acredito que meus sentimentos estivessem claros para Lewis, afinal, ele era meu psiquiatra. No entanto, naquela época, talvez por falta de maturidade, eu acreditava piamente em minha capacidade de esconder tais sentimentos. Não queria que ele tivesse pena de mim como tinha do sr. Weintraub. Coitado! Um judeu austríaco que, mesmo antes da ocupação nazista, já vivia com mania de perseguição. O problema dele era com os árabes que, segundo ele, haviam acabado com os negócios de seu pai trinta anos antes, em Viena. Sua neurose em relação a isso era tamanha, que sequer notou os movimentos declarados do partido socialista de A.H. Continuava com o foco nos árabes. Perseguia-os também, sempre que podia. Dizia, em reuniões fechadas com amigos, que os árabes deveriam ser expulsos das universidades, que as escolas deviam ser reformuladas para que tais pessoas não fossem aceitas por lá. O sr. Weintraub passou por Auschwitz acreditando que tudo aquilo era obra dos árabes e não dos nazistas. Mergulhou na ideia dos seus próprios algozes. Eu gostava mais de sua esposa. Não por ser minha cúmplice em relação a Lewis, mas por sua mania de limpeza. Compartilhei destas manias com ela, ajudando-a a limpar chão e janelas de nossa ala, mesmo que não nos pedissem para fazer aquilo. Durante anos tive este transtorno, limpar e limpar tudo ao redor. A sujeira de Bergen-Belsen parecia encruada em mim como uma tatuagem.

A única coisa ruim da sra. Weintraub, era que em algumas madrugadas ela acendia as luzes e começava a passar pano no chão do dormitório. Acordava dizendo que as pulgas estavam pulando em sua cama. Sendo que não havia pulgas ali. Isso me lembrava dos piolhos, e eu começava a me coçar. Até que alguém viesse acalmá-la, às vezes com o uso de injeções, nós não conseguíamos dormir. O que mais me impressionava nesses momentos, era o súbito tom conciliatório do Senhor Weintraub ao tentar acalmá-la. Parecia que seu corpo e alma eram curados pelos surtos da esposa. Seria um efeito do amor? Acredito que sim. O amor é a expressão mais generosa que Deus criou.

CAPÍTULO 5

Prisioneiro B 9174

Paralelamente, em Amsterdã, Otto Frank recebia a notícia de que Margot e Anne Frank haviam morrido em Bergen-Belsen. Foi através de uma carta de uma enfermeira, chamada Brandes, Janny Brandes e de sua irmã Lien Brilleslijpers.

Antes disso, ele passou meses vasculhando os nomes de suas filhas nas agências de refugiados, em uma desesperada busca nas listas diárias que eram, sabe-se lá como, atualizadas pela Cruz Vermelha, ou pelo boca-a-boca dos sobreviventes. Ele já sabia que sua esposa Edith havia morrido, poucas semanas antes da libertação, descobriu assim que se dirigiu ao alojamento feminino, quando teve liberdade para isso. Foi lá também que soube notícias de Anne e Margot, ouvindo que ambas haviam sido transferidas para Bergen-Belsen quatro meses antes. Entre Bergen-Belsen, na região de Hanover na Alemanha e Auschwitz-Berkenau na Polônia, onde ele estava, havia uma distância de oitocentos quilômetros. Eram oitocentos quilômetros de incertezas, destruição e soldados nazistas escondidos e armados – resistindo com o último fôlego do Fürer, em uma guerra evidentemente perdida para os alemães. Otto Frank, combalido, subnutrido e traumatizado com tudo que havia visto e vivido no maior campo de extermínio de A.H., não tinha a menor chance de empreender esforços para chegar até lá. Cada campo nazista foi libertado e esvaziado em datas diferentes. Nós, por exemplo, vimos os britânicos chegarem a Belsen três meses após os soviéticos libertarem Auschwitz. Apenas duas coisas faziam com que Otto Frank nutrisse esperanças de rever suas filhas; sua incansável fé na vida e a notícia de que Bergen-Belsen era um campo de troca, ou seja, não se incinerava os judeus ali, nem – ao que tudo indicava – eram fuzilados.

"*Tenho esperanças nas meninas*", escreveu ele para minha avó Alice em um telegrama a caminho de Amsterdã.

Como já lhes disse, e muitos de vocês já sabem, depois da guerra a Europa estava em pane. Os fios e as redes de telégrafos haviam sido destruídos, redes ferroviárias, correios e tudo que funcionava em uma vida relativamente civilizada havia sido afetado, ou em suas condições estruturais, ou pela escassa mão de obra humana. Não existiu um ser sequer, vivendo naquele continente, ileso aos efeitos da guerra. E quando a libertação veio, os prisioneiros nos campos tiveram de obedecer aos seus libertadores, em Auschwitz obedeceram ao exército soviético. Há uma polêmica grande acerca deste detalhe. Muitos sobreviventes se dizem eternamente gratos aos soldados soviéticos que, igualmente assustados com o que encontravam nos campos nazistas, doavam seus casacos, gorros, e dividiam suas rações com os prisioneiros de Auschwitz. Li relatos emocionadíssimos que davam conta de que os soviéticos eram tão humanos quanto os soldados britânicos, americanos e canadenses. No entanto, há os que preferem ver o diabo na terra ao Exército Vermelho.

Meu pai ainda estava em Kattowitz, na Polônia, quando enviou a segunda mensagem para sua família, na Suíça, dando a triste notícia da morte de minha mãe. Foi o primeiro grande baque para eles, que não recebiam notícias nossas a mais de dois anos. Sua primeira carta fora remetida na enfermaria de Auschwitz e continha seu "número de prisioneiro": B9174, nela ele dizia que estava bem e que procuraria por sua família. Só então, após se dirigir para o campo feminino soube que mamãe havia morrido. Como era um homem otimista, a partir de então começou a considerar nossa sobrevida algo que o poria eternamente em dívida com Deus. Infelizmente ele não se tornou devedor de Deus, não por isso.

Capítulo 6

Minha paixão pós-guerra.

Eu adorava me encontrar com Lewis nos momentos de lazer para jogar conversa fora, ajudar na organização de medicamentos e conservação de suprimentos que recebíamos do governo, ou simplesmente, segui-lo pelo hospital quando era possível observar seu trabalho. Ele não se incomodava, ao contrário, nutria uma vaga esperança de que qualquer situação – diferente de ficar deitada naquela cama de ferro frio -, pudesse contribuir para o regresso de minha memória. Contudo, nas sessões de terapia propriamente ditas, sentia que éramos dois estranhos. Na maior parte do tempo suas mãos estavam ocupadas rabiscando uma longa papeleta habilmente posicionada em seu colo, e isso acontecia mesmo que eu não dissesse nada, deixando-me severamente irritada. A curiosidade corroía-me por dentro e, certo dia, somente para tirá-lo daquela excessiva concentração, comecei a remexer meu nariz com o dedo indicador em busca de melecas. Fiz isso com muita calma, olhando para o teto como se estivesse com todo o tempo do mundo para aquela tarefa, e foi quando ele parou de escrever e ficou me olhando com desconfortante interesse. Eu fingia não notar, mas sabia que estava com toda a sua atenção para mim. Acredito que não houvesse muita coisa para sair de minhas narinas, mas eu havia atingido meu objetivo e isso me fazia bem, porque continuei remexendo entre uma narina e outra, quando alguma coisa saía lá de dentro eu parava e a olhava minuciosamente, como se a estudando. Depois eu a descartava na parte interna de meu assento.

— Vou contar para o próximo paciente que você deixou este presentinho para ele. – disse-me assim que me viu cometer o sacrilégio.

— Não me importo... – respondi dando de ombros.

— Está bem, acho que ela vai perdoá-la pois vocês terão a noite toda para se entender...

— Como assim?

— Minha próxima paciente é Matilde Weintraub. – Lewis estava com um sorriso discreto, daqueles que alargam mais os olhos do que os lábios

— Está bem... – resmunguei vencida. — Vou tirar daqui.

A expressão de quem havia ganhado o jogo permaneceu em seu rosto, foi então que resolvi comer a meleca. Então vieram mais rabiscos na papeleta e minha vontade era sair daquele consultório sem pedir permissão. Foi quando finalmente ele me fez a primeira pergunta:

— Já pensou em ser atriz, Margot?

Desta vez ele havia tocado em meu calcanhar de Aquiles. Danado! Talvez eu tenha me rendido exatamente ali. Balbuciei alguma coisa, nada preciso, pois, nem eu sabia a resposta. Como a única coisa vívida em minha memória eram os filmes que eu havia visto, os nomes de várias estrelas de Hollywood, imediatamente me imaginei com um lindo maiô saindo do mar da Sardenha, com o sol a bater em minhas costas, uma equipe de filmagem a certa distância focalizando a mim e Lewis lado a lado, sorrindo graciosamente um para o outro e uma voz longínqua gritaria: Corta!

Foi neste instante que a secretária bateu na porta duas vezes para informar o término de nossa sessão. Lembro-me de encará-lo com incredulidade... Afinal, ele não teria que anotar parte do que eu acabara de imaginar? Poderia aquele pensamento ter uma ligação com a realidade? Ah... Anne Frank! Como você é engraçada.

CAPÍTULO 7

24 de dezembro de 1945.
Oliebol

De repente era Natal e a maioria de nós, na ala onde eu estava desde setembro, sequer fazia ideia do que isso significava. De acordo com Lewis eu era seu melhor paciente em termos de sanidade. Perguntei como era possível tal afirmação, partindo do princípio de que sem memória como eu poderia ser alguém com um grau relevante de normalidade? Ele riu.

— Ora, você acha que a sanidade se aloja na memória? Se assim fosse nunca mais teríamos de enfrentar uma guerra, a humanidade se lembraria de tudo que ela nos tira, não?

Fechei o cenho. Aquela palavra ainda me assustava.

Desde que chegara à Londres eu melhorava a olhos vistos, alguns residentes se perguntavam o que eu fazia ali e Lewis, pacientemente, os mantinha informados de meu estado de memória inócua. Margot Snyder era um "caso interessante", não a única a perder a memória após o holocausto, mas a primeira – de que se tinha notícia – permanecendo por tanto tempo sem lembranças. Eu havia passado no teste de idiomas, e meu alemão fluente, as noções de francês e um inglês razoável, deram a Lewis uma certeza de que minha família havia me oferecido uma educação básica de qualidade. Então eu era uma moça judia, de aproximadamente 15 ou 16 anos, com boas noções de Geografia, História e particularmente de Artes (considerando os filmes de cinema como parte do acervo). Lembrava-me nitidamente de Greta Garbo e seu olhar sedutor.

Lewis era uma pessoa encantadora, extremamente paciente com os seus doentes, excelente ouvinte, ótimo parceiro de carteado. Astuto, dedicadíssimo na missão de resgatar minha memória, mas quanto a isso ele não conseguiu avançar muito, somente cinco anos após aquele Natal eu o diria tudo, exatamente tudo que sabia e me lembrava de minha vida. Porém, naquela noite fria de Londres, como costuma ser em todos os natais londrinos, Lewis fez uma grande descoberta.

O sr. e sra. Weintraub estavam rodopiando no grande refeitório do hospital, ao som de uma linda canção que jamais esqueci: Well Meet Again da Vera Lynn, enquanto Susy Fritz e Oswald, davam à imensa mesa de fórmica branca, um toque natalino com o que podiam para alegrar aqueles corações feridos. Com as doações que recebíamos dos EUA foi possível montar nossa ceia com castanhas assadas, pães, azeite de Portugal, biscoitos de nozes, uma sopa cheirosa com restos de coisas que nós não procurávamos saber, e chá. Não havia nenhuma bebida alcoólica, uma; porque não tínhamos como adquirir, outra; porque estávamos em um hospital psiquiátrico. Sobre a porta do refeitório, o diretor do hospital, o Dr. Edward Gilbert, pendurou uma enorme guirlanda feita de galhos secos de carvalho, folhas de azevinho e laços vermelhos. Ele não estava lá naquela noite pois, graças a Deus, ainda tinha uma família — ao que diziam, inteiramente preservada. Porém, mandou nos entregar um prato repleto de Oliebol, uma iguaria tipicamente holandesa. Eu ainda não havia me dado conta da presença desses deliciosos bolinhos açucarados e continuei jogando cartas com Lewis, que na ocasião parecia ser o único médico responsável por todos aqueles doentes. Isso me deixou tão feliz, tê-lo ali, que sequer me dei conta do porquê de ele estar passando o Natal conosco, e não com a sua família.

Esse foi o nosso Natal pós-guerra, mas posso garantir que como todos os natais que já vivi até hoje, havia uma presença mágica entre nós. Mesmo com tantos judeus entre os pacientes daquele lugar, e sendo esta data não comemorada por nós, naquele ano todos precisávamos de um motivo para celebrar a vida e a fé, por isso, imagino que apesar dos traumas, tenha sido um dos mais belos momentos de nossas vidas.

Às dezoito horas, quando já estava bem escuro, fizemos uma oração agradecendo a união entre nós, a paz, e o alimento disponível – tudo aquilo nos parecia um verdadeiro banquete comparado ao que havíamos passado nos últimos cinco anos... Verdadeiramente um banquete. Aqueles que eram cristãos agradeceram à Jesus Cristo e bendisseram o seu nascimento. Eu, por saber que era judia fiquei em silêncio, embora intimamente tivesse agradecido ao Cristo por tudo aquilo, nosso hospital era mantido por fundos cristãos então, devíamos agradecer àqueles que tinham amor ao próximo.

Sentamo-nos à mesa. Servimo-nos com parcimônia, tínhamos que repartir e isso os campos nos ensinaram a duras penas. O sr. Weintraub estendeu a mão sobre a mesa e agarrou um pedaço de pão, colocando-o por dentro de seu uniforme de paciente. Sua figura frágil, o olhar perdido como se nada de errado tivesse feito e o sorriso de um menino, nos causou comoção. Sua dedicada esposa o repreendeu como os médicos a haviam ensinado:

— Adolph – coitado, ele tinha esse terrível nome -, não é preciso guardar o pão sobre as axilas, nós teremos para amanhã.

E então ela retirou cuidadosamente o pão da alcova onde o débil senhor o havia prendido. Ele balançava a cabeça negativamente, dando a entender que era errado tirar seu pedaço. Com muito tato, a sra. Weintraub o convenceu a colocar o pedaço de pão sobre o prato para que passassem um pouco de geleia. Somente assim ele assentiu. Esses e outros traumas eram comuns entre nós, e até hoje há quem não se desligue deles.

Para romper a atmosfera causada pela situação do pão, Susy passou com o prato de Oliebol e então, com muita naturalidade, eu disse:

— Oliebol! Como eu amo esse bolinho... – peguei um deles e coloquei imediatamente na boca. Lembro-me de fechar os olhos como faço até hoje, para reforçar seu sabor.

A única holandesa daquela mesa era Grethel, que imediatamente disse algo parecido não perdendo a oportunidade de pegar um para si.

Lewis ficou me olhando por um tempo e depois começou a investigar.

— Onde você costumava comer este bolinho, Margot?

— Em casa mesmo, eles sempre estavam por lá no fim da tarde.

Como não havia percebido o que acabava de acontecer, comecei a conversar com Grethel, falando sobre como sentia falta daquilo e de que aquele especialmente parecia o mais gostoso que eu já havia comido. Então engatamos numa conversa e risos sobre comida enquanto Lewis agia naturalmente dando atenção a outros pacientes, aos enfermeiros e à sua própria porção de castanhas. Quando encontrou uma brecha, travou uma conversa com Grethel:

— Eu nunca comi desses bolinhos aqui em Londres, para ser sincero nem os conheço. – disse bem displicentemente.

— Ah, estes bolinhos são como a alma da Holanda, nós não vivemos sem eles. Minha avó era conhecida por fazer o melhor Oliebol de nosso bairro, havia até quem os encomendasse dela.

Aquela conversa estava me distraindo e fui me servindo de chá quentinho enquanto aguardava por Susy – uma menina linda que havia parado ali após regressar da Operação Pied Piper (a evacuação de crianças inglesas) – contudo, não teve a sorte de encontrar qualquer familiar em sua antiga casa. A bandeja de Susy, com sua travessa de Oliebol diminuindo à medida que os oferecia aos outros pacientes, não voltava. Lewis, sem que eu me desse conta, pediu a Grethel que falasse o nome de algumas iguarias holandesas, além do Oliebol. E então ela começou:

— Ah! Existem coisas maravilhosas na Holanda: O Soesje, coberto com uma generosa camada de chocolate...Como eu adoro aquilo! E também o Tampoes com uma massa folhada entre o pudim de baunilha, e também...

— Bosschebol! – completei animada.

— Sim, Margot... – respondeu ela – este eu também adoro!

Havia um consenso entre médicos e pacientes para nos comunicarmos em inglês, já que estávamos sendo recebidos naquele país e ao que parecia, moraríamos por algum tempo nele, achávamos a regra justa. Mas naquela noite houve uma quebra proposital desta regra, sugerida por Lewis:

— Grethel, você pode falar em dutch com Margot?

Lembro-me de quando os olhos grandes e verdes de Grethel me fitaram como quem olha para dentro da sala de jantar de uma família, subtraindo a intimidade pela calçada da rua.

— Sim, posso... – ela parecia não saber como começar isso.

— Pergunte mais sobre alguma comida... – sugeriu nosso médico.

A princípio pensei que ele estivesse fazendo alguma brincadeira, mas assim que Grethel começou a falar, imediatamente pensei em respondê-la, eu não estava pensando em inglês, nem no idioma alemão, tampouco em francês, eu estava pensando em outra língua e era dutch. Grethel e eu ficamos falando por alguns minutos e depois de algum tempo eu comecei a chorar de emoção, não compulsivamente, nem sob catarse, mas como se estivesse revendo alguém querido. Lewis deixou que eu me recompusesse, e Grethel parecia constrangida, como quem carrega a culpa de algo que não fez.

— Lewis, — sussurrei – você acha que sou holandesa?

— Sim, Margot... Acredito que sim.

Enquanto isso, a sra. Johnson – a cozinheira do hospital — fazia muito barulho no refeitório, jogando as tigelas de metal com força, ou seria apenas o seu jeito indelicado de lidar com tudo ao redor? O som metálico proveniente da cozinha acabava com os meus nervos, tudo tão frio; a Inglaterra, o assoalho do sanatório, o tom resmungão da cozinheira e aqueles terríveis estalidos de metal. Eu os odiava. Isso me incomoda até hoje; tigelas ou pratos de metal. Não os uso, não os compro, nem mesmo para presentear alguém. Detesto o som do metal, se chocando com outro metal, caindo em qualquer superfície, sendo guardado sobre outro objeto do mesmo material. Acredito que o mundo seria muito melhor sem ele. Imaginem pratos, tigelas, e tudo o mais feito de materiais orgânicos, emitindo sons ocos, naturais, não estridentes e sim generosos. O metal é frio, egoísta, distante e autoritário. O metal é como os nazistas.

Capítulo 8

No Aquitânia

A rampa por onde subíamos para ganhar o interior do RMS Aquitânia, me parecia uma marcha para um mundo sem forma. Até aquele momento, não sabia como havia deixado que Lewis me convencesse a embarcar, literalmente, em um futuro incerto. Havia tanto temor em mim que tive medo de cair de joelhos atrapalhando a passagem dos outros, minhas pernas tremiam, denunciando minha falta de controle. Mais uma prova de que; meus nervos estavam em frangalhos, eu era vulnerável e frágil e o mundo poderia fazer o que quisesse de mim. Do ancoradouro meu único rosto amigo sorria, acenando um lencinho branco que eu havia deixado para ele. Os olhos de Lewis, azuis como duas safiras, sempre me transmitiram paz, coragem, mas não ali... Não naquele dia no Porto de Liverpool. Naquela manhã de setembro de 1947, Lewis havia me buscado na portaria do sanatório, onde todos os pacientes estavam do lado de fora para uma despedida dolorosa, como costumam ser todas elas. A sra. e sr. Weintraub haviam tomado banho, e seus cabelos estavam penteados para trás, com esmero, como se fossem posar para uma foto preciosa. Lisa e Grethel, e até a mal-humorada sra. Johnson, fizeram questão de me dar um último adeus. Oswald se despedira mais cedo, e não quis fazer parte daquele momento no pátio do Hospital. A secretária de Lewis, de quem eu morria de ciúmes, o Dr. Gilbert, e alguns estagiários do sanatório completaram o grupo. Eu não imaginava que fosse querida por todos, bem como não fazia ideia de como eles estariam tão nitidamente impressos em minhas lembranças mesmo após 75 anos.

Eles haviam se esforçado para conseguir uma mala de viagem para mim, afinal, eu não tinha nada mesmo. A esposa do Dr. Gilbert, ao saber que eu provavelmente tinha nacionalidade holandesa como a dela, foi extremamente generosa e me doou um casaco com pele de mink, tão elegante para quem iria vesti-lo, que tive medo de pensarem que eu o havia roubado. Ganhei um chapéu coco, bem fora de moda, de feltro bege com florezinhas nas laterais e com o vestido de lã fina azul-claro, até que não me fez tão desprezível. Outras peças de roupas, todas doadas, foram enfiadas na mala de couro encerado que me acompanharia uma vida inteira. Lewis saltou de seu Bentley Mark VI, modelo 1946, novinho em folha e veio sorridente em minha direção. Era o carro mais lindo que eu já tinha visto, e brilhava lustroso na porta do sanatório. Pertencia ao pai de Lewis, um figurão do Ministério das Relações Exteriores, frustrado porque o filho único não quisera ser diplomata. Até aquele momento, alimentei a tola ideia de que, ao sair do veículo, Lewis tiraria de trás do banco um buquê de rosas e um anel de noivado. Em meus delírios hollywoodianos, meu psiquiatra era uma mistura de Errol Flynn e o czar Nicolau II. Minha versão preferida, por óbvio, era a de Errol Flynn, quando Lewis deixava escapar seu lado humano e gentil, doce como nenhum homem pôde ser comigo. Contudo, como psiquiatra encarnava a postura de um governante aristocrata criado para um cargo irretocável, seu uniforme: um jaleco branco sobre calças bem talhadas e camisas brancas perfeitamente passadas. Lewis parecia ter saído de um filme. Se eu achar uma fotografia aqui, pedirei que Malik insira na diagramação deste livro. Você verá que não estou mentindo.

— Estão todos aí? – perguntou ele, com um sorriso que me incomodava por me dar a certeza de que queria se livrar de mim.

— Estamos. – responderam meus amigos.

Então ele sacou uma coisa fantástica de sua valise, uma máquina fotográfica Polaroid modelo 95 e disse: Preparem-se! A foto saiu instantaneamente e todos ficaram abismados com aquele efeito revelador. A máquina foi exposta, pela primeira vez, em fevereiro daquele ano, em Nova Iorque, por seu inventor Edwin Land. Ainda não estava à venda no mercado, mas por conta dos contatos do pai de Lewis na Embaixada Americana, "algumas pessoas" adquiriram o modelo antes de ser colocada no mercado para o grande público. As pessoas bem relacionadas estão sempre com a fatia da inovação garantida.

— Vamos tirar outra... – disse Lewis. – Assim Margot poderá levar consigo.

Pronto. Foi assim que plasmamos aquele dia. A foto está aqui em minhas mãos. Lewis tem uma cópia em sua casa. Bem, agora pertence a George e Malik. Esta foto me marca particularmente; é, inevitavelmente o meu antes e depois. Meus cabelos ainda ralos, um corpo de criança tentando se ajustar nas vestes de adulta, uma subnutrição no fundo dos olhos, mas a minha curiosidade – como dizia Lewis – estava lá, fingindo-se de morta. Nós sempre ríamos quando ele dizia isso. Uma forma esperta de me definir.

Décadas depois, em uma das nossas conversas ele me disse:

— Margot, admita. Você queria ir...

— Só se fosse inconscientemente. – completei. – Eu sentia muito medo....

— Eu sei. Lembro-me de como tentou me convencer até o último instante de que eu estava errado, de que os EUA não eram um lugar bom para você, que sua depressão a mataria, que não queria conhecer mais ninguém no mundo, poderia ser minha assistente, que morreria de trabalhar para ajudar os pacientes do sanatório, que o mundo ainda estava cheio de nazistas e eles iriam persegui-la....

— Eu disse isso? – nós ríamos destas lembranças.

Lewis confessou-me, certa vez, que nem ele tinha certeza de estar fazendo a coisa certa. Mas que, um instinto muito forte o impulsionou a me inscrever naquele programa de ajuda a jovens vítimas da guerra. Afinal, após meses esperando por uma resposta da Cruz Vermelha Holandesa, ninguém havia procurado por Margot Snyder. Hoje sabemos que isso seria impossível. Lewis disse-me que em meio aos escombros de Londres, e de toda ruína da Europa eu jamais me reconstruiria, pois, minha mente era ágil e cheia de questionamentos. Hoje sabemos que acertou em cheio, embora, enquanto acenava para mim do ancoradouro, em Liverpool, rezasse para que eu fosse feliz na América.

— Você tinha tudo a ver com a América. Sua paixão pelo cinema, sua expansividade, sua coragem em se manifestar nos assuntos mais incomuns para a sua idade. Isso tudo me fez imaginar que para você, seria o melhor remédio.

— É mesmo, Lee? – eu o chamava assim quando estávamos a sós.

— Sim... E não pense que esta foi uma decisão exclusivamente minha. Nós fizemos uma reunião para discutir seu caso. A decisão foi unânime.

O RMS Aquitânia serviu como navio de tropas até 1949, e levava os soldados canadenses para casa. Antes disso, ele atracava em NY e despejava parte de sua tripulação. Foi nessas condições que eu e mais mil e quinhentos passageiros embarcamos nele, além de uma tripulação de quase mil pessoas. Dividi uma cabine na classe econômica com uma senhora viúva e duas crianças; András e Teçá. Na verdade, Ilma, a viúva, não era bem uma senhora, mas uma jovem mãe sem marido naquele pós-guerra. Eles eram judeus húngaros, e como tantos outros ali naquele imenso navio, haviam sido levados pelo destino até uma promessa de vida digna. Nós trocávamos sorrisos amistosos e algumas poucas palavras em inglês com a ajuda de Teçá, que havia frequentado escola paroquial em Londres. Naquela época, ela estava ensinando o pouco que sabia para sua mãe e irmão. Era uma menina esperta, de cabelos e olhos negros, com pele clara. Teçá era um tipo de ser evoluído aprisionado em um corpo infantil, aguardando apenas a passagem do tempo para que suas palavras maduras fizessem sentido sem levantar suspeitas sobre sua sanidade. Em geral a humanidade reage assustada diante de mentes precoces. Talvez, até aquele momento, Teçá já tivesse provado um pouco disso. Pensava muito no que ia falar, não obstante me dar certeza de que sabia mais do que deixava escapar. Uma vez, quando não aguentava mais ficar na cabine, deixou a mãe e o irmão dormindo e pediu para que eu a acompanhasse até o convés. Eu sorri e disse que sim, caso sua mãe não se opusesse.

— Ela não se importa, desde que meu irmão esteja debaixo de suas asas....

— Ah, não diga isso. Tenho certeza de que ela ama vocês de igual maneira. – respondi.

— Não. Ela não nos ama da mesma forma, pensa que eu sou a mãe dela.

Enquanto subíamos a escada que nos levava ao passadiço a olhei com curiosidade. Será que eu havia entendido corretamente? Será que o inglês de Teçá havia se enganado? Então ela engatou em outra frase:

— Desde que papai partiu, ela se tornou uma criança e tive que tomar conta dela e de András.

Com o seu inglês intuitivo contou-me coisas como se eu tivesse nascido para ouvi-la, e foi me dando detalhes de sua chegada a Londres, com a mãe e o irmão, ela sem entender nada do idioma, a mãe menos ainda, dois anos antes. No final de 1943, Teçá e sua família foram detidos no campo de transição, em Kirsarcsa, assim como todos os vizinhos e crianças de seu bairro. Depois disso, Teçá foi levada com a roupa do corpo para dentro de um vagão escuro e fedido rumo a Auschwitz, afastada de Ilma e András. Eles só se reencontraram seis meses depois, a história deles fazia parte das milagrosas histórias de reencontros e sobrevivência no holocausto. Por conta da boa relação entre A.H e Miklós Horthy, a Hungria foi um dos últimos países a sofrer o golpe dos nazistas, isso ocorreu somente em março de 1944. A Hungria fazia parte do Eixo e o fato de os nazistas terem invadido o país tardiamente, após a traição de Miklós Horthy contra A.H, não significou muito para o povo judeu, centenas já tinham sido capturados. Os feitos do partido nazista nos países pertencentes ao Eixo eram apenas mais "civilizados" do que nas nações resistentes. Isso é o que sei hoje, mas não o que Teçá me contou naquela noite. Ela só sabia dizer das cenas recortadas em sua inocente vida pois, começou a sentir na pele os horrores da guerra na idade de seu irmão, aos sete anos. Meu Deus! O que uma criança nesta idade pode saber de vida e sobrevivência? O pai de Teçá era um banqueiro judeu, que como tantos outros homens se viu sem eira nem beira da noite para o dia, enquanto os nazistas tiravam tudo deles. Muitas vidas, mesmo roteiro. Em uma tentativa de salvá-los, o pai de

Teçá resolvera planejar a fuga da família de Budapeste para a Suíça, mas segundo as palavras de Ilma, ouvidas por Teçá certa vez atrás das portas, ele nunca mais voltou. Preferiu-se acreditar que havia fugido.

A mãe e as crianças ficaram por um tempo na casa dos avós paternos, já que a família de Ilma era do interior da Hungria, um vilarejo chamado Megyer a cento e noventa quilômetros de Budapeste. Mesmo assim, não demorou para serem expulsos, todos foram levados para Kirstarcsa. Teçá era pequena para me dar tantos detalhes, mas logo eu soube, mapeando sua pequena vida, que não havia muitas coisas nos diferenciando, éramos refugiadas. Sem mais. Ela, apesar de pequena, levava vantagem sobre mim. Conhecia seu curto passado e estava firme para enfrentar um futuro.

— E quando chegarem na América, para onde vão? – perguntei.

— Para um abrigo de famílias judias. Ilma disse que lá poderá nos criar em segurança, com a ajuda da comunidade judaica... – achei estranho o fato de Teçá se referir à mãe pelo primeiro nome.

Então ela prendeu os olhos no mar azul marinho da noite, sentiu a maresia do Atlântico e de olhos fechados me disse:

— Lá na América eles não nos chamam de porcos, sabia Margot?

Passei a mão sobre seus lindos cabelos grossos e negros, aproveitando-me daquele frescor de criança confiante e um sentimento de ternura me invadiu como um bálsamo, algo que Teçá me dava sem saber, simplesmente por enxergar a vida com coragem e lucidez. Eu devia ter dezoito para dezenove anos, ninguém sabia ao certo. No entanto, era claro que diante daquela menina, haveria de ter mais maturidade, haveria de ter mais compromisso com a vida sob a perspectiva de uma adulta. Não. Teçá era quem me situava na condição humana de mulher adulta. Sua clareza ante a própria realidade da pequena família, obrigava-me a seguir de cabeça erguida, fosse qual fosse minha realidade. Aquela pequena e simples constatação de que "na América não nos chamavam de porcos", era tão mais profunda do que qualquer coisa que pudessem ter me dito naquele último ano, em Londres. Valeu mais do que as sessões de terapia com Lewis. Eu estava a caminho de uma nova vida. Ela estava em minhas mãos e somente eu poderia enfrentá-la com o otimismo dos vencedores. Teçá deu-me isso.

Nos dias seguintes, eu e minha nova amiguinha não nos soltávamos. Foi ela, inclusive, quem me apresentou a mais duas moças: Esther e Klára. A rapidez com que Teçá fazia amizades me surpreendia, sua desenvoltura era tamanha que não havia quem não a conhecesse no navio.

— Esta aqui é a minha amiga, Margot. – disse ela, ao me apresentar para as duas moças sentadas no comprido banco de madeira.

Esther era polonesa, de aparência frágil e compleição delicada. Assim como Klára, parecia não ter tido oportunidade de recuperar o peso após a libertação. Contudo, Klára era alta e de ombros firmes como de uma atleta ou bailarina, não sabia ao certo. Além disso, possuía mais vigor ao se expressar, pensamento claro e direto que combinava bem com seus cabelos avermelhados. Falava um inglês razoável, o que era bom para nossa comunicação. Esther só falava o essencial, na ocasião não pude notar se por falta de fluência ou falta de vontade. Às vezes Teçá e Klára se comunicavam no idioma húngaro, deixando a mim e Esther em completo silêncio. Nessas horas era Klára quem traduzia a conversa para nós duas, por conta de um refinamento de caráter que me fez notar, já no Aquitânia, sua origem.

Embora nós fizéssemos parte da parcela pobre de tripulantes, enquanto caminhávamos pela área livre do navio, nada disso nos ocorria. O Aquitânia era tão belo e imponente, que, mesmo tendo escapado de uma aposentadoria em 1940, não perdia a majestade. Em poucos dias, nós, os judeus refugiados, simplesmente esquecemos esta condição. Nós éramos, como todos os outros tripulantes, dignos do Aquitânia. Teçá quis saber a origem do nome, e um dos senhores que estava perto de nós começou a falar em províncias romanas, pois segundo ele, essa era a origem dos nomes dos navios da empresa que o construíra, a Cunard Line. Havia também, na mesma linha de importância o Mauritânia e o Lusitânia, todos homenageando as tais províncias romanas. Eu deixei que o senhor empertigado se afastasse, para não ser rude. E depois comecei a falar para Teçá sobre uma das mulheres mais fascinantes de todos os tempos: Eleonor de Aquitânia. Contei que foi a única mulher coroada em dois países; a França e a Inglaterra. Disse-lhe que nascera na região da Aquitânia, na França, e que era duquesa e condessa, por direito, que foi uma das mulheres mais importantes da Idade Média, rainha consorte do rei francês Luís VII e depois do Rei Henrique II, da Inglaterra. Além disso, Eleonor se vestia com a malha de cota e partia para o campo de batalha com seu segundo marido, com quem teve seis filhos, entre eles João Sem Terra e Ricardo Coração de Leão. Fui contando essas coisas para Teçá com uma desenvoltura que nem eu mesma acreditava. Por muito tempo, sentia-me como uma contadora de histórias que acabara de inventar tudo aquilo. Simplesmente por não fazer a menor ideia de como conhecia aqueles fatos tão ricos em detalhes. Eu amava História, na escola e na vida adulta. Mas como tudo aquilo era tão sólido e rico em meus pensamentos, enquanto os nomes de meus pais ou qualquer pessoa próxima sequer tinham forma? Coisas que Lewis passou uma vida inteira investigando. Anos depois chegamos perto de uma explicação plausível: o medo de perder aqueles que eu amava era tão poderoso, que somente os fatos distantes a mim podiam fazer parte da memória. Qualquer um, que pudesse ter feito parte de minha vida, e cuja ausência me ferisse, era apagado inconscientemente.

— E quem é Ricardo Coração de Leão? – perguntou-me ela em um certo momento.

Passei boa parte de nossa viagem dando aulas sobre os Plantagenetas para a pequena Teçá.

À medida que nos aproximávamos da costa americana, fui notando silêncios em Teçá. Toda a coragem que havia injetado em mim, pareceu diminuir. Falava pouco. Perguntava pouco. Comia pouco. Sua mãe insistia para que tomasse a sopa da noite, muito boa por sinal, servida para a segunda classe. A menina passava o prato ao irmão, um lindo menino gulosinho que não deixava nada escapar. Umas duas noites antes de nossa chegada a Ellis Island, Teçá se afastou e pediu licença a sua mãe.

— O que ela tem? – perguntei à Ilma.

— Está triste... *Não querer despedir de Margot.* – ao contrário da filha, Ilma falava mal o inglês.

Fiz uma expressão contrita. Eu não pude notar que Teçá estava assim tão ligada a mim, não tive sensibilidade para isso. Afinal, ela era tão cheia de vida... Fui até ela. No passadiço caminhamos lado a lado, sem dizer coisa alguma, apenas sentindo o vento frio do Atlântico. De repente senti sua mãozinha segurando a minha.

— Quando chegarmos na América, você promete não me abandonar? – assim era Teçá, muito direta.

— Sim. Prometo. – então me abaixei e a abracei, ela ainda era uma menina pequena.

CAPÍTULO 9

O Novo Continente

Nova Iorque estava intacta, ao contrário do Velho Continente, possuía edifícios enormes concentrados na ilha de Manhattan, nós os vimos assim que o Aquitânia se aproximou da Ilha de Ellis. Sinceramente, a Estátua da Liberdade, que na época não tinha o tom esverdeado de agora, pareceu-me muito mítica, porém, foi o imenso arranha-céus diante de nós que realmente me impressionou. Lembro-me do bracinho de Teçá estendido para além da amurada do navio apontando para a Ilha:

— O que é aquilo? – sua expressão de descoberta fascinou-me.

— São edifícios, Teçá.

— E para que servem? – sua cabecinha se movia de um lado para o outro como quando os filhotes de cachorro querem nos interpretar.

— Aqueles mais altos, acredito eu, são lugares onde as pessoas trabalham. Não servem para moradia...

— Ainda bem, eu não teria coragem de dormir lá em cima.

Assim como eu, Teçá não se familiarizou com a imagem que nos mostrava claramente o objetivo da América: crescer para além das alturas. Não vou dizer que achei aquilo bonito. O píer e a Ilha de Ellis me pareceram mais humanos. Aqueles prédios todos me assustavam, como se NY estivesse em um planeta completamente diferente e nós tivéssemos que procurar formas de sobrevivência humana naquele espaço alienígena. Talvez, se eu tivesse com a memória preservada e em companhia de Pim, mamãe e Margot, minha primeira impressão teria mais entusiasmo do que medo. Nós estaríamos rindo e relembrando as cenas de King Kong, na icônica imagem do gorila no topo do Impire State Building. Papai apontaria na direção do prédio e Margot se esforçaria para identificá-lo por conta de sua elevada miopia. Nós quatro a salvo no interior do Aquitânia, de frente para uma nova vida. Este foi um sonho de Pim, e ele chegou a mexer seus pauzinhos para que isso acontecesse, antes de 1942. Infelizmente, foi quando os EUA começaram a dizer não para os milhares de judeus desesperados em deixar a Europa.

Teçá e Ilma sabiam que não ficaríamos no mesmo lugar assim que chegássemos em Nova Iorque; no entanto, a notícia boa era que estaríamos na mesma cidade, e ela não podia ser tão grande assim, não é mesmo?

Eu estava com uma carta de recomendação da Cruz Vermelha para moças judias, e já sabia onde viveria: Pensão Starry Night, na Avenida Pensilvânia. Teçá, Ilma e o pequeno András, seguiriam para um abrigo mantido pela Sinagoga Portuguesa, a mais antiga sinagoga da América do Norte. Ao desembarcarmos no porto, já na fila da alfândega, tivemos de nos separar. Coincidiu de Esther e Klára estarem na mesma lista que eu, elas também faziam parte do programa da Cruz Vermelha. Por ter conversado com Teçá, antes de entrarmos na fila da imigração portuária, não houve choro em nossa despedida. Ela era uma mocinha comportada e forte, e assim que nos despedimos tomou o posto de líder. Sua mãe a seguia como se os papéis fossem assumidamente invertidos. Muitas vezes, ao longo da vida, nas comunidades de imigrantes, revi aquele quadro: mães e pais submetidos ao conhecimento linguístico de seus filhos pequenos, colocando-se imediatamente na condição de seguidores. Um idioma é uma arma. Felizmente Ilma tinha uma filha armada com o básico da língua inglesa.

Nós só fomos nos reencontrar quase dois meses depois. Teçá ficou zangada quando me viu, ressentida com minha demora. Eu a expliquei que não pude ir ao seu encontro pois tive que me apresentar várias vezes no escritório da Cruz Vermelha, em intermináveis filas, depois fui submetida a muitas entrevistas até que encontrassem um trabalho para mim, e finalmente depois de um mês fui alocada no escritório central de repatriados, organizando fichas e auxiliando a encontrar um lar para órfãos. De lá, fui mandada para cuidar de algumas crianças em uma escolinha para estrangeiros. Por falar alemão, holandês, francês e inglês, pude ajudar alguns deles a encontrarem parentes na América. Eu estava me saindo um detetive. Teçá sabia de minha amnésia e dizia que isso talvez me levasse a alguém do meu passado. Ela e Ilma estavam esperançosas com a vida em NY. Embora o pequeno András estivesse doente, pois já era dezembro e, segundo Ilma, ele nunca passava bem por aquela estação do ano. Teçá contou-me detalhes da rotina na Sinagoga, a congregação, como a chamavam, havia sido fundada por portugueses e espanhóis em 1654. Era engraçado ouvi-la falar em datas, pronunciando os numerais um a um (one-six-five-four). As casas decimais do idioma inglês não eram algo fácil para ela. No templo, a rotina era rígida e os ritos judaicos estavam deixando a minha amiguinha entediada. A religião, para a maioria das crianças, costuma parecer mais uma penitência do que uma vocação. András frequentava a escolinha da congregação e evoluía no inglês assustadoramente. Ilma, fora colocada para a preparação de refeições que a Sinagoga oferecia aos imigrantes e até mesmo pessoas nativas que não tinham com o que contar. Ela também limpava o templo — que era enorme e tinha dezenas de compridos bancos de madeira.

Apesar disso, eles agradeciam a ajuda. A luminosidade proveniente da dignidade humana resplandecia novamente em seus rostos.

Esther e Klára eram algo que Deus colocou em minha vida para tornar tudo mais belo e radiante. Esther doce e frágil, embora reservada na maior parte do tempo. Já Klára, era espirituosa, brincalhona e expansiva. Ambas eram moças decentes e batalhadoras, porém, assim como eu, procurando construir uma vida sem aqueles que mais amavam. Klara era a mais velha de nós três, estava com 21 para 22 anos. E Esther tinha 20 anos. Quanto a mim, até isso tive de inventar. Na Cruz Vermelha, apresentei meu passaporte constando dezoito anos de idade. Foi mais um dos tantos problemas que Lewis solucionou para mim, com a ajuda e influência de seu pai.

Nós três morávamos no mesmo quarto, e tivemos a sorte de dispor de um banheiro privativo. Se tivéssemos chegado um mês depois, teríamos de nos alojar no terceiro andar, cujo único banheiro era utilizado também por homens. Á noite, ouvíamos os sons das sirenes dos bombeiros em direção aos prédios do Lower East Side, onde as construções sequer tinham dutos de ar. Então rezávamos para que as pessoas se salvassem, e agradecíamos por viver em uma parte boa da cidade. Juntas, no mesmo quarto e falando sobre nossos sonhos e anseios, parecíamos irmãs gêmeas, pois tudo era muito comum a nós, judias refugiadas de guerra. Encontramos um jeito divertido de aprender e afinar o idioma: decorar os slogans das marcas de produtos americanos. Era impressionante como eles criavam uma frase para tudo. "Drink Coca-Cola: *Delicious and Refreshin*g", ou *"Look Mommy! We left some for you*, na propaganda da manteiga de amendoim, Ovaltine: *The Word's Best Nightcap, para o achocolatado do momento*. Até os caminhões de distribuidoras eram marcados com a propaganda do produto, como os ovos do meio-oeste "Os melhores do país". Eles tinham uma frase de efeito para tudo, e os cigarros não ficavam de fora; Camel, Pleasure to Burn. Nós ríamos disso o tempo todo. Ora, Prazer em Queimar! Klára e eu ficamos viciadas neste jogo que inventamos: O jogo dos slogans. Mas Esther o detestava, assim como detestava falar inglês. Liesel, uma outra amiga que conhecemos na pensão estava há um ano em NY, e dormia no quarto ao lado, havia passado assim como eu, por Londres no Centro de Refugiados da Cruz Vermelha. De nós quatro ela foi a mais sortuda (se é que podíamos usar esta palavra) pois, não chegou a passar por nenhuma prisão ou campo de concentração. Morava em Paris quando a cidade começou a dar os primeiros sinais de intolerância religiosa, e por ser filha de um funcionário da embaixada pôde fugir com os pais e o irmão. Acontece que a fuga, embora tenha sido bem-sucedida, não foi a salvação da família de Liesel. Já a salvos em Londres, foram vítimas de um bombardeio na noite de dezembro, de 1944. Somente ela sobreviveu. A verdade é que depois daqueles cinco anos de horror, tornava-se cada vez mais difícil encontrar alguém, proveniente da Europa que não tivesse uma história triste para contar. Naquele lamaçal de lembranças dolorosas, eu estava à margem de tudo. Porque só me restava a sensação de enorme perda, de vazio e incompletude. E eu sabia não se tratar apenas da perda de memória, mas sim da perda de pessoas que eu amava.

Na tentativa de me fazer lembrar de algo, as meninas me diziam:

— Margot, estou certa de que você veio de uma boa família. Com educação rigorosa e moral prevalecente. – falou Esther em uma noite qualquer.

— Estou certa disto. Veja seu alemão, o inglês e o francês, Margot. É evidente que recebeu uma boa educação. – concordou Klára.

Eu sorria em agradecimento. Não duvidava disto. Todos aqueles que tentaram me ajudar, chegavam à conclusão de que eu era uma menina proveniente de uma família classe média que investira em minha educação. Era o resultado de meus modos, meu vocabulário e meus conhecimentos gerais. A Geografia, principalmente, ficara sedimentada em minhas memórias. Porque lugares não são pessoas e, segundo Lewis, eu não queria me lembrar de pessoas. Exceto por minhas excentricidades e teimosias, as pessoas em geral, gostavam de mim.

— Todas nós, graças a Deus recebemos uma boa educação. – completou Esther.

— É verdade – disse Liesel enquanto dava um belo gole na garrafa de Pepsi-Cola. Logo depois liberou um sonoro arroto.

Todas nós caímos na gargalhada e completamos em uníssono: Uma boa educação!

Os primeiros seis meses vivendo na América, passaram como se fossem seis dias. Nós não tínhamos tempo para nada, porque se você já ouviu dizer que NY é a cidade que nunca dorme, acreditem, eu presenciei os primeiros sinais daquela insônia urbana. A Times Square era como um formigueiro humano, carros, bicicletas, transeuntes, caminhões e ônibus nos confundiam de tal forma que foi preciso um período de adaptação para nós. Aqueles sons nos desnorteavam, e não só isso, mas o ritmo das pessoas que se movimentavam com intimidade pelas ruas e atravessavam enormes avenidas sem um sinal de trânsito qualquer. Nos dois primeiros meses, nós evitávamos ao máximo aquela parte da cidade, como se um perigo iminente nos ameaçasse. Éramos como passarinhos assustados. Hoje, quando recordo aqueles tempos, chego a achar graça, e riu sozinha atravessando as interseções da Big Apple. No entanto, naquela época, não foi nada engraçado. Eu, Esther e Klára tínhamos chegado de uma Europa devastada e, como você pode imaginar, o efeito primeiro da devastação é o silêncio. Embora tenhamos passado por vários lugares antes de entrarmos no navio Aquitânia, todos os cenários anteriores eram silenciosos. Depois da derrota definitiva dos nazistas para as Forças Aliadas, a Europa ficou em silêncio por um período. Era possível tocá-lo, até mesmo nas marchas de centenas de judeus a caminho de casa, não se ouvia nada além de choros de crianças, aparentemente os únicos seres com uma reserva de lágrimas para derramar. Havia cidades inteiras em ruínas, com habitantes absolutamente flagelados, famintos, trocando – muitas vezes – a violabilidade de seus corpos por uma lata de ração dos soldados. Imaginem uma horda de zumbis desalmados que, embora livres, estavam completamente aprisionados em seus traumas e suas necessidades básicas. Agora, longe deste silêncio doloroso, vivíamos na maior metrópole do mundo, ultrapassando Londres em número de habitantes. Ou seja, era como atravessar uma loja de antiquário antiga e avariada, sentir toda a poeira acumulada, contabilizar as bonecas de porcelana com seus vestidos desbotados, os samovares com louças descascadas, os tapetes-persa malconservados e, nos fundos da loja, abrir uma porta que daria acesso para um shopping iluminado, de assoalho brilhante, transeuntes sorridentes, perfumes sofisticados e paredes de mármore branco. Saímos do oito e fomos para o oitocentos. Uma coisa bem ruim em Nova Iorque foi a poluição, que era o preço a pagar por toda aquela pujança. Como sempre tive doenças respiratórias, alergias e asma, custou bastante para eu me adaptar.

Capítulo 10

A Angústia da Beleza

Quando Klára e Esther trabalhavam aos sábados, porque nem todos os lugares entendiam que como judeus nós não fazemos isso neste dia da semana, eu me sentia perdida. Tinha uma manhã e tarde inteirinha comigo mesma, e isso me tirava o Norte. Enquanto havia vozes ao meu redor, era como se a pessoa, a verdadeira pessoa de quem Margot Snyder não se recordava, se comunicasse comigo em uma linguagem de surdo-mudo, sendo que eu não tinha a menor noção da linguagem de sinais. As vozes de Klára, Esther, e Liesel quando vinha ficar conosco, abafavam o menor contato com a verdadeira voz dentro de mim. No fim das contas, ela não falava nada mesmo, entendem? Por conta da linguagem que eu não podia detectar. Mas me cutucava na solidão. Nessas manhãs eu sabia que não adiantava ir ao Brooklyn atrás de Teçá, pois eles três estavam certamente respeitando o Shabbat, enquanto eu estava em busca de companhia para conhecer a cidade. Então eu descia para a recepção da Starry Night, que ganhou este nome porque a proprietária era Holandesa e muito orgulhosa por ser uma conterrânea de Van Gogh. Na parede da recepção havia uma cópia da tela que levava o nome da pensão. Eu estava procurando um meio de ajudar a sra. Reitsma e geralmente era enxotada para fora, porque ela dizia com um sotaque carregado dos Países Baixos:

— Vá viver a vida, menina!

E começava a dar ordens a mocinha que a ajudava na cozinha. Não gostava que seus hóspedes se imiscuíssem, mesmo que para ajudar, nos afazeres da pensão. Desta vez, abriu uma das gavetas abaixo do balcão de madeira e retirou de lá um folheto com as atrações do Metropolitan Museu. Eu ainda não tinha pisado lá e não me faltava vontade para isso, mas sim dinheiro. Talvez ela tivesse adivinhado meus pensamentos:

— O quê? Você não sabe? – então deu um arquejo daqueles que as pessoas cansadas de repetir a mesma coisa costumam dar. – É só dizer que você não tem como contribuir.

Explicou-me que o Museu era mantido por fundos e donativos de grandes empresários, famílias ricas e outras pessoas que não gostavam de se identificar. Depois disso, praticamente me enxotou da recepção e lá fui eu descendo a Pensilvânia rumo à 5th Avenida. Eram quase três quilômetros, mas sabem, passava tão depressa porque havia tantas coisas para serem vistas – vitrines, carros, mulheres muito bem-vestidas caminhando com seus filhos ou abraçadas em seus maridos – e de repente, eu já estava bem próxima da oitava com a quinta. Em NY é comum usar dessa expressão: quinta com 55th, Oitava com quinta... E por aí vai. Depois de um tempo morando da Big Apple, fui mapeando-a e hoje se alguém me liga de lá meio perdido nas ruas, sou capaz de orientá-lo até o ponto desejado.

Fazia frio na cidade, as festas de fim de ano já haviam passado e janeiro sempre foi um mês em que meus ossos se lembravam de me incomodar. Nós já estávamos há seis meses na América, meu inglês havia sido lapidado, eu já não sentia medo de andar só, além disso, agora eu tinha um emprego na Biblioteca Pública que me deu uma sensação de pertencimento que jamais me esqueci, pois foi a primeira vez em muito tempo que me senti como alguém normal. O trabalho é algo tão importante para um ser humano adulto, cadencia nossos dias, orienta nossas ações e nos alimenta com dignidade. Era uma merreca, o meu salário, mas como não pagávamos aluguel e tínhamos cupons para o básico, parecia-me um salário e tanto. Eu tinha recebido meu ordenado naquela semana, então aproveitei para comprar selos e pus uma carta para Lewis em uma das caixas dos correios. Depois passei no nosso mercadinho cujo filho da dona — que era uma húngara com quem Klára sempre conversava -, não tirava os olhos de mim. Antal não era desagradável, no todo. Tinha feições belas, a não ser pelos dentes da frente bem avantajados. Pensei que, se ao menos ele falasse inglês, podíamos ser amigos. No entanto, embora ele estivesse lá desde o início da guerra (eu sempre me perguntava como algumas pessoas haviam conseguido escapar), não falava quase nada de inglês. E isso me desmotivava. Não por ter de me esforçar para nos comunicarmos, mas porque achava uma falta de inteligência da parte dele, não aproveitar a oportunidade que as várias escolas de *English as a second language* (inglês como segunda língua), proporcionavam aos imigrantes. Não me levem a mal, leitores, mas se tem alguma coisa que me tira a paciência são pessoas que não se esforçam – o mínimo possível – para melhorar de vida. Mesmo que a oportunidade esteja ao seu lado, elas simplesmente ignoram, ou por se considerarem muito espertas a ponto de desprezarem a oportunidade, ou por não terem a menor noção do que lhes pode ajudar no futuro. Eu não sabia qual era o caso de Antal e não estava disposta a saber. Comprei meu saquinho de caramelos e rumei para o Met (Metropolitan para os íntimos).

Depois de dizer para a moça da bilheteria – com certo constrangimento e em um tom quase sussurrado – que não tinha como pagar pela entrada, ela sorriu e me deu o bilhete. Simples assim. Instintivamente virei para o corredor da direita. A parte reservada aos tesouros do Egito. Que maravilha era aquilo! Eu estava em êxtase. De alguma forma sabia que gostava de tudo relacionado ao Egito. Conhecia algumas dinastias, já ouvira falar de monumentos além, é claro, das sempre mencionadas pirâmides de Gizé: Quéops, Quéfren e Miquerinos. Meu acervo, não me pergunte como, era algo sólido dentro de mim. Anos depois, eu me lembraria do porquê.

Foi naquele janeiro de 1948, que senti pela primeira vez o que chamo de A angústia da Beleza. Isso acontece todas as vezes em que o meu contato com a arte me retira o fôlego, como se a beleza alçasse um nível tão elevado em excelência, que o artista me angustiasse. Eu me perguntava como aqueles homens de três, quatro mil anos antes, munidos de tão poucas ferramentas, haviam se capacitado ao ponto de produzirem máscaras mortuárias em ouro, embalsamamentos perfeitos, talhes em madeiras que resistiam a ação dos séculos sem ao menos extrair o tom de azul e laranja, nos detalhes a mostra. Como isso seria possível? Era um mistério que me enfeitiçava e fazia imaginar histórias para múmias que não tinham nomes, apenas plaquinhas com a data de sua descoberta, o arqueólogo responsável, a datação próxima da mumificação, mas não o nome de seu verdadeiro dono ou embalsamador. Isso era, para mim, tão injusto pela ótica da arte. No entanto, com o tempo e dezenas de visitas ao MET, fui entendendo que a arte possuí as ramificações da existência e que a arqueologia também era arte. Logo, os arqueólogos que nos traziam essas preciosidades também eram artistas e mereciam nossa admiração. Nunca enxerguei a arqueologia como ciência. A mim, ela está mais relacionada com a intuição, logo, é arte mais do que ciência.

Passei o dia no MET. E depois de esmiuçar o Egito, fui para a Roma Antiga enamorar-me de todas aquelas esculturas e bustos. Comi todos os meus caramelos e por ter visto alguns sorrisos desdentados de múmias, pensei que deveria tratar melhor dos meus dentes. Voltei para a pensão felicíssima e com uma imensa vontade de escrever um conto sobre múmias que se reencontravam após dois mil anos, nos salões do Metropolitan. Seus espíritos, que adormeciam durante o dia e despertavam após o fechamento do museu, emergiam de seus sarcófagos e finalmente se amavam após tanto tempo de separação. Minhas múmias tinham nomes; Xerxes e Lídia. É claro que na segunda-feira, assim que pude, fiz uma pesquisa na Biblioteca sobre esses nomes. Queria saber de onde eles haviam saído com tanta rapidez.

Desde então, a angústia da beleza passou a ser meu combustível.

Com o tempo Esther e Klára se mostraram muito mais devotas da Torá, do que eu. Hoje vejo que minha não ortodoxia, herdada de Pim, foi algo que ultrapassava nossas afinidades visíveis, pois, mesmo no corpo de Margot Snyder, permaneci olhando para a Criação de forma humanista e não dogmática. Eu frequentava a sinagoga, claro, sentia-me na obrigação de ser grata por tudo que faziam não só por mim, mas por um sem número de imigrantes judeus. O rabino Staremberg, que possuía uma maneira muito sutil de invocar minha presença, notara a minha veia desgarrada. Entendam, eu era judia e sabia disso. Estava, sobretudo, em meus traços. Jamais me envergonhei dessa condição. Muito certa de que passaria uma vida relembrando que somos humanos e merecemos respeito. Por mais óbvio que isso pareça, não se esqueçam, a obviedade não impediu A.H de chegar aonde chegou.

Mesmo assim, de repente me envolvi nos encantos da cidade e não queria perder meu tempo com a cara na Torá. Havia umas três semanas, mais ou menos, eu não dava as caras para os ritos na Sinagoga. Era março de 1948. Apesar de cumprir meu compromisso junto à escolinha dominical, lecionando inglês para as crianças imigrantes, fingi-me de morta aos sábados. Klára, que era mais perspicaz, não estava disposta a mentir para o rabino acerca de minha ausência.

— Se você não quer mais comparecer ao templo, faça o favor de ir lá e deixar isso claro. – disse-me ela com toda a objetividade que marcou nossa relação.

— Está bem. – respondi intimidada.

Esther, embora sempre mais reservada, parecia partilhar com Klára aquela postura. No entanto, abordou-me de outra maneira.

— Devemos ser gratas, Margot. Não teríamos um teto, um emprego e o que comer se não fosse pela Cruz Vermelha e as Sinagogas. – falou enquanto alisava meu braço.

Eu estava com alguns livros ao meu redor. O trabalho na biblioteca rendia-me certos privilégios.

— Eu sei, querida. Não se trata de abandonar os costumes e a religião, só não queria tratar isso como uma obrigação.

— Então não trate. Olhe como uma boa ação; a de ser grato por fazer bem ao espírito.

Talvez tenha sido o tom de voz da minha querida Esther, terno e delicado, quem sabe o silêncio sagrado que se fez ao nosso redor, enquanto Klára abria a torneira do chuveiro, ou a ausência de veículos pesados passando pela Av. Pensilvânia. Lembro-me de ser tomada pela súbita compreensão de que não podemos nos dar ao direito de realizar apenas as tarefas nas quais sentimos prazer, tornando-nos seres mimados, e por que não, tiranos. Comecei a pensar em Dostoiévski, o autor do livro O Eterno Marido, que estava em minhas mãos. Logo no prefácio, escrito por não me lembro quem, nos é dito que o autor escreveu a obra com pressa, para saldar dívidas que – ao longo de sua vida – pareciam as dívidas dos países subdesenvolvidos com o FMI, intermináveis. Isso me fez pensar que para além dos grandes títulos estão seus autores, e as dificuldades que superaram ao longo de suas vidas. Essas passagens, são para mim, uma parte importante do legado que nos deixam. Pensei que, ao menos por hora, eu teria de tratar meus deveres perante a Sinagoga, como Dostoiévski enfrentava o seu ofício perante suas dívidas.

Capítulo 11

Uma nova oportunidade.

— Não é nenhum bicho de sete cabeças, Margot. O rabino e sua esposa disseram que são boas crianças. – disse-me Esther, com sua voz delicada.
— Mas eu não tenho experiência nenhuma com isso... E se precisarem de primeiros socorros?

Esther e Klára riram.

— É por poucas horas e apenas para olhar três crianças e não para cobrir o plantão de uma enfermeira.

A questão toda foi a seguinte: o Rabino Staremberg e sua esposa, participariam de um leilão beneficente organizado por um de seus vizinhos do Bronx, chamado Richard Simon. O estado de Israel tinha sido fundado em maio, 14 de maio de 1948, e muitas ações para arrecadação de fundos destinados à construção daquela nova nação, estavam sendo fomentadas por famílias judias que podiam colaborar. É claro que as crianças dos casais não iriam ao evento e Esther foi acionada para trabalhar na casa do rabino. Segundo Esther, foi ela mesma, ao ouvir que Os Simon não tinham uma babá disponível, quem pensou em mim.

— Em mim? Você só pode estar brincando. – respondi.

— Mas você ensina tão bem as crianças da escola. Por que não conseguiria passar algumas horinhas com as vizinhas do rabino?

Imediatamente, lembro-me, eu não soube responder. A não ser pelo fato de que na escola havia outras pessoas responsáveis por aquelas crianças, e eu poderia contar com essas pessoas caso precisasse. Em alguns momentos eu deixava escapar a minha fragilidade, a falta de referência que a memória me furtava fazia-me andar em areias movediças. Por isso, a responsabilidade de cuidar de Joanna, Lucy e Carly me apavorou. Elas tinham nove, seis e três anos de idade. Imaginei-as gritando ao meu redor, talvez brigando umas com as outras até a hora de seus pais chegarem. No dia seguinte, que foi um marco para o início de uma longa jornada, as três menininhas me receberam sorridentes em sua casa, que era muito bonita. Elas não gritavam, mas cantavam lindamente e a menorzinha, Carly, repetia o que as mais velhas já sabiam fazer – acreditem se quiser – bem afinadas.

Na casa de Richard Simon
Bronx, julho de 1948

O rabino Staremberg fez questão de me levar à casa do vizinho, o sr. Simon. Combinamos de nos encontrar na sinagoga, Esther e eu pegamos o metrô na Penn Station e rumamos para Middletown.

O Bronx já era um bairro bem extenso naquela época, e se subdividia em outras áreas. A casa do rabino ficava em Fieldston, para mim, a parte mais bonita de toda a Nova Iorque porque era repleta de casas no estilo Tudor, com fachadas românticas e floridas. Imaginei que o sr. Simon fosse um homem bem-sucedido, pois logo do largo portão de ferro, entrevi a mansão. Como uma taça ela se erguia aos fundos de um terreno gramado linear. Era branca e com colunas clássicas no pórtico central. Um senhor simpático abriu o portão para o rabino que o cumprimentou pelo nome.

— Fique calma – disse-me Esther – O rabino disse que são ótimas crianças.

Assim que entramos na casa senti-me imediatamente bem. Havia uma alegria palpável com sons de passos apressados e corridinhas entre um cômodo e outro, portas batendo com o vento, gargalhadas, vozes infantis e sorrisos. Havia vasos espalhados pela casa, com flores de diferentes espécies misturadas. A sra. Simon, Andrea Simon, veio ao nosso encontro e com um sorriso doce e franco nos recebeu com uma atenção que dispensava a todos, inclusive aos empregados.

— Como vai Margort? – disse-me ela enquanto nos cumprimentava. – Então você é o anjo que vai cuidar das minhas meninas?

— Com todo o meu carinho.

O rabino Staremberg cumprimentou a dona da casa, embora se conhecessem há anos, pela regra da religião, o cumprimento dispensava toques.

— Elas já estão descendo... Vocês aceitam um suco ou chá? – perguntou ela para mim e Esther. Ao rabino ofereceu um drink aperitivo, ao que ele educadamente dispensou.

— Um suco seria bom. – respondi, conhecendo o apetite de Esther. Ela estava encantada com Andrea, com a casa e com a atmosfera alegre do ambiente. Pensei que se não estivesse tão habituada aos Staremberg, pediria que trocássemos de lugar.

Alguém tocava piano ao longe, mas logo depois o som cessou e em poucos minutos vimos um homem de meia idade atravessando a sala de estar, com um semblante agradável, estatura não tão elevada como a do rabino. Tinha uma acentuada alopecia em todo o escalpe, sendo que nas laterais seus cabelos ainda eram abundantes e negros. É um tipo de calvície que define o semblante de alguém, se de feições fechadas; fatalmente imprimirá nas pessoas um aspecto de bruxo, ou dos diretores de escolas como a que frequentou a órfã Jane Eyre. Mas se de semblante gentil e suave, nos trará a imagem de um amigo confiável. E assim era Richard Simon, ou Dick para os amigos.

O sr. Simon, como o chamei dali em diante, cumprimentou a todos com distinção e gentileza e entabulou rapidamente uma conversa com o rabino. Detalhes do leilão e de aquisições que estavam em sua lista, e foi neste meio tempo que as meninas desceram pela grande escada na mansão, apoiadas no corrimão de madeira. Joanna, que era a maior, trazia Carly pela mão, enquanto Lucy descia na frente de todas. Elas estavam ansiosas por me conhecer e foram tão afetuosas como a mãe. Nossa conexão foi imediata, pois em seus rostos havia sempre sorrisos abertos e sinceros.

— Joanna, por que não leva Margot para conhecer os quartos de vocês? – disse a mãe.

— É uma boa ideia, mamãe. – respondeu Joanna que sempre foi uma lady. Anos depois não me espantou que se tornasse uma cantora lírica, pois sempre teve a postura de uma dama e fazia muito bem o papel de irmã mais velha, protetora e paciente.

Despedi-me do rabino e de Esther que estava quase subindo conosco, tamanho encantamento. Mas logo o rabino rumaria para a casa, a fim de deixá-la com Susan e Sophie. No andar de cima, havia dois quartos reservados para as meninas, o de Carly e Lucy que eram as menores, e o de Joanna, que se comportava como uma mocinha. Eram decorados com uma delicadeza e ludicidade de quem entende a alma de uma criança. Havia os brinquedos clássicos espalhados pelos cômodos, pequenas estantes com livros, clássicos e modernos. Cavalinhos de madeira, bambolês e quebra-cabeças. Nas paredes um papel com desenhos de pequenas flores em tom amarelo, revestia o ambiente com um toque inglês. Além disso, um cheiro peculiar que marcou aquela casa em minhas memórias, como quase todas as casas que conhecemos costumam nos marcar. Algo que nem sempre encontramos em outros lugares, mas que se mistura com as vozes e a decoração de um lar. Na casa dos Simon havia um cheiro constante de amaciante de roupas, como uma fragrância de bebê recém-nascido.

— Nós podemos brincar de bolinha de sabão? – perguntou Carly com sua vozinha delicada.

— Carly, está escurecendo e mamãe não quer que façamos isso aqui dentro. – interferiu Joanna.

— Podemos fazer uma lista de prioridades – sugeri. – Cada uma de vocês me diz o que gostaria que fizéssemos enquanto eu estiver aqui, o que acham?

— Ótimo! – respondeu Lucy que provavelmente, por ser a filha do meio, obedecia Joanna.

— Está bem... – respondeu Joanna educadamente.

— "Tá bem". — repetiu Carly, com sua opinião de três anos de idade.

Passamos uma noite bem agradável. Depois que o sr. e sra. Simon se despediram de nós, rumando para o leilão e deixando para trás um rastro de perfume floral, nós entramos em um acordo: como Carly dormia mais cedo, decidimos brincar com ela em sua casinha de bonecas que era uma réplica das casas de fazendas do Sul dos Estados Unidos, linda, como as de E o Vento Levou. Possuía quatro minúsculas dobradiças que a fechavam em bloco para ser guardada. Depois descemos para jantar e fizemos isso na cozinha mesmo, que era espaçosa e aconchegante. A cozinheira fez frango com molho madeira e batatinhas souté, que Carly adorava. Parecia que a doçura daquela pequena, às vezes, ditava as regras. De sobremesa comemos torta de maçã com canela. Antes de voltarmos para o andar de cima, Joanna quis saber se eu gostava de música.

— Ah, sim! Eu adoro música.

— Então vamos cantar uma música para você... – e as três me conduziram para a sala de música.

Havia um piano de cauda negro e sobre ele alguns porta-retratos com a foto do casamento de Andrea e Richard, dos dois em algumas viagens, das meninas pequenas, Andrea grávida em uma praia, talvez na Califórnia.

Carly ainda estava desperta, mas já esfregava os olhos.

— A de sempre? – sussurrou Lucy para Joanna, que é claro estava ao piano.

Lembrem-se; Joanna tinha apenas nove anos. Sentei-me em um dos vários sofás espalhados pela sala, com as mãos cruzadas sobre meu colo, toda a minha atenção estava com aquelas crianças. Então as primeiras notas, de uma de minhas canções mais queridas na vida foi dedilhada: Over the rainbow, eternizada na voz de Judy Garland no filme O Mágico de Oz. Quando Joanna, Lucy e Carly começaram a cantar fui invadida por um sentimento tão bonito que misturava beleza, doçura, afeto, sentimento de família, amor genuíno e mais... Algo que eu só soube decifrar alguns anos depois, eu estava assistindo três grandes artistas americanas florindo diante de mim, sem saber exatamente aonde chegariam, mesmo assim sendo presenteada pelo destino que me permite, hoje, contar isso para vocês. É claro que Carly, com apenas três anos, destacava-se pelos encantos de seus fios loiros, sua voz meiga e os gestos como o fechar dos olhos nas notas mais agudas. Joanna era a maestrina, conduzia as irmãs com o olhar, a ponto de saberem exatamente o que ela queria, como acontece entre os artistas que ensaiam seus números muitas vezes com o parceiro de cena. E Lucy era uma flor do campo, deixando-se levar pela melodia com aparente despretensão. Era um trio de pedras preciosas. Aplaudi emocionada, ignorando as notas suprimidas por Joanna que ainda não havia decorado toda a partitura, ela assumiu inteira culpa por alguma falha, pois a mãe, que era a verdadeira musicista da família, ainda estava a ensinando.

— Vocês são verdadeiras artistas! Eu adorei...

E fui até elas dar um beijo em cada uma.

— Obrigada por isso. – disse-lhes.

A arte sempre me emocionou, e por isso, agora mesmo enquanto me recordo desta noite, tenho lágrimas bonitas enchendo meus olhos. São tão preciosas, pois resultam de um pretérito cristalizado onde frutos estavam sendo cultivados para tornar o nosso mundo melhor.

Depois de algumas outras pequenas canções, fomos para o quarto. Subimos a escada com Carly adormecida em meus braços, acomodei-a na cama em companhia de sua boneca preferida. Ficamos eu e as duas maiores montando quebra-cabeças, elas gostavam das imagens de castelos europeus.

— Podemos ler uma historinha, depois? – perguntou Lucy.

— Claro. Você tem alguma em mente?

— A pequena vendedora de fósforos, do ...

— Hans Christian Andersen. – completei.

— Você também gosta? – perguntaram as duas.

— Sim. Apesar de triste, é muito bela.

— Como a vida... – completou Joanna.

Olhei-a espantada. Uma filósofa, pensei.

— O papai sempre diz essa frase. – esclareceu ela.

Nós lemos não só aquele, mas outros livrinhos infantis disponíveis nas estantes baixas que tomavam boa parte das paredes, entre as bay windows. Depois, foi a vez de Lucy se recolher. E fez isso sem resistência, primeiro escovou os dentes e vestiu uma camisola longa de algodão fino. Despediu-se de mim e foi para baixo do lençol. Joanna, muito educada, perguntou-me se podia ficar acordada mais um pouco. Disse-lhe que sim, afinal, ela era uma mocinha. Então sugeri a ela que organizássemos os livros, pois notei que estavam misturados. Enfim, eu continuava com a minha mania de organização. Ela achou ótimo, pois parecia uma das minhas. Já estávamos na terceira estante, conversando sobre algumas histórias e seus autores, quando nos demos conta de que seus pais nos observavam abraçados, na porta.

— Quer dizer que Joanna encontrou uma companhia para a arrumação... – disse Andrea.

— É, nós achamos melhor dar um jeitinho aqui... – eu disse.

O sr. Simon se aproximou.

— E qual foi o critério?

— Margot achou melhor dividirmos os clássicos dos modernos. – respondeu Joanna abraçada a sua mãe que estava grávida e com a barriga começando a se parecer com uma melancia.

— É um bom critério. – concluiu ele.

Depois Dick Simon passou os olhos nas estantes que tinham sido organizadas.

— Bem... vejo que você não só dividiu por clássicos, mas também por nacionalidades.

— É... Deixei assim para que as meninas já se familiarizem com a origem dos autores.

Andrea e Dick se olharam, como se em virtude da intimidade que tinham, lessem o pensamento um do outro. Eu tinha posto Charles Dickens, Lewis Carrol e James M. Barrie, ingleses, separados de Charles Perrault e Victor Hugo – embora o francês não fosse um autor de contos infantis, as meninas tinham uma versão de O corcunda de Notre Dame adaptada. E ainda havia os Irmãos Grimm, que ganharam uma prateleira só deles, por serem alemães.

— Você é boa nisso, Margot. – disse o dono da casa. – O que você faz para viver?

— Bem, estou trabalhando há alguns meses no arquivo da Biblioteca Pública.

— Excelente! E quanto você ganha lá? – Dick Simon era um homem de negócios, mas eu ainda não sabia de que ramo.

— Recebo 25,00 dólares por semana.

— Pago 35,00 se quiser trabalhar para mim. – falou, enquanto Joanna e Andrea esperavam a minha resposta.

— Senhor... – eu respondi meio desconcertada. – Para fazer o quê?

— Organizar os arquivos de minha editora.

— Editora?! – eu disse sem conseguir disfarçar minha alegria.

— Sim, você não sabia que somos donos de uma editora?

— Não... O rabino não entrou em detalhes. – deixei claro que as intimidades da família não foram repassadas a mim.

— Pois então... Aceita a proposta?

— Aceite Margot! Assim nós poderemos nos ver mais vezes. – disse Joanna.

— É claro que aceito, senhor. Estou muito honrada.

Foi assim, leitores. Que entrei para a Simon & Schuster, em julho de 1948 e definitivamente, para o mundo editorial.

E por falar em livros...

Praticamente um ano antes, em junho de 1947, um livro chamado O esconderijo de Anne Frank foi publicado nos Países Baixos. O mercado editorial americano, ainda não o conhecia.

CAPÍTULO 12

Simon & Schuster
10 de agosto de 1948

A Simon & Schuster situava-se na Park Avenue, no terceiro andar de um prédio elegante. Era uma sala ampla, com uma recepção de balcão em mármore e por trás dele se erguia uma parede com quadros que tinham as capas de best-sellers da editora. Havia ainda mais três salas com divisórias baixas. A oportunidade de trabalhar na empresa, foi como se girassóis caíssem dos céus. A ideia de trabalhar em um ambiente que envolvia a produção, venda ou a pura exposição de livros, trouxe-me tanto entusiasmo que me perguntei se por acaso aquilo era um sonho antigo, do qual eu não recordava. Eu nutria a esperança de conseguir um emprego em uma livraria, tão logo me sentisse entrosada com os maiores títulos dos americanos. Mas uma editora... Foi bem mais do que eu poderia esperar.

Aquele quase um ano de América havia refinado meu inglês inegavelmente, e agradeci por "Em algum lugar do Passado" (aliás, eu amo este filme), alguém ter introduzido as noções da língua em minha cabecinha. Não posso esquecer também o tempo em que passei na companhia de Lewis e dos pacientes do Hospital Brook, embora lá fôssemos quase todos estrangeiros, nos comunicávamos principalmente em inglês. E ainda havia as intermináveis conversas entre minhas amigas, antes de dormirmos, sobre pronúncia, grafia e entonações. Eram, geralmente, encerradas com risos, principalmente causados por Esther que declaradamente aprendia a língua por puro instinto de sobrevivência. Todas nós sabíamos que para nos destacarmos entre aqueles milhões de imigrantes, com mais de 60 nacionalidades diferentes, era preciso refinar ao máximo o idioma. Um idioma bem falado abre portas mais altas para os que sonham com um lugar ao sol, no solo estrangeiro.

E ali estava eu, colhendo o fruto de meu esforço.

Adentrei a sala da editora pontualmente, não queria desperdiçar minha chance um minuto sequer. Eram 8:00 da manhã. Uma moça de seios volumosos, batom vermelho e cabelo platinado com largas ondas até os ombros, sorriu, olhando-me de cima a baixo. Talvez eu não estivesse tão bem-vestida. Mais cedo, Klára que de nós todas era a que trabalhava no melhor lugar, insistiu para que eu usasse um de seus vestidos chamise. Era de linho, em tom caramelo, abotoado na frente, de golas redondas e meias-mangas. Pouca roda. Senti-me bem com ele. Não estava desarrumada, mas também não corria o risco de parecer uma aspirante a figurante da Broadway. E continuava com meus cabelos curtinhos, ao estilo Haudrey Hapburn e, por isso, usava brincos miúdos imitando pérolas. Mesmo me sentindo bem com a roupa, após a olhada da recepcionista senti-me mal. Achei que seu olhar revelava algo que eu não podia detectar, talvez, pelo excesso de entusiasmo.

— Você deve ser Margot Snyder... – disse uma mulher de óculos de grau com lentes largas e escuras, vindo do corredor.

— Sim, senhora...

— Mendoza. Pode me chamar de sra. Mendoza. – disse-me, estendendo a mão com cortesia. Seu sotaque denotava uma origem hispânica.

Ela tinha gestos ágeis e foi me conduzindo para o fim do corredor onde nos viramos para uma porta onde havia a seguinte placa: Arquivo. A porta se abriu para mim como um mundo novo.

— Dick me disse para lhe mostrar tudo.

— Dick... – perguntei.

— Sim, querida. O seu chefe. – falou como quem fala do Sol.

— O sr. Simon?

— Isso mesmo, minha querida. Nós o chamamos de Dick. Mas você pode chamá-lo de sr. Simon. Vamos entrar? – convidou-me ela.

A sala do arquivo não era espaçosa. Não tinha ventilação. Nem meios de nos sentirmos livres dentro dela. Devia ter algo como...Deixe-me ver... cinco por cinco, metros. Nas paredes, vários armários de alumínio (lembram-se de que eu detesto esse material?), cada um com cinco largas gavetas. Ao menos elas estavam nominadas por gênero: suspense, terror, policial, romance, clássicos, biografias, Town e Country — um estilo de livros para deixar nas mesas de centro das casas de famílias abastadas — e Moda. A Simon & Schuster publicava muita coisa e era um grupo editorial grande, com mais de duas décadas no mercado. A sra. Mendoza continuava falando com o seu sotaque carregado:

— Minha querida, o seu trabalho consiste em organizar essas gavetas. Como você vê, por fora está uma graça, não é?

Concordei, mas temia que depois desta frase ela me revelasse um ninho de cobras dentro das gavetas.

— Pois é. Mas por dentro destas gavetas, há uma caixa de Pandora.

Foi abrindo as tais gavetas onde havia uma infinidade de envelopes, brancos, pardos, e até embrulhos. Eles continham manuscritos de todos os cantos do país. Hoje, refiro-me a eles como envelopes de sonhos. Escritores depositavam seus sonhos ali e os lacravam, rezando, é claro, para que fossem lidos e aceitos pelos editores da Simon & Schuster. Pelo que entendi, tudo que estava ali já tinha sido eliminado da lista de futuras publicações e me perguntei o porquê de a editora ainda mantê-los.

— Coisa do Dick. Ele diz que o escritor pode um dia vir aqui e querer o manuscrito, então se os devolvermos ninguém vai poder nos processar por plágio. Entende? Provaremos que o original foi aquele de dentro do envelope. – disse ela dando de ombros.

Para mim não fazia sentido. Pois qualquer um poderia colocar um conteúdo diverso dentro dos envelopes. No entanto, só acatei as ordens e perguntei qual era o critério de arquivamento. A sra. Mendoza me olhou como quem vê um condenado indo para a forca:

— Bem, minha filha... Você terá de ler, ao menos as primeiras páginas, para saber qual o gênero do manuscrito e colocá-lo nas gavetas corretas.

— Está bem. – respondi, entrando no pequeno recinto e olhando para as gavetas a minha frente.

— Boa sorte. Ah! A propósito; ali, na outra porta fica a nossa copinha. Temos água, café e rosquinhas quando o Jack traz para nós.

— Está bem. – falei com coragem.

Jack deve ser o menino faz tudo, pensei.

— Eu fico na sala com os outros funcionários, logo atrás da parede da recepção onde estava Meggie Williams. Se precisar de mim, pode chamar.

Assenti. Guardei minha bolsa no armário de madeira que ficava na copinha e levei um copo d'água para o Arquivo. Minha primeira gaveta escolhida foi a de romances, é claro, mas ao avançar pelos envelopes descobri o que como a sra. Mendoza tentou me avisar, não havia a menor ordem naquelas gavetas. Mais tarde, quando nos sentamos para lanchar soube por Tony, um simpático senhor que trabalhava para a empresa há anos, que eu era mais uma das milhares de tentativas para o cargo. A última não tinha ficado nem um dia.

— Mas por quê? – perguntei enquanto mordia meu sanduíche de queijo.

A sra. Mendoza e Tony começaram a rir, até seus rostos ficarem vermelhos. Depois me disseram que pela minha resposta, sabiam que eu era uma esperança real.

Uma semana se passou e eu quase não saía de dentro do quartinho. As horas transcorriam muito rápido, pois em geral eu estava lendo os manuscritos para organizá-los nos devidos nichos. Às vezes eu não queria continuar nem até a segunda página, e entendia o porquê de estarem no arquivo. A maioria serviria apenas para encorpar uma fogueira de acampamento, enquanto outros me emocionavam, chocavam, impressionavam. Para estes últimos criei uma gaveta completamente nova e no final do primeiro mês pedi para a Sra. Mendoza me arrumar uma nova etiqueta onde se lia: Hope.

Curiosa que só, Mendoza logo deu um jeito de saber do que se tratava.

— Ah, é porque esses têm algo de bom. Algo que pode ser aproveitado.

Ela sorriu de um jeito diferente. Como se aquilo fosse uma boa e inesperada surpresa. Devo mencionar que a Sra. Mendoza e eu nos gostamos instantaneamente, eu a sentia como uma tulipa de tom laranja. Sabem, gosto de atribuir cores às pessoas e o laranja me remete a algo confiável e aconchegante. Dizem que o vermelho nas aquarelas das crianças no jardim de infância, representa as mães. Naquele meu momento da vida, a Sra. Mendoza seria o laranja de uma carinhosa madrinha, pois me ensinava muito, sempre com praticidade e em um tom apressado, no entanto, solícita na maior parte do tempo, quando o Dick não a solicitava para esclarecer os mais variados questionamentos, como qual era o dia de aniversário de uma de suas filhas. Enquanto nós duas nos entendíamos com poucas palavras, o mesmo não ocorria com Meggie Williams, a loira da recepção. Ela não era a recepcionista, mas estava cobrindo as férias da funcionária, e por isso tinha a cara feia quando de minha chegada. Bem, na verdade o motivo da cara feia era não estar na sala dos editores e Meggie, embora não fosse editora, datilografava rápido. Em algumas horas do dia ela parecia mais simpática, geralmente após o almoço e eu descobri o porquê logo nos primeiros dias de trabalho.

Eu estava sentada no chão do quartinho, como eu chamava o arquivo. Havia alguns envelopes ao meu redor e uma folha em minhas mãos tomava toda a minha atenção, era a décima quinta página de um manuscrito rejeitado. Meus olhos estavam atentos à narrativa daquele autor. Seu envelope não tinha selo, o que me fez crer que ele mesmo havia levado o manuscrito à editora. O endereço era de Manhattan. De repente fui surpreendida com a presença de alguém na porta.

— Olá, você deve ser Margot. – disse-me a pessoa depois de me observar por alguns instantes.

A pessoa.

"A pessoa", queridos leitores, se chamava Jack. "A pessoa" que trazia rosquinhas para os colegas de trabalho, "A pessoa" que deixava Meggie Williams com decotes cada vez mais profundos, A pessoa que tiraria meu sono por muito tempo.

— Sou eu mesma. – respondi com naturalidade, pronta para disfarçar quando algo me impactava.

Ele se aproximou do chão e me estendeu a mão.

— Sou Jack, Jack Himmel.

Seus olhos eram claros, naquele momento eu não soube precisar se verdes ou azuis, porque incomodou-me olhá-lo com interesse. Mais tarde eu saberia que eram azuis, tão intensos como águas-marinhas expostas nas vitrines da Tiffany's. Jack tinha os cabelos cortados de lado, como os do cantor Dean Martin sendo que sua franja era um pouco maior e com mechas claras, em um tom de trigo seco. Não sei se me faço entender, a mim sempre foi difícil descrever o tom de seus cabelos.

— Posso ajudá-lo, Jack? – eu perguntei como que dona daquele arquivo. Aliás ele estava ficando belo como todas as coisas organizadas ousam parecer.

— Sim. Nós estávamos falando de um manuscrito que talvez esteja por aqui. Parece que Dick está à procura de um suspense e não se lembra do título. – disse ele olhando ao redor.

Jack era um dos editores. Um dos profissionais que dizia sim ou não para um manuscrito. Era jovem, calculei que no máximo uns vinte e cinco anos. Mas tinha um olhar astuto, ao menos em um primeiro momento, foi o que me pareceu.

— Alguma pista além disso... – perguntei para facilitar a busca.

Jack sorriu. Sabia que a tarefa não seria fácil.

— Algo que se passa em um orfanato... – falou como quem joga na loteria.

— Vou procurá-lo.

— Até o fim do dia?

— Que Deus nos ajude! – disse-lhe com sinceridade.

Jack sorriu mostrando dentes alinhados na arcada superior e tortinhos na inferior. Isso lhe conferia um aspecto de menino. Espantei qualquer indício que o fizesse notar o poder daquele sorriso sobre mim.

— Falou como a minha mãe.

Assim que ele saiu, deixando um vácuo de colônia com notas amadeiradas, notei uma paralisia momentânea em meus gestos. Quase me perguntei: o que é que ele queria mesmo? Fui fisgada por Jack como uma patinha, imaginando que faria parte de uma vasta fila de admiradoras.

No fim da tarde daquele mesmo dia, deixei o envelope na mesa de Jack. Dei uma lida no manuscrito cujo gênero se assemelhava a um terror e se passava, ao menos nos primeiros capítulos, em um orfanato. Sinceramente não achei nada demais na história, mas isso não era da minha conta. Eu era somente a arquivista.

Fui para casa, feliz por estar mais entrosada com aquele arquivo do que com meu próprio quarto na pensão. Levei o manuscrito que estava lendo quando Jack me interrompeu, seu título era O apanhador no campo de centeio, de J. D. Salinger. Fui me identificando com Holden, um adolescente resmungão que inicialmente me entreteve pela falta de modos e depois, pela sinceridade excessiva: eu também não gostava de dizer às pessoas "nice to meet you", quando sequer sabia se realmente seria um prazer conhecê-las. Mas ao contrário de Holden, nunca verbalizei este pensamento. Não que eu me lembrasse. É claro que perguntei à sra. Mendoza se poderia levar o manuscrito para ler em casa.

— Se prometer trazê-lo amanhã. – disse-me ela, piscando.

Estava tudo tão bom em minha vida, que embora eu não soubesse quem eu era antes de 1945, aquela vida de Margot Snyder fazia sentido para mim, pois me trazia alegria. Já notaram como a alegria faz tudo parecer como uma sala bem decorada, com objetos posicionados de modo a trazer-nos a sensação de bem-estar e pertencimento? Eu estava começando a pertencer a Nova Iorque e ela, para sempre, pertenceria a mim.

Caminhando até a estação de metrô que me levava até a Penn Station, peguei-me várias vezes pensando em Jack, em como sorriu quando lhe entreguei o envelope, passando os dedos entre sua franja lateral, e como Meggie Williams nos olhava, escancaradamente, nesses instantes tão fugazes entre o gesto de agradecimento de Jack e sua corrida até a sala de Dick Simon, a fim de lhe mostrar o manuscrito. Senti orgulho de mim, pois pelo que via as pessoas se impressionavam com o fato de alguém finalmente ter sido adequada para aquele trabalho. Sol Rothstein e Tony Bellura, eram os outros editores fixos. Eles também me retribuíam com largos sorrisos quando eu lhes entregava algum original perdido.

CAPÍTULO 13

Falling in love

Esther e Klára notaram a minha preocupação com a aparência. Ao contrário do que acontecera desde que chegamos a Nova Iorque, agora eu procurava por modelos mais refinados e cinturados, pensava em batons e brincos. Não que eu não fosse vaidosa, eu era. No entanto, comecei a dar mais importância aos detalhes.

— Margot, você está apaixonada?

Klára, que nunca foi de meias palavras, desferiu o golpe sem avisar enquanto nos arrumávamos para o trabalho. Esther prendeu o riso, não sei se devido a minha reação, ou pela indiscrição de Klára.

— Não, — tentei me controlar e agir naturalmente — Por que a pergunta?

— Por nada, é que nos últimos meses você tem gastado boa parte de suas economias em acessórios. – disse ela, irredutível na arte de arrancar verdades.

— Ah...é porque o pessoal da editora se veste bem. – respondi rapidamente.

— Quem? Você não se refere aquela figurante Off Broadway?

É claro que Klára estava falando de Meggie Williams. Elas haviam se conhecido em uma das vezes em que Klára e Samuel, Esther e Levi foram ao meu encontro no fim do expediente para encontrarmos um outro amigo deles, no boliche. Foi nesta ocasião também, que viram Jack saindo da editora em companhia de Tony e da Sra. Mendoza.

— É, tem razão. Meggie Williams exagera. – respondi.

— Será que ela tem algum interesse naquele editor do Kentucky?

— Klára! – repreendeu Esther. – Pare com isso... Está deixando Margot constrangida.

— Como você sabe que ele é do Kentucky? – perguntei espantada.

Foi então que Klára se aproximou de mim, virou-me para o espelho comprido da porta do armário e disse:

— Porque você já mencionou isso algumas vezes, sem que ao menos perguntássemos. – e então ficou sorrindo para mim através do espelho.

— Está tão na cara? – perguntei vencida.

— Está. Mas só para mim e Esther que vivemos com você. Quem sabe não para "o pessoal da editora".

— Vocês acham que ele notou?

— Não sei. Eu teria que vê-los juntos ao menos por alguns instantes.

Lancei um olhar de súplica para Esther, precisava de sua intervenção.

— Cuidado com ela Margot, seu faro é praticamente infalível.

Esther já estava namorando Levi Goldstein há alguns meses, por intermédio de Klára que em uma Festa da Primavera na Sinagoga os apresentou. Ela disse para Esther quando voltavam para casa naquela mesma noite:

— Você vai ver... Ele será o seu marido.

Levi era um bom rapaz, atencioso e paciente com Esther. Seus pais, ao contrário dos pais de Samuel, não eram ricos e tratavam Esther com carinho ímpar. Embora não morassem na cidade, quando Levi os apresentou à namorada foram gentis e atenciosos. Levi tinha uma paciência visível com Esther, ele nunca reclamava de voltar todo fim de semana até Ellis Island a pedido dela. Foi ele quem nos contou por que diabos Esther teimava em voltar ao porto em que chegamos: tinha a esperança de encontrar seu irmão em um dos navios com refugiados da Europa, ou, quem sabe, encontrar registros de chegadas com o nome dele. Essa crescente afinidade entre Esther e Levi, só fortalecia as apostas de Klára. Com o passar dos anos sempre que tínhamos uma dúvida sobre algo, ligávamos para ela. De nós três, Klára sempre foi a mais afinada com a intuição. Somente algumas décadas depois, foi que soubemos que sua bisavó materna era uma cigana húngara. No fundo, eu estava com medo do que ela pudesse intuir sobre Jack Himmel e Margot Snyder.

As coisas começam a mudar

O "meu arquivo" estava totalmente organizado, de maneira que o pessoal da editora o tratava com tamanha reverência a ponto de quase pedirem permissão para buscar por algo. Reconheço que foi uma tarefa árdua, levou quase quatro meses e depois disso, passou pelo processo de manutenção – necessário para qualquer coisa se manter bela e estável.

Talvez o sr. Simon tenha sentido tanto orgulho de seu faro, ao me contratar naquela noite em sua casa, que resolveu apostar mais uma ficha em mim. É claro que fez isso com cuidado, e lentamente para os padrões de alguém que costumava dar o veredicto automático sobre um manuscrito, por exemplo. Além de me pedir para comprar um muffin, postar coisas nos correios, buscar uma encomenda para sua esposa ou filhas, certo dia perguntou-me se eu sabia bater à máquina – isso queria dizer se eu era uma datilógrafa.

Alguns de vocês nunca fizeram isso, mas acredito que dos meus leitores mais antigos, centenas de milhares fizeram um cursinho de datilografia. Na escolinha para crianças imigrantes, cheguei a bater uma ou outra coisa na antiga máquina que tinham, porém, nada substancialmente longo ou constante. Não sei se vocês (leitores do Diário de Anne Frank) se lembram, mas um dos cursos que Margot, Peter e eu fizemos por correspondência, quando estávamos no Anexo, foi o de datilografia. Naquela época eu não me lembrava disso, então não disse que sim nem não. Apenas respondi:

— Um pouco.

— Venha ao meu escritório. – disse ele.

É claro que senti um certo nervosismo. Ele tinha deixado passar quase cinco meses para se reportar a mim diretamente na empresa. Dispensava sorrisos e me perguntava como estavam "andando as coisas no arquivo". E só. Obviamente, notei que tinha planos para mim.

— Sente-se. – falou.

Dick Simon me colocou em sua mesa. Em frente a mim havia sua máquina de escrever, uma Royal do início dos anos 40. Agradeci por não ser uma eletrônica, como as que vinham sendo fabricadas, onde uma batida mais forte na tecla repetia três vezes uma só letra.

— Sabe ajustar o papel?

— Sim. – isso eu sabia, com certeza.

Ele fez um gesto para que eu prosseguisse. Depois, sem avisar, começou a ditar uma carta, ou bilhete.

"Estou precisando de uma secretária. Ela deve ser pontual, esperta e organizada."

Inicialmente, meus toques eram lentos. No entanto, me servia de consolo, o fato de terem ritmo. Talvez fosse isso que Dick estivesse avaliando.

Max Schuster, seu sócio, tinha uma mesa ao lado da dele. Eles podiam muito bem possuir cada um sua própria sala mas, não eram apenas sócios, eram parceiros e precisavam trocar ideias o tempo todo. Como se aquele meu teste, que eu não sabia exatamente para quê, fosse uma brincadeira combinada entre os dois, o sr. Max guardava seu sorriso sob controle.

— Continuando... – disse ele.

"Gostaria que me dissesse se o cargo a interessa. Atenciosamente, Richard Simon".

— Está bem... Deixe-me ver. – dizendo isso, aproximou-se de mim e tirou a folha da máquina.

De posse de um lápis circulou algumas partes daquela pequena mensagem que não tinha um destinatário, por isso, imaginei se tratar de palavras aleatórias. O sr. Simon mostrou-me espaçamentos e escreveu em certo momento: pular linha. De resto não reclamou de mais nada.

— Corrija, Margot.

Fiz o que ele pediu. Datilografei novamente a mensagem com as correções. O ritmo dos toques à máquina não mudou. Mas a mensagem ficou perfeita.

— Agora leia, por favor.

Li a mensagem em voz alta e depois, com os meus dois chefes me olhando com expressões curiosas, ouvi:

— E então... Você acredita que possa ocupar o cargo? – perguntou-me Richard Simon.

— Quem? Eu? Sua secretária....

— Mas é claro! Para que acha que a trouxe ao meu escritório?

Confesso que por instantes me senti uma tola. Foi um gesto tão claro para qualquer um, que apenas o fato de eu me considerar ainda despreparada, podia explicar minha reação. Foi assim que me tornei a secretária de Dick Simon e Max Schuster.

— Mais uma coisa... – disse ele. – Você acha que pode continuar tomando conta de nosso arquivo?

Como eu estava ficando mais espertinha, respondi que sim, embora aquilo fosse uma função completamente diferente e se acumularia à função de secretária... E então Max Schuster interveio.

— Acho que podemos dar um aumento para ela, Dick.

Sorri, animada. Eu só pensava em garantir as minhas bananas-split.

CAPÍTULO 14

2 de novembro de 1948

O povo americano elegeu Harry S. Truman para a presidência da República. Na verdade, eles o mantiveram no poder, pois, foi Truman no cargo de vice, quem ascendeu à cadeira após a morte do Presidente Roosevelt em 1945. O que me marcou nesta época foi o jogo político americano. Foi quando aprendi que em termos de eleições americanas, é difícil prever um resultado. Na editora as opiniões se dividiam, por isso, colhi um pouco de cada visão até finalmente torcer para alguém. Truman havia sofrido um revés dentro do próprio partido dos democratas, em virtude de uma greve de delegados do sul que criou uma terceira chapa chamada Dixiecrat. O governador da Carolina do Sul, Strom Thurmond, encabeçava esta empreitada. Não bastando essa virada, Truman teve de enfrentar uma campanha abertamente contrária a ele, por ninguém menos que o ex-presidente Henry A. Wallace, que fundou um novo partido: O Progressista, apoiando assim o candidato Thomas E. Dewey que, em 1944 se mostrou forte nas campanhas sem, contudo, derrotar Franklin Roosevelt. Agora, o advogado, promotor e ex-governador do estado de Nova Iorque, voltava com sede de virada. Eram muitas opções para o eleitorado americano acostumado a olhar apenas para duas direções: a direita, dos Republicanos, e a esquerda; dos Democratas.

A senhora Mendoza torcia para o atual presidente. Ao longo de décadas não me lembro de vê-la apoiando candidatos de direita. Tony Bellura apostava suas fichas no candidato de Wallace, Thomas Dewey. Sol Rottestein também sonhava em ver Dewey na Casa Branca, Meggie Williams dizia não fazer diferença para ela e até se esquivava de falar no assunto. Nossos chefes, Dick Simon e Max Schuster, não revelavam suas preferências conosco. E Jack? Sempre foi democrata, até o dia de sua morte. De todos, era o mais envolvido em política e fazia bicos por fora da editora escrevendo para alguns jornais, como o New York Post, usando alguns pseudônimos. Ele não tinha gostado da estratégia de Strom Thurmond dividindo o partido e criando os Dixiecrat, que na verdade tinham uma veia assumidamente segregacionista. Por outro lado, a condução no pós-guerra dos EUA, inflamando a Guerra Fria, o aborrecia. Por isso, relutava em apoiar Harry Truman.

Foi um momento, mesmo após tantas outras eleições as quais acompanhei, de extrema surpresa. Para nós, que estávamos de fora dos bastidores, não dava para apostar tantas fichas em um só candidato. Acredito que o sucessor de Roosevelt contou com a imagem do presidente morto como um apoiador fantasma e, por isso acabou levando a melhor.

Antes disso, certa tarde, Jack quis saber minha opinião enquanto tomávamos um café no meio do expediente.

— E você Margot, se interessa por política?

— Eu gosto do assunto, embora ainda esteja conhecendo os candidatos e não seja legitimada para votar. Tenho minhas opiniões.

— E quais são? – seu interesse genuíno me causou um ligeiro nervosismo. Não por falta de argumento, mas porque ser ele quem perguntava, entendem?

— Sou a favor de quem consegue, ainda que com muito custo, evitar o crescimento de tensões políticas. – respondi esmerando a minha pronúncia.

— Isso é difícil... E vago. – completou.

Sol Rothestein e Tony Bellura estavam conosco no recinto. Ficaram me olhando como dois torcedores de baisebol acompanhando os lançamentos.

— Vago? Não há nada de vago nisso. É uma prioridade de eleitora. E caso, me fosse dada a oportunidade de ocupar qualquer cargo político, assim eu pautaria os meus discursos.

— Entendo... E como você, como candidata, se comportaria com a União Soviética?

Jack estava falando da Guerra Fria, após três anos de derrota dos nazistas, a Europa continuava sofrendo. Esfacelada, precária, em ruínas, e agora, lutando contra o domínio do comunismo.

— Nós todos sabemos que não é fácil, não existe apenas uma fórmula, são infinitas tensões, religiosas e políticas. Mas em um primeiro momento – disse eu antes de dar um a bicada em meu café -, eu me sentaria para conversar com os países que provavelmente não se sentem felizes em apoiar os russos, mas o fazem por não terem com quem contar. A independência deles está, assim como esteve sob o poder do partido socialista alemão, abaixo da noção de segurança.

Jack quis continuar o assunto e é claro que notou nossas tendências políticas muito próximas, no entanto, não só porque eu me atraía por ele, como naquele momento já tinha notado, mas porque meu pensamento era consistente.

— Margot, — interrompeu a Sra. Mendoza chegando à porta – Dick está procurando o telefone de um fornecedor...

— Ah, sim. Vou ajudá-lo. – eu disse me despedindo dos rapazes.

Mais ou menos naquela época, não obstante meu trabalho como secretária agradar aos meus chefes, e minha eterna vigilância sobre o arquivo, procurei uma maneira de entrar em um assunto ao qual eu estava louca para opinar. Com o sr. Simon, apesar de ele me tratar com a maior consideração, eu não encontrava brechas. Ele sempre foi um homem objetivo e direto, *faça aquilo, obrigado, me dê isso, muito bem!, não sei onde está a agenda, Grande Margot!, quê reunião?, ainda bem que posso contar com sua eficiência.* O feedback positivo ele dava para todos os funcionários, o que nos deixava produtivos, criativos e atentos. Mesmo assim, eu não encontrava oportunidades para entrar no assunto.

Foi Max Schuster quem, falando em voz alta, soltou no ar a deixa da qual eu tanto precisava. Ele estava lendo as primeiras páginas de um manuscrito para o público jovem.

— Por que é que os autores acreditam que os jovens são burros? – disse ele com seus olhos ligeiramente arregalados.

— Do que está falando, Max? – perguntou o sr. Simon sorrindo.

— Disto!

Então ele começou a ler um trecho da narrativa em primeira pessoa de uma personagem de dezesseis anos, cujos pais se separaram e ela, com "toda a sua experiencia" tentava reaproximá-los.

— Tem um fundo de moral bonito, Max.

— Não se trata da intenção da personagem, mas do tom, da voz, das manias.

Então ele se recostou na cadeira e bufou. Eu estava datilografando uma das dezenas de cartas que a editora enviava diariamente e, munida de ímpetos que me cutucaram ao longo da vida, meti-me na conversa.

— Se me permitem...

— Sim... – falou Max.

— Há um manuscrito no arquivo que me parece uma boa opção de publicação. A princípio – completei – pode parecer estranho, fora no comum. Mas conforme ganhamos as páginas, o romance se mostra real, palpável e comovente.

Max e Dick se olharam.

Por mais que eu temesse levar um sonoro passa-fora, no fundo, nunca senti que isso aconteceria. Eu já sabia como aqueles dois, com olhos de águia, haviam construído um império. Por incrível que pareça, lançaram nos EUA uma edição de palavras-cruzadas. Foi assim... A grande ideia dos dois amigos fundadores da editora. Na revistinha, acrescentaram um lápis que vinha junto do exemplar. E o que mais me surpreendeu, a segunda empreitada editorial da Simon & Schuster: Um livro de filosofia. Eu ri quando a Sra. Mendoza me contou sobre os detalhes da fundação da Editora, aos quais ela presenciou intimamente. Lembro-me de me deitar com um sorriso no rosto, pois, o tino comercial, a determinação e inventividade de dois amigos, construiu um dos maiores grupos editoriais da América, apostando em uma revista de palavras cruzadas!

— E qual é este manuscrito, Margot?

— O apanhador no campo de centeio. O autor, acredito, mora aqui na cidade.

— Como você sabe? – perguntou Max.

— O envelope não tem selo.

— Você pode buscá-lo para nós?

— Agora mesmo.

Voltei do arquivo em menos de um minuto com o envelope em mãos, eu sabia exatamente onde o havia posto, na gaveta Hope.

— É este.

— Deixe-me ver...

O sr. Simon não interferiu. Deixou que Max desse seu veredicto. Não se sabia se ele havia passado o olho no manuscrito, se Jack, Tony ou Sol tinham o considerado chato ou entediante. A verdade era que eu não conseguia acreditar que ninguém tivesse visto aquele manuscrito com bons olhos.

Continuei batendo as cartas do dia. E durante uma hora, Max Schuster não tirou os olhos do manuscrito. Ele lia como um vampiro, daqueles que vão passando a palma da mão sobre as linhas e em poucos segundo se livram da página. Após aquela uma hora de tensão (acreditem, eu estava nervosa como se o manuscrito fosse meu), Max Schuster me olhou com uma expressão que jamais esqueci: "você está certa"!

— Quem analisou este original? – perguntou ele para o sr. Simon.

— Não sei... Mas com certeza não o vi antes.

— Margot, chame Mendoza aqui.

Fiz o que mandaram e voltei com a Sra. Mendoza. Coitada, ela era a fada madrinha da editora, até as mais estapafúrdias dúvidas tinha de solucionar. Depois de alguns minutos, entre conjecturas e suposições chegou-se à conclusão de que tinha sido Jack o juiz exigente. É claro que o chamaram imediatamente.

Leitores, se eu soubesse que aquela minha sugestão teria trazido tanto desconforto a Jack, pode ser que eu desistisse de chamar atenção para o manuscrito. Não sei... Mesmo estando apaixonada por ele, ainda tenho dúvidas. Porque Jack, como editor, podia errar...É claro. Quantas editoras disseram não para o aclamado Harry Potter? Doze? Ainda assim, acredito que tenham posto no mercado grandes títulos. Eu não me perdoaria se minha atitude prejudicasse Jack, mas também não me perdoaria se aquele manuscrito não recebesse uma chance.

Dick Simon, me lembro bem, deu-me uma incumbência de serviços externos. Acho que mandou-me comprar qualquer coisa. Eles teriam uma longa conversa com Jack.

Mais tarde, soube que a reunião versou apenas sobre benevolência, olhar acurado, desconstrução de paradigmas literários, inovação. Jack não foi demitido. Ele era querido e um profissional sério. Mas, assim como seus chefes lhe diziam, muito exigente. Quando voltei o clima da sala dos editores estava tenso, e é claro que me senti mal. Entrei imediatamente para a sala dos meus chefes com a tal encomenda de Dick.

— Margot, precisamos que volte aos correios.

— Sim, senhor.

— Redija um telegrama: " Manuscrito aprovado. Favor comparecer a Simons & Schuster".

A mensagem era direcionada a um jovem escritor chamado J. D. Salinger, o autor do manuscrito em questão.

Depois daquele telegrama vieram as festas de fim de ano. A editora fechou por uma semana. Nós tivemos uma confraternização modesta, com trocas de presentes singelos, todos custando na casa dos centavos. Desde "O dia do manuscrito", Jack tratou-me normalmente. Sem ressentimentos. No entanto, para mim ficou claro que a intimidade que vinha nascendo entre nós se desfazia com uma precisão de mestre, pois sobraram apenas os bom-dia e boa-tarde, na esteira da civilidade. Infelizmente, Meggie Williams se animava com isso (tenho certeza de que não era coisa da minha cabeça). Se houve uma mínima fagulha acesa entre mim e Jack, agora não se via sequer sua fumaça. No entanto, mesmo me queixando sobre esses detalhes com Esther e Klára, no trabalho mantive-me firme, sustentando minha impassividade a todo o custo. Jack fazia o seu papel de conquistador, nutrindo as expectativas da lambisgoia. Por sua vez, os decotes de Meggie Willians eram cada vez mais provocantes e seus seios pareciam pular de dentro dos vestidos justíssimos. Eu me perguntava: "como ela consegue espremê-los daquele jeito"? Constantemente imaginava as marcas do sutiã sobre a pele branca de seus seios. Entendam, eu não tinha quase nada com o que me preocupar, no quesito seios, mas lhes garanto que se os meus fossem grandes como os dela, os trataria com mais respeito.

— Estão todos convidados! – disse o sr. Simon.

— Você vai, não vai querida?

A Sra. Mendoza se referia à festa de fim de ano na mansão de Dick Simon. Imediatamente imaginei a casa toda decorada e o jardim repleto de pequenas luzes, músicas, mulheres em vestidos elegantes. Mas foi neste instante, também, que me dei conta de minha promessa para Klára: eu e Esther a acompanharíamos na festa de seus sogros, os pais de Samuel. Minha amiga vinha tendo problemas para se sentir à vontade na casa de seu namorado, a família rica de Samuel parecia não aprovar a união dos dois. Nós não entendíamos muito do que Klára falava, até conhecermos seus futuros sogros e descobrirmos que suas suspeitas não eram infundadas. Até mesmo dentro do judaísmo existem camadas impenetráveis.

— Eu adoraria... – respondi sem notar que Jack estava logo atrás de mim, pegando uma garrafa de Pepsi. – Infelizmente me comprometi com outra pessoa.

— Que pena... – disse a Sra. Mendoza. – As festas na casa de Dick são inesquecíveis.

— É uma pena mesmo... – disse alguém por trás de mim. – Você vai fazer falta.

Jack disse isso, deu uma piscadela e voltou para a presença de nossos chefes. A sra. Mendoza sorriu para mim com um olhar sugestivo, mas antes que dissesse qualquer coisa, foi interrompida por alguma fala de Tony Bellura. E como eu fiquei? Feliz durante todo o recesso.

No dia 31 de dezembro acordei pensando na festa. Não a da casa de Samuel onde romperíamos o ano, mas na mansão do sr. Simon. É claro que repassei uma mesma cena várias vezes:

A casa toda enfeitada com pequeninas luzes de Natal, as meninas correndo pelo gramado em lindos vestidinhos rodados com laçarotes armados nas costas, uma orquestra elegante tocando jazz e valsas sobre um tapume improvisado, o pessoal da editora em seus melhores figurinos, Richard Simon e Andrea segurando cada um uma taça de champanhe enquanto conversavam animadamente com seus convidados, quem sabe o escritor Sloan Wilson, então, uma das meninas viria até eles para ser bajulada pelos convidados, Meggie Williams estaria vestida de... Ah, deixa pra lá, pensou uma voz que roteirizava a noite perfeita. E eu, enquanto dançava com Sol Rothestein ou Tony Bellura, veria o meu Jack batendo no ombro do meu parceiro de dança pedindo a honra da dança. Ele estaria lindo, com a franja comportada após uma camada de gel que daria a impressão durante toda a noite, de que havia saído do banho há pouco. Seu perfume amadeirado ficaria impresso em meu vestido, que seria longo de tafetá cor-de-rosa com mangas bufantes e uma gola alta em frufru de tule. Eu não mudaria nada naquele roteiro, nem por todo o dinheiro do mundo.

— Margot, o que você vai usar da casa dos Stein? – perguntou Esther me despertando do sonho.

— Não sei... – respondi desanimada.

— Nem eu.

Klára não estava conosco. Havia saído para escolher flores para a sogra, imaginara, finalmente, quebrar o gelo que existia entre ela e a mãe de Samuel.

— Vamos sair para encontrar algo?

— Vamos! — respondi determinada em espantar qualquer desânimo, pois se era para passar a noite longe de Jack, que ao menos valesse me olhar no espelho.

Meus chefes haviam adiantado o pagamento dos funcionários, justamente por conta das festas de fim de ano. Por isso, eu e Esther fomos até a Macy's e como nesta época do ano há sempre saldos onde encontramos boas opções, não demorou para acharmos dois vestidos elegantes para não fazer feio com a nossa amiga. Segundo Esther, Klára precisaria de nossa ajuda. A mãe de Samuel já tinha mostrado abertamente seu descontentamento com o namoro do filho, cada vez mais envolvido, com "a húngara".

Na Casa dos Stein

Chegamos pontualmente na casa dos Stein. Klára estava linda, com um penteado distinto que reunia seus vastos cabelos vermelhos presos a nuca por um fino prendedor com haste de estrasses. Optou por um vestido azul celeste, com corte reto de mangas longas e gola alta, feito de um cetim de seda e seu detalhe mais bonito eram os botões nas costas forrados no mesmo tecido, percorrendo o caminho da cervical e terminando no pescoço. Ela estava uma verdadeira diva. Eu e Esther, propositalmente, nos vestimos de maneira discreta pois queríamos que Klára fosse a estrela da noite, por isso optamos por vestidos que poderiam ser usados em ocasiões diurnas. Samuel foi quem nos recebeu à porta da casa de três andares no sul do Brooklyn. Era feita de tijolos vermelhos e tinha janelas de madeira pintadas de branco. Não tinha a beleza da casa dos Simon, mas era grande e ocupava quase meio quarteirão. O pai de Samuel era judeu-austríaco e sua esposa também, migraram para a América após a primeira guerra enquanto a carreira dele como ourives deslanchava antes de todo o terror da Segunda Guerra acontecer. Quando Judith Stein chegou ao Brooklyn, estava determinada em fazer fama e fortuna à custa do talento do marido, por isso, após tecer rapidamente uma teia de contatos que começou nas sinagogas, teve a ideia de criar carnês para jovens casais que pretendiam se casar, contudo não tinham dinheiro para comprar suas alianças de uma só vez. A coisa foi um sucesso e, de repente, todos os jovens casais das sinagogas de Nova Iorque foram informados sobre a facilidade e não apenas os judeus, mas católicos e protestantes encomendavam suas alianças na Casa Stein. Depois disso, a família comprou uma loja, bem no centro do Brooklyn e estenderam a ideia do carnê para outras peças, como os anéis para meninos no Bar Mitzvah ou as pulseirinhas para meninas no Bat Mitzvah.

Logo depois, abriram uma loja em Manhattan e tinham funcionários que trabalhavam como revendedores com mostruários e catálogos finamente ilustrados. A verdade é que, o pai de Samuel colocava seu talento de designer nas joias e a mãe colocava seu tino comercial. Deu para notar, após as primeiras horas na casa, que era ela quem mandava em tudo. Do buffet às canções da festa, e até mesmo no figurino dos filhos – eram cinco contando com Samuel. Samuel era seu primogênito, talvez por isso sofresse tanto controle da mãe, que não se conformava de ele ter rompido um noivado arranjado com a filha de sei-lá-quem – segundo ela de uma tradicional família – para se enrabichar com "a húngara". Para piorar as coisas, Samuel não aceitou a imposição da mãe para tomar, junto dela, a frente dos negócios. Formou-se em Relações Exteriores e trabalhava na embaixada da França, onde conheceu a minha amiga.

Os irmãos de Samuel eram educados e atenciosos, nos perguntando sempre se precisávamos de algo. E havia a mais nova, Bárbara, que se vestia com muita personalidade e tinha uma gargalhada contagiante, embora este detalhe fizesse sua mãe olhá-la com dureza. Durante um tempo que antecedeu a meia-noite, cheguei a pensar que Klára havia se impressionado com a implicância da sogra, estava tudo tão agradável no jardim da casa onde a festa corria solta para os mais jovens, enquanto os mais velhos preferiam o abrigo das salas decoradas com tapetes e cortinas pesadas. Levi e Esther dançavam as canções em iídiche e por vezes um dos irmãos de Samuel ia até os músicos pedindo por hits que tocavam nas rádios americanas, mas logo a Sra. Stein surgia, com seus passos de garça avançando sobre a pista de dança como quem quer tomar a maior parte da pista, sendo que era somente para exigir que canções judias fossem tocadas.

— Onde está Carl? – perguntei a certa altura.

— Ele me ligou mais cedo. Desculpou-se e explicou que iria a uma outra reunião com amigos do trabalho. – disse Samuel.

— Ah, sim, amigos de trabalho com o nome de Lucy. – alfinetou Levi, sorrindo.

— Não diga, quer dizer que ele finalmente desistiu de Margot? – disse Klára.

— Parece que sim... – completou Levi, que sempre torceu para que ficássemos juntos.

— Então, um brinde a Carl e Lucy! – falei erguendo minha taça de champanhe.

— Um brinde a Carl e Lucy! – disseram todos.

Confesso que fiquei ligeiramente mordida com aquilo, mas não quis dar o braço a torcer. Não que eu estivesse apaixonada por Carl, vocês sabem eu estava apaixonada por Jack, mas Carl era uma companhia querida e fazia dupla comigo pois éramos os comediantes do nosso grupo. Assim que fomos apresentados e logo depois que deixei claro que entre nós só existiria amizade, Carl notou meu senso de humor e foi então que me ganhou como amiga porque sempre que podíamos fazíamos campeonatos de charadas e imitávamos astros de cinema, fazendo vozes e mímicas, enquanto Levi e Esther, Klára e Samuel eram a nossa plateia. Ele tinha desistido de me galantear, mas talvez aqueles nossos números fossem uma forma de se ligar a mim e, finalmente, investir mais à frente. Eu via Carl como Mickey Rooney enquanto me imaginava como uma Debbie Reynolds.

Não ria, leitor. Cada um voa na altura que pode!

A verdade é que eu estava sentindo falta da minha dupla com Carl. Ou era apenas uma parte de meu ego se ressentindo com aquela ausência? Essas conjecturas foram dissipadas pelo aparecimento dos pais de Samuel no jardim, junto de nossa mesa, convidando-nos para entrar. Ali fora fazia frio, pois estávamos no inverno, e a família pretendia fazer orações antes da meia-noite. Deixamos os nossos casacos na mesa, intencionando voltar após os ritos. Lá dentro a calefação nos deu as boas-vindas, no entanto, notei imediatamente a mudança no semblante de Klára. Levi e Esther estavam ao meu lado, mas Klára foi levada pelas mãos para junto dos irmãos e pais de Samuel. Lembro-me do olhar que Judith Stein lançou sobre a minha amiga. A minha bela e linda amiga húngara, cujos cabelos vermelhos jamais vi igual. Pensei em seus pais, se estivessem vivos, como a considerariam linda, além de forte, decente e inteligente. Eu não podia imaginar alguém mais luminosa para Samuel, que embora já fosse calvo no auge de seus trinta anos, era igualmente charmoso. Acontece que, ainda que seus pais não desejassem, Samuel estava definitivamente ligado a Klára, quando caminhavam de mãos dadas era como se já fossem marido e mulher, a conexão não seria desfeita. Não mesmo.

Às onze e meia as luzes da sala se apagaram e foram acesas as velas de Menoráhs em pontos isolados dos dois amplos recintos. O dono da casa entoou cantos curtos em iídiche, sua esposa o acompanhou e alguns convidados também. Embora eu não fosse tão ortodoxa, como já lhes disse, fiz minhas orações. Mas é claro que chegou o momento em que me peguei pensando se aquilo demoraria. Quando finalmente as luzes se acenderam a família chamou o fotógrafo pois iriam registrar mais um ano, unidos e felizes. Klára, que ainda não era oficialmente a noiva de Samuel, se afastou educadamente. Samuel se manteve de pé ao lado da mãe que estava sentada em uma cadeira ao lado do marido, que por sua vez tinha a filha ao seu lado e os outros três rapazes atrás das cadeiras. Um belo retrato. E podia ter se fixado em nossas lembranças mais queridas se em seguida Judith Stein não tivesse feito o que fez. Ela segurou Samuel pela mão e lhe disse algo que de imediato azedou a fisionomia do meu amigo. Depois chamou o sr. e Sra. *Sei-lá-quem* com suas duas filhas para tirarem uma fotografia, uma das moças tinha sido a tal noiva de Samuel. De acordo com as palavras de Judith, eram praticamente a mesma família. Vi o rosto de Klára corar contrariado, a minha amiga era forte e decidida, mas entre a família de seu amado Samuel, me pareceu fraca. Conhecendo-a como conhecíamos, eu e Esther nos olhamos de imediato. O golpe baixo da Sra. Stein colocava muita coisa em cheque e eu poderia apostar que, do alto de sua noção de superioridade, acreditava dar o golpe de misericórdia no relacionamento de seu primogênito com "a Húngara". Ela já havia feito outras coisas desagradáveis com a minha amiga, aquelas espetadas inesperadas para quem as recebe em um coração aberto e pacífico, estocadas em corações apaixonados são mesmo uma covardia! Contudo, são mais comuns do que pensamos.

A tal família, a qual sequer sabíamos que estava ali, logo se aproximou. Tudo foi feito rapidamente. Talvez já estivesse ensaiado. O que me surpreendeu foi a irmã mais jovem de Samuel, Bárbara, não ter participado da foto. Ela olhou fundo nos olhos da mãe, com desprezo, e passou a mão em uma taça de champanhe partindo na direção do jardim. O meu amigo Samuel tinha a expressão de uma estátua. Talvez tivesse cravado os olhos em Klára, enquanto seus pais e a tal família de sua ex-noiva se ajeitava para a foto "em família". Eu vi um traço de lágrima descendo sobre a face de minha amiga e segurei sua mão com firmeza, estava lhe dizendo: aguente firme. Faltavam poucos minutos para a meia-noite. Em alguns pontos, não muito distantes dali, ouvíamos fogos e gritos de Happy New Year. Mas naqueles curtos minutos que lhes descrevo, o tempo mostrou-se tão inócuo e impreciso. Para que ele vinha com um novo nome, ano 1949, se a humanidade não se renovava com ele?

Antes que o fotógrafo desse início a uma contagem regressiva, Samuel deu um passo adiante. Caminhou reto até Klára, pegou-a pelo braço e ganhou a rua em sua companhia, abraçado e dizendo coisas em seus ouvidos.

— O que estamos fazendo aqui? – perguntou Levi. – Vamos com eles!

Então nós fomos atrás deles e rompemos o ano nas ruas enfeitadas do Brooklyn. Depois de meia hora entre risos e choros, sugeri que fôssemos até o apartamento de Ilma, nós estávamos bem próximos deles. Foi uma surpresa querida para aquela família húngara que ceava com simplicidade, mas com os sabores de sua terra sobre a mesa. Eu sabia que isso faria bem para Klára, como Teçá fazia bem a mim, assim como Esther e Levi bem como Samuel faziam bem uns aos outros. Romper o ano entre amigos verdadeiros é sempre um bom começo.

Depois daquela noite Samuel só voltaria a pisar na casa de seus pais anos depois, com o filho nos braços. Klára, por sua vez, nunca mais pisou ali.

CAPÍTULO 15

As surpresas de um novo ano

O primeiro dia do ano começou em uma segunda, mas era feriado universal. Então fomos à Sinagoga e demos um olá para o Rabino Staremberg. Após isso, entramos em uma sessão de cinema que reprisava Lessie – A força do coração, ainda com Liz Taylor no papel de Priscilla, a menina e melhor amiga de Lessie. Naquela época eu era louca para ter uma cadela como Lessie, e acredito que os criadores de collies venderam muitos filhotinhos para quem podia obtê-los. Até hoje os considero a raça mais linda dentre os caninos. Antes da guerra eu amava os pastores alemães, que era a raça do Rim Tim Tim. No entanto, depois de Auschwitz, não queria mais vê-los.

Voltamos para a casa nos perguntando o que Samuel faria a partir de agora. Ele passou aquela primeira noite no apartamento de Levi, que lhe disse o seguinte: "minha casa é pequena, mas considere-a sua pelo tempo que precisar". Samuel sorriu. Ele dormiu no sofá de Levi por uma semana. Na semana seguinte, quando Klára já tinha um anel de noivado em seu anelar, Samuel mudou-se para o apartamento que seria o primeiro lar dos meus queridos amigos. Não ficava no Brooklyn, embora o bairro fosse grande o suficiente para não esbarrar em seus pais, o futuro marido de Klára queria ares novos para sua vida de casado. Por isso, instalou-se no Bronx. Seu salário como Segundo Secretário na embaixada da França era bom, e o de Klára também. Alguns meses depois ela moraria lá com ele, e seu anel de noivado pularia para a outra mão.

Nos primeiros dias de volta à editora, senti os efeitos de um novo período. Alguma coisa havia mudado. Ou era a minha insegurança quanto a Jack? O pessoal não sabia falar de outra coisa senão de os primeiros passos de Truman na presidência. Há poucos dias ele tinha revelado o seu Fair Deal. Como sempre não sabíamos como isso nos afetaria.

Imaginei que perder aquela festa na casa de Dick Simon foi terrível para mim. Não só porque não pude comparecer, mas por causa da notícia que recebi na segunda-feira, ao chegar ao trabalho. Se você está pensando que Jack e Maggie ficaram juntos, a resposta é não. Ela mesma, com um ar de Madalena Arrependida, foi quem despejou em mim sua decepção quando perguntei – muito a contragosto – se havia se divertido.

— É... até que me diverti, apesar do....

— Apesar de quê? – uma fagulha de esperança passou pelo meu coração que ansiava ouvir de Maggie a notícia de que Jack não foi à festa.

Poucos segundos antes do esclarecimento, a Sra. Mendoza entrou na copinha.

— Bom dia, Margot. Como vai? – aquela mulher não era mais nenhuma garotinha, mas estava sempre munida de um vigor, como poucos, nas primeiras horas de uma segunda-feira.

Maggie Williams saiu de fininho com sua xícara de café, como um cachorrinho com o rabo entre as pernas. Percebi que ela e a braço direito do sr. Simon não se topavam.

— Eu vou bem, e a senhora? Como passou o fim de ano?

— Muito bem, querida, embora no domingo pela manhã tenha sofrido com dores de cabeça. Talvez tenha sido o excesso de champanhe da casa do sr. Simon. – enquanto isso, foi abrindo a portinha do pequeno armário com suprimentos do escritório.

Eu queria saber mais sobre a festa, mas não tinha a intenção de deixar escapar minha curiosidade sobre Jack.

— Ah, como eu gostaria de ter ido... – arrematei.

— Mas você irá, querida. Dick sempre nos convida, não faltará oportunidades.

Sorri com entusiasmo, o que fez com que ela falasse abertamente sobre a festa de modo detalhado.

— Sabe, Margot, Andrea Simon estava belíssima com os cabelos presos e um vestido longo branco de cortes retíssimos para um corpo magro e longilíneo. Como aquela mulher é bonita... Seu marido está sempre olhando para ela de forma apaixonada, quando está com ela nem se parece esse velho rabugento e exigente.

Sorri contente para os seus comentários, sabia que ela dizia isso sem maldade, pois era secretária de Dick há 20 anos. No entanto, até então eu não colhia nada sobre Jack. De repente, que como se lendo meus pensamentos, começou a falar dos convidados.

— Nós aqui do escritório também não fizemos feio... Estavam todos bem-vestidos, com exceção de certas pessoas que exageram nos decotes.

Neste momento Jack entrou na copinha. E eu, como sempre, senti como se todos os meus ossos fossem desmantelar. Embora sempre lutasse para manter o mínimo de firmeza, algo me dizia que era nítido para qualquer um, meu nervosismo junto a Jack Himmel.

— Bom dia, doces moças! – disse ele com bom humor.

— Bom dia, querido – respondeu a Sra. Mendoza.

— Olá, Jack. – falei casualmente, como se a única coisa que me importasse no ambiente de trabalho não fosse exatamente o que ele acabara de fazer.

— E como vai aquela bela moça?

— Vai bem, mandou lembranças para você. – respondeu ele, enquanto beijava a Sra. Mendoza no rosto e roubava o copo de café no qual ela acabava de se servir.

Jack saiu da copinha e foi tomar o assento em sua mesa. Ele sempre estava cheio de coisas para fazer.

— Esse Jack... – disse ela, munida de um meio sorriso.

Nem preciso dizer que a frase azedou o meu dia, a minha semana e quase o mês inteiro. Cheguei à conclusão de que Jack e eu éramos só amigos de trabalho e de que, o melhor que eu tinha a fazer era fechar a minha loja, levantar a bandeira branca para Meggie Williams, ou qualquer outra, e torcer para que se desse bem. Eu estava fora do páreo. Nunca gostei de sofrer por amores não correspondidos. Decidi então, dar uma chance para Carl.

Se na vida amorosa eu estava mais para Scarlet O'hara, gostando de quem não gostava de mim, na vida profissional a coisa estava prestes a mudar.

— Margot, temos más notícias. – disse-me Max Schuster.

— Más notícias... – pensei comigo, tomara que não me demitam.

— Salinger assinou com a Little, Brown and Company. O apanhador no campo de centeio não será da Simon & Schuster.

— Que pena... – eu disse.

— Pois é... Essa nós perdemos. Mas nunca se sabe o gosto do público, pode ser que não emplaque. – completou ele, acreditando piamente naquilo.

Eu não. Sabia que seria um fenômeno, e dois anos depois, quando o público americano o alçasse em um best-seller, Max Schuster e Dick Simon finalmente me promoveriam ao cargo de editora. No entanto, naquele primeiro momento, recebi uma proposta um tanto quanto curiosa.

— Queremos fazer uma proposta. – disse o sr. Simon.

— Proposta?

— Sim. Ouça... – ele puxou uma cadeira. — Eu e Max andamos conversando e resolvemos criar um novo cargo na editora.

— É... – falou Max para se fazer presente na conversa.

— O cargo é exclusivamente destinado a você. Chama-se: Diretora da Sessão Hope. – Dick Simon disse isso como que abrindo uma faixa no ar.

Os dois riram, como meninos inventando uma nova diversão. Eu também ri, porque sabia que se referiam àquela minha gaveta de manuscritos descartados aos quais atribuí valores.

— No entanto, não podemos ficar sem uma secretária.

— Nem sem um arquivista. – completou Max.

— Mas senhores....

— Já sabemos; você precisa de um aumento.

Bem, eles fizeram a proposta e eu claro, aceitei.

— Só mais uma coisa, Margot... – disse Max. – A diretoria da sessão Hope é sigilosa. Praticamente um departamento fantasma, ok?

— Entendido, senhor! – fiz uma saudação militar.

O que Richard Simon e Max Schuster queriam dizer era que, a minha avaliação sobre manuscritos arquivados, ficaria entre nós. Eles precisavam fazer isso? Não como chefes de editores que contrataram. A verdade era que eles estavam testando o meu faro editorial. Como eu não tinha um histórico de jornalista, colunista, romancista ou qualquer "ista" da literatura, precisei passar por aquele teste. O que aconteceu foi que comecei a levar trabalho para casa. Não era sempre, porque havia, é claro, os manuscritos aprovados, os que estavam na lista da tradução e sofriam lapidação da equipe editorial. Além de Jack, Tony Bellura e Sol Rothstein, a editora contava com duas tradutoras contratadas por obra, ou seja, elas não trabalhavam diariamente na editora, mas em suas casas. Eram professoras da Universidade de Yale.

Primavera de 1949
Meu dia Bewitched, Bothered, And Bewildered

Sabe aquela velha máxima de que quando você menos esperar seus desejos se realizarão? Pois então... Creiam; ela tem poder. Acredito que haja uma pitada de pó mágico em nossos desejos, o pó do merecimento, o pó do esforço e no meu caso (precisamente neste dia), foi o pó do amor verdadeiro. Esse amor me marcou para sempre e vocês verão que, mesmo após perdê-lo, por circunstâncias que não lhes adiantarei, nunca mais houve um amor assim para mim. Por quanto tempo você precisa de amor verdadeiro para se abastecer por toda uma vida? E o amor verdadeiro, após ser encontrado, terá de ser vivido a dois ou bastará para um só coração? Well, well, well, (como diria a Malévola), cada um de vocês tem uma resposta para esta pergunta, e eu gostaria de ouvi-los um dia. A partir de agora vocês verão as nuances desse amor, eu lhes contarei com a maior sinceridade possível. Ao menos a minha versão chegará a vocês sem cortes. Ou, quase sem cortes.

Como eu lhes disse no capítulo anterior, a questão Jack Himmel tinha sido ultrapassada para mim. Era o que eu pensava. Passei a aceitar os convites de Carl, sempre na companhia de nossos amigos, nós nos divertíamos muito, mas ainda não tínhamos nos beijado. É claro que, quando teve uma oportunidade de estar a sós comigo ele tentou, gentilmente, no entanto eu lhe pedi que tivesse paciência, meu coração não estava pronto. Ele disse, ok! Eu a esperarei. Então continuamos a passar nossos feriados e fins de semana em Coney Island, em sessões de cinema, nas pistas de boliche e fui me interessando pelo sorriso gaiato de Carl que não deixava escapar uma chance de nos fazer rir.

Foi então que algumas semanas depois, Jack convidou o pessoal da editora para conhecer o Village Vanguard, no Greenwich. Não era, na época, um clube de Jazz propriamente dito, mas o proprietário abria oportunidades para as bandas menos conhecidas no domingo à tarde e a coisa se estendia até umas dez da noite. Jack disse que seria uma ocasião especial e que fazia questão de nossa presença. Eu estava com chamas vivas em meu peito, mas ainda decidida a escondê-las. Quando cheguei da editora e contei para Esther e Klára, as duas começaram a pensar na minha roupa. Cientes de minha paixão escolheram um lindo vestido cinturado com saia rodada e um decote quadrado. Chegaram a brigar por conta disso e não havia meios de entrarem num acordo, porque Klára dizia que era o vestido mais comum que alguém poderia escolher. Foi Liesel quem desempatou a disputa optando por um longuete de cetim duchesse justo como um lápis, com um decote canoa, ombro a ombro. Era elegante, no entanto completamente diferente de tudo que eu costumava vestir.

— Muito provocante... – censurou Esther.

Klára não disse nada. Ficou me olhando com uma expressão boquiaberta. E somente após alguns segundos, completou:

— Está divino, Margot. Esse Jack Himmel não vai resistir.

— Pobre Carl... – disse Esther que torcia para o nosso amigo comum.

Eu sorri com a ideia, enquanto me admirava diante do espelho da porta de nosso armário. E Liesel, sorria com um ar de "eu sabia".

Se tem uma coisa que eu preciso agradecer a Deus, é minha formação física. Não sei se por conta do que me aconteceu nos campos, mas minha constituição física jamais se alterou com grandes transformações. Eu era miúda e bem distribuída. Mas aquele vestido vermelho de cetim, justo até o meio da canela, tornou-me de imediato com um aspecto de mulherão. Elas me obrigaram a usar um batom vermelho.... Vocês podem me imaginar de batom vermelho? Lhes adianto que esta foi uma das poucas vezes que isso aconteceu. Mas que valeu a pena, valeu.

Quando cheguei ao bar, o pessoal todo já estava lá. Meggie Williams, é claro, vestida com os seus modelos ao estilo Gilda e vocês sabem, ela possuía duas grandes vantagens contra os meus pequenos limões. Acontece que eu não sei explicar, e lhes garanto que não foi coisa da minha imaginação: a luz do bar ainda estava acesa, permitindo cumprimentos e a escolha acertada de assentos. A sra. Mendoza espremeu os olhos em seus óculos de armações grossas, como se não acreditasse – assim que surgi no salão, de que aquela fosse eu. Meggie Williams, embora sempre bem-produzida estampou um olhar chocado e desdenhoso, enquanto os rapazes da Editora levantaram-se para me cumprimentar fazendo uma mesura de cortesia. Olha, eu vou confessar que aquele foi um dos dias mais felizes da minha vida. Pela primeira vez, em anos, eu me sentia como uma mulher atraente. E eu lhes garanto, aos vinte anos, isso é um pensamento constante na maior parte dos pensamentos femininos. Eu tinha, é claro, outros pensamentos como... Jack, e também Jack, sobretudo...Jack... E quem sabe eu também pensasse em: Jack!

Some a isto o fato de que eu tinha um bom acervo cultural. Nada mal, não é?

Deixe-me contar sobre este dia, mesmo que eu pareça arrogante e presunçosa, você vai ver que nem sempre fui assim. É que aquela noite, foi a minha noite.

Eu ainda não tinha visto Jack, mas ele, como me disse um tempo depois, me espiava por um ângulo privilegiado da coxia, por trás do pequeno palco reservado aos músicos. Jack, caso eu não tenha mencionado, tocava duas vezes por semana naquele club. Ele tinha uns amigos músicos, do Sul, que o chamavam de Little Jack e perto deles, que eram homens negros, fortes e altos, Jack parecia mesmo um menino. Quando ele nos convidou para irmos ao club eu, em um primeiro momento, pensei tratar-se de um convite em homenagem a esses brilhantes músicos que o haviam apadrinhado por um motivo ainda não muito claro para mim.

Em poucos minutos eu saberia que Jack era um músico, e não um músico qualquer. Ele era o Little Jack daquele quinteto de jazz e blues,

The Screaming Tires. Vejam só! Por Deus, ele não parava de me surpreender. Quando Jack começou a tocar o trompete, nas horas precisas e de maneira que agradava seus colegas de palco, Meggie Williams não parava de bater palmas e dar gritinhos. Às vezes era difícil me concentrar no palco, pois tinha vontade de pegar seu pescoço e empurrar seus peitos no balde de gelo. Mas logo os músicos convidaram o público a ocupar a pista e então peguei a Sra. Mendoza, relutante, e a puxei para o meio da pista. Eu adorava dançar e fazia isso com Esther e Klára em nosso quarto na pensão, quase sempre nas tardes de domingo quando ensaiávamos passos e dançávamos umas com as outras, treinando para quando tivéssemos nossas oportunidades. Naquele dia eu me esbaldei e cheguei a ver o sorriso de Jack para mim e minha parceira de pista. É claro que Meggie fazia de tudo para ser notada, mas eu havia decidido me divertir e estava segura naquela noite, nunca imaginei que uma cor poderia nos tornar tão fortes e confiantes como o vermelho havia me tornado. A cor da Roma Antiga, seria para sempre uma cor a marcar aquela noite. Jack tinha tanta intimidade com a banda e com seu trompete, seu jeito de tocá-lo, tão particular, era uma tormenta para mim que a cada minuto o amava mais.

Os homens bonitos e charmosos deviam ser proibidos de tocar instrumentos. Isso é terrivelmente injusto conosco.

Nunca mais eu sentiria algo assim, Jack foi o meu grande amor. Naquela noite eu não sabia disso, tinha ciência apenas de que estava apaixonada e decidi não esconder meus sentimentos. Algumas músicas depois a iluminação do local diminuiu drasticamente, e como nas salas de cinema, toda a luz concentrou-se no palco onde ele estava. Voltamos para nossa mesa, compreendendo que haveria uma série de canções para se ouvir e não dançar. Os músicos chamaram ao palco uma cantora, seu nome era Bea Baker. Ela era linda. Negra e de cabelos presos por um coque volumoso. Sua pele brilhava em tom de um supremo mogno lustroso e sua voz se assemelhava a um carvalho. Toda essa metáfora para dizer que suas raízes, faziam nascer em nossos corações uma paixão por sua inesquecível voz, dizendo-nos coisas de amor através da canção mais linda do mundo. A mais linda sim, pois é a minha canção e de Jack. Do palco ele me olhava, e sorria com charme. My soul on fire, dizia tudo que eu sentia por ele e acreditava que naquela noite, era recíproco. Parecia um sonho. O bar parou para admirar Bea Baker, que pouco tempo depois mudaria seu nome artístico para Lavern Baker. Enquanto isso, eu e Jack trocávamos sorrisinhos tímidos. Perguntei-me se aquilo estava mesmo acontecendo. Em nossa mesa, acredito que o pessoal da editora havia percebido o mesmo, e a expressão de Meggie era de contrariedade controlada. Nós estávamos recuperando o fôlego das danças anteriores, enquanto a doce Bea convergia toda a atenção para si. Bem, não a minha. Meus ouvidos foram levados por sua voz, mas meus olhos eram de Jack. Acreditem, não fui tão oferecida assim. Eu disfarçava. Mas quando nossos olhos se encontravam não conseguia conter meu sorriso. A sra. Mendoza, minha cúmplice desvelada, dava-me cutucadinhas por baixo da mesa, não sei se para me lembrar de disfarçar, ou se para me avisar dos olhares de Jack.

Depois de um tempo, despertei sobre a lembrança dos conselhos de Klára que já tinha um namorado, dizendo-me: Faça-se de difícil. Então comecei a usar do truque do gole. Que consiste em pegar um copo, com o líquido de sua preferência, e sempre que quiser olhar para o seu objeto de desejo conciliar a bicada no copo e o olhar na direção desejada. Vai parecer apenas um acidente. Nada intencional. Naquela noite tive de beber uns quatro copos de soda. Somado a isso, imprimi um olhar ao estilo Ann Devorack no filme Girls of the Road, o que pareceu uma boa tática.

A graciosa Bea Baker já estava deixando o palco quando o vocalista da banda anunciou a atração seguinte. Era uma estreante no club, e por isso queriam que a recebêssemos com carinho. Seu nome era Peggy Lamarc. Sob aplausos ela ganhou o palco. E foi então que minha noite começou a azedar. Era uma moça jovem, assim como Bea, só que branca. Isso nos causou estranheza, simplesmente porque nos pareceu que apenas Jack fazia parte da exceção. Aquela era uma banda de jazz e blues. Não era comum ver brancos dominando esse tipo de som. Mas Peggy Lamarc tinha um jeito de se impor no palco. Não com sensualidade, ou com os maneirismos de divas, mas com a graça e a beleza de quem possui talento para a coisa. Vestia um vestido justo de cetim branco, parecido com o meu modelo, mas com as mangas bufantes que se afunilavam na altura dos cotovelos. Em seus cabelos, ondulados e loiros como o trigo, havia somente uma orquídea branca presa com uma porção de cabelo lateralmente, bem ao estilo Billie Holiday. Rosto lavado. Notava-se que além da presença de palco, o elemento maior ficara por conta de um sorriso sincero e gracioso. E o pior, Jack parecia totalmente refém desses atributos. Sorria para ela com intimidade ímpar que partiu meu coração quando ela, antes de começar a cantar, retribuiu a cumplicidade se aproximando dele. Enfim, a banda começou a tocar e eu rezei, leitor, para que ela fosse desafinada, que sua voz fosse estridente, pois somente uma catástrofe assim poderia me ajudar. No entanto, nas primeiras notas de The man I love, percebi que eu estava encrencada. Peggy Lamarc mostrou que sabia cantar e muito bem!

Meggie Williams também se endureceu, já havia fingido não notar os olhares de Jack para mim e agora, se esforçava para ignorar a luminosidade trazida ao rosto dele sempre que olhava para a moça com o microfone. Embora de pele branca, a peste tinha a voz de uma cantora negra e cheia de autoridade tomou conta do espaço. Apesar de miúda, se fez grande no palco, deixando todos em silêncio. Tive de admitir, estava tudo perdido para mim. Ao fechar os olhos ninguém diria se tratar de uma mocinha loira de traços indefesos.

Que falta de sorte a minha!

Encostei-me no assento da cadeira e, a partir de então, joguei a toalha.

A noite rendeu mais um par de horas, mas para mim havia perdido totalmente a graça. A sra. Mendoza me perguntou se eu estava bem, disse-lhe que sim, claro, tudo ótimo. Jack, desavergonhado, ainda me lançou olhares. Eu, por uma questão de brio e caráter fechei oportunidades para ele. Nunca gostei deste tipo de homem.

Como no dia seguinte tínhamos de trabalhar, dei uma desculpa qualquer no intervalo dos músicos e disse que estava de partida.

— Só um momento, querida. Vou com você. – disse a Sra. Mendoza. – Vamos nos despedir de Jack.

Meggie Williams, que não deixava por menos, engatou conversa com um bonitão estilo gangster dos anos 30. Eu, já tinha emburrado a cara. Nunca consegui disfarçar minha contrariedade.

— Já vão? Fiquem mais um pouco, só mais algumas canções e poderei dar mais atenção a todos. – disse Jack sempre solícito e dando uma conferida mais de perto em meu modelito.

O meu novo pesadelo não saiu de seu lado, com um sorriso sincero de boa pessoa e artista carismática. Cumprimentou com gentileza ímpar a Sra. Mendoza.

Só me faltava essa, pensei. Não satisfeita em me roubar Jack, quer também a minha amiga. E então chegou a vez de sermos apresentadas. Alguns músicos foram se chegando novamente, após um breve descanso, de posse de seus copos com bastante gelo e um pouco de whisky. O baterista ajeitou os pratos, esfregou sua escovinha para conferir a vibração, aquele gestual de banda. Cada um foi se chegando e reaquecendo seus motores. Peggy estava sentada de lado, na beira do pequeno palco. Jack sentado na banqueta alta, onde apoiava uma perna deixando a outra fincada no palco, segurava seu instrumento com uma das mãos. Às vezes ela olhava para cima, falando com ele e sorrindo com aquela intimidade que me incomodava. Ele, por sua vez, continuava a me olhar com um meio sorriso, e agora eu já não o via como o Jack por quem eu havia me apaixonado. Aqueles dois, se olhando em perfil, formavam uma imagem bela de se fotografar. Comecei a me sentir mal. O batom vermelho me incomodou, o vestido justo também.

— Você deve ser Margot. – disse-me Peggy.

— O que disse? – perguntei me aproximando pois os pratos da bateria e alguns acordes do baixo dificultaram minha audição.

— Disse que deve ser Margot...

— Ah, sim. Sou Margot Snyder. – falei estendendo-lhe a mão.

Que diabos era aquilo? Por que ela saberia meu nome?

— Jack contou-me que é alemã. – a maldita era mesmo simpática.

— Sou. – respondi com um sorriso educado, sem querer estender o assunto. Explicar que não tinha certeza de minha nacionalidade, era a última coisa que faria com ela.

Jack desceu do palco para nos beijar e se despedir, agradecendo gentilmente por nossa presença. Ficou lado a lado com Peggy e aquela química entre os dois revirou meu estômago.

— Você cantou lindamente esta noite, querida. – disse minha amiga a ela.

Peggy agradeceu unindo as mãos em benção.

— Sua mãe ficaria orgulhosa. – completou a Sra. Mendoza.

Então tive certeza de que as duas se conheciam. Provavelmente como namorada de Jack, comecei a ligar os pontos e pensei que devia ser quem ele havia levado na festa de meu chefe, Dick Simon.

— Obrigada... – respondeu Peggy com gentileza, e virando-se para mim falou — Mamãe era filha de alemães.

— É mesmo? – respondi fingindo interesse.

— Nós sempre quisemos conhecer um pouco mais de nosso lado materno, não é Jack?

A banda começou a tocar e o vocalista fez sinal para Jack que tomou seu assento subindo imediatamente no palco, não sem antes responder a Peggy:

— Sim, sempre quisemos!

Depois disso ele me deu uma piscadela e entrou na melodia com seu trompete.

Devo ter ficado atônita por alguns instantes, enquanto a Sra. Mendoza caminhava na direção da porta de saída. Peggy ainda acenava para nós. Quando saímos do clube e ganhamos a calçada, ouvindo a nós mesmas, perguntei à minha amiga:

— Peggy é irmã de Jack?

— Oh sim, querida... Você não notou a semelhança? – e completou. — E a propósito, seu nome é Mary. Peggy é o nome artístico.

CAPÍTULO 16

Meu dia de Liesl (explicarei ao final deste capítulo)

Depois daquela noite no clube eu não sabia como agir com Jack. É claro que ele notou o motivo da minha mudança de humor, e entre nós dois, embora ainda não existisse nada, ficou claro que eu estava apaixonada e que era uma pessoinha bem ciumenta. Fiquei constrangida ao reencontrá-lo no trabalho, mas fiz o que podia: cara de paisagem. Os nossos olhares e sorrisos naquela noite tinham sido sinais luminosos entre nós, e é claro que conhecendo-o como eu já conhecia sabia que havia se divertido com minha contrariedade desvelada. Foi uma pontuação bem alta para ele, no nosso joguinho particular. Quanto a mim, coube a espera do capítulo seguinte. Tanto Klára quanto Esther sugeriram que eu o convidasse para algum programa, mas eu simplesmente não me via fazendo isso. Então, esperei.

Nós tínhamos o costume de ouvir a rádio 77 Talk Radio, que misturava notícias e músicas populares, e por ter um perfil mais eclético satisfazia os ouvidos de todos na editora. Às vezes a rádio sorteava alguns ingressos de espetáculos da Broadway, exposições, e até produtos de beleza. Os ouvintes teriam de contar com a sorte e serem atendidos em uma das ligações para a rádio, no momento da promoção. Havia até uma lenda na editora de que ninguém, de verdade, ganhava aquelas promoções. Jack, que às vezes trabalhava para alguns jornais como freelancer nos dizia que as promoções aconteciam de verdade, mas que nós estávamos concorrendo com milhões, que ficasse claro. Bem, naquela semana a rádio anunciou que daria ingressos para uma peça que estava dando o que falar e era sucesso de público e crítica: Death of a Salesman, de Arthur Miller. Eu estava louca para assisti-la, mas minhas amigas não tinham interesse e Teçá era pequena demais para deixarem-na entrar comigo. A sra. Mendoza tinha uma reunião na associação latino-americana de mulheres imigrantes, e não poderia me acompanhar de qualquer forma.

— Mas você nem ganhou os ingressos e já está preocupada com a companhia?

Meggie Williams disse isso como se meu sonho fosse intangível. Mas naquele dia, eu sabia que os ingressos seriam meus. Alguma coisa ardia em meu coração. Sou do signo de gêmeos, e não sei se vocês acreditam nisso, mas nós temos uma força no pensamento que é poderosa. Naquele dia empenhei meu pensamento e liguei às quatro da tarde para a rádio. As ligações locais não eram caras e meus chefes disseram: você tem cinco minutos, Margot. No fundo eles também torciam para ver com os próprios olhos que as rádios americanas não mentiam para nós. Se alguém atendesse do outro lado da linha, eu teria que dizer rapidamente: *Where New York Comes To Talk*, que era o slogan da rádio.

Bem leitores, eu fui atendida e disse a frase no mesmo instante. Meus amigos ouviam minha voz pelo radinho da recepção, enquanto isso eu dizia meu nome e idade pelo telefone da editora. Os tickets eram meus, afinal. Dois, para que eu pudesse levar um acompanhante. Quando pus o gancho no aparelho dei gritinhos e pulos como uma criança. Todos bateram palma. A lenda tinha se tornado verdade. Até Meggie Williams aplaudiu, com cara de pasma, é claro. Curiosamente ninguém da editora podia me fazer companhia. Exceto... Jack Himmel. Eu não tinha tido a coragem de convidá-lo, mas foi ele quem rompeu a barreira.

— Bem, mesmo que você não tenha me chamado, eu gostaria de lhe fazer companhia.

É claro que meu rosto pegou fogo, mas tive o reflexo de agir com naturalidade.

— Ah! Que ótimo, Jack. Nos encontramos na porta do Teatro Morosco?

Que diabos estava havendo comigo? Eu não o deixava tomar a dianteira... Ainda o reflexo de minhas cenas de ciúmes, eu tinha vergonha delas.

Jack sorriu.

— Na porta do Morosco, madame. Às sete?

— Perfeito.

O expediente na editora terminava às cinco. Eu tinha uma hora e meia para chegar na pensão, escolher uma roupa e correr para a Times Square.

— O Morosco fica ao lado do Hotel Picadilly. Não tem como confundi-lo. – disse-me a Sra. Reisma.

Não pude contar com a ajuda de Esther e Klára para me ajudarem com o modelito, pois elas não haviam chegado do trabalho. Mas escolhi algo leve e romântico, em tom claro para espantar qualquer austeridade. Uma saia godê com um conjuntinho twin sete. Meu coração saltava. Seria a minha primeira vez em um teatro da Broadway e na companhia de ... Ah, imaginem o meu estado! Passei a minha fragrância preferida, Serendipity, uma colônia da Sack's que infelizmente nunca mais encontrei, pois logo saiu de linha e jamais tive nenhum outro similar. Era uma fragrância fresca, entre uma manhã de chuva e o entardecer nas montanhas. Acho isso uma maldade, sumirem com os nossos perfumes preferidos.

Quando cheguei ao teatro, logo vi Jack. Ele estava tão lindo. Com o seu jeito jornalista de se vestir, informal e diplomático. Ele sempre teve um gosto próprio para se vestir. Foi logo sorrindo e dizendo que eu estava linda. Agradeci e me dirigi para a bilheteria como o locutor da rádio havia me instruído, os ingressos estariam à minha espera, era só apresentar um documento. Mas para o meu terror os ingressos não estavam lá. Jack notou que eu argumentava prolongadamente com a bilheteira e se aproximou.

— O que houve?

— Os ingressos não estão aqui. – respondi aborrecida.

— Tem certeza... Linda? – disse ele dirigindo-se à bilheteira após ler seu nome no crachá.

— Tenho senhor... – ela não era simpática e esperava que Jack se apresentasse.

— Jack, Jack Himmel. – disse ele com um sorriso cordato. – Diga-me, Linda, Bob está por aí?

— Bob? Que Bob, senhor?

— Bob Earshaw. – respondeu com aquele sorriso que resolvia tudo.

— Ah... O senhor se refere ao sr. Earshaw?

— Sim, ele mesmo.

A questão toda se resolveu porque o tal Earshaw era ninguém menos do que o diretor do teatro e Linda, que de linda não tinha nada, foi chamá-lo com medo de que tivesse problemas caso não fizesse isso. Então, não só resolveu o problema como nos colocou em ótimos lugares, reservados à imprensa. Foi a primeira vez que vi como o tratavam com respeito e cordialidade, embora jovem, Jack era um ótimo jornalista e já tinha passado por alguns dos bons jornais de NY, cobrindo o fim da Segunda Guerra no Sul da Itália. E foi então que Jack pegou-me pela mão enquanto procurava nossas cadeiras numeradas. Foi como se o universo todo estivesse pintado com os tons da Aurora Boreal, ao meu redor eu via – perifericamente – esses tons cintilantes. Suas mãos, ao contrário das minhas, eram quentes e macias. Ele me conduziu entre as pessoas de nossa fileira e me colocou sentada como uma rosa em botão.

— Aonde você vai? – perguntei ainda em êxtase.

— Buscar alguns caramelos. – disse ele se aproximando de meus ouvidos.

As palavras penetraram não em meus ouvidos, mas nas alcovas de meus arquivos vitalícios. E o que são arquivos vitalícios? — você deve estar se perguntando. São aquelas lembranças que possuem a longevidade de nossa vida. Não se perdem, nem mesmo após um acidente cerebral. Elas estão aqui comigo, enquanto vos escrevo algumas décadas depois, de meu quarto em Nothing Hill. Além de tudo que já lhes contei sobre Jack, ele tinha a melhor de todas as qualidades do mundo: amava caramelos!

Assistimos a peça que era mesmo espetacular, do elenco ao roteiro, da direção ao figurino. Um tema profundo com o materialismo como pano de fundo, algo já impregnado na sociedade americana que se justificava no sonho americano, o roteiro falava da velhice e a dificuldade de se manter sonhador nesta fase da vida, mais ainda...Vencedor. Saímos do teatro empolgadíssimos, falávamos com entusiasmo de tudo que nos havia capturado a atenção e quando chegamos na primeira esquina, Jack me perguntou se eu gostava de hot-dogs. Ele sabia que eu era judia, e que os judeus não consomem carne de porco. Mas talvez quisesse ouvir a negativa de minha boca.

— Bem, não vou dizer que não tenho vontade. Sinceramente, não fiz isso até hoje porque Esther e Klára jamais me acompanhariam.

— Por quê?

— Ora, Jack. Os judeus não comem porco, e as salsichas não são feitas disso?

— Não. – disse-me ele seriamente.

— Não brinque com isso, Jack...

— As salsichas são feitas de restos.

— Restos?

— Sim, os restos que as fábricas não têm coragem de jogar fora. As pontas das mortadelas, dos salames, dos presuntos, dos patês...

— Pare. Já entendi. – respondi com uma cara não muito animada.

— Olha...Vamos fazer assim, eu te dou um pedaço do meu e se você não gostar pode cuspir.

— Mesmo assim não seria correto de minha parte.

— Não seria correto? Margot, isso aqui é a América. Você não pode viver aqui sem ao menos conhecer o sabor de um hot-dog.

— Jack...

— Vamos lá. Eu não conto para ninguém. – ele deu uma piscadela que me convenceu, óbvio!

Andamos umas três quadras e chegamos no Hot-Dog do Harry, segundo Jack, o melhor cachorro-quente de toda Nova Iorque. Sentamo-nos em um banco estreito, que o Harry nos emprestou. Jack, a princípio pediu um só para ele. O que havia ali, além de um pão de leite macio e a salsicha era apenas uma tira ondulada de mostarda, pois Jack não gostava de ketchup. Foi ele quem deu a primeira mordida. E fez toda uma *mis an scène* com sons de deleite. Eu achei graça. E depois de ele ter engolido aquele pedaço passou o hot-dog para mim. Mordi a coisinha cheirosa, sem pensar nos restos dos quais Jack tinha falado e confesso a vocês; aquilo era bom demais. Assim como o meu parceiro, fechei os olhos e me deliciei com a mordida.

— E então? Aprovado?

Assenti. Não conseguia falar porque minha boca estava cheia, o tempo todo.

Jack sorriu vitorioso. Essa foi a primeira das concessões que fiz na vida, não só por Jack mas Com Jack. Ele fazia tudo parecer menos pesado, menos dramático. Convenceu-me de que os pecados, os erros, são as coisas que fazemos para magoar, ferir ou trair as pessoas.

Aquele hot-dog ficou comigo enquanto Jack pediu outro para si, além de uma Pepsi-cola, que dividimos porque não aguentávamos tomar uma inteira. Já no fim da nossa refeição, notando que havia um restinho de mostarda no canto de minha boca, Jack limpou-o com a ajuda de um guardanapo. Foi a nossa cena meio A dama e o Vagabundo, sabe? Neste exato momento, ele se aproximou e me beijou. Um beijo suave, gentil, investigativo. Eu pensei: meu Deus, não faça esta noite acabar! No entanto, ela acabaria e no dia seguinte tínhamos que trabalhar. Jack me levou até a pensão, de mãos dadas nós falávamos aquelas frases cifradas de quem está se conhecendo para além da primeira camada. Sorríamos a cada segundo. Eu não quis fingir que não gostava dele pois, achei aquilo totalmente desnecessário. É claro que ele imaginou minha alegria, bem como eu me surpreendia com um brilho e desenvoltura diferentes de sua parte. Naquela caminhada, que não era curta, soubemos muitas coisas um do outro e notei que o melhor de Jack ele guardava para os íntimos. Disse-me que torcia para os Dodgers e que me levaria para assistir o próximo jogo.

— Vai me levar? – perguntei deixando minha empolgação falar mais alto.

— Se você quiser...

— Sim, eu quero. – respondi em tom mais baixo pois estava envergonhada.

Quando chegamos na recepção da pensão, Jack pegou minha mão e a beijou, um gesto que se repetiria enquanto ele estivesse em minha vida.

— Boa noite, Margot Snyder. – disse-me olhando fundo nos meus olhos.

— Boa noite, Jack Himmel.

Então ele partiu e eu fiquei uns minutos em pé, sem acreditar no que havia acabado de acontecer. Fui até a porta para vê-lo descer a Avenida Pensilvânia, sua silhueta leve caminhando como se estivesse, também, nas nuvens.

Quando cheguei no quarto e fechei a porta atrás de mim, soltei um gritinho de alegria como aquele que Liesl (a filha do Capitão von Trapp) emite após o seu carteiro, Carl, a beijar em A noviça rebelde. Vocês se lembram?

— Você vai ter que nos contar tudo, Senhorita! – disse Klára.

CAPÍTULO 17

Caminhando em um sonho

Como vocês podem imaginar, eu me tornei a namorada de Jack Himmel. Não sem antes, porém, ter tido uma longa conversa com Carl. Ele era, antes de tudo, meu amigo. Apesar de causar-lhe uma inegável decepção, me agradeceu pela franqueza. Na Editora, embora eu e Jack fingíssemos que éramos apenas bons amigos, todos ficaram sabendo. Nossos chefes não tocavam no assunto. Acredito que para manter o rítmo das coisas. Às vezes Jack dizia não encontrar um original no arquivo e eu, distraída, respondia:

— Está na gaveta tal... Pode ter certeza.

E então ele dizia: não estou achando. Até que eu despertasse com aquela deixa e fosse até lá, para "ajudá-lo". Furtivamente ele me dava um beijo e me convidava para alguma coisa após o expediente. Não fazíamos isso todos os dias, primeiro porque tínhamos compromissos; eu continuava lecionando na escolinha para crianças imigrantes, Jack com os outros jornais para os quais trabalhava como freelancer. Mas ao menos uma vez no meio da semana, fazíamos alguma coisa juntos. Nem que fosse caminhar, apenas. O ano de 1949 foi maravilhoso para mim. E digo isso porque ao meu redor, ou seja; com as pessoas que eu amava, não foi diferente.

Klára e Samuel se casaram no verão e passaram a lua de mel em Honolulu, de lá nos enviaram cartões postais onde diziam estar se divertindo. Esther, agora que dominava o inglês ao menos na escrita, conseguira um trabalho como secretária de um médico judeu, com a ajuda de ninguém menos do que o nosso amigo Rabino Staremberg. Ela também estava noiva de Levi e pretendiam se casar na primavera do ano seguinte. As coisas para eles não eram tão fáceis, financeiramente falando. Com as nevascas que assolaram os EUA nos primeiros meses do ano, os pais de Levi que criavam caprinos em Dakota, tiveram uma enorme perda e não podiam mais contribuir com a permanência de Levi em NY. Por isso, para terminar seu curso de professor ele trabalhava como uma mula. Esther começou a fazer seu enxoval mais ou menos na época do casamento de Klára. Ela estava feliz, contudo, vez por outra se perdia em um olhar que nós todos — sobreviventes do holocausto — conhecíamos bem. Um dia me contou o motivo de visitar Ellis Island tantas vezes:

— E por causa de Halter.

— Seu irmão? – perguntei por dedução.

— Sim. Eu não acredito que esteja morto, ou que tenha ficado em Lublin.

— E quais são as suas pistas?

— Quase nenhuma. Todos que respondem minhas cartas dizem tê-lo visto partir de Auschwitz como vários prisioneiros após a libertação. Mas você sabe, Margot, os russos não trataram os poloneses como trataram outros prisioneiros. Eles sempre nos consideraram inferiores.

— Mas quem o viu, afinal? E quando?

— Um amigo nosso, de escola, Isaac. Ele esteve com Halter, em julho de 1945, ainda na zona russa, mas disse que Halter estava determinado a partir para América e que desta vez nem mesmo o Exército Vermelho o deteria.

— Entendo.

Eu não queria desanimar minha amiga, e nem duvidava da determinação de seu irmão. No entanto, os relatos das crianças na escolinha onde eu ensinava inglês e depois, confirmados por seus pais, davam conta de que as coisas não tinham sido facilitadas para os poloneses. Nem mesmo após Auschwitz.

— Nós somos gêmeos, Margot.

— Esther! Você nunca nos contou esse detalhe. – eu disse sentindo de imediato aquela ligação da qual ela jamais se desvencilhava.

— Pensei ter mencionado....

Os olhos de Esther perdiam-se novamente par além do vidro da janela rajado por gotas de chuva.

— Sei que não estou louca, Margot. Eu o sinto. É como se estivesse perto de mim.

Abracei-a por um longo tempo. Sem palavras. Meu carinho teria de fazer efeito sobre aquele pensamento angustiado pela dúvida. Eu também tinha as minhas, lembram? Só que as vezes fingia que elas não estavam lá. Sempre me perguntei se o meu sofrimento, acerca da amnésia e das pessoas que fizeram parte de minha vida, seria maior do que o das pessoas que sabiam de quem sentiam falta. Tinham rostos e vozes a recordar. Apesar da perda ou da distância, tinham a quem amar.

— Vamos encontrá-lo. Vou pedir a ajuda de Jack, ele conhece muitas pessoas. Quem sabe podemos contratar um investigador...

— Com que dinheiro Margot? Ou me caso, ou procuro por meu irmão.

— Daremos um jeito.

Disse-lhe isso com força no pensamento. Sempre acreditei no poder das palavras.

Nos finais de semana em que Jack tinha trabalho acumulado, eu combinava de vê-lo apenas no domingo. E então eu tomava um ônibus e atravessava a Brooklyn Bridge a caminho da casa de Teçá para passarmos juntos algumas horas do Shabbat. Eles também estavam bem e evoluindo. Agora Ilma tinha um trabalho melhor, e Teçá ajudava, após a escola, uma senhora proprietária de um secos-e-molhados na esquina de casa. A menina tinha que brigar com a mãe, que sempre adorou um cacareco, para não ir ao local escolher coisinhas que seriam descontadas de seu ordenado. András já falava inglês com uma fluidez espantosa. Dali a alguns anos, ele falaria como um nativo. Minha amiguinha estava prestes a completar treze anos, seu aniversário, no dia 14 de novembro, teria uma festa surpresa e eu aproveitaria para lhe apresentar a Jack. Eles não viam a hora de se conhecerem.

Apesar da prosperidade em nossas vidas, a Europa ainda era um assunto difícil de evitar. Milhares de nós tinham deixado família e amigos para trás, os que não conseguiram emigrar. As tensões políticas entre a União Soviética e a Inglaterra, ganharam apoio da América quando o presidente Truman declarou apoio aos aliados no combate ao comunismo, e logo depois as medidas de contenção ao poder do Bloco Oriental recebeu o nome de Doutrina Truman. Estava nascendo o que, ainda em 1946, o escritor George Orwell chamou de Guerra Fria. Ele tinha publicado um artigo no The Observer, e em uma das frases vaticinou o seguinte: *após a conferência de Moscou em dezembro passado, a Rússia começou a fazer uma 'guerra fria' contra a Grã-Bretanha e o Império Britânico".* Esse confronto geopolítico nos separaria mais uma vez, pois foi neste momento em que nos demos conta de que o nosso continente tão sofrido permaneceria dividido, e agora as batalhas estavam sendo travadas com embargos, serviços de espionagem, produção de armas nucleares. Nós vivíamos a ilusão de paz. Afinal, os EUA eram um paraíso, ante ao que a Europa vinha sofrendo, mas este paraíso já tinha sido alvejado em Pearl Harbor e lançado uma bomba nuclear em Hiroshima e Nagasaki. Agora havia o cabo de guerra com os russos que se estendia para um conflito entre as Coreias. As guerras eram as coisas mais profícuas, naqueles tempos.

Às vezes Klára, que sempre foi engajada politicamente, nos carregava para conferências sobre o sionismo. Nesses ambientes havia muitas discussões de como o Estado de Israel deveria se comportar, e quais medidas os judeus deveriam tomar para que nunca mais fôssemos caçados como ratos. Teríamos de ser uma Nação, não apenas aquela que faz divisa com a Palestina, mas em qualquer lugar. Teríamos de nos defender, sempre que possível, unindo-nos. Em uma dessas reuniões, com a presença de professores, filósofos e líderes religiosos, conheci Hanna Arendt. Ela era uma mulher bem feia, no meu ponto de vista, mas com uma inteligência e um poder de articulação acima da média. Tinha conseguido escapar da guerra, e emigrou para os EUA em 1941 depois de fugir da Alemanha pois, já naquela época, como sionista, foi perseguida pelo Terceiro Reich. Em Nova Iorque sua carreira como jornalista, pensadora e ensaísta foi celebrada não apenas pelo povo judeu, mas por aqueles que gostavam de novas teorias, e Arendt desenvolveu, entre elas: a banalização do mal. Klára era uma admiradora declarada da mulher, que não gostava de ser chamada de filósofa. Esther ouvia com atenção as palestras, e não demonstrava tanto entusiasmo como Klára, para ela a solução de todos os nossos problemas estava no Torá. Eu, confesso que simpatizava com as teorias e pensamentos de Hanna, naquela época ela ainda não tinha pisado no meu calcanhar de Aquiles. Pouco tempo depois, eu a confrontaria publicamente em uma das convenções sionistas nas quais ela era ouvida como uma sacerdotisa.

Capítulo 18

Estradas do Kentucky

Ao longo da semana notei as oscilações de humor em Jack. Sabia que apenas o amor de irmão nutrido por Mary seria capaz de levá-lo à sua terra natal; o Kentucky. Jack não tinha a menor pinta de caipira, como os novaiorquinos costumavam chamar as pessoas daquele estado. Ele não tinha sotaque, não se vestia com as roupas de pessoas do campo, não escrevia de maneira informal, não fazia referência aos costumes de pessoas da sua terra. Em poucos dias eu saberia que Jack não tinha problema com o lugar de onde veio, ele amava a culinária, as estradas, os pontos turísticos, o rio Ohio que cruzava sua cidade; Louisville. E o que mais o fazia se orgulhar, o suor de um povo simples e trabalhador.

Acredito que com o tempo, Jack foi se dando conta de que cedo ou tarde ele teria de encarar seu passado, e voltar para o Kentucky significava voltar para suas mais dolorosas lembranças. Se ao menos Mary tivesse se apaixonado por alguém do Alabama, quem sabe do Alaska... Mas o destino lhe trouxe um conterrâneo, e Jack o amava como a um irmão; Ronald só tinha o defeito de ter nascido não apenas no mesmo estado, mas na mesma cidade de Mary e Jack. E por isso, o casamento de minha cunhada seria na casa da família. *Família?....* Jack repetiu em tom sarcástico.

— Como é que Mary consegue chamar aquilo de lar, ou de família...

Eu não o reconhecia. Simplesmente não era o meu Jack, tão suave e expansivo. Leve como o vento fresco do Central Park. Como nós não tínhamos carro, e não poderíamos pegar carona com os noivos, porque estes partiriam na semana anterior, tivemos que recorrer à Bus Station. Jack tinha acabado de seu mudar para um apartamento melhor e não havia dinheiro sobrando para irmos de trem. E mesmo que houvesse, algo me dizia que Jack preferia perder mais horas na viagem a permanecer mais tempo no lugar de chegada. Ele não dava as caras por lá há dez anos. Sem querer, meses antes, deixou escapar que sua mãe havia morrido há alguns anos.

Então comecei a juntar as peças.

Em relação a isso, Mary parecia mais resolvida. Tanto que em uma noite de verão, justamente quando nos convidou para sermos seus padrinhos de casamento, e eu tentava a todo custo tornar digno o espaguete sobre o fogão do minúsculo apartamento de Jack, mencionou o local de seu casamento, escolhido em comum acordo com Ronald:

— Onde mais seria, Jack, senão em Lú Vil? – demorei a entender que aquela era a maneira como os locais pronunciavam o nome Louisville. Jack não ergueu os olhos, nem emitiu qualquer som de contrariedade. Segurava uma garrafa de soda e se ateve a ela por longos minutos. Talvez Ronald soubesse mais coisas do que eu, porque criou maneiras de mudar de assunto como se não quisesse conceder a Jack, chance para se evadir do convite. Continuei rezando para que a pasta não grudasse, como acontecia todas às vezes em que me arvorava na área em que me falta talento. Mary continuou falando dos detalhes do casamento, algo a ver com a necessidade de terem de dirigir por dez horas para as tratativas no City Hall de Louisville. Por instantes me distraí com o ponto da massa e corri para escorrê-la. Foi então que Jack abriu sua diminuta despensa e pegou a garrafa de whisky que fazia tempos ele não procurava. Houve um silêncio provocado pelos gestos que se seguiram: Jack passou o resto de soda para um copo e depois despejou uma generosa quantidade de whisky sobre o refrigerante. Tornou a guardar a garrafa, e nem mesmo ofereceu para seu futuro cunhado. Sentou-se e fixou os olhos sobre Mary antes de tomar, em um só gole, o conteúdo do copo.

— Jack... – disse ela com pesar, como se tivesse cobrando uma promessa.

— O quê? Você não esperava que eu encarasse esta tarefa a seco?

Não tocamos mais no assunto da viagem para o Kentucky. Começamos a falar sobre a tensão nas Coreias, as manobras do senador McCarthy para convencer o povo americano de que o país estava infestado de comunistas. Ele havia feito um discurso acalorado em janeiro, apresentando uma lista com 205 nomes de comunistas e os efeitos do discurso pareciam não estancar. A Guerra Fria entre os Estados Unidos e a União Soviética, era um verdadeiro cabo de guerra, e com a vitória dos comunistas na guerra civil chinesa, os americanos se perguntavam em que guerra seus soldados seriam metidos desta vez. Graças ao tino jornalístico de Jack e as aulas minuciosas que costumava me dar, eu conseguia ter um panorama da situação política e me orgulhava disso. Sempre me incomodou não emitir opinião por pura ignorância política. Mas Mary não conseguiu manter-se no assunto e pulou para a roupa de Ronald. E danou a falar na cor do terno que ele usaria. Enquanto isso, comecei a servir os pratos com o espaguete de molho ao sugo, enquanto todos fingiam que aquela refeição tinha aspecto agradável. Ronald era um rapaz simples, qualquer coisa estava boa para ele, a ponto de dizer que meu espaguete estava delicioso. Foi neste momento que Mary e Jack se olharam e caíram em uma crise de risos nos contagiando de maneira irresistível. Aquilo estava horrível e graças a Deus tínhamos dinheiro para descer a 45th street em busca dos deliciosos hot-dogs do Harry.

O memorial Day caiu no dia 27 de maio e Mary, que não era boba nem nada, marcou seu casamento para um sábado, de manhã, aproveitando que a maioria das pessoas – por conta do feriado — poderia comparecer à cerimônia. Por sermos os únicos a morarmos longe, ela nos pediu que chegássemos na véspera. Afinal, éramos os padrinhos. Seu animado grupo de jazz não prometeu presença, naquela época, os negros quase não tinham direitos nos EUA, inclusive o de ir e vir. Viajar era um ato de coragem e resistência. Era terrível conviver com políticas que caminhavam a passos lentos na direção do povo que tinha ajudado a construir aquele país. Em Nova Iorque, que era o coração do mundo, isso não ocorria como no interior dos estados. Mesmo assim, não era um paraíso para os negros, eles tinham de se contentar com os trabalhos braçais ou do terceiro setor.

O Kentucky ficava a dez ou doze horas de carro, e sabe-se lá quantas de ônibus. Quanto a isso eu não tinha a menor resistência, ter Jack só para mim por todo o tempo, sem trabalhos ou qualquer outra interferência, seria algo maravilhoso, e ainda por cima com as aulas de geografia que eu receberia ao percorrer todas aquelas 777 milhas. Levamos travesseiros, cobertas e alguns sanduíches. Ele riu de mim.

— Nós vamos fazer algumas paradas, você sabe disso não?

— É, vamos. Mas e se o pneu furar? Ao menos teremos bebidas e algum lanche.

Jack sorria e me dizia que eu estava indo para o lugar certo:

— Se tem uma coisa que nós caipiras gostamos de fazer é comer! – esta frase ele disse com um sotaque guardado a sete chaves.

Eu não sabia de quem havia herdado aquela mania de pensar que algo podia dar errado. Talvez de alguns de meus familiares, ou até mesmo da própria guerra. Cada um de nós carrega manias no pós-guerra. Eu tinha duas: mania de limpeza e de estocar mantimentos.

— Por favor, Margot, capriche no creme de amendoim.

Jack era fanático por creme de amendoim. Quem sabe também fosse, assim como as minhas manias, uma carga da infância. Agradeci o fato de o seu mau humor ter desaparecido nos últimos dias, eu não gostava daquela versão, embora entendesse que havia uma tensão familiar para aquilo. O vi assoviar enquanto socava no fundo da mala o terno e a blusa social que usaria no casamento.

— Hey! Não faça isso! Vai tornar a missão de desamarrotá-los mais penosa. Refiz a mala toda. Definitivamente ele era um bagunceiro. Independente, mas bagunceiro.

Nós dormimos cedo, deixamos as malas na porta do apartamento. Separamos a roupa da viagem. Fizemos um lanche leve e fomos para a cama. Precisávamos descansar, o ônibus partiria da Estação Hotel Dixie na 241 West com a 42th. Isso significava uma boa caminhada matinal. Mas eu contaria com o cavalheirismo de Jack que não me deixaria carregar nada, além de minha valise pessoal.

Enquanto atravessávamos as estradas da Pensilvânia, eu admirava as paisagens rurais. Naquela época não havia tantas indústrias consumindo o verde. Encostada no ombro de Jack e relembrando minhas angústias de um ano antes, contemplava através da janela não só as peculiaridades locais, mas o olhar encantado do meu parceiro. E pensar que um ano antes eu chorava ouvindo You´re breaking my heart, de Vic Damone, imaginando que Jack jamais daria importância a mim e minha desmedida paixão. A insegurança nos cega, pensei. Nossa viagem parecia um sonho, e Jack foi me explicando como a economia daqueles estados funcionava, os produtos mais cultivados e as comidas das quais ele sentia muita falta. O Kentucky era o recordista no cultivo em trigo, milho e algodão. Contou-me que na infância, ele e seu melhor amigo Joe, passavam as tardes nas plantações de algodão próximas às suas casas. E não havia como mentir para seus pais, porque os carrapichos vinham grudados nas barras dos shorts ou calças, denunciando o local das brincadeiras. No Kentucky tudo possui seus próprios elementos, ele dizia com uma voz poética.

— Nesta época nos safávamos das surras de nossos pais, pois dizíamos que estávamos fazendo algo para o dono da fazenda, o sr. Larybee. Por ser um dos homens mais poderosos de nossa região, nem mesmo nossos pais sentiam-se seguros em castigar quem o ajudava.

— E Mary, não ia com vocês? – perguntei.

— Não, ela era apenas um bebê remelento grudado nos quadris de mamãe.

Sorri, aguardando mais descrições sobre as aventuras de Jack Tom Sawyer, como eu costumava chamá-lo.

..."*Porém, depois de um tempo, aquela história de ajudar o sr. Larybee tornou-se verdade para Joe. Ele tinha doze anos quando seu pai, que trabalhava na ferrovia, morreu subitamente na plataforma enquanto carimbava os bilhetes dos passageiros. A mãe de Joe, com cinco filhos para criar, quase morreu quando recebeu a notícia. Tinha sido um infarto fulminante. Ele devia ter no máximo uns trinta e poucos anos. Eu me lembro do discurso do nosso pastor, lamentando a perda daquele irmão tão devotado a Jesus e à nossa comunidade. Estávamos no banco de trás reservado aos familiares, em uma manhã de domingo e deveria ser julho ou agosto porque todos na Igreja derretiam mais rápido do que as velas no altar. Era a Igreja Presbiteriana de Louisville, que depois apelidei de Ferveteliana porque lá dentro entrávamos em ebulição. Seu teto era de zinco, e as janelas de madeira não sei por que, nunca se abriam para deixar circular o ar. Minha família tinha ido prestar condolências à Sra. Flinn. Nessas horas o meu pai gostava de mostrar para os outros uma figura que, na verdade, nunca foi a sua verdadeira figura. Ele se mostrava carinhoso e solidário, segurando a mão de minha mãe durante toda a pregação do pastor, enquanto eu e Mary rezávamos para que um dia nosso pai fosse alguém parecido com aquilo."*

Naquele momento senti que Jack deixaria algo mais consistente se revelar para mim.

"Lembro-me de estar próximo à nuca da Sra. Flinn. Seus cabelos estavam presos por um coque, bem na altura da nuca, e havia alguns fios grudados no pescoço pelo suor. Abgail, a irmã caçula de Joe, dormia no colo da mãe, o que acredito deva ter aumentado o desconforto da viúva. Ao seu lado direito meu amigo, Joseph Flinn com apenas 12 anos e a tarefa de ajudar a criar seus irmãos menores; Benjamim, Jonathan, Harry e Abgail. Havia cerca de um ano de diferença entre os filhos homens. Apenas de Abgail para Harry parecia ter havido uma distância de uns 4 anos, creio. A Sra. Flinn era uma mulher bonita, embora castigada pelos trabalhos domésticos. Joe se parecia com ela. Cabelos castanhos e olhos muito azuis. Nunca vi olhos como os deles. Ele teria sido um homem bonito, teria namorado toda a Lú Vill se não fosse...

— Se não fosse...

— Se não fosse pelo meu pai... – os olhos de Jack se estreitaram contra a luz do sol que agora batia diretamente em seu rosto, por aquele percurso da estrada. O ônibus sacolejava bastante, pois a rodovia estava passando por obras de melhorias. Ele se deteve até que voltássemos ao asfalto liso e assim, sua voz pudesse permanecer baixa para que ninguém ouvisse nossa conversa.

— O seu pai? – questionei olhando diretamente para ele.

— Uhum...

Eu havia aprendido que tudo fica mais fácil de ser contado em duas situações:

1 - Para pessoas que realmente se importam conosco;

2 - Quando estamos beliscando algo gostoso.

Então abri um de nossos pacotes onde eu havia colocado sanduíches e dei um para Jack – o de geleia com creme de amendoim -, ele precisava de um sabor doce. Peguei o mesmo para mim. E abri a nossa garrafa de leite, que na verdade tinha suco de laranja. Na segunda mordida, Jack completou o resto na história, que para mim, tinha um enredo completamente inimaginável:

"Com a morte do pai, Joe começou a fazer todos os serviços que um menino da sua idade fosse capaz de suportar. E naquela época, Margot, eles realmente não diferenciavam meninos de homens. Por isso ele cortava lenha, entregava jornais, ajudava nas construções de casas em bairros que estavam nascendo dos campos para o centro de Lú Vill, engraxava sapatos na estação. Mesmo assim, não me recordo bem como, Joe não saía da escola. Sua mãe fazia questão que ele "virasse gente". Hupf! Quanta inocência! Naquela época, como agora, pobre não virava gente no Kentucky. A gente era o capacho dos ricos.

E não adiantava ser o melhor aluno da série, da escola, você teria que trabalhar. Estudar, apenas, não era coisa para os pobres. E o Joe, eu bem me lembro, era um bom aluno. A Sra. Hilley, nossa professora, quase sempre o convidava para ler sua redação para a turma. Mas as coisas estavam ficando difíceis para ele, com tantos bicos que tomavam todo o seu tempo de estudo. Ele aguentou firme por mais dois anos, mas depois precisou parar. Justamente quando o meu pai passou pela casa dos Flinn para dizer que havia uma vaga para servente, no matadouro. A Sra. Flinn disse que esse trabalho seria perigoso, afinal, Joe era apenas um menino. Mas Joe disse que já tinha tamanho para aquilo, talvez tenha ficado entusiasmado com o salário. Acontece que para ganhar salário de adulto, ele teria horário e responsabilidade de adulto. Implicava em sair de casa as 6:30 da manhã e voltar quando o Sol tivesse se pondo. Nada de escola. E provavelmente, nada de diversão.

Nos primeiros meses Joe parecia estar dando conta do recado, nós nos encontrámos apenas aos domingos, na igreja. Depois, segundo as palavras de minha mãe: "Joey – como ela o chamava -, está muito magro. Este menino deve estar doente". Eu não reparei nisso, ainda não tinha um olhar de adulto. Não para isso. A Sra. Flinn, por outro lado, parecia não notar nada e ao contrário do filho, estava bem e revigorada. Joe não a deixava por nada. Ficava por perto, ajudando a cuidar de Abgail e dos outros. Sempre que eu voltava da escola, fazia o caminho da casa deles, que ficava há uns 500 metros da minha por uma estrada coletora. Algumas vezes eu encontrava com o meu pai nas imediações da casa dos Flinn – não sei como ele conseguia almoçar em casa porque o Joe, que trabalhava com ele no matadouro, comia sua marmita no matadouro como os outros trabalhadores. Eu não havia feito nenhuma conexão com os planos do meu pai... Até perceber que minha mãe estava irritada, perdendo a paciência com ele e com Mary. Comigo ela não perdia a paciência. A gente se olhava e parecia que eu poderia salvá-la de algo, talvez impedir. Então um dia ela respondeu torto para ele:

— Por que não vai comer a comida da Beth Flinn?

Eu nunca tinha visto minha mãe responder ao meu pai daquele jeito. Ela sempre foi submissa demais, todos nós éramos. Porque ele sabia bater como ninguém. E foi isso que ele fez novamente. Lançou a sua mão grande de matador de vacas e bateu bem no meio do rosto de minha mãe. Ela caiu com o impacto do tapa e bateu com a cabeça no chão. Eu corri para acudi-la e Mary começou a chorar, já devia estar com uns seis ou sete anos.

— Aquele maldito... — Jack falou com uma expressão que eu jamais vira.

Jack rangeu os dentes. Parecia que toda a sua força estava ali, comprimindo os maxilares e assim esmagando o rancor que sentia do pai. Ele já havia comido o sanduíche, com uma rapidez inesperada e agora amassava o papel que envolvi os sanduíches com um gesto repetitivo. Rezei para que ele terminasse de me contar a história, mas jamais o induziria. Isso teria de ser revelado por pura necessidade, a necessidade de expurgar seu rancor.

"Minha mãe ficou caída por alguns instantes – continuou ele -, enquanto ele de pé a olhava sem nada fazer. Quando se mostrou recuperada, em meus braços, meu pai saiu batendo a porta. Como um animal. Um animal bem menos valioso do que os que ele matava diariamente."

"Depois daquele dia, comecei a recordar as vezes em que via meu pai caminhando para a nossa casa, não na estrada principal, que sempre o levou até lá, mas na estrada coletora por onde eu vinha para fazer companhia a Joe na volta da escola. E então, descobri o porquê de ele ter encontrado aquele trabalho para o meu amigo. Era para tirar de casa, o único filho da Sra. Flinn que normalmente estaria lá naquela hora. Os outros ficavam na escola até o fim da tarde".

— Entendeu, meu amor? – Jack perguntou com uma sombra de constrangimento.

— Entendi. Mas e o Joe... Ele desconfiava de algo?

— Acho que descobriu mais ou menos no mesmo momento que eu e minha mãe. – Jack voltou a olhar para fora, como se as lembranças estivessem pedindo carona na beira da estrada.

Em seguida deu cabo da história, eu provavelmente teria de saber alguns detalhes antes de chegar ao Kentucky.

"*Era um dia quente de verão e a gum maquinário do matadouro tinha emperrado. Por isso os empregados foram dispensados mais cedo, todos, inclusive meu pai e Joe. Quando todos eles já haviam ganhado uma boa parte da estrada de volta para casa, às margens da antiga rodovia, o sr. Larybee passou por eles com dois homens em uma caminhonete velha que os levaria até a fazenda para consertar o maquinário. O patrão quis saber se algum de seus empregados estaria disposto a fazer um trabalho extra e, com isso, ganhar uns trocados. Os homens se entreolharam com receio, Joe que era apenas um menino, esperou a reação dos outros.*

— Vá, menino. É uma oportunidade de ganhar um extra. – disse meu pai para ele, a fim de encorajá-lo.

Nós soubemos, com o passar do tempo, que Matt Macoy olhou para Joe como quem diz: "não vale a pena", pois os homens mais velhos sabiam que os acidentes de trabalho no matadouro eram recorrentes e deixavam sequelas permanentes. Mas meu pai não podia desistir de convencer Joe a deixar o terreno livre para ele. Por outro lado, eu sabia que meu amigo guardava dinheiro para comprar uma bicicleta, isso facilitaria bastante a sua vida.

Por fim, o meu amigo subiu na caminhonete com mais dois trabalhadores; Phill, o cabelo de milho, e Carl Beckett.

O sr. Larybee não era um homem mau. Para os moldes dos fazendeiros daquela região era até considerado generoso. Não pagava tão bem, mas deixava que os empregados levassem carne e grãos para casa, por isso, de fome ninguém que trabalhasse para ele morria. De fome não. O problema do sr. Larybee era mesmo a falta de segurança com que seus empregados trabalhavam, as condições precárias nas quais abatiam os animais, e as máquinas velhas que vez por outra aleijavam alguém. Naquela tarde, isso aconteceria com um menino de apenas 14 anos de idade, esse menino era Joe. No início da noite, apenas algumas horas depois Joe subir naquela caminhonete, o sr. Larybee estacionou com a viatura da polícia local na frente da casa dos Flinn. Beth Flinn abriu a porta de tela com um pano de prato nas mãos e o coração na boca. Ela sabia que alguma coisa havia acontecido ao seu menino. Na varanda mesmo, caiu de joelhos e encarou o sr. Larybee com olhos de súplica, ela sonhava que ao menos lhe dissessem que o filho estava no hospital.

— Ele não resistiu, Beth... – falou o Sheriff Buford, passando a mão sobre as costas da Sra. Flinn.

Com o passar dos dias os detalhes daquilo tudo foi nos chegando entre uma e outra conversa. A máquina de triturar ossos estava emperrada e precisava de homens para levantarem a correia do motor. Joe, que era magrinho e pequeno, podia ficar entre as divisórias para encaixar a peça que acabara de ser polida e lubrificada... Foi assim que tudo aconteceu, ele ficou entre a prensa e.... — Imagine, Margot... Imagine o que sobrou do meu amigo Joe.... – Jack segurou o queixo entre o dedão e o indicador, apoiando seu cotovelo no vidro da janela. Lágrimas escorriam de sua face rosada, aliás, quanto mais nos aproximávamos do Kentucky, mais sua pele ganhava um tom avermelhado. Segurei sua mão com força, nem mesmo eu consegui represar a emoção. Imaginar o que um menino tinha de fazer para viver com dignidade no interior da América.

— E tudo por culpa dele... Daquele maldito...

— Mas Jack... Foi um acidente. Seu pai...

— Não o defenda, Margot! – dos olhos de Jack saía uma força anima-lesca, estreitando-os em minha direção a ponto de me fazer temê-lo. – Você não vê que se ele não insistisse, Joe teria ido para casa? ... Mas ele tinha motivos para afastar Joe de casa... Ele tinha motivos. Aquele maldito!

Quando soube da morte de seu melhor amigo, Jack se desesperou. Correu para casa dos Flinn e encontrou seu pai, na pequena mesa da sala, na companhia de outros vizinhos. De cabeça baixa estava, de cabeça baixa ficou. Ali, estavam todos tentando ajudar aquela pobre viúva a lidar com a perda de seu primogênito, e foi lá que Jack soube quem havia insistido para Joe voltar ao matadouro e ajudar o sr. Larybee. Em uma onda de fúria, diante de todos os conhecidos de Louisville, Jack avançou sobre seu pai e o golpeou várias vezes. Surpreendentemente, aquele homem agressivo e hostil nada fez contra o filho, recebendo as pancadas como um Judas receberia seu castigo. Se não fossem os outros conhecidos, talvez Jack não deixasse seu pai vivo naquela noite.

Depois deste dia, nunca mais se falaram. Jack foi embora de casa. Mudou-se para uma pensão no centro da cidade e começou a trabalhar como ajudante de tipógrafo no jornal da cidade. Lá fazia de tudo e aos dezesseis anos, recebeu seu primeiro dólar por um artigo sobre acidente de trabalho nos matadouros do Kentucky. Foi assim que se tornou jornalista e partiu de seu estado, uns dois anos depois.

Ficamos um tempo em silêncio. Eu, porque precisava assimilar a dureza por trás das feições de Jack, que a mim sempre pareceram tão amigáveis e controladas. Naqueles anos eu nunca o vira resolver um problema, senão com jogo de cintura, simpatia e cordialidade. Seria um perfeito diplomata. O mesmo aconteceria durante os anos em que vivemos juntos. Jack era um cavalheiro com as mulheres, um companheiro para os amigos de trabalho, um vizinho cordato, um correspondente humano e dedicado. Mas definitivamente, no Kentucky ele não conseguia ser essa pessoa.

O casamento de Mary

Conheci a casa em que Jack e Mary nasceram, na tarde do dia seguinte. Era véspera do casamento e já havia bancos compridos de madeira pintados de branco, um pequeno altar e um punhado de flores do campo separados no canto da varanda. Ronald foi nos buscar no centro da cidade, pois Jack havia reservado um quarto em um dos pequenos hotéis da cidade.

— Não faça isso com Mary, ela quer que Margot conheça a casa de vocês. – disse ele a Jack.

— Não é mais a minha casa, Ronald. Há muito tempo.

— Agora é, Jack.

A questão foi a seguinte: o pai de Jack havia deixado a casa para os filhos, embora ainda estivesse vivo, ao saber que Mary se casaria resolveu morar com um irmão mais velho viúvo como ele, e com uma deficiência física.

— Pobre Tio Earn ... — disse Jack quando Mary nos contou os detalhes na varanda da casa.

— Ele está bem, Jack. Agora vai ter uma companhia. – disse ela em tom resignado.

— É por isso que tenho pena dele.

— Jack... Não pode deixar essas coisas para trás, ao menos neste fim de semana?

— Vou tentar...

O sol estava quase se pondo no Kentucky, e eu lhes garanto que no mês de maio é possível condensar toda a beleza da América naquele pedaço de terra. Havia campos inteiros de flores silvestres em tom de amarelo, como as Goldenrod, e azul que eram as Blue Phlox. Eu queria saber o nome de todas, pois eram diferentes de tudo que eu já tinha visto. Exceto pela vastidão de dentes-de-leão, nada ali me remetia ao passado, era como um paraíso singelo e despretensioso e por isso mesmo, raríssimo. Jack sorria de um jeito melancólico, como se quisesse partilhar daquelas minhas expedições campestres apenas inaugurando um novo Kentucky dentro dele, porém, nós dois sabíamos que isso não seria possível. Mesmo assim ele se esforçou.

Sentamo-nos no balanço antigo de madeira, pendurado na árvore frondosa em frente à casa, a árvore do vovô como dizia Mary. Daquele balanço eu podia observar toda a casa. Simples, de madeira com uma varanda frontal que começava após quatro degraus, de madeira também. Parecia que tinha ganhado uma bela mão de tinta branca, o que lhe conferia um semblante singelo como um bolo que recebe uma camada generosa de glacé e por isso se sente digno. Duas janelas na planta baixa ladeavam a porta de entrada e no andar de cima, havia apenas uma janela central, Jack contou-me que era o quarto de sua mãe, o dele e de Mary ficava na direção oposta, voltado para a pequena plantação de milho que a família tinha nos fundos da casa. Como lhes disse, o clima era perfeito para um casamento. Certamente não choveria, pois o céu de um azul intenso, nos prometia estabilidade. Além disso, o vento era suave e trazia um perfume das flores silvestres, misturado a um chão gramado que ao cair da tarde exalava os cheiros da natureza em sua melhor estação. Jack segurou minha mão.

— Só estou fazendo isso por Mary, e por minha mãe. Ela não me perdoaria se eu não estivesse aqui.

Eu o abracei pela cintura, pois estava no balanço e ele de pé. Passei as mãos pelo seu rosto, rosado. Jack, apesar de jovem, tinha vincos nas laterais dos olhos, como os das pessoas que lutam diariamente para enfrentar o sol sem o auxílio de um chapéu. Era o seu selo de qualidade Garoto-Kentucky. E em seu lugar de nascença tudo nele reluzia, a pele, o cabelo tom de trigo, o azul nos seus olhos, exceto o sorriso, este só voltou ao normal após regressarmos para casa.

Mais ou menos naquele momento vimos uma caminhonete vermelha de caçamba larga entrar no rancho. Meu coração gelou, pois estava com medo do encontro de Jack com seu pai, e vou lhes dizer que o imaginava um dos homens mais hostis que eu pudesse conhecer. Por sorte, não era ele e sim os pais e irmãos de Ronald trazendo bebidas e petiscos para o dia seguinte. Os cinco irmãos de Ronald estavam na caçamba e pularam dela como frutos maduros. Naquela época as regras de trânsito como conhecemos hoje, sequer existiam. Os irmãos de

Ronald e seus pais eram divertidos e tinham um sotaque que me fazia rir o tempo todo. Alguns objetos no Kentucky recebiam nomes que os dicionários nunca tinham visto. A mãe de Ronald, assim que viu Jack, praticamente pulou sobre ele.

— Mas olhem só o Little Jack... Já é um homem, e maior que você Rudy. – disse, virando-se para um dos filhos. Ela era uma simpática mulher de quadris largos e rosto sardento.

Jack sorriu e a abraçou. O grupo se fixou ao lado de fora enquanto cada um tomava para si a incumbência de resolver pequenos reparos para a manhã do casamento. De repente, o pai de Ronald que era alto magro e loiro como uma espiga de milho, disse com o seu sotaque divertido:

— E você Jack, também vai se casar com essa linda moça e voltar para a sua terra?

Fiquei vermelha. Ninguém até então havia colocado Jack contra a parede, tão diretamente como aquele homem do campo. Nem mesmo eu. Jack sorriu.

— Não sei, sr. Norman... Vai depender dos olhos de Margot.

Eu estava ajudando a pendurar fitilhos nos galhos baixos na enorme árvore do balanço, onde os bancos compridos estavam sendo dispostos pelos irmãos de Ronald. De repente, todos eles se entreolharam.

— É mesmo, filho... Se os olhos dela não estiverem preparados, isso vai ser difícil.

A mãe de Ronald, seus irmãos e os noivos se reuniram com um sorriso maroto e começaram a forçar o sotaque do Kentucky, repetindo frases no sentido de: "Pois é, tem que saber olhar", "se não souber olhar, vai ser difícil". E então percebi que eles estavam se divertindo a minha custa.

— Do que é que vocês estão falando?

— Venha cá, meu amor... – disse Jack estendendo a mão para mim. - Você precisa passar no teste.

O grupo se animou. Apostavam entre si o resultado do meu teste. Mary foi a única a apostar em um resultado positivo para mim.

— Ela vai passar, tenho certeza!

— Não sei não... Olha o jeito dela de menina da cidade grande. – falou o sr. Norman.

Ronald e seus irmãos sorriam, e foi bonito de ver como eram unidos e felizes. Não sei se porque estava com sua família, na sua terra e prestes a se casar, mas notei uma beleza em Ronald que até então me foi imperceptível.

— Seja lá o que for – respondi resoluta – não pode ser assim tão difícil.

A senhora Norman, olhou-me com seriedade e disse:

— Acredite, minha filha, isso não está nos livros que você leu.

O sol da tarde iluminava tudo ao redor com delicada precisão. Era primavera, a época mais bonita para um casamento. Mas também, a estação do ano em que o Kentucky provava o porquê de ser conhecido por uma única palavra. Que eles, é claro, não me disseram.

— Como vamos fazer para que ela veja? – perguntou Mary.

— Vou colocá-la na caçamba. – disse Jack.

— Não. Dê-me ela aqui...— o sr. Norman falava como se eu fosse um saco de batatas. E isso arrancou mais risadas.

— Esperem...Como assim...

— Menina, suba nos meus ombros.

Fiz o que me mandaram fazer, após Jack me enviar um sinal de: "é melhor obedecer". O sr. Norman, como eu disse, era um homem alto e em seus ombros eu teria uma visão maior do que na caçamba da caminhonete. Fosse o que fosse, naquela altura eu poderia ver.

— Margot – disse-me Jack -, olhe para o relvado dos campos. E diga-nos, de que cor eles são?

Eles se cutucavam, com risinhos. Mary parecia torcer por mim, mas seu futuro marido e cunhados não.

— Ei, Jack! – disse o mais novo – Você acha que ela é a mulher certa? Veja lá, se ela não acertar a resposta não poderá se casar com um homem do Kentucky.

Olhei para ele imediatamente e nunca mais me esqueci do jeito com que Jack me encarou enquanto respondia:

— Ela vai acertar, Stein...

O sr. Norman disse para andarmos logo com aquilo porque seus ombros não eram mais os mesmos.

— Margot, diga-nos de que cor são os nossos campos. – falou Mary, forçando uma expressão apreensiva.

Pode acreditar leitor, eles levavam aquilo a sério. Para além da casa, tanto na direção leste, como para oeste, só havia campos gramados recortados – de tanto em tantos quilômetros por plantações de milho. Em um primeiro momento, não havia quem com olhos saudáveis, visse algo além de um extenso tapete em tom de verde claro. Aquilo só podia ser uma piada e eles estavam prontos para rir de mim por muito tempo. Pousei a mão direita sobre as sobrancelhas, utilizando-a como uma viseira, pois a luz do Sol era intensa ainda que no meio da tarde. Pensei comigo: "não pode ser tão obvio assim, o que é que temos aí nesses campos"? Foi então que me lembrei do jogo dos slogans, criado por mim Klára e Esther. Nós também decorávamos os slogans dos estados, acreditem, os americanos criavam slogans até para os Estados da Federação. O que eu mais me lembrava era o do Alaska; A última fronteira, e do de Delaware; O primeiro Estado. Também veio a mim o slogan de Dakota do Norte, Esther se lembrava dele por causa dos pais de Levi, que moravam lá; O jardim da paz. Mas e o slogan do Kentucky, por que eu não me lembrava dele?

— Vamos lá, não temos o dia todo. – disse Ronald.

— Ela não vai dizer nada, nem mesmo a cor que todos veem? – implicou Stein.

Jack não dizia nada, me analisava como se eu fosse algo novo do qual ele gostava. Então, por um instante mágico permitido por minúsculas partículas de raios solares, percebi nuances azuladas pairando sobre a superfície esverdeada, foi neste momento que o slogan do Kentucky veio até mim: The Bluegrass State – O Estado da grama azul, assim conhecido pelos brotos azuis que nasciam naquela época do ano.

— Vejo um campo... – fiz uns segundos de suspense – Azul, é isso...Um tom azul.

O senhor Norman bateu sua mão grande sobre meus joelhos e disse:

— Até que você não é burra para uma moça da cidade grande...

Todos nós rimos, enquanto Jack veio até mim e sussurrou em meus ouvidos:

— Já pode se casar com um homem do Kentucky.

Mary foi uma das noivas mais lindas que já vi. Usou o vestido que fora de sua mãe, com rendas delicadas e um véu bordado na barra, cobrindo-a da cabeça até os seios. Seu buquê feito de flores do campo, fora amarrado com uma fita lisa de cetim e combinava com tudo ao redor. Ela não parecia nem um pouco arrependida de largar a carreira como Peggy Lamarc e abraçar os sonhos de Ronald, de administrar a fazenda dos pais. Não muitos anos depois eles se mudariam para lá, permanecendo na região de Louisville. Algo que nunca vi em nenhum outro casamento, foi que neste era a noiva quem cantava. Ela surgiu reluzente pela porta de sua casa até o jardim, de braços dados com seu pai, cantando uma linda canção presbiteriana. No palco improvisado, estavam o pastor, o noivo, os padrinhos entre eles eu e Jack, e o irmão mais novo de Ronald que tocava violão como ninguém. Quase toda *Lou Vill* compareceu, ou seja, todos que tinham visto crescer os filhos de Eleonor e Barney Himmel. Aliás, ele não se parecia nem um pouco com o vilão que eu imaginara. Não sei se porque o vi ao lado da noiva, emocionado, se a canção entoada por Mary preencheu nossos corações com um sentimento belo e universal ou se, de fato, ele não era o vilão que Jack imaginava, mas sim um homem, como tantos, que tivera uma infância cruel até então ignorada pelos filhos. Não pude, neste quesito, comungar com Jack. Jamais nutri sentimentos ruins por Barney Himmel.

Apesar disso, Jack não lhe dirigia a palavra. Sequer permitiu que o homem se aproximasse. Acredito que o tempo em que tiveram de dividir aquele tapume, transcorreu como um calvário para o meu namorado. No entanto, ele fez tudo que Mary pediu. Controlou-se. Exceto quando a tarde partia e os noivos quiseram brindar com o bolo feito pela mãe de Ronald. Foi quando o pai da noiva se sentiu à vontade para brindar em nome de sua falecida esposa. Ele não estava bêbado, disso me lembro. Mas é possível que por força da festa tenha consumido algo que o encorajou a erguer a voz:

— Aos noivos, e à minha falecida Eleonor que adoraria estar aqui conosco.

Rezei para que Jack se controlasse. Mas eu estava conhecendo o meu futuro marido, e naquela ocasião, como em outras raras, o vi perder o senso diplomático. A mesa era comprida, daquelas que se emendam com outras e parecem não ter fim. Nós não estávamos tão perto dos noivos, na cabeceira, mas podíamos ouvi-los e sermos ouvidos por eles. E era lá que também estava o pai de Jack.

— Se ela não está aqui, a culpa é sua. – disse Jack, causando um imediato e constrangedor silêncio.

Mary ficou branca e Ronald, apenas apertou sua mão. Rezei para que Barney não desse ouvidos a Jack. Mas ele se defendeu, como pôde.

— Você não sabe o que está dizendo, filho.

Foi então que Jack rangeu os dentes, cerrou o punho e disse entre os dentes:

— Não me chame de filho!

Alguém no palco começou a tocar o violão, um bebê chorou na outra ponta da mesa, a mãe de Ronald interrompeu a cena como se nada tivesse acontecido e pediu para Mary cortar o primeiro pedaço. Eu, puxei Jack para fora da mesa e o levei dali. Achei que Mary e Ronald mereciam desfrutar das últimas horas sem pressão.

Quando chegamos no hotel, pedi que Jack tomasse um banho frio. Sem resistência, fez o que pedi. Quando apareceu no quarto secando seus cabelos com a toalha, usava as calças do casamento, e foi quando notei que eu não havia posto um pijama para ele na mala.

— Me desculpe, esqueci seus pijamas.

— Não se preocupe.

A janela do quarto estava aberta, trazendo uma brisa suave. Era possível ouvirmos o som de alguns carros passando lá fora, e crianças rindo ao longe. Jack se deitou na cama, com as pernas para fora. Recostou sua cabeça em meu colo e foi quando notei pela primeira vez que naquela tarde ele não tinha sido o Jack Himmel, editor e jornalista, mas o Little Jack. Acariciei-o. Até aquele dia, apesar de eu frequentar seu apartamento, nós nunca tínhamos passado de pequenas carícias. Jack me respeitava, embora notasse que eu o desejava como ele me desejava.

— Me perdoe. Prometo que nunca mais a farei passar por isso.

— Não se desculpe. Acredite, eu o compreendo. É para Mary e Ronald que você deve se desculpar.

— Sei disso. Farei isso antes de partirmos.

Então Jack começou a me beijar, com uma intensidade diferente. Como se agora, que eu já tinha visto seu lado mais sombrio, as comportas da intimidade estivessem escancaradas. Nós já estávamos namorando há alguns meses, e nunca havíamos avançado o sinal vermelho. Klára sempre me disse: Não se entregue antes do casamento. Eles nos abandonam depois disso. Essa frase martelava em meus pensamentos todas as vezes em que eu e Jack nos espremíamos um pouco mais. Algumas moças da sinagoga, embora noivas, já tinham avançado o sinal, mas diziam-se virgens. Jack tinha sido meu único namorado e alguém por quem eu era perdidamente apaixonada, no entanto, jamais falara em casamento. Ele entendia que estávamos juntos há pouco tempo, por outro lado, perguntava-me até quando ele aceitaria aquela minha postura de recuar quando as coisas esquentavam um pouco mais.

No entanto, existem coisas que não respeitam um protocolo. Simplesmente porque não se moldam pelas regras sociais, e sim por ondas incessantes de sentimentos verdadeiros. Naquele hotel, em Louisville, eu senti que Jack não era um homem que queria apenas fazer sexo com a sua namorada, mas ter com ela um tipo de relacionamento que não cabia mais nos moldes do que tivemos até então. Eu o amava e me sentia amada. Tinha vinte e um anos, provavelmente, contava com o meu trabalho, e como sempre fui romântica, imaginei que nenhum outro homem no mundo mereceria aquilo de mim, ainda que se casasse comigo, a não ser Jack. Por isso, entreguei-me a ele. Como o meu coração me dizia, ele foi o meu grande amor.

CAPÍTULO 19

O Segredo de Teçá

— Posso contar um segredo? – perguntou-me Teçá com um brilho no olhar.
— Mas é claro... – respondi aproximando-me dela.
— Promete não contar para ela? – Teçá apontou na direção da cozinha onde Ilma lavava as louças do almoço.
— Prometo.
— Descobri um jeito de me tornar uma Shochet... – disse ela, sorrindo.

— Como? – perguntei surpresa.

— Fale baixo. – repreendeu-me. — Encontrei uma pessoa disposta a me ensinar.

— Quem?

— Ora, Margot, quem mais senão o meu patrão? — Teçá às vezes me fazia parecer tão estúpida.

— Ele vai ensiná-la, a troco de quê? – eu quis saber se ele não estava se aproveitando dela, sempre tive um dever de cuidar de Teçá, natural.

— ...shiii! – fez ela, para que eu não me esquecesse de que era um segredo. – Não pense coisas ruins a respeito dele. Ele é bom e meu amigo. O que vou fazer é trabalhar nos fundos da loja como se o trabalho, na verdade, estivesse sendo feito por ele, e não por mim ou qualquer outra pessoa.

— Então ele vai explorá-la? E você se achando esperta, vai trabalhar como um burro de carga?

— Não! Ele vai me pagar por isso, e o que é melhor: vai me ensinar. – respondeu-me ela, com um brilho nos olhos.

— Teçá... Não se trata só do abate e dos cortes, há um ritual para isso.

— Eu sei, ora... E o cumpro todas as vezes.

Ilma veio da cozinha batendo os saltos de seu chinelo de plumas, como se estivesse desfilando na Champs-Élysées. Estava feliz por poder comprar um chinelo parecido com o que usava em sua casa na Hungria, cercada de sua família, com András em seu ventre, o marido chegando do trabalho a procura do jantar, enquanto ela dava ordens a sua cozinheira ao som do dedilhado de Teçá no piano. Olhar para trás, era algo que todos nós, vítimas do holocausto, continuaríamos fazendo por muito tempo. Veríamos nosso universo pacífico e idílico através de uma lente rachada pelos nazistas. Alguns, olhariam apenas para não se esquecerem quem eram e honrarem seus antepassados. Outros, ainda soterrados pela revolta e desesperança, olhavam para trás como se isso fosse uma arma contra nossos algozes, caçando nazistas e instituindo maneiras de persegui-los como eles nos perseguiram. Na Europa, em nome da honra, os crimes aconteciam aos montes, e não raro os que sofreram com o nazismo sofriam novamente; ou por apenas desejarem seguir em frente sem fazer parte da perseguição sendo assim hostilizados por seus companheiros, ou por experimentarem as perpetuações contra os judeus, agora, com outra roupagem. Aquilo não acabou da noite para o dia, entendem? Porque, infelizmente, o ser humano costuma olhar para a sombra e não para a luz.

A minha querida menina, estava em busca da luz, pois assim nos parecem nossos sonhos, ainda que na forma mais estapafúrdia. Uma vez, assim que me contou seu verdadeiro desejo profissional, senti um incômodo por imaginar, imediatamente, o quanto aquilo se tornaria difícil para ela. Talvez, impossível. Instantes depois, contagiada por sua alegria e entusiasmo, comecei a navegar na barca dos sonhos de Teçá, imaginando-a com a sua lojinha Kosher, respeitada no Brooklyn, se despedindo dos filhos quando fossem para a escola, com as mãos sempre para trás, evitando, assim, que eles reclamassem do cheiro de seu trabalho. Quando, em sã consciência, uma menina judia da década de 50 imaginaria um futuro assim! Você há de convir que Teçá não era qualquer menina, não acha? A verdade é que ela havia encontrado algo com o que sonhar, e ainda que, num futuro próximo ela desistisse do sonho, ele a alimentaria por algum tempo e o tempo de sonhar e executar é também o tempo do amadurecimento. No caminho, esbarramos com outros sonhos e, assim, gira a ciranda da vida.

— *O que é que vocês tanto cochichar?*

Ilma trazia uma compota de Madártej, que significa leite de ave, em húngaro. As nuvens fofas das claras de ovos vinham flutuando sobre um espesso creme de baunilha. Esta sobremesa tradicional húngara era a minha preferida, e Ilma sabia disso. Por ser muito popular entre as crianças e os adultos, nem Teçá, ou mesmo András que estava naquela fase em que os meninos comem o tempo todo, davam muita importância para o doce. Mas os meus olhos sorriam enquanto ela atravessava o portal entre a cozinha e a sala, segurando uma bela tina de cristal sextavado. Eu não sabia como Ilma tinha conseguido aquelas louças, que volta e meia apareciam no humilde apartamento em que ela e seus filhos dividiam com uma moça recém-chegada da Hungria.

Como se lesse meus pensamentos, Teçá esclareceu:

— A mamãe não pode ver um mercado de pulgas que fica lá dentro, por horas. Geralmente, após regatear o preço pelo mesmo tempo de garimpagem, compra uma dessas louças. – Teçá não via a menor graça em gastar dinheiro com aquilo.

Sorri, com a generosa porção que Ilma fez questão de colocar em meu prato de sobremesa.

— *Margot, comer o quanto quiser... Ilma fazer para nós duas. Teçá e Andras preferir sorvete.*

Eu estava feliz por Ilma. Embora a pronúncia e as variações verbais fossem difíceis para ela, a língua escrita fluía sem erros e isso propiciou um trabalho na administração da Associação Israelita para moças de Manhattan. Eu não sabia até então, mas a mãe de Teçá tinha sido funcionária do banco de Budapeste e era excelente contadora. Somente após conhecer o seu marido, o dono do banco, é que ambos em comum acordo decidiram que ela tomaria conta da casa e da família. Ilma era uma versão clássica de Teçá, os mesmos traços, sobrancelhas grossas e arqueadas, pele alva e cabelos vastos e negros. No entanto, a expressão desafiadora e o trejeito quase selvagem de Teçá, definitivamente não foram herdados da mãe. Ilma tinha a cadência de uma maré baixa, o som de uma chuva fina e passageira em uma manhã de primavera. Enquanto partia com a colher, aquela fofa nuvem de claras em neve, embebendo-as cirurgicamente no creme de baunilha, eu imaginava seu passado, suas roupas, a maneira educada como se dirigia ao marido, aos vizinhos. Agora, aquilo tudo fazia parte de uma quimera, mirada por aquela tal lente rachada. No entanto, Ilma e sua nata elegância continuavam ali, fazendo parte de sua essência.

— É fácil de preparar, leve e extremamente delicioso. – esta frase disse-me enquanto nós duas nos deliciávamos com a iguaria.

András foi para a frente da tv com um pote grande de sorvete de creme, faltava pouco para o início de mais um episódio do seriado Bonanza, e Teçá nos fez companhia com uma porção bem menor do que a do irmão. Apesar de estarmos todas sentadas uma ao lado da outra, eu sabia que o pensamento de Teçá, não estava ali.

Uma hora depois me despedi de Ilma e de András, agradecendo por aquela deliciosa tarde. Teçá quis me acompanhar até o ponto de ônibus. É claro que havia mais coisas para me contar.

— Margot, eu preciso me tornar a melhor Kochet do Brooklyn. Tenho um ano para isso. – Falou, agarrada em meu braço como eu e minha querida Margot, a verdadeira Margot, costumávamos caminhar nas calçadas de Amsterdã (embora naquela época eu ainda não me lembrasse disso).

— Um ano? Por que? – eu quis saber.

— Por isso.

Teçá tirou do bolso de seu casaco um folheto em papel de jornal, nele havia um anúncio de um Torneio Nacional de Profissionais Shochet a ser realizado dali há um ano, no ginásio do clube israelita mais antigo de Nova Iorque.

— Quinhentos dólares para o primeiro colocado! – falei ao ler todo o anúncio.

— Sim... – respondeu-me ela com um sorriso de um canto ao outro.

— Mas Teçá, como você irá se inscrever? – pensei em como dizer isso a ela sem desmontar seus planos – Na própria inscrição eles, provavelmente, não permitiriam o seu ingresso no torneio.

— Eu sei... Mas tenho planos...

Seu rosto guardava uma expressão de vitória, como se a mera ideia de colocar seu plano em prática já fosse, ao bem da verdade, seu passaporte para a felicidade. Sua pele, seus olhos, e até seus dentinhos tortos na parte de baixo, pareciam brilhar além do normal. Eu simplesmente a abracei e lhe disse:

— Conte comigo para o que precisar, está bem?

Ela sorriu com entusiasmo, balançando a cabeça freneticamente.

Mais tarde, recostada nos travesseiros da cama de meu namorado, fui surpreendida por sua voz entrando no quarto. Nos fins de semana eu dormia lá, mesmo com as reprovações de Esther, que iria se casar em poucos meses.

— Do que é que você está rindo? – disse-me ele enquanto se aproximava.

— Rindo? – eu não havia notado mas imaginar o sonho ousado de Teçá havia posto um sorriso em meu rosto.

— Sim. Você está sonhando acordada ou o quê? – Jack foi se aproximando com uma expressão marota que geralmente antecedia seu processo de sedução.

— Estou sonhando no sonho de Teçá. – respondi.

— E é um sonho bom, pelo visto. – agora ele estava bem próximo e iniciando seus beijos quentes em meu rosto e pescoço.

— Sim, é. Surpreendente.

— Você gosta de surpresas, não é Margot Snyder...

Dali em diante eu e Jack paramos de falar sobre Teçá.

CAPÍTULO 20

Um teste

Naquele um ano, que passou como um lampejo, tanto Teçá quanto eu, Jack, minhas amigas, Ilma e András, tivemos, curiosamente, uma onda de trabalhos frutíferos. Cada qual colhendo os frutos do que havíamos plantado, quem sabe, antes mesmo de chegarmos a NY, que, apesar de não ser o nosso berço natalício, era o nosso lar e a nossa Maçã da Sorte. Somente após um bom tempo é que me dei conta disso. Com exceção dos donos da Simon and Schuster, ninguém, absolutamente ninguém de meu círculo de amigos, havia nascido naquela cidade, muitos inclusive, fora dos

EUA. E mesmo depois de me mudar para Londres, definitivamente, sempre que penso em Nova Iorque é com gratidão, ternura e emoção. Nós todos tivemos oportunidades. Para alguns foi mais difícil do que para outros, e isso, só Deus é quem sabe o porquê. Com uma dose de sinceridade, nós podemos saber os porquês das sortes alheias. É só ter olhos de ver, como dizia Auguste Comte. O senhor Simon dizia uma frase que nunca mais esqueci: Sorte é aquilo que ganhamos todas as manhãs para lutarmos por nossos sonhos.

Jack fazia pequenas viagens pelos EUA, e até mesmo para países da América Latina. Eu ria quando o via colocar na mala uns óculos sem grau, que comprara em uma quermesse de artigos e acessórios doados por pequenas companhias de teatro falidas.

— Para quê você está levando esses óculos?

— Não sei porque quando os ponho, eles acreditam que sou um pesquisador ou professor. – respondia ele, sorrindo.

— E qual dos dois você prefere?

— O pesquisador... Professores, em países com regimes ditatoriais costumam acabar mal.

A próxima viagem de Jack seria para o Brasil, um país lindo e com uma natureza exuberante, mas que vinha passando por convulsões sociais desembocando em duros revezes políticos. A revista Life encomendou uma matéria para Jack, abordando os principais partidos políticos, figuras e – o mais difícil – os contatos que mantinham com os políticos americanos.

É claro que eu me preocupava, tudo que envolve política, por mais que aparente equilíbrio e controle, é apenas uma cortina de fumaça. E quando, nem mesmo a aparência é forjada, aí o caos é a lei. Eu não sabia, mas ele vinha se dispondo a trabalhar como informante para vários jornais e revistas, e finalmente, em outubro de 1949 foi contratado. Isso demandou muitas horas de conversas entre nós. Eu me pegava pensando na frase de Klára: não se entregue antes do casamento. E sabia que agora, não adiantava chorar pelo leite derramado. A coisa ficou pior na minha cabeça depois que assisti Interlúdio, com Ingrid Bergman e Cary Grant. Os dois eram espiões que viajavam para o Rio de Janeiro, uma cidade charmosa e sensual, conhecida por suas belas mulheres. Então eu misturava Ingrid Bergman – que sempre foi para mim a mais bela mulher do cinema – e as mulheres brasileiras. Desse coquetel inseguro nascia uma deusa, capaz de tirar Jack de mim em uma de suas missões secretas. O que alimentou minha sanidade, durante sua ausência, foi o meu trabalho.

Fiquei feliz por meu namorado, em sua viagem não demorou para alcançar seus objetivos. Com bons contatos, Jack voltou para os Estados Unidos com uma matéria que o alçou a redator chefe do Clube de Correspondentes, um setor apenas retórico entre eles, porque, verdadeiramente, ninguém podia saber de sua existência. No entanto, ele começou a fazer pequenas viagens pelo país. Voltava cansado, porém mais feliz e apaixonado. Estava fazendo o que amava.

Na editora eu também sentia que minha carreira estava no caminho certo. Fui convidada para supervisionar a edição de uma coletânea de contos nórdicos, sendo que a maioria dos textos foram comprados de uma editora alemã, logo, eu fui alçada a tradutora fantasma já que este posto era ocupado por uma professora de línguas saxãs, da Universidade de Yale. Mesmo assim, o sr. Simon não se convenceu por completo daquele trabalho e me colocou para ser "os seus próprios olhos". O que eu não sabia era que, Rita Montalvin, a tradutora, havia deixado erros grosseiros e outros nem tão grosseiros assim, no meio do texto traduzido, em acordo com o sr. Simon, para se certificarem de que eu estava apta a desempenhar o papel de revisora oficial de alemão da Simon & Schuster.

Rita Montalvin, era uma professora de Literatura, na respeitada instituição mencionada, e partiria em seis meses para um mestrado na Inglaterra. Meu chefe, com receio de não encontrar alguém à altura, notou que eu poderia ser uma opção para ele.

Certa tarde, antes de darmos o aval na produção do texto para enfim partir para a fase de diagramação, bati à sua porta.

— Senhor, Simon... Podemos nos falar por alguns instantes?

— Claro, entre Margot...entre. – ele fez com gesto ligeiro, indicando pressa.

— O que temos aí? – apontou para algumas folhas que estavam em minhas mãos.

— Bem, é sobre isso que gostaria de lhe falar...

— Pois diga. – aquela raposa experiente já sabia do que se tratava. E, olhando para o passado, acredito que estivesse contando as horas para que eu – sua mais nova esperança -, lhe desse esse prazer.

— Senhor Simon... Espero que entenda o que quero dizer... – comecei cheia de dedos, como manda o figurino da ética profissional.

Nunca me senti à vontade para criticar e apontar os erros de outros profissionais. Não sem antes me fazer entender.

— Vá logo ao assunto, Margot.

— O senhor me pediu para analisar a tradução da coleção nórdica...

— Sim.

— Pois então, exatamente no conto de O Anel de Nibelungo há muitos erros gramaticais. Alguns advérbios, quando traduzidos, perderam a essência ancestral e parecem ter sido adaptados por meninos da Harley Street.

— Como assim, Margot... Explique melhor... – ele estava esticando a corda para ver até onde iria minha segurança no trabalho. Mas com isso, vasculhava o meu caráter.

— Acredito que a senhora Montalvin, talvez por uma carga excessiva de trabalhos, possa ter se confundido com alguns termos.

— Deixe-me ver. – ele praticamente arrancou os papéis de mim. Eram textos onde eu havia feito rabiscos e escrito outras palavras em substituição.

O senhor Simon falava alemão, não com tanta fluência, mas falava. Lia e escrevia uma carta sem muita profundidade. Ele ficou olhando para as folhas, minuciosamente. Sua expressão não me dava a menor pista de como resolveria o impasse.

— Margot... – disse-me ele com uma expressão que jamais esquecerei.

— Sim. – respondi com medo de uma reprimenda, mas convicta de que havia cumprido as ordens que me foram dadas.

— Você está sendo promovida a Diretora de Tradução.

— Como, mas e Tony e Sol?

A resposta do Dick Simon foi boa e má.

— Tony e você dividirão este setor da editora. E Sol continuará na escolha dos originais.

Fiquei triste. Sol era brilhante – por mais que soe redundante -, e se esforçava há anos por uma promoção. Percebendo meu incômodo, Dick Simon disse-me:

— Fico feliz que pense nos seus colegas. Mas se serve como conselho... Nunca se sinta culpada por sua ascensão.

Assimilei suas palavras e somente depois disso, agradeci por minha promoção.

Fui ao Bkooklyn no fim de semana seguinte para contar a novidade aos meus amigos húngaros. Sempre que algo de bom me acontecia, eu fazia questão de dividir com eles, em especial com Teçá que apesar de inteligentíssima, não gostava de perder tempo com os livros. Ela gostava de pôr a mão na massa. Isso me preocupava, eu tinha planos para ela, queria vê-la se formando em algum ofício menos sacrificante. Eu não duvidava de seus talentos, ao contrário, reconhecia-os todos. Mas calculava os transtornos que a vida lhe traria ao abraçar uma profissão exclusiva para os homens, até então, jamais exercida por uma mulher. Ilma não fazia a menor ideia do que Teçá tinha em mente. Acreditava que a filha estivesse feliz auxiliando a proprietária do secos e molhados, na esquina de casa. E Teçá saía de lá direto para o açougue do Polaco, a quem ela convenceu a lhe ensinar tudo em troca de aulas de inglês. Segundo ela, o patrão não gostava de frequentar salas de aula.

— Que coincidência, não, Dona Teçá?

— É, eu também não gosto. Mas ao contrário dele, eu não preciso disso.

— Todos nós precisamos, somos eternos aprendizes.

Então Teçá mudava de assunto. Encaixava, perfeitamente, um argumento razoável que convergia em outra coisa e de repente, havia me engambelado. Quando estávamos juntas, eu me doava para ela com integral interesse. Sentia sua necessidade de compartilhar comigo seus desejos. O trabalho na editora vinha diminuindo nossos encontros, no entanto, com aquele sonho dela, ao menos, pude contribuir. Conheci seu chefe, o açougueiro kosher que ela chamava de Polaco, e tirei de minha cabeça que fosse alguém com a intenção de explorá-la. Bem, ela trabalhava duro para uma adolescente, mas essa era sua vontade e por outro lado, para um patrão que quer lucros o que mais ele faria? Dava-lhe mais trabalho, remunerando-a é claro com um valor bem abaixo do mercado. No entanto, Teçá não se incomodava. Polaco a elogiava, cheguei a ouvir de sua boca que nunca tinha visto alguém com o talento de Teçá, e notei que não falava isso para iludir a menina. Seu sorriso era de um orgulho emprestado, se vocês podem me entender. Polaco era bonito, tinha um aspecto agradável, mas não fazia a menor ideia disso; de que pudesse ser atraente para alguém. Devia ter quase trinta anos. Teçá me dissera que era solteiro, morava em um quarto e sala, no porão de uma das centenas de pensões do Brooklyn. Guardava dinheiro para pagar um homem que aparecia de vez em quando no açougue e Teçá, que sempre foi perspicaz, não via a hora de descobrir quem era aquele homem e porque carregava tanto dinheiro de seu patrão.

— Ora, está parecendo o pagamento de uma dívida. – falei.

— É... pode ser... Mas o homem não se parece com cobradores ou com esses agiotas irlandeses que vemos em cada esquina. Ele vem com tanta educação, e sempre deixa alguns papéis em um envelope.

— Quem sabe algum advogado, alguém que faz um trabalho perante repartições públicas?

— Não sei... Acho que faz parte de algum segredo.

A verdade é que Polaco, por um tempo prestou um grande trabalho para mim; foi um amigo para Teçá. A seu modo, pois não era dado a grandes conversas. Talvez por ser polonês e falar com um sotaque bem carregado. Teçá inclusive o ajudava com a pronúncia. Às vezes ele se esforçava, noutras se negava a repetir as palavras contrariado com a pronúncia perfeita. Vi esses exercícios umas duas vezes, quando apareci de surpresa a fim de capturar alguma atitude abusiva contra Teçá. Felizmente percebi que Polaco, um polonês de aspecto fechado, não seria um problema na vida de Teçá, e sim uma solução para sua ânsia de conquistar aquele sonho inusitado. Além disso, fui aprendendo a gostar dele e não sabia explicar como ele me parecia tão familiar.

Capítulo 21

*Meggie Williams, ou melhor,
Meggie Costelo*

As feições da editora haviam mudado desde o dia em que fui contratada. Jack havia mergulhado definitivamente na vida de correspondente, e por incrível que pareça, nosso namoro se parecia ainda mais com um casamento apesar dos períodos afastados. Depois que Esther e Levi se casaram, Jack me pediu para me mudar para o seu apartamento, então me perguntei: isso é um pedido de casamento? Nem Klára ou Esther aprovavam isso. Achavam cômoda a vida de Jack, tendo para quem voltar enquanto eu envelhecia esperando. Essas eram as palavras delas. Já Teçá, no auge de sua adolescência, me dizia:

— Você está feliz?

— Sim, estou. – respondi sem titubear.

— Então esqueça o que elas dizem.

Como sempre, a mistura de maturidade e praticidade em Teçá me assustava.

Outra pessoa que saiu da Editora foi Meggie Williams, ela tinha se casado com o figurão que conheceu naquele dia no clube de jazz. Ele tinha uma cara inegavelmente mafiosa, que não enganava nenhum de nós. Mesmo assim, Meggie nos convidou para o casamento — em um hotel refinado que ficava entre o Little Italy e Tribeca — regado a frutos do mar, coquetéis de camarão, lulas empanadas e espumantes. O figurão tinha família italiana e parecia que toda a Sicília havia comparecido ao evento. Jack não estava na cidade, então ficamos na mesma mesa, eu, a sra. Mendoza – que havia perdido a implicância por Meggie – Sol Rothestein e Tony Bellura, acompanhado de sua esposa que era uma delicada mulher. Meggie, e sua inegável beleza americana, estava deslumbrante. Apesar de ter exagerado, como sempre, no decote e ter causado um certo desconforto na família do noivo. Ele parecia não se importar. A exibia como um troféu. Beijava sua mão para ostentar o anel de brilhante. A festa contou com uma banda sensacional, e havia de tudo; gente elegante fazendo de conta que apreciava a excentricidade mediterrânea, gente esnobe marcando presença e saindo à francesa, e gente alegre que – como nós – tinha comparecido para felicitar os noivos.

Quando voltávamos para casa, comentando os detalhes da festa, ouvi a sra. Mendoza e a esposa de Tony Bellura dizerem:

— Tomara que esta moça tenha feito a escolha certa.

— É...Tomara. – respondeu a mais velha.

Só fui entender aquela preocupação repentina da sra. Mendoza, algum tempo depois.

A vida para mim, precisamente naquele ano, apresentou-se como um fino lençol de seda sobre uma cama macia e acolchoada. A canção do momento, Some Enchanted Evening, reproduzida pelas rádios com a voz inesquecível de Frank Sinatra, embalou momentos que antecederam a volta de Anne Frank. Sim, queridos... Ela estava prestes a voltar no corpo de Margot Snyder. Contudo, em meados de 1949, eu ainda vivia a experiência de caminhar por uma existência completamente nova. Dei-me a esse capricho do inconsciente. Acredito que os americanos, apesar de todas as tensões mundiais, tinham isso em comum com Anne Frank; fingiam que podiam inventar um mundo perfeito. E, apesar do Apartheid ter sido oficialmente declarado como modelo de governo da África do Sul – com todos os contornos assumidos diante da comunidade mundial –, o resto das pessoas continuava vivendo 'o sonho americano", não só nos U.S, mas em outras partes do mundo, o que trazia mais imigrantes para o país, submetidos a todo e qualquer tipo de trabalho que os desse a ilusão de viver em um filme americano.

Como eu e Jack prevíamos, Arthur Miller levou o Prêmio Pulitzer por Death in a Salesman, ele jogou luz sobre algo que o premiou embora apenas uma parcela bem pequena da sociedade tenha entendido seu recado.

No mercado editorial, a Simon & Schuster permanecia firme no propósito de ampliar sua linha editorial para todos os gêneros. Surpreendentemente, iniciamos o ano com a publicação de Penny Puppy e Perna Longa, para uma Coleção de Ouro com títulos infantis (isso vinha crescendo na editora a ponto de criar um setor só de infantis). Descobrimos que os Baby Boom era um mercado promissor. Apesar de nossas concorrentes emplacarem best-sellers premiados, Dick Simon e Max Schuster faziam história no mercado editorial, com o surpreendente The Frenchman. O livro foi criado pelo fotógrafo judeu Philippe Halsman que uniu seu talento ao do famoso comediante Fernandel. Resultado: Era um livro de fotografias em que Fernandel respondia a perguntas apenas com expressões faciais. Para a capa, escolhemos a foto em que Fernandel reage a seguinte pergunta do fotógrafo: Nós, americanos, somos totalmente contra o pecado. E o senhor? Foi excepcional na época, e até hoje, com toda a minha vivência neste mercado, continuo considerando-o a vanguarda impressa. É claro que ele não entrou na lista dos premiados, que ficou nas mãos da Doubleday – com a publicação de The Man With The Golden Arm -, e com a Little Brown (a mesma que publicou O apanhador no campo de centeio), naquele ano eles emplacaram o romance The Jacarandá Tree. Não estar na lista de mais vendidos, parecia não incomodar nossos chefes. Sempre me foi nítido que a Simon & Schuster tinha um propósito maior: fazer História!

Mesmo assim, nossa missão de vasculhar em busca de uma "boa tacada" – não apenas nos manuscritos -, mas em colunas de revistas sobre Literatura e até mesmo jornalistas com uma veia literária forte, não cessava. Aprendi a enxergar um escritor antes mesmo de ele se reconhecer como tal. E muitas vezes dirigi-lhes correspondências com notas elogiosas sobre suas colunas, deixando uma porta aberta para que nos procurassem com algum trabalho mais extenso. Que era uma maneira de dizer: se tiver um manuscrito escondido, apresente-nos. Fiz isso alguns anos mais tarde, com ninguém menos que Stephen King.

Talvez tenha sido em meio a essas incumbências que, em uma tarde fresca, eu e a sra. Mendoza saímos mais cedo da Editora e fomos à nossa cafeteria preferida. Nós havíamos recebido nossos cheques do salário, por isso nos demos ao direito de degustar a torta de ruibarbo que era o carro chefe do local. A rotina na Editora era bem regrada, éramos um organismo vivo. Porém, havia dias mais calmos. Quando cruzamos a Park Avenue em direção a Madison, vimos Maggie caminhando languidamente pela calçada, carregada de bolsas da Hammacher, Sacks e Macy's. Seus cabelos mais platinados do que nunca, faziam com que mulheres e homens se virassem para olharem-na. Dando-me a impressão de que o faziam a fim de verificar se passavam por uma estrela de cinema. Magguie estava usando um vestido mais comportado, bem talhado, nitidamente caro. Mesmo assim ele mostrava facilmente o contorno harmonioso de seu corpo. Outro elemento que a fazia se destacar eram enormes óculos escuros na cor preta. As pessoas não os usavam com tanta frequência. Não haviam se tornado um acessório tão valorizado na sociedade.

— Veja, parece a primeira-dama de Nova Iorque. – comentou a sra. Mendoza antes de nos aproximarmos dela.

Sorri. Naquela época eu e Jack estávamos tão felizes, nosso apartamentinho era minúsculo, porém, extremamente aconchegante. Lá vivemos os primeiros momentos de nossa vida a dois. Talvez isso tenha trazido mais beleza para Megguie Williams, devidamente alforriada de meus ciúmes, eu a observava com olhos que viam lindos brincos na vitrine da Tiffanys.

— Olá, queridas! Como vão? – a voz de Meggie se esforçava para manter o tom de amenidades.

— Estamos bem, e você, hija (a senhora Mendoza sempre nos chamava de hijas).

Conversamos por alguns minutos até que Meggie aceitou nosso convite para tomar um café. Tivemos de pedir uma mesa maior do que a de costume para que ela acomodasse suas várias sacolas. Pedimos as nossas panquecas com syrup (outro vício meu), mas Meggie se ateve ao seu café americano em uma enorme caneca. Disse não estar com fome. Queria guardar o apetite para jantar com Carlo. Quando entramos na cafeteria, mais ou menos por volta das 17:00, ainda estava claro e, por meio de suas enormes vidraças, sentíamos aquela deliciosa sensação que nos consome esta hora do dia. De dever cumprido, momentos que antecedem o nosso descanso, na volta para casa. Eu adoro esse instante do dia, chamado crepúsculo. Mas a medida em que escurecia, os enormes óculos no rosto de Meggie, passavam de acessório para algo excêntrico, simplesmente pelo fato de que haviam perdido sua função. Foi a senhora Mendoza, com sua naturalidade materna, que trouxe a questão.

— Meg, você já pode tirar seus óculos. Aqui, não há luz solar que a incomode.

Nossa cafeteria preferida era charmosa, no estilo da década; bancos vermelhos de couro, mesas de fórmica, assentos altos e redondos ao longo do balcão.

Nós havíamos conseguido uma mesa ótima, de quatro lugares e próxima das janelas. Uma luminária pendia do teto exclusivamente para cada mesa e eles as mantinham acesas a qualquer hora do dia. Meggie nos disse:

— Não posso, sra. Mendoza. Tenho fotofobia. – tive a impressão de que o café a fazia engasgar.

— Meg... – falou baixo a sra. Mendoza. – Mostre-me seus lindos olhos.

Nós duas respeitávamos a sra. Mendoza por vários motivos. Conhecíamos a sua história de vida, a luta para criar seus filhos e uma mãe idosa que havia trazido de El Salvador, sobretudo por tudo que nos ensinou na Simon & Schuster, entre outras coisas; pegar o sr. Simon nos dias perfeitos para pedir um aumento.

Depois de instantes, Meggie baixou a cabeça, tirou os óculos e puxou um tufo da franja para frente. Só então ergueu seu rosto em nossa direção.

— Eu disse que quero ver seus olhos, minha querida. – a voz da sra. Mendoza saiu em tom de oração.

Sinceramente, admito que sou extremamente desligada em certos momentos. Quase uma pateta. Talvez por falta de experiência, não tive a menor ideia do que veria. Até que Megguie afastasse seus lindos fios platinados e mostrasse os hematomas escondidos.

Lembro-me de ter posto a mão na boca para que ninguém ouvisse meu frêmito de indignação, enquanto a sra. Mendoza se endurecia na cadeira, como um soldado.

— Nós discutimos, a culpa foi minha. Ele é um pouco excêntrico, apenas. – uma lágrima escorreu de seus olhos e foi prontamente enxugada.

— Conheci vários homens excêntricos que assassinaram suas mulheres no meu país. Ao redor do mundo são muitos. – respondeu ela.

Fiquei tão chocada com aquilo, que por minutos não disse nada. Apenas estendi meu braço sobre a mesa, a fim de alcançar uma de suas mãos que seguravam a xícara de café como se fosse um remédio.

— Ele não é mau. Tenho tudo que quero, ajudo minha família no Arkansas, posso ir aos espetáculos de toda a NY e à noite, quando as coisas dão certo no trabalho, Carlo é divertido e carinhoso.

— E quando as coisas não dão certo no trabalho, não dão certo para você.... – completou a sra. Mendoza.

Meggie não disse nada, mas estava claro para nós que aquela não tinha sido a primeira vez. Com o passar do tempo, notamos que precisava se abrir com alguém, e provavelmente, não podia confiar em muita gente ao seu redor. Chegou a trazer a irmã mais nova do Arkansas para passar uns tempos com ela. Segundo Megguie, a menina era linda e estava na flor da idade, o que imaginei significar entre 17 e 18 anos. Megguie teve de mandá-la de volta, após um mês. Deu a entender que o marido tinha se empolgado com a cunhada. Meu estômago foi embrulhando, conforme ela nos jogava, por cima das panquecas, suas tristezas. Senti nojo daquele homem. E raiva também, é claro. Mas o que nós podíamos fazer efetivamente por ela? Como protegê-la de um marido mafioso?

No caminho para casa, antes de me despedir da Senhora Mendoza comecei a me tremer e chorei compulsivamente. Culpei-me por não ter falado com Meggie da última vez que a vi na sessão de langerie da Macy´s, enquanto saía da cabine e a fitei de costas, segurando um corpete pelo cabide a certa distância para conferir, provavelmente, o poder de sedução da peça. Na ocasião ela também usava óculos, e achei curioso o fato de usá-los no interior da loja, julgando é claro, tratar-se de sua sanha em se tornar cobiçada. Ela não me viu e fiz questão de sair da sessão dirigindo-me imediatamente para o andar de cima. Não estava com paciência para suas superficialidades.

Eu e a sra. Mendoza nos abraçamos, ela conhecia o meu passado de imigrante do holocausto e por óbvio sabia o que as práticas de violência causavam, e causam até hoje, em nosso emocional. A questão é que o holocausto gerou uma guerra, que por muito custo foi vencida. O mundo, com o passar dos anos vinha conhecendo os detalhes do que vivemos nos campos. No entanto, é com tristeza que escrevo, a violência tem tantas faces que às vezes nos sentimos fatigados só de pensar no trabalho que temos pela frente. A violência contra Meggie era silenciosa, mas recorrente, no seio familiar, violência masculina sobre vulnerabilidade feminina que nunca é apenas física, na maioria das vezes também econômica e emocional. Pensei na órbita direita de Meggie que estava inchada, causando uma deformidade assustadora porque em seu globo ocular havia também uma mancha vermelha que se aproximava da íris. Imaginei a dor daquela moça tão bela e jovem sendo mitigada por caras lentes escuras.

CAPÍTULO 22

Recobrando a memória

1950
Inverno
Bronx, Nova Yorque

Cuidar das meninas do rabino Staremberg, não seria nenhum sacrifício para mim. Naquela confortável mansão em Fieldston, um bairro calmo do Bronx, sentia uma Nova Iorque com a qual eu sonhava para o meu futuro, quem sabe, quando fosse dona da minha própria editora – isso estava começando a fazer parte dos meus sonhos. Até lá, Jack também seria reconhecido como o grande jornalista que era, recebendo um belo salário para escrever matérias que inspirariam estudantes por todo o país. Assim eu sonhava olhando para a rua arborizada de Fieldston, enquanto uma neve tímida começava a se alojar na capota do carro do rabino. As meninas, Susan e Sophie, eram gentis comigo, embora a mais velha, na casa dos 12 ou 13 anos, começasse a apresentar destemor pela autoridade paterna. Eu ficaria com elas por algumas horas até que seus pais retornassem de um casamento no clube israelita. Um dia antes, na porta da Sinagoga ouvi Esther se lamentando com a sra. Staremberg: "Acredito que a senhora terá de procurar outra babá, sinto que minha cabeça vai explodir de dor e quando isso acontece costumo ficar dois dias com uma terrível enxaqueca." A esposa do rabino lamentou-se, ela confiava em Esther e não gostava de abrir as portas de sua casa para qualquer moça, principalmente aquelas que adoravam espalhar detalhes sobre a casa do rabino. Então, ofereci-me para ficar com as meninas, o que deixou a Senhora Staremberg felicíssima, ela nos considerava boas moças. As meninas me conheciam, eu lhes oferecia minha atenção quando nos encontrávamos, no clube ou na sinagoga. Certa vez, a sra. Staremberg agradeceu-me, pois Susan sorria quando estávamos juntas como se somente eu no mundo a entendesse e a pequena Sophie, era muito doce para que alguém não se derretesse de amores por ela. Susan, a mais velha, estava em uma idade que eu – mesmo que inconscientemente – sabia ser importante para as mocinhas. Seus pais se queixavam quanto ao fato de ela ser um tanto contestadora, apesar de boa aluna. Ah! Como eu conheço esse script! Hoje penso o que eles diriam da Anne Frank do Anexo Secreto. Certamente, assim como o sr. e a sra. Van Pels, considerariam a hipótese de me repreender ao ponto de me retirar o direito de fala. Susan Staremberg, como eu constataria no futuro, seria alguém...Como posso dizer? Seria um ponto fora da curva.

Voltando ao início daquela noite...

A mesa de jantar foi posta para mim e para as meninas com pompa e circunstância, pois era como se – embora os donos da casa não estivessem à mesa -, suas filhas e convidados tivessem de provar o mesmo refinamento e tradição de todos os dias. Havia baixelas de prata que protegiam uma carne kosher assada com batatas e alecrim, e um purê delicioso de maçã. Susan não parecia interessada na refeição, com ares displicentes. Sophie por sua vez, comia com uma boca boa e sorria para mim de quando em quando esperando aprovação. Quando os pais das meninas vestidos para a festa vieram se despedir, estávamos quase finalizando a refeição. A sra. Staremberg tinha um comportamento reservado, mas era gentil e sempre sorria com os dentes à mostra – gosto disso. Naquela noite, seu vestido de veludo preto, assinado por Mainbocher, deixava sua silhueta definitivamente encantadora, pois seu recato não reduzia sua sensualidade. Sobre seus ombros havia uma pele de mink e seus vastos e negros cabelos estavam presos em um coque folgado, deixando alguns fios soltos. Sophie exclamou assim que a viu:

— Mamãe, você será a mulher mais linda da festa!

— Ela é sempre a mais bonita, minha pequena. – arrematou o rabino. Para um sacerdote ele sempre me pareceu alguém espontâneo e romântico. Mas na sinagoga adotava um tom contrito, embora nunca austero.

Susan fingiu-se atenta ao seu jantar, e por se considerar adulta, apenas cedeu um lado da face para os beijos da mãe. Tive que concordar com Sophie e elogiei a dona da casa.

— É verdade, sra. Staremberg, a senhora está belíssima.

Logo que partiram, Susan abandonou os talheres e se despediu de mim e da pequena Sophie. Estava ansiosa para regressar ao quarto. Não fiz muitas perguntas. Afinal, embora não me lembrasse desta fase da vida, algo me dizia que não havia sido fácil. Eu não sabia quanto tempo tinha passado sob o poder dos nazistas, e talvez na idade de Susan já estivesse vendo e sentindo coisas horríveis... Espantei aquele pensamento. A Europa estava muito longe e os nazistas também, e graças a Deus... Longe de meus possíveis traumas. Atentei-me à pequena Sophie e sua inesgotável fonte de curiosidade:

— Margot, podemos brincar de algo antes de eu dormir? Por favor....

— Sim, mocinha. Mas nada demorado. Você deve estar na cama às oito e meia, como sua mãe pediu. – eu disse, engolindo meu último pedaço de carne que estava digna de um banquete real.

— Um episódio de Kukla, Fran e Ollie ... – pediu ela com um sorrisinho suplicante.

— Só um pouquinho. – respondi animada, confesso.

Eu adorava programas de TV, até mesmo os infantis. Acontece que só podia assisti-los na recepção da pensão, pois Jack dizia que jamais aquela caixa falante entraria em sua casa. Sophie era uma menina esperta, já sabia ver as horas e logo contabilizou, com a ajuda dos ponteiros do enorme relógio de pé, que teríamos mais uma hora até que eu a pusesse na cama. Ela teria de escolher entre montar um quebra-cabeças ou assistir TV. Optou em montar um quebra-cabeça com a imagem do

Taj Mahal, porém, quando comecei a contar toda a lenda por trás da construção, Sophie ficou tão impressionada com o amor do Imperador Shah Jahan por sua esposa Arjumand, que quase não tivemos tempo de completar o quadrante restante do quebra-cabeça.

— Pode parecer estranho para nós aqui do Ocidente, mas a maneira que ele encontrou para homenageá-la foi construindo aquele Palácio para guardar os restos mortais de sua amada, e por isso o Taj Mahal não é apenas um belo palácio, mas a morada eterna da Princesa. Dizem que seu teto possui fios de ouro e pedras preciosas foram incrustadas em boa parte da construção...

Os olhinhos de Sophie já estavam se fechando quando comecei a explicar em que parte do globo terrestre ficava a Índia, país onde o palácio havia sido construído. Sophie arregalava os olhos de quando em quando, lutando para adquirir todas as informações a respeito do Taj Mahal. No entanto, quando a disse que naquela época a Índia não se chamava Índia, mas sim Mongólia, Sophie já estava mergulhada em seus sonhos. Puxei a coberta até seus ombros e apaguei a luz do abajur. Quando ia fechando a porta ela resmungou algo como "deixe a porta aberta".

Ao passar pelo corredor, notei que a porta do quarto de Susan estava fechada, por isso me ative por alguns instantes diante dela e apenas falei mais alto:

— Precisa de algo, Susan?

Não obtive resposta. Assim, desci para a sala principal onde havia bastante luz, retirei um grosso envelope de originais de minha maleta e sentei-me em uma confortável poltrona de encosto alto. Na noite anterior, o sr. Simon havia deixado três manuscritos em minha mesa e queria uma análise de um livro que fora publicado na Alemanha em e na França, há poucos meses, mas até o momento eu não sabia do que se tratava. Segundo ele, *"se fez sucesso na França, fará nos EUA"*. Abri o envelope e comecei a me familiarizar com o material, que estava escrito em inglês, porém, enviado por um endereço de Amsterdã. Dei uma olhada rápida nos outros dois manuscritos, um intitulado; Nas cercanias do Destino de uma autora desconhecida, Cintia Collins, e o outro já não me recordo sobre o quê. Dick Simon e Max Schuster estavam atrás de um grande título, possessos por terem perdido a publicação de *Across the River and Into the Trees*, de ninguém menos do que Ernest Hemingway. As tratativas com o lobo do mar estavam quase no papo quando o pessoal da Charles Scribner's avançou duas casas, com a oferta de um percentual de direitos autorais mais atraente. A Random House também vinha goleando nas vitrines das livrarias, então nós, operários da Simon & Schuster, começamos a ser cobrados como verdadeiros caça-talentos. Peguei o manuscrito de Amsterdã e já estava com a primeira página em mãos quando notei os passos suaves de Susan descendo as escadas. Perguntei novamente se precisava de algo e obtive uma resposta curta:

— Vou buscar água...

— Está bem. – respondi — Eu não queria tratá-la como uma criancinha, pois sabia que isso apenas nos distanciaria.

Procurei meu lápis no fundo da bolsa e o apontador para deixá-lo do "meu jeito", já falei sobre essa mania? Minutos depois, ao invés de subir novamente para o seu quarto, Susan se aproximou com um copo cheio de água fresca e uma expressão inquisitiva. Ela se sentou diante de mim, na ponta do enorme sofá estampado. Deixei minhas anotações de lado, pois sentia que ela tinha vontade de estabelecer um diálogo.

— Quer me contar algo, Susan? – realmente havia uma expressão aflita em seu rosto.

— Na verdade... Eu gostaria que você me contasse algumas coisas... – Susan tinha sobrancelhas grossas e negras, olhos grandes e ariscos. Seus traços se assemelhavam a uma mulher do Oriente Médio, mais por conta da expressão que carregava do que dos traços em si, parecidos com os da mãe, que era uma bela mulher. Acontece que Susan estava naquela fase de transição em que os encantos femininos não chegaram por completo.

— Bem, se eu puder ajudar... – concedi-lhe toda a minha atenção.

— É que mamãe e papai nunca falam sobre suas vidas na Alemanha... Antes de virem para os EUA, sabe?

— Entendo... – não sabia como poderia ajudá-la, já que não os conhecia nesta época.

— Eu gostaria de saber mais coisas sobre o que aconteceu na Europa, sei que você também veio de lá.

Apesar de bem jovem, Susan estava bem interessada nos horrores da Segunda Guerra, que nos Estados Unidos chamavam de A Grande Guerra, afinal para muitos ela começou em 1933, quando Hitler se tornou chanceler.

— Sabe, Susan... Talvez seus pais não tenham comentado, mas eu tive um problema com a minha memória, e não me lembro de muitas coisas. A não ser a partir do momento em que fui resgatada pelo exército britânico.

— E eles foram bons para você? Onde você estava? Quer dizer, você estava em um esconderijo ou em um....

Ela não se sentia à vontade em usar o termo Campo de Extermínio. Talvez porque durante um bom tempo, nós mesmos, vítimas da guerra, tenhamos imposto um tom esquivo sobre tudo aquilo. Então, jovens como Susan começavam a se interessar por algo que nunca deveria ter tido conotação de segredo ou tabu.

— ... Campo de Extermínio? – completei para encorajá-la.

— Isso mesmo, Campo de Extermínio.

— Eu estava em um barracão de Bergen-Belsen, na região de Hanover, no norte da Alemanha. Não era um campo de extermínio. Eles o chamavam de campo de troca. Alguns prisioneiros seriam enviados para a Palestina. E então, em abril de 1945, as forças aliadas nos libertaram.

— Sei... E você estava doente?

— Sim, Susan. Todos nós estávamos porque passávamos fome, frio e... – eu teria de filtrar algumas informações para ela.

Embora usasse de um tom natural ao falar de minhas próprias lembranças — que eram pouquíssimas, eu me lembrava de dezenas de companheiros nas enfermarias e, não obstante a ajuda que recebemos, também me lembrava do estado lastimável em que fomos encontrados mesmo após "sermos salvos". Ainda assim, isso não impediu que muitos de nós sucumbissem. E o cheiro, o cheiro de Belsen até hoje consigo sentir; a mistura horrível de cadáveres, doenças e excrementos. Mas isso eu não diria para Susan.

— Papai e mamãe vieram para cá em 1933. Papa Joseph já estava doente e morreu no navio, ele era o pai de meu pai. Porém, Papa Saul e Matka Jamina ainda estão vivos e bem.

— São os pais de sua mãe? – deduzi.

O rabino Staremberg era alemão e sua esposa polonesa.

— Sim, são.

Por instantes Susan passou as mãos sobre o livro que estava carregando, o que me fez perguntar o que ela estava lendo.

— É um livro sobre uma menina que vivia na Holanda, nos tempos da Guerra, e morreu pouco antes da libertação. – Susan usava um tom solene, de respeito. Não sei se por pensar que eu merecia um tipo de consideração, se levava o assunto a sério, ou se por influência dos pais que falavam do holocausto com muito cuidado, a maior parte do tempo evitando-o.

Tive a impressão de já ter ouvido falar no livro, talvez no sebo do senhor Isaías. Era uma livraria-sebo, no Brooklyn, frequentada por nós que falávamos mais de um idioma e queríamos mantê-los vivos. Lembro-me de ter visto o livro nas mãos do senhor Isaías, o proprietário da livraria. Mas todos nós, como eu já lhes disse, não estávamos interessados em histórias tristes. A versão nas mãos de Susan fora publicada em alemão, pois o rabino fazia questão que as filhas – embora nascidas e alfabetizadas na América – escrevessem e lessem alemão.

— Ela escreveu um diário, sabe... Enquanto esteve escondida com sua irmã e seus pais, no sótão de uma fábrica em Amsterdá... – as mãos de Susan passavam pelas páginas, com carinho.

— E ela morreu? – perguntei, sem saber que aqueles seriam meus últimos instantes como a desmemoriada Margot Snyder.

— Sim, infelizmente. Ela e a irmã estão mortas. A mãe também, apenas o pai sobreviveu. E a irmã se chamava Margot. – isso ela disse como se o detalhe fosse a isca para eu me interessar em ler a história.

Os olhos de Susan estavam mareados, suas pupilas pareciam naus à deriva e me fitavam como se eu fosse a Ursa Maior.

— Posso vê-lo? – pedi para me familiarizar com seus sentimentos.

— Pode. Vou subir para buscar a sobre capa.

Susan deixou o livro em minhas mãos e subiu rápido até seu quarto. Estava afoita para compartilhar sua leitura comigo.

Peguei o exemplar sem a capa móvel, cuja primeira página continha o título *Das Tagebuch der Anne Frank (O Diário de Anne Frank)*, publicado pela Lambert Schneider, em Heidelberg, Alemanha; ano: 1950. Cheirei o miolo, como de costume. Abri-o. A capa dura possuía apenas o título do livro, sem imagens. Na primeira página havia um nome em letras grandes e esmeradas:

Das tagebuch der Anne Frank
Anne Frank

Anne Frank... Anne Frank... Um nome que me soava bem. Inicialmente achei que por sorte aquela menina possuía um nome vendável, comercialmente sonoro. Embora não fosse alguém com muita sorte, afinal, Susan havia dito que a dona do diário morrera semanas antes da Libertação. Comecei a folheá-lo, deste modo testando meu alemão que andava enferrujado. De tanto ler originais, eu saberia se iria gostar ou não do conteúdo nas primeiras páginas. Fiz uma promessa: teria olhos benevolentes, considerando que a autora além de não estar viva para revisá-lo, era apenas uma menina quando o escreveu. Susan não descia com a capa móvel, então abri o livro em uma página aleatória, que começava em um dia frio de 1943. A menina endereçava seus escritos assim:

Querida Kitty...

Kitty.... Kitty, aquilo me soava tão familiar.

Foi no mesmo instante em que Susan desceu as escadas com a rapidez que havia subido. A sobre capa removível nas mãos. Sua aproximação deve ter sido ligeira, mas eu já a olhava em rotação quase inócua... Kitty....Kitty...

— Veja Margot, aqui eles mencionam o nome do pai dela... Otto Frank.

Baixei os olhos sobre o material. Uma capa removível onde o nome Otto Frank surgia como revisor.

Otto Frank...

A partir daí, não respondi mais às perguntas de Susan. Entrei em um processo catatônico. Tive a impressão de que conseguia me comunicar com ela, contudo, uma parte de mim me certificava de que isso era impossível. Semelhante situação me ocorreu quando sofri o AVC, mais de seis décadas depois daquele dezembro de 1950.

Algumas horas depois eu estava internada na enfermaria do Hospital Beth Israel.

CAPÍTULO 23

"E, no meio de um inverno, eu finalmente aprendi que havia dentro de mim um verão invencível".*

Albert Camus

Ao contrário do que você possa imaginar, recobrar a memória não foi algo libertador para mim. Foi um choque. Após quase cinco anos longe de todos os horrores do holocausto eu os revisitei, com uma força revoltante. Admito que atentaria con-

---

* Alguns editores consideram as epígrafes antiquadas. Como eu gosto delas e sou a escritora, revisora e editora destas minhas memórias, resolvi deixá-las aqui.

tra a vida de algum oficial nazista se ele aparecesse diante de mim, eu atentaria até contra a vida de alemães não judeus, porque para mim todos eram afinal, ajudantes de A. H. E embora eu agora me lembrasse que era mesmo alemã, meu coração holandês começava a bater novamente. Demorei muito tempo até separar as coisas, e voltar a enxergar parte do povo alemão, tão vítima como nós. Minha memória pulou do estado de vazio completo para uma imensa biblioteca onde apenas as cenas de minha vida estavam impressas em livros empoeirados, com o flash luminoso provocado pela edição alemã de O Diário de Anne Frank.

Susan havia chamado uma ambulância, e seus pais chegaram meia hora após os paramédicos. Foram esses, por sinal, que tiveram a ideia de ligar para o Clube Israelita e chamar o sr. e a sra. Staremberg.

Eu estava sentada em uma das poltronas da espaçosa sala dos Staremberg. As meninas por perto, a pequena Sophie adormecida no colo da irmã, que agora a protegia de algo; provavelmente de mim, alguém com quem elas não podiam contar e o pior, não se sabia o porquê. Enquanto os médicos faziam várias anotações em pranchetas e um enfermeiro negro e alto media minha pressão, vi a sra. Staremberg largar sua bolsinha de festa no sofá e correr para se certificar de que suas filhas estavam bem. Susan acenava com a cabeça, dizendo-se bem. Entre os rápidos segundos de reencontro, um olhar periférico do sr. Staremberg com o controle típico dos chefes de família, o médico o colocou a par da situação.

— Senhor, quando chegamos a moça estava em choque e somente sua filha mais velha nos deu alguns detalhes, a menor dormia no andar de cima... Mas creio que nada de ruim aconteceu a nenhuma delas, a não ser a senhorita...

— Margot, Margot Snyder... É uma amiga da família. – o rabino estava intrigado, estaria imaginando que isso tivesse a ver com sua filha adolescente e rebelde?

Da poltrona eu podia perceber tudo ao meu redor; uma estante de mogno lustrosa contendo livros de encadernações preciosas, muitos clássicos se abrigavam naquelas prateleiras; o conjunto de sofás confortáveis de estampas floridas com fundo claro, o tapete que ocupava praticamente todo o centro da sala, quadros com cenas do povo hebreu atravessando o deserto; alguns vasos de porcelana certamente trazidos em pertences valiosos nos navios de imigrantes judeus e vozes... muitas vozes. O médico de bigodes negros com aspecto europeu, seria ele alemão? Eu devo ter contraído a face com este pensamento? O rabino continuava a dividir sua atenção entre as palavras do médico e minha figura estática presa à poltrona, segundo ele como uma figura pintada e não esculpida, assim me disse anos depois. Depois de colher todas as informações que podia a meu respeito, o médico de sotaque europeu disse que me levaria para o atual Monte Sinai, antes chamado de Beth Israel o hospital israelita, eu precisava ser observada e não poderia receber alta enquanto não saísse do transe, ou choque, como ele preferiu dizer.

O rabino Staremberg quis me acompanhar, mas o médico disse não ser preciso, se houvesse qualquer mudança em meu quadro ele os informaria. Antes de me posicionarem na maca, o rabino me abençoou. De alguma forma aquele homem leu em mim alguns trechos de sua vida, ou de pessoas que amava. Não sei se já disse isso em algum momento, mas todos nós vítimas sobreviventes de uma mesma tragédia, reconhecemo-nos de uma maneira ou de outra. É simbiótico. O rabino Staremberg sabia que algo em sua casa havia me levado de volta ao Holocausto. Ele me deu sinais disso, mais de uma vez.

Quarenta e oito horas depois, comecei a me comunicar com a equipe do hospital. Coisas simples; sim, não, poucas interjeições. O mecanismo de respondê-los enquanto eu acordava como Anne Frank, relembrar minha vida como Margot Snyder (quem seriam os Snyder???), compilar Jack, o Senhor Simon, o idioma inglês como regra para isso, foi algo que jamais esquecerei, pois me deixou com a impressão de que podemos ser mais uma pessoa ao mesmo tempo. Aquele hospital onde, graças a Deus, havia ao menos estrelas de Davi nas paredes, trouxe-me certo conforto, apesar de as últimas palavras de Susan ecoarem como ferro sobre mim: *"somente o pai sobreviveu"*. O pai de Anne Frank sobreviveu.

O pai de Anne Frank era o meu pai!

Mergulhei em um choro compulsivo e doloroso, misturando palavras em alemão e dutch. Os médicos contactaram meu chefe, que fez questão de comparecer ao hospital, juntamente com Maggie Williams e

Sol Rothstein que havia levado tulipas para mim. Infelizmente, quando chegaram só puderam ouvir meus gritos ao longe, a enfermeira tinha acabado de colocar uma placa do lado de fora do quarto: Proibido visitas.

O médico psiquiatra responsável pelo meu caso, chamava-se Rubinowitz, e era filho de imigrantes croatas. Quis saber tudo que podia a meu respeito, mas meus colegas de trabalho não puderam ajudá-lo com muita coisa, a não ser que eu era alemã-judia e que havia chegado em NY há alguns anos, não tinha familiares, e meu namorado estava fora do país cobrindo a guerra das Coreias. Maggie Williams, lembrou-se de Klára e Esther que por sua vez foram até o Dr. Rubinowitz e lhe falaram sobre minha amnésia, sobre o tempo que passei em Londres e sobre Lewis. Foi então que o médico ligou para o Hospital Geral de Londres e pediu para falar com o Dr. Lewis. Resultado? Na noite seguinte, assim que abri os olhos, deparei-me com brilhantes olhos azuis me observando ao lado da cama, os encantadores e curiosos olhos de meu querido Lewis. Estendi os braços e o abracei, ainda tonta pela medicação – devido a excessivas crises de choro, submeteram-me aos efeitos dos antidepressivos. Naqueles primeiros instantes não havia notado mais ninguém no quarto, a não ser meu querido amigo e médico de confiança. Mas o Dr. Rubinowitz, discretamente, ocupava o canto do quarto, como se quisesse tornar-se invisível.

— Lewis... Eu me lembrei... Eu sei quem sou, e sei quem eram meus pais... – balbuciei entre soluços e espasmos.

Sinceramente naquela época, e mesmo agora, eu não conhecia muito sobre os protocolos médicos. Acredito que o Dr. Rubinowitz tenha notado que entre mim e Lewis havia algo mais do que apenas a relação médico-paciente, mesmo porque após sua ligação para Londres, seu colega de profissão chegou aos EUA em menos de 24 horas. Assim sendo, teve a gentileza de se retirar discretamente do quarto.

— Querida... Não chore. Vai ficar tudo bem agora. A verdade é sempre melhor do que as suposições. – falou meu querido amigo, enquanto passava a mão sobre meus cabelos.

— Você não entende, Lewis... Essa verdade é difícil, tão difícil quanto a incerteza.

— Shiiii... Acalme-se, vai ficar tudo bem, vai ficar tudo bem...

Uma funcionária abriu a porta trazendo uma bandeja com algo fumegante, certamente sopa. Aquilo me nauseou, fiquei tonta, porque junto com a minha revelação outras coisas haviam despertado em mim, inclusive uma personalidade mais voluntariosa. A maturidade de

Margot Snyder havia sido soterrada por uma menina perdida aos 15 anos. Logo, preferências gastronômicas e meu estilo de cabelo seriam questionados, manias e até (acredite se quiser) meu tom de voz sofreria alterações. Até que tudo "voltasse ao normal", eu teria de me refazer novamente e a presença de Lewis, mais uma vez, foi imprescindível.

— Vamos fazer assim; você me conta o que quiser a cada colherada do jantar, o que acha? – disse ele cautelosamente num tom que oscilava entre um pedido e uma ordem.

Aquiesci. Estava tão grata por ele ter atravessado o Atlântico para me ver, que docilmente fiz o que me sugeriu. Bem, isso devia ter feito parte das conversas que teve com o Dr. Rubinowitz, pois minha última refeição havia sido o jantar dos Staremberg, dois dias antes. Lewis possuía uma autoridade nata de médico sobre os demais funcionários de um hospital, por isso pediu que a moça deixasse a bandeja com ele, se encarregaria de administrar a refeição. A moça deu de ombros, aposto que duvidou da habilidade daquele jovem doutor com sotaque britânico.

Na terceira colherada daquele caldo que caiu em meu estômago como uma lava vulcânica, comecei a revelar meu segredo para Lewis.

— Você já ouviu falar de um livro chamado, O Diário de Anne Frank? – perguntei em um tom desesperado.

— Sinceramente, não. - disse ele entretido na sopa como se contasse silenciosamente as colheradas.

— Na Alemanha ele recebeu esse título. - falei enquanto engolia mais uma porção.

— Sim... – Lewis estava me despistando? Não parecia interessado em minha história e sim em me naufragar no caldo ralo de legumes.

— Eu sou Anne Frank. - sussurrei com medo de que alguém ouvisse.

— Quem?

— Anne Frank, a menina que escreveu o diário... Agora um livro!

Lewis largou a colher no prato fundo de metal. Por que os hospitais sempre utilizam este maldito material?

— Seu verdadeiro nome é Anne Frank? E você escreveu um livro? – repetiu como que repassando um roteiro.

Lewis tomou uma distância da cama, um passo ou dois, e se deteve em mim. Depois abriu sua mala, a pequena mala que trouxe para passar alguns dias nos EUA, e tirou um bloco e um lápis de lá. Puxou uma cadeira e se aproximou.

— Continue, Margot.

— Annelies, por favor Lewis, me chame pelo meu nome: Annelies Marie Frank.

— Ainda não...Preciso fazer uma anamnese.

— Então anote aí: Nasci no dia 12 de junho de 1929, em Frankfurt, Alemanha. Meus pais se chamam Otto Heinrich Frank e Edith Frank-Holländer, ambos alemães... E minha irmã, minha querida irmã – neste ponto eu estava novamente pronta para naufragar – essa sim, chamava-se Margot, Margot Betti Frank.

Lembro-me de quando mencionei Margot, foi exatamente aí o momento em que Lewis largou seus apontamentos.

— Isso explica muita coisa, não é?

Anuí com um gesto frenético da cabeça.

— Sim... Agora sei o porquê de terem me dado este nome, e o porquê de o estar repetindo inconsciente e fraca demais para explicar que se tratava de minha querida irmã.

Chorei por mais um longo período e contei, por vezes recortadas, minhas últimas lembranças de Margot. Ela estava muito fraca, em virtude dos efeitos do tifo, mal ouvi sua voz nos últimos instantes, no entanto, foi possível entender o que me pedia: "Lute, Anne. Lute". Margot era tão generosa e madura que partiu serena, desejando que eu vivesse, apesar das instalações precárias onde estávamos, apesar da infestação de piolhos, das marcas de sarna que passei para ela ainda em Auschwitz; apesar da disenteria que acredito ter sido o motivo que a fez sucumbir.

— Mas ainda não entendi o que a menina do Diário tem a ver com você? – então ele regressou para os apontamentos.

— Lewis, você não escutou?

Será que ele estava me testando? Quem sabe induzindo uma contradição...

— Me explique melhor.

Contei sobre em que circunstâncias o escrevi, que ganhei aquele lindo diário de Pim, em junho de 1942, em meu aniversário de 13 anos, e nele escrevi durante anos em Amsterdã, minha amada terra.

— Mas acabou de me dizer que é alemã, o que Amsterdã tem a ver com isso?

— Nós imigramos para lá quando eu tinha quatro anos e vivemos... até que os nazistas...

Precisei de uns minutos para me recompor. Manter sanidade e a capacidade para relatar aquilo tudo demandaria um esforço sobre humano de meus nervos, que infelizmente, começavam a dar sinal de pane.

— E como isso veio para você? – Lewis não parava de fazer anotações.

Contei sobre minha conversa informal com Susan, sobre o livro que ela estava lendo, ricamente editado pela editora alemã.

— Você tem o livro com você?

— Não... Entrei em choque depois disso.

— Assim que descobriu que a menina tinha relação com a sua história?

— Não. Assim que descobri que o meu diário havia sido publicado, que o mundo inteiro o lê, que meu pai está vivo e foi quem autorizou a publicação e, pior... Que minha mãe e irmã estão mortas.

Comecei a tossir, eu havia me engasgado entre lágrimas e uma fala atropelada. A enfermeira de plantão entrou no quarto. Iria ministrar mais medicação. Talvez algo para me acalmar, já que eu parecia uma histérica, gritando com um médico amigo. Mas não. Ela trazia um recado do médico responsável por mim. Ele queria falar com Lewis.

— Por favor, volte. – falei enquanto ele pegava sua maleta.

— Eu jamais a deixaria... Annelies. – Lewis falou isso enquanto beijava minha testa e a partir deste dia, desde que estivéssemos a sós, ele só me chamava de Annelies.

CAPÍTULO 24

Mosaico

Nos três primeiros dias, em casa, só mesmo a presença de Lewis foi capaz de me fazer bem. As pessoas com quem Margot Snyder havia convivido naqueles anos, eram estranhas para Anne Frank. Elas não conheciam Edith e Otto Frank, sua irmã; Margot, não haviam estudado no Liceu de Amsterdã, pior; não tinham vivido sequer nos mesmos campos nazistas: Bergen--Belsen ou Auschwitz-Birkneau. E Jack? Se estivesse ali, naquele momento, teria a mesma importância? Definitivamente! Jack era encantador para Anne Frank e para Margot Snyder. Ele havia tocado aquela parte secreta do coração feminino onde uma porta minúscula se abre e, algumas vezes, nunca mais se fecha.

A sra. Reitsma, abriu a porta do apartamento de Jack com um embrulho nas mãos. Eu havia me mudado definitivamente para lá, mas volta e meia visitava-a na pensão. Apossou-se do espaço em nossa diminuta cozinha e aqueceu o caldo que havia trazido. Ela ainda se preocupava comigo, com Esther e Klára. Então começou a falar diretamente sobre o assunto.

— Não sei do que se lembra, minha querida, mas se quiser lhe conto como perdi meu marido e três filhos, na Primeira Guerra. Meus filhos, ao regressarem para casa, tentaram cruzar a fronteira da França com a Alemanha e foram fuzilados pelos inimigos. Meu marido morreu de tristeza, dois meses depois.

— Mas a senhora não é holandesa? – perguntei, sabendo que a Holanda havia se mantido neutra na Primeira Guerra.

— Sim. Sou holandesa. Mas meu marido e filhos eram alemães.

Não sei explicar o que havia de tão revelador naquela visita, se foi o fato de a sra. Reitsma ter pertencido ao mesmo calabouço emocional que eu, se foi algo que ela pôs na sopa, ou a forma como descansou as mãos sobre o encosto da cadeira mostrando os dedos nodosos de tanto trabalhar para dar a sua única filha viva, uma vida decente na América. Só sei dizer que a partir de então, senti-me envergonhada em manter a porção de menina mimada da qual, anos depois, falou a enfermeira Janny Brandes.

Após sua saída, aproveitei a deixa para tomar um banho e quando Lewis apareceu, o convidei para darmos uma volta. Ar fresco e um pedaço de Lemon Cake era tudo que eu precisava.

Sobre Lewis, nossa amizade e o efeito que me causava.

Por mais estranho que pareça, é possível sim, ter um psiquiatra como o seu melhor amigo. Talvez você precise perder a memória para que isso ocorra. Talvez, e isso eu não desejo a ninguém, precise sobreviver a uma guerra, um genocídio, e este médico de uma forma ou de outra terá de sofrer os efeitos disso com você. Não posso garantir as regras. Não sei se de fato há uma fórmula para isso dar certo da maneira que ocorreu entre mim e Lewis. Quem sabe tenha sido mais do que um desafio para ele, mais do que uma tábua de salvação para uma paciente desmemoriada. Assim como as paixões, a amizade não é coisa que se defina. Podemos dizer, para não nos declararmos obtusos, que foi um encontro de almas. Mas isso é só para não deixar a questão em branco.

A verdade é que o Dr. Lewis permaneceu em Nova Iorque por mais quinze dias. Enviou dezenas de telegramas para o Hospital Geral e a Universidade de Oxford, ainda era mais barato do que as ligações internacionais. Leu o Diário de Uma Jovem Garota em francês, em apenas duas noites. Talvez tenha adquirido em uma das livrarias da cidade que vendia títulos estrangeiros. Depois, o mostrei um dos originais que tinham enviado para a Simon & Schuster, e que estava em minha valise, era a versão do Diário em inglês. Ou seja, eles estavam procurando uma editora para publicá-lo nos EUA. Isso aconteceu, inevitavelmente, um ano depois. Mas graças a Deus foi por meio da Dubleday, nossa concorrente, que o alavancou como sucesso de público e crítica.

É claro que, segundo Lewis, eu era um caso raro. Como ele já havia mencionado ainda em Londres, nenhum médico até então havia lidado com um paciente que se negava a lembrar da vida pregressa. Negação, foi a palavra usada. Não obstante minha desesperada tentativa de recordar minha própria história, e as terríveis dores de cabeça sempre que parecia encontrar alguma pista, Lewis insistia em me dizer que meu cérebro se negava a trazer tais informações porque seria doloroso demais. Talvez, ainda em Londres, isso tenha me causado mais medo ainda. O que de mais terrível eu quis esquecer? Muitos sobreviventes do holocausto tiveram perda de memória recente, memória retrógrada, ou psicogênica. Mas, na maior parte dos casos, isso logo era superado, principalmente após receberem alimento pois, uma das causas da amnésia era a inanição que retirava do cérebro suas funções básicas pela falta de vitamina B1. Eu tinha a certeza de que meu caso seria algo relatado nos registros médicos de Lewis, que seria mencionado nos livros de psiquiatria, particularmente nos capítulos sobre amnésia e seus efeitos, duração, casos raros – como ele mesmo dizia.

No entanto, Lewis se apegou a mim de maneira única. Anos depois eu soube parte deste interesse. Adianto-lhes que não havia nenhuma inclinação amorosa de sua parte. E isto também deixarei para mais tarde. O que importa é que sem ele eu não teria tomado uma grande decisão: a de me tornar, definitivamente Margot Snyder.

Lewis convenceu o Dr. Rubinowitz de que eu estava bem, poderia ganhar alta. Além disso, mostrou-lhe a passagem com data para dali a duas semanas, tempo suficiente para me observar de perto. Por sinal, ele se hospedaria no diminuto apartamento de Jack, onde eu passava a maior parte do tempo. Eu não sabia quando Jack voltaria daquela viagem, mas sabia que ele jamais se incomodaria em abrigar Lewis, menos ainda nas condições em que eu estava. E esse foi o menor dos problemas. Àquela altura nossa relação já havia passado declaradamente da Linha Maginot médico-paciente, tanto que, após revelar parte de minha história para o psiquiatra do Beth Israel, Lewis foi considerado ex-médico assistente e amigo da família. *Que família?*, perguntou a certa altura o Dr. Rubinowitz. A família Snyder, respondeu ele.

Ao se declarar meu médico, Lewis não estava quebrando nenhum juramento. Tampouco enganara seu colega de profissão. Disse-lhe que eu era alemã, que tinha perdido a mãe e a irmã nos campos de concentração, e que meu choque se deu pelo fato de saber que meu pai estava vivo. Tudo verdade. As omissões, fatalmente não eram detalhes que o Dr. Sol necessitasse saber. Mesmo porque, esse seria o maior juramento da vida de Lewis: fingir para o mundo inteiro que Anne Frank estava morta. Adotei a mesma tática de Lewis e isso me deixou mais confortável para explicar às pessoas que eu não era mais alguém sem memória. Disse a verdade para todos que se sentiam mais à vontade para vasculhar minha vida pregressa, sobre minha família, meu lugar de nascimento, e outros detalhes que os curiosos gostavam de saciar. Mas omiti meu verdadeiro nome, que continuou sendo Margot. E suprimi a Holanda. De uma maneira que não sei explicar, a Holanda sempre me pareceu um lugar sagrado, pequenino e bucólico como as cidades medievais de contos dos Grimm. Eu sabia que os dias mais gloriosos e importantes de minha vida tinham sido vividos ali, e como pedacinhos de pão deixados por João e Maria na longa trajetória de minha caprichosa memória, eu vinha fazendo o caminho de volta à Holanda. Essas lembranças estavam imaculadas, tanto que não as mencionava para ninguém além de Lewis. Tive dois grandes confidentes em minha vida: Kitty e Lewis. Um deles foi obrigado a me trair e contou todos os meus segredos para o mundo.

Não foi fácil para mim convencê-lo de que eu estava certa. Ao ler o Diário, Lewis me fez vários questionamentos: Onde ou que era o Anexo Secreto, por quanto tempo ficamos lá, quem estava conosco, se estávamos escondidos dos soldados da SS quem nos alimentou por dois anos, se todos os habitantes do Anexo eram meus familiares... E todas as respostas ele obteve com a correspondência do que estava nas páginas de meu diário. Nós caminhávamos todas as manhãs no Central Park, comíamos algo no Juice and Cakes e lá vinha ele com mais perguntas. A parte boa era que isso não me chateava, eu encarava como um exercício e falava por horas sobre outras coisas que ele desconhecia, por não estarem no diário. Por exemplo, meus encontros na cerca em Bergen-Belsen com as minhas amigas de escola, de como fiquei feliz ao ouvir a voz de Nanette e de Hanna, minha melhor amiga. De como me comoveu receber um pedaço de pão de Nanette, logo ela de quem falei com desdém no diário. Às vezes eu queria esquecer que havia escrito tudo aquilo, pois me pareceu mesquinho e infantil. Principalmente as partes referentes à mamãe... Essa foi definitivamente a pior parte... E é até hoje. Aquelas dores de consciência, que chamo de dores de amor, pois somente sentimos por aqueles que amamos profundamente, inicialmente me deram a sensação de que com o tempo desapareceriam, que eu teria um mecanismo futuro para me perdoar. Não, leitor. Sinto em lhe informar que para alguns erros o tempo não traz conforto, a palavra solução não existe para certas perdas, certas atitudes mesquinhas.

Lembro-me das tentativas de Lewis...

— Não se torture, Annelies. Você era apenas uma menina com medo e enclausurada...

Eu me sentia bem com aquela versão do meu amigo, pura e simplesmente o meu amigo britânico, Lewis Baume. Ele era terno e totalmente despido de rigidez científica. Embora, algumas vezes, por força do ofício, deixava escapar veredictos irrecorríveis: "Tente se perdoar, pois o que não podemos mudar costuma nos perseguir para sempre".

Naquela época eu me impressionava com as frases de efeito, e, ao bem da verdade, não eram frases de efeito, não as de Lewis. Eram mesmo sentenças irrevogáveis. A questão mais perene, e que eu tentava a todo custo resolver enquanto meu amigo psiquiatra estava por perto, era como eu deveria surgir diante de meu pai. Com os meus relatos emocionados em relação a Pim, Lewis sabia que esse seria o meu calcanhar de Aquiles. Pim sempre foi o meu Sol e eu, nitidamente, o seu Ícaro. A pergunta era: Quem eu teria de derreter para ter o meu Pim por perto, Margot Snyder ou Anne Frank?

CAPÍTULO 25

Nos braços de Jack

Como se adivinhasse, Jack regressou no mesmo dia em que Lewis partiu. Não seria desta vez que eles se conheceriam. Meu namorado reencontrou uma Margot estranha. Alguém que, de certa forma, continuava sem saber exatamente quem era. Não foi fácil para mim encarar Anne Frank. Como aquelas tarefas difíceis e cansativas que não gostamos de executar para alçar voos mais longos, tarefas intransferíveis e personalíssimas. Enfrentar minha verdadeira identidade era um túnel pelo qual somente eu poderia passar. Um túnel estreito e escuro. Ao mesmo tempo em que me livrava das incertezas com as quais convivi por cinco anos, aprisionava-me à Margot Snyder. Atá-la a mim mostrou-se como uma forma de desmembramento monitorado. Ou seja, eu era Anne Frank mas podia ser Margot, se quisesse, porque afinal ela era eu mesma, em uma versão que colecionava apenas rostos gentis e amáveis: a enfermeira Baume, Lewis, Esther e Klára, Ilma e seus filhos, meus amigos da editora, meu amado Jack e todos os médicos que cuidaram de mim de Bergen-Belsen a Nova Iorque. No saldo daqueles cinco anos, Margot Snyder tinha me dado sorte. Entendi que ao me rebatizarem com o nome de minha irmã, o Universo enviou a seguinte mensagem:

"Desculpe, terráquea. Houve um erro de cálculo e estamos reeditando a sua jornada".

Seria ótimo, não? Que quando as coisas estivessem difíceis para nós, uma força magnânima nos desse um nome e uma vida completamente novos. Algumas pessoas chamam este processo de reencarnação.

Eu tive que chamar de amnésia.

Para além do Diário

Comecei a sonhar com as cenas que vivi nos campos. Primeiro eu-Pim-mamãe-Margot. Depois, somente eu-mamãe-Margot (por um tempo pudemos nos manter juntas). Depois apenas eu e Margot. Logo depois, com a companhia da sra. Van Pels. E por fim... somente eu.

Esses sonhos me perturbavam também, pois não conseguia distinguir alguns nomes e rostos de pessoas que conheci a partir de Westerbork, ou seja, a partir do dia 4 de agosto de 1944, quando nos capturaram no Anexo. Eu não sabia até que ponto eram sonhos aleatórios, ou lembranças misturadas.

Os momentos nos campos nazistas foram coisas que vieram em larga escala ao meu encontro. Como uma enxurrada, impossível de conter, eu tinha crises de choro que duravam horas e nas primeiras vezes fui levada ao sr. Isaac Rubin – o médico dos judeus imigrantes. O fato mais curioso é que anos depois, na sala de espera e distraidamente, dei-me conta de que ele era um ortopedista judeu-alemão, mas em NY fazia todo tipo de atendimento, inicialmente cobrando uma quantia irrisória para nos trazer um pouco de conforto, depois de anos o trabalho tornou-se voluntário. Como conseguiu, após alguns anos, voltar a exercer seu ofício com a ortopedia, trabalhava nos hospitais onde operava e nas manhãs de sexta-feira atendia os judeus de poucas posses, inclusive eu. Neste consultório, ele nos atendia com seus conhecimentos de clínico geral. Era um homem prático e às vezes até duro, me dizia que eu tinha sorte de poder me lembrar de uma história de vida, que eu pensasse naqueles que nunca tiveram pai, mãe e vagavam pelo mundo em busca de referências afetivas.

— Dê valor ao que você tem, Senhorita Schneider. – ele escrevia meu sobrenome assim, como na Alemanha.

E eu me dava ao direito da comiseração, repelindo seu comentário:

— Eu não tenho ninguém...Não tenho nada, doutor. Os nazistas me tiraram tudo.

Nesta época eu estava insuportável, só pensava em mim, nos meus problemas, em tudo que A.H havia tirado de mim. Não encarei o fato de que, ao que tudo indicava, meu pai estava vivo. Em uma dessas vezes ele pegou minha ficha e leu em voz alta a parte preenchida com a letra da secretária: Paciente indicada por Esther Kowalski.

— E quem é esta? – apontou ele para a ficha mostrando o nome parcialmente.

— É minha amiga...

— Então não me diga que não tem ninguém. Agora tome sua receita. – e estendeu um pedaço roto de papel timbrado com um azul intenso, onde o nome de meu remédio ansiolítico fora rabiscado. Logo abaixo havia uma outra indicação: Caridade.

— Caridade? Repeti em voz alta para ver se havia entendido. *Charity...*

— Sim.

— Isso é um novo remédio?

O Dr. Isaac olhou-me com seriedade e respondeu:

— Não. É um dos mais antigos remédios. Promova a caridade, é a melhor forma de acabar com a autopiedade. Agora se me der licença, Senhorita.... – ele ergueu seu corpo pesado da cadeira e me conduziu educadamente até a porta.

Eu ainda estava boquiaberta, mas isso foi depois de me dar conta de quantas pessoas idosas e crianças aguardavam por sua ajuda na sala de espera.

Para aqueles que viviam comigo foi um choque: Margot Snyder havia sumido para dar lugar a uma menina voluntariosa de 16 anos. Eu estava chata, chorona e perdida. A Annelies que parou no tempo, em abril de 1945. Ocultei meu sobrenome desde o início, estava atordoada demais com minhas memórias para dar valor ao fato de que eu era famosa, ou melhor, meu diário era famoso; um dos mais lidos na Europa, nos últimos anos. Na verdade, estava me agarrando àquelas terríveis memórias como se não pudesse perdê-las novamente, como quando precisamos atravessar uma multidão com uma criança de cinco anos pelas mãos. Ela não é como um bebê que se carrega no colo aninhado ao seu peito, mas um ser pesado para aquela tarefa, embora requeira cuidados tanto quanto um bebê, você é responsável pela criança, a multidão pode esmagá-la, feri-la. Minhas memórias eram assim, qualquer um podia esmagá-las, e eu não permitiria isso. Havia uma personalidade nelas, cheiros, gostos e referências. Elas tinham uma história. Com medo de que elas partissem novamente, comecei a escrevê-las. Do menor para o maior detalhe: nosso endereço em Amsterdã, Merwedeplein 37-1, o endereço do Liceu; Niersstraat 41-43, 1078 VJ, o nome de meus professores, meus amigos e seus sobrenomes, o nome de todos os meus familiares, e neste ponto até desenhei uma árvore genealógica, e é claro que a parte mais difícil se deu quando revisitei O Anexo. Meu Deus! Eles haviam usado esse nome para o meu diário, na primeira publicação. E Kitty? Não viram que este era o meu desejo? Teria sido isto uma sugestão de Pim?

Meu pai, como estaria ele? Quanto tempo estávamos separados! O que eu faria agora? Essas eram coisas que não me deixavam dormir. O que eu faria com as minhas duas vidas? Margot Snyder teria de morrer e abrir espaço para a verdadeira dona daquele corpo? Aquilo foi um pesadelo.

CAPÍTULO 26

Casamento e um melhor amigo

Após muitas sessões de terapia, caminhadas matinais, inúmeras idas a sinagoga e um sem-número de conversas com o rabino Staremberg, decidi procurar meu pai. As pessoas permaneciam minhas amigas, fui recebida na Simon and Schuster de braços abertos, Jack finalmente voltara de mais uma viagem perigosa e prometera ficar ao meu lado. Alugamos um apartamento no Village, desta vez ele queria fazer tudo "direito". Propôs-me casamento.

— "Casar, casar?" – questionei sem muito entusiasmo.

"Sim. Casar como você quiser". – respondeu ele como se estivesse me dando o melhor dos presentes.

Sorri. Reconheci o gesto como uma prova de amor e um grande passo para uma vida que ele acreditou, naquela época, adequada para nós. Talvez Jack tivesse se decepcionado com a minha reação, nada efusiva, nada parecida com as cenas de amor dos filmes de Hollywood dos quais eu tanto gostava. Se eu ainda fosse Margot Snyder, a romântica desmemoriada... Mas agora, tinha a impressão de que enquanto não encontrasse Pim, as coisas não poderiam continuar como antes. Jack ficou no meio da calçada, segurando tulipas cor de rosa envoltas em um papel de seda. Virei-me para trás dando conta de que não estávamos no mesmo passo, e nem por mil anos esquecerei seu semblante; um pouco atônito, um tanto frugal, pude ler seu pensamento: Não era isso que ela queria"?

Voltei até ele e o beijei de leve nos lábios.

"É claro que quero me casar com você, Jack. Mas antes preciso contar-lhe algo".

Naquela noite contei tudo a Jack, tudo. E desde já lhes adianto, Jack, Lewis, Pim e Miep foram as únicas pessoas que souberam de meu segredo ao longo desses 75 anos. Com os dois últimos não havia como ser diferente, e os dois primeiros mereceram pelo mesmo motivo dos outros: eles me amavam.

— Anne Frank! Anne...
— Frank. – completei.

Quando retornou para Nova Yorque, assim que Lewis entrou no avião, Jack sabia por meio de cartas que eu havia recobrado a memória, recebera da sra. Mendoza informações parciais: ficou inconsciente, hospitalizada há uma semana, os médicos dizem que ficará bem com terapia. Depois disso ele me escreveu uma longa carta, diferente dos bilhetes que me enviava apenas para dizer que estava bem e que eu era a sua *beloved*. Achei graça. Estaria ele com medo que ao recobrar a memória eu não mais o amasse? Quem diria...Jack Himmel, o terror da #45 Street. No entanto, assim que chegou, se dedicou a me oferecer o que eu pedia, e não o que ele propunha. Deixou-me caminhar dentro das minhas escuridões e não forçou o interruptor. Ao longo de nossa vida juntos, constatei que Jack era o tipo de homem que parecia não se importar com assuntos espinhosos, não por meio de consolos laudatórios, Jack era amor em ação e não em palavras. Aquela carta que guardo até hoje falava, em verdade, dele próprio e de coisas que não havia me dito tão claramente, mesmo após nossa ida para o Kentucky. Agora, que eu sabia exatamente quem eu era, ele estava pronto para se desvelar. Foi como se no fundo ele soubesse que a pessoa por trás de Margot pudesse ouvir qualquer coisa sem se espantar, que havia alguém ali capaz de entendê-lo com profundidade. Jack estava certo.

— Eu li o Diário...

— Leu?

— Sim, o manuscrito que estava em sua pasta.

Fiquei muda. Por incrível que pareça a vocês, naquele momento eu não me sentia tão conectada a ele, como estive no Anexo. Lembrem-se, eu me envergonhava de algumas coisas.

— Você era uma menina e tanto, não?

— Não sei, Jack... Era?

— Sim era. E ainda é. Uma grande escritora e uma grande mulher.

Jack me abraçou. Enquanto eu descansava meu rosto sobre seu peito, escutei sua voz abafada.

— Gostaria de saber a ordem das coisas, após a última página escrita que foi... se não me engano, no dia 01 de agosto de 1944. Você falava sobre sua melhor metade.

Sorri.

— Viu só... Eu já estava propensa a ser mais de uma pessoa.

Jack acariciou meus cabelos curtinhos.

— Eu gostaria de ouvir tudo, tintim por tintim do que ocorreu daquela manhã em diante.

Tirei minha cabeça de seu peito e o olhei fundo nos olhos.

— Você não estaria pronto para isso.

— Experimente.

A seguir, meu relato para Jack. Resolvi dividi-lo também, com vocês.

4 de agosto de 1944
Prinsengracht, 263 – Anexo Secreto
Amsterdã, Holanda

Ao longo dos anos, notei que para a maioria dos meus leitores, o dia 4 de agosto de 1944 foi praticamente o dia em que morri: foi quando Karl Josef Silberbauer, um sargento da SS adentrou nosso esconderijo no Anexo Secreto, acompanhado de outros homens da Polícia de Segurança Holandesa. Eles vestiam roupas de civis, mas estavam armados até os dentes. O que eles pensaram, que iríamos resistir? Nós éramos apenas pessoas decentes lutando para sobreviver na clandestinidade. Minha impressão é que, para os nazistas, no projeto plantado em suas mentes a respeito dos judeus, nós tínhamos algum tipo de superpoder capaz de aniquilá-los do dia para noite. Só pode ser! Do contrário, o que explicaria o fato de incinerarem bebês e mulheres grávidas, idosos que mal se erguiam com as próprias pernas? Eles realmente nos temiam, talvez mais do que nós a eles. Por isso, tornaram-se macabros, autômatos, robôs do mal. Esta é a única conclusão à qual cheguei nas últimas décadas, principalmente após ouvi-los no julgamento de Nuremberg. Eles diziam: *Estávamos cumprindo ordens.* Assim, como se isso não pudesse ser questionado.

E aí eu digo:

Não é o mais burro e infame dos mortais aquele que, dotado de inteligência, obedece a ordens com o fito de cometer crimes, simplesmente porque não possuí valores morais suficientes para questioná-las?

Pois foi assim que nos levaram para o quartel do SD, em Weteringschans: todos os moradores do Anexo Secreto e mais dois dos amigos que nos ajudaram ao longo daqueles dois anos no esconderijo; Victor Kugler e Johannes Kleiman. Nós éramos, a partir daquele dia, *onderduikers* (refugiados em esconderijos). Deus foi nosso amigo naquele dia, pois os soldados da SD pouparam Miep e Elisabeth – a nossa Bep. O propósito de poupar Miep era porque ela seria a única com a perspicácia de salvar as páginas de meu diário? É assim que Deus mexe os seus pauzinhos. O valor das varetas só ele conhece.

Fomos colocados em um caminhão desses que você vê em filmes de guerra. Colheram nossos depoimentos e depois nos conduziram para a prisão de Huis van Bewaring, em Weteringschans. Ficamos lá até o dia 8 de agosto, quando partimos para Westerbork, em Drende, nosso primeiro campo nazista. Havia uma espécie de triagem em Westerbork, um campo de trânsito, mas ainda era um lugar onde podíamos tomar banho e fazer refeições com certa regularidade. E o melhor, estávamos na Holanda. Ah, se tudo tivesse ficado assim até o fim... A cada movimento da polícia nossos maiores temores se agigantavam, no entanto, ainda tínhamos uns aos outros. Ainda tínhamos o nosso bloco inteiro. Minha mãe não conseguia disfarçar o medo, ela era muito pura nos sentimentos e embora se esforçasse, não podia nos acalmar, seus nervos estavam em frangalhos. A tarefa de nos dar esperança — através de uma fala ordeira e apaziguadora — sempre recaiu sobre os ombros de meu pai.

Se houve luz no final do túnel, isso ocorreu apenas no túnel onde estavam os nossos amigos; o sr. Kleiman, que mesmo tendo sido enviado para um campo em Amersfoot — na própria Holanda — por conta de sua frágil saúde, foi solto um mês após a nossa captura. E Victor Kugler, que conseguiu fugir, e anos depois, imigrou para o Canadá. Isso me causa tanto conforto! Nossa dor teria veios ainda mais profundos se soubéssemos que pessoas tão boas, tinham sido mortas ou torturadas em nossa defesa. Eu agradeço a Du's por isso.

Por hora, vou me abster sobre o destino da família Van Pels. Em meu Diário usei o pseudônimo Van Daan, para me referir a eles. Essa escolha, de postergar o desfecho, baseia-se simplesmente pela minha incapacidade de escrever sobre essas pessoas, agora, neste capítulo. Seus rostos me vêm, de súbito, juntamente com cenas fixadas em minhas lembranças, de momentos divididos nos nossos dois anos de convívio no Anexo. São frações singelas, mas que...

Enfim. Falarei mais à frente. Tenham paciência com os meus 90 anos.

Voltando à Westerbork:

Nossa viagem teve início na Estação Central de Amsterdã, sempre com escolta armada da SS. Havia muitas famílias ali, e algumas sequer eram judias. Muitas foram capturadas simplesmente porque se opunham à dominação de A.H, pregando cartazes, levando famílias inteiras ou apenas um único judeu para suas casas, ou simplesmente agindo como Miep, que nos levava alimentos, além de produtos de higiene. O povo holandês foi bravo, muito bravo e resistente aos alemães nazistas. Isso me comove até hoje, por isso sou eterna devedora de seus corações. Quando leio Elena Ferrante, em italiano (comecei há dez anos minha incursão no idioma), adoro quando ela usa a expressão de seu país para falar da protagonista: *Sei brava, Lenu*! Brava para os italianos, é boa, corajosa. Assim penso da gente holandesa: *Sei brava, Holanda!*

Partimos em um trem para Westerbork, no dia 08 de agosto. Partimos é um verbo laudatório para o termo correto: fomos deportados. Foi ali que Janny Brandes, a enfermeira, me viu pela primeira vez. Seria ela quem, oito meses depois, daria a meu pai a notícia de que eu e Margot havíamos morrido de tifo. É possível que naquele primeiro momento, tenha me fotografado na mente como uma adolescente magricela, acuada e presa ao braço de meu pai. Hoje entendo, que já naquela estação, eu, mamãe e Margot, como se o vento nos aconselhasse, tenhamos começado a nos amalgamar. Já ali, na estação, todas as palavras que eu havia escrito sobre minha mãe, o que sentia por ela, e a supremacia de sentimentos que nutria por meu pai, começou a ser tecido em uma nova trama, mais grossa, com fios de lã de cores vivas e quentes. Esse tecido me aquece até hoje.

Acredite... Ao longo da vida você tecerá várias colchas de retalhos, a primeira delas se refere à família, e o trabalho da tecelagem é inesgotável pois, ainda que eles partam – seus entes queridos – a tessitura se refará. É que a morte não encerra os efeitos daqueles que amamos dentro de nós, entende? O nosso processo de evolução, invariavelmente, será tecido a partir daquelas relações; sejam elas boas ou más. Quanto mais avançamos no tempo da Terra, mais benevolente são os nossos olhos para aqueles que amamos.

Depois haverá o momento de tecer a colcha de sua própria identidade. E geralmente isso ocorre quando nos afastamos de nossos pais, ou de quem nos criou, pois esta é uma linguagem da raça humana. A própria natureza nos ensinou o que a loba e a leoa fazem com os filhotes, a nosso ver, contrário à ideia de maternidade a qual estamos acostumados. No entanto, é preciso se desgarrar. Em algum momento, de preferência com o apoio e anuência dos que nos amam, mas é preciso. Filhos com dificuldade de se desligarem de seus pais, costumam amadurecer somente em idade avançada. O desligamento é necessário. O desamor, não.

E a terceira colcha, haverá de ser tecida para os amigos. Pode iniciar-se nos primeiros anos de nossa vida, como foi o meu caso com Hanneli Goslar, em meu Diário vocês a conhecem por Lies Goosens. O tamanho e o futuro da colcha não podemos calcular, senão em nossos derradeiros instantes. Amigos são como irmãos que a vida nos traz, eles conferem um colorido todo especial no alinhavo das bordas.

A minha colcha, como vocês sabem, passou 5 anos enrolada no sótão na rua Prinsengracht número 263, Amsterdá. Foi lá que meu inconsciente deixou tudo parado. Empoeirando. Recuso-me a aceitar Bergen-Belsen como o meu ponto de estagnação. Seria conferir àquele lugar uma identidade sobre mim, um poder de extrair os mais lindos momentos de minha vida. Afinal, tenho 90 anos e desses 90 apenas 8 meses tentaram me convencer de que todo resto não existiu. Oito meses em que homens frios e robotizados tentaram nos convencer de que éramos animais, *svine*.

Continuei ilustrando para Jack todos os passos que me levaram ao Campo do Horror, como ficou conhecido Bergen-Belsen:

"Na viagem para o campo de Westerbork, vi campos floridos e verdes, vi prados onde a natureza se fazia majestade, imune às lutas que os homens travavam. Ela sempre esteve acima de nós, suprema. Eu havia ficado mais de dois anos enclausurada em um apartamento com mais quatro pessoas, além de meus pais e minha irmã, então, a oportunidade de ver a vida novamente, aos quinze anos, pareceu-me um presente. Através daquela janela, eu via a vida passar e ainda que houvesse uma guerra nos engolindo paralelamente, foi como se eu estivesse vivendo com plenitude. A inocente esperança da felicidade vindoura é o único combustível capaz de alimentar o homem. Meu pai sorria para mamãe, um sorriso tímido, como se aquela viagem fosse na verdade, um presente para nós. Talvez, até ele, imaginasse que o destino nos reservasse uma vida própria de seres humanos, apesar de prisioneiros. Meus olhos grudados na janela mais pareciam uma boca, eu tinha vontade de engolir tudo aquilo, até mesmo os pequenos vilarejos. A liberdade passava de tempos em tempos pelo lado de fora da janela, vestida de cetim, com os cabelos ondulados à lá Greta Garbo, seu sorriso era luminoso, tal qual das ninfas nos contos dos Grimm. A liberdade me queria. Infelizmente, os nazistas também. O mês que passamos em Westerbork, foi o último período de convívio que Deus nos deu. Chegamos a pensar que se pudéssemos viver daquela maneira, ainda que na condição de prisioneiros, para nós estava bom. Até que Churchill e Roosevelt cumprissem a promessa de libertar a Europa das garras dos nazistas. No Anexo, os adultos evitavam falar diretamente a nós sobre campos de concentração, quando muito deixavam escapar algo como "trabalhos forçados", o que para nós; eu, Margot e Peter, que éramos jovens, podia parecer mais como algo que sairia de nossa rotina, contudo, não nos mataria. A palavra campo de extermínio só ouvi dentro do vagão a caminho de Auschwitz-Birkenau. Foi neste momento que começamos a experimentar o gosto da palavra degradação. Diferentemente da viagem que fizemos da Estação Central de Amsterdã para Westerbork, que era um campo de transição, nossa saída deste campo se deu através de um transporte de cargas. Até aí pudemos ficar juntos, embora assustados com a maneira com a qual nos tratavam; empurravam mulheres grávidas, crianças pequenas, idosos, pessoas visivelmente enfraquecidas, como se quisessem encher uma mala com os mais variados objetos a fim de cumprir uma meta. E era mesmo isso. Dados comprovam que de 1942 ao final de 1944, os nazistas tinham metas para cumprir: capturar, transportar, escravizar e ou exterminar judeus. As seleções em razão a esta última etapa variavam de campo para campo, e nos parece que variou também em relação aos anos em que se iniciou as prisões ilegais de judeus. Era difícil saber para onde estavam nos levando. Quando o trem começou a se mover, alguns homens que com a ajuda de um balde – onde faríamos nossas necessidades – alcançavam a pequena janela gradeada do vagão, reconheceram a estrada e afirmaram que estávamos sendo levados para o leste. Nenhum de nós obteve uma resposta precisa até chegar ao destino: Auschwitz-Birkenau. Não sei o porquê, mas este se tornou o mais famoso campo de extermínio. Talvez por sua estrutura. Pela organização. Ou pelos tamanhos dos fornos onde eles incineravam milhares de judeus."

Para os que não estão a par de números, estima-se que somente em Auschwitz, foram mortas entre 1,5 milhão a 2 milhões de pessoas. 90% eram judeus. Minha mãe foi uma dessas pessoas.

3 de setembro de 1942

Foi a partir desta data que soubemos na pele e no coração, o que diabos significava a palavra N A Z I S M O. Antes disso, nós só sabíamos que éramos perseguidos por A.H e seus exércitos. Conhecíamos com profundidade o significado de C L A N D E S T I N I D A D E e em poucos dias teríamos a mais vasta noção de D E S U M A N I D A D E.

Assim que as portas dos vagões se abriram, luzes fortes nos cegaram. Eram os potentes holofotes encimados nos muros de Auschwitz. Mesmo assim, estávamos aliviados, pois acreditávamos que poderíamos saciar a nossa sede, receber alguma indicação de um dormitório como os de Westerbork – que não era um sonho de lugar, mas lá ainda havia dignidade. O alívio não durou mais do que cinco minutos, talvez. Foi quando começaram a nos enxotar dos vagões, separando-nos por gênero e idade. Pim foi arrancado de nós, teria de seguir para a fileira dos homens. É claro que gritei, desesperadamente. Os meus pesadelos estavam se concretizando pesadamente sobre meu peito, as conversas cochichadas entre os adultos no Anexo estavam se revelando a mim com brutalidade jamais imaginada. Lembro-me de meu pai tentando me acalmar, enquanto os soldados da SS com pastores alemães nos ameaçavam, empurrando-nos com agressividade sem nos darem chance de argumentar. Aquele vagão que nos levou a Auschwitz foi o último vagão a ser enviado para lá, acreditam? Essa é uma das mais revoltantes notícias que recebi após todos os anos em que fomos compilando a ordem dos fatos, do menor para o maior.

Foi a última vez que vi meu pai, até regressar a Amsterdã em abril de 1951. Também foi a última vez que ele viu Margot e mamãe. Lutando para sobreviver às contagens diárias, aos trabalhos forçados, às punições por existir com a insígnia de judeu. Lá ele nutria esperanças de nos rever, e rezava para que resistíssemos. Suas últimas palavras para mim: "Tenha fé, Anne. Tudo vai ficar bem". Enquanto era empurrado para longe de mim.

Hoje penso comigo: De onde vinha a força de meu pai?

Mamãe, eu e Margot, fomos levadas para Birkeneau — o alojamento das mulheres. A mesma rigidez que era aplicada aos homens, também era às mulheres. E vocês já sabem; eles nos raspavam e nos jogavam em duchas frias de onde saía um líquido que não podemos chamar de água. Foi lá, também, que nos tatuaram. O meu número é a senha do cofre que Pim deixou para mim na Basiléia. Por isso não posso lhes revelar.

Leitores,

Eu tinha prometido a mim mesma que não faria deste livro um romance relatando os horrores dos campos de concentração. Falaria para além daquela vida que todos pensam ter se extinguido em Bergen-Belsen. Falaria das belezas de reviver. Mas como falar dessas belezas sem mencionar os horrores de quase-morrer?

Por isso, para muitos de vocês que sequer imaginam como eu e aqueles que me amavam passaram por aquilo, eu precisei entrar em detalhes. Não os mais cruéis. Acreditem, não há como ser fiel aos detalhes referentes ao inferno. Nossa mente se distrai, com o passar dos anos, até mesmo por uma questão de autodefesa. Reviver, exatamente aquelas terríveis emoções é como morrer e desta vez, com o peso das vidas que ficaram para trás. A parte mais tenebrosa, foi quando nos separaram de mamãe. Ela não estava próxima ao nosso barracão quando nos selecionaram para Bergen-Belsen e quando voltou, pensou que tivessem nos levado para a morte. Isso ocorreu no início de novembro de 1944. Foi como se tivessem atirado bem no meio de nosso peito. Eu aguentaria qualquer coisa, se estivéssemos juntas. Eu tinha Margot, mas nós duas sabíamos o quanto Edith Frank estava sofrendo, provavelmente imaginando o pior.

Foi a partir deste momento, na transição entre Auschwitz e Bergen-Belsen, que soterrei a Anne do Liceu, a Anne do Anexo, a Anne Frank. Em Belsen eu não era nada do que havia sido até então. Sentia-me tão miserável e deprimida que cheguei a questionar a existência da alma.

A alma pode sair de férias? Ela se desliga de nós quando alcançamos estágios muito profundos de desespero e angústia? E, ao regressar continua sendo alma ou se vai para sempre deixando para trás apenas um elemento qualquer que não nos permite enlouquecer? Eu me perguntava essas coisas, logo após ter sido resgatada pela Cruz Vermelha. E, embora não soubesse quem eu era e não me lembrasse de nada a não ser de que eu era um ser aprisionado em um corpo miserável, sentia dores na alma. Sabia que haviam me ferido de maneira sobre humana. O corpo sabe. É possível submetermos nossa existência a graus tão elevados de desespero que o corpo jamais se recuperaria desses recordes. É como uma cidade devastada por um terremoto, ainda que posteriormente reconstruída, o temor de que venha a ruínas novamente é eterno. Assim era Margot Snyder, a moça sem memória que chegou a Ellis Island no outono de 1947; uma construção aparentemente inteira com estruturas em ruínas.

Bergen-Belsen
Região de Hanôver — Alemanha

Nós não tínhamos sido criadas para lutar pela sobrevivência em condições brutais e precárias. Nunca tínhamos passado fome. Tomávamos banho todos os dias, deitávamo-nos em nossas camas todas as noites — mesmo no Anexo Secreto — com roupas de camas limpas e cheirosas, podíamos conversar em um tom de voz padrão das vozes educadas, sem falar na época em que ainda éramos livres. Tomar ciência de que perdemos isso e muito mais, da noite para o dia, e de que a palavra privação tem reentrâncias infinitas, foi monstruoso, inimaginável, inumano. Talvez as pessoas mais capacitadas para descrever o que vivemos nos campos, tenham sucumbido. Ficando assim, para contar a história, pessoas como eu, que se esforçam para trazer os mais dolorosos detalhes, porém, com a eterna sensação de que falhamos.

Anos depois li o depoimento de Janny Brandes, a enfermeira com quem convivemos em Belsen. No depoimento que deu para o documentarista Willy Lindwer, havia um tom de crítica em seus relatos, sobre mim e Margot. Não a recrimino, tampouco me ressinto. Era verdade. Margot e eu, parecíamos mimadas perto daquelas mulheres fortes e corajosas que tornavam as vidas de suas companheiras menos desprezíveis. Éramos os reflexos dos cuidados de mamãe. Até em Birkenau, quando ainda estava conosco, Edith Frank deixava de comer seu pedaço de pão para nos dar. É possível que alguém como Margot, receba esses cuidados e permaneça firme no propósito de amadurecer. Eu não. Anne Frank era toda trejeitos de garota classe média holandesa. Se eu tinha culpa? Claro que não! Mas as mulheres e moças que vieram de realidades mais duras que as nossas, não tinham paciência para os meus chiliques, como os que dei quando os piolhos e pulgas estavam em minhas roupas. Eu me despi. Simplesmente fiquei nua e me cobri com um cobertor que me parecia menos infestado. Foi neste contexto que Janny me viu pela última vez. Enrolada em um cobertor, descabelada, imunda, irritada, com os nervos em um estado... Deplorável. A temperatura em Belsen devia estar na casa dos cinco graus. Embora ela tenha deixado suas impressões gerais sobre mim e Margot escaparem, sou grata a ela de uma maneira eternamente doce. Janny estava agitada, aflita pelo fato de sua irmã Lietje estar doente, eu também estava, o tifo me trouxera uma febre que até hoje me visita (acreditem, tenho febres constantemente). Mesmo assim, Janny se apiedou. Trouxe-me peças de roupas que como você pode imaginar não eram de meu tamanho, mas eram pedaços de pano que me protegeram do frio enregelante da Alemanha. Ela também dividiu seu pão comigo, e como sempre fiz, dividi com Margot, embora naquele momento minha irmã já estivesse lamentavelmente debilitada.

Janne Brandes e sua irmã, foram as pessoas responsáveis por informar a meu pai que suas duas filhas estavam mortas. Não entraram em detalhes, mas contaram que nos conheciam e cederam alguns detalhes que julgaram menos dolorosos para quem recebe tal notícia. Disseram que Margot morreu antes de mim, alguns dias, um ou dois...quem sabe. E o pior, segundo as palavras de Pim, foi ouvir que isso tudo se deu nos últimos dias de março, pouco antes da libertação. Por ser alguém que trabalhava no campo em busca de ajuda para as outras prisioneiras, Janne nem sempre estava por perto. Afinal, ninguém estava. Nos últimos meses, nós éramos tantos e tão debilitados, que nos perdíamos: os que conseguiam andar, perambulavam em busca de alimento, de água, e às vezes sumiam de nossas vistas por dias. Assim que as Kapo – as policiais dos campos — nos dispensavam após a contagem, naquelas infinitas horas em pé, os que se sentiam suficientemente capazes de concatenar as ideias, procuravam contatos que os concederia quem sabe, um pedaço de algo. Muitas vezes fui à busca de ajuda para Margot. Aspirina era algo que Janne e suas amigas conseguiam, sabe-se lá como, para dar aos prisioneiros com tifo, tuberculose. Eu pedi uma pílula a ela, disse que era para Margot. Mas ela ou não se lembrou, em meio aos meus pedidos, ou considerou um desperdício em vista do estado de minha irmã. Janne morreu em 2003, na Holanda e passei anos resistindo à tentação de ir ao seu encontro. Afinal, o que ela pensaria disso?

Capítulo 27

Em busca de Pim

Dias depois, enquanto tomávamos café da manhã, Jack me inquiriu.
— O que pretende fazer? Vai para Holanda? É lá que seu pai está, não é? – havia um tom de preocupação em sua voz. Talvez acreditasse que seu pedido de casamento estivesse fadado ao fracasso, agora que finalmente eu tinha alguém no mundo.
— Não voltarei a morar em Amsterdã, se é isso que lhe aflige. – disse-lhe sem rodeios. – E não sei quando nem como verei meu pai...
Lá fora os postes ainda estavam acessos e a cidade tinha o ritmo de pessoas saindo para o trabalho, rumo a um novo dia, é um ritmo que

toda grande cidade tem e eu adoro. Três vezes por semana, Jack acordava muito cedo, estava escrevendo para o The New York e gostava de chegar cedo, para ocupar as melhores mesas.

— Como assim? Não quer ver seu pai... ele, ele era ruim para você?

Se Jack e eu vivêssemos nos tempos de hoje, era só ele "dar um google" – como vocês dizem -, que saberia quem foi Otto Frank. No entanto, estamos falando do início de 1950, lembrem-se; telefones, telegramas e cartas, são nossas maiores fontes de comunicação.

— Em absoluto. Meu pai era espetacular, justo, amável, honesto, discreto...

Sentei-me à mesa e com os cotovelos sobre ela, segurei minha cabeça a fim de dar vazão ao choro. Jack me consolou, afagou minhas costas meio sem jeito.

— Não entendo... Por que não quer vê-lo e contar que está viva?

— Por isso...

Arrastei um envelope até ele. O selo da Holanda foi a única pista que o fez entender tratar-se de notícias de meu pai, o resto ele não pôde saber a não ser através de minha tradução. A carta fora escrita em dutch.

> *"Cara Margot,*
> *Muito me alegrou a sua correspondência e todos os detalhes sobre Anne e Margot Frank.*
> *Não entendemos ao certo, vocês eram amigas do Liceu, ou da escola Montessori?*
> *As saudades que sentimos de todas elas, bem como de Edith, jamais descansarão. Contei ao sr. Frank sobre você, e ele se interessou em conhecê-la. Até hoje, mesmo que isso lhe doa, ele colhe informações sobre as filhas. Depois de tudo que passamos naqueles terríveis anos, agora ele se ocupa bastante em divulgar o Diário de Anne e isso lhe causa imensa alegria, jovens aqui da Holanda e da Alemanha escrevem com frequência contando suas experiências ao ler o Diário, isso sempre lhe comove e o faz responder todas as cartas.*
> *Graças a Deus ele tem Fritzi para ajudá-lo nesta jornada.*
> *Ele manda-lhe lembranças e pede que escreva sempre que se lembrar de algo.*
> *P.S: Quando vier à Holanda não deixe de nos visitar. "*

Expliquei a Jack que enviei a carta ao endereço do Anexo Secreto, local em que ficava também a fábrica de papai e que fora passada para o nome do sr. Kleiman. Mesmo após todos aqueles anos, eu sabia que alguém, ligado à Miep, faria a carta chegar até ela. O que eu não sabia, era que a fábrica agora era de Miep e de Gies e, além disso, que eles a tocavam com ajuda de meu pai a quem acolheram nos primeiros anos após a guerra. Miep sempre foi alguém de nossa família espiritual. Eu estava investigando o possível paradeiro de meu pai, já que minha avó Alice e tia Lene moravam na Suíça era possível que meu pai estivesse morando perto deles. Surpreendeu-me a ideia de que, ao regressar da guerra, ele optara pela Holanda.

— Então, o seu pai está vivo e bem... – Jack olhou no verso do envelope para ver a data da carta.

— Sim...

— Não entendo Margot... Anne... – ele me olhou e nós dois rimos daquilo.

— Não brinque com isso. — Eu disse empurrando-o ombro a ombro.

— Bem, não estou brincando. Afinal, como devo chamá-la a partir de agora?

Encontrei seus olhos e com firmeza respondi:

— Chame-me por Margot.

— Obrigada, isso facilita as coisas para mim. – disse ele sorrindo.

Nós nos abraçamos com carinho, depois disso completou sua caneca com café e me pediu para continuar.

— Eu não sei quem é Fritzi... Não queria que meu pai publicasse meu diário, não sem antes editar algumas das coisas que estão lá...

— Diga isso a ele, então...

— Você não entende Jack! Eu estou morta e milhares de pessoas acreditam nisso, inclusive meu pai. Além disso, tenho vergonha das coisas que estão ali. De como me refiro às pessoas que amei...Que amo...

Contei um pouco de nossa vida na Holanda, e de como eu me sentia mais holandesa do que alemã, de meu sonho em me tornar cidadã, uma súdita da Rainha Guilhermina. Falei de nossos amigos, de nossa escola, de como éramos felizes antes da capitulação. Jack procurou saber mais sobre a história do Diário, e como jornalista lia a maioria dos jornais e sabia do sucesso de público e crítica que o livro tivera na Europa. Por conta de nossos contatos com diferentes editoras ao redor do mundo, mexi meus pauzinhos e liguei para a Editora Contact Publishing, responsável pela publicação de o Diário na Holanda. Utilizei-me de meu holandês fluente e como uma jornalista e não funcionária da S&S, demonstrei meu interesse em publicar uma enorme matéria no jornal dos judeus. Investiguei um pouco mais de Otto Frank, seu editor me disse que estava bem e que planejava uma viagem aos EUA, ele e Fritzi estavam em viagem para divulgar o Diário. Novamente este nome.

— E por que não perguntou quem era?

— Porque tive medo de ouvir o que já sei por instinto. – Respondi deitada com Jack em nossa cama, com os olhos fixos no teto.

— E o que é?

— Fritzi é a mulher de meu pai.

Levei um tempo para explicar a Jack que mamãe havia morrido em Auschwitz, após eu e Margot sermos enviadas para Bergen-Belsen. Quando cheguei a este ponto fui obrigada a relembrar todos os detalhes que a amnésia retirou de mim. Os americanos sabiam o que os nazistas haviam feito a nós, os próprios soldados contavam por meio de conversas em bares, para suas famílias, para alguns jornalistas dispostos a mergulhar na realidade em que a Europa se encontrava. E Jack, que chegara ao Sul da Itália no final de 1944 para fotografar a guerra, não chegou a ver um campo nazista, como me disse. Por outro lado, nós, sobreviventes, não costumávamos falar daquilo. Alguns por não possuírem forças, outros porque pretendiam simplesmente esquecer, e um sem-número porque não se achava suficientemente bom para revelar os detalhes mais sombrios do que vivemos. Entre a curiosidade e o zelo, Jack aguardava pelos momentos em que eu lhe traria mais detalhes.

— Assim como você sobreviveu, sua mãe também pode ter sobrevivido. – disse-me ele em uma das noites mais quentes do ano.

— Infelizmente não... Ela morreu de exaustão, segundo as palavras da Sra. Van Pels, que mais tarde juntou-se a nós em Bergen-Belsen. – Completei — Ainda bem que não foi levada para os banhos, pois isso eu não suportaria saber.

Durante anos esta palavra me soou como algo maldito. Eu não falava, ainda não falo banho. Digo que vou me lavar, ou me refrescar. As palavras banho e ducha, em geral, não pronuncio. Acredito que mesmo que Jack não conhecesse o real sentido daquela palavra, do modo como a pronunciei, imaginou do que se tratava.

Não pense que Jack era um homem desinformado. Como eu disse, alguma ideia do que foi o nazismo, os americanos tinham, mas naquela época não havia ninguém interessado em mapear com riqueza de detalhes o que o Partido Nazista havia feito a nós, a não ser aqueles que estiveram diretamente ligados aos campos de batalha. Ou seja, os militares. Muitos, registraram por meio de filmagens o estado lastimável em que encontraram os campos nazistas. No entanto, até hoje, há quem desconheça o que vivemos.

"Ah, sim... Os judeus foram perseguidos por Adolf Hitler" – alguém mencionava entre os intelectuais. *"A América é um país livre, aqui os judeus e outras povos são bem-vindas"*, — mais adiante alguém completava. *"Pobre povo, os hebreus...* – falavam os que queriam se parecer com teólogos. Como se não fôssemos antes de tudo alemães, poloneses, franceses, italianos, holandeses, portugueses, espanhóis... Sobretudo, seres humanos. Por Deus! Tínhamos uma nacionalidade, antes de termos uma religião. Fazíamos parte do senso, de um número pagante de impostos, formávamos estudantes nas universidades, servimos na primeira guerra na condição de judeus-alemães – e para isso prestamos. As coisas não ficaram claras! Nós não éramos um povo caminhante do deserto, batendo às portas da Alemanha nazista, nós éramos pessoas que ajudaram a construir a história da Europa há muitas gerações. Acontece que estávamos muito cansados e famintos para dizer essas coisas em tom mais alto, assim que a guerra acabou. Sequer nos convencíamos da condição de humanos. Teriam os nazistas nos convencido de que éramos porcos? A brutalidade com a qual nos tiraram as vidas, nossas casas, nossos diplomas, nossa saúde, nossa racionalidade, fora tão bem empregada, que por um período esquecemos do que fomos feitos.

Com o tempo notamos que havia algo comum entre os judeus sobreviventes: inteligência. Nós sabíamos que esta era a maior tarefa de A.H, acabar com uma raça trabalhadora, inventiva, proficiente nas ciências do corpo e da mente, artística, genial. Por isso não descansaria enquanto não dizimasse os judeus. A.H., como todo homem obtuso, sentia-se muito mal com a inteligência de nosso povo e, por mais que milhares já estivessem entre a vida e a morte quando fomos libertados, ele não contava com outra inteligência: a divina.

CAPÍTULO 28

Sra. Himmel

— Vamos para a Holanda. – disse-me Jack enquanto nos abraçávamos em frente à sinagoga.

Ele nunca entrava. Dizia que não tinha religião, nem paciência para a religião dos outros. Eu o respeitava, mas com aquela história de casamento que ele não parava de repetir, teve de encarar a tarefa de falar com o rabino — segundo ele, alguém capaz de dar a permissão.

Nós tínhamos marcado um encontro com o rabino Staremberg, eu sabia os horários em que podíamos ganhar um pouco de sua atenção e pedi que nos recebesse. Isto foi a parte mais fácil.

— E como posso dar a permissão se Jack ... — disse ele como se Jack não estivesse ali – ... não é judeu.

— É que Jack gostaria que eu me sentisse abençoada, com as bênçãos da Torá...

O rabino me olhou com estupefação.

— Com as bênçãos da Torá, minha cara Margot, isso não será possível. - falou enquanto ajustava o talit na altura do corpo.

— Não será possível? – perguntei ingenuamente. Na época eu era uma judia, e sou até hoje, pouco letrada nos ritos e cerimônias. Estava sempre nos templos mais em busca de paz do que de regras.

O rabino me olhou contrafeito, enquanto acariciava sua longa barba. Como eu poderia colocá-lo em uma situação daquelas? Afinal, Jack não era judeu e não queria se converter. Na condição de mulher, eu não poderia me casar sob os moldes do judaísmo em plena sinagoga com alguém que além de não ser judeu, era ateu. Era provável que o rabino me considerasse alguém necessitada de cuidados médicos, e por um bom tempo. Creio que levou isso em consideração por termos feito perder seu precioso tempo, de administrador de uma das maiores sinagogas de Nova Iorque, com aquele pedido sui generis. Ele nos conduziu para um banco de madeira encerada, tudo na sinagoga cheirava a tradição. Nos explicou como um mestre paciente que aquilo não seria possível, e todos os empecilhos de ordem religiosa que não o permitiam realizar esta benção sob as regras do Torá.

Fiquei imensamente decepcionada. Aquele lugar era o meu refúgio em Nova Iorque, lugar em que busquei uma essência perdida, referências, e por mais que não fosse tão ortodoxa quando morávamos em Amsterdã, na América o judaísmo sustentou meu espírito. Jack não falou nada, ouvia as palavras do rabino como alguém que presta atenção em um documentário. Sua curiosidade estava a postos, sempre que algo novo surgia diante dele, Jack agia com respeito. Uma relação de respeito com o desconhecido.

— Ouça Margot: Sei que é uma moça boa, tem caráter, é justa e generosa. Como líder espiritual não posso lhe dar a bênção que me pede, mas como amigo posso desejar que todos os seus ancestrais iluminem esta união, que nada de ruim lhes aconteça, que tenham filhos saudáveis, que construam uma vida de companheirismo e união e que tenham saúde para envelhecerem juntos. Que não deixem as intempéries da vida confundir-lhes os sentimentos, que se respeitem, que se unam nos momentos que não concordarem um com o outro, pois esta é a parte mais difícil.

Jack entrelaçou suas mãos às minhas enquanto o rabino dizia as últimas frases. E assim, nos sentimos abençoados.

Eu queria abraçar o rabino Staremberg, que sempre foi um bom amigo para mim e minhas amigas da pensão. Mas mulheres não tocam em rabinos. E essa é uma regra que eu gostaria de mudar.

Saímos dali com uma sensação estranha. De que havia um peso em nossas costas, um peso chamado compromisso. Eu sei disso, e Jack também sabia. Mas seguimos em frente e convidamos alguns amigos para jantar na cantina Serraccina, no Little Italy. O proprietário era um antigo conhecido de Jack que lhe pagava com um bom prato de espaguete em troca de uma notinha elogiosa em um dos jornais em que Jack trabalhou. Assim, nos casamos.

Capítulo 29

Entre Margot e Anne

Se vocês fechassem os olhos agora e tentassem dividir suas vidas em alguns grandes momentos, quais seriam?
Foram esses grandes momentos que eu lhes trouxe desses meus 90 anos (75 dos quais vocês não têm a menor ideia). É claro que não poderia lhes contar exatamente tudo, uma; devido à minha falha memória, outra; porque há coisas que devemos guardar só para nós. Não por vergonha ou por orgulho, mas por serem relicários de instantes que a vida teve somente conosco, entendem?

Estou, desde que decidi lhes revelar meu segredo, pensando em como traduzir o amor. Ele, como tudo na vida, tem um lado ruim. Para mim o lado ruim do amor é nos colocar em dúvida a todo o momento. Este capítulo, é a mais pura revelação disso. Quando dois ou mais amores se colidem, é aí que reside a nossa dubiedade.

Na Simon & Schuster obtive a ajuda da Senhora Mendoza para conseguir umas férias fora de hora. Eles já tinham me concedido uma espécie de "licença-médica" prolongada, ao notarem que eu não estava pronta para voltar ao trabalho. Embora tivesse tentado, no início, minhas revisões foram entregues com supressão de parágrafos e frases incompletas. Will Miller, um novo funcionário da editora, tinha sido um grande parceiro ao me indicar os erros e supressões, sem, contudo, submeter ao sr. Simon. Mas não era só isso. As pessoas notavam que eu não estava bem, relapsa e contrita, totalmente fora da imagem de Margot Snyder. Aos poucos eu vinha apresentando o resultado esperado, principalmente após uma elogiosa tradução de E o Vento Levou – de Margaret Mitchell — para o alemão. Nós queríamos publicá-lo internacionalmente. Quando decidi enfrentar o destino e reencontrar meu pai na Holanda, imaginei que uma semana seria um prazo escasso para estarmos juntos, — e vê-lo recuperar-se do susto. Mas não um prazo exíguo para pedir umas férias fora de hora. Pedi que a Senhora Mendoza intercedesse junto aos meus chefes. Eu tinha uma fluidez maior com o Dick Simon. Isso não significava que desgostava de Max Schuster. Eram só aquelas questões de afinidade. Não precisei falar muito, pois o sr. Schuster, com sua indefectível postura de homem de negócios, foi logo dizendo:

— Mendoza me disse que você precisa de uns dias de folga para rever seus familiares... É isso, Margot? – ele falava na Senhora Mendoza como se fosse um general referindo-se ao subordinado.

— Sim, senhor. Agora que sei quem eles são, gostaria de revê-los.

Ele se deteve a mim por longos minutos.

— Há quanto tempo não os vê? – ele era um homem curioso e embora soubesse um pouco de mim, sua veia literária parecia estar roteirizando meu passado.

— Desde 4 de Setembro de 1944... – me esforcei para controlar a emoção.

Max Schuster estava de terno preto, camisa branca e gravata borboleta. Usava óculos de grau com lentes redondas e armação negra, por trás deles eu via olhos experientes, daqueles que detectam mentiras no ar. Sua expressão me lembra as de Woody Allen.

— Seria indelicado de minha parte perguntar em que circunstâncias vocês se despediram, mas posso imaginar...

A sra. Mendoza trocou o peso dos quadris de uma perna para a outra.

— Sr. Schuster, perdoe-me, mas tenho certeza de que o senhor não pode sequer imaginar tais circunstâncias. O senhor já foi ao inferno?

Max Schuster tirou os óculos e limpou as lentes em um lenço tirado do bolso interno de seu paletó. Parecia estar pensando em uma boa resposta, e quase pude ouvir a engrenagem de seus pensamentos.

— Você está certa Margot, eu nunca fui ao inferno. Mas conheci pessoas que foram para lá e nunca mais voltaram... Eu gostaria de poder entrar em um avião para reencontrá-las.

Meus olhos se encheram de lágrimas e a sra. Mendoza segurou minha mão.

— Quando pretende partir? – ele disse assim, como se dependesse apenas de mim.

— Em uma semana... – arrisquei.

— Por quanto tempo?

— Por uma semana – e completei –, ao menos.

Eu não queria abusar, mas sabia que uma semana seria pouco. Embora em todos aqueles anos, eu nunca tenha tirado férias a não ser as festas de fim de ano.

— Vou te dar dez dias. Mas esteja aqui no décimo primeiro, impreterivelmente. – disse-me ele, voltando para o tom de general.

Não me contive e dei uns pulinhos de alegria.

Ele sorriu enquanto eu lhe agradecia com um beijo no rosto.

— Está bem, está bem.... Agora me deixem porque a produção de "A História do The New York Times" está atrasada.

Eu sabia disso porque Jack, embora não trabalhasse na empresa há dois anos, estava fornecendo material para o meu editor.

Além dos dez dias, o sr. Schuster adiantou-me um mês de salário sem que eu sequer pedisse.

Apesar de estar totalmente disposto a me acompanhar até Amsterdã, Jack não pôde me fazer companhia. Sua tão sonhada promoção para colunista do The New York Times havia surgido. Não achei justo que se ausentasse por quase dez dias para me acompanhar em uma experiência que deveria ser enfrentada por mim, mais cedo ou mais tarde. Minha passagem estava comprada e eu chegaria ao aeroporto de Schiphol em uma quarta-feira, pela manhã, pois eu não teria forças para rever a minha casa, após tantos anos, justo em um dia de domingo. Enviei um telegrama para Miep dizendo que estaria na cidade para escrever uma matéria sobre Anne Frank. "Matéria"? Perguntou-me ela, após responder através de um telefonema. "Pensei que você trabalhasse para uma editora". Respondi que sim, a matéria seria um possível prefácio de uma edição que gostaríamos de lançar, não sobre o diário em si, mas sobre os personagens envolvidos no evento. Ela se animou, mas disse que precisaria falar com o sr. Frank. Miep nunca se sentiu à vontade para explorar qualquer possibilidade de se lançar na mídia por conta de sua amizade com Os Frank. Pedi que se certificasse de que ele estaria na cidade, pois soube que, há anos, meu pai vinha mostrando uma forte inclinação para se mudar para perto de minha avó, Alice, na Basiléia. Eu me perguntava se sua nova esposa gostaria disso...

Miep me garantiu que sim, Otto Frank estava em Amsterdã por algumas semanas.

Com muito tato, e desta vez por telefone, pedi que Miep se encontrasse comigo um dia antes de minha entrevista com o sr. Frank. Isto também foi fácil de conseguir. Como desde o início me apresentei como uma colega de escola, ela talvez tenha pensado que eu causaria algum tipo de emoção no pai de Anne e Margot. Por isso, consegui agendar duas horas com ela em um dia, e duas com o senhor Otto no dia seguinte. Por sermos europeus, sobreviventes de guerra e pessoas ligadas a Anne Frank, imaginei que Pim e Miep estabeleceram duas horas de entrevista somente por precaução, para o fato de eu ser uma pessoa desagradável. Um tempo generoso para alguém que sequer nos conhecia.

CAPÍTULO 30

Amsterdã
6 de abril de 1951

Assim que entrei no taxi e dei ao motorista o nome do Grand Hotel Krasnapolsky, senti um enorme conforto em travar nosso diálogo em dutch, isso me fazia bem...Relembrar o idioma holandês, falá-lo com fluidez, apesar dos anos que estive afastada. Era tudo tão insólito... Anne Frank vindo de NY para reencontrar seu próprio pai, não como Anne Frank e sim como Margot Snyder. Que roteiro! Eu não poderia ter escrito uma história tão cheia de reviravoltas, não para mim mesma...

Era uma linda manhã de abril, o céu azul com pequeninas nuvens brancas que me lembravam ovelhas e traziam uma ternura capaz de me manter equilibrada, apesar da imensa emoção. Deus foi generoso comigo, naquele dia, precisamente. Trouxe-me paz e contemplação, algo que jamais imaginei possível em tais circunstâncias.

Hospedei-me no Grande Hotel Krasnapolsky, histórico, belo e bem localizado. Era uma hospedagem cara para o meu bolso, mas seria apenas por dois ou três dias, pois nem Miep ou papai me permitiriam continuar ali após me revelar a eles. Meu quarto era de frente para a Praça Dam e não consegui deixar a janela fechada até que a madrugada chegasse. Eu ficaria ali pelo dia todo sentindo a graça de ter voltado para Amsterdá, apesar de tudo que me aconteceu, e a dor de não ter pertencido a ela nos últimos anos, sentia como se anjos estivessem comigo, rufando suas asas do lado de fora da janela. Debruçada no peitoril, vi os jovens já diferenciados em relação ao meu tempo de menina, mas ainda tão holandeses em seus trejeitos e maneirismos. O cheiro fresco das castanheiras, trazido pelo vento dos Países Baixos (só quem esteve por lá vai me entender), o som do sotaque murmurado por uma ou outra pessoa passando abaixo de minha janela, isso tudo me comovia incontrolavelmente. Era um sonho se realizando, porém, um sonho incompleto e muitas vezes doloroso.

Refresquei-me com a água abundante de um chuveiro antigo e grande, o hotel mantinha uma decoração nostálgica. Pedi uma refeição, preferindo consumi-la na privacidade do quarto. Além disso, embora eu tivesse certeza de que meus melhores amigos haviam morrido no holocausto, não sabia como reagiria se alguém me reconhecesse. Esta possibilidade sempre existiu, não só na Holanda e em algumas épocas de minha vida, causavam-me um enorme desconforto. Pedi para a recepcionista deixar um recado na casa da Senhora Gies, Miep, confirmando minha chegada e o horário de nosso encontro. Não quis ligar pessoalmente pois, estando em Amsterdá e ouvindo sua voz, eu provavelmente agiria impetuosamente e apareceria em sua casa. A cada hora eu achava mais difícil colocar meu plano em prática. Mas teria de cumpri-lo, pela saúde das duas pessoas que eu tanto amava, principalmente de Pim. Ele não era nenhum garoto.

Ainda em Nova Iorque, em uma ligação para Miep, ouvi-a dizer que minha voz a lembrava de Anne e então afastei-me do gancho e tossi à distância... "é mesmo?" respondi cinicamente, e logo dei um jeito de encerrar a ligação. Miep era sensível e extremamente perceptiva, características que a fizeram executar tão bem o plano de nos manter escondidos e alimentados no Anexo por dois anos.

Eram apenas uma da tarde, e eu já tinha descansado. Queria sair pelas ruas revendo tudo como uma criança entrando pela primeira vez em um parque de diversões. Novamente considerei imprudente e notei que, principalmente na Holanda, eu continuava fugindo; antes do nazismo, agora do público de meu diário (por lá ele já era uma febre). Uma última edição havia sido publicada com o meu retrato na capa, para o meu desgosto. Bem... Veja, não estou desmerecendo o sucesso que fiz, ou melhor, que ele fez, mas se ao menos não tivessem posto meu retrato na capa eu teria a oportunidade de passear em paz, longe de olhos mais aguçados e referendados. Os fãs são como radares... Eles nos captam. Fiquei feliz por ter cortado o cabelo antes de viajar, a lá Doris Day – eu amava aquele estilo.

Quando a noite chegou, joguei um redingote com gola grande e mangas bufantes por cima de um vestido tubo simples de meias mangas. Pelo o que eu conhecia da minha querida Amsterdã, embora não fosse inverno, abril era um mês em que ao caminhar pelos canais podíamos sentir um frio imprevisto. Calcei sapatilhas com um discreto salto, pois queria caminhar até um lugar especial. A noite, que favorece as coisas escusas, seria o momento ideal para que eu pudesse estar em paz, no lugar de onde nunca devíamos ter saído.

Ganhei o grande calçamento da Praça Dam como se pela primeira vez em solo holandês. O porteiro do hotel disse-me que tomasse cuidado ao andar só, mas ao saber que eu morava em Nova Iorque notou que o conselho era desnecessário. Eu estava com quase 22 anos, mas me vestia com elegância e certa sobriedade, o que – a princípio -, confundia os outros.

Peguei a Raadhuisstraat, a principal via para o centro antigo. Meu destino? A Avenida Prinsengracht, 263. Era sete da noite, um bom horário para caminhar sozinha pelas capitais da Europa. Após aqueles anos negros, que não se extinguiram em maio de 1945, parte da Europa parecia determinada em manter a paz e, ao menos em Amsterdá, isso estava nítido. Passei pelo prédio da prefeitura e também pelo Palácio Real, da nossa amada Rainha Guilhermina. Agora ela não era mais a regente, abdicara em favor de sua filha Juliana, porém, para aqueles que viram as pressões sofridas por ela em tempos de guerra, a força que nos transmitia por meio de pronunciamentos da BBC, pela rádio Orange, ela seria nossa eterna rainha. Isso nos alimentou naquele tempo. O programa era transmitido pelos radinhos de pilha que escondíamos sob pena de morte caso a SS os descobrisse, mesmo assim, muitos de nós correram esse risco. Era horrível ficar sem notícias dos Aliados enquanto nos escondíamos como ratos.

Eu estava deixando a Raadhuisstraat e me aproximando do Anexo Secreto. Os postes iluminavam os canais do Amstel, riscando a água através de reflexos que traziam magia à noite. Avancei pela Keizersgracht vagarosamente, detendo-me às pessoas a certa distância, pois a partir dali, como se eu fosse uma atriz em um filme de Hitchcock, uma estranha sensação passou a ditar o ritmo de meus passos, similar ao constante receio de sermos apanhados pela SS em nosso esconderijo. Movia-me para lá, com passos duros como se a caminho de uma sentença, sendo que neste instante meus julgadores já haviam morrido, a sentença tinha prescrevido e o tribunal inteiro fora derrotado. Contudo, entendo que nem sempre a racionalidade é capaz de extrair do corpo sua memória muscular. Meus braços estavam retesados. E junto a isso as lembranças de dez anos antes, quando me dirigia ao trabalho de meu pai depois da aula, às vezes na companhia de Hanna, minha melhor amiga, e aquele era somente o endereço da fábrica de temperos de meu pai. Disfarçadamente, iniciei a respiração que Lewis me ensinara, ainda no sanatório. *Inspire... Solte pela boca, inspire... Solte pela boca.* Senti um súbito pesar por não ter insistido para que Jack me acompanhasse e, enquanto avançava pela calçada, próxima da Opekta, percebi que Margot Snyder havia perdido seu lugar; pois Anne Frank a empurrava para os contos de fadas modernos e com autoridade fechava as páginas do livro condenando-a a uma insolente resenha. A Holanda jamais será um lugar para Margot Snyder, pensei.

Parei diante da porta de folha dupla. Os casarios contíguos do século XVII eram os mesmos, embora uma mão de tinta aqui e outra ali tenha lhes trazido uma sensação de que os horrores da guerra estariam distantes. Mentira. Nenhum de nós estava longe daquilo, como não estamos até hoje, quer pelas lembranças, quer pelas ameaças recorrentes de governos totalitários.

Meu querido leitor... Eu não tenho onde chorar a morte de mamãe e de Margot, nem posso levar flores para a família Van Pels, pois duvido que suas almas descansem por lá. Recuso-me a voltar em Bergen-Belsen, menos ainda a Auschwitz. Mas sempre que fui à Amsterdã, não mais do que um par de vezes depois desta ocasião, aquele foi o meu lugar de reza. Não era um cemitério, mas o lugar onde todos nós estávamos juntos e "felizes". Nossa infelicidade — em virtude do encarceramento, das desavenças, do tédio, do medo e desespero -, você sabe, foi descrita por mim nas folhas de meu diário. Porém, éramos felizes por estarmos a salvo, sendo que naquele momento a ânsia da liberdade retirou-nos a visão deste bem precioso. Queríamos ficar em paz e protegidos, mas queríamos a liberdade com maior intensidade.

Como aquela área era comercial, a maioria dos estabelecimentos estava fechada. Fábricas e escritórios, como as de Miep e Gies que agora eram os proprietários da Gies and Co – antiga Opekta, estendiam-se pelas construções contíguas. Um ou outro veículo estava estacionado por perto e foi num desses que me escorei para dar conta de meu choro. Não foi por pouco tempo, menos ainda sem soluços. Aquela foi a minha catarse, maior do que quando me vi cara a cara com papai. E foi bom. Se não tivesse feito isso por conta própria não teria tido a calma para tranquilizá-lo, 48 horas depois.

Na manhã seguinte acordei bem cedo. Não queria que Miep me revisse de olhos inchados e expressão abatida, a noite anterior havia triturado meus sonhos mesquinhos (como diz a canção de um compositor brasileiro). Por isso, após o café da manhã, pedi alguns cubos de gelo na recepção e os coloquei enrolados por um lencinho sobre as bolsas que haviam se instalado sob meus olhos, um truquezinho de antigamente.

O telefone de meu quarto tocou.

— Senhorita Snyder... Chamada da senhora Gies, podemos passar?

Aprumei-me na cama como se Miep estivesse ali, de pé.

— Sim, sim, por favor.

— Senhorita Snyder? – disse ela do outro lado da linha, com voz baixa e delicada.

— Sim.. Como vai Miep? – tentei abafar minha voz com o lençol.

— Estou bem, obrigada. Gostaria de pedir-lhe uma gentileza...

— Claro, se eu puder ajudá-la... – rezei para que não me pedisse que a reencontrasse ao mesmo tempo com Pim. Isso seria difícil para mim.

— É que não tenho com quem deixar Paul, e terei de levá-lo ao nosso encontro. – ela disse se desculpando.

— Ah... Entendo... – completei — mas quem é Paul?

Miep riu, sem jeito, como quem se dá conta de que os outros não são adivinha.

— Paul é meu menino, meu bebê de 2 anos.

— Seu filho? – perguntei sem disfarçar o susto.

— Sim... Seria problema? Ele é um bom menino... E...

Notei que meu tom de surpresa a tinha assustado. Afinal, por que tanto espanto? Pensei rápido, apesar do susto e da alegria incontida não podia deixar isso transparecer.

— Mas é claro que não há problemas, eu adoro crianças... – respondi controlando minha emoção.

E completei:

— Então ao invés de irmos ao *Dampkring Coffeeshop*, que tal ficarmos aqui no meu quarto? É bem espaçoso, podemos conversar em privacidade e o bebê pode se deitar em minha cama quando estiver com sono.

— Ah! Quanta gentileza sua... Infelizmente não posso oferecer-lhe um chá em minha casa, pois não tenho com quem contar nesta semana. – Miep sempre foi sincera, e sua voz possuía um jeito todo peculiar de se fazer entender sem causar constrangimentos.

— Não se preocupe com isso. Aqui peço o nosso chá com biscoitos, para nós e para Paul.

Pude sentir seu sorriso do outro lado da linha.

Quando coloquei o gancho de volta, com um sorriso de orelha a orelha, pensei; mas quanta surpresa me esperava em Amsterdá! Miep e Gies tiveram um bebê!

Esta revelação me despertou da nostalgia na qual eu havia mergulhado desde o momento em que pisei no Schiphol. Embora Amsterdá estivesse praticamente toda reconstruída, eu não estava preparada para configurá-la em meus anais. A lembrança da infância feliz que passei ali viajara comigo, e de uma maneira exigente queria que tudo estivesse lá como antes; as pessoas, suas vidas, os lugares e os cheiros. Notei que este pensamento egoísta estava me consumindo e tornando as coisas mais difíceis para mim. Ora, pensei, se a vida continuou – generosa para mim, admito – por que não para aqueles que estavam vivos, apesar de terem vivido em meus álbuns afetivos? O bebê de Miep, foi o primeiro passo para esse pensamento.

Logo depois tomei um banho, comi um sanduíche de rosbife com queijo Gouda e me preparei para receber Miep. Escolhi um vestido chemise, abotoado até os joelhos e com um cinto do mesmo tecido. Era feito de algodão e tinha um tom de pêssego. Como ficaríamos no quarto, ao abrigo de uma temperatura mais acolhedora, acreditei que esta seria a melhor opção para rever minha querida Miep. A verdade é que, este e outros detalhes, só a impactariam nos primeiros segundos, depois disso – como eu supunha – o que houve naquele quarto foi um impacto de dimensões inimagináveis. Por ser uma situação tão insólita, para os que viveram comigo e me amavam, em um primeiro momento havia um atraso entre a visão e o raciocínio. Igual circunstância ocorreria 24 horas depois, com Pim.

Abri a porta do quarto minutos após a moça da recepção ter anunciado a sra. Gies, o intervalo entre a ligação e as batidas na porta, aceleraram meu coração em um ritmo indistinto. Paul estava no colo da mãe, meio sonolento. Ele era um menininho lindo de bochechas rosadas.

— Olá, Miep. – eu disse sorrindo com os olhos marejados.

— Olá, Margot como vai? – disse ela, agindo pelo hábito de pessoas educadas.

— Entre, por favor...

Miep queria ter dito: *"Este é Paul". "Que bom conhecê-la". "Nossa! Hoje está mais frio do que imaginei, devia ter trazido um casaco para ele"*

Mas tudo que ela disse foi:

— Ah! Como você se parece com...

Paul saiu de seu colo, e quase que como o tivessem mandado, subiu na cama para se deitar.

— Desculpe... Ele sempre dorme a essa hora... E ... Eu...– Miep não parava de me vasculhar, como se a semelhança entre mim e Anne Frank fosse forte demais, porém, impossível no mundo dos normais.

Peguei sua bolsa e coloquei sobre a mesa ao lado da janela. Praticamente a sentei em uma das cadeiras de estofado adamascado. Ela foi assentindo como que sob efeito de hipnose. Eu estava com aquele corte de cabelo Doris Day, em O Homem que sabia demais, um vestido romântico e casual, talvez, é claro; com um toque de maturidade adquirido naqueles quase sete anos que se passaram desde a manhã do dia 4 de agosto de 1944, no Anexo Secreto, até o abril de 1951. Mesmo assim, ainda era a menina de olhos verdes acinzentados que pedia conselhos à Miep.

— Anne... – ela disse incrédula.

Postei-me de joelhos diante dela, segurando suas mãos, olhos nos olhos. A janela ampla do quarto estava com as cortinas abertas iluminando nossos rostos e o vermelho do carpete. Paul, como um anjinho, dormia na cama de casal.

— Eu sobrevivi, Miep... Eu sobrevivi. – disse-lhe sem conter a minha emoção.

As mãos de Miep estavam trêmulas, mas não soltavam as minhas. Agora ela usava óculos, de armação grande como se precisasse ver o mundo com maior abrangência. De seus olhos escorriam lágrimas ininterruptas, como dois canais de Amsterdã irrigados pelo Amstel. Eram lágrimas, acredito, diferentes de todas as que ela havia derramado até então. Lágrimas causadas pelo insólito são sempre inesquecíveis.

Miep se curvou para perto de mim, passou a mão sobre meu rosto e meus cabelos, depois segurou firme meus ombros e me levantou, ela queria me abraçar.

— Anne... Anne...

Aquele foi um dos abraços mais importantes de minha vida. Nos braços de Miep era como se a Holanda me acolhesse, era como se eu pudesse viver no mundo apesar das minhas perdas, e como se fosse possível ser amada como antes, embora enterrada há cinco anos. Acredito que você imagine como se deu a profusão de nossos sentimentos; nós éramos pessoas queridas uma para a outra, Miep me vira crescer, sem ela nós provavelmente não teríamos sobrevivido, não teríamos nos alimentado por dois anos no Anexo, não teríamos sonhado em voltar são e salvos para a nossa casa. Miep, e também Bep, bem como o senhor Kleiman e o sr. Kugler, foram anjos para nós.

— Como... Quando... Meu Deus! O sr. Frank ...

Minha amiga precisava de tempo para assimilar aquela realidade.

— Por que você não voltou para casa? – disse ela assim que conseguiu formular uma frase inteira.

— É uma longa história...

Foi a minha vez de contar a ela, de forma reduzida, como eu havia sido salva e Margot não. A amnésia e seu tempo de duração em minha vida, foi um detalhe elementar para que ela entendesse parte do processo.

— E por que os Estados Unidos? Como você foi parar lá? – questionou com olhos arregalados como se estivesse diante de um personagem de um livro famoso.

Expliquei-lhe sobre meu salvamento pela Cruz Vermelha, sobre Lewis e todo o processo migratório para a América. Contei-lhe que há apenas cinco meses eu havia recobrado a memória e que me assustei com o fato de isso ter acontecido por meio do Diário.

— Ah, Anne... O sr. Otto só queria fazê-la feliz. – então ela limpou o nariz – Ele sofreu tanto... E sofre até hoje.

— Tenho certeza que sim, Miep. Por isso preciso de sua ajuda. Como poderei aparecer assim para Pim, sem algum preparo? Tenho medo que sofra um ataque do coração.

— Sim, sim. Foi prudente de sua parte pensar assim. Você não faz ideia de como ele controla os nervos para viver sem vocês...

Parte do que meu pai passou, antes e depois de Auschwitz, Miep contou-me através de sua discreta capacidade de escolher o que dizer, sobre as particularidades dos que a cercavam. A outra parte eu soube pela boca de meu pai, não só no dia seguinte, mas ao longo dos anos.

— E afinal... – perguntei com um nó na garganta – Quem é Fritzi?

— Bem... – Miep fez uma pausa, ao mesmo tempo em que avaliava minha expressão como se em cada piscada fotografasse meu rosto. – Ela será a sra. Frank.

Sentei-me na beirada da cama, abruptamente. O corpo de Paul se moveu com o impacto no colchão. Mas ele continuou dormindo, como um anjo.

— Era o que eu imaginava. – respondi contrariada.

— Anne, querida... Não julgue seu pai. Otto passou um longo tempo enterrado em amargura e tristeza. Jamais perdeu sua maneira cordata de tratar todos nós, no entanto, viveu os primeiros anos aprisionado em uma gruta escura e desolada de onde seus olhos saíam para enfrentar a vida, apesar das perdas.

— Entendo... – respondi peremptoriamente.

— Querida, seu pai as procurou todos os dias, até receber uma carta de uma enfermeira que contou sobre o que tinha ocorrido com você e Margot...

— Enfermeira?

— Sim. Seu nome é Janny Brandes, disse ter estado com vocês em Bergen-Belsen.

Parei ao lado da janela, olhando para fora, tentando me lembrar de algo. Naquele momento eu não conseguia ligar o nome à pessoa.

— Ela disse que Margot teve tifo e que você, logo depois sucumbiu.

A voz macia e suave de Miep foi me transportando para o barracão de Belsen, onde perdi minha irmã. E com isso a terrível lembrança dos cheiros daquele local. Insuportáveis.

— Sim... Janny, ela e a irmã Lien eram nossas amigas. Ela nos levava aspirinas e algo para comer. Nem sempre, pois era difícil nos vermos com assiduidade. Aliás ... – completei com amargor — tudo ali era difícil.

Sem sombra de dúvidas este foi o momento mais difícil para mim, quando Miep contou os detalhes pelos quais meu pai passou desde a libertação de Auschwitz, pelos soviéticos. Sua jornada épica de volta para a Holanda através de Odessa era inimaginável, começou no final de janeiro e terminou em junho de 1945.

— Odessa? Meu Deus, mas o que ele foi fazer lá?

— Foi levado, não sei bem como, com alguns sobreviventes e de lá para o Porto de Marselha em um navio...

Fiquei ouvindo atentamente aquela passagem da vida de meu pai, como quem aguarda o último capítulo de uma série famosa. A jornada de Pim voltando para casa, cheio de angústia, pois já sabia naquele momento que mamãe morrera em Birkenau. No entanto, ainda nutria esperanças de reencontrar suas filhas. Como a maioria dos prisioneiros, meu pai não conhecia as condições dos outros campos nazistas, soube, com muito custo através de uma rede de sobreviventes em Auschwitz, que eu e Margot havíamos partido para Bergen-Belsen e que havia, nada mais nada menos, do que 800 quilômetros entre nós. Ele não teve escolhas senão voltar para casa e torcer para que nós estivéssemos fazendo o mesmo. Para isso aceitou entrar em um comboio até Odessa, na Ucrânia, que foi como andar para trás e avançar dando a volta no Continente. Depois de chegar ao porto de Marselha, entrou em mais trens e ônibus até chegar em Amsterdã, no dia 3 de junho.

Quanto mais Miep enriquecia seus relatos com aqueles detalhes, mais eu me perguntava como meu pai conseguira sobreviver a tudo aquilo.

— Ah, Anne... Você não imagina como foi difícil reencontrar o sr. Frank. Ele estava devastado, física e psicologicamente.

— Miep, por que a vida foi tão injusta conosco? – eu disse chorando.

— Eu me pergunto isso todos os dias, minha querida.

— E quando ficaram sabendo que Margot... Digo, que "nós" havíamos morrido?

— Bem, esta foi a parte mais difícil para ele. Acredito que a expectativa no início era grande, porém, conforme as semanas passavam as esperanças diminuíam. Muitos amigos e conhecidos vinham até nós contando como estavam felizes porque alguém tinha voltado ou, ao contrário, como estavam tristes porque souberam que nunca mais veriam seus entes queridos. O sr. Frank se dirigia todos os dias aos escritórios da Cruz Vermelha, nas agências de refugiados, e mantinha contatos com os sobreviventes que criaram uma enorme rede para encontrar ou apenas descobrir o paradeiro de seus familiares.

Enquanto Miep relatava toda a saga de meu pai para nos encontrar, eu calculava silenciosamente onde eu e Margot estávamos. Auschwitz-Birkenau foi libertado em janeiro, portanto, três meses antes de nós que estávamos em Bergen-Belsen. E em junho, enquanto eu recebia tratamento no Hospital-Casa em Celle, sem fazer a menor ideia de quem eu era, meu pai finalmente chegava à Holanda.

Mais de trinta anos depois dessa nossa conversa, Miep contou coisas que você pode ler em Recordando Anne Frank, um livro que escreveu tempos depois, com ajuda da talentosa Alison Leslie Gold. Não posso descrever a emoção que foi para mim ler aquelas páginas, um misto de ternura, nostalgia e muita saudade. Sabe qual a diferença entre saudade e nostalgia? A segunda é a versão dolorosa da primeira. A capitulação dos alemães, por exemplo, foi algo que eu adoraria ter vivido em Amsterdã (ocorrida no dia 8 de maio de 1945), porque isso representaria estar com a minha família e ter um destino completamente diferente. Também gostaria de estar lá, para celebrar com o meu povo, num dos dias mais felizes de nossas vidas. Neste dia os nazistas foram enxotados de nosso país.

Devo tanto à Holanda... Devo o amor que as tulipas causam em mim. Devo o meu senso de generosidade. Devo minha formação histórica. Devo à Holanda os primeiros e mais significantes momentos de uma menina em transformação. Devo o amor à arte, pois foi lá que descobri meus filmes preferidos e o poder de me alimentar deles em momentos de extrema angústia. Resumidamente... Devo a minha humanidade à Holanda.

No saldo do nosso encontro, Miep e eu ficamos conversando por quatro horas que passaram como segundos. Assim que Paul acordou nós mudamos o tom da conversa, em homenagem aquela nova vida que por sua luminosidade nos lembrou que o fluxo continua. Adotamos mais risos, alguns provocados por ele, e pedimos um lanche à moda holandesa, com bolos e sucos deliciosos e claro; oliebol! Miep não parava de me olhar com tal intensidade que parecia me engolir com os olhos.

— Anne, precisamos pensar em como abordar essa possibilidade a Otto. Eu sinceramente... Bem... É claro que este será o dia mais feliz de sua vida, ao menos o mais feliz nos últimos sete anos. No entanto, será um susto grande para ele.

— Eu sei, Miep. Para mim também não será fácil... Tenho pensado nisso 24 horas do dia, desde que recobrei a memória.

Nós decidimos que, naquela mesma noite, quando Gies chegasse do trabalho ela contaria tudo ao marido. Pediria sua ajuda para pôr o plano em prática, que consistia em levar meu pai até o escritório, por volta de cinco e meia da tarde do dia seguinte, quando não houvesse mais ninguém por lá. Eles diriam que a moça de NY pedira para conhecer o Anexo Secreto e, assim, o encontraria lá. Miep e Gies ficariam por perto, para o caso de precisarmos agir em conjunto para acudir meu pai. Eu tinha medo de assustá-lo.

— Acredite, querida, este susto ele sempre desejou. – disse-me ela, antes de partir.

Eram quase seis da tarde quando Miep saiu com Paul do hotel. Eu joguei um dos meus casacos por cima dos dois, não queríamos que o bebê se resfriasse. Miep disse que devolveria o casaco no dia seguinte.

Ao nos despedirmos lembro-me de ter enfatizado mais um pedido:

— Miep, por favor, mantenha isso tudo em segredo... E, eu não quero que meu pai vá acompanhado.

Ela assentiu. Não devia ser um pedido estranho para quem conhecia Anne Frank tão bem, a filha ciumenta de Otto Frank.

CAPÍTULO 31

Reencontrando Pim

Querido Leitor,

Tive muita dificuldade para escrever esta parte do livro e lhes contar este que foi um dos momentos que mais desejei em minha vida: rever meu pai, tocá-lo, sentir seu abraço e ouvir sua voz. Estes eram bens tão preciosos para mim, que eu daria qualquer coisa por isso. No entanto, como ocorre quando estamos nos aproximando de nossos mais valiosos desejos, tive vontade de recuar. Acredite... tive medo de reencontrar meu Pim. Comecei a questionar o quanto, daquele meu amigo amoroso e companheiro, ainda vivia em

Otto Frank. Ao que parecia, muito. Porém, será que me culparia por ter sumido por longos seis anos? É tão estranho como o nosso cérebro pode nos pregar peças. Imaginem! Esperar algo de Pim senão me amar acima de tudo.

Foi com esta sensação que me deitei. Mas durante a noite, a presença tão meiga e acolhedora de Miep foi sumindo, seus olhos marejados e felizes ao me reencontrar me pareciam uma miragem, algo que eu havia imaginado e não vivido há algumas horas. E na madrugada, quando finalmente preguei os olhos, sonhei com o Anexo; não havia ninguém lá, nem nossa mobília ou meus posters na parede do quarto que dividi com o sr. Pfeiffer. Estava tudo vazio e escuro. Como se eu vagasse pelo espaço, atravessei paredes, abri as janelas, fiz os barulhos que queria, mas nada disso era sentido ou notado por alguém. Até que, no sótão, onde costumava passar horas com Peter, encontrei meu pai. Ele olhava para fora, através da janela por onde tantas vezes desejei escapar. Então, eu me aproximava, o tocava, o chamava, e ele como que em outra dimensão, não reagia aos meus estímulos. No sonho, eu era mesmo um fantasma.

Quando o dia finalmente amanheceu, o céu estava cinzento com nuvens carregadas ao fundo prenunciando chuva. De qualquer forma eu me sentia melhor, como se tivesse deixado na noite passada, meus temores mais descabidos. Como eu poderia duvidar do amor de Pim por mim? Era claro que ele ficaria feliz. Minha preocupação teria de se concentrar na abordagem, embora, no fim das contas, não houvesse segredo, era dizer: "Olá, Pim". E aguardar sua reação.

A conversa com Miep parecia ter aberto uma fresta de coragem em mim, por isso decidi não passar o dia todo no quarto do hotel. Havia lugares que eu queria rever, a Escola Montessori e o Liceu eram alguns deles.

Miep ligou bem cedo.

— Anne? Margot... – coitadinha ela não sabia mais como se referir a mim.

— Bom dia, Miep! – ouvi-la me causava imensa alegria.

— Você está bem? Dormiu bem? – parecia que adivinhava meus momentos ruins na noite passada.

— Não posso dizer que foi a melhor noite de minha vida, mas estou inteira.

— Que bom. Bem, Jean está sabendo de tudo. Nós fomos dormir praticamente com o raiar do dia. Ele não parava de me fazer perguntas...

— Imagino, Miep... Sinto muito.

— Oh, não querida. Não se desculpe! Você foi a melhor surpresa que nos aconteceu nos últimos anos, acredite.

Fiquei em silêncio. Eu não queria começar o dia me emocionando, sabedora de que mais tarde as coisas seriam difíceis.

— Ouça... O sr. Otto já está sabendo de como irá encontrá-la. Você não imagina como foi difícil disfarçar, logo que cheguei em casa.

— Ele estava aí? – perguntei meio assustada.

— Sim! Você não sabia que ele mora conosco desde que voltou de...

— Da Guerra. – completei para facilitar as coisas.

— Sim, da Guerra.

— Eu não sabia disso, Miep.

— Pois é, nós todos vivemos em grande harmonia. Porém, você deve saber... querida, que ele e... Fritzi, estão com planos de se mudar para a Basileia.

— Miep, por favor. Eu não gostaria de ouvir falar nesta pessoa, ainda não. Prefiro que Pim me conte certas coisas. E por falar nisso, será que ele entendeu que deve comparecer sozinho?

— Fique tranquila. Eu disse que você tinha muitas coisas para contar sobre Anne e Margot e que me pediu para que ele estivesse a sós consigo.

— E ele? Desconfiou de algo?

— Não desconfiou, mas ficou apreensivo. Coitado. Tem medo de ouvir coisas que podem magoá-lo ainda mais...

Miep fez uma pausa e de repente pediu que eu esperasse, havia alguém próximo a ela que lhe fazia alguma pergunta. Eu reconheci, era voz de Pim. Meu coração veio à boca e não consegui prender a emoção. Tapei o gancho na parte de baixo e só tive tempo de ouvir a voz de Miep dizendo:

— Combinado então, Senhorita Snyder, às 18:00 na Prinsengracht.

Coloquei o gancho no lugar. A voz de Pim, mesmo baixa e grave, soou ao longo do dia em meus ouvidos até o momento que voltei ao Anexo Secreto.

Havia se passado pouco mais que seis anos desde o fim da Guerra. Desses anos, cinco foram para mim uma expedição em um mundo devastado, onde eu nasci já com quinze ou dezesseis anos até recuperar a memória. Nada pode preparar alguém para isso, nem mesmo as mais variadas técnicas de terapia, pois, se perder o seu GPS cronológico pode causar um estrago irreparável, imagine ter de se situar sem ele em um continente selvagem. Foi assim, bem no início, não é mesmo? Podemos dizer que a Europa se tornou selvagem. Pessoas lutavam contra a fome, se esmurravam por um pedaço de pão, arrancavam de dentro da boca dos outros qualquer coisa mastigável, como relatou Ray Hunting, um dos milhares de militares que lutaram por nossa liberdade, ele era oficial de Comunicação do exército britânico quando chegou na Itália, em 1944. E sempre que estes detalhes vêm à baila eu me recordo da promessa que fiz a vocês, logo nas primeiras páginas dessas memórias: não falarei da guerra e dos nazistas. Quero que este seja um compêndio de uma vida feliz e realizada, apesar das perdas e das frustrações. No entanto, há momentos em que me sinto hipócrita, e até fútil, ao passar por cima de coisas que merecem ser lembradas para que não se repitam.

Além disso, ora bolas, eu estou partindo. Mais cedo ou mais tarde. Então...sejamos sinceros, não quero que a nossa relação se forje em meias verdades. Já chega o que vocês pensaram ser a minha verdade nesses 75 anos.

Vocês devem estar pensando: Ah, por favor, Anne Frank... Não use esses recursos conosco. Recursos de escritores que se utilizam de memórias em retrospecto com o presente. Conte-nos logo sobre seu encontro com Otto Frank.

Está bem, queridos. Eu só precisava tomar fôlego antes disso.

Fiz o que havia me proposto nas primeiras horas da manhã. Ficar no quarto do hotel aguardando meu encontro com Pim, só abalaria meus nervos. Visitei meus lugares preferidos. Escolhi os melhores horários para isso; na Escola Montessori optei pela hora da entrada dos alunos, havia bastante gente por ali; crianças, pais, babás e até avós levando seus netos. Na minha época, isso era mais incomum; porque a Holanda era segura e bucólica, não tinha sofrido os horrores da primeira guerra, pois optara pela neutralidade, e vivia um momento idílico na sua História. Após o Holocausto, percebi que a fragilidade de todos os sobreviventes, não só dos campos como também dos grandes centros, havia mudado o fluxo natural da vida. Agora, os pais pareciam mais agarrados aos seus filhos, agarrados às suas casas, agarrados às lembranças que os convocavam para restaurar algo precioso: a liberdade. A escola, que dali a alguns anos se chamaria Anne Frank, permanecia intacta, para a minha alegria.

Uma guerra tem efeitos tão profundos e longevos, que eu precisaria escrever outro livro somente sobre isso. Eu teria que falar para vocês, com minúcia sobre as vidas de meus amigos, teria de ir fundo na história de seus países, na cultura e lembranças de quem os antecedeu. E só assim, talvez, eu os conseguisse mostrar a profundidade dos danos causados na humanidade. Eu estava do outro lado da calçada, observando exatamente isso; as alterações imperceptíveis na vida daqueles que se esforçavam para reconstruir seus costumes, suas tradições, sentimentos de um tempo de paz. Há um momento, que sabemos – todos nós – em uma espécie de consciência coletiva, que o esforço está ali impondo constância, dedicação, lucidez e harmonia. E há, também, momentos em que notamos o cansaço daqueles que assumiram este compromisso, no entanto, por circunstâncias pessoais, sentem-se derrotados para dar cabo a esta missão. Graças a Deus, a Holanda foi persistente!

Por volta das três da tarde voltei ao hotel. Tomei um banho, sequei os cabelos com secador e passei um mousse para que eles tomassem volume, deixando minha enorme franja bem modelada. Isso dava um toque definitivamente sensual em meu semblante, o que, naquele momento, a mim era necessário. Tive que minimizar qualquer chance de me parecer com uma moça de vinte e dois anos. Algo que esqueci de mencionar; nos Estados Unidos, mulheres que como eu não queriam simplesmente descolorir o cabelo para imitar Doris Day a este ponto, faziam luzes mais claras para desta forma imitar outra diva; Audrey Hepburn. Por isso, acredito que somente quem se detivesse às minhas feições, e muito de perto, chegaria à conclusão de que eu era Anne Frank. Durante o passeio daquela manhã, fiz uso de óculos escuros e um chapéu de abas curtas com um belo fitilho preto. Assim, eu devia aparentar quase dez anos mais.

Já eram quatro e meia quando fiquei pronta. Ao longo da vida nunca fui pontual, somente me reformulei neste aspecto quando me mudei definitivamente para Londres. No entanto, naquele dia, eu estava pronta uma hora antes do horário do encontro. Imaginei o movimento da fábrica; os funcionários contabilizando os minutos para voltarem às suas casas, ajustando os últimos afazeres do dia, alguns passariam antes em mercadinhos, ou encontrariam amigos em algum bar da parte antiga de Amsterdã. Nenhum deles, certamente, seria algum rosto conhecido para mim; Bep estava casada há seis anos e já tinha filhos. O senhor Kugler, nosso grande amigo e sócio de Pim, ainda trabalhava na Opekta e era alguém em quem eu adoraria dar um prolongado abraço, principalmente por tudo que passou nas mãos dos nazistas simplesmente pelo fato de ter nos ajudado. Saber que ele estava vivo, e que sua fuga épica em meio a uma marcha de prisioneiros havia permitido sua sobrevida, enchia meu coração de alegria. No entanto, eu não poderia me dar ao luxo de ir ao encontro de amigos queridos, abraçá-los e mostrar que eu estava viva. Antes de tudo, eu devia isso ao meu pai.

Às 16:50 ganhei o calçamento da Praça Dam. Fui caminhando sem pressa, fazendo a respiração que Lewis havia me ensinado. Minutos antes liguei para Londres a fim de encontrar em suas sábias palavras um pouco de orientação. Não obtive sucesso. Ele não estava em casa, nem no Hospital Geral, ou mesmo em seu consultório. Além disso, eu não era rica e as ligações internacionais, naquela época eram muito caras. Eu teria de encarar o reencontro com Pim sem uma dica valiosa de Lewis. A dica, querido leitor, seria apenas para controlar meus nervos.

Aproximei-me da Opekta, por volta das 17:15. Discretamente notei que Gies olhava para os lados, enquanto se despedia dos últimos funcionários. O sr. Kugler estava acendendo um cigarro e conversando sobre algo que para ele, poderia levar uma eternidade. Gies sorria em concordância nervosa, como que desejando sua partida. Mantive-me de costas para aquele sentido da rua, como se andando ao contrário. Abri minha valise e tirei um estojo de pó compacto, que tinha um espelhinho, a fim de conferir minha figura e capturar, com a verdadeira intenção, se poderia me aproximar. O sr. Kugler finalmente se despediu de Gies e veio caminhando na direção em que eu estava. Seus passos nunca foram apressados e quando passou por mim, virei no sentido contrário para voltar na direção do número 263. Gies não estava mais na porta. Então passei em frente, espiei para dentro, pois a porta estava aberta. Vi Miep e Gies de perfil, falando um com o outro enquanto Paul perambulava entre eles. Foi então que Miep me viu e veio até a porta para me receber, enquanto Gies se mantinha com olhos fixos em mim. Pisei na Opekta como se estivesse pisando no limite entre o céu e a terra, pois a gratidão por ter chegado até ali após tudo que vivi, caminhou ao lado da revolta de ter tido de abandonar aquele local onde estávamos protegidos dos horrores que vivemos. Gies veio até mim e sem dizer nada, abraçou-me. Ele era tão alto que mesmo meus saltos não faziam diferença, perto dele eu e Miep éramos pequeninas.

— Anne...

Eu não imaginava que pudesse provocar tanta emoção em Gies. É claro que sabia o quanto ele nos amava, o quanto se arriscara por nós e por dezenas de outros judeus que já vinha ajudando antes de nossa mudança definitiva para o Anexo. Gies era muito corajoso. Contudo, aquele abraço... Ah! Foi como um abraço de um irmão que nunca tive.

— Nós estamos tão felizes! Estamos tão felizes... – Miep sorria para nós dois e Paul abraçou minhas pernas por trás.

Sorrimos para ele, entre lágrimas de alegria. Alguns segundos depois, foi Miep quem nos trouxe à razão.

— Anne, você precisa subir. É mais seguro que Otto a encontre lá em cima.

— Sim, é claro...– e completei – Vocês podem subir comigo? Não quero fazer isso sozinha.

Miep assentiu. Gies achou melhor esperar meu pai e cuidar de Paul.

Assim que Miep puxou a estante de livros que dava passagem ao Anexo, o vácuo proveniente do vão da escada, lambeu-me como um efeito deletério de uma bomba atômica. O cheiro do Anexo. A mistura natural da madeira na qual foi feita a escada, somada à umidade das paredes provocada pelo canal e o vento frio dos Países Baixos. Aquilo era demais para mim. Segurei o braço de Miep. Meus olhos eram o próprio oceano, pois as lágrimas não desciam; jorravam. Eu não queria chorar, nem me desesperar, não queria ter outra catarse. Tanto que não solucei. Simplesmente aceitei o fato de haver capacidades fisiológicas em meu corpo, totalmente independentes de minhas vontades. Até então, desconhecia essa capacidade; a de meus olhos serem oceanos. Miep subiu na frente, segurando minha mão. Não largou antes de ter certeza de que eu estava bem. Ela e Gies pensaram em tudo, e deixaram uma jarra com água e dois copos na mesa da nossa copa-cozinha. Agradeci por isso, e por cadeiras também. Estar ali sem rever mamãe e Margot, pensar e sentir aquele lugar que foi nosso último lar... Ah! Vocês fazem ideia disso, leitores?

Eu juro, juro a vocês que neste momento desejei ardentemente ser apenas Margot Snyder, sem memórias, sem perdas e sem amores para relembrar. Pedi a Miep que não descesse e me deixasse ali sozinha. Seria impossível para mim... Ela assentiu. Ficamos em silêncio por alguns minutos, ela certamente calculava o tempo que restava para Otto Frank chegar. Lá fora o céu já escurecia, trazendo a poesia do crepúsculo. Algo que jamais esquecerei, foi a presença de um pequeno vaso de flores sobre a pia. Havia quatro tulipas amarelas dentro dele. Olhei para elas com ternura, pensando em meus pais e minha irmã. E como se lesse minha mente, Miep sorriu.

Logo depois ouvimos vozes lá embaixo, e risos. Era Pim brincando com Paul e cumprimentando Gies. Eles trocaram algumas frases, Pim falava mais com naturalidade, enquanto Gies — provavelmente sob efeito de nosso encontro — apenas respondia sim ou não.

— Miep, prefiro encontrá-lo na água-furtada.

— Está bem, querida. Eu digo a ele.

Enxuguei minhas lágrimas, ajustei meu vestido sobre o corpo e dirigi-me para o nosso pequeno sótão. Por sorte havia uma lâmpada que acendi assim que ganhei o último degrau. E, como que necessário para me manter de pé, abri a pequena janela que dava para a direção da Rua Prinsengracht. Notei as primeiras estrelas, algumas eu não conhecia, não faziam parte de minhas lembranças em tardes e noites que passei ali, desejando nossa liberdade. Mesmo assim, apesar de estarmos nos vendo pela primeira vez, eu me apresentei e as pedi que em poucos instantes, nada de ruim acontecesse entre mim e Pim. E principalmente, que ele não morresse de susto. O sino da Westertoren, soou marcando a precisão e pontualidade de meu pai. Aquele sino, que me foi tão útil nos tempos de confinamento, algo que me trazia paz, não poderia passar incólume no reencontro de Anne Frank com seu pai.

Não demorou para que eu ouvisse a voz de Pim, agora mais próxima misturando-se a de Miep, que mantinha a calma com esforço. Será que meu pai notara a tensão nas vozes de Gies e Miep, será que percebera o tom de mistério no que se referia à Margot Snyder? Ele tinha dito a Miep que não conseguia se recordar desta amiga de Anne, ou de Margot. Agora ele tiraria todas as suas dúvidas da maneira mais inusitada.

Meus queridos amigos leitores,

Desculpem-me se por alguns instantes quebro a métrica deste livro. É que exatamente aqui, sinto uma imensa vontade de falar-lhes o mais diretamente possível, e farei isso por meio de uma pergunta central.

Você por acaso já perdeu alguém que amou e, ainda ama, por demais?

Eu espero que não, queridos amigos. Desejo que vocês sejam jovens o suficiente para, segundo a ordem da vida, terem ao seu alcance aqueles que lhes afetam a alma e tão ao alcance quanto a distância de um abraço. Nada mais do que isso. Que a eternidade não seja o elemento que os separa no espaço-tempo da física. Desejo que, exatamente agora, vocês possam tocar aqueles que amam, sentir a essência natural da pele, a temperatura comum de seus corpos (nós temos um padrão), que suas vozes amadas estejam por perto, ainda que com o auxílio de um aparelho moderno, que com vocês em uma mesma época presente, aqueles que vocês mais amam estejam ao seu alcance.

Vocês sabem... Eu não tinha mais mamãe e Margot. Ali, naquele sótão essa falta doeu como uma ferida recém-sofrida pois, eu as via em recortes da memória passando entre um cômodo e outro, sentadas à mesa engolindo pequenas porções do que nos era permitido, engolindo as respostas tortas da senhora Van Pels, lembrava-me dos olhares oblíquos entre mamãe e Pim tentando aplacar qualquer palavra pesada que pudesse nos retirar a esperança de um futuro belo e feliz. Havia, também, uma ausência dolorida ali, me olhando, tentando se comunicar com a Anne: o meu querido Peter. Ai... Como dói, lembrar-me daquele ser inocente que foi meu grande amigo naquele lugar onde só havíamos nós; eu, ele e Margot na condição de seres inexperientes. A nossa inexperiência era um combustível digno dos corações jovens, no entanto, um incômodo para os experientes corações endurecidos, como os de seu pai e de sua mãe.

Não estou aqui, fazendo adendos aos meus comentários sobre "Petronella" e o sr. Van Daan. Longe de mim. Creiam, aquelas palavras desferidas em momentos de muita angústia e contrariedade, não refletem meus sentimentos desde o momento que recobrei minha memória. Todos nós ali erámos vítimas, com igual dose de esperanças na vida, todos tinham seus sonhos dignos; quer de criar as filhas em paz e vê-las crescer, quer de manter a família com o esforço do trabalho, o de se tornar enfermeira em Israel, ou como o sr. Pfeiffer; simplesmente viver seu romance com a mulher amada. Quando e por que eu deveria pensar em uma hierarquia dos sonhos? Esta palavra possui uma magia tão profunda e divina que jamais nos caberá, na condição de relés humanos, afiançar ou desacreditar os sonhos alheios.

Com o rosto para o céu, conhecendo aquelas novas estrelas no antigo céu de Amsterdã, pensei em todos eles. Rezei por eles, pois, é lá que eles estão até hoje: no sótão do Anexo Secreto da Rua Prinsengracht, número 263.

— Olá, Senhorita Snyder... – era a voz de Pim por trás de mim.

Eu ouvi todos os sons que o antecederam; a última fala com Miep, as solas raspando nos degraus que levavam ao sótão, o derradeiro passo em minha direção. E sua voz, suave e delicada de homem honesto. Virei-me para ele, com os olhos totalmente naufragados, inegavelmente vencida pela emoção de tê-lo tão perto de mim. Estendi minha mão, ainda assim, devido uma distância educada entre nós, eu não consegui alcançá-lo.

— Pim... – foi a única coisa que consegui dizer.

A luz, de uma única lâmpada descendo por um fio elétrico até o meio da parede, trazia pouquíssima nitidez para a água-furtada que ganhou tons em sépia, bailando entre marrom e terracota da madeira aparente. Otto Frank olhou-me mais de perto, certamente assustado com a semelhança entre a voz de Margot Snyder e sua filha. Vasculhou-me com uma expressão que mesclava incredulidade, doçura e medo. Teria ele pensado se tratar de uma ilusão?

— Pim, sou eu... – aproximei-me e o abracei por dentro de seu capote aberto. Senti seu corpo esguio e firme, apesar da idade de um homem maduro, no auge de seus sessenta e um anos.

Meu pai não se mexia, deixou-me abraçá-lo. Sequer fez questão de conferir um pouco mais minhas feições, não precisava, como eu lhes disse, aqueles que amamos possuem cheiros e essências. Tremi de tanta emoção, disse-lhe entre soluços e palavras balbuciadas que estava viva, que não tinha morrido, e que só agora me lembrava de minha vida, de quem eu era. Que nunca deixei de amá-lo, que era verdade, eu estava ali, eu não era um fantasma. Pim, depois de um bom tempo, tomou distância para me olhar nos olhos, prendendo-me pelos ombros.

— Anne! Minha Anne...minha Anne... – acredite, ele repetiu isso muitas vezes naquela noite e começou a me apertar em seus braços como se eu pudesse entrar no seu corpo.

Na primeira meia hora não dissemos muitas coisas, pois queríamos ter certeza de que aquilo era real. Estávamos vivos, no Anexo Secreto apesar dos alemães, apesar do Holocausto, apesar de nossas perdas. Alguns anos antes de morrer, Pim me disse que aquele dia foi o mais belo e doloroso dia de sua vida.

Assim que notaram que nós dois estávamos bem, e que Pim não havia sofrido um ataque nervoso ou coisa do tipo, Gies e Miep se fizeram notar pelos sons que emitiram da nossa antiga cozinha. Pim apareceu na escada:

— Vocês podem acreditar nisso? Vocês estão vendo a mesma coisa que eu? É a nossa Anne, Miep...A nossa Anne!

Miep e Gies sorriam, enquanto Paul repetia baixinho:

— ann, ann.

Pim o pegou no colo e nos abraçou, como se eu e Paul fôssemos as melhores coisas do planeta Terra.

Duas horas depois, quando contei a ele o que já havia explicado para Miep e ela para Gies, Pim decidiu que devíamos ir para casa e comer algo.

— Fritzi vai adorar saber disso...E Eva... – seus olhos brilhavam, ainda com resquícios da umidade lacrimal.

— Não, Pim. – fiz um sinal para que ele parasse de falar aqueles nomes.

— O que foi? – ele olhou ao redor em busca de ajuda, não estava entendendo alguma coisa que para Gies e Miep estava claro.

— Eu não quero que ninguém, além de nós, saiba que estou viva. Ninguém mesmo.

Acredito que foi neste momento que ele reencontrou sua filha Anne Frank, com aquele meu jeito claro de expressar descontentamento. Penso, também, que não pretendia falar em nada nem ninguém que pudesse nos magoar ou quebrar o encanto de nosso reencontro. A questão toda era, Pim estava de malas prontas para a Basiléia, certo em viver ao lado de minha avó Alice, tia Lene e seu marido Henry, além dos meus primos Buddy e Stephan. Isso seria fantástico, desde que ele não levasse sua nova mulher junto dele.

Decidimos que eu ficaria até mais tarde na casa de Miep e depois tomaria um taxi para o hotel. Isso rendeu até meia-noite. Nós tínhamos tanto e tanto para falar. Não haveria horas no mundo dos mortais capazes de saciar nossa ânsia de dizer coisas um para o outro, porque eu e Pim sempre fomos almas gêmeas. Isso pode acontecer entre amigos, irmãos, tios e sobrinhos, avós e netos, marido e mulher. No meu caso, aconteceu entre mim e meu pai. Estou com 90 anos, já conheci tantos seres humanos nesses anos, mas se tem algo que levarei para além dessa vida é a minha eterna alma gêmea.

Passei cinco dias com Pim que foram como um ano. Fizemos uma viagem para o campo, na casa dos pais de Gies onde pudemos ter mais privacidade. Pim disse a sua futura esposa que teria de viajar para visitar um editor americano para quem Margot Snyder queria apresentá-lo. Sei que isso o entristecia em parte, o meu ciúme em relação à Fritzi era maior do que a determinação de não me revelar viva para o público. Porém, a felicidade de meu pai era tamanha que se – nitidamente em um gesto egoísta – eu lhe pedisse para não se casar, ele teria feito isso. Imaginem, ter um fantasma vivinho da Silva só para você! Naqueles dias eu era uma fantasminha vivendo junto dele. E enquanto tínhamos tempo, até o dia de minha partida, ele não tocou neste assunto; como se a ideia de o deixar novamente fosse a mais estapafúrdia hipótese.

— Você é feliz com Jack, Anne? – perguntou ele assim, sem rodeios e naturalmente.

— Sim...Sou.. Na verdade, nós começamos a morar juntos há pouquíssimo tempo. Jack está sempre viajando por conta de seu trabalho.

— Entendo. E isso a deixa triste... – completou ele.

— Pim, você sabe, é difícil viver na solidão. Ainda mais depois do que nós passamos. – eu disse enquanto caminhávamos em uma estradinha de terra não muito distante da casa em que estávamos hospedados.

— É verdade, por isso eu...

— Preferiu viver com Miep e Gies? – perguntei como que afastando a ideia de ele querer falar sobre sua decisão de casar-se com Fritzi.

— É, não chegou a ser uma "decisão", Anne. Eu não tinha mais uma casa quando voltei da Polônia, nosso apartamento na Merwedeplein havia sido depenado e já estava habitado por uma outra família. Se não fossem os objetos salvos por Bep e Miep, no dia que fomos presos, eu sequer teria fotos nossas.

Otto Frank não chorava, apenas dizia-me as coisas que, segundo sua consciência, poderiam ser ditas a mim. No entanto, mesmo com o passar dos anos, os detalhes de Auschwitz eu jamais ouvi de sua boca. Foi como se jamais tivesse acontecido e, talvez tenha sido esta sua postura a nascente daquela minha regra particular de não mencionar o nome daquele ser nazista. Pim não falava de um pesadelo para não dar chances de isso continuar atormentando sua vida, ele buscava luz no fim do túnel e não fugia dela como muitos fizeram mergulhando em uma profunda e irredutível depressão.

Eu quis notícias de vovó Alice, me alegrava tanto saber que ela estava viva apesar das dores que havia sofrido nas últimas décadas, e tia Lene que com sua visão mercadológica conseguiu manter a dignidade da família com uma lojinha de antiquário, na Basiléia. Buddy, meu amado primo, agora era um Globetrotter e viajava o mundo com o Holiday On Ice, ele fazia dupla com um palhacinho, eram uma dupla talentosa. Achei aquilo fantástico! Nunca tive dúvidas de que Buddy seria um artista, seus maneirismos prontos para nos fazer rir, sua facilidade em aceitar as brincadeiras mais infantis apesar da nossa diferença de idade. Quantas vezes sonhei em patinar com ele no gelo... Pim contou-me que Buddy chorou ao ler o meu diário e ver seu nome escrito tantas vezes, com imenso carinho e saudade. Ele não esperava fazer parte de minhas lembranças mais doces de quando passamos férias na Villa Laret, em Sils Maria. A família passou por momentos difíceis, à espera de notícias nossas, de meu tio Robert e do cunhado de tia Leni.

— Anne, aquela moça... Lien Brilleslijper e sua irmã Janne, elas afirmaram ter enrolado seus corpos, o seu e o de Margot. Não entendo, o que as teria feito afirmar algo assim. – Pim sentia-se feliz por minha sobrevida, mas ele continuava sem Margot.

— Eu não sei, Pim. Não sei quem me salvou, nem quem me alimentou até que o exército inglês libertasse Belsen. Havia alguém, lembro-me vagamente de vislumbrar uma presença que me acudia, me levava água e algo como uma sopa. No entanto, por mais que me esforce, não consigo ver seu rosto. E depois... Eu fui resgatada na pilha dos mortos. Não sei como, aquele soldado conseguiu notar, com minha fraca respiração, que eu estava viva.

Tal qual ocorrera com Pim, eu nunca me sentia bem após entrar em detalhes sobre os momentos dos campos nazistas. Mesmo assim, fiz um esforço para lhe trazer algo de belo sobre Margot.

— Sabe Pim, lembro-me de meus últimos instantes com Margot. Ela era tão nobre que não reclamava de nada, e só me pedia para lutar e não desistir da vida...

Meu pai limpou uma lágrima e depois me perguntou:

— É por isso que você usa o nome dela? – disse ele com um sorriso suave, quase imperceptível.

— Acredito que sim. Acho que o destino decidiu isso por nós, porque, segundo me disseram, assim que fui encontrada na pilha dos mortos, eu só falava este nome... Repetia o nome de Margot incansavelmente.

Nós paramos no meio da estrada, aproveitando o sol de primavera que fazia daqueles dias algo digno de um paraíso na Terra. Aquela era uma área de cultivo de tulipas, e a predominância era das espécies amarelas. Ao nosso lado, cobrindo terrenos sem fim, havia um mar de tulipas amarelas, elas brilhavam para nós como um tapete dourado. Senti que aquele era o sinal materializado de Deus para nós, nosso momento dourado e perfeito que, embora tivéssemos tido outras oportunidades de compartilharmos um ao outro, jamais se compararam aquele momento. Desejei que Jack estivesse comigo, testemunhando todos aqueles tipos de beleza, principalmente a beleza do nosso amor de pai-e-filha. Foi neste instante em que notei o quanto estava sendo egoísta com Pim.

— Você gosta mais dela do que de mamãe?

— O quê... Não... Anne! Está falando de Fritzi? – ele me olhou firmemente.

Assenti com o gesto da cabeça.

— Oh, não querida... São coisas tão diferentes. Nós somos sobreviventes em busca de razões para viver, embora Fritzi tenha Eva e eu...Bem, até ontem não tivesse mais vocês, nós nunca mais seremos os mesmos.

— Quer dizer que amava mamãe, mais do que ama a sua...

— Anne, se está se referindo ao que escreveu em seu diário, saiba que eu amava Edith. Embora fôssemos um casal discreto, isso não significa que não nos amássemos.

Eu o abracei.

— Eu sei Pim, e me envergonho tanto do que escrevi. Sinto tanto a falta dela, não pudemos nos despedir... Eu queria tanto dizer o quanto a amava...

Pim me abraçou e disse que ela sabia de nosso amor, onde estava.

Nós voltamos para o chalé e encontramos Gies, Miep e Paul nos aguardando ao lado de fora. Decidiram viajar e nos encontrar no campo.

— Resolvemos fazer companhia a vocês, o que acham?

Foi maravilhoso compartilhar com os nossos amigos aqueles dias que antecederam meu retorno aos EUA. Eu e Pim falamos sobre o Diário e de como abordaríamos para o mercado editorial a verdade sobre mim. Ouvimos a opinião de nossos amigos, discutimos estratégias e eu apresentei minha trajetória com Lewis no Hospital Geral Brook, bem como meus registros no Hospital de Beth Shabat. Falamos sobre suspender toda e qualquer negociação para uma edição norte-americana. Pim contou-me que a Doubleday havia respondido positivamente ao manuscrito e pretendia lançá-lo em poucos meses.

— Oh, não Pim! Eu não posso aparecer estampada na capa de meu diário no país onde moro.

Foi então que ficou nítido para todos que eu já havia feito uma escolha antes mesmo de me dar conta. Eu tinha planos para os EUA, planos que não seriam conquistados em solo holandês. Era óbvio que eles já haviam pensado nisso, mas para não jogar água no whisky, resolveram deixar por minha conta esse vaticínio.

— Vamos encontrar uma solução, querida. – disse-me ele em um tom de compromisso e tristeza.

Na véspera de minha partida, Pim teve uma conversa séria comigo. Como um homem de negócios e não como pai. Disse-me que as versões em dutch, alemão e francês de O Anexo Secreto (que nome eles inventaram!) ou O diário de Anne Frank, se esgotavam como água no deserto. Nós tínhamos todo o direito de revelar minha verdade, porém, teríamos de nos preparar para processos de pessoas que se sentiriam lesadas pela afirmação de que era uma obra publicada postumamente.

— Mas Pim... Tudo que está em meu Diário é verdade. Não foi nada inventado. Até o dia 4 de agosto de 1944 aquela era a Anne Frank, que escrevia sobre seus sentimentos e verdades.

— Eu sei, minha filha... Sei mais do que você possa acreditar. – e então completou -, mas o mundo não se resume a nós. Você sabe, algumas pessoas são cruéis.

Ficamos um pouco em silêncio.

— Além disso, — completou ele – gostaria de contatar um advogado para conhecer todas as implicações envolvidas, no entanto...

— O quê?

— Tenho medo de expor isso a qualquer pessoa que, por falta de escrúpulos, deixe vazar esta informação. Mas nós vamos dar um jeito, meu amor. Você terá de preparar uma carta, talvez publiquemos uma nota com depoimentos de pessoas que cuidaram de você em Londres e na Cruz Vermelha.

— Isso é fácil para mim, são pessoas com quem mantenho contato.

— Está bem, vou preparar tudo para que você possa assumir sua verdadeira identidade e assim teremos paz.

— Pim... – eu não queria magoá-lo apesar do que tinha para lhe dizer.

— Sim, querida.

— Quero que entenda que não há, neste momento de minha vida, possiblidade de viver em Amsterdá ou em qualquer parte da Europa. Tenho uma vida em Nova Iorque.

— Eu sei, Anne... Eu sei. – disse, enquanto dava palmadinhas em minhas mãos, embora seus olhos pesassem com a expressão de decepção.

— Por isso, quero que saiba também que não me oponho ao seu matrimônio. Não posso desejar que você viva sem uma companhia, que o amor acabe para você...

— Anne...

— Porém, gostaria de lhe pedir que guarde o nosso segredo até mesmo de sua esposa (eu não conseguia pronunciar aquele nome). Você sabe, a cada ouvido que se conta um segredo, mais dois pares podem conhecê-lo. O que não se aplica a Miep e Gies que sempre foram nossos anjos guardiães.

Meu pai se manteve de cabeça baixa. Compreendia, como sempre foi capaz de compreender, que aquele não seria o melhor momento para inserir Fritzi em minha vida.

— Eva iria gostar tanto de revê-la...

— Eva? Que Eva? – perguntei intrigada.

— Eva Geiringer.

— A irmã de Heinz? – perguntei surpresa.

— Sim. Infelizmente Heinz morreu com o pai em Auschwitz. – Pim dizia isso com uma voz pesada, por todos os motivos que envolviam aquela revelação.

— Pim! – eu disse tampando a boca com as mãos.

Lembrava-me nitidamente de Heinz que era um menino bonito e atlético, uns poucos anos mais velho do que eu, e por isso mesmo o considerávamos atraente. Era sorridente e vigoroso, sempre nos mostrando seu bom-humor.

— E como está Eva? – agora me interessara por aquela família de quem me lembrava claramente. Éramos todos vizinhos e brincávamos da Praça Merwedeplein.

— Ela está bem. Mora em Londres e tem um namorado muito gentil, seu nome é Zvi.

Caminhamos por uns minutos abraçados. E me peguei pensando em Eva, como uma moça vivendo um relacionamento maduro. Ela era tão moleca, perto de Hanna e Juultje, ou qualquer outra de minhas amigas. Por instantes imaginei-a mais resolvida do que eu, em minhas dúvidas existenciais. Anos depois, ao ler o seu testemunho, pensei que se tivesse me revelado para ela, talvez nos tornássemos as irmãs que Pim desejou que fôssemos. Eva esteve, assim como eu, perdida nas dores do holocausto por muito tempo.

Lembram-se que comecei esta passagem escrevendo sobre o amor e suas formas? Pois então, saí da Holanda contabilizando meu amor-próprio e o amor que sentia por meu pai.

Se eu decidisse viver com Pim, e sua esposa, ainda que em outra casa, porém próxima a eles, que tipo de vida eu teria? Deixaria meus amigos, Jack, meu trabalho, e uma existência de anos em Nova Iorque, e eu lhes garanto que três anos em Nova Iorque são uma eternidade. Concluí que viver junto de Pim só serviria, em tais circunstâncias, para ampliar meus buracos negros.

CAPÍTULO 32

Voltando para casa

Despedi-me de Pim como se tivesse acabado de reencontrá-lo. Aqueles dias maravilhosos pareceram-me tão exíguos. Apesar disso, voltei para NY com o coração cheio de amor e alegria. No entanto, a promessa de voltar a ser Anne Frank me assustava. Não a Anne de sempre, e agora, um pouco famosa. Apesar disso, estava tudo maravilhoso e profícuo em minha vida; eu produzia como uma máquina na Editora, recebi uma promoção, Jack escrevia para o Times e fazia alguns bicos por fora e Pim escrevia-me duas cartas por semana, o que me causava imensa alegria. Ele não perguntava nada sobre quando eu decidiria me revelar, talvez por notar que eu não tinha uma resposta para isso. E o advogado? Teria lhe dado alguma resposta? Enviei-lhe uma foto minha ao lado de Jack, no Central Park a certa distância, tinha medo de que sua esposa me reconhecesse na foto, caso ela tivesse acesso às suas cartas. O ano passou com nossas correspondências assíduas e no início de 1952 o tom de alegria e leveza se fazia presente entre nós. Só falávamos de coisas boas, Pim já estava morando na Basiléia o que – tenho certeza – trouxe um frescor para sua vida. Morava no andar de cima da casa de vovó Alice. Para ele, não imagino nada melhor do que poder desfrutar dos últimos anos de vida de sua mãe. E então ele me deu uma notícia maravilhosa: estava planejando vir para Nova Iorque, havia detalhes que apenas pessoalmente poderia tratar comigo. Isso me intrigou. Afinal, o que é que ele não poderia adiantar-me por mensagem via postal?

Tive de esperar longos dois meses. Acredito que sua mensagem foi apenas para garantir que eu estivesse livre na época de sua visita. Em uma nota *post scriptum* ele dissera: Irei sozinho.

Que alívio para mim!

Neste meio tempo, terminei um curso de tradução para o alemão custeado pela Editora, e estava começando a me preparar para as provas de fim de ano para cursar literatura clássica no Instituto Politécnico de NY. Era uma paixão, e também um meio de me manter ocupada ante a ausência de Jack. Bem, esqueci de contar; Jack passava mais tempo longe do que ao meu lado, recebera uma proposta para atuar como correspondente de guerra da América Latina. Imaginem como eu me sentia todas às vezes em que o carteiro se aproximava. Ele passou três meses no Brasil, e três no Chile. Enviava-me telegramas curtos e apaixonados, mas isso só aumentava minhas angústias, pois nós mulheres nunca estamos preparadas para um telegrama. Os de Jack resumiam-se a: Sinto sua falta, em breve estaremos juntos novamente. Depois ele começou a extrair os advérbios: Estaremos juntos, confie. Até que, próximo a sua volta os telegramas se resumiam a: Love you.

Inicialmente é claro que fiquei contrariada. Nós tínhamos acabado de decidir viver juntos, nosso apartamento era gracioso e bucólico, vizinhança perfeita para escritores e jornalistas; pacata e silenciosa. Mas Jack, no fim das contas, detestava todas essas vantagens. A aventura clamava por ele, o perigo era seu combustível, a incerteza sua onda perfeita. Adrenalina. Jack estava sempre em busca dela. Quando me dei conta disso era tarde demais. Eu já era a sra. Jack Himmel, a espera de seu marido. Após os três primeiros meses, havia me acostumado com uma rotina de quem finge que está completo. Por isso, as cartas de Pim eram tão revigorantes para mim. Às vezes vinham acompanhadas de algumas linhas de Miep. Ela havia ficado tão feliz com a caixa que enviei com algumas maquiagens de Helena Rubinstein, que mal cabia em agradecimentos.

O espaço vazio que Jack deixou em meu dia a dia me deu a chance de notar o quanto eu havia me afastado de Teçá, Ilma e András. Que tipo de amiga eu era? Talvez estivessem precisando de mim, e então minha antena bipou em minha consciência. No domingo seguinte, fui ter com eles.

Teçá estava apreensiva. A data do concurso Kosher se aproximava, e junto dela uma decisão arriscada: a de se fingir de menino. Ela estava prestes a completar 15 anos. Era alta, mas não tinha volume nos seios. Com a ajuda de uma faixa os achataria ainda mais. Seu patrão e professor, dissera-lhe o seguinte: *Vou ensinar-lhe tudo o que sei. Caso ganhe o concurso, não poderá mencionar nada sobre mim, do contrário perderei minha clientela, serei banido da sinagoga e morrerei de fome, entendeu?* Teçá imitava a voz dele e o sotaque, e me fazia rir até sentir dor no estômago. Ela era terrível! Passados esses risos, veio a preocupação:

— Sei que este é o seu sonho, e acredite, eu desejo que você o realize.

— Obrigada, Margot...

— ...Mas você sabe que em algum momento, esse disfarce será desvelado e as consequências podem ser desastrosas, não só para você...

— Eu sei. Você está falando do que a comunidade pode fazer contra a minha família.

Desde que chegaram aos Estados Unidos, não só a família de Teçá, centenas de famílias judias contavam com o auxílio das sinagogas. Esse auxílio exigia apenas uma coisa: Amor as tradições. Se o plano de Teçá fosse a diante, esmagaria preceitos, tradições, ritos e precedentes. Uma mulher Shochet, e mais ainda, vencedora de um concurso disputado somente entre homens, entraria para a história, mas não sem um preço bem alto a ser pago.

É claro que Ilma não fazia a menor ideia disso. Ainda mais agora que estava namorando. Teçá me disse isso com uma expressão desgostosa, permeada por desprezo e tensão.

— Você está com ciúmes.

— Não é isso... – disse-me ela com um olhar evasivo.

Ilma era uma bela mulher, e ainda jovem. Acabara de completar trinta e três anos. Sem marido há mais de seis anos, e cortejada por muitos no Brooklyn. Não seria de espantar que isso acontecesse.

— Será bom para András, ele precisa de referências masculinas.

— Isso ele tem. É só olhar para o retrato de meu pai.

— Teçá... Não é a mesma coisa...

— Pode não ser, mas é o que temos. É a realidade. A lembrança daquele que nos deu a vida terá de bastar.

Por um momento me coloquei na pele de Teçá. Logo eu, que era uma mulher e me negava a conhecer a futura esposa de meu pai, metendo-me a lhe dar conselhos. Percebi, naquele momento, que a minha tese de que os primogênitos são mais reticentes a madrastas e padrastos, não tinha o menor embasamento. Filhos sentem ciúmes de seus pais. Ponto.

CAPÍTULO 33

Privamera de 1952

Pim estava em Nova Iorque, e isto foi o nosso paraíso. Disse-me que ficaria, a princípio, por um mês. Se instalou em um hotel, em Middletown, embora eu tenha exigido que dormisse em minha casa, disse-me que não queria tirar a privacidade de nós dois. Expliquei-lhe que Jack não estava na cidade, menos ainda no país, e que não tinha a menor ideia de quando voltaria. Ele dormiu algumas noites em minha casa, mas fez questão de deixar suas malas no hotel. Antes disso, porém, assim que chegou fui ao seu encontro. Marcamos às cinco da tarde em uma cafeteria italiana que fazia uns cannoli maravilhosos, famosa naquela época. Isso ficava próximo ao seu hotel.

— Pim, vamos tomar apenas um cafezinho aqui. – disse encostada em seu braço.

— Está bem. – aquiesceu ele, imaginando que eu estivesse me referindo aos preços da lanchonete.

— Fiz um jantar para nós dois. E assim você aproveita para aprender como chegar em nosso apartamento. Como foi a viagem?

— Cansativa. Ao menos não havia bebês chorando na aeronave.

Sorri. Acredito que a maioria de nós reza para não ter bebês com dores de ouvido nos voos que pegamos.

— Anne...

Era estranho, mas as vezes, ainda que fosse Pim me chamando por meu verdadeiro nome, soava fraudulento. Eu tinha que me lembrar de que era Anne Frank.

— Precisamos decidir coisas sobre o diário – continuou ele.

— Ainda não estou pronta, Pim.

— Mas eu tenho sido procurado, coisas estão acontecendo que se você estivesse verdadeiramente... – Pim estava emocionado — Se você não estivesse viva pela glória dos anjos, caberia somente a mim a decisão.

— Você está falando da publicação em inglês? – perguntei esfregando o dedo nas bordas do pires.

— Também. Estou aqui para falar pessoalmente sobre isso, e sobre alguns problemas que surgiram em Amsterdá.

— Que problemas?

— Algumas pessoas duvidam da autenticidade do diário e agora as autoridades o submeterão a perícias grafotécnicas.

— Que absurdo! – indignei-me com uma ponta de raiva. – Posso provar que fui eu, Pim. Posso aparecer e escrever quantas folhas quiserem.

Mas enquanto respondia isso, lembrei-me das muitas mudanças que Margot Snyder trouxe para mim, inclusive a caligrafia. De qualquer forma... Haveria mil maneiras de provar que ele era autêntico, se eu me revelasse.

— Além disso, quando você recobrou a memória ele já existia na versão alemã e francesa. É natural que, por conta do sucesso do Diário surjam outras propostas.

— Entendi... Você quer que eu me decida para remediarmos o que foi feito até agora, ou...

Pim estava de cabeça baixa e olhar cansado. Foi então que me dei conta de muitas coisas as quais não havia dado a devida relevância. Desde que perdera sua família, Otto Frank vinha tentando juntar seus pedaços, não como os arqueólogos quando descobriam mosaicos romanos, mas como uma dona de casa idosa tenta colar sua xícara de porcelana quebrada. Meu Diário, com sucesso de público e crítica ao redor do mundo, foi um presente por seus esforços ao editá-lo para tornar a vida de sua filha brilhante e grandiosa, ainda que "ela" não mais pudesse usufruir daquilo. Otto Frank descobriu um sentido para sua vida. Então, a possibilidade de me revelar como Anne Frank retiraria dele um ofício e uma missão. Essas coisas não eram ditas por Pim, acredito que nem pensadas, porque para ele não havia nada mais precioso e caro do que a verdade. Meu pai era um homem cuja honestidade, antes de qualquer atributo, vinha estampada nos passos. Nós dois estávamos amarrados ao passado, mesmo que quiséssemos seguir em frente com as ferramentas que a vida dos sobreviventes nos dava. Sua revelação sobre as coisas estranhas que vinham acontecendo em Amsterdã, me fez sentir um mal-estar súbito.

— Pim, vamos para casa?

Pagamos a conta e rumamos para o meu apartamento no Patchin Place. No caminho, passando pelas estações de metrô Pim olhava para mim com orgulho, se havia algum estrangeiro ali, definitivamente não era eu. Nova Iorque era a minha casa. Sentados e de mãos dadas, ele notava as moças e rapazes que nos faziam companhia no vagão. Na década de 1950 nós andávamos tão bem-vestidos, com meias finas, sapatos de salto, casacos acinturados, penteados esmerados como os coque bananinha (conhecem?). Os homens sempre de calça social, paletó, gravata e sapatos lustrosos. Nesta época, os meninos do metrô faziam um dinheirinho bom engraxando esses sapatos.

— Fico feliz por você ter vindo para cá, onde a vida pulsa jovem e promissora. – disse meu pai, passando a mão sobre meus cabelos que permaneciam curtos.

Apesar de ser o meu pai, Pim sempre foi discreto. Jamais me fazia perguntas mais íntimas, talvez porque eu desse um jeito de adivinhar suas curiosidades sobre mim e acabasse falando tudo que estivesse em meu coração. Ele sempre foi a minha alma gêmea.

— Chegamos, Pim.

Saltamos na 14 street station, e fomos andando até meu bucólico apartamento. Meu pai estava feliz ao meu lado, e nós dois, embora não disséssemos, aproveitávamos cada segundo daquele encontro em vidas inimagináveis sete anos antes. Esse pensamento nos rondava, é claro, entre um sorriso e outro. E, também, a lembrança constante de Margot e de mamãe. Algum tempo depois de nosso jantar, sentado no *love seat* que Jack comprou em um mercado das pulgas, ele disse:

— Se tivéssemos imigrado em 1940 nossas vidas teriam sido tão diferentes... Margot estaria entre nós, provavelmente uma enfermeira formada e Edith trazendo biscoitos de canela para você.

Enxuguei os últimos pratos e guardei-os no armário de madeira, acima da pia. Depois levei um pouco de chá para nós dois. Eu sempre preferia chá, no lugar do café e Pim sabia o porquê. No Anexo, enquanto todos tomavam café em dias de festa, a mim era destinado o chá, pois eu ainda não tinha "idade".

A porta da varanda, voltada para a rua, estava aberta. Tínhamos uma diminuta varanda com portas estreitas de madeira. Talvez nem pudéssemos a chamar de varanda, mas era ela que, através de seu espaço, permitia que desfrutássemos dos plátanos e ailantos frondosos de nossa calçada. Isso nos trazia frescor nas noites quentes. Foi então que Pim tirou de sua valise (ele sempre viajava com ela), um embrulho grosso.

— O que é? – perguntei sorridente.

— Abra.

O pacote continha muitas folhas. E dois porta-retratos. A princípio pensei trata-se de meu diário, e de imediato mudei minha expressão. Pim, como que lendo uma das muitas caras que tenho, adiantou-se:

— Sei que não quer reler seu diário. Mas acredito que suas crônicas e poesias lhe façam falta. – enquanto isso, foi repassando as folhas e me dizendo coisas das quais eu não me lembrava.

Lá estavam as anotações de frases inspiradoras que eu chamei de Livro das Belas citações. Fui relendo-as, com a caligrafia da menina Anne e é claro que me emocionei. Releiam seus cadernos e cartas da juventude, queridos leitores, é um reencontro curativo.

— Pim... Eu havia me esquecido dessas folhas. Como as conseguiu? – eram folhas finas e coloridas, de papéis de carta.

— Não fui eu... Foi Miep.

Antes de qualquer coisa, Miep tinha salvado meu diário. Mas com o passar dos dias, notando que a Polícia Holandesa não regressava, salvou quantas coisas mais pôde salvar para nós, contando, é claro, com a nossa volta.

— O Livro do Egito! – eu disse tão cheia de cores dentro de mim.

— Sim... Você se lembra de como gostava de conversar sobre os tesouros do Egito e Alexandre, O Grande?

— Lembro-me, é claro. E você, sempre que podia, acompanhava minhas aventuras literárias.

Pim sorriu com seus dentinhos da frente proeminentes. Estava feliz por minhas reações, certamente imaginou-as ao reunir aquelas folhas. Com sessenta e três anos, possuía sua calma controlada e uma ternura nos olhos, como eu jamais vi em outro alguém – quem sabe por ele ser o meu amado pai. Seus cabelos estavam quase todos brancos e não eram muitos, como você pode perceber ao jogar o nome dele nos sites de busca. No entanto, mantinha uma postura de homem disciplinado, coluna ereta, constituição física magra. Seu peso não oscilava, a não ser nos anos em que esteve... Vocês sabem onde. Pim não perdia a altivez, jamais confundida com presunção, pois era na nobreza de seu caráter que ela se mantinha intacta.

— E estes aqui? – perguntei curiosa quanto aos outros embrulhos.

— São para você guardar sua família no seu lar.

Quando estive em Amsterdã, ele e Miep separaram algumas fotos para mim, pois como vocês podem imaginar, eu não tinha nada de minha vida passada. Foram criteriosos na escolha. Na certa cuidadosos quanto ao fato de não me causar lembranças dolorosas. Por isso, escolheram algumas em que eu era um bebê no colo de mamãe, muitas em que eu estava sozinha, outras com amigas da escola. Não me deram nenhuma de Margot. E eu, talvez pela força da emoção de nosso reencontro, não me dei conta até chegar em casa e mostrar para Jack aquelas recordações. Não cheguei a pedir que Pim me trouxesse quando viesse aos EUA. Mas como já lhes disse, leitores, ele adivinhava meus pensamentos.

Abri os dois embrulhos. O primeiro, um porta-retratos com uma foto de Margot. Somente ela, seu rosto emoldurando um modesto e sincero sorriso. A captura de seus olhos por trás dos óculos de grau, como em nenhuma outra fotografia das centenas que Pim tirava de nós, parecia-me um bilhete de viagem para onde ela estava naquele momento. Certamente um belo lugar, perfumado, ordeiro e tranquilo, como ela era. Foi uma das milhares de emoções que tive na vida ao lembrar dela e de mamãe porque saudades não possuem prazo de validade, queridos. Porém, deste dia me lembro até da emoção. Com riqueza de detalhes, pois não só eu como Pim sentimos que havia uma presença entre nós. Uma brisa suave passou para dentro da sala, levantando o véu da cortina da varanda. Passei a mão sobre o vidro por cima da fotografia.

— Pim... – disse-lhe enquanto nos abraçávamos. – Ela era tão doce e nobre...

Meu pai não segurou a emoção. Assim como eu, viveu o resto de seus dias sentindo a falta de sua família. Sei que amou Fritzi, pois foi uma grande companheira para o resto de sua vida. No entanto, quando Fritzi entrou em sua vida Pim já era como o solo lunar; cheio de crateras.

— E o outro? – eu disse abrindo o embrulho restante.

— Abra...

Neste outro havia a foto do casamento de Otto Frank e Edith Holländer, os meus pais.

— Ela era tão novinha, não Pim? – eu disse enquanto fixava minha atenção ao sorriso dos noivos, fotografados sobre uma escada do Hotel Grosser Monarch, em Aachen.

— Sim, 12 de maio de 1925. Edith tinha vinte e cinco anos. Nos casamos no dia do meu aniversário de trinta e seis anos.

Meu pai contou-me curiosidades sobre seu relacionamento com mamãe. Disse que já estava ficando com uma idade em que as pessoas nos perguntam "você é casado"?, "tem filhos"? e minha avó Alice, praticamente o jogou contra a parede para se casar. Então lhe "arranjaram" uma viagem para San Remo onde ele conheceu meu avô e suas filhas, entre elas Edith. Foi lá, também, que passaram a lua de mel.

— O dote de Edith foi um dos últimos fôlegos que tomamos para retomar a integridade de nossos negócios. Você sabe Anne, a casa bancária de meu pai não andava bem das pernas, como quase tudo após a Primeira Guerra.

— Foram tempos difíceis, não Pim?

— Sim, querida. Como todos os tempos são.

Pim estava me preparando para o futuro? Dizia-me, com sua experiência de sobrevivente de duas Grandes Guerras, que a maior guerra só se encerra quando morremos? Hoje, aos 91 anos, estou certa disso. Servi mais uma xícara de chá para nós. Eu tinha uma garrafa térmica que ficava ligada na rede elétrica, e Pim achou aquilo uma preciosidade.

— Queria saber mais sobre a família de mamãe. Quando vovó Rosa morreu, em Amsterdã, não conversávamos tanto sobre o passado.

— Você era pequena, ainda ligada ao seu universo particular. – disse Pim, recordando Anne Frank. — Sua mãe fazia parte de uma família abastada de Aachen, não eram judeus ortodoxos mas frequentavam a sinagoga mais do que nós, Os Frank.

— Acho que puxei os Frank. – respondi torcendo o lábio.

— Não se culpe, minha querida. Cada um entende a religião com sua própria lente de aumento. Respeite as tradições de sua religião e isso não necessariamente terá de estar nos bancos das sinagogas. Respeite também a religião dos outros.

— Lembro-me um pouco da vida kosher de meus avós, quando íamos passar as férias com eles... A casa, os mobiliários e os símbolos do judaísmo mais presentes do que na casa de vovó Alice.

— Sim, em Aachen eles viviam segundo a tradição. Em Frankfurt, nós sabíamos que éramos judeus, mas nem sempre isso era o centro de nossa vida.

— Mas então por que você e mamãe não nos impunham essas tradições?

— Porque eu, como lhe disse, nunca vivi nos bancos das sinagogas. E sua mãe, embora criada com mais rigor neste aspecto, tinha uma mente aberta e nós decidimos criar nossas filhas ao nosso próprio modo.

— Os modos que tanto incomodavam a sra. Van Pels...

— Ah, que bom... – disse Pim em um tom de surpresa. – Você não a chama mais de Petronella.

Adotei um tom sorumbático. Olhando pela porta da varanda, como se o vento que viesse de fora pudesse carregar as minhas más lembranças.

— Você sabia que ela esteve conosco, Pim? Em Belsen...

— Nunca tive coragem de perguntar, mas imaginei que pudessem ter se encontrado.

— Pois imaginou certo. – eu disse, com um nó na garganta. — Foi ela que nos contou sobre mamãe... – recostei-me no sofá com a cabeça para trás, enquanto as lágrimas caíam. – Será que um dia, nós dois nos encontraremos sem esses choros incontidos?

— Espero que este dia não chegue tão cedo.

— Por que?

— Porque quando isto acontecer, um de nós terá partido.

Deitei minha cabeça sobre seu colo e chorei, enquanto lhe contava coisas que eu e Margot vivemos com a Auguste Van Pels em Bergen-Bersen, antes de ela ter sido enviada para outros dois campos, infelizmente de extermínio.

Pim aceitou meu pedido comovente para passar a noite comigo. Emprestei-lhe um pijama de Jack que era tão magro quanto ele e fomos para a cama. Quando estávamos nos deitando ele disse:

— Você está cansada?

— Nem um pouco.

— Trouxe algo para nós dois. Não sabia se teríamos oportunidade... Mesmo assim, o trouxe.

— O que é? – eu disse, sentando na cama de pernas cruzadas com a ansiedade de uma menina.

Ele veio da sala com um volume de O mercador de Veneza, uma leitura que havíamos iniciado no Anexo e que, por conta de tudo que vocês já sabem, não conseguimos finalizar.

— Pim!

Meu pai sorriu. Pela primeira vez em anos dormiria com sua filha, sua eterna Anne.

Enquanto Pim estava em Nova Iorque cumprindo reuniões sobre o Diário de Anne Frank com a Editora Doubleday, eu saía cedo para o trabalho e ficava lá até as cinco. Passava em seu hotel e de lá fazíamos alguma coisa interessante. Sugeri que víssemos um musical da Broadway, mas Pim ficou horrorizado com os preços, então nos contentamos com uma sessão de cinema reprisando Quo Vadis, com Robert Taylor e Deborah Kerr.

Sobre a publicação do Diário nos Estados Unidos, vocês devem estar curiosos:

Decidi que Pim poderia ir adiante com aquilo. Afinal, após enviar a versão do Diário em inglês para quase todas as editoras da América, seria no mínimo estranho desistir depois do interesse da Doubleday. Enquanto passeávamos no interior da Penn Station, que era um dos lugares mais fantásticos de Nova Iorque, eu lhe disse:

— Sabe, Pim...Não quero que você tenha que se explicar para o mundo inteiro, por ter querido homenagear sua filha morta. Não quero que a nossa missão, a minha de escrever, a sua de publicar um diário cheio de verdades, de perdas e de angústias impostas por aqueles monstros, se perca.

— Anne, isso quer dizer que não irá se revelar? Eu não acho que uma coisa impeça a outra. Afinal, é tudo verdade. E seus leitores, que me escrevem constantemente, com certeza teriam uma alegria infinita em conhecê-la, quem sabe, pessoalmente.

— Será, Pim?

— Do que você está falando? É claro que seria maravilhoso para a maioria das pessoas que a admiram e se emocionam com seus escritos. Há tanta profundidade ali. – disse encorajando-me, enquanto abraçava-me pelos ombros.

Olhei-o com um jeito de mulher adulta. Talvez ele levasse uma vida para se acostumar com isso.

— A morte, Pim. A morte é capaz de criar deuses. Depois dela, tudo parece mais fácil de se edificar: legados, escritos, fama, renome... Será que a voz de uma adolescente morta não soa mais alto do que se ela estivesse viva?

— Não Anne... As pessoas conheceriam a sua versão real, a sua voz, as suas explicações do que aconteceu após a nossa... a nossa...

— Captura.

Prossegui com minhas argumentações sobre mitos, privacidade, sucesso e processos que porventura teríamos de amargar. Porém, Pim sempre julgou que o correto seria a minha aparição.

— Eu não me importo. Já passei por muita coisa. Se lhe trouxer alegria estou disposto a enfrentar qualquer um. – falou olhando fundo em meus olhos.

Eu o abracei. Estávamos bem abaixo do vitral da estação, por onde a luminosidade perpendicular no grande hall passava durante o dia. Anos depois, quando a demoliram e deixaram lá o que vocês conhecem hoje por Penn Station, escrevi uma carta para Pim lhe contando aquele crime contra a História dos Estados Unidos.

— Pim, falei sentindo o calor de seu abraço... Eu só queria não ter de optar por mais uma vida.

— Eu sei querida... eu sei.

Fomos para o meu apartamento e tivemos uma surpresa maravilhosa, Jack havia chegado sem aviso para me fazer uma surpresa. Disse-me que não via a hora de conhecer o meu pai. E como vocês podem imaginar, os dois se gostaram de cara.

Jack contou coisas sobre a viagem, a política nos países latino-americanos, seus disfarces – o que causou gargalhadas em Pim – e deixou que lêssemos um pouco de seus artigos. A naturalidade da relação entre os dois me fez tão bem e ao longo dos anos, embora nem sempre pudessem estar juntos quando eu e Pim nos víamos, eles gastavam horas ao telefone. Quando Jack finalmente se deu conta dos dois novos porta-retratos, em nossa estante, foi até eles com um sorriso doce.

— Esta é Margot... – disse ele de posse do porta-retratos.

— Sim... – respondi me aproximando.

— E estes são Edith e Pim – disse ele olhando para o meu pai, que sorriu com Jack falando tão intimamente sobre ele e mamãe.

Jack nunca perguntou se podia chamar meu pai de Pim. Fez isso automaticamente, o que talvez tenha sido o ponto de partida para aquela relação íntima. Hoje, percebo o quanto fui egoísta por nunca ter permitido que meu pai sentisse um pouco disso, no caso de eu ter dado uma oportunidade para sua esposa Fritzi.

Pim estendeu sua estadia na cidade por mais duas semanas. Mas desta vez, negou-se a dormir na nossa casa. Ele respeitava a privacidade alheia, o que para mim não chegava a ser uma vantagem. Fizemos coisas fantásticas naquele período, e embora eu estivesse cansada por manter um ritmo fora do comum, não trocaria aquilo por nada. Jack confessou, certa vez, que sempre nutriu a ideia de escrever um livro sobre a vida de Pim. E teria este nome: A vida de Pim. No entanto, para isso meu pai teria de remoer todas as lembranças tristes "daqueles tempos".

— Talvez ele consiga fazer isso, somente pelo fato de ser com você. – eu disse.

— Não... – retrucou Jack – Por mais que eu queira, acredito que por baixo daquela maré baixa há um turbilhão de correntes marítimas mantidas sob controle, com muito custo.

Eu o abracei. A capacidade de Jack em decifrar os sentimentos submersos daqueles que amava, era algo raro que se somava a um tipo de respeito que nem sempre as pessoas com este dom, costumam cultivar.

Por mais que tentasse disfarçar, Pim estava feliz com a edição do Diário de Anne Frank em inglês. Não era segredo para ninguém que os americanos eram os maiores marketeiros do planeta e que, em pouquíssimo tempo, todas as livrarias do país teriam o meu livro exposto em suas vitrines.

— Você sabe quem fez questão de prefaciar a versão americana? – disse-me ele com os olhos brilhantes.

— Quem?

— Eleonor Roosevelt. – Pim tinha um sotaque nitidamente alemão e o sobrenome Roosevelt soou engraçado.

— Nossa... – falou Jack – Que honra...

Nós estávamos sentados em um dos nossos bares preferidos à beira do Rio Hudson, o Holandês (acreditem, nós nunca fomos muito originais). Pim ficou encantado com o croquete que serviam, e disse que não entendia como uma iguaria típica de um determinado país conseguia ser ainda mais saborosa em um país estrangeiro. Os dois engataram em conversas sobre pratos típicos e situações constrangedoras de intestinos desacostumados, por isso não notaram o meu mal-estar.

— O que foi? Você está tão calada. – disse Jack a certa altura.

Pim, como que lendo meus pensamentos completou:

— Você concordou, querida...

— Eu sei, Pim. Não estou triste por isso. Já esperava que qualquer editora com faro se interessasse pelo Diário.

— Então o que é?

— Gostaria que não usassem a minha foto.

— E por que não me disse? Posso ligar para eles, ainda não assinei o contrato.

— De que foto vocês estão falando? – Jack tinha visto a versão em alemão que Pim havia trazido. Ele nos disse, que a versão francesa era similar. Ambas não tinham a minha fotografia na capa.

Dias antes, meu pai estava tão feliz com a edição americana, que chegou a me mostrar o projeto de capa da Dobleday. Achei aquele golpe da editora bem baixo, pois sabendo que meu pai era um homem com orgulho e amor por sua filha, usaram de uma foto para encampar as ideias da versão em inglês e diminuir qualquer oposição que por ventura ele trouxesse. Na verdade, ele mesmo concedera a foto, que em um primeiro momento ficaria na parte interna do livro, assim que o leitor abrisse, na folha de rosto. Mas depois, foi colocada na frente juntamente com o meu nome. Ele não se chamaria mais O Diário de uma jovem garota, e sim, O diário de Anne Frank. Esses dois elementos, muito apropriados para o público jovem se aproximar do diário, foram uma sacada de mestre dos editores. Não acredito que Dick Simon e Max Schuster teriam achado má ideia, e como eram os reis do marketing, adorariam esta versão.

— Vocês não entendem... Agora terei mais medo de ser reconhecida. Enquanto Nova Iorque era meu refúgio, após a publicação, serei um alvo fácil.

— Então apareça e retome a sua verdadeira vida. – disse Pim, que sempre desejou isso.

Após um bom gole de cerveja, Jack pediu para ver a foto. Pim tirou-a de sua valise, pois andava com ela para cima e para baixo.

— Não ... Não mesmo. Essa aqui não se parece nem um pouco com a minha Margot.

A foto tinha sido tirada em Amsterdã, em maio de 1942, meses antes de irmos para o Anexo. Eu estava prestes a completar treze anos. Meus cabelos batiam um pouco acima dos ombros, e meu sorriso era aberto e suave. A luz capturava meus olhos claros que tendiam para um tom de cinza.

— Veja isso... Você tinha bolsas abaixo dos olhos. Como uma menina, naquela idade, tinha essas bolsas nos olhos?

Pim sorriu, porque sabia onde Jack queria chegar.

— E essas sobrancelhas... Vocês não tinham pinça na Holanda?

Comecei a rir.

— E o que houve com o seu nariz, com o tempo ele diminuiu ao invés de crescer? Eu não posso acreditar que esta aqui seja Margot Snyder.

Jack usou seu sotaque do Kentucky o que já nos arrancava risadas pois, nem sempre ele o deixava escapar. Além disso, toda aquela comparação nos fez acreditar que Margot Snyder era mais bonita do que Anne Frank.

— E veja esse cabelo... Você era meio Mickey Mouse.

Pim, sempre controlado, não aguentou e soltou um riso incontido cuspindo um pouco de cerveja, porque Mickey Mouse com o sotaque de Jack era muito engraçado.

— Mickey Mouse? – nós dois dissemos.

— Sim...Olhe bem, de um lado parece uma orelha do Mickey.

— Ah... – completou meu pai, após se recompor. – É porque Anne passava horas escovando os cabelos então eles ficavam bem solto e um pouco armados, como aparece na foto. Ela sempre adorou os cabelos longos...

Notando que aquela poderia ser uma deixa, Pim me fez uma pergunta que o intrigava desde o nosso encontro em Amsterdã.

— Por que você os corta tão curtos, minha filha?

Jack me olhou com genuíno interesse. Ele nunca teve outra Margot para comparar. A minha versão americana sempre teve cabelos curtos.

— Primeiro foi porque eles simplesmente não cresciam. Não tinham força para isso...

Nós sabíamos que nossos corpos nunca mais seriam os mesmos após aqueles períodos de subnutrição. Geralmente eram coisas das quais não gostávamos de lembrar, nem menos verbalizar, mas Jack fazia tudo parecer natural.

— Depois — continuei – porque queria imitar o estilo de Doris Day.

— Entendo... – disse Pim peremptoriamente.

Então Jack completou:

— Pois fique tranquila. Você não se parece nem um pouco com essa menina da capa. – e arrancado mais risos. – Tampouco se parece com Doris Day.

Dias depois, quando levamos Pim ao aeroporto, ouvi dele o que me repetiu por longos anos:

— Quando você estiver pronta, eu também estarei.

Nos abraçamos por longos minutos. As nossas despedidas nunca foram fáceis e eu sabia que, embora ele se alegrasse com a minha vida nos Estados Unidos, sempre sonhou com a minha presença na Europa.

Capítulo 34

Um troféu, um prêmio e uma descoberta

Eu estava entretida em uma tarefa da editora, quando fui informada de que o meu primo estava na porta à minha espera.
— Primo?
— Sim, pelo menos foi o que disse o menino lá na calçada. – disse-me Tony Bellura.
Achei que se tratava de um equívoco. Afinal, quem pensaria ser meu primo...
Quando abri a porta da Editora que dava para a rua, deparei-me com um rapaz alto e magro, de cabelos bem curtos e franja lateral.

Usava uma calça de alfaiataria, uma camisa branca social e um colete fechado. Um quipá lhe garantia o status religioso. Firmei os olhos. De imediato me afeiçoei ao seu semblante, mas foi quando sorriu para mim, ou melhor, riu de minha expressão, é que me dei conta de quem se tratava.

— Teçá! – eu disse quase gritando.

— Shiuuuu! Fale baixo.

Olhei-a mais de perto. Aquela peripécia tinha ido longe demais. O que ela diria para a mãe e os vizinhos, os amigos da escola, as pessoas da sinagoga? Seus cabelos tinham sumido.

— Você parece um menino!

— Obrigada.

Prestei atenção no brilho de seus olhos, a expressão ansiosa e feliz, grata por um dom que pulsava dentro dela. Jamais esqueci este retrato de Teçá.

— Estou indo para o campeonato...gostaria de...

— Nem precisa pedir. Eu não perderia isso por nada.

Inventei uma desculpa para a sra. Mendoza, e contei com a sorte de que nossos chefes estavam assinando contratos em uma feira literária em Massachusetts. Passei a mão em minha bolsa e rumamos para o Ginásio Israelita, que ficava a poucas quadras do meu trabalho. Chegamos no evento meia hora antes. Teçá não queria correr o risco de se atrasar. Seu patrão, que havia feito o favor inclusive de inscrevê-la, também estava lá. Mais uma vez, tive a impressão de conhecê-lo. Em nossa caminhada até o evento, Teçá contou-me que descobriu do que se tratava a tal encomenda que o homem misterioso deixava para seu patrão, no açougue. Eram informações sobre familiares por quem ele procurava. Tive pena do rapaz. Teçá descobrira também, que toda a economia era destinada para a busca incessante desses familiares, ele apostava, como inúmeras vítimas dos nazistas, na sobrevivência de parte da família. Polaco, como minha amiguinha se referia a ele, possuía aquela constante expressão de vazio, raras vezes esboçava um sorriso e em geral provocado pelas brincadeiras de Teçá. Acredito que ela tenha sido uma boa amiga para ele.

Os jurados do evento chegaram dez minutos antes de tudo começar, aumentando a ansiedade dos candidatos. Havia três etapas a serem cumpridas no campeonato:

A escolha dos animais a serem abatidos, os cutelos e facas; chamadas chalaf, demais instrumentos para o abate e corte. Por último o armazenamento das carnes. Todas eram etapas eliminatórias. Enquanto o organizador do evento enumerava as regras, deu-se um silêncio sepulcral na quadra do ginásio. Uma oração solene, que chamamos de Beracha, foi entoada coletivamente. Havia umas trezentas pessoas no local, 40 candidatos de diferentes faixas etárias e de diversas partes do país. A idade de Teçá também foi forjada, quatro a mais. Mas o pior mesmo, vocês já sabem...

Eu sentia um frio constante na barriga. Imaginava os dedos de Jack tocando rapidamente na máquina de escrever, relatando com detalhes a Odisseia de Teçá. A Garota Shochet, eu pensava para o título na primeira capa do jornal. Ela rompia barreiras impulsionada por seu dom. Por isso, para mim não eram transgressões e sim realizações. Acredito que para o Polaco também. Uma aventura naquela dura rotina de cutilar e voltar para casa sozinho, todos os dias.

Teçá, por incrível que pareça, sequer demonstrou nervosismo. Escolheu os machados e facas que estavam dispostos nas mesas em bandejas de plástico. Foi aos viveiros e apontou para as galinhas, depois para os carneiros. Confesso a vocês que enquanto ela fazia o que tinha que ser feito, eu não olhei em sua direção. Fiquei quieta na arquibancada, rezando e de olhos fechados. Aquilo, definitivamente, não era para mim. Polaco, acompanhou tudo o mais perto possível e, de quando em quando, me fazia sinais com o polegar dando conta de que ela tinha se saído bem. A maior parte dos concorrentes era experiente naquilo, dava para notar só de vê-los amolar as facas. A seriedade de quem vai extrair a vida de um inocente em poucos segundos. Uma responsabilidade que hoje, parece sequer ter existido na humanidade. Eis uma profissão que merece todo o meu respeito, Shochet. Alguém preparado para minimizar o sofrimento de seres que matarão a fome da humanidade. Não é belo, meus queridos, esse ofício de respeitar a vida animal e reverenciá-la como parte da Criação, assim como nós também somos?

Nós já estávamos ali há duas horas, e notei que apesar do frio que fazia lá fora, Teçá suava em bicas. Temi que algo de feminino escapasse aos olhos dos homens ao seu lado, uma esquina de fragilidade que — ao ser detectada — permite ao observador caminhar por toda a avenida de uma mulher. No entanto, Teçá contava com a autoridade do inusitado. Ninguém ali, imaginaria quem aquele "rapaz", na verdade, era. A concentração dos candidatos era palpável, como eu lhes disse, proveniente do respeito. Por isso, sequer olhavam para os lados. Os jurados caminhavam aleatoriamente entre eles. Faziam anotações. Cochichavam entre si. Polaco também anotava coisas, afinal, ele era um Shochet, experiente pelo visto. Poderia contestar o veredicto de algum jurado?

Num dado momento, fui até a rua e procurei uma cabine telefônica. Liguei para casa e disse a Jack onde estava.

— Deseje boa sorte a ela. – disse-me ele.

Jack adorava Teçá. Dizia que ela conseguiria tudo que quisesse na vida, pois tinha uma estrela. Eu pensava o mesmo, e entendia o que ele queria dizer com estrela. Aquela menina tinha aptidão para tudo, desde que desejasse. Do contrário, não movia sequer um dedo.

Aproveitei para comprar caramelos, aquela demora e matança estavam me causando úlceras. A certa hora, já nos momentos finais das etapas, havia apenas Teçá, um homem de meia idade e um outro bem mais velho que este, disputando os 500 dólares. Um dos jurados dirigiu uma pergunta a Teçá. Só então notei que ela não havia aberto a boca desde que tudo começou. Mais uma vez Polaco mostrou-se uma peça-chave naquela empreitada. Ele se aproximou do jurado e respondeu por Teçá, justificando que "o candidato" ainda não dominava o idioma. Entendeu-se que Polaco seria o irmão daquele rapaz, o candidato finalista.

O resultado saiu em meia hora. E enquanto o júri se reunia, Teçá e Polaco foram ao meu encontro. Ela estava morrendo de sede, de suas suíças, pintadas artificial e grosseiramente, escorria um filete de suor.

— Ainda bem que você não passou a mão nesta maquiagem de Jardim de Infância – eu disse para descontraí-la.

Mas foi inútil. Teçá estava com a expressão dos ginastas que aguardam as notas após suas apresentações. Naquele momento ela era como uma Nádia Comaneci. Polaco disse coisas encorajadoras para ela.

— Acredite, você foi melhor do que aqueles velhotes. Eles terão de lhe premiar.

A voz de Polaco me parecia tão familiar, seu jeito de falar talvez me remetesse a alguém. Dei-me conta de que não sabia seu verdadeiro nome. E isso foi satisfeito com a aproximação de uma pessoa da organização do evento.

— Senhor... – apontou o homem em nossa direção.

— Eu? – questionou Polaco.

— Sim. Aproxime-se.

Como Polaco dissera que o "irmão" não dominava o idioma, a comissão passou a falar diretamente com ele.

— Como é mesmo o sobrenome de seu irmão?

— É este que está na ficha de inscrição. – respondeu Polaco com tranquilidade.

— Não estamos com as fichas aqui. Apenas com os crachás e o nome de seu irmão só aparece como Kowalski. O primeiro nome qual é?

Polaco olhou para Teçá e respondeu ao homem:

— András.

— Ok.

O homem voltou para a mesa organizadora. Teçá respirou aliviada. Polaco também. Mas eu fui tomada por um pensamento que funcionou mais ou menos como aqueles dominós enfileirados que, após um peteleco, vão ao chão em poucos segundos.

— Este nome...Kowalski, você tirou de onde? – perguntei.

— Da minha família. Sou conhecido, se digo que ele é meu irmão tenho que dar meu sobrenome. – disse-me pondo as palmas das mãos a mostra em sinal de obviedade.

Teçá não prestava a atenção na nossa conversa. Notava as fichas com os votos sendo recolhidas, depois o organizador ligando o microfone. Limpava as palmas das mãos na calça social, e eu me detinha às feições de Polaco. Enquanto os candidatos eram chamados para a mesa de jurados, Teçá e Polaco se moveram para lá, eu os segui, mas por instantes o resultado do campeonato não me pareceu essencial. Eu tinha os olhos presos na cor dos cabelos, no gestual, na voz, nos trejeitos de Polaco. Quando paramos diante da mesa para ouvir o resultado, toquei nos ombros de Polaco e lhe perguntei:

— De que cidade da Polônia você veio?

Com os olhos entre mim e o organizador, ele respondeu distraído:

— Lublin.

— Shiu. O resultado. – apontou Teçá para frente.

O homem deu duas batidinhas para testar o som e disse:

— Em terceiro lugar do concurso Kosher, de 1952, a comissão escolheu: Benny Levine.

Algumas palmas tímidas e um rosto abatido foram vistos.

— Em segundo lugar...

Agora era o momento crucial. Se o homem dissesse o nome de Teçá ela não levaria o troféu, nem os quinhentos dólares. Então o relógio parou para a minha amiga. Meu coração galopava, pois, se tudo desse certo...

— ...vai para Nathan Soltas.

Teçá emitiu um grito de vitória. Polaco a segurou pelas pernas e ergueu seu corpo. As pessoas bateram palmas, tiraram a foto do menino prodígio, o troféu veio as mãos da minha querida menina e o cheque de quinhentos dólares também. Quando nos afastamos um pouco, ela deu o cheque para Polaco.

— Eu só queria o troféu. O dinheiro é seu.

Polaco se negou a aceitar. Então eu a ouvi dizer:

— Quero que aceite. Você me ensinou o que sei. Use o dinheiro para encontrar sua família.

Então foi a minha vez de dar um prêmio a Polaco.

— Halter... Seu nome é Halter?

Teçá olhou-me curiosa. Seus olhos tinham o brilho da vitória, mas não deixaram de emitir uma expressão de curiosidade.

— Sim. – respondeu-me Polaco, intrigado.

— Você tem uma irmã chamada Esther?

Polaco ajoelhou no chão do ginásio e começou a chorar.

Esther estava grávida de seu primeiro filho. Ela e Levi haviam se casado há mais de um ano e ele já dava aulas no Instituto de Pedagogia. Diferente de Klára e Samuel, que decidiram viver bem longe do Brooklyn, os outros dois se mudaram para lá assim que se casaram. Inclusive, próximo ao açougue de Halter. Pode parecer coisa de filme, mas era a mais pura verdade. Enquanto Teçá repassava seu script na cabeça – sobre o que diria a sua mãe sobre o corte em seus cabelos –, eu e Halter discutíamos em como abordar essa descoberta para Esther, em vista de seu estado gravídico.

Contei a ele um pouco do que havia acontecido a Esther desde que embarcamos no porto de Liverpool, das dificuldades dela para aprender o idioma, ele riu de mais uma semelhança com sua irmã gêmea. Falei de Levi, que era um verdadeiro cavalheiro e que a amava, suportando longos períodos depressivos da mulher com paciência sacerdotal. Disse-lhe, também, que eu e Jack constantemente acessávamos arquivos de registros de imigrantes em busca do nome Halter Kosawski, a partir de fevereiro de 1945. Partindo do princípio de que Auschwitz foi libertado em janeiro, e mesmo conhecendo as condições dos prisioneiros, demos essa margem para a nossa busca.

— Vocês não me encontrariam. O oficial de imigração escreveu meu nome errado na certidão imigratória: Walter Klozauky.

Halter era apenas só mais um dos milhares de casos ao redor do mundo em que o imigrante é rebatizado por uma grafia errônea, ao chegar no país estrangeiro. Isso era um dos motivos para famílias inteiras nunca mais se encontrarem e vinha acontecendo desde a Primeira Guerra, com a onda imigratória dentro da própria Europa e depois fora dela.

Decidimos ligar para Levi e adiantar-lhe o assunto. Ele tinha acabado de sair do Instituto, então calculei que chegaria ao mesmo tempo que nós. Teçá quis nos acompanhar, ela adorava reencontros. Mas também esperava que eu a acompanhasse na volta para casa, quem sabe acalmando os ânimos de Ilma.

Halter suava frio. Sua barba, espessa e longa, agora parecia minguada pela ansiedade. Sem ela, eu certamente teria ligado suas feições às da irmã. Chegamos ao predinho de dois andares onde Esther e Levi moravam. A janela da sala era virada para a rua, a luz estava acessa e havia uma silhueta alta próxima a janela, era Levi. Isso foi bom.

— Vamos subir. – eu disse, aproveitando-me da porta aberta deixada por um morador simpático.

— Mas se ela se emocionar, pode perder a criança? – falou Teçá.

— Duvido, as emoções de amor só surtem bons resultados. – respondi. — Vamos fazer assim, vocês aguardam aqui neste lance de escada, enquanto eu bato à porta e introduzo a surpresa.

Assim eles fizeram. Halter olhava para o alto da escada de onde escapavam sons de bater de porta, vozes abafadas, a luz provinda do apartamento. E assim que a porta se abriu, ouviu a voz suave de sua querida irmã falando um idioma que não era o deles. Alguns minutos depois de minha curta introdução, Esther veio ao corredor, sua fala emocionada chamava:

— Królik? – coelho, era o modo carinhoso como ela o chamava na Polônia.

Halter surgiu para além da escada e sorriu para ela. A partir daquele dia, eles nunca mais se perderam.

CAPÍTULO 35

Um estranho no ninho

O episódio do cabelo curto não rendeu tantas dores de cabeça para Teçá, segundo suas próprias palavras, quando nos encontramos uma semana depois. Talvez pelo fato de que Ilma tinha uma notícia para ela e András, a única coisa que disse ao passar a mão sobre o cabelo da filha foi: "Logo cresce, nós temos uma linhagem de cabelos longos."

Teçá contou-me isso em um tom decepcionado.

— Que bom, você escapou de sermões e castigos.

— Margot, eu preferia isso...

Um mês depois, Ilma se casou com Bill Fischer um policial de origem irlandesa.

Agora, talvez por estar casada, Ilma retomava as rédeas de sua família retirando de Teçá o fardo de comandar. A verdade é que isso já vinha acontecendo, começou quando Ilma finalmente descobriu que o idioma inglês não era um bicho de sete cabeças, depois quando se mudaram para um apartamento melhor e não precisavam mais alugar um quarto da casa para estranhos, e por fim quando Ilma conheceu Bill Fisher. Para a minha amiguinha foi difícil aceitar um novo homem vivendo entre eles, comandando, pedindo pratos especiais que sequer tinham relação com a culinária judaica, ou mesmo húngara.

Diferentemente da irmã, András aceitou a chegada daquele homem com fluidez. Ele era um menino esforçado, e com a ajuda de Bill conquistou uma bolsa de estudos em um colégio interno na Filadélfia. Vinha para casa uma vez ao mês, e estava se saindo bem apesar das histórias que contava, sobre abusos verbais contra os alunos judeus. O colégio, uma renomada instituição de ensino, era bom para os bolsistas, mas fazia vista grossa quando os alunos ricos se divertiam às custas dos outros. András se recordava de poucas coisas sobre os campos de concentração, no entanto, acredito que elas tivessem vozes dentro dele, vozes dos outros, que reverberavam dizendo para ele que os abusos verbais daqueles alunos mimados não eram nada perto do que ele, a mãe e irmã tinham sofrido. Por isso, encarava a escola como um prêmio e não queria soltá-lo de maneira nenhuma. Ele resistia e passava de ano com louvor. Teçá sentia-se ainda mais sozinha. Às vezes ela atravessava a Brooklyn Bridge, pegava o primeiro trem da manhã na Penn Station, só para encontrá-lo por algumas horas. Almoçavam na própria Market Street, a rua da estação central da Filadélfia, para não perderem tempo e matarem as saudades. Depois ela voltava no último trem da noite para Nova Iorque. Mas isso só aos domingos, quando ela tinha folga do trabalho e András, do colégio. Isso ocorreu por anos, até que ele se formasse. Por conta da ligação que sempre tiveram, eu me perguntava se András notara em Teçá o que eu, ingenuamente, constatei apenas quando o estrago tinha alçado mergulhos profundos.

Ao longo de anos, Teçá havia pedido minha ajuda a seu próprio modo. Seu olhar me chamava para seus problemas, suas esquivas eram, ao bem da verdade, convites para que eu jogasse luz sobre as coisas não ditas. Os contornos de sua personalidade, sempre bem delineados, agora me pareciam borrados por uma inconstância de humor, por respostas tortas e já nos últimos anos apegados a um olhar perdido sobre algum ponto que não nos era revelado. No entanto, naquela época, entre os anos 1950 e 1960, quando ela se tornava uma mulher e eu enfrentava as angústias de uma sonhada maternidade, fui cegada por meu universo particular, resumindo-se em Jack, nosso sonhado filho, minha carreira e Pim. Teçá, minha adorável menina, admito, ficou em segundo plano. Sei que algo me cutucava quando estávamos juntas. Uma alteração súbita em seu estado mental, ora agitado e eufórico (geralmente quando falava de seus planos em se tornar uma kosher reconhecida), ora sorumbático, sinalizando que algo se construía dentro dela contra sua vontade. O que era, infelizmente, eu descobri tarde demais.

Aquela década foi uma das mais felizes da minha vida. Infelizmente, antecedeu uma das piores. Mas naquele momento eu não sabia disso, e acredito que este seja o grande presente que Deus nos deu. Com raríssimas exceções daqueles que podem prever o futuro, a maioria de nós vivencia momentos de pura magia sem ao menos se dar conta disso. Eu vivi muitos naqueles anos. Alguns vocês já sabem quais foram. E o marco que cravou em minha linha cronológica uma perda triste, consequentemente, mudanças que estariam por vir, foi a morte de Dick Simon. Falarei disso mais a frente. Adianto-lhes que foi abrupta e estúpida.

CAPÍTULO 36

Infiltração
(o título deste capítulo vocês só entenderão no futuro)

Até o ano de 1960, Jack e eu vivemos um período feliz. E agora, dei-me conta de não ter contado a vocês, leitores, as belezas e peculiaridades deste nosso refúgio. Nosso apartamento no Patchin Place, ficava em um quarteirão com casas construídas em meados do século XIX, bem arborizado, próximo ao Brevoort Hotel. O prédio, de apenas três andares, era bem próximo de onde morava o poeta E.E.Cummings e, este detalhe era o mais charmoso de todos os outros. Foi por um golpe de sorte que conseguimos tal façanha, pois o endereço, no início, não era algo ao alcance de nossos modestos salários. É que o proprietário, um comerciante judeu que ficara viúvo, preferiu passar um tempo perto da família, em Portugal, e como conhecia o rabino Staremberg, confiou cegamente na indicação dirigida a nós. O proprietário desejava mais a manutenção de seu apartamento, pela moradia de pessoas idôneas, que o colocariam a par de eventuais problemas no imóvel, do que propriamente um valor de aluguel exorbitante. Cobrou-nos o que pagaríamos em um apartamento de mesmo tamanho nas ruas internas do Brooklyn, e fez questão de enfatizar este detalhe. Quando Pim o conheceu, da primeira vez que esteve em NY comigo, disse que não imaginava que algum lugar daquela cidade pudesse ser tão silencioso e bucólico, como o nosso apartamento. De qualquer maneira, ficamos imensamente felizes ao começar nossa vida a dois em um endereço tão distinto e acolhedor. Posso chamar de casamento o que vivemos. Jack trabalhava como fotógrafo e *ghostwriter* para o The New York Times e para o The Telegraph, como correspondente. Estava em uma nova fase, mantendo sua porção nômade domesticada. Nós trabalhávamos bastante, mas também nos divertíamos como nunca; às quintas íamos ao Club de Jazz, onde Jack tocava seu trompete com a banda da casa. Nas segundas e terças-feiras, ficávamos por perto a fim de tomar um drink com os amigos da editora – eu ainda trabalhava lá e agora fazia um curso de tradução francesa, custeado pelo sr. Simon, que me dizia: — *Margot, vida é papel.* Sua teoria era de que precisamos garantir um ofício por meio da chancela de um certificado ou diploma. Agradeci a oportunidade, é claro, e a agarrei com unhas e dentes. Nas quartas-feiras, se não tivéssemos trabalho acumulado, jogávamos boliche com Esther e Levi, e com sorte Klára e Samuel nos faziam companhia, caso estivessem na cidade. O marido de Klára estava cada vez mais atuante na carreira, e no cargo de Segundo Secretário, era possível que se mudassem dos EUA.

Sexta-feira à noite, sempre que podia, eu me reservava para o Shabbat. Acendia as velas do meu Menorah, assim que chegava do trabalho, e dispensava uma limpeza no local do altar. Deixei Jack à vontade para fazer o que quisesse, mas ele – apesar de inveteradamente ateu – me fazia companhia, ajudando-me na limpeza. Se como Anne Frank eu não fui uma judia ortodoxa, como Margot Snyder adquiri pequenos rituais. Foi na religião e nas amizades que a vida me deu, que me ancorei em momentos de extremo vazio. Agora cabia, por meio da gratidão, fazer minha parte. Há que se ter gratidão ao que nos conforta. Além disso, havia um motivo maior do que todos esses; render homenagem à Margot. Minha irmã sempre foi mais judia do que eu, dedicava-se ao estudo da Torá, ao idioma hebreu, e nutria o desejo de ser enfermeira em Israel. Em honra aos seus sonhos e à vida nova que seu nome me proporcionou, adquiri essa relação com o judaísmo. Nunca chegou a ser como era para ela; natural e necessário. A mim, chegou da maneira que lhes falei. Já para Margot, pertencia à sua alma de maneira quase orgânica.

Dentro de nossa rotina estabelecemos um ritmo natural, seguindo nossos instintos e gostos. Tanto para mim, quanto para Jack, tratava-se de uma nova experiência. Sem que isso fosse concretamente estipulado, criamos uma fórmula que para nós, deu certo. Jack percebeu que eu não tinha jeito para a cozinha; minhas tentativas malfadadas colocavam em risco até nossa integridade física (eu sempre esquecia a comida no fogo), além do desperdício ao qual não podíamos nos submeter em virtude de nosso apertado orçamento. Então, Jack provou ser um verdadeiro mestre cuca. Suas especialidades: a culinária do meio-oeste. Eu adorava seu suflê de milho, tanto que, das poucas coisas que sei fazer com êxito culinário é isto. Comíamos suflê com frango, suflê com omelete, suflê com carneiro, suflê com peixe, ou apenas... Suflê. Até que nos cansamos e então o suflê de milho aparecia apenas nas festas de fim de ano. Ele era famoso entre os nossos amigos que nos pediam para levá-lo às comemorações. A minha parte ficava por conta da limpeza. Como o apartamento não era grande, imagine que nunca foi um grande sacrifício deixá-lo cheiroso. Tínhamos um móvel pequenino de madeira, que não chegava a ser uma estante, mas possuía três prateleiras e duas portas de abrir na parte de baixo, onde guardávamos pastas e documentos importantes. Acima, eu sempre deixava flores em um vaso de cristal que compramos na feira de antiquários no mercado-de-pulgas, da Canal Street, nos primeiros anos nós frequentávamos muito o local. Uma das minhas prioridades sempre foi a roupa de cama, após recobrar minha memória, deitar sobre lençóis limpos e cheirosos não era apenas algo proveniente de um ritual higiênico, mas uma necessidade para a preservação de minhas faculdades mentais. Jack adorava o fato de eu espalhar sabonetes Pears pelas gavetas, era para trazer um mesmo perfume sobre as roupas, eu os comprava em uma lojinha de produtos indianos e esse ficou sendo o cheirinho da nossa casa.

Neste período, que a mim parecia um verdadeiro idílio da vida a dois, houve, é claro, um momento de dor. Nós tentamos muito ter um bebê e decidimos isso em meados de 1956, porém, até 1960 nada aconteceu além de dois abortos espontâneos nas primeiras semanas de gestação. Em princípio, Jack parecia estar mais disposto a me agradar do que com vontade de ser pai, povoar o mundo não era sua prioridade. Com o tempo, e todas as expectativas ao redor da ideia, deteve-se um pouco mais sobre os bebês. Perdia mais tempo observando-os tomando banho de sol no Gramercy Park, fazia planos e até, escolhia o nome de nosso filho; Joseph, se menino, em homenagem ao seu amigo. Se fosse menina se chamaria Edith, em homenagem à minha mãe. Foi como um vértice de parábola, no início timidamente forjado, depois a ideia ascendia ao topo e com ela outros planos, projetos de mudança para um espaço maior, o tipo de educação na qual formaríamos o caráter da criança. Mas com o tempo, nossas malfadadas tentativas descenderam ao vale da infertilidade. Para piorar, minhas amigas tiveram lindos filhos neste período e convidavam-nos para batizá-los. É claro que aceitei, lisonjeada e cheia de amor por eles. Contudo, pegá-los no colo, envoltos por suas mantinhas tricotadas com o inconfundível perfume de leite e celestialidade, causava-me imensa angústia.

No fundo, eu sabia que jamais seria mãe. Não nos moldes biológicos.

Teçá era alguém que me questionava insistentemente; *quando finalmente vocês terão um bebê?* perguntava-me assim, sem cerimônia. Ela estava com quase vinte anos, mas não havia meios de amadurecer no quesito discrição. Uma vez, Ilma respondeu-a por mim:

— *Os bebês não ser única maneira de fazer mulher feliz.* – disse com uma indefectível acentuação dos povos do leste europeu.

Da cozinha nós podíamos entrever uma parte do braço de András, debruçado sobre seus estudos na mesa da sala. Isso deve ter ocorrido em um feriado, pois András estava em casa e Bill, o marido de Ilma, provavelmente patrulhava as ruas do Brooklyn. A reação de Teçá ao comentário da mãe e ao silêncio incômodo que se seguiu, foi dirigir-se ao irmão.

— András, você não queria a minha ajuda em um desenho?

— Isso foi há dois dias... – respondeu ele sem tirar os olhos da leitura.

Sem jeito ela foi até ele, deixando-nos a sós. Ilma pôs as mãos sobre as minhas, e pela primeira vez travou comigo uma intimidade para além da que existia entre mim e Teçá.

— Eu não queria me casar e não *querer* ter filhos. – com frequência ela errava os verbos — Sonhava *terminar* escola...

Então ela olhou na direção da sala, mirando seus filhos:

— Eu amar Teçá e András, mas *querer ir* para a universidade, até hoje.

Entendi sua intenção. Jogar o foco na minha intelectualidade, foi a maneira que encontrou de me tranquilizar sobre o fato de eu, possivelmente, não poder ser mãe. Certamente já havia notado que algo de errado, ou comigo ou com Jack, estava acontecendo sob o ponto de vista da fertilidade. Ilma possuía a sabedoria da vivência. Naquela época, após ter se casado com Bill Fischer, imaginei que estivesse feliz. Havia uma suavidade em seus gestos, ligeiramente autômatos. Eu os concebia como algo positivo. Talvez, o marido a desse um pouco de paz e segurança. Por outro lado, Teçá sequer mencionava o nome do padrasto. Parecia que quanto menos falasse nele, menos ele faria parte de sua vida. Bill nem sempre estava por perto. Como policial, tinha uma rotina irregular, geralmente solicitado pelo Departamento de Polícia quando "a coisa ficava feia". András, que no início era mais receptivo que Teçá, após alguns anos agia como se devesse um respeito pesado ao padrasto, por conta da bolsa de estudos, talvez. No entanto, notei seus olhares capiciosos enquanto Bill chegava do trabalho apertando a cintura de Ilma, pegando uma cerveja na geladeira e se instalando no sofá como se fosse uma embarcação pequena, onde somente ele poderia navegar. Ele me cumprimentava com educação, e uma certa reverência breve que, tanto quanto o olhar de András, parecia guardar intenções ocultas.

Naquela época, as coisas estavam prestes a eclodir em uma direção que jamais pude imaginar. O desfecho dessa eclosão, a mim foi mais decepcionante do que o abalo sísmico.

Algo difícil para Teçá foi a partida de Halter, alguns anos após aquele encontro com Esther. Sua irmã e cunhado decidiram se mudar para Dakota, e como haviam feito Mary e Ronald, abandonaram a vida agitada da Big Apple e escolheram o interior, cuidando da criação de caprinos dos pais de Levi, que como filho único sentia-se responsável pelos pais. Esther adorou a mudança, ela era uma moça pacata e nunca se ligou a NY como eu e Klára, por exemplo. Sua única tristeza foi deixar Halter, agora que finalmente haviam se encontrado após aqueles tristes anos. A coisa toda se solucionou com o convite de Levi, para que Halter o ajudasse com os caprinos e ainda trabalhassem com alguma produção de carne kosher. Halter adorou a ideia e logo fez as malas para acompanhar a irmã e o cunhado, isso carregou as alegrias de Teçá que via no patrão um amigo e mestre. Se pudesse, Halter deixaria a charcutaria para ela. Mas a comunidade jamais admitiria o ofício de Teçá, não apenas boicotando seu negócio como lutando para fechá-lo.

— Eu me revelo para aqueles homens toscos, conto tudo. Que eu, aquele menino no torneio de 1950, na verdade, sou Teçá Wadja.

Tive de gastar horas dissuadindo-a. Dizendo a ela que estas coisas nos EUA sempre acabavam em processos judiciais, e que a comissão certamente se sentiria lesada, enganada, sobretudo sobre as regras do concurso que foram desrespeitadas. Além disso, Halter também poderia ir preso.

— Eu poderia ser presa?

— Acredito que se eles quisessem, sim.

— Pois está aí uma solução para mim.

— Que é isso, Teçá, não seja dramática...

— Dramática? Você não sabe de nada Margot.

Seus olhos estavam fincados novamente em um ponto não identificável. Foi então que notei suas formas mais arredondadas, e também me dei conta de que ela já havia saído da adolescência. Perguntei de supetão:

— Você está grávida?

— Não. Como estaria grávida se nem ao menos tenho um namorado? – ela deixou escapar mais uma frustração.

Teçá era bonita. Expressão forte, de quem pode assustar homens mais inexperientes. No entanto, atravessada a ponte, o felizardo enxergaria a princesa por trás do dragão. Aquele ganho de peso vinha de outra fonte. Tinha um motivo mais denso e profundo, uma intenção de tornar-se menos atraente, quem sabe. Não ser um foco.

Alguns meses após aquela nossa conversa, eu soube por András que o Vesúvio havia entrado em erupção.

CAPÍTULO 37

A cegonha baniu meu endereço

Quando o Dr. Nathel nos disse com todas as letras que eu não poderia ser mãe em virtude de um útero infantil, eu já havia sido submetida há anos de injeções com hormônios. Eu sofria dos nervos, de cólicas, de expectativas, de náuseas e meus seios ficavam inchados aumentando, às vezes, em até um número de sutiã. Jack suportava tudo, exceto minhas crises de ciúmes, que claro, pioraram nesta época. Minha infertilidade, combatida com agulhas, abastecia meu útero de uma massa colérica e frustrante. Resultado; eu via coisas onde não existia nada, o tempo todo. Jack sofreu meu hiper foco. Meggie Williams e outras mulheres como amigas de trabalho ou entrevistadas, povoavam meu pensamento com cenas de amor e suor em alguma cama perfumada. Somente algum tempo depois, utilizei-me da psicologia como remédio para a alma, fazendo sessões semanais com meu terapeuta, Tedd Andersen.

Jack cumpriu sua promessa de se manter ao meu lado enquanto atravessávamos aquele período, no entanto, após cinco anos de tentativas jogamos a toalha. Eu não podia engravidar.

Foi então que seu trabalho como correspondente de guerra voltou a me assombrar. A verdade é que vivi todo o tempo de nosso casamento com medo: de ser trocada por outra, de não engravidar, de perdê-lo em uma situação de perigo em zonas de conflito armado.

Nesses anos, o mundo continuou belicoso. Nesta década, entre os anos 1953 e 1960 uma família influente na política americana, começou a dar as cartas no jogo pesado dos bastidores da Casa Branca. Liderados pelo patriarca Joseph Kennedy, seus filhos John, Robert e Edward formavam um exército preparado para alçar voos nos jardins da Casa Branca. Jack conhecia os detalhes mais profundos da família, que começavam com o tipo de negócios que Joseph gerenciava no país. Massachusetts era praticamente um Reino dos Kennedy, e ali os meninos se tornaram verdadeiras águias.

— Os planos do velho não eram esses, mas cada um joga com as cartas que têm.

— Como assim? – perguntei.

— Os planos do embaixador estavam todos voltados para o seu primogênito, Joseph, não para John.

— Você disse que ele criou todos para a política...

— Disse. Mas para ele, o sonho de ter um filho presidente estava em cima de Joseph e não de John.

— Até que ele perdeu o filho para a Força Aérea... – completei.

— Você quer dizer, para a guerra.

— Sim.

Jack estava catalogando tudo sobre a família, da qual não era fã. Ao contrário de mim, que como a maioria dos americanos havia caído nas graças dos Boston Boys, como eu os chamava. Eles eram, na verdade, da cidade de Brookline, mas como a capital de Massachusetts era Boston e tanto John como Robert haviam se formado em Harvard, eu os chamava de Boston Boys. Jack morria de ciúmes de Robert, que todos conhecem como Bobby Kennedy. Ele era o meu Kennedy preferido, embora eu tentasse esconder isso, Jack percebia o entusiasmo com o qual eu falava deste Kennedy, que foi o fiel escudeiro de seu irmão a quem ele amava e não deixou de amar até o fatídico dia em que...

Vou deixar esse detalhe mais para frente.

As polêmicas acerca da família Kennedy são, e já eram naquela época, infindáveis. Até hoje algum depoimento guardado à sete chaves, emerge para vender milhões de revistas ou livros. Muito disso deixei registrado na Biografia dos Presidentes, e os escritos e documentos de Jack me propiciaram um acervo inestimável para aquela pesquisa. O motivo pelo qual acredito ter nutrido extrema afeição por Bobby Kennedy, entre outras qualidades, era a sua falsa vulnerabilidade. A princípio, e talvez pelo fato de ter preferido os bastidores, era possível que se imaginasse um homem de pouca personalidade, vivendo à sombra do irmão ou do pai. Mas Bobby só precisou de tempo para mostrar que tipo de homem, político, pai, irmão e cunhado ele iria se tornar. Bobby era leal, aos que amava e aos seus princípios. Não estou lustrando todas as suas ações, pois como ser humano e político, certamente errou bastante. Porém, os alvos que acertou significam muito para mim, sobretudo no quesito família. Além disso, ele tinha o mesmo sorriso de Jack, embora isso deixasse o meu marido contrariado, uma vez eu lhe disse isso.

— Vocês têm o mesmo sorriso, querido.

— Só me faltava essa...

— Tem sim. Vou mostrar.

Peguei duas fotos que havia revelado: uma de Jack e outra de Bobby, esta última extraída de um poster. Ambos sorriam mostrando os dentes. Mostrei para ele, somente o sorriso, ampliado.

— Este sou eu. – disse enfaticamente apontando para uma das fotos.

— Tem certeza? – falei em um tom desafiador.

— Absoluta.

— Pois está errado.

A contragosto ele aceitou a comparação. Mas disse que ela parava por ali. Ele não tinha voz de taquara rachada, como fez questão de salientar, e seu caráter era definitivamente transparente. Jack adorava mostrar sua rigidez política, que não levava em conta o fato de ter de fazer alianças (muitas vezes), com inimigos. Acho que as pessoas que fazem aniversário sob o signo de sagitário são assim. Jack era do dia 23 de novembro. Eu não discordava dele, em parte, pois havia entendido que certos inimigos só vencemos com uma aproximação indigesta. Afinal, assim é possível conhecer suas fraquezas. Mesmo assim, os Kennedy não poderiam imaginar que o país da democracia continuava alimentando um grupo capaz de usar as mesmas armas que usou contra Abraham Lincoln. John Kennedy, que em poucos anos seria um dos mais famosos presidentes da América, agora era senador e antes disso tinha feito parte da Câmara dos Deputados, representando o seu Estado. Ele possuía uma força e um carisma inegável, embora seu falecido irmão, ao que pude notar pelas fotos e filmagens, fosse de fato uma espécie de galã virtuoso da família, até morrer em combate, em uma operação secreta durante a Segunda Guerra. Enquanto o povo americano conhecia a Família Kennedy, ao menos sob a lente daquele obstinado patriarca, Jack me dizia que eu iria me decepcionar. Segundo ele, a família que posteriormente perseguiria a Máfia Italiana, não era diferente dos perseguidos.

— O que muda é o sistema por eles escolhido, a finalidade é a mesma.

— Ora, Jack... Não exagere. – eu retrucava mais para vê-lo irritado, pois ele acreditava que meu bem querer por Bobby, cegava-me.

— Acredite, Margot. Josephe Kennedy não é diferente de Carlo Costelo.

Na editora eu alçava uma posição difícil de definir até para Dick e Max Schuster. Eu traduzia, revisava os livros antes de serem enviados para a gráfica, e ainda dava os meus pitacos em manuscritos que, a cada dia, surgiam mais numerosos em nossa caixa postal. Naquela época, minha mesa vivia lotada de envelopes volumosos com selos postais de diferentes estados do país, exigindo rigor dos meus olhos e por isso; dando seguimento ao que Pim já havia notado quando ainda vivíamos no Anexo Secreto, fui a um oftalmologista e comecei a usar óculos para uma já adiantada miopia. Por sorte a lente não era tão grossa e me conferia um semblante mais maduro e intelectualizado, algo que gostei de pronto ao escolher *as armações negras em formato de gatinho*. Graças à disputa entre Helena Rubinstein e Elizabeth Arden, nós mulheres podíamos contar com uma infinidade de cosméticos, e com a ajuda das muitas camadas de rímel, ficávamos cada vez mais parecidas com as estrelas de cinema. Assim tentavam nos convencer.

E por falar em Pim, nós havíamos nos encontrado em Londres algumas vezes. Quando Fritzi sentia saudades de sua filha Eva e de Zvi, seu genro, e também de suas netas. Jack nunca pôde me acompanhar e isso me entristecia, pois apesar de me adaptar a sua vida como correspondente, nos momentos em que eu estava com Pim ou Lewis, eram os que eu mais sentia falta dele; como se na minha torta perfeita faltasse uma fatia. Para Pim ficava cada vez mais claro que minha reaparição jamais ocorreria, mesmo quando Audrey Hepburn quase foi escalada para o papel de Anne Frank nos cinemas, e eu quase tive um colapso de emoção. Após 24 horas, voltei a desejar minha vida de Margot Snyder.

— E como ela é, Pim? Digo, pessoalmente.

— Uma flor delicada e muito séria.

— Séria?

— Sim, você sabe por que ela desistiu do papel?

— Por que?

— Ela me disse, pessoalmente, que não acreditava ter forças para lidar com as emoções de Anne Frank. Assim como nós, Audrey viveu seus traumas na Guerra. Ela tem a mesma idade que você.

Nós dois ficamos de mãos dadas no Hyde Park, enquanto Pim contava-me detalhes do roteiro e adaptação do meu Diário para o cinema. Vocês podem imaginar como foi difícil para mim ficar fora disso? Hoje, na verdade, após assistir todas as versões para o cinema, e muitas para o teatro, acredito que fiz um bem para arte em me manter afastada. Eu permiti que a arte dos outros completasse a minha arte.

Numa dessas idas a Londres, apresentei Pim a Lewis. Meu pai agradecia a todo momento por tudo que Lewis havia feito por mim. Assim como ocorreu com Jack, os dois se deram muito bem. Embora com Lewis a relação se desse mais a distância, não sei explicar o porquê. Talvez Pim imaginasse que Lewis calculasse todos os seus gestos e falas, como costumamos imaginar que psiquiatras e psicólogos fazem conosco nas mais simples conversas. Coitados, a maior parte do tempo eles estão desejando esquecer o que veem e ouvem em seus consultórios.

Como eu lhes disse, aqueles anos foram suaves e produtivos. Diferentes da década seguinte em que minha vida passou por turbulências inesperadas. Esse marco deu-se com a morte de Richard Simon, o homem que abriu as portas do mercado editorial para mim. A ele sou eternamente grata. E, apesar de minha infertilidade ter sido durante muito tempo um motivo de frustração em torno de uma vida que imaginei perfeita, foi justamente Dick Simon quem fertilizou em mim o que seria meu sentido de vida; a literatura.

Capítulo 38

A década de 1960

Ainda com o frescor da década passada, entrei em 1960 cheia de planos e perspectivas. Logo no início de janeiro, John F. Kennedy anunciou sua candidatura pelo partido democrata. A guerra da Indochina agora ganhava um novo nome: Guerra do Vietnam. Em março, os Estados Unidos entravam oficialmente para aquele banho de sangue, enviando 3.500 soldados para lá. Se nós soubéssemos que aquele inferno duraria até 1975! A coisa ficaria bem pior a partir de 1965, mas isso eu explico mais a diante. É só para começar a ilustrar o porquê desta década ter sido tão marcante para mim. Eu tinha dado graças a Deus por Jack não ter sido designado para cobrir o envio daquela tropa americana, ele tinha caído nas graças de seu editor chefe no The New York Times, o que era ótimo para qualquer jornalista em ascensão, exceto para Jack. Ele queria a estrada, de preferência as mais esburacadas, queria voar em teco-tecos, comer em tribos distantes e até desconhecidas, queria ver o mundo que ninguém costuma ver pois, em geral, preferem passear em ruas asfaltadas ladeadas de lojas climatizadas. Eu havia me casado com uma espécie de Jacques Cousteau, e aliás, nós adorávamos assistir os documentários deste lendário pesquisador. Jack, assim como o francês, gostava de catalogar as vidas, as mais excêntricas e selvagens, e com isso eu catalogava os meses em que vivíamos afastados.

Se houve algo de bom naquele ano, foi a assinatura dos Direitos Civis pelo então Presidente Dwight Eisenhower, uma luz no fim do túnel que se acendia contra aqueles que teimavam em relegar os negros à condição de coisa e não de gente. No Sul do país crimes contra cidadãos negros vinham tirando o sono dos políticos que não sabiam mais como eliminar, de uma vez por todas, aquelas práticas. Infelizmente, mais de meio século se passou e ainda somos obrigados a vivenciar comentários e atitudes racistas, crimes, não só na América mas em todo o globo terrestre e não apenas contra os negros.

Por outro lado, além dos problemas do Pacífico, os EUA permaneciam de olho no leste europeu que claramente passava para o lado soviético. A cortina de ferro tornava a esfera soviética ampla e poderosa, a luta do capitalismo contra o comunismo parecia não ter fim. A um ano da construção do Muro de Berlim, o mundo estava mais uma vez dividido e eu chegava a me perguntar se alguma vez havia sido diferente. Sim, provavelmente na Era dos Descobrimentos!

Para Jack isso era um prato cheio. Havia muitas zonas de conflito para cobrir e o plano de seu chefe, em torná-lo um dos cabeças da edição do jornal, não o agradava.

— Eu não posso acreditar que você cogite a ideia de declinar deste convite. – eu disse chateada.

— Passar a vida cuidando do trabalho dos outros não é meu sonho de profissão.

Levei a mal aquela observação, afinal, não era isso que eu vinha fazendo há quase dez anos?

— É, realmente cuidar do trabalho dos outros não é o mesmo que sumir no mundo para dar trabalho aos outros. – respondi contrariada.

— Dar trabalho aos outros?

— O que é? Você pensa que é fácil dormir todas as noites sem saber em que deserto, tribo, dique, ou alojamento você está? Ou pior, seu cadáver...

Tive um frêmito na espinha e afastei aquelas palavras com um gesto agitado.

— Eu não espero que perca noites de sono por minha causa...

A frieza de Jack e seu egoísmo, ignorando o vazio que deixava para trás, sempre que fazia as malas e pendurava sua velha máquina fotográfica na entrada de casa, como um aviso luminoso de check-in, me indignaram. Eu estava na casa dos 30 anos, não tinha um filho e não teria após um doloroso diagnóstico e meu marido permanecia com a ânsia de desbravar o mundo, como se ao meu lado, o sonho americano fosse, ao bem da verdade, a promessa de uma vida na Ilha do Diabo.

— Você devia ter pensado nisso antes de me propor casamento...

— Devia mesmo. – retrucou ele.

Aquilo foi uma facada em mim. O que estava acontecendo conosco? A impressão que tive foi de que Jack estava me castigando. Por não lhe dar um filho? Ficamos um período evitando aquela conversa: a promoção de Jack. Mas, como eu nunca fui alguém propensa a deixar as coisas submersas, tivemos várias discussões sobre isso. Na volta para casa, após uma sessão de cinema, em mesas de restaurantes junto de outros casais, até mesmo quando Pim nos ligava e eu tentava introduzir o assunto antes de passar o gancho para Jack. Meu pai se negava a entrar naquele jogo. Ele jamais interferiu em nossa vida privada, e provavelmente na de nenhum casal. Privacidade e intimidade eram coisas preciosas para ele. Esse meu jogo, apelativo, admito, só servia para irritar Jack e afastá-lo de mim. Porém, em julho daquele ano, foi a minha vida profissional que sofreu um revés. Como eu lhes contei, Dick Simon sofreu um infarto e faleceu subitamente. Anos antes ele havia nos dado um susto, mas apesar dos pedidos de sua família, Dick continuava trabalhando a todo o vapor. Foi então que o segundo infarto o levou. Eu fiquei sem chão. O futuro da Simon and Schuster, para nós, pareceu uma incógnita. Além disso, ele era a alma daquela editora. Para Max Schuster, perder o amigo e sócio não foi fácil. Neste período, recebi muito apoio de Jack. Ele também tinha sido uma cria de Richard Simon, refinara o domínio do texto através dos anos em que trabalhou na empresa.

Lembro-me que um de nossos mais belos momentos, por sinal, veio desta perda.

Jack me pediu para fazer uma mala pequena, queria me levar para uma viagem de fim de semana. Fomos para um lindo hotel, em uma marina em Rhode Island. Passeamos à beira-mar, e eu não me lembrava a última vez que havia feito isso. Exceptuando meu primeiro ano na América, quando eu e minhas amigas aproveitávamos o domingo em Coney Island, caminhar na areia da praia era algo que eu jamais me dava ao luxo de fazer, embora amasse aquela sensação que me trazia deliciosas lembranças de Zanduoort, com Margot e vovó Holländer. Lembro-me daquela viagem com todo os detalhes, pois, como eu disse, foi uma das mais belas que fizemos. Quando pensei que a praia com seus veleiros navegando timidamente na baía, o farol, as pontes de madeira e os lindos rochedos seriam o nosso cenário ideal, Jack me surpreendeu levando-me a uma fazenda, mais para dentro da Nova Inglaterra.

— Uma fazenda?
— Sim, mas não uma fazenda qualquer.

Imaginei que Jack estivesse saudoso de sua porção Kentucky. No entanto, foi a Holanda que ele trouxe para junto de mim. Aquela era uma propriedade campeã no cultivo de tulipas e, de repente, me vi cercada de centenas de milhares de tulipas vermelhas, brancas, amarelas, laranja, e até as negras que são uma espécie mais rara.

— Jack! – eu disse surpresa assim que ele tirou a venda de meus olhos, em meio a uma plantação.

Os donos do local contratavam fotógrafos para nos venderem lindas fotos em meio as tulipas. É claro que comprei uma dúzia de fotos, e são elas também que me fazem companhia em tardes como a de hoje que sinto tanto a falta do meu Jack.

Após aquela viagem, acreditei novamente que Jack desistiria de sua vida andarilha.

Aos trancos e barrancos, meu marido domesticou sua sanha de correspondente por três anos. Seu chefe no jornal, designou-o para algumas entrevistas com líderes políticos, religiosos e autoridades locais. Era uma maneira de tirá-lo da redação e movimentar sua porção aventureira. Ele continuou nutrindo antipatia pela família Kennedy, ao contrário de mim que caia vertiginosamente no charme daquele clã. Em 1961, convictos no charme e carisma de John F. Kennedy, o povo americano o elegeu como presidente. Nós estávamos cheios de esperança em uma renovação na velha política americana, e as velhas raposas eriçavam seus pelos sempre que JFK discursava para o povo, ampliando ainda mais sua aprovação popular. Ele havia nascido para aquilo; falar e encantar plateias. Nesse meio tempo, na editora, Max Schuster conduziu os trabalhos com a nossa ajuda e não deixou a peteca cair. Eu e a Senhora Mendoza acumulamos várias funções, pois até colocar o trem nos trilhos e termos a noção de que estava tudo sob controle, inclusive com nossos nervos, levou cerca de um ano e meio. Ela me lembrava a sra. Van Pels, excepcionalmente diligente. Sol Rothestein e Tony Bellura, continuavam ao nosso lado, ajudando a formar uma nova equipe. Volta e meia as meninas iam até a editora para nos dar um tchauzinho, elas eram moças lindas e creio que iam ao nosso encontro para sentir um pouco do pai por lá. Carly tinha quase dezessete anos e estava claro para todos que mergulharia na carreira musical, tanto quanto sua irmã mais velha, Joanna. Sendo que entre as duas, os estilos seriam completamente diferentes. Eu pensava no orgulho que Dick Simon sentiria, ao vê-las desabrochando para a vida.

— Tem sido tão difícil para elas...— comentou a Senhora Mendoza, assim que elas nos deixaram depois de passar uma hora no escritório antigo do pai.

— Imagino, como... E para Andrea também, coitada, viúva com quatro filhos adolescentes.

Mendoza torceu o nariz. Achei a reação estranha, afinal, ela sempre foi fã de toda a família.

— O que foi, Mendoza? Você sabe de algo que eu não sei...Que cara é essa?

— Deixe para lá, minha querida. Vamos guardar as pessoas como as imaginamos.

Forcei a barra, levando-a para a copinha a fim de tomarmos um café. Então soube por ela, que Dick Simon e Andrea tinham um casamento um tanto sui generis. Há anos, Andrea vivia com um amante bem mais jovem do que ela, no sótão da linda casa em Fieldston. Lembro-me de ter ficado de boca aberta. Como aquele tipo de coisa seria possível em meio a um casamento com quatro lindos filhos, uma casa dos sonhos, cercados de arte e realização profissional?! Segundo Mendoza, Carly foi a última a saber desta situação; de que sua mãe tinha um amante, com idade mais apropriada para uma de suas irmãs, e que eles viviam sob sua cabeça há anos. Pensei no sr. Simon, na maneira como a olhava caminhando pelo gramado da casa, e em quando acomodava Carly em seu joelho para ler um conto incrível que ela desejava ouvir apenas dele, lembrei da maneira cordata e divertida com que conduzia as coisas na empresa, e me desapontei com as aparências. Quantos momentos da vida privada dos outros, são por nós recortados com excesso de expectativa? Não raras vezes temos nos outros a ideia de vida, casamento ou trabalho perfeito, e é só o destino nos dar chances para olharmos com cuidado e entendermos que "a vida perfeita dos outros", não existe.

E por falar em vida perfeita, a minha estava cada vez mais longe disso. Jack voltava a sentir o peso do cotidiano, segundo ele, não o de nosso casamento, mas o do trabalho. Quando ele começava assim, criticando o local de trabalho do menor ao maior detalhe, eu sabia que teria de lidar com outra aventura de Jack. Muitas décadas depois, um filme me fez lembrar do meu Jack: Up close and personal, com Robert Redford e Michelle Pfiffer. Nele, dois jornalistas se apaixonam e vivem as dificuldades de conciliar suas profissões devido o rumo e as expectativas de cada um. Eu não era jornalista, mas também uma profissional das letras, e nem me parecia com a Michelle Pfiffer, infelizmente. No entanto, aquele maxilar do Robert Redford (o meu queridinho de Hollywood) o Jack tinha, e também o mesmo tom de cabelo. Sim, Jack era um tipo e tanto!

Foi então que ele me informou algo que me tirou o chão, embora eu já esperasse:

— Estou indo para o Vietnam.

Olhei para baixo, sentada em nossa cama, sem acreditar no que ouvia. Aquilo não era mais um instinto selvagem e andarilho, beirava o suicídio.

— Vietnam? Você está de brincadeira?

— Nunca falei tão sério.

Era sempre assim. O trabalho, a cobertura, a pesquisa de campo, a busca pelos depoimentos in loco, viviam em um lugar sagrado dos desejos de Jack. Nestes momentos, em que me comunicava que eu havia perdido a batalha para esse tal instinto, Jack era o mais monossilábico possível. Como se a soberania deste instinto, sagrada para ele, impedisse qualquer tipo de ataque. Eu não queria ter uma crise ou, como ele costumava dizer, um chilique. Como ocorre com todos os seres que entram em uma nova década de sua existência, eu vinha experimentando outros tipos de reações que me traziam mais equilíbrio e menos desgaste emocional. Devo isso à minha profissão, pois esta, raramente me decepcionou. E também devo à Pim, que sempre me apoiou mesmo a distância. Desta vez, portanto, Jack se surpreendeu. Após uma longa pausa eu perguntei:

— Por quanto tempo?

— Não sei. Talvez meses, quem sabe um ano....

Por pouco não gritei: Um ano? Como ele poderia, com essas escolhas, acreditar em nosso casamento?

Sua velha mochila de alpinista tinha sido posta para fora e estava em cima de nossa cama. Sinal de que já havia dito sim ao seu chefe. E isso era outra coisa que me apunhalava, o fato de que alguém fora da nossa relação soubesse do futuro de Jack antes de mim. Que esse alguém, soubesse das escolhas e do destino do meu marido, por baixo das minhas manhãs onde eu o beijava antes de ir para o trabalho e descia o Patchin Place na direção da Washington Square, inocentemente na direção do trabalho, sentindo o gosto de café e de uma vida normal. Enquanto tudo isso passava apressadamente por meus pensamentos, Jack aguardava minha reação, acredito, rezando para que minha ladainha não se estendesse, afinal, ele tinha coisas a resolver. Olhei para ele prolongadamente. Senti que apesar de amá-lo desesperadamente, não podia deixá-lo pensar que estaria eternamente a sua espera. Simplesmente não achava isso certo. Então passei a mão sobre seu rosto, com ternura e disse do fundo do meu coração:

— Não espere que tudo esteja aqui quando você voltar, querido – e antes que ele dissesse algo, completei – E por favor, tire essa mochila empoeirada de minha cama.

Enquanto suportava as duas semanas que antecediam sua partida, com um esforço sobre humano para manter-me digna na relação, tentava movimentar minhas engrenagens mentais ao redor da minha profissão. Eu já havia negado duas propostas de grandes grupos editoriais, como a Randon House e a Harper Collins, mas me mantive fiel à empresa que tudo me ensinou, no entanto, a ideia de criar minha própria editora não parava de me cutucar. E quando respondi a

Jack daquela maneira, sobre não esperar para encontrar tudo no lugar quando voltasse, estava falando sério. Eu não sabia, enquanto o via passando de um lado para outro dentro da nossa casa, destilando seu charme natural, seu cheiro, sua maneira de acender o cigarro na varanda, se conseguiria dar cabo àquela ameaça de deixá-lo. Até porque, ele parecia não acreditar naquilo. Beijava-me e abraçava-me sempre que passava até a cozinha para buscar um copo d'água, ou apenas para conferir se eu ainda estava por ali, pois sempre tive a capacidade de ser uma presença silenciosa. Ele teve a decência de me dizer que estava à espera de uma autorização da Força Aérea, e partiria em uma das aeronaves que levava mais combatentes para o inferno do Vietnam. Para piorar, minhas esperanças na família Kennedy foram baleadas, com o passar do tempo, talvez para fazer frente à vergonha na catastrófica ação da Baía dos Porcos, em Cuba, JFK não dava sinais de que os EUA recuariam naquela guerra. Ao contrário, se envolviam mais e mais a cada dia. A Paz Mundial, nada mais era do que uma imagem mitológica ornamentando desejos infantis da humanidade.

Alguns dias antes de partir, não sei se ciente da data, Jack me puxou pela cintura. Estava sentado na cama, eu de pé. Sua cabeça, recostada sobre meu ventre parecia uma cena de um pai de primeira viagem, tentando ouvir os sons de seu futuro filho. Aquela associação foi inevitável para mim. Senti que entre a ânsia de partir em uma nova aventura, Jack percebeu pela primeira vez que poderia me perder.

— Não me deixe, Margot. Prometa que estará aqui quando eu voltar...

Ele não me olhava. Fazia o pedido ainda com o ouvido colado em meu ventre, como se quisesse extrair dali meus sentimentos mais profundos. Não sei exatamente como, mantive-me calma. Aquela nova Margot surpreendia a mim mesma. Seriam os efeitos da maturidade, ou minha capacidade de ouvir os conselhos de Pim: *"Prendê-lo vai fazer com que o perca de uma maneira diferente"*. No entanto, como suportar aquilo mais uma vez? Sem ao menos dizer a ele que havia algo valioso se diluindo entre nós?

— Você me submete às guerras, Jack. Não aguento mais viver sob o efeito delas. Mesmo que seja por você...

Então ele me olhou como se eu o dissesse algo novo e desconhecido. Talvez nunca tenha encarado aquelas partidas pelo mesmo prisma que eu, à sombra do meu passado.

— Meu amor, se você soubesse como é importante para mim. A minha beloved, Anne Margot.

Depois disso começou a me beijar, como se nunca mais fosse fazer aquilo. Me apertou em um abraço infinito, cheirou meu pescoço a fim de imprimir meu cheiro em memórias valiosas. É claro que, embora estivesse magoada, não perderia a chance de me entregar ao meu marido, ao homem que amava e que amo até hoje. Nós fizemos amor e Jack, reconhecidamente em um golpe baixo, jurou que voltaria logo, que não conseguiria viver longe de mim e que sem mim nenhuma aventura teria importância. Resultado: três dias depois o levei à base aérea, como uma esposa amorosa.

Enquanto isso, em Nova Iorque, voltei minhas baterias para o que me restava: o trabalho. Rezava dia e noite por Jack, e por todos os combatentes naquela guerra estúpida.

Capítulo 39

Uma mancha na História

Por uma questão de estratégia, talvez, Jack me escrevia uma carta por semana. Nenhuma delas, continha o selo das vilas por onde ele e o exército americano passavam. Vinham apenas com o selo da Força Aérea americana. Contrariando o costume de seus telegramas, desta vez suas cartas eram cheias de minúcias sobre o povo do Pacífico, seus costumes e é claro; a maneira que tinham para lidar com a guerra. Eu sempre reservava uma espécie de ritual para ler as correspondências, que às vezes traziam também notícias da Basiléia e até de Amsterdã, pois Miep adorava me escrever. Ela me mantinha a par da Casa Anne Frank que havia sido inaugurado em 1957, e três anos depois se tornara um Museu. Seus relatos descrevendo as reações dos visitantes emocionados com a nossa história, me enchiam de ternura. Acredito que no fundo, assim como Pim, Miep sempre nutriu a esperança de minha revelação pública.

Nesta época eu estava criando o costume de beber um cálice de vinho tinto durante o jantar, e morando praticamente sozinha, minhas refeições noturnas eram leves. Então eu colocava um vinil em nossa eletrola e abria o primeiro envelope, que costumava ser o de Jack. Uma canção perfeita para esses dias era: Saturday Night (Is the Loneliest Night of the Week), do Sinatra. Adivinhem por quê? As cartas de Jack pareciam um ensaio para algo que frutificava em sua mente, provavelmente um documentário que ele não poderia produzir apenas com a sua velha Leica MP2. No entanto, eu sabia que estava capturando as mais fantásticas paisagens naturais, como a luminosidade inocente do sol nas primeiras horas do amanhecer sobre as plantações de arroz. Eu não queria imaginar, contudo, os horrores que Jack era obrigado a catalogar, como também continuava não entendendo o porquê de insistir naquelas viagens. Tempos depois, ele receberia o prêmio Pulitzer por isso. Em condições...Como posso dizer... Indesejáveis.

Na editora, Max Schuster dava sinais de que em breve se aposentaria. Havia um movimento de empresários entrando e saindo da editora com advogados e muitas pastas. A sra. Mendoza, calejada de Simon & Schuster, olhava com uma expressão de: Aí tem! Após a morte de Dick Simon, não havia como negar que mais da metade da magia tinha evaporado. Senti como se estivesse na antessala da nostalgia, sabia que anos depois todo aquele período seria o que são hoje: lembranças maravilhosas de um tempo que não volta mais.

Para ocupar meus pensamentos, eu aceitava todos os convites dos meus amigos. Fomos ao batizado dos bebês de Maggie Williams, os gêmeos Rômulo e Remo. Podem acreditar, aquele marido italiano não era nem um pouco original. Eles já tinham uma menininha de cinco anos, Antonella. Todas as vezes que eu a via, passeando com a mãe e enfeitada como uma boneca de porcelana, segundos antes de pronunciar seu nome pensava em Petronella e não Antonella. Mas logo eu me corrigia mentalmente e a cumprimentava com beijos e abraços, sempre fui apaixonada por crianças, sobretudo as meninas. Eu e a sra. Mendoza íamos aos shows de Carly e Lucy, que agora formavam uma dupla famosa de cantoras. No ano seguinte elas lançaram um álbum Winkin Blinkin anda Nod, e tiveram o apoio do cantor de folk Lee Hays. Nós sempre as prestigiamos, pois além de adorá-las, sentíamos que estávamos perto de Dick. Mas eu me divertia mesmo era no circuito de cabarés com um toque mais latino, como o Copacabana. Uma imitação do que havia em Cuba e onde tocava todo o estilo de canções, inclusive as de Carmen Miranda, uma artista brasileira que fazia um sucesso tremendo na América, suas roupas alegres e um sorriso constante no rosto espalhavam alegria e contagiavam qualquer pessoa. Infelizmente, ela havia morrido em 1955, mas suas canções eram tocadas por todos esses clubs noturnos. Às vezes Tony Bellura e sua esposa, bem como Sol Rothestein nos faziam companhia. Eu adorava essas noites, pois dançava de me acabar e chegava em casa tarde o suficiente para não passar a madrugada pensando em Jack.

Numa dessas noites, vimos Carlo Costelo saindo do club com uma mulher cheia de trejeitos e risos. Desta vez ele escolhera uma morena, estilo mignon e com uma abordagem inegavelmente sedutora. Antes de abrir a porta do carro para ela, que estava estacionado como sempre nas melhores vagas, Carlo nos enviou um aceno como se nada de mais estivesse acontecendo. Senti tanta raiva. Isso explicava o fato de a cada vez notar que Meggie Williams, apesar de usar anéis cada vez maiores, perdia seu brilho vertiginosamente. Como a Estátua da Liberdade; Meggie vinha adquirindo tons esverdeados.

Quando novembro chegou, eu estava animada. Jack enviara uma carta dizendo que não demoraria a regressar para casa, e cheio de material para escrever seu primeiro livro. Os Estados Unidos se preparavam para os saldos de Thanks Giving e na editora nós aquecíamos os motores para fazer valer a tradição de colocar no mercado os novos títulos, nos primeiros dias de janeiro próximo. Estávamos em um ritmo acelerado. Contudo, algo assustador tirou o chão dos americanos. Algo inesquecível pelo horror e engenhosidade. O mal é engenhoso. Era um dia como outro qualquer, eu preparava uma versão com notas de rodapé do clássico Lorna Doone. Insisti para confeccionarmos uma capa de couro fino e o título seria gravado em letras do século XIX, um orgulho para mim, embora o pessoal da gráfica não estivesse nem um pouco contente com isso.

— Balearam John Kennedy! – disse Sol Rothestein, aos berros, enquanto abria a porta de minha sala.

Era o dia 22 de novembro de 1963. Para nós, simples mortais apaixonados pela Família Kennedy, expectadores do casal mais famoso do planeta, assistir pela tv as cenas do nosso presidente sendo baleado em plena luz do dia, ao lado de sua linda esposa, foi como se um gigantesco trator passasse por cima de uma nação inteira. O sonho americano havia sido jogado na lama. Acreditem, quando falo em sonho americano, refiro-me à Democracia. Aquela chacina, para quem quisesse ver, matando um representante do povo, pai de família, e quase um artista de Hollywood, nos deu a impressão de que vivíamos mesmo era em um faroeste travestido de metrópole. O Texas foi a terra escolhida para isso. Soubemos que a inteligência da Casa Branca havia alertado JK a respeito de possíveis hostilidades, afinal, seu embaixador nas Nações Unidas havia sido empurrado em um evento em Dallas, um mês antes. Mas JK tinha iniciado sua campanha de reeleição antecipadamente, e achou melhor comparecer ao Estado e mostrar que, apesar do incidente, era querido pelos texanos. O resto vocês sabem. O luto se instaurou por anos nos EUA. Até hoje há quem rememore aquele dia como se fosse hoje. Aquilo parecia inconcebível. Nova Iorque, que sempre foi barulhenta, comportou-se como uma criança de castigo. Quieta.

Embora estivéssemos muito distante do evento, tivemos medo. Estaríamos seguros na América? Pois, se o chefe da nação estava sujeito a isso, quantos de nós eram alvos fáceis? Infelizmente, John Kennedy não havia sido o primeiro. Lembrem-se do que foi feito a Abraham Lincoln, e com praticamente a mesma idade de Kennedy. Ambos lutando para que negros tivessem os mesmos direitos de brancos. Mais adiante, pelos mesmos motivos que mataram os presidentes, um outro grande homem morreria nos mesmos moldes. Este homem estava cada vez mais próximo dos irmãos Robert e John Kennedy. Ele se chamava Martin Luther King.

Foram anos tão difíceis!

E por falar em Bobby, eu estava morrendo de pena dele. Após o sepultamento do irmão ele se doou para Jackie, sua cunhada, que agora era uma viúva com dois filhos pequenos; John Junior e Caroline. Havia quem afirmasse que não raras vezes, Bobby que continuava no cargo de Procurador Geral, fugia até o Cemitério de Arlington para chorar por horas sobre o túmulo do irmão. Todos esses contornos não podiam ficar piores para nós. Era a dor de uma nação.

Recebi ligações de Pim e Lewis, naquela noite. Eles estavam horrorizados.

Jack enviou um telegrama: Assassinaram nossa democracia. Embora ele não fosse um entusiasta dos Kennedy, não havia quem, com um pingo de ética e decência, desejasse isso a um líder político como John Kennedy.

E como marés bravias costumam andar acompanhadas, nós da Editora sofremos uma perda irreparável. Algumas semanas depois, Meggie Williams apareceu morta em sua luxuosa mansão no Queens. Ao seu lado, frascos de comprimidos espalhados por todo o chão do banheiro davam indícios de um suicídio parecido com o de sua diva; Merilyn Moroe. O que martelou em nós por muito tempo, foi a mesma dúvida que pairava sobre a opinião pública há um ano, desde a morte de Merilyn; teria sido mesmo esta a causa da morte? Que coisa horrível foi para nós! Eu não parava de pensar em Antonella e nos gêmeos que eram apenas bebês, e também nos pais de Meggie que certamente se impressionavam com a vida de rainha que a filha levava em Nova Iorque. Eu havia me enganado quanto a Meggie, ela não era uma mulher com sede de sucesso e dinheiro, era uma mulher desejando ser amada. As aparências atrasam mudanças profundas. As aparências mutilam a verdade e fomentam tragédias. As aparências permitem que assassinatos recebam o nome de suicídio.

Jack cumpriu sua promessa e regressou antes das festas de fim de ano. Naquela época eu já não estava tão comprometida com os ritos das sinagogas, mais parecida com Anne Frank de Amsterdã, e como tinha um marido ateu nós seguíamos o ritmo dos feriados do comércio. Geralmente passávamos as festas na casa dos amigos, pois nesta época do ano sempre precisei de muita música e agitação ao meu redor, do contrário, aqueles que me faziam falta tomavam toda a minha atenção. No Natal do ano seguinte, fomos para o Kentucky pois Mary estava quase rompendo relações conosco:

— Esta é última vez que os convido, Jack. Estou cansada de fazer esse papel sozinha. – disse ela em tom que trouxe Jack para o planeta dos familiares.

Este Natal foi especial, pois deu início a uma trégua. Não sei se devido ao que havia visto no Vietnam, Jack aceitou passar algumas horas na presença de seu pai. Eles não trocaram uma só palavra, no entanto, para quem conhecia os contornos da complicada relação entre os dois, pareceu um grande começo. Uma coisa que eu havia aprendido durante os anos em que vivi com o meu marido, era respeitar o seu tempo. Pressionado Jack recuava. Então, criamos uma atmosfera de normalidade, fingindo que aquilo não era um momento importante, a não ser pela representatividade da data. Eu não me encontrava com Pim há um tempo, e apesar dos telefonemas e correspondências, sentia a sua falta. Constantemente me perguntava se no futuro me arrependeria de viver longe da Europa, e da única pessoa viva de minha família, a quem, vocês sabem... Eu amava acima de tudo.

Foi neste momento feliz para todos nós, em que agradecíamos por estarmos vivos, que tomei a decisão de passar o próximo aniversário de Pim na Suíça, ou, onde quer que ele estivesse segundo a agenda de divulgação de O Diário de Anne Frank. A cada ano meu Diário tomava proporções avassaladoras, e Pim foi carregado por esta tsunami que o sucesso costuma trazer. Eventos, palestras, exposições, entrevistas. Havia sempre uma missiva para mim em que ele mostrava um constrangimento por fazer o papel que seria meu. Porém, eu o tranquilizava: Pim, viva este momento por mim. Do outro lado da linha a resposta vinha em forma de silêncio prolongado, característico de meu pai. Um silêncio que dizia: "Está bem, minha filha, eu entendo". Mas também falava: "Esse é o seu prêmio, Anne. É o seu talento".

Houve também, naqueles anos, um grande estorvo na vida de Pim. Causado por um roteirista que havia escrito uma peça com base no meu Diário. Chamava-se Meyer Levin. Seu roteiro era intenso e profundo, o que fez com que meu pai se afeiçoasse imediatamente pela hipótese da peça. O problema todo foi encontrar um produtor para o roteiro escrito por Levin, pois o consideraram pesado para um público jovem. Particularmente, após termos vivido todo aquele horror no holocausto, nos parecia natural e necessário falar das dificuldades da vida, do mal, da crueldade e inescrupulosidade presente na raça humana. O texto de Levin era honesto e crível, a meu ver, uma boa oportunidade para mostrar aos jovens o quanto devem se preparar para a vida, o mais cedo possível. Hoje, observo contrariada, a maneira como as sociedades – particularmente nas Américas -, fomentam a fragilização de crianças e jovens. Há uma diferença entre fornecer o necessário para o bem-estar dos filhos, — amor e carinho — e realizar todos os desejos. Os pais não são lâmpadas de Aladim e seus filhos não podem ser tratados como reizinhos tiranos, para o bem das futuras gerações é preciso dizer Não, e o Não também é uma verdade.

Ainda sobre a peça. Com o tempo as tratativas azedaram. Pim ficou sem escolha pois ninguém estava disposto a produzir a peça escrita por Levin. Então ele recebeu uma proposta de Frances Goodrich e Albert Hackett, que haviam escrito — entre outros roteiros — o de O pai da noiva, um filme que eu amava, estrelado pela Elizabeth Taylor. Este roteiro era mais "leve" e não trazia tantas minúcias sobre o judaísmo. Ou seja, um produto a agradar o gosto americano. A questão com Meyer Levin, no entanto, tornou-se um pesadelo para meu pai. Levin o levou aos tribunais, mas não podia provar muita coisa pois ninguém havia plagiado seu roteiro, embora para mim a ideia inicial de roteirizar para o teatro tenha sido mérito dele. Tive muita pena de Pim que, como eu, desejava que a peça fosse a diante com o roteiro de Meyer, mas não tinha nenhuma ingerência neste mundo das produções teatrais. Para piorar as coisas, aquela história de que meu Diário era uma farsa, deu frutos na Alemanha. E mais uma batalha judicial foi travada contra homens que alegavam se tratar de um documento falacioso.

Estive na iminência de me revelar em ambas as vezes. Contra Meyer Levin eu diria: *Escute aqui, o meu pai não é obrigado a aceitar seu roteiro. Além disso, a história é minha e eu é quem vou escrever esse roteiro.* É claro que essa cena ocorreria no Tribunal, e eu abriria a porta enquanto o juiz estivesse colhendo o depoimento das partes. Estaria vestida como Audrey Hepburn, em Sabrina, com luvas de cetim até os cotovelos, um chapéu de abas largas e óculos escuros enormes. Com os alemães, faria o mesmo: *Podem se aproximar,* eu diria após convocar uma coletiva. – *E tragam os peritos pois vou reescrever meu Diário aqui, diante das câmeras.*

Bem, mas como vocês sabem... Eu não fiz nada disso. No entanto, falava com Pim em intermináveis ligações, que faziam Jack quase infartar quando a conta chegava.

Para desviar do assunto que o aborrecia Pim começava a falar de Eva Scholss, sua enteada. Isso me trazia um misto de consolo e desconforto, ouvir o entusiasmo de meu pai falando da família de Eva, e de seu marido Zvi, que viviam felizes em Londres criando as filhas. Eles enchiam de brilho a vida de meu pai, pois ele adorava cercar-se de crianças. Pim foi pai com idade avançada e os homens nesta condição costumam lidar melhor com a paternidade. Assim eu penso. Com toda a sensibilidade que possuía, Pim nunca mais tocou no assunto de ser avô quando, dolorosamente, contei sobre meu útero infantil.

No entanto, pedir para que ele não se sentisse feliz com as filhas de Eva seria de uma perversidade ímpar de minha parte. Acredito que inúmeras vezes desejou que eu estivesse com eles, nas idas a praia em Cornwall. Eu continuava me perguntando por que, dentre tantas crianças com quem convivi na Praça Merry, Eva Schloss fora a pessoa destinada a ter o meu pai para ela? Quanto à sua mãe, Fritzi, minha madrasta, eu não podia reclamar. Cuidava de meu pai com dedicação, o ajudava a responder as centenas de cartas que os leitores escreviam em busca de mais informações sobre Anne Frank. Principalmente as que ocorreram após nossa captura.

Vocês agora as têm com riqueza de detalhes.

Para meu próximo encontro com Pim, eu imaginava algo mágico e inesquecível. No primeiro semestre de 1965, precisamente no mês de seu aniversário, eu tinha assistido a um dos filmes que mais adoro na vida: A Noviça Rebelde, que originalmente levava o nome de The Sound of Music. Até hoje quando me sinto sem fé na vida, recorro a ele. Embora eu não tenha podido estar com meu pai no dia de seu aniversário, em 12 de maio, enviei uma linda gravata e também um bilhetinho: Senhor Frank, já assistiu o mais novo filme com Julie Andrews? Deve ser maravilhoso passear por aquelas paisagens... É claro que Pim entendeu. Mas sua esposa, caso tivesse acesso, além de não entender, provavelmente não daria a menor importância aquilo.

O fato de Max Schuster ter se aposentado e vendido a Editora, é claro, atrasou meus planos de passear com meu pai por Salzburg e cantar a plenos pulmões: The hills are alive...

Agora nosso patrão era Leon Shimkin. Isso fez com que meus planos de abrir minha própria editora se agigantassem. E como que lendo meus pensamentos, a sra. Mendoza disse-me: E agora, Margot? Disse-lhe que ficasse calma, provavelmente o novo proprietário nos manteria na empresa. Afinal, estávamos falando de um dos maiores grupos editoriais do mundo. Mudar toda aquela engrenagem que dava certo, seria uma verdadeira burrice. Contudo, hoje encaro a pergunta de minha querida amiga, de outra forma. Ela falava justamente daquilo que o dinheiro não compra: os tempos bons. Algo que nos manteve firme foi a presença de nossos amigos de tantos anos: Tony Bellura, que agora era diabético e tínhamos que vigiá-lo o tempo todo com seus donuts escondidos, Sol Rothestein que havia perdido seu pai há poucos meses e por isso mesmo a última coisa que desejava era mudar de emprego, e Robert

Gottilieb, editor que estava conosco desde 1955, também garantiu que não abandonaria a Simon & Schuster.

Jack, que sempre se manteve a par não só da empresa onde eu ainda trabalhava e que ele tanto conhecia, mas também ao redor de todo o mercado editorial disse-me:

— Esta é a hora, meu amor. Abra a sua editora.

Ele foi enfático demais. E eu, por outro lado, naquela época enfrentava umas conjunções estelares meio complicadas. Estava insegura para tomar um passo como aquele. Meu salário e reputação em Nova Iorque eram altos. Um passo em falso e a reputação cairia na sarjeta. Nós tínhamos umas economias, afinal, trabalhávamos muito e não tínhamos uma família numerosa. Infelizmente.

— Mas Jack, seria tão leviano deixar a empresa agora. Eles precisam de mim.

Jack segurou meus braços com firmeza:

— Eles quem?

As mudanças na Simon & Schuster vinham ocorrendo desde a morte de Richard Simon, mas por uma questão de covardia eu me recusava a admitir que o melhor daquele lugar, ao menos para mim, já havia acabado.

— ... E os meus amigos?

— Eles vão se sair bem, acredite.

Comecei então a encarar aquela realidade como certa e contei com a ajuda e experiência de Jack. Ele estava animado e cogitava a ideia de se tornar meu sócio.

— É mesmo? Você toparia?

— Sim. – disse ele com um brilho nos olhos.

— Mas deixaria de escrever para o jornal?

— Isso pode andar em paralelo.

Quis manter aquela energia boa no ar, novos planos são sempre revigorantes. Não iria questioná-lo sobre viagens e coberturas internacionais. Aos poucos, pensava, o trabalho na Editora, como um negócio dele, poderia soterrar sua sanha de aventureiro.

Começamos a fazer planilhas e especulação de mercado imobiliário. Teria de ser um local bom para os funcionários, eu pretendia trazer Mendoza, Tony e Sol, mas não sabia se topariam. E teria de conversar com um advogado sobre abertura de empresas e todos os custos envolvidos. Jack sorria com meu entusiasmo.

— Podemos hipotecar o apartamento. – disse ele mordendo uma torrada amanteigada.

— Muito arriscado, Jack. É tudo o que temos.

— Sim, é verdade. Mas para os sonhos grandes são necessários passos grandes.

Ainda que Jack não notasse, aquele foi um dos maiores gestos de amor que me deu. Ele não era um homem rico, e a maior parte do pagamento de nosso apartamento veio de suas economias de uma vida. Mesmo assim, fez questão de colocar em meu nome.

— Mas será que precisaríamos hipotecar nosso lar?

— Não sei, Margot. Vai depender do que o advogado nos disser.

Uma semana depois, paramos para comer um cachorro-quente no velho e bom Harry. Ele estava cada vez mais encurvado, mas não perdia a mão do cachorro-quente. Uma vez, quando lhe perguntei sobre o segredo daquela delícia, ele disse:

— Tempo de cozimento.

Enquanto comíamos o nosso hot-dog preferido, eu disse a Jack:

— Não vou pôr em risco nosso teto, Jack. Não é certo.

— Não é certo com quem?

— Com você.

— Ah, não Sra. Himmel. Não me venha com essa desculpa. Eu quero que você confie no seu taco, que vá fundo em suas escolhas.

— Pois bem, minha escolha é ter um teto onde morar e não livros para vender.

— Ok.

Resolvi que os planos de abrir a editora poderiam esperar, além disso, recebi um aumento generoso de Leon Shimkin, ele tinha medo de perder os melhores profissionais para nossos concorrentes. O que acabou acontecendo dois anos depois com nosso editor-chefe. Minha decisão de adiar os planos, tinha a ver com os relatos de Pim. Quando ele voltou de Auschwitz, nosso apartamento na Marwedeplein estava ocupado por outra família. Não havia nada que recordasse nossa casa como o lar dos Frank. O pouco que sobrou de nossa vida, resistiu porque Miep e Bep guardaram com a esperança de que voltaríamos. Lembrava-me que ainda na clandestinidade, Pim fez de tudo para continuar pagando o aluguel. Contudo, com o crescimento do poder e domínio de A.H, e o prolongamento da guerra, ficou difícil manter aquele pagamento. Ou seja, mesmo com a guerra, se o apartamento fosse nosso, Pim poderia provar e ter sua casa de volta, pois aqueles que regressaram conseguiam retomar seus lares, apesar de muitos estarem ocupados por estranhos. Por isso, só de pensar em perder nosso lar por um sonho que eu não sabia se daria certo, recuei.

Ainda não era a hora.

Capítulo 40

The hills are alive
(Ah, não me digam que vocês não conhecem essa canção?)

Com as coisas sob controle na editora, consegui usar dez dias das minhas férias acumuladas para encontrar Pim na Europa. Jack também estava feliz, escrevendo alucinadamente seu primeiro livro sobre a Guerra no Vietnam, os EUA não paravam de mandar civis para os confins do Pacífico. Intuí que não iria comigo naquelas férias. Mesmo assim, não deixei de tentar.

— Você poderia voltar antes de mim, ficaria apenas uma semana. Que tal?

Nós estávamos assistindo The Hollywood Palace, televisionado pela ABC. Eu havia posto uma tv Toshiba em nossa sala, no período em que Jack esteve no Vietnam, contrariando sua regra de que "aquela caixa" não entraria em nossa casa. Ele acreditava que com o tempo, a sociedade se tornaria completamente refém dos conteúdos e ideias postas à disposição do grande público, e um pouco disso foi assimilado por Jack através da leitura de um de seus livros preferidos: 1984, de George Orwell. Contudo, ao regressar e vendo os meus nervos em pandarecos, Jack sequer criticou a presença da estranha indesejável. Além disso, aquela foi a época em que vocês lembram, nosso Presidente tinha sido assassinado e o povo queria explicações que sonhava encontrar nos noticiários.

Nós estávamos com um farnel bem ao alcance das mãos, na mesinha de centro que nos separava da tv. Bing Crosby, um dos artistas preferidos de Jack, era o apresentador do programa que divertia as famílias americanas. Havia shows de comédia, de música, mímica e dança. Isso ocorria em grandes teatros com plateias que interagiam com os artistas. Minha tentativa de carregar meu marido em minha viagem de férias, foi iniciada no intervalo do show, com o comercial do cigarro Pall Mall. O que fez com que Jack fosse atrás dos seus.

— Ora, Jack! Você tinha prometido parar... – desde que voltara do Vietnam ele triplicou o consumo de cigarros.

— Estou diminuindo, meu amor. Tenha calma, isso não ocorre da noite para o dia. É gradual.

Fiquei um tempo sentindo o gosto de nicotina em meus lábios pois ele se desculpou com um beijo carinhoso.

— Queria que você fosse comigo para Vienna, Pim só poderá chegar dias depois de mim.

— Eu poderia ir, se houvesse um jeito de chegar a Etiópia.

— Como é?

— Ouça, não quero que se assuste. Nem que se aborreça, mas surgiu uma oportunidade...

— Jack! Eu não acredito que fará mais uma vez isso comigo! – ele tinha um plano de viajar novamente e ainda por cima, para a África...

— Fique calma... Será apenas por dez dias, pelo mesmo tempo em que você estará fora de Nova Iorque. Posso marcar as mesmas datas, nós voltaríamos para casa, quem sabe... Com diferenças de horas.

— Jack... Por que você faz isso? – segurei minha cabeça entre as mãos apoiada em meus joelhos.

— Meu amor, desta vez é verdade. São apenas dez dias...

— Eu não acredito em você.

— Nem se eu te der um bom motivo?

Olhei para ele com os olhos marejados, eu nunca reagi bem às notícias das viagens de Jack. Por isso esperei o que quer que ele tivesse para me dizer.

— Olhe... Terei de estar aqui a tempo de ganhar meu prêmio.

— Prêmio?

— Sim, meu amor. Você está olhando para um vencedor do Prêmio Pulitzer, categoria documentário. – ele disse com os olhos cheios de brilho.

Peguei a folha que ele trazia após tirá-la de sua velha bolsa de couro. Havia um comunicado oficial da Universidade de Columbia, indicando o The New York Times pela matéria publicada pelo jornalista Jack Himmel: Vietnamitas importam.

— Jack... – o abracei com ternura. – Você merece meu amor, você merece...

— Nós merecemos, my beloved.

A lista de concorrentes havia sido divulgada em abril, como de praxe, e a cerimônia de premiação seria em junho. Nós estávamos em meados de maio e, embora meus planos de festejar com Pim no dia de seu aniversário não tivessem dado certo, consegui ao menos que fosse no mês de seu aniversário. Nós comemoraríamos o dele, de 75 anos e o meu de 35 anos que era exatamente um mês após o dele. Esse acerto do destino tinha sido maravilhoso, pois eu voltaria de viagem com folga para acompanhar meu marido na premiação.

— Mas meu amor, você sabe que esta é uma lista com mais indicados...

Ele me interrompeu.

— Você não acredita no taco do seu marido aventureiro?

Sorri.

— É claro que acredito.

Jack desligou a tv e colocou um vinil do Elvis. Dançamos agarradinhos Can't help falling In love whith you, do álbum Blue Hawai:

Take my hand,

Take my hole life too, ele cantava em meus ouvidos. E fomos dançando para o nosso quarto.

Em Vienna

Embora eu quisesse desembarcar imediatamente na Terra da Noviça Rebelde, como eu vinha me referindo a Salzburg, o voo era NY/Vienna. Por isso foi lá que me encontrei com meu querido pai. Não sei se foi por saudade ou pela magia de nos encontrarmos ali, considerei Pim mais bonito ainda. Ele estava no auge de sua elegância. Sua pele ainda possuía um brilho jovem e o olhar com sua eterna disposição para entender a humanidade.

— Pim! – eu gritei ao longe para que ele me visse em frente a catedral de São Estêvão.

Nós havíamos decidido nos hospedar em hotéis separados, pois Otto Frank já era o famoso pai de Anne Frank. Imaginávamos que não seria difícil, andando ao seu lado, associarem-me a mim mesma. Por isso, eu estava sempre com enormes óculos escuros aproveitando-me da onda hippie que invadira boa parte do globo terrestre, abusava de chapéus de abas exageradas e batas psicodélicas. De fato, Pim não poderia me reconhecer como um quadro de Picasso parada diante daquela catedral gótica, ela havia resistido bravamente aos bombardeios da II Guerra.

— Minha querida...— disse Pim enquanto me abraçava. – Você está linda e irreconhecível.

— E você é o pai mais bonito da Europa.

Nossos abraços sempre foram longos. Como era bom estar nos braços de meu pai. Uma sensação que eu daria tudo para sentir novamente. Daria tudo que tenho por isso.

Saímos dali dispostos a tomar um bom café e partirmos para a estação central de Vienna, pois nosso objetivo era gastar nosso tempo nos pontos em que o filme foi filmado em Salzburg. Como vocês podem imaginar, foi maravilhoso! Havia a vantagem de que naquela época as pessoas não tinham a facilidade de viajar, como hoje, por isso todos os lugares do mundo à exceção dos que normalmente estavam lotados, como NY, eram mais mágicos. Por favor, não pensem que sou uma xenofóbica, ou egoísta. Falo apenas da magia.

— Pim, foi por aqui que Julie Andrews caminhou até chegar ao portão dos Von Trapp...

Nós dois estávamos de mãos dadas, caminhando pelas estradas de Aigen, próximos à mansão. Pim, apesar de feliz, tinha um semblante cansado e estava particularmente calado.

— O que houve Pim? Você está tão quieto...

— Estou assimilando, Anne.

— Assimilando... O quê?

— Mais um momento só nosso. Um presente que Deus nos concede por meio de sua infinita bondade.

Notei que Pim estava mais contemplativo, a natureza que sempre o encantou agora parecia conversar abertamente com ele, como um amigo espontâneo e sincero. A estrada, margeada por um lindo lago que foi praticamente personagem do filme, estava vazia. Podíamos ouvir os sons de nossos sapatos esmagando minúsculos cascalhos e trazendo a poeira fina para o verniz e os cadarços. Eu havia escolhido um vestido fino de seda, em tom azulado, como o de Maria quando dança com o capitão e Pim, que só havia assistido o filme uma vez, sequer notou. No entanto, como sempre, ele estava feliz por me fazer feliz. Além disso, ele adorava música clássica e mais tarde seria a sua vez de se empolgar com um espetáculo orquestrado ao som de Strauss e Tchaikovsky, no icônico Teatro Musikverein.

— Queria que Jack estivesse aqui...

— Queria que Mutti estivesse aqui.

Foi a primeira vez que meu pai devolveu na mesma moeda. Entendi que deveria estar cansado de mentir para a esposa sempre que eu, caprichosamente, desejava estar com ele. Mais uma vez notei que tratava meu pai como a menina mimada de Amsterdá.

— Perdoe-me, Pim. – foi tudo que pude dizer.

Como sempre, ele me abraçou com uma ternura ímpar. Sua capacidade de compreensão ultrapassava qualquer outra capacidade visível. Foi isso, inclusive, que me fez voltar a olhar para a Alemanha como a minha terra natal, sem ressentimentos, pois Pim falava sobre as maravilhas que viveu em sua infância e juventude em Frankfurt e dos amigos que fez, nem todos eles judeus. Ele me fez entender que a Alemanha não era dos nazistas, ela era de quem a visse com toda o poder da Floresta Negra, dos castelos, dos contos de Grimm e de tudo que há de belo e pertencente a ela. O nazismo era como um membro necrosado na História do nosso país, que deve ser amputado antes de levar toda uma nação à morte. Nesta viagem Pim me deu cartas de fãs do meu diário e me mandou respondê-los.

— Mas como vou assinar?

— Como Otto Frank.

Ele havia trazido um bloco de folhas em branco com sua assinatura, onde eu deveria escrever algumas linhas para o meu amoroso leitor.

— Mas Pim, terei que falar como se fosse você, sendo que sobre mim.

— Não é sobre você, é sobre o Diário.

— Pim... – eu disse sorrindo como quem não levasse aquilo a sério.

— Anne, você é uma mulher. Mais, ainda, você é uma profissional do mundo editorial. Trate essa tarefa como um trabalho e não uma confissão.

Pim estava sério. Enfim, percebi que não poderia negar aquilo a ele. Afinal, se ele podia se colocar em meu lugar ao responder para os meus leitores do mundo inteiro, como eu não poderia fazer o mesmo?

— Está bem...

Voltamos a falar sobre os mais variados assuntos, e sempre íamos dormir tarde. Em Salzburg nos hospedamos no mesmo hotel, ou melhor, pousada. Escolhemos uma localidade mais afastada e simples, pois a hipótese de ele ser reconhecido não era pequena. Mesmo assim, como as obras do destino sempre nos parecem insólitas, quando estávamos em uma tradicional cafeteria degustando um imperdível strudel de maçã, fomos abordados por um casal de jovens estudantes. Eles eram alemães e como conheciam a história da Família Frank com riqueza de detalhes, falaram diretamente com Pim.

— Senhor Frank, Otto Frank?

— Sim... – respondeu Pim de forma cordial.

— Eu sou Friederich e esta é Gerthrude, minha namorada. Nós somos muito fãs de Anne Frank.

— Ah! Isso é uma honra para mim, Friederich. – disse ele estendendo a mão para ambos. – Esta é Margot Snyder, uma jornalista americana que está fazendo uma matéria sobre Anne. Ela, infelizmente não fala alemão.

O casal me cumprimentou, falando o básico de inglês e deixando claro que não falavam mais do que isso. Pim, parecia determinado em me dar umas lições por isso os convidou para tomarem um café conosco. E o casal, com um brilho luminoso nos olhos, aceitou. Disseram que eram músicos e que moravam na Alemanha Ocidental, o que explicava o fato de estarem fazendo um curso na Áustria.

— E vocês, leram o Diário quando crianças? – perguntou meu pai, genuinamente interessado.

— Não, respondeu Ghertrude. Eu li há pouco mais de dois anos. Foi quando comecei a procurar tudo sobre a Anne. Mas Friederich já o tinha lido mais de uma vez e me contou coisas das quais eu não sabia, pois, sua mãe, que também é fã do diário, contou para ele.

— Que maravilha... – dizia meu pai todo brioso.

Eu, a jornalista americana que "não sabia falar alemão", tive que me manter calada. Apenas observando. E sabia porque Pim fazia aquilo comigo, era o seu incansável desejo de que me revelasse.

— Nós admiramos o senhor, também. E sua missão de publicar o Diário, deixando que o mundo o conheça. Muito obrigada!

Gerthurdes que era uma linda moça alemã, como uma atriz pronta para interpretar a Bela Adormecida, disse isso em um tom enternecido. Seus olhos estavam marejados e foi quando em mim brotaram flores que até hoje vivem em meu coração. Eu não fazia ideia de como era receber tanto amor e carinho de pessoas que admiram o que escrevemos através de nossas vivências.

— É, eu tenho uma carta que o senhor me respondeu. Há três anos. Eu tinha apenas quinze anos e fiquei tão feliz com sua resposta... Até a levei para o fã clube de Berlim.

— Fã clube? – quis saber Pim.

— Sim, nosso fã clube Anne Frank. Foi lá que eu e Ghertrude nos conhecemos, por isso estamos tão felizes em encontrá-lo. Significa muito para nós.

— Significa muito para mim, meninos, e para Anne também. Podem acreditar.

O casal disse algumas palavras e logo depois se despediram, com a intenção de nos conceder privacidade. Antes de se afastarem, porém, Friederich disse:

— Eu gostaria que ela estivesse entre nós, Senhor Frank.

— Mas ela está, Friederich. Ela está.

Acenei para o simpático casal e depois virei-me para o vidro da janela, atendo-me por instantes à calçada da cafeteria. Meus olhos estavam rasos d'água. Foi como receber uma descarga elétrica de amor. Eu tinha fãs, sabia disso. No entanto, nunca estive tão próxima, a ponto de sentir essa troca mágica com pessoas que provavam uma parte da minha alma. Elas não só gostavam do sabor, mas descreviam as sensações causadas por cada ingrediente. Meu Diário não era um trabalho qualquer, fundado em pilares fantasiosos. Era um documento verdadeiro e repleto de amor, esperança, luta e desespero. Afinal, isso é viver. As pessoas o liam e ME liam, passeavam por caminhos que estiveram ocultos para os outros, enquanto eu descrevia nas folhas que havíamos levado para o Anexo (com a ajuda dos lápis que Miep nos arranjava com imenso esforço), um pedaço da minha existência.

— Eles adoram o Diário, não é Pim? – eu disse após um longo período, enquanto meu pai me observava calmamente.

— Eles adoram você.

Estendi minha mão sobre a mesa e segurei a sua.

— Perdoe-me Pim, perdoe-me por tudo que o faço passar. Perdoe-me...

— Anne, isso tudo é para mim uma forma bela de viver. Mas é incompleta.

— Perdoe-me por não me revelar a Mutti... Perdoe-me.

Foi a primeira vez que me referi à Fritzi pelo apelido carinhoso com que a chamavam. Aquele jovem casal de fãs trazia tantas outras circunstâncias diante de mim; os compromissos que meu pai e sua esposa eram obrigados a cumprir em meu nome, em respeito ao meu legado. Circunstâncias que muitas vezes tiraram Mutti da presença de Eva e sua família.

— Anne, eu não viverei para sempre. Acabei de completar 75 anos...

— Não fale nisso, Pim. Você está tão bem. Vai viver muito.

— Não sabemos. O que sabemos é que o seu Diário viverá para sempre. E precisamos pensar em cuidar dele como um presente para a humanidade. Como todas as coisas preciosas, precisa de alguém que zele por ele.

— Está bem, Pim. Prometo pensar nisso com cuidado. Mas agora, vamos passear pela cidade?

Nós ficamos juntos por mais dois dias. Pim teria que voltar para Birsfelden, pois Mutti o aguardava ansiosa. Desta vez, nem mesmo perguntei a meu pai o que ele havia dito a ela para estar comigo em privacidade. Eu estava me sentindo culpada por tudo que causava a eles e aos meus fãs. Passei um dia inteiro passeando em Salzburg sozinha, depois de deixar Pim na estação que o levaria de volta à Viena e depois para a Basileia.

CAPÍTULO 41

Meu pior pesadelo

Voltei para Nova Iorque morta de saudades de Jack. Pelos meus cálculos ele já estaria em casa quando eu chegasse. Certamente encheria nossos vasos com tulipas, sabia o quanto eu as adorava. Porém, ao abrir a porta de casa, não encontrei um sinal sequer do meu marido. Liguei para edição do jornal e falei com Paul, seu editor. Ele, muito simpático, disse-me que ficasse calma, a pontualidade não era uma característica dos etíopes e, com certeza, o voo estava atrasado.

— Mais de 24 horas? – perguntei meio contrariada.

— Ah, sim, Margot. Isso pode levar até dias. A coisa lá não está nem um pouco parecida com o que chamamos de civilizada.

— E você diz isso assim, Paul... É o meu marido que está lá.

— Fique calma, Magot. Jack é o nosso mais experiente correspondente.

Coloquei o gancho de volta com uma sensação estranha, que apertava meu coração. No entanto, para espantar qualquer coisa que pudesse ser fruto de minha imaginação, tomei um banho demorado, vesti algo leve e liguei para a editora. Mendonza estava contente com o meu retorno e mais ainda quando soube das caixas de chocolates que trouxe para ela e para o resto da equipe. Perguntei se havia algo urgente a ser resolvido, e ela disse que nada além do que poderia ser resolvido quando eu regressasse das férias, ou seja, no dia seguinte. Sorri. Estar em NY era sinônimo de trabalho. Aproveitei para fazer pequenas compras, renovar nosso estoque de vinho, ao menos uma garrafa de tinto e outra de branco, um bom peixe para assar com batatas, pois Jack poderia chegar com fome a qualquer momento. Depois desfiz minha mala e pendurei o belo vestido que havia comprado em Viena para a premiação de Jack, afinal, como ele dizia, eu teria que confiar em seu taco.

No dia seguinte fui para o trabalho. Uma sensação maravilhosa que sempre me pertenceu, voltar para a Simon & Schuster e pôr a mão na massa. Esperei, enquanto as horas passavam, uma ligação de Jack avisando de sua chegada. No entanto, voltei para casa e dormi em nossa cama sem ele, decidida a aparecer na redação do The New York no dia seguinte. Aquilo não era normal.

Leitores,

Nenhum dia em minha vida, pós-holocausto, foi pior do que o dia 3 de junho de 1965. Aparentemente um dia agradável em NY, uma primavera colorida onde mais carrinhos de bebês eram vistos nas calçadas, assim como as pernas de moças jovens e serelepes. Os Johnson's, nossos simpáticos vizinhos, haviam voltado de uma curta viagem e o nosso pequeno prédio, finalmente tornou a produzir sons de risos e passos apressados em seus curtos lances de escadas. Nada como crianças para sonorizarem o nosso dia a dia. Encontrei-me com Dwane Junior assim que ganhei à porta principal. Nossa! Como ele havia crescido em um mês, e suas canelas roliças estavam com arranhões que ele me disse, com orgulho, terem sido resultado de suas aventuras com o pai nas montanhas do Colorado. Nós ficamos presos a esses detalhes por alguns instantes e logo depois foi Meredicth, de mãos dadas com a pequena Joanne, quem nos fez companhia enquanto seu pequeno menino arrematava com orgulho seu grande feito: havia matado uma cobra perto da barraca onde estavam sua mãe e irmã.

— Então estamos a salvo com você por perto, não é mesmo mamãe? – eu disse piscando para Meredicth.

— Ah, eu não sinto medo de nada quando o meu filho está comigo... – completou a minha vizinha.

Joanne puxou a barra de meu vestido para contar-me algo. Ela ainda falava daquele jeito embolado e apenas o sentido da frase podia ser compreendido por sua tradutora oficial, a mãe.

— Ela está dizendo que também é corajosa, Margot. – Meredicth me explicou que Joanne quis ver a cobra e até fez um enterro para o réptil.

Abaixei-me na altura daquela linda menina de cabelinhos escuros, semelhante a figura de Branca de Neve. A barra de meu vestido raspou no chão do edifício, mas não dei a menor importância a isso, receber matinalmente esse convívio suave e terno das almas jovens era algo que sempre me fez bem, embora em poucos minutos nem mesmo isso fosse capaz de me salvar.

— Ora essas, então quer dizer que Dwane e Joanne formam uma dupla de escoteiros corajosos.

Eles sorriram e depois de algumas frases começamos a nos despedir. Quando avançamos para a calçada, enquanto eu ajudava aquela jovem mãe a descer com bolsas e crianças vimos Bobby, o carteiro, virando a esquina na direção de nosso prédio. Eu não estava atrasada, e poderia esperá-lo para verificar se haveria alguma correspondência de Jack. Cumprimentamo-nos enquanto Meredicth e as crianças atravessavam a rua.

— E então Bobby, alguma coisa para mim?

Enquanto Bobby verificava se havia alguma correspondência para o meu apartamento, senti algo estranho, como uma presença fria ao meu lado. Afastei aquilo. Em um lapso ligeiro da memória os barracões de Auschwitz passaram por mim. Perguntei ao nosso carteiro como estava sua esposa, ele havia comentado que ela estava grávida. Bobby já estava quase desistindo de algo para me dar, quando um envelope fino com o selo de Adis Abeba foi retirado de seu bolo de cartas. Até aquele momento seu rosto tinha a inocência de dias comuns, mas ao me entregar a correspondência olhou-me com profundidade ímpar.

Sorri em agradecimento. Ainda não tinha lido o nome do remetente, e até então imaginei que fosse Jack usando a possibilidade de me enviar notícias explicando os motivos de seu atraso. Até aquele dia, eu não sabia o que pensar sobre a Etiópia, esperava que, apesar da guerra civil que se travava ao sul com as forças da Eritreia, fosse um país relativamente seguro. Bobby tentou ser discreto e se dirigiu aos escaninhos de cada apartamento para colocar as correspondências respectivamente. Ele sabia se tratar de um telegrama. Hoje, quando recordo aquele fatídico dia, consigo sentir os gestos de nosso carteiro em câmera lenta. Seu rosto comprido, de pele avermelhada se contraindo a espera de uma reação conhecida. Não sei se ele rezava para que eu não abrisse a correspondência naquele momento, se desejava que eu abrisse e ficasse bem – pois assim não teria o conteúdo por ele imaginado — ou se, por ter passado por isso outras vezes, calculava o que me dizer ou fazer dependendo de minha reação. Bobby era um carteiro experiente, conhecia todo o tipo de envelope, eu não. Eu era a eterna namorada de Jack, um jornalista ativista e corajoso. Abri o envelope imediatamente e enquanto fui lendo-o ocorreu-me que fosse apenas um erro de interpretação, isto porque não era a maneira íntima e pessoal de Jack dirigida a mim, e sim um modelo padrão usado por um funcionário da embaixada ao informar que alguém havia morrido.

Sentei-me na escadinha da entrada, onde algumas vezes esperei por meu marido. Às vezes ele se esquecia de deixar minha chave embaixo do tapetinho da porta, e também houve momentos em que ele cruzou a esquina – com um buquê de rosas, ou correndo porque havia se dado conta de que não levara suas anotações para a redação do jornal. Minhas pernas estavam esparramadas, os modos e maneiras haviam me abandonado. Eu estava em choque com a notificação da embaixada etíope caída em meu colo. Meu cérebro começou a repetir fragmentos do que eu acabara de ler: "é com profundo pesar...Jack Himmel, abatido em zona de conflito armado".

Pensei em voz alta:

— Não...é um erro! Ele não era combatente...Era um jornalista. Não, não, não!

Comecei a falar em alemão, até hoje não sei o porquê. Bobby me socorreu, como imaginou, e depois de algumas frases chamou uma ambulância. Eu não respondia a nenhum estímulo.

Sem Jack

Tempos depois no Memorial Hospital, em um quarto amplo onde havia margaridas murchas na cabeceira da cama, abri meus olhos. Lembro-me de que era tudo branco. Exceto o terno de alguém sentado na ponta do estreito sofá, encostado abaixo da janela. A imagem embaçada desfigurou-se até que voltei a um sono profundo e só despertei horas depois, com uma voz familiar; a voz de Lewis. Eu sei o que estão pensando, leitores: Não é possível, ele sempre aparece nessas horas! Pois é... Por isso ele ganhou o título de meu melhor amigo.

— Olá, minha querida...

Décadas depois, quando me mudei definitivamente para Londres, Lewis me disse que naquele momento, temia um estado mental ainda pior para mim. Surpreendeu-se em como as coisas se deram, pois embora aquele fosse o início de um ano e meio em modo off, em que recorri à remédios para não mergulhar na mais profunda depressão e saí deles a tempo de não me tornar uma dependente, Lewis temia uma recaída de minha memória caprichosa e agora, como costumavam dizer seus colegas de profissão, a recaída poderia implicar em uma irreversível derrocada.

O diretor do The New York Times, reuniu uma sorte de relatos que davam por encerrados os dias de Jack em Adis Abeba:

"O império etíope, como seu governante Hailé Selassié gostava de chamá-lo, lamentava informar que os jornalistas Jack Himmel, Victor Debrinovic e o cinegrafista Thomas Norton haviam sido capturados por forças inimigas da Eritreia e, posteriormente, abatidos."

Mais tarde os colegas de Jack me dariam detalhes sobre sua última incursão no terrível mundo das guerras civis: ao contrário do que havia me dito, ele sabia que não ficaria em Adis Abeba, a não ser nos dias de chegada e partida. Seu destino era Humera ou Badme, pois essas sim estavam localizadas na fronteira com a Eritreia. Aquela guerra era, como tantas outras, uma eclosão provocada pelos efeitos de Benito Mussolini na Segunda Guerra. Os eritreus, agora reclamando a independência de seu território que pertencia a Etiópia — antes de Mussolini meter seu exército no território e dividi-lo como bem quis, lançando armas químicas sobre civis-, jogavam-se com homens e mulheres sobre uma sangrenta disputa de território. Em 1941, com a ajuda do governo inglês, Hailé Selassié conseguira expulsar os exércitos fascistas, no entanto, preservava seu antigo domínio aos trancos e barrancos.

Eu me perguntava o que diabos teria levado Jack a se meter naqueles confins do mundo, se estava prestes a receber um prêmio que, já lhes adianto, ele ganhou. Quem recebeu? Sua viúva, Margot Snyder. Na verdade, o prêmio veio para as mãos do The New York Times. Mesmo assim, o pessoal fez questão de prestar uma homenagem a Jack e a redação do jornal ficou repleta de pessoas que eu jamais tinha visto, e outras que me comoveram com a presença como foi o caso do seu grupo de jazz; os The Screaming Tires. Eu não os via há anos. E foi como revisitar aquele club onde eu havia sido irremediavelmente capturada por Jack, ao som de My Soul on Fire.

Mary e Ronald, vieram do Kentucky com Emma que era uma linda criança.

— Ele seria o padrinho de Emma. Margot, nosso Jack se foi... Aquele teimoso. – disse a doce Mary.

Pedi que eles ficassem comigo enquanto estivessem em Manhattan. Eu precisava tanto de estar ao lado de tudo que pertencesse ao meu marido, suas roupas – muitas noites dormi vestida com suas camisas -, seus discos, seus livros, eu estava obcecada por Jack agora mais do que em vida. Era uma maneira de engolir seu universo, embora ele não estivesse ali. Comecei a viver em uma nova fase: a não posso. Não posso ouvir Glen Miller, não posso comer hot-dogs, não posso assistir Candide Câmera, não posso entrar em clubs de jazz, não posso ler o The New York Times. Qualquer coisa que lembrasse o meu Jack, eu não poderia provar, ouvir ou sentir. Ignorava o fato de que, ainda que o Kentucky inteiro fosse varrido do mapa, eu continuaria pensando nele para o resto da vida.

De junho de 1965 a dezembro de 1966, a vida pareceria uma pesada obrigação onde nada e ninguém traria frescor para mim. Pim veio até NY, desta vez com a sua Mutti. Inventou que precisava assinar papéis sobre algum novo projeto para Anne Frank. Somente quando ele se afastava para reuniões, que demandavam assinaturas e análises de contratos, é que se desvencilhava de Fritzi que, é claro, se preocupava com ele como qualquer esposa amorosa.

— Pim, ele gostava tanto de você... – lamentei nos braços de meu pai.

— E eu dele, minha querida, e eu dele. – disse Pim tentando me acalmar.

Foi naquela ocasião que Pim me perguntou onde Jack estava enterrado, gostaria de levar flores para ele.

— Nem isso eu tenho direito, Pim. Não temos nem um pedacinho de Jack. A Etiópia o engoliu para sempre.

Após longos minutos, meu pai me fez um tipo de pergunta que não entendi.

— E você não gostaria de ir até lá?

— Até a Etiópia? – perguntei fungando.

— Sim. Quando estamos no local onde as coisas aconteceram de verdade, é possível conhecer um pouco mais das circunstâncias.

— Mas Pim, como eu me meteria em um lugar como aquele? Está havendo uma guerra na Etiópia.

— Você quer dizer no sul... Não no país inteiro.

Não acreditei que meu pai estivesse falando sério. Não temia por minha integridade? Somente após dezembro de 1966 ele me diria o porquê de ter me feito aquela pergunta.

CAPÍTULO 42

*A expressão dos americanos Keep going on,
às vezes me irritava.*

Naquele ano, que me pareceu o mais terrível de todos desde o dia 3 de setembro de 1944, tive mais uma prova de que os amigos são como partes de nossa alma, e que sem eles a vida se torna um deserto sem luar. Embora já não mais vivesse em NY, Esther veio imediatamente ao meu encontro, deixando meu afilhado, o pequeno David, com seu pai em Dakota. Polaco, já morava com eles há anos e administrava uma respeitada charcutaria nos arredores de Bismark. Klára e Levi, embora já tivessem vivido em alguns países da Europa a serviço da embaixada dos EUA, passavam uma temporada na cidade. Eles, Teçá – que não saía do meu lado –, Tony Bellura e sua esposa, bem como Sol, estavam a todo tempo medindo o grau de minha tristeza. Infelizmente, no início o que eu sentia não era nada parecido com tristeza. Assemelhava-se a uma revolta, que eu bem conhecia. Uma nova revolta somada à antigas revoltas. Hoje olho para trás, desejando encontrar uma mulher com equilíbrio e resignação, e encontro Margot Snyder gritando com Deus por ele não ter feito suas vontades. É claro que, como quando o destino nos contraria, fui incapaz de pensar nos momentos maravilhosos que vivi ao lado de meu grande amor, meu companheiro de assuntos mais variados, minha voz serena, meu Tom Sawyer.

Já haviam se passado alguns meses da morte de Jack, mesmo assim Esther me ligava noite sim noite não contando-me sobre as peripécias de David, que era o menino mais saudável de que tive conhecimento; e Klára vivia procurando maneiras de me tirar de casa. E foi em uma dessas tentativas que conseguiu. Ela e Levi queriam me levar para jantar, mas antes teríamos que passar em um evento no salão do Chelsea Hotel pois Levi, agora aspirando um cargo em Israel, precisava transitar o máximo possível em eventos sionistas. Apesar de toda a história por trás do hotel, com placas de seus antigos frequentadores (Mark Twain, Tennessee Williams e Brenda Behan), eu não estava nem um pouco disposta para esse tipo de evento.

— Klára, não estou com disposição para palestras...

— Não demora, vamos lá... – disse ela apertando-me pelos ombros – é só por meia hora, depois iremos ao Carlyle.

O restaurante do hotel The Carlyle estava se tornando disputadíssimo, após o país inteiro tomar conhecimento de que era em uma de suas suítes que John F. Kennedy se encontrava com Merilyn. Às 19:00 eu estava pronta os aguardando na entrada do meu edifício. Klára, como sempre, linda e impecável, com sua habilidade para penteados que me impressionava. Quando chegamos no evento o salão estava lotado. Naquela época, Hanna Arendt já era uma sionista para lá de conhecida, e, ao contrário de alguns anos antes em que só víamos judeus e sobreviventes nas rodas de painéis, nesta ocasião havia dezenas de estudantes de filosofia apinhados com seus cadernos, anotando todas as palavras proferidas através dos dentes amarelados de Hanna Arendt. Havia também quem levasse exemplares de seus renomados livros em busca de um autógrafo; As origens do Totalitarismo e A Condição Humana, este último era um dos preferidos de Jack. Seus ex-alunos da Universidade de Princeton ocupavam as primeiras filas com a esperança de que a mestra os reconhecesse, alguns iam até ela pedir uma indicação para jornais e revistas respeitados de Nova Iorque, como disse, ela tinha prestígio. Anos antes, eu e minhas amigas tínhamos uma espécie de adoração por ela. Bem, eu não chegava a adorá-la como Klára, mas sentia orgulho por uma mulher europeia conseguir o destaque que Hanna alçava como defensora do povo judeu. No entanto, naquela noite, eu e ela nos estranharíamos. Acreditem, eu confrontei Hanna Arendt. Adianto-lhes que não fui para lá com este intento. Longe de mim. Como vocês sabem, eu estava enfraquecida com a perda de Jack, mas sobretudo, contrariada. Talvez isso não tivesse sido bom para os planos de promoção de Levi e Klára, contudo, foi mais forte do que eu.

Quem sabe se eu não tivesse lido algumas das cartas que Pim me dera dos fãs do meu Diário, minha desavença não teria nascido assim com força tremenda. Sendo sincera, bem me lembro que fui cegada pela fúria da indignação. Tudo isso aconteceu após o encerramento da palestra, quando foram abertos os microfones para a imprensa. Os jornalistas queriam remexer em um assunto que já tinha esfriado, seu polêmico livro Eichmann em Jerusalém – um retrato da banalidade do mal. Desde o Julgamento de Nuremberg, que havia levado 24 proeminentes figurões nazistas a julgamento (o fato ocorreu em Nuremberg, Alemanha, entre os meses de novembro de 1945 a outubro de 1946) a espionagem israelense, o Mosaad, vinha empenhando esforços para capturar soldados e oficiais nazistas escondidos ao redor do mundo. Muitos deles, não sei porque, imigravam para a Argentina e foi lá que o infeliz do Eichmann foi capturado, em 1960, pelos agentes da Shin Bet, o serviço de segurança de Israel. Bem, isso fez com que Hanna Arendt, à época colunista da revista The New Yorker, acompanhasse pessoalmente o julgamento em Israel. Ela escreveu cinco artigos para a revista que deram ensejo ao livro lançado em 1963. Acontece que, em seu relato sobre aquele operário da causa nazista, Hanna o descreve como quase patético. Um burocrata que em verdade encarava as atrocidades cometidas como um simples cumprimento de ordens. A questão é que em uma entrevista Hanna riu ao dizer isso, o que para quem havia passado pelas mãos dos nazistas pareceu no mínimo de mal gosto. Foi um assunto recorrente nos jornais do mundo todo e, mais ainda, no círculo intelectual frequentado pelos filósofos sionistas. Depois que a poeira baixou, Hanna voltou a comparecer em eventos públicos. Mas naquela noite, algum repórter audacioso voltou a tocar no assunto.

— Sra. Arendt, a senhora acrescentaria algum parágrafo ao seu livro; Eichmann, a banalização do mal?

O salão inteiro prendeu a respiração. Seria uma deixa para que Arendt trouxesse algum tipo de escusa? perguntei aos meus botões.

— Não acrescentaria nada ao livro. Diria que é preciso ter coragem para entender o que quis dizer com a banalidade do mal.

Ela segurava um cigarro na mão direita. Naquela época não existiam as severas regras de proibição do fumo como hoje. Havia, na verdade, uma glamourização do fumo.

— E o que tem a dizer sobre os romances que falam do nazismo, como O Diário de Anne Frank? – perguntou um outro.

É claro que me remexi na cadeira, julgando-me totalmente madura para lidar com a opinião de qualquer um sobre minha obra prima. Lembrem-se, eu não o lia há anos, no entanto, me recordava de suas linhas como se tivesse acabado de escrevê-las, pois elas falavam mais de sentimentos do que ideias. Mais tarde, deitada em minha cama e após um bom banho frio, perguntei-me se Arendt se incomodava com o nosso Prêmio Pulitzer, recebido em 1956.

— É uma forma de sentimentalismo barato à custa de uma catástrofe.

Como é que é? Ela disse sentimentalismo barato? – pensei em voz alta.

Klára assentiu à minha pergunta, apenas para dar por certo o que nós tínhamos acabado de ouvir. E enquanto Levi conversava em um canto com alguém do corpo diplomático, me levantei da cadeira a algumas fileiras de Hanna Arendt e talvez pela energia de minha fala, ela se ateve ao meu chamado.

— Sra. Arendt! – gritei. – É verdade que a senhora imigrou para a América em 1941?

— Sim, é. – respondeu ela, enquanto alguns de seus alunos se viravam para mim com desdém.

— Quer dizer então, que não foi capturada pelos nazistas... – eu continuava a erguer a voz.

— Eu saí da Alemanha, fugida, sim, e fui recebida na França... – respondeu ela com tranquilidade.

— Pois é... Não ficou presa como um rato no porão, não é mesmo?

Um dos bajuladores de Arendt gritou lá da frente:

— Ela ficou no campo de concentração de Gurs!

Arendt, no entanto, fez um sinal com a mão para que não me interrompessem. Estaria ela pensando que me conhecia?

— Gurs! Por favor... – eu disse — Aquilo não era um campo de concentração quando ela esteve lá, era um campo de refugiados espanhóis, na fronteira com a França! Vocês querem saber o que era um campo de concentração? Vocês aí, que só escrevem sobre eles mas não resistiram a eles, não sobreviveram a eles, aos cães rosnando quando de sua chegada, aos oficiais da SS fuzilando mulheres grávidas, crianças de seis, cinco, quatro anos... Vocês que nunca sentiram o cheiro de corpos incinerados, o cheiro doce e podre que nunca mais sairá de nossas narinas, fabricado d-i-a-r-i-a-m-e-n-t-e em Auschwitz, em larga escala, incansavelmente...Ah, não. Vocês não o conhecem, nem mesmo o inferno deve ter esse cheiro...

Eu estava irreconhecível. Mas digo a vocês, não me arrependo. As pessoas precisavam, e ainda precisam, dessas verdades. E ali, a maioria queria apenas encher páginas de livros, teses, matérias de jornais, mas pouquíssimos – ou quase ninguém – estava disposto a lutar contra a segregação racial ou religiosa.

— Respondendo a sua pergunta... Sra... – Arendt era uma professora, e como tal, ouvia a todos com o maior respeito. – Você está certa. Eu não estive nos lugares onde, me parece, você esteve. Porém, como teórica...

Ela iria continuar, mas eu não deixei. Eu não era uma professora.

— Como teórica você cria ótimas teses, praticadas por pouquíssimos. Ao contrário de vocês teóricos, os nazistas eram extremamente práticos. Souberam eliminar seis milhões de judeus, ciganos, homossexuais e negros. Aqueles que não foram mortos, mas estiveram naquele inferno quer em esconderijos quer em campos de concentração e extermínio, esses não são teóricos, não escrevem sobre o que viveram porque vão para a cama, todos os dias, rezando para esquecer tudo o que viram, o que ouviram e quem perderam. A catástrofe, à qual a senhora julga conhecer, banalizando – para usar de seu termo preferido – o que uma menina e sua família viveram de privações, essa sim, pode ser catalogada. Ela pode levar multidões aos seus registros, porque não é uma teoria e sim um relato real!

Klára estava sentada ao meu lado, boquiaberta. Arendt não expressava nenhum rancor, ao contrário, olhava-me com seriedade estoica. E como uma boa intelectual, apenas respondeu-me:

— Desculpe-me se minha opinião a ofende. No entanto – completou – eu não indicaria aquele Diário como uma obra séria para se conhecer os horrores do holocausto.

— A verdade, senhores, é que só conheceu o holocausto quem esteve nele. – Eu disse com as mãos para o alto. – Com licença...

Fui me retirando do local. Klára não me reconhecia. Mais tarde me ligou, um pouco sem jeito. Não me colocaria contra a parede pois, como me disse tempos depois, atribuiu aquela reação à perda de Jack.

— Peça desculpas a Levi... Espero não ter lhe causado nenhum prejuízo.

— Não causou... Ele está aqui e lhe manda um abraço.

CAPÍTULO 43

"Recuperar-se de acontecimentos e perdas traumáticas é um processo tão lento e gradual que, no momento do sofrimento, é difícil reconhecer o ritmo de caracol do caminho de volta à normalidade".

Eva Schloss

Alguém especial ajudou-me a passar por aquele período de dor e ausência. E com isso, varreu aquela autopiedade que vinha querendo fazer sua cama em minha vida. Mas antes, fui eu quem a salvei. Ao menos por um período.

— Margot, preciso vê-la. – falou András ao telefone.

Eu estava na editora e logo me preocupei, pois, sequer me recordava quando nos vimos pela última vez. Sua vida de economista, agora trabalhando no Chase Manhattan, davam um enorme orgulho para Ilma e Teçá, embora, justamente por isso, eu me perguntasse por que diabos ainda vivia na casa de sua mãe e não se casava com sua linda noiva. Mas soube que isso ocorreria em breve, e pensei que ele quisesse levar o convite pessoalmente, aproveitando para me doar um pouco de seu tempo, já que no enterro simbólico de Jack ele havia trocado pouquíssimas palavras comigo.

Combinamos de nos ver em um restaurante húngaro que András e a namorada, também de família húngara, adoravam — O Budapeste. Notei que András havia ganhado uns quilinhos, mas estava lindo como os jovens rapazes que começam a construir suas próprias famílias.

— Margot, antes de mais nada ...

Sabia que András falaria de Jack, como as pessoas costumavam fazer naqueles últimos meses.

— Gostaria de dizer que sinto muito por sua perda. Jack era alguém em quem nos inspirávamos...

— Obrigada, querido. Ele me inspirava também. – parei por ali, não queria transbordar na frente de um rapaz inexperiente. – Mas diga-me o que o trouxe até mim, com certeza não é o convite de casamento...

Notei de imediato um desconforto em András, preparava-se para algo que sequer sabia como abordar. Então resolvi facilitar as coisas para ele.

— É sobre Teçá?

— Sim.

— E o que é?

András bebeu um gole prolongado de sua bebida, que não era alcóolica pois ele sempre foi contido nos gostos.

— Você se lembra daquele episódio em que Teçá venceu o campeonato Kosher?

— Se me lembro? E como poderia esquecê-lo? Aquela aventura de Teçá... O que me espanta é você também conhecê-lo.

— Nós sempre fomos cúmplices, Margot.

— Sim, querido... eu sei. Mas pensei que ela tivesse escondido isso de você, afinal ela usou o seu nome. – falei sorrindo.

— É verdade. – disse ele com um meio sorriso, dando a entender que jamais se importou com isso.

— Mas o que tem aquilo... Foi há... Deixe me ver... No mínimo dez anos!

— Sim. Dez anos de tormentas.

Horas se passaram até que András tivesse me contado os mais terríveis detalhes do que Teçá passava naqueles anos, e que eu, em meu universo particular, fui incapaz de perceber. Bill Fischer, aquele policial corrupto por quem Ilma havia se apaixonado, abusava de Teçá em troca de seu silêncio. Pouco tempo depois do concurso, o infeliz teve acesso a um jornal de bairro com o rosto estampado de Teçá segurando o seu lindo troféu, um indício do qual ela não queria se separar e deixava sobre a prateleira do quarto que dividia com András. Ilma, sempre ligada à casa, ao novo marido e ao trabalho, engoliu a desculpa esfarrapada da filha sobre o objeto: Foi o polaco quem me deu. Ou por falta de interesse, ou por confiar na filha, Ilma nunca perguntou a Polaco onde havia conseguido o troféu. Mas Bill Fischer, reconhecendo Teçá na capa do jornal como o Shochet prodígio, encontrou naquilo um meio de conseguir algo que o fazia poderoso dentro de casa. Ele tinha Teçá na mão, pois agora conhecia seu segredo, András; porque havia conseguido a bolsa de estudos no colégio da Pensilvânia, e Ilma; porque adorava o fato de ter um marido novamente. O preço que Teçá pagava para que a comunidade judaica não conhecesse seu segredo, era a lascívia de Fischer. Começou com carícias roubadas, que ela, assustada com certeza, fingia não notar. Depois, foram os apertos no braço com sussurros: "você sabe o que posso fazer, não sabe"? Bill Fischer era de família irlandesa, filho de imigrantes protestantes. Não frequentava nenhuma igreja, mas prestava serviços de segurança para algumas congregações, adorava que lhe devessem favores. Sua preocupação com os efeitos da insurgência de Teçá na comunidade judaica, era ínfima. Tampouco pensava nos cochichos e críticas desveladas pelas quais sua esposa teria de passar, além das que já ouvia por ter se casado com um "homem de fora ", um não judeu. Na verdade, a transgressão de Teçá e todos os meandros disso eram para ele um prêmio, no qual ele via uma fonte inesgotável para submeter Teçá aos seus desejos.

— E há quanto tempo você sabe disso? – perguntei indignada.

— Há muitos anos. – András estava de cabeça baixa.

Tentei não julgá-lo, afinal, ele era apenas um menino quando tudo aquilo começara. No entanto, fui acometida por um ódio incontrolável. E eu bem me lembro como este sentimento me causava vergonha, ainda no Anexo descobri que o ódio é uma espécie de burrice da alma, que faz com que não tomemos as melhores atitudes.

— E por que se submete a isso... Por que Teçá não contou a sua mãe?

— É por isso que estou aqui. Nós contamos, pois agora vou me casar e Teçá não terá com quem contar.

— E o que fez sua mãe?

— Ela não acreditou em nós. Disse que, agora que terei minha própria casa, não quero que ela seja feliz, e que Teçá nunca gostou de Bill e agora que vou embora não quer ficar sozinha com a mãe e o padrasto.

— Não posso acreditar... Ilma não confia nos próprios filhos?

András estava envergonhado. Não conseguia defender sua mãe, com quem sempre teve uma afinidade declarada. Será que o desejo de Ilma em estar casada e provar a sociedade que tinha um homem ao seu lado, era maior do que o amor por seus filhos? Existiam mulheres assim... Capazes de duvidar da palavra de inocentes para manterem suas costas aquecidas à noite, e o pior, aquecidas pelo diabo?

Aquela seria mais uma culpa a me assombrar. Como eu não pude notar as transformações em Teçá! Ela vinha perdendo seu destemor, a coragem para dar passos novos, a força para enfrentar grandes mudanças. Sua letra, sua maneira de se comunicar com o mundo, tudo em Teçá vinha desmoronando. Eu atribuía isso ao seu sonho Kosher, a frustração de não poder ser quem ela desejava.... Mas a coisa era mais remosa, mais ardilosa e profunda do que podíamos imaginar. Lembrei-me de como Teçá vinha ganhando formas arredondadas, vestindo roupas cada vez mais fechadas, escuras, sem nenhum atrativo. Seus cabelos, que eram sempre longos e escovados, agora viviam presos por coques malfeitos. Ela não usava maquiagem, não ia ao cinema com moças de sua idade e se entupia cada vez mais nos bancos da sinagoga, como se tivesse que expiar por algum terrível pecado; não o pecado de desejar ser uma shochet e fazer bem aquele trabalho, mas o pecado de ser desejada pelo marido de sua mãe. Não é raro a vítima de abuso imaginar que a culpa recai sobre si, e não na mente doentia de seu abusador.

— Quando foi que contaram isso para ela?

— Ontem.

— E onde está Teçá?

— Ainda em casa, pois não tem para onde ir. Você sabe, ela não ganha o suficiente para sair de casa. E agora, mamãe a trata como uma filha malcriada e caprichosa que a quer só para si.

— Por favor... — eu disse para o meitre. — Pode nos trazer a conta?

— Fui eu que a convidei, Margot – protestou ele.

— Eu sei que é um cavalheiro, mas para mim será sempre uma criança. – fui dizendo isso e pagando a conta. – Vamos para o Brooklyn, de táxi.

Entramos no primeiro táxi que apareceu, que para os padrões novaiorquinos foi como um milagre. Acho que Deus estava farto de Bill Fischer. Assim que András abriu a porta de casa encontramos Ilma e Bill sentados no sofá diante da tv ligada. A sala era pouco iluminada, pois Bill não gostava de contas caras, havia apenas a luz diáfana de um comprido abajur de pé. Imaginei que Teçá estivesse trancada no quarto, pensando quem sabe, em tirar a própria vida.

— Margot... – disse Ilma ao me vislumbrar logo atrás de András.

— Não se dê ao trabalho... Por favor...

Ela sentiu a minha aspereza na voz, embora notasse que eu ainda a respeitava por estar em sua casa, somente por isso.

— Teçá está? – arrematei logo a pergunta.

— Sim, vou chamá-la – disse ela meio sem jeito, um pouco sem entender o que eu fazia ali no início de uma noite em plena semana.

Bill Fischer me cumprimentou a contragosto, não me olhou nos olhos pois não sei exatamente o porque, sempre me respeitou. Achava-me influente? Provavelmente.

— Não é preciso. András o fará.

Eu estava dando ordens na casa dos outros? Sim, estava. Meu coração galopava de ódio (mais uma vez ele), e estava quase me cegando, mas eu pedia a Deus que me desse sabedoria para ajudar a minha querida menina.

— Sente-se Ilma, ela não veio nos ver. – falou Bill com frieza.

— É, realmente eu não vim vê-los. Aliás, a partir de hoje, pretendo jamais ter este desprazer.

Ilma manteve-se silente, olhando fixo para tv, contudo, sem nada ver. Neste momento ouvi a porta do quarto de Teçá se abrir e seus passos corridos até mim, como se eu fosse sua única esperança. Coitadinha, certamente não se sentia confortável em trazer seus problemas para mim, devido a perda de Jack e antes disso, devido a minha infertilidade, e talvez por tantos outros motivos aos quais considerou mais importantes do que ela em minha vida.

— Minha querida... – eu disse abraçando-a. – Pegue seus pertences de valor. Vou levá-la para viver comigo.

Uma chama se iluminou em seus olhos, e como se tivesse despertando sua verdadeira Teçá, a menina que pensava e agia rápido, ela correu até seu quarto. András estava ao meu lado, será que temia por minha integridade?

— E você, irmãozinho, também vai com elas? – perguntou Bill Fischer.

— Sim, minhas coisas já foram tiradas daqui nesta manhã.

— Não András! – gritou Ilma aos seus pés. Foi então que vi a paixão desvelada daquela mãe, que sempre teve o seu preferido.

— Pare com isso, minha mãe.

— Deixe-o, Ilma. Eles voltam, eles sempre voltam. – Bill pegou uma cerveja longneck na mesinha ao seu lado, e continuou sem nos olhar. Agia como se fosse apenas uma testemunha e não um agente direto daquele terrível evento. Maldito! Como era prepotente.

Teçá veio do quarto segurando apenas dois objetos: seu troféu e um porta-retratos com uma foto de seu pai com András no colo.

— Margot, não é nada disso... É apenas um capricho de Teçá.... – dizia Ilma em prantos.

Ela realmente acreditava naquilo?, eu me perguntava.

Os olhos de Teçá estavam petrificados, olhava para mãe com desprezo e decepção. Naquele momento eu sabia que tinha enterrado a mãe, não no coração onde estava seu saudoso pai, mas em uma cova rasa e sem identificação.

Antes de me retirar, contudo, não pude deixar de dizer umas verdades para aquele biltre.

— Não pense que vai ficar por isso mesmo, Fischer. Tenho prestígio suficiente para soltar uma nota nos jornais, dando conta de que um tal policial irlandês aliciava sua própria enteada...

O homem se levantou, e neste momento confesso que tive medo de que me agredisse, mas eu tinha Teçá e Andras ao meu lado, e Ilma, apesar de cega, não se poria contra mim.

— Pois faça o que quiser, sua maluca. – ele disse fazendo uma mesura à realeza. – Agora, lembre-se, neste país terá de provar suas acusações, do contrário, sou eu quem vou processá-la.

— Seu nojento!

— Vamos embora, Margot... Vamos embora. – dizia András me puxando pelo braço.

A partir de então, Teçá foi morar comigo.

Apesar dos meus dias difíceis, Teçá mostrou-se mais útil a mim do que eu a ela. Fazia de tudo para me alegrar, conversava comigo sobre livros que eu estava editando, dava-me conselhos editoriais – o que me causava extrema alegria e uma imensa surpresa. Não foram poucas as vezes em que sugeri que trabalhasse comigo na editora. Mas ela dizia que não levava jeito para aquilo. Limpava nossa casa de manhã a noite, fazia pratos deliciosos, e embora eu não estivesse em uma fase boa para isso, sempre saboreava o que ela fazia para nós duas. Íamos ao cinema e ao teatro com frequência, em busca de filmes ou apresentações da nossa diva, Barbra Streisand. Teçá e Barbra eram da mesma geração e eu não me cansava de elencar as semelhanças entre elas: o formato do nariz, o timbre suave da voz, a determinação, a força no caráter.

— Ah...Você diz isso porque é minha amiga...
— Não é verdade, digo isso porque penso assim.

Mas houve um momento em que fui firme com ela. Já havia se passado cerca de seis meses da morte de Jack, ela devia estar comigo há uns três.

— Teçá, se quiser continuar a viver comigo terá de estudar.

Estávamos assistindo Bewitched, nosso seriado preferido, e eu aproveitei a deixa para dizer a ela que Samantha era uma dona de casa feliz pois havia encontrado seu grande amor, o mortal Stephens e, além disso, sua vida nunca caia na monotonia, pois era uma feiticeira. Ao contrário de nós, mortais, que precisamos encontrar um sentido na vida.

— Eu encontrei o meu sentido na vida, se é que você não se lembra... – disse ela com um ar pesado.

— Eu sei, querida. Mas será que não há nada além de uma vida Kosher para te fazer feliz?

Teçá olhou fundo nos meus olhos, e com a maior sinceridade me disse:

— Consegue imaginar sua vida longe dos livros, Margot?

Fiquei sem palavras, o que, vocês sabem, é raro. Depois disso verti minha atenção para o episódio em que Andora, a mãe de Samantha, aprontava uma das suas. Por instantes pensei já ter assistido aquele episódio com Jack. Ele adorava a série, e me gritava da sala: "Venha, meu amor. Já começou". Afastei aquele pensamento. Após seis meses meu coração vinha dando sinais de conformismo. Algo mais maduro nascia junto àquela dor, e era a lembrança de que a vida já havia me tirado minha mãe e irmã, de que centenas de mulheres estavam perdendo seus maridos para a guerra no Vietnam, e de que eu não era melhor do que o resto da humanidade.

Após a morte de Jack, algumas novidades me faziam rir para não chorar da hipocrisia norte-americana. No primeiro dia de 1966 uma lei exigiu que todos os maços de cigarro contivessem a seguinte frase: "Fumar é prejudicial à saúde". Mesmo assim, a terra do capitalismo selvagem produzia propagandas de cigarros cada vez mais glamurosas: corpos contornados e jovens se divertiam em veleiros charmosos com um cigarro a mão. Eu me perguntava se a contradição conhecia um lugar melhor para viver, além dos Estados Unidos. No entanto, era lá também que quem trabalhasse poderia comprar o álbum dos Beatles, The Rubber Soul, e ouvi-lo em seu toca-discos na altura que desejasse, até o horário do silêncio. Algo sobre os Beatles, naquele ano, era mais barulhento do que suas músicas: a voz de Lennon afirmando que Os Beatles eram mais populares do que Jesus. Nós ouvíamos também, as notícias do leste europeu e elas não eram nem um pouco positivas. Os crimes e perseguições a quem se opusesse ao regime soviético eram declaradamente implementados, e o resto do mundo parecia não ter forças ou vontade para combatê-los. Nas últimas semanas Lindon Johnson afirmara que os EUA não sairiam do Vietnam enquanto houvesse ameaça comunista.

— Meu Deus, esse pesadelo não acaba nunca. – falei em voz alta enquanto lia o jornal pela manhã.

— O que disse? – gritou Teçá.

Ela estava passando aspirador de pó na sala e com a mão livre segurava um livro. Fui até ela e peguei o livro de sua mão com delicadeza.

— O que você está lendo?

— Valley of the Dolls, da ...

— Jacqueline Susann – completei. — É bom, mesmo?

— É maravilhoso! – respondeu ela com inegável empolgação.

Tratava-se de um best-seller que havia atingido a marca de 31 milhões de cópias, em poucos meses. Não havia como, portanto, não calcular a margem de lucro da Bernard Gies Associates. Fiz uma conta por cima e cheguei a sentir uma vertigem. Esse era um dos motivos que estavam tornando minha permanência na Simon & Schuster insustentável, minhas sugestões para que olhássemos em outras direções, em termos de linha editorial, não estavam sendo levadas a sério. Então, nós ficamos "a ver navios" enquanto as gigantes como nós, alcançavam nuvens mais altas. Foi um período intenso de trabalho. Editávamos dezenas de títulos, traduzíamos, ilustrávamos clássicos em lindas versões com notas de rodapé que custavam meses de pesquisa criteriosa, sempre em busca de uma informação extra sobre o autor ou a obra. Mas o olhar de rapina, marcante em Dick Simon e Max Schuster, não estava mais ali. Eu acreditava que eles haviam me dado isso, ao longo dos anos em que desfrutei de suas companhias. Por isso, não estava disposta a jogar aquele precioso olhar na gaveta do esquecimento. Voltei a fazer contas, perdia mais horas observando as estrelas, na estreita varanda de meu apartamento, por entre os galhos dos plátanos, eu buscava respostas em pequeninos pontos luminosos e dizia baixinho: "fale comigo, Jack". Meu marido continuava me dando conselhos, ao menos era assim que eu gostava de imaginar.

Depois de muito insistir, consegui matricular Teçá em um curso de tradução húngara. Ela não resistiu. Ao contrário, sentiu-se feliz como se isso fosse algo totalmente insólito, porém, agradável. O curso era intenso; de segunda a sexta-feira, mas ela estava feliz porque ficava próximo ao trabalho de András e algumas vezes eles almoçavam juntos. Pareceu-me que Teçá finalmente voltava para si. Seus cabelos agora balançavam como uma cortina negra até o meio das costas, ela usava calças jeans, as famosas boca-de-sino, com batas coloridas, bem a moda da época, e se parecia com alguém de sua idade. Isso me causava uma alegria indizível. De alguma forma minha culpa por passar tanto tempo sem oferecer minha companhia, arrefecia. Transcorreu-se um ano da morte de Jack, e embora o tempo para mim se arrastasse, eu havia prometido que não tornaria a vida das pessoas ao meu redor um verdadeiro martírio. Hoje penso que Teçá me ajudou mais do que eu a ela. Nós não tocávamos no nome de Ilma, nem no nome do molestador desgraçado, embora eu soubesse que ela tinha coisas para botar para fora, nunca me considerei a pessoa ideal para abordar aquela questão de forma mais incisiva. No entanto, estava sempre lhe dando a deixa.

— Você sabe que pode contar comigo, não sabe?

— Claro que sei -respondia ela distraidamente. – Não estou aqui com você?

— Sim, está...

Não demorou para os rapazes começarem a cortejar Teçá, o que achei fabuloso, afinal, ela era jovem e bela. Havia um professor, não muito mais velho do que ela, fazendo o mesmo curso de tradução. Uma vez os vi na calçada, chegando no mesmo momento que eu. Ele a acompanhou até a porta de casa, saindo completamente de seu trajeto. Era um rapaz agradável, de estatura média, um pouco mais alto do que Teçá. Seu cabelo era avermelhado e tinha sardas passeando pela face, lhe conferindo um aspecto infantil. Considerei-o perfeito para a minha amiga, que precisava, mais do que nunca, resgatar sua pureza de menina, algo que lhe fora roubado de maneira tão brutal. Convidei-o para subir e tomar uma limonada, pois estava quente em Manhattan.

— Ele já estava de partida, não é Steve?

— Ah, sim. Já estava de partida – respondeu ele intimidado – Foi um prazer conhecê-la, Margot, Teçá falou-me bem de você.

— O prazer foi meu, Steve. Apareça quando quiser. – eu disse me encaminhando para porta e concedendo-lhes um pouco de privacidade.

No entanto, segundos depois Teçá alcançou-me nas escadas.

— Por que você o convidou, nem o conhece?

— Bem, se ele é seu amigo, também pode ser meu.

— Ele não é meu amigo, é apenas um colega.

— Está bem... – respondi notando que ela não estava num bom dia.

Mais tarde, enquanto comíamos um sanduíche de pasta de atum, ela disse:

— Steve é uma ótima pessoa. Só que tem um defeito imperdoável.

— Qual?

— É filho de irlandeses.

Naquela noite e nas seguintes eu não disse nada a respeito. Deixei que o destino mexesse seus pauzinhos, mostrando para Teçá que a Irlanda não era culpada pelo caráter de seus concidadãos. Assim como a Alemanha não poderia ser eternamente culpada pelas práticas dos nazistas. Não são os berços que importam, são os bebês e como eles são criados.

Os meses se passaram e Teçá não mencionava o nome de Steve. Neste meio tempo, meu querido Lewis veio aos EUA participando de um congresso coordenado pela Universidade Johns Hopkins, em Baltimore, palestrou sobre a perda de memória recente e seus danos a longo prazo. Compareci para prestigiá-lo no último dia, e de lá voltamos para NY. Levei-o a um dos meus restaurantes preferidos, o Mc Sorley's Old

Ale House. Era um restaurante histórico do East Village, fundado em 1854, onde eles fabricavam a própria cerveja.

— Ora, ora, o mais britânico de todos os restaurantes de New York. – New York ele falava com seu típico sotaque inglês.

— Pensei que iria gostar.

— Sim, é pitoresco. Mas para ser sincero, eu estava louco para provar os típicos hot-dogs novaiorquinos. Nunca consigo prová-los e...

— Bem, — eu disse me atendo ao cardápio – esse desejo eu não poderei realizar.

— Não está bem do estômago, Annelies?

— Na verdade eu não ando bem do coração... – e antes que ele começasse a me consultar joguei o holofote nele. – Conte-me a razão deste olhar abatido...

— É por conta da viagem e do seminário, não tive oportunidade de me recompor.

— Está mentindo.

— O que é isso? Os papéis se inverteram aqui?

— Não sei de que papéis está falando... – eu respondi cinicamente.

— Devo confessar que está me surpreendendo, Annelies. E para melhor.

— Obrigada, mas vamos voltar a você. Vai me contar ou não o que o aborrece? – eu realmente sentia que havia algo ali que o magoava, e não queria gastar nosso tempo juntos listando os nomes dos remédios que me faziam dormir à força, todas as noites.

Lewis olhou-me com uma profundidade, dando-me sinais de que poria coisas para fora. E eu, vivenciava uma nova época em minha vida, em que aprendia aconselhar os bons amigos para fugir de meus fantasmas. Lewis estava em uma fase difícil da vida. Haviam tirado seu cargo na Universidade de Oxford, era livre docente na matéria de perda de memória recente causada por traumas. Senti que isso havia abatido profundamente meu amigo e por mais que eu investigasse os motivos daquela dispensa, as esquivas me deixavam claro que eu não conheceria os motivos.

— Sabe Annelies... Eu estou cansado. – seus olhos dirigiram-se para a rua, fitando os yellow cabs que passavam à toda lá fora.

— Seu trabalho é desgastante, meu querido, lidar com as mazelas mentais, com as dores de traumas e doenças mentais...

— Não é isso que me cansa. Na verdade, são os ditos normais os que mais me assustam.

Fiquei um tempo calada, vasculhando seus traços. Lewis sempre foi um homem bonito, mas agora, na maturidade, havia alcançado aquela fronteira da injustiça divina; quando os homens se tornam ainda mais interessantes enquanto as mulheres sofrem para manter as carnes em pé. Um pequeno deslize da Criação. Apesar da beleza em potencial, sua frequente leveza sumia através de um semblante triste e desolado. O que haviam feito ao meu amigo? E o pior, até que ponto eu seria capaz de ajudá-lo?

Pedimos uns antepastos e a tal cerveja caseira que eu gostava por ser mais leve do que as industrializadas. Após uns goles da bebida que prometia nos relaxar, voltei ao assunto.

— Esses ditos normais, fizeram o quê ao meu amigo?

Lewis me encarou. De um jeito que nunca tinha feito desde agosto de 1945, momento em que nos conhecemos. Estão fazendo as contas, leitores? Vinte anos de amizade. Foi só neste momento que me dei conta de coisas que poderiam estar mais claras se eu, Margot Snyder lutando contra Anne Frank, olhasse com mais cuidado ao redor.

— Você nunca se perguntou por que não me caso, Annelies?

— Já. Até 1947, inclusive eu me perguntava insistentemente por que não se casava comigo.

Ele abriu um sorriso enorme. Lewis adorava minhas caras e bocas, segundos antes eu havia feito um olhar de borboleta apaixonada.

— O problema nunca foi você...

— É? Isso me deixa feliz. Mas não explica muita coisa.

— Explica tudo.

Fitei-o por longos minutos. Instantes que antecederam algo que poderia ser notado por qualquer pessoa, exceto por mim que havia erguido um pedestal para Lewis, meu melhor amigo, meu médico, meu confidente e antes de tudo isso meu amor platônico. De repente aquele "explica tudo" dizia mais do que eu pudesse prever. Como em uma cena de estúdio, joguei um holofote sobre a vida de Lewis: um médico jovem, bonito, rico e solteiro. Por opção? Mas se não quisesse se casar, o que o impedia de ter uma namorada ou...

— Espere. – eu disse. – Você é gay, Lewis?

— Descobriu a pólvora! – disse ele, pela primeira vez em um tom completamente novo entre nós.

Recostei-me no encosto da cadeira. Eu estava boquiaberta, nem tanto pela escolha de Lewis, mas por minha desmedida cegueira. É lógico que a voluntariosa Anne Frank não perceberia isso, pois, afinal, se Lewis não me queria, menos mal que vivesse só. É claro, foi o que pensei nos primeiros anos, até me apaixonar por meu verdadeiro amor, o meu Jack. Porém, depois disso, por que eu não havia me perguntado mais vezes sobre a vida íntima de Lewis? Mais uma vez tinha a impressão de receber mais do que dava aos meus amigos.

— E por que você está triste, ele não te quer?

Lewis deu uma gargalhada.

— Ah, Annelies, só você para me tirar da tristeza.

— O que foi?

— Sua maneira de conceber as coisas e raciocinar em seguida, eu adoro isso.

— Não há de quê.

Passamos horas no Mc Sorley's, e quase fechamos o estabelecimento. Quanto mais Lewis bebia a cerveja artesanal, mais contava-me coisas de sua adolescência, seus desentendimentos com o pai, que cedo notou suas preferências matriculando-o forçosamente em um colégio interno militar, e afastando-o da mãe que era sua verdadeira cúmplice. Esta manobra do pai, na verdade, só aumentou a curiosidade do menino que teve algumas experiências com meninos que tinham os mesmos desejos de Lewis.

— Mas agora, você tem alguém?

— Tenho. Alguém que amo e que me ama. Nós vivemos juntos.

— É mesmo, Lewis? Que triste...

— Triste?

— Sim. Sou sua melhor amiga, e nem sequer o conheço. E por que o seu namorado não está aqui?

— Você vai conhecê-lo, Annelies. Não faltarão oportunidades.

— Então por que é que você está dessa maneira?

— Fui destituído do cargo de professor em Oxford.

— Por quê? Porque é gay?

— Não exatamente porque sou gay, mas porque sou um professor gay que vive com seu amante.

— Que absurdo! O que as pessoas têm a ver com a sua vida privada?

Ele fez um sinal com as palmas das mãos para cima, dando o caso por vencido.

— Fui conduzido para ocupar um cargo burocrático na reitoria da Instituição, pois assim não haveria como influenciar os alunos.

— Lewis! Isso é uma falta de respeito. Sua competência como professor... Por Deus! Que mundo é esse?

— O mundo da hipocrisia, Annelies. E quem o criou? Os normais.

— E eu pensando que esta viagem era um sinal de que sua vida acadêmica estava a toda...

— Pois é... Só viajei em nome da Universidade porque o evento foi agendado há meses, e eu sou o maior especialista na área. Isso eles não têm como me tirar.

Capítulo 44

"A sabedoria humana está nessas palavras:
Esperar e ter esperança"
                    Alexandre Dumas

Finalmente o ano de 1966, chegou ao fim. Foi um ano pesado, repleto de más notícias. Porém, jamais, em meus mais profundos delírios, eu imaginaria o modo como ele se encerraria. Era o Dia de São Nicolau, um dia que nós festejávamos em Amsterdã, e também no Anexo Secreto, se é que vocês se lembram. Agora que Teçá morava comigo, eu voltava para algumas tradições judaicas, pois ela, tanto quanto Klára e Esther, sempre foram mais judias do que eu. Pim havia me ligado uma hora antes, e trocamos palavras fraternas repletas de amor e saudades. Ele falou também com Teçá, que o chamava de sr. Otto e o tratava com imensa deferência. Nesta atmosfera também liguei para Lewis, que aparentemente não tinha uma religião, mas um coração aberto a qualquer expressão de afeto. Troquei palavras com George, com quem eu já tinha imensa intimidade, apesar de ainda não termos nos conhecido pessoalmente. Teçá dava risinhos quando eu dizia que George era o namorado de Lewis. Para algumas pessoas isso ainda era um tabu. Horas antes, fomos a Sinagoga que não era a do Brooklyn onde ela havia crescido e conhecia todas as famílias, mas a do Rabino Staremberg que naquela ocasião dispensou muito de sua atenção a nós. Um homem protetor, que havia nascido para a sua comunidade e para a aplicação plena das escrituras. Voltei de lá com um sentimento de limpeza, como se minha alma tivesse sido banhada de amor e esperança.

— É assim que deve ser, não é? – disse Teçá com o mesmo tom de Esther, lembrando-me do tempo de quando ainda mocinhas, voltávamos dos ritos.

— É... Acredito que sim.

As ruas estavam repletas de enfeites, laçarotes enormes adornavam os postes históricos do Greenwich Village, as pessoas passavam por nós com sacolas de presentes prontos para ocuparem os pés de suas árvores de Natal e das lojas — até mesmo nas pequenas lojas de bairro -, ouvíamos canções natalinas tocando em seus interiores. Teçá parecia uma menina, olhava para tudo com uma curiosidade ímpar, como se o Brooklyn onde ela havia crescido estivesse a léguas de nós, e Manhattan fosse, ao bem da verdade, seu verdadeiro lar.

— Lembra-se de quando vimos Manhattan pela primeira vez, de dentro do Aquitânia?

— Sim, é claro. Você estava surpresa com os arranha-céus... – eu disse enquanto nos aproximávamos de casa.

— Estava?

— Sim. Você fez uma cara estranha quando vimos Manhattan. – relembrei.

— Engraçado, eu me lembro mais de você com uma expressão de muita tristeza.

Abracei-a pelos ombros.

— Pois aqui estamos nós. Vencedoras.

— Eu não sou uma vencedora. Você sim.

— Ouça aqui, você é uma vencedora sim! Você é corajosa, decente, inteligente e está viva com dignidade.

Teçá olhava-me com uma expressão que jamais esqueci.

— Eu me sinto suja, Margot. Muito suja...

— O que? Por que diz isso, Teçá? Não querida, não...

Abracei-a afagando suas costas. Aqueles eventos com Bill Fischer estavam encroados nela, haviam mutilado suas esperanças e trazido um lençol de vergonha do qual ela não conseguia se desvencilhar.

— Você não teve culpa, querida. Não teve culpa de nada disso. Acredite em mim, está bem? — falei olhando fundo nos seus olhos, enquanto segurava seu rosto entre as minhas mãos.

— Está bem...

Teçá foi a pessoa mais forte que já conheci, e também a mais frágil. Quando estávamos ganhando as escadas no primeiro lance do predinho, escutamos o telefone tocar insistentemente. Ele tocava tão alto que não tínhamos como não reconhecer seu som. Nós tínhamos caminhado bastante, desde a sinagoga, jogando conversa fora. Mas agora, nossas pernas estavam sentindo o peso da caminhada.

— Eu não vou correr para atender...

— Nem eu. – disse Teçá sorrindo.

O telefone, no entanto, parecia não se cansar. Tocou até o momento em que abrimos a porta, deixamos as sacolas e eu finalmente o atendi.

— Margot...

— Quem é... – perguntei sentindo meu coração galopar e pedindo para que aquilo não fosse um trote.

— My beloved.

Deixei o gancho pendurado e caí no chão de pernas abertas, como uma boneca de borracha.

— O que foi? – disse Teçá junto de mim. – O que foi, Margot?

Aquela voz. Aquela voz, leitores, era a voz de Jack. Ele estava vivo e acabara de chegar em Washington. Tinha sido libertado das forças eritreias, após um ano e meio no cativeiro. Obrigatoriamente precisou comparecer aos escritórios do FBI, em Washington D.C. Pois, algo que eu também não sabia, era que tinha ido a serviço dos EUA naquela missão que me parecia apenas uma incursão jornalística. Apareceu, em Adis Abeba após, não se sabia como, uma missão de resgate movida por forças especiais. O que o governo americano deu para resgatar esses jornalistas, nós nunca ficamos sabendo. O que posso lhes dizer é que se há uma semelhança entre a minha vida e a de Hellen Hunt, em O Náufrago, é mera coincidência. Jack chegou naquela madrugada em Manhattan, em um Lincoln preto dirigido por um oficial do governo. Estava irreconhecível, muito magro, com a pele encardida pelo sol africano, e uma barba igualzinha a do Tom Hanks. Se tivéssemos visto esse filme naquela época, eu teria lhe dito: Onde está a minha encomenda do Fedex? Na verdade, eu não teria dito. Estava emocionada e em meus pensamentos existia uma certeza de que Deus me amava profundamente, e de que ele e mais ninguém pode escolher os mais belos presentes para nós. Não importava o que eu tivesse que viver até os fins dos meus dias, Deus havia me devolvido o meu amor.

CAPÍTULO 45

Heaven, I am in heaven.

Em virtude de toda a minha alegria não consegui notar os efeitos daquilo na vida de Teçá. Somente agora, após atingir o terceiro estágio da maturidade (seriam mais de três?) consigo mapear os contornos das nossas estradas; a minha e a de Teçá. Com o regresso de Jack, não houve meios de convencê-la a ficar conosco. Não bastou dizer que ela não nos incomodaria, que poderia ocupar o escritório definitivamente. Jack estava, mais do que nunca, afetuoso e paternal: "Você não nos atrapalha, Teçá, fique". Ele dizia passando as mãos sobre sua cabeça. Sentamo-nos com ela, quando sua pequena bolsa com as roupas se punha ao lado da porta. Naquele um ano morando comigo, Teçá tinha feito um pequeno guarda-roupa com peças coringa – como eu a dissera -, aquelas que duram por toda uma vida e podem ser usadas em diferentes ocasiões. Não pude negar que, mesmo por pouco tempo, nosso convívio tinha devolvido a Teçá que eu conhecia e ela estava ainda, mais forte e bela do que nunca. Porém, hoje percebo que com o retorno de Jack toda aquela luminosidade foi ganhando as sombras de uma penumbra, disfarçada, a princípio, mas logo depois inegavelmente desvelada. Pedimos mais uma vez que ficasse. Eu e Jack tínhamos a sensação de que ela deveria nos deixar apenas quando tivesse um lugar seguro para morar. Foi o que pedimos. Contudo, com uma força prática e comum de sua personalidade, ela nos disse que seria por pouco tempo, em breve estaria vivendo mais perto de nós. O fato de ter mencionado o nome de Steve me deixou mais calma, pensei, até, que estivessem se conhecendo melhor. Mesmo assim, o fato de Teçá se mudar para o extremo norte de Manhattan, me incomodava. Ela não tinha ninguém por perto e a fama daquela parte da cidade não era nem um pouco tranquilizadora.

— Você sabe que pode voltar, se as coisas não forem exatamente como você pensa, não sabe? – eu disse.

— Sei. – respondeu ela dando um beijo em minha testa, depois na de Jack. – Agora deixem-me ir. Não estou me mudando para a outra parte do mundo.

Foi estranho porque aquela cena toda me fez pensar que, embora eu não tivesse idade para ser mãe de uma moça como Teçá, os momentos em que os filhos se vão dividindo os pais sobre a noção de proteção e a certeza de que o mundo os aguarda, deviam ser tão difíceis como aquele. Eu sabia que a minha amiguinha gostava verdadeiramente de Jack e estava feliz por seu retorno. Porém, sei também que o período em que me teve só para si, foi o mais próximo que chegou do sonho de ter sua mãe só para ela.

Vimos o carro de Steve, um Plymouth antigo, estacionado do outro lado da rua. Eu e Jack acenamos para ele enquanto Teçá atravessava a rua com sua mala de viagem. Eles não se beijaram, ela parecia que apenas aceitava a cortesia de uma carona. Partiram e naquele momento, como um dos tantos sinais que ganhamos da vida, senti um aperto no peito com uma voz que me dizia: traga-a de volta.

Não raramente Jack abria sua carteira e a olhava por alguns segundos. Seguiam-se a isso momentos de dispersão e um peso em seu semblante. Ele não era o mesmo desde que regressara. Por amá-lo e pressenti-lo, eu sabia que aquele período na África o modificara para sempre. Havia muito para ser contado, e talvez ele estivesse fazendo isso com sua máquina de escrever, enquanto eu ia para a editora todas as manhãs. O convidei para me acompanhar, algumas vezes, mas Jack declinava dizendo que precisava da paz de nossa casa para se concentrar. Era claro que estava registrando memórias. Escreveria somente sobre sua experiência na Etiópia? Procurei, como sempre, deixar um espaço aberto entre nós para confissões, depoimentos. Nunca, embora me corroesse por dentro, abri sua carteira impelida pelas chances diárias de fazê-lo. Aprendi com meu pai que a privacidade é um dos mais preciosos bens da vida adulta. Até mesmo uma criança, a partir de certa idade, merece a integridade da privacidade.

Certa noite ao chegar do trabalho, encontrei uma folha escrita com uma frase em uma língua desconhecida. Era a letra de Jack. E o idioma certamente etíope. Como estava sobre nossa pequena mesa de jantar, dei-me ao direito de questionar o significado do escrito. De posse da folha, esperei que ele viesse até mim, como fazia sempre que me ouvia chegar em casa.

Chuviscava, embora estivéssemos em maio, e uma brisa suave batia nas bordas da cortina da sala. A meia luz era nosso ambiente preferido, como um sinal para quem chegasse primeiro, acendíamos o abajur sobre a pequena mesa de madeira onde havia uma única foto de nós dois, no Kentucky em 1948. Jack beijou-me na testa. Sorri com a folha na mão e a mostrei com um sinal de curiosidade.

— É um provérbio etíope... "Não podes sozinho cultivar o campo da tua vida"

Fitei-o com vagar. É só isso? – pensei. Eu conhecia Jack com a palma de minha mão. Sabia que quando decidia me contar coisas, começava com uma espécie de joguinho, como se dissesse: "Pergunte-me algo".

Coisa de jornalista. Então, imaginei que aquela seria a minha chance de descobrir o que havia em sua carteira.

— Vamos abrir um vinho? – fui dizendo enquanto deixava a bolsa sobre o sofá e me dirigia à nossa pequena despensa.

— Vamos. Eu ajudo. – senti uma anuência em seus gestos. Não apenas para compartilharmos o vinho, mas para abrir seu coração.

Jack era como um fruto. As emoções nele surtiam o efeito do amadurecimento; quando ainda verdes eram duras, dando-me a impressão que jamais seriam consumidas. Nesse estágio não adiantava insistir, pois corria o risco de perdê-lo. Quando a tonalidade amarelada ou rosada surgia aqui e ali, ele começava a me dar sinais em olhares, ainda que silenciosos, de que em breve me surpreenderia. Outra fase em que eu fingia não o perceber. E finalmente, quando o tom rosado ou completamente vermelho o pintasse por inteiro, do dia para a noite, ele abria a fruta ao meio e me convidava a prová-la.

Quando voltei para a sala com as taças e a garrafa de um decente tinto Côte du Rhonê (nosso preferido), Jack me esperava com sua carteira de couro marrom em mãos.

— Esta é Rukia e seu filho Malik... – disse-me passando uma foto.

De imediato senti um misto de ciúmes e rancor. Como Jack pôde fazer isso comigo? Guardar em sua carteira de dinheiro uma foto em que aparecia com uma bela africana em um dos braços e, no outro segurando um bebê. Que espécie de relação ele pensava que tínhamos? Mesmo assaltada com esses sentimentos, não pude deixar de vasculhar aquela imagem; Jack na sua versão barbuda, sorrindo escancaradamente, muito magro, porém, com o viço no olhar de quem encontrou a felicidade. A jovem africana de uns vinte e poucos anos, no máximo, também sorria. Seu corpo tinha as proporções perfeitas, cintura fina, seios pequenos e empinados, quadril redondo sustentado por pernas esguias como as das bailarinas do MET. Tais proporções, eram vistas em razão do tecido estampado que se enroscava em seu corpo em amarrações típicas da África. A mão branca de Jack segurava o ombro magro e brilhoso da moça, sobressaindo como se pousada em um mogno lustroso. Aliás, a foto, apesar de desbotada, possuía um brilho incômodo. Somente o bebê não sorria. Seus olhos estavam fechados, certamente evitando os raios solares, e sua pequena boca de querubim, entreaberta, dava-lhe o aspecto de um ser cuja vulnerabilidade não o incomodava. Os três, fotografados em um cenário onde o chão de terra e a casa humilde entrevista por trás de Rukia, parecia lhes bastar. Esforcei-me para que a taça com vinho não tremesse, denunciando minha emoção incontida. O meu ciúme emergira como sempre; poderoso e descortês.

Devolvi a foto, rezando para manter-me calma e civilizada. No passado tivemos brigas horríveis causadas por meu ciúme, algumas justificáveis, sendo a maioria fruto de minha imaginação. Inicialmente ele ria. Depois de um tempo, provocado por minha irascível reação, Jack argumentava em vias quase sempre dolorosas para mim. Dizia que só assim para que eu voltasse a mim. Curioso é que, depois dele, nunca mais morri de ciúmes por ninguém. Jack e Pim foram meus maiores amores. Ao perdê-los enterrei para sempre o sentimento denominado ciúme.

A verdade por trás daquela imagem, era tão inusitada, que Jack não teve a menor noção do que ela poderia me causar. Seu universo africano era sólido como a nossa história, como suas origens do meio oeste, como o jornalismo e nenhum desses elementos extraíam a importância do outro. Todos pertenciam a Jack de modo a desenhar sua trajetória impecavelmente original. Acredito que a mudança em meu tom de voz deva tê-lo despertado daquele universo, de tons laranja, e finalmente o tenha trazido para o nosso apartamento no Greenwich Village. Os homens, às vezes, são tão meninos que é preciso nos despirmos de maturidade para alcançá-los em seus puros pensamentos. Somente os fatos a seguir justificariam sua falta de sensibilidade ao me mostrar aquela foto, tão cuidadosamente guardada em sua carteira, sem imaginar o quanto poderia me magoar.

Em seguida ele engatou em uma fala sem interrupções, como quando me contou os motivos que o fizeram romper com seu pai. Neste dia seriam duas revelações; uma delas muito dolorosa para nós.

— Rukia e Malik salvaram minha vida...

— Como? – eu ainda estava consumida pelo ciúme.

— Para encontrá-los acabei escapando da morte.

Passou-se uma hora até o término de suas revelações. Nada produzido por minha mente de mulher ciumenta se encaixava no enredo. Rukia era a esposa de um homem bom, que pelas palavras de Jack fora seu único amigo em terras africanas. O povo era bondoso, mas estava amedrontado e sofrido, confusos sobre em quem acreditar ou mesmo se, haveria alguém no mundo capaz de os libertar daquele destino sangrento. Quando Amal saiu de seu vilarejo, nas fronteiras da Etiópia, para lutar a favor do governo e contra os Eritreus, Rukia "sua Protea Rey", estava grávida de três meses.

— O mais bonito para mim, era ver o ódio de Amal se afastando enquanto ele falava em Rukia. Era bom, notar que a revolta não o consumira por completo. – Jack falava enquanto olhava para a foto como se Amal estivesse nela.

Fui amolecendo a cada frase revelada, Amal, Rukia e Malik fundiram-se em uma tríade amorosa e como se jamais houvesse imaginado outra história, fui levada até a África pelas mãos de Jack, ele tinha um poder natural para descrever fatos e pessoas. Se você não me considerar tão suspeita, acredite, foi um dos maiores narradores que já conheci. De repente, o período pelo qual velei sua morte e tive raiva do continente africano, foi diluído pelas belezas absorvidas pelos olhos de quem sente a realidade de um povo, seus gostos e costumes. A vegetação, o clima, o tipo de vento que chega com as chuvas de verão, e mais chuvas de verão, já que o inverno é uma lenda na maior parte do continente africano. Nosso planeta, que já foi um ser dividido em quatro definidas estações, na África – assim como nos polos – se torna previsível e repetitivo. Nestes lugares ele quer constância climática. Desta constância nascem raças cujas características atravessam séculos. Procure registros de pesquisadores sobre a África de um século, do seu povo. Depois, vá até lá e compare as antigas descrições. A África muda pouco, assim como o seu clima. Em algumas localidades, Jack ficaria chocado se estivesse vivo, as coisas parecem ter parado no tempo, infelizmente, as coisas mais dolorosas para os povos africanos.

— Amal, praticamente deu sua vida por mim. Pergunto-me, se houve um traço de desistência em seu gesto, se legou a mim o futuro de sua mulher e filho ao agir como agiu....

— Legou a você? – perguntei assustada.

— Sim, Margot. Amal pediu-me que levasse sua mulher e filho da Etiópia, não via um futuro bom para o seu país. E eu falhei.

Sentei-me na beira do sofá para olhá-lo de frente. Não estava entendendo aquilo tudo.

— Como isso poderia ser possível, Jack? Você era um prisioneiro de guerra. Por milagre foi libertado.

— Por milagre, não. Por um acordo diplomático, o que você sabe, acontece muito em favor de cidadãos americanos. – seu olhar voltou a se endurecer.

— Mas o que, de fato, você poderia ter feito?

— Poderia ter trazido Malik... Poderia ter tentado...

Tentei acalmá-lo. Pela primeira vez na vida, vi o homem que amava se entregar a um choro catártico. Não se parecia com o meu Jack, tão controlado emocionalmente.

— Querido... Não se culpe. Talvez ainda possamos fazer algo... – eu não sabia bem o porque dizia isso. Seria possível fazer algo por uma criança africana, em um país convulsionando com uma guerra civil?

— Eu prometi, Margot. Eu prometi ao meu amigo...

A maneira como Amal foi assassinado na frente de Jack, foi algo que ele jamais esqueceu e eu sabia disso por conta dos pesadelos que tinha, gritando aquele nome na madrugada. O exército de rebeldes eritreus, estacionou no acampamento dos oficiais etíopes e começou, sem a menor piedade, metralhar tudo que via pela frente. Amal se pôs na frente de Jack e gritou: fuja! No instante em que decidia se deixaria seu protetor aos algozes ou corria para a mata aberta, Amal caiu furado como uma peneira. Ele só se lembrava que, por instantes, a metralhadora girou em outra direção e isso o fez correr sem destino. Assustado, perdido e sentindo que os insetos daquela localidade o matariam rapidamente, mais uma vez contou com uma proteção com a qual sabia contar em momentos críticos. Jack atravessou alguns riachos, ribanceiras e aproveitou para correr o máximo que pôde em direção a mata aberta. Sem esquecer de que estava em um continente repleto de animais selvagens, sabia que enquanto o Sol estivesse ali, ao menos dos leões ele estaria a salvo. Amal o ensinara a esfregar certa planta no corpo para espantar os mosquitos transmissores da febre amarela, receita antiga da avó. A tribo acreditava funcionar. Depois de umas três horas, segundo seus cálculos, o som de motores bem ao longe, deram a ele a esperança de socorro. No entanto, os mesmos motores podiam significar também, os veículos do exército eritreu. Como em qualquer fuga, a distância lhe parecia pequena ante a realidade dos quilômetros que ainda teria de enfrentar até a estrada de terra batida. Foi quando a primeira estrela do céu surgiu que Jack atingiu a estrada. Não sabia para onde, nem qual dos dois lados o capturariam primeiro. Estava sedento, aflito com medo de que o tal exército poderia não considerá-lo uma boa moeda de troca. Calculou que se passara mais ou menos uma hora desde que alcançara a estrada. Não caminhou nela. Manteve-se rente, porém em uma distância capaz de fazê-lo sumir se deitasse na relva. Já estava quase desmaiando de exaustão quando viu, ao longe, dois faróis amarelos. O Veículo parecia grande... Seria a resistência? De certa forma sentia-se mais seguro com eles do que com os soldados do governo. Amal o protegia, quem sabe seus companheiros também. Graças a Deus a intuição de Jack estava certa, a caminhonete velha e apinhada de resistentes etíopes e não eritreus, parou diante de seu surgimento na estrada. Ele optou por arriscar. Afinal, de uma maneira ou de outra morreria naquela noite, de sede, exaustão ou atacado por algum animal selvagem.

Eram os resistentes. Um deles reconheceu Jack. O puxou para a caçamba sem nada dizer, segurando seu rifle, e olhando para frente na noite quente de julho de 1965, enquanto eu chorava a sua morte. Foi assim que ele chegou ao vilarejo onde Rukia vivia a espera de seu marido. Quando Jack sentiu-se seguro para procurá-la, foi obrigado a dizer àquela mulher grávida de nove meses, que seu marido não voltaria.

— Margot, o grito de Rukia ecoa até hoje em minhas lembranças. Embora tenhamos vivido alguns momentos belos, na presença de Malik, ainda assim, ouço aquele grito.

"Alguns momentos belos", o que significava isso? Jack teria tido um romance com a mulher de seu amigo? Novamente me senti desconfortável.

— Até que seu bebê nascesse, ela viveu reclusa e assustada. Tentei uma aproximação, mas senti que minha figura era a triste lembrança de seu Amal. Foi difícil vencer a distância imposta por ela. Além disso, eu ainda era um prisioneiro de guerra. Não sabia exatamente se eu valia alguma coisa para os resistentes. Houve um momento que, sem a menor esperança de escapar, esqueci-me de que era um homem branco e norte-americano. Acontece de prisioneiros se confundirem com seus ambientes e algozes. Embora, para mim, os etíopes e os eritreus já fossem parte de mim. Eu não era mais um prisioneiro, mas alguém que compreendia sua causa e a necessidade de um povo em manter-se na terra de seus ancestrais. Sendo respeitados, apenas, como seres da Terra. Tão pouco... a partir de nossa perspectiva.

Ao recordar aquela noite, percebo o quanto meu pensamento egoísta extraiu de mim a beleza dos sentimentos de Jack. A África o havia ganhado no jogo de pertencimentos. É difícil voltar a enxergar o mundo com os olhos dantes após visitar o continente africano. Há uma autenticidade na terra vermelha, a sensação de que nos depararemos com Deus ao nos aproximarmos de animais selvagens, que em muitas aldeias, caminham distraidamente. A voz de Jack foi narrando detalhes daquele ano e meio, e finalmente entendi por quem havia se apaixonado: pela África. Com relação a Rukia e Malik, a culpa o consumira de tal forma que me fez prometer algo.

— Margot, preciso que me prometa algo... – Jack segurou minhas mãos e sem tirar os olhos delas fez um minuto de silêncio.

Imaginei que precisasse de ajuda para trazer Malik e sua mãe para a América. Embora estivéssemos vivendo um terrível momento no Vietnam, e os recursos públicos fossem jogados de um lado para o outro tornando-se cada vez mais diluídos pelos órgãos, havia sempre algum milionário influente disposto a ajudar.

— Praticamente todas as noites sonho com Amal, ele não diz nada. Apenas me olha com firmeza e bondade. Sei que não me culpa. Porém, pede-me socorro. Ele quer que eu resgate Rukia e Malik.

Continuei de mãos dadas com ele. De repente a ideia de ir para a África ou mexer meus pauzinhos nos EUA, pareceu-me uma tarefa inovadora. Seria, também, uma maneira de retribuir ao universo o meu próprio salvamento. No entanto, antes de me engajar nesta missão, eu teria de salvar outra pessoa...

— Vamos ajudá-los, meu amor. Vamos ajudá-los. – eu disse por fim, abraçando-o.

Jack sorriu, sem muita empolgação. Havia algo mais para ser dito.

— Querida...

— O que foi? Quer me contar algo mais... É sobre Rukia? – eu não estava convencida.

— Não. É sobre mim.

Como se abrisse as cortinas de um palco cujo espetáculo da noite encenaria uma tragédia grega, ele me disse em voz baixa:

— Tive de fazer uns exames pois, estava perdendo peso...

— Sim, e o que há? – eu não estava gostando daquele tom.

— Margot, os médicos encontraram tumores em meus pulmões.

Como eu havia dito a vocês, a década de 1960 não foi fácil para mim, muito menos para a maior parte das pessoas que viviam na América. Os Estados Unidos estavam envolvidos com os seus problemas internos, como a luta a favor dos direitos civis dos negros, uma crise econômica que não daria sinais de melhora em virtude da Guerra contra a Indochina, conflitos armados, um senado corrupto e por aí vai...

A Guerra Fria dava um pouco dessas cartas e a Cortina de Ferro, bem como o Muro de Berlim, continuavam de pé dividindo a Europa em territórios que somente após quase três décadas, seriam derrubados. A única coisa boa nisto tudo, era que as pessoas continuavam procurando nos livros, como procuram até hoje, uma forma de abstrair essas injustiças sociais e convulsões políticas. São eles, os livros, como gotas do Bálsamo de Gileade, presenteando nossa consciência como a Rainha de Sabá o fez com o Rei Salomão. Isso quer dizer, que nós escritores e editores, embora não estivéssemos no melhor cenário editorial, tínhamos ainda com que trabalhar, não só para nos alimentar, mas para alimentar a cultura mundial.

No entanto, naquele momento, tomei uma decisão que mudaria o curso da minha vida. Pedi demissão da Simon & Schuster. A notícia que Jack me dera na noite em que falamos sobre Malik e Rukia, foi como uma bomba em meu colo. Talvez como as que os EUA jogavam incessantemente sobre as aldeias do Laos e do Camboja. Cada bomba destrói as vidas da maneira que pode.

A decisão de me afastar do trabalho, óbvia para mim, baseou-se no fato de que Jack era o meu amor, a minha família e tudo o que vocês entendem com a expressão par perfeito. Hum... Isso parece piegas? Esperem só quando se apaixonarem. Todos os clichês do mundo estarão a postos pela manhã, sorridentes e disponíveis para serem usados nas suas fantasias românticas. E acreditem, os ideólogos contrários a isso são mentirosos, 99% da humanidade precisa de amor e companhia, isso começa pela Natureza. Até mesmo as árvores sentem falta de companhia e Jack foi a melhor companhia que encontrei na vida. Seu humor, sua inteligência, seu espírito aventureiro, seu senso de justiça, sua simplicidada parecida com a de meu pai, entre outros atributos, eram a mistura perfeita para eu chamar de Meu Amor.

Uma semana depois daquela notícia, fomos para o Memorial Hospital de Nova Iorque. Jack se internou em abril de 1968, bem na época em que as tulipas nos vasos grandes das entradas do Aldorf Astória e do Rockfeller Center, começavam a enfeitar a cidade. Jack era uma tulipa vermelha pois representou um tipo de época vibrante da minha vida que, por mais que eu tenha vivido todo esse tempo após sua partida, nunca mais vibrei como naqueles vinte anos em que fomos o Casal Perfeito. No dia seguinte, o Reverendo King foi assassinado a queima roupa. Os detalhes disso vocês podem ver (caso queiram), nos sites da internet. Para mim, além de representar um pouco mais do que eu já tinha descoberto na morte de JFK, foi também um triste momento particular. Aquele homem defendia tudo o que meu Jack acreditava ser a solução para a desigualdade nos EUA, por isso a morte de King simbolizou a morte de muitas coisas e elas estavam atreladas ao meu marido. Rezei para que sua batalha particular contra o câncer tivesse um desfecho diferente, no entanto, infelizmente, naquele momento da vida eu já estava afinada com minhas leituras de mundo.

Jack lutou com todas as forças contra aquele maldito tumor. Na época, os tratamentos contra o câncer eram invasivos e devastadores. Bem, eles ainda são. Sendo que agora concedem, em boa parte do tempo, mais anos de vida aos pacientes. Nos dois primeiros meses, Jack emagreceu vertiginosamente, pois a quimioterapia o nauseava com tanta força, que não havia nem mesmo a chance de manter um pouco de água em seu estômago. Foi quando tiveram que mantê-lo no soro a maior parte do tempo.

— Eu não posso ir para casa, doutor? – era a sua única preocupação.

— Somente quando puder sair do soro, está bem Jack?

O médico de Jack era um oncologista da Universidade de Maryland e professor convidado na Universidade de Yale, com sua equipe de pesquisadores estavam implementando novas técnicas para combater as células cancerígenas, mas tudo ainda em estado embrionário e Jack, como a maioria dos pacientes com este tipo de tumor, tinha fumado por toda uma vida, o que tornava o seu órgão deficiente logo de partida. Ainda assim, nunca perdemos as esperanças e éramos constantemente alimentados pelo carinho de nossos amigos; a sra. Mendoza aparecia ao menos duas vezes por semana, ao sair da editora, os amigos do Times vinham menos, mas sempre que apareciam animavam Jack com notícias que o atualizavam sobre todas as guerras que ele gostaria de estar cobrindo. No entanto, era quando Mary e Ronald, vinham do Kentucky com a pequena Emma, o momento em que o sol aparecia para Jack. Ele a amava tremendamente, além de ser seu tio e padrinho, adorava o fato de ela se parecer mais com ele do que com os pais, o que para mim, ao longo dos anos foi um misto de consolo e agonia. Emma era graciosa e dengosa, ela adorava mexer nos fios grossos dos cabelos do tio e pedia para ele imitar o Captain Kangaroo. Algumas dessas cenas me acompanham com as lembranças que carrego de Jack, exatamente esta, particularmente, põe o meu coração num estado minúsculo. Aquela menininha linda, no colo do seu tio que sonhava em ter uma menina como ela para chamar de filha. Hoje ela já é uma jovem senhora, com filhos na faculdade. Lembra-se pouco do Tio Jack, mas tem uma foto nossa em sua casa em Louisville. Ao contrário do tio, ela nunca quis sair de lá.

Dois meses depois de termos amargado um período que parecia não ter fim no Memorial, tivemos a chance de voltar para casa. O pulmão de Jack resolveu reagir e seu apetite dava sinais de vida, ele até ganhou uns quilinhos. As economias que tínhamos já estavam bem escassas, mas pude contar com a ajuda de Pim, de nossos amigos e do diretor do The New York Times, que arcou com a terça parte de nossas despesas hospitalares. Inesquecível para mim. Jack não queria que eu desmembrasse a poupança que vinha fazendo para abrir a minha editora. Minha não, nossa. Ele ficaria responsável pelos livros jornalísticos e de não ficção. Antes mesmo do diagnóstico do câncer, assim que reapareceu, tivemos uma longa conversa e foi quando ele prometeu nunca mais me abandonar. Infelizmente, esquecemos que o destino não nos obedece e nem aceita os nossos prazos.

Estávamos na sala de casa, assistindo TV, quando de repente a programação foi interrompida para o anúncio que nos devastou mais um pouco, refiro-me ao povo americano. Bobby Kennedy estava morto. Assim como o irmão, foi assassinado à queima-roupa enquanto se apresentava para seus apoiadores no Ambassador Hotel, em Los Angeles. Sua esposa, assim como Jackie Kennedy, estava ao lado dele e viu seus últimos suspiros, segurou-o contra o peito gritando para que Bobby não desistisse por ela, e pelos dez filhos que tinham.

— Não! – gritei pondo as mãos sobre a boca.

Eu não podia acreditar no que estava acontecendo. Os Estados Unidos estavam se tornando um faroeste, onde políticos inescrupulosos matavam os nossos heróis, debaixo de nossos narizes e diziam: Desistam! Nós é que mandamos aqui.

Jack, que sempre duvidou de Bobby e sentia aquele ciúme brincalhão, consolou-me.

— Ele era um bom pai e marido. Não merecia esse fim...

Ficamos abraçados. Chorando por Bobby e sua família, chorando pelo país, chorando pela democracia.

Confesso a vocês que as mortes de John Kennedy e do pastor Martin Luther King haviam me assustado muitíssimo, nós todos ficamos em um estado catatônico, com o primeiro; porque jamais imaginaríamos a audácia de alguém cometer este tipo de crime contra o Presidente dos

EUA. Com segundo, porque o considerávamos invencível. No entanto, o que fizeram com Bobby — cinco anos após a morte do irmão — e pelos mesmos motivos, causaram-me um repúdio tão grande contra certos grupos da América, que acredito ter sido ali, embora não tenha notado, o embrião para a minha partida, muitos anos depois.

Passei dias na frente da TV e foi Jack, coitado, quem cuidou de mim. Ele tentou, com o seu irredutível senso de humor, tirar-me daquele choque. Eu sabia todos os fatos que me faziam admirar Bobby Kennedy: seu engajamento na defesa dos direitos da comunidade negra, sua defesa por direitos trabalhistas e a preocupação com a camada mais pobre da população norte-americana. O fato de pertencer à elite americana e mesmo assim, sonhar com igualdade social. E para arrematar minha admiração, Ésquilo era seu filósofo preferido, o autor de uma de minhas frases de cabeceira: "Ira é doença que os argumentos curam". Após a morte de Bobby Kennedy a política americana me pareceu como uma tarde de domingo chuvosa: monótona e sem expectativas.

— Pois é... Infelizmente você terá de se contentar com o jornalista...

— Jack... – eu disse segurando sua mão e sorrindo entre lágrimas.

Nós sabíamos que nem mesmo aquela promessa eu teria como garantia.

Pim nos enviava cartas todas as semanas. E, de quinze em quinze dias, nos ligava aos domingos. Ele queria estar conosco e chegou a me perguntar se eu queria que viesse nos fazer companhia.

— Pim, estamos esperançosos. Jack está melhorando e se Deus quiser estará ótimo até o fim do ano. Não há necessidade... – respondi confiantemente iludida.

Às vezes ele pedia para falar com Jack e não sei o que meu pai lhe dizia, mas o fazia rir e ficar com um brilho no olhar. Meu pai nunca foi dramático, e a maioria dos homens quando fica doente, não gosta de se sentir fragilizada. Com Jack não era diferente.

Lembro-me do último programa que fizemos antes de Jack ser internado pela última vez. Fomos ao cinema assistir Funny Girl, o primeiro filme da nossa querida Barbra Streisand. Era dia 28 de setembro de 1968, o dia da estreia. Para os americanos, Barbra já era uma estrela. Não apenas uma que abria a boca e acertava todas as notas com uma afinação incrível, mas alguém que se saía bem em talk shows e programas de entretenimento. Barbra era rápida, engraçada e nos fez ver que isso tudo se devia a uma inteligência refinada e incomum. Jack também era seu grande fã. Saímos do cinema encantados, não só com o figurino e o resto do elenco que tinha ninguém menos do que Omar Sharif como par romântico de Barbra, mas porque ela nos provou que além de cantar, interpretava como ninguém. Ela era como uma cereja por cima de um bolo coberto com glacê branco. Impossível não olhar.

No fim de novembro, logo depois das festas de Ação de Graças, nossas esperanças foram assaltadas. Aliás, as minhas, pois as de Jack já tinham sido perdidas há mais tempo, como me disse seu médico. Ele vinha vomitando sangue escondido de mim e pedira ao médico para morrer com dignidade em casa. Senti-me traída, num primeiro momento. Hoje sei que como um menino do Kentucky, ele não aceitaria morrer na cama de um hospital, se tivesse escolha.

Jack se foi no dia 6 de dezembro de 1968, cercado de amigos, de sua irmã, do cunhado e do pai a quem ele perdoou dias antes de partir deste mundo. A pequena Emma estava aninhada a mim quando os olhos do Tio Jack se fecharam, nas palavras dela ele tinha dormido. Seus bracinhos envolveram meu pescoço enquanto sua voz de anjo me dizia baixinho: Não chore tia Margot, não chore.

Queridos leitores,

Sei o que vocês estão pensando... O que aconteceu a ela? Quanto tempo passou aninhada aos travesseiros que ainda tinham o perfume de Jack?

Mergulhou na depressão? Teve outros amores?

Sei que já fizeram as contas, porque assim como eu, vocês não são bobos. Sabem que falo com vocês de 2020. Como foi chegar até aqui sem Jack?

Se vocês estão comigo, como eu gostaria que estivessem, é claro que estão contabilizando as minhas perdas, as minhas emoções.

Agradeço-lhes por isso.

Sinal de que entre nós estabeleceu-se aquilo que mais aprecio na literatura; conexão. Por isso, não quero perdê-los. Fiquem comigo, como se estivéssemos de mãos dadas nesta minha existência.

Meses depois da morte de Jack resolvi me mudar. Não aguentaria morar no apartamento que nos abrigou desde os nossos primeiros anos como marido e mulher. Contei com ajuda da sempre fiel, sra. Mendoza que não apenas me orientou, como empacotou todas as coisas de Jack que ficaram fechadas por muito tempo, eu não queria me livrar de nada, nem mesmo de suas meias furadas. Esta tarefa só realizei dez anos depois, mas é claro que guardei tantos outros objetos que estão ao meu redor até hoje.

Mudei-me do Greenwich Village. Mas ao contrário do que pensei, a mudança não serviu para nada. Eu sentia falta da nossa casa, o cheiro das lembranças não estava naquele novo apartamento. Ali, ainda não cabiam nós dois. Apenas a Margot Snyder, viúva e sozinha. Liguei para a sra. Mendoza, pedindo que contactasse os novos inquilinos, eu queria saber se podíamos reverter o contrato, queria voltar para casa, encontrar meus vizinhos nas primeiras horas da manhã, quem sabe acompanhar o crescimento de Dwane e Joanne, os filhos de minha vizinha Meredicth. Eu queria fazer uma proposta. Queria estar com o imóvel para mim, disponível para me encontrar com Jack. Juro, leitores, achei que iria enlouquecer. Novamente o vazio da perda me engolia, como me engoliu em 1950 assim que recobrei a memória, e cinco anos antes disso, quando a perdi.

Contudo, saibam, meus queridos, o que me traria conforto e coragem para continuar vivendo não estava nas farmácias nem nos frascos bem vedados. O único remédio, se é que pode ser chamado assim, era aquela maldita ampulheta divina disposta na mesa dos deuses entre tantos outros elementos aos quais somente eles têm acesso; o tempo. Eu teria de amargar um dia após o outro com aquela missão ridícula de continuar em frente. Desculpem-me pelo tom. Mas era assim que eu me sentia naquela época. É claro que eu não pensava em morrer. Sabia que tinha uma dívida com a humanidade e com Deus, por ter tido todas as chances que vocês agora conhecem, eu precisava honrar aquela vida tão cheia de boas surpresas, mas ao mesmo tempo tão cruel e ceifadora. O meu processo curativo teve de passar por muitas fases, como passamos todos os dias a partir do momento em que perdemos aqueles que mais amamos.

Eu estava com quarenta anos. Viúva. Sem filhos. Sem um trabalho. O que fiz?

Abri minha editora: a Amstel Booksellers.

Terceira Parte

Ousar, ousar pensar, ainda que seja tão difícil e feio. (Livro das Belas Citações de Anne Frank)

Capítulo 46

Amstel Booksellers

A parte mais difícil para abrir minha editora foi a escolha do local. Teria de ser em Manhattan, em um espaço agradável onde pudéssemos trabalhar com o mínimo de conforto e segurança, e – o mais difícil – acessível às minhas economias. E sim, precisei hipotecar meu apartamento.

É claro que Pim não quis ficar de fora. Ele dizia: Este dinheiro é seu, Anne – referindo-se aos direitos autorais do Diário. E eu respondia: Não Pim, já conversamos sobre isso. E então, ele começou a traçar com a sra. Mendoza uma relação parecida com a que tinha com Miep:

cúmplice e eficiente. Foi ela que, milagrosamente, encontrou um galpão onde havia existido uma panificadora por duas décadas. Mesmo após muitos anos ali, nem mesmo as mãos de tinta fresca retiravam do local o cheiro de massa assada, o que para nós não era nem um pouco desagradável. No fim das contas, fingi que não sabia que Pim estava por trás daquele milagroso aluguel com valor fora do mercado imobiliário.

Quanto aos livros. Passei os primeiros meses matutando sobre a nossa linha editorial, e cheguei à conclusão de que Dick Simon e Max Schuster haviam impregnado meu tino comercial de universalidade. A Amstel Booksellers teria de olhar para todos os lados; ou seja, todos os gêneros desde que bem escritos. Embora tivesse me causado imenso constrangimento, ter trazido "minha equipe" da Simon & Schuster, concedeu-me uma baita vantagem sobre aqueles que iniciam seus negócios, muitas vezes sem saber por onde procurar profissionais confiáveis. Foi neste momento, também, que procurei Teçá mais uma vez. Eu queria trazê-la para o meu time, moldá-la para a vida que me dava tanto prazer. Mais uma vez olhei para Teçá a partir de mim e não dela. Notei que sempre se evadia de um encontro nas proximidades de sua casa, que não era uma vizinhança amigável, porém, eu jamais deixaria de comparecer à sua casa, caso tivesse sido convidada. Fiz um novo convite para que viesse morar comigo, mas desta vez ela reagiu com o menor dos interesses, usando de tom pouco convincente para desconversar:

— Ah, não... Obrigada, Margot. Estou bem no meu trabalho e já tenho os amigos aqui da comunidade.

A comunidade, como ela enfatizou forçosamente, era absolutamente contrária ao estilo de Teçá. Notívaga, marginal, para não dizer de foras da lei. Isso me preocupou. Quanto mais ela estivesse integrada ali, menos ela alcançaria o futuro que eu facilmente vislumbrava para ela, devido ao grau de sua inteligência. Outra coisa estranha era que, por mais contraditório que parecesse, sempre que estávamos juntas era como se eu é quem precisasse de sua força e conselhos, e não o contrário. A qualquer comentário ela reagia com: "não seja dramática", "ah, isso não é um bicho de sete cabeças", ou; "você reclama de barriga cheia". Ao nos despedirmos tinha a impressão de que ela estava mais feliz do que eu. Ficava com sua bela voz ressoando em meus pensamentos, e não com a sua opaca fisionomia. Não notei, mais uma vez, que ela estava sendo carregada para um caminho de escuridão.

Na época ela trabalhava em uma fábrica de papéis para escritório em geral, nós já havíamos nos encontrado uma ou duas vezes no local.

Na primeira, vez com o intuito de atestar que dizia a verdade. Embora ela não fosse dada a mentiras, naquele momento tive a plena noção de que nosso vínculo havia sofrido os efeitos de uma estiagem. A fábrica ficava no extremo sul do Brooklyn, absolutamente distante do extremo norte de Manhattan, o que me levava a contabilizar o tempo que Teçá perdia para chegar ao trabalho todos os dias. Além disso, me perguntei, mesmo que seu trabalho não fosse perto da mãe, estaria ela procurando uma forma de se reaproximar? András, sempre que me procurava para saber notícias da irmã, falava pouquíssimo de Ilma a quem ele tratava como um patrão que — ao descobrir o furto de um funcionário — decide lhe dar outra chance. Em geral, eu pouco podia atualizá-lo e não raras vezes respondi:

— Pensei que poderia conseguir notícias com você.

Até que eu encontrasse com Steve, fortuitamente em uma sessão de brinquedos da Macy's e soubesse coisas que Teçá escondia, nós todos teríamos deixado passar muito tempo.

— Como vai Margot? - disse-me um rapaz simpático, empurrando um carrinho de bebê ao lado de uma jovem moça.

— Desculpe... Eu...— só então as sardas de Steve me trouxeram sua imagem de anos atrás.

— Steve... – disse ele ajudando-me.

— Olá, Steve. Desculpe-me, sua barba não facilitou as coisas para mim.

— É verdade, ela é praticamente um disfarce. – brincou.

— E quem é esse lindo bebezinho?

— É Patrick, meu filho. E esta é Patrícia, minha esposa.

Cumprimentei a moça, ela tinha uma leveza parecida com a de Steve. Soube que era professora de Letras como ele, especializada em francês, e claro, pedi seu cartão para o caso de precisar de seus trabalhos. Papo vai, papo vem, foi Steve quem tocou no nome de Teçá. Isso pareceu não incomodar Patrícia, e nem podia pois ele e Teçá nunca tiveram nada além de uma estranha amizade. Segundo Steve, a minha amiga húngara era alguém arredia e depois que foi morar no Bowery, piorou.

— Bowery? – perguntei surpresa — Pensei que ela tivesse ido para o Washington Heights.

O Washington Heights não era lá uma maravilha, mas o Bowery! No fim da década de 1960, a coisa lá era complicada. A marginalidade de Manhattan parecia condensada naquele bairro degradante. Era onde os sem-teto, muitos alcoólatras, costumavam vagar pelas ruas, muitas vezes dormindo ao relento e sendo alvos fáceis dos vendedores de drogas da região. Pensei rápido: *Ainda que esteja chocada com esta revelação, não posso deixar que Steve parta sem me dar mais informações*. Entabulei uma conversa rápida sobre o trabalho de Patrícia e os convidei para um café, o que, como eu esperava, foi prontamente aceito. Falamos sobre os trabalhos que ela já havia realizado, principalmente em tradução que era sua especialização. Com sincero interesse pedi que fosse até a minha editora. Quando estávamos bem à vontade, voltei a falar em Teçá:

— Steve, quando foi a última vez que viu Teçá?

— Hum... Deixe-me ver... Há um ano, Patrick tinha acabado de nascer e teve uma terrível dor de ouvido. O que nos fez gastar nossas parcas economias no Hospital.

— Coitadinho... – eu disse, fazendo carinho na pele lisa do sorridente Patrick.

— Ela estava na sala de espera e quase não nos deu atenção. Reclamava de fortes dores.

— É mesmo? E você conseguiu descobrir por quê?

— Sim. Era por causa das aspirinas.

Fiz uma expressão intrigada. Aspirinas?

— Ela tomava muitas aspirinas quando nos conhecemos. Um número assustador. Dizia que precisava de algo forte, mas os médicos não prescreviam. Então tomava aspirinas.

Depois daquilo, tentei de todas as maneiras encontrar com Teçá. Precisava descobrir de onde vinha essa tal dor que a fazia consumir tantas aspirinas. E quando finalmente coloquei-a contra a parede, ela reagiu de forma reativa:

— Steve está maluco. Ele é um exagerado! Seu bebê gritava tanto que ele deve ter se confundido. Eu não estava com tanta dor assim, estava apenas na fila de espera.

— E quanto ao seu vício de aspirinas?

Foi neste momento, confesso que devido minha falta de tato, que Teçá mostrou-se irascível. Disse-me que eu era uma desequilibrada, que acreditava em tudo que me diziam, que viver entre os livros era perigoso, pois eu estava vendo grandes dramas onde havia apenas a vida comum das pessoas. E por fim, pediu-me que eu a deixasse em paz. Abandonou-me sentada com minha enorme xícara de café, vendo-a partir para apenas revê-la muito tempo depois e, desta vez, irreconhecível.

CAPÍTULO 47

A primeira contratação internacional

No final de 1969 embarquei para Milão, a convite de Marcello Lucci nosso tradutor italiano. Algo que eu havia aprendido naqueles quase vinte anos de Simon & Schuster, era manter contato com bons tradutores porque eles são tão preciosos quanto os bons autores. Marcello era um simpático italiano, espirituoso e com um charme que não envergonharia seus conterrâneos. Possuía uma linda e jovem família, composta por sua esposa e dois meninos que sorriam forçosamente no retrato guardado em sua carteira. Marcello era, na verdade, um contato importante para minha editora. Ele havia me apresentado para vários editores italianos, e o contratei como um representante de minha editora na Europa. Jornalista por formação, havia coberto muitos eventos importantes ao longo dos anos e agora, cansado para viver essas aventuras, resolvera se fixar em Milão embora fosse natural da Calábria. Sua bela esposa, Luzia, era professora de literatura na Universidade de Milão e nos demos bem logo à primeira vista, porque além de atenciosa, Luzia falava um inglês irretocável.

A Itália estava passando por um período de grandes transformações: a lei do divórcio estava na iminência de ser aprovada, havia um apelo social-político em quase todas as reuniões íntimas, a questão do comunismo continuava acirrando discursos de ambos os lados, e na música os jovens não estavam nem aí para as canções românticas de Lucio Battisti e Lucio Dalla. O feminismo não estava disposto a ouvir aquelas vozes, e as jovens moças detestavam ser chamadas de *donna oggetto* (mulher objeto). Elas tinham os ouvidos atentos para as composições de Francesco Guccini e Fabrízio De André, uma versão estilística de Bob Dylan. E os mais velhos, desacostumados com tudo aquilo, lutavam contra a onda. Milão – embora não fosse a capital – se esforçava para manter a opulência das grandes cidades. As pessoas iam e vinham da Piazza del Duomo com tanta pressa, que eu me perguntava se estávamos perto de Nova Iorque. Sempre gostei das Piazzas. Sentar-se nelas para observar os passantes é a melhor maneira de conhecer um povo e suas peculiaridades. Consegui fazer isso apenas na véspera de minha partida. Fiquei dez dias na capital da moda italiana. Embora meus propósitos não tivessem nada a ver com as roupas que usamos ou tendências de estilo, não resisti a tentação de me vestir bem na ocasião. Existia, e ainda hoje persiste, uma identidade italiana que permeia os homens mais simples naquela terra, uma opulência no andar, ou o jeito de impor a voz na troca de uma ou duas frases. Esta noção para mim foi imediata. As gerações trazem legados, não importa o quanto o planeta se transforme. O legado dos italianos era o de ser um povo imponente.

Embora Marcello e Luzia tenham insistido para que eu me hospedasse em sua casa, fiz questão de me alojar em um hotel. Apesar disso, todas as manhãs, praticamente, tomávamos café da manhã juntos. Exceto no dia da Conferência Internacional de Editores Italianos, motivo que me levara à Itália. Neste dia, bem cedo, Marcello me buscou na porta do Gran Hotel et Milano e me levou até o local do evento, que era, surpreendentemente, no auditório da Universidade de Milano.

Imediatamente pensei que se estivéssemos nos EUA, provavelmente, o salão de conferência do meu próprio hotel seria uma escolha razoável para aquele tipo de evento literário. Mas os europeus, e particularmente os italianos tão tradicionalistas, jamais desassociam a cultura de seu nascedouro. Meia hora antes do início das palestras, o auditório estava lotado e Marcello deixou um lugar vago entre nós dois que supôs pertencer à Luzia, mas estava errada. Chamava-se Elena a ocupante do assento e era uma amiga de Marcello, dos tempos em que escrevera na redação de um grande jornal em Turim.

— Margot, esta é minha amiga Elena. É uma grande escritora. – disse-me Marcello com seu sotaque carregado.

— Eu sorri e estendi a mão para a moça, que aparentava cansaço, mas foi cordial e disse que o "*grande escritora*" era por conta dele.

Elena falou rapidamente sobre a viagem e algum problema na estação de trem em Trieste, parecia que morava por lá. Seus gestos contidos e a maneira simples de se vestir, calça jeans, suéter preto e uma capa de chuva, trouxe-me de imediato a certeza de que se tratava de alguém com pouquíssima vaidade, mas definitivamente com uma dose extra de personalidade. Afinal, não se render ao ímpeto de uma impactante vestimenta em plena Milão, ainda mais sendo uma italiana familiarizada com a fama da cidade, era algo que só as mulheres com pouquíssimo tempo, nenhuma predisposição e quem sabe um pouco dos dois, se permitiriam.

A manhã passou rápido. A maioria dos palestrantes optou por falar em inglês, apesar de ser uma conferência nacional italiana, editores, tradutores e escritores de boa parte da Europa e das Américas, estavam presentes. Além disso, havia um representante do Grupo Penguim, o gigante inglês, compondo a mesa diretora. Eu a conhecia de muitas matérias voltadas para os profissionais do livro, mas apenas uma única vez revelou seu rosto. Seu nome era Eunice Frost, e assim como eu, começara como secretária até alçar o posto de diretora da companhia. Na ocasião contava com 58 anos. Era magra como na foto que vi, vestia-se com sobriedade – uma saia na altura das canelas com barras em evasê, sapatos lustrosos e de saltos quadrados, o tipo de mulher que não quer errar. Eu também não queria, por isso fui até ela ao final da exposição matinal e me apresentei. Uma ou duas moças já haviam sido dispensadas por seu assessor, antes de mim, dando a entender que suas abordagens não a interessavam, pareciam estudantes ou jovens escritoras. Confesso que senti um pouco de pena, mas também achei graça da falta de simpatia de Eunice. Nesta época, as pessoas mais jovens ainda reverenciavam os mais experientes profissionais, aceitando a condição de aprendizes. Bons tempos!

— Miss Frost, — eu disse me aproximando por trás dela, enquanto tocava suavemente seu ombro direito.

— Sim... – foi uma resposta peremptória já que nem mesmo havia se virado para mim.

— Sou Margot Snyder, ex-assistente do sr. Simon da Simon & Schuster, de Nova Iorque.

— Ah, sim. Como vai? – educadamente estendeu a mão para me cumprimentar, deixando os apontamentos de lado na mesa diretora. O homem ao seu lado, retirou-se discretamente.

— Vou bem, obrigada. Gostaria de saber se está disponível para um expresso? – na casa dos 40 eu estava mais direta do que nunca.

Eunice Frost era uma mulher bem-sucedida, em um meio majoritariamente masculino, com postura reta, para não dizer austera. Não sei se para manter sua credibilidade ou porque não havia como ser de outro jeito, mas foi assim que se ergueu profissionalmente. Senti que viu em mim um pouco de si. Meu olhar curioso do qual tanto falam, era também algo presente em Eunice, sendo que no rosto dela ele se escondia.

— Quando? – perguntou-me ela.

— Hoje mesmo, após as palestras. – saquei um bloquinho de minha valise e rabisquei o endereço do hotel e ao estender a ela, completei: eles servem um delicioso cannoli.

Nos despedimos brevemente e deixamos acertado o horário das 17:00 hs. A última exposição seria ministrada às 15:00, e não duraria mais do que uma hora. Isso nos daria tempo para descansarmos um pouco até o nosso encontro.

Eu, Marcello e Elena nos encontramos com Luzia no refeitório do campus onde serviam aos alunos uma massa padrão, com molho ao sugo, e bem gostosa. Marcello se desculpava a todo o momento por não me proporcionar um almoço digno de uma famosa editora. E usando da mesma frase de Elena, repeti:

— Famosa é por sua conta. Além disso, não se engane meu caro, eu atravessaria o Atlântico para comer esta massa.

Os três riram, e pela primeira vez notei o semblante agradável de Elena que possuía uma timidez suave, não introspectiva, apenas mais observadora do que participante, acessível e às vezes tensa. Conversamos sobre trabalho, os planos para o ano seguinte, já estávamos em novembro e muitos de nós – ignorando a imprevidência da vida –, nos dávamos ao trabalho de planejar o futuro. Todos eles eram de uma geração abaixo da minha, como eu era também em relação à Eunice Frost. Procurei manter uma postura jovial, porque nunca consegui que fosse diferente. A verdade é que, a partir dos 40, a vida se apresentou mais pesada em termos existenciais para mim, por isso me sentia mais experiente do que eles, mais abastecida, infelizmente, não apenas de coisas boas.

Luzia estava contando os dias para tirar uma licença-prêmio, havia acumulado inúmeras horas de aula cobrindo sucessivas férias de colegas licenciados por diferentes motivos, queria sentir o gosto de passar uma temporada com os meninos. Quanto a Marcello, parte de sua vida profissional eu conhecia, era tradutor, editor de pequenos jornais e tentava, aos trancos e barrancos, finalizar uma especialização em roteiro para documentários.

— E você Elena? – perguntei naturalmente.

— Bem, se não conseguir publicar meu último romance terei de me matar de manhã à noite para criar minhas duas filhas sozinha...

Luzia pôs a mão nos ombros da moça que ao nos contar parte de sua vida, deixou escorrer duas ou três lágrimas por baixo da armação de óculos com lentes grossas. Quando tirou os óculos pude notar o tom azul-cobalto de seus olhos, ele lhe conferia uma despretensiosa suavidade, e por baixo de tudo isso... Sensualidade. Eu sempre me fascinei por pessoas com aspecto aparentemente frágil, tidas como tímidas, mas que na verdade escondem com uma habilidade natural, seu verdadeiro potencial para a guerra. Ou melhor, para as lutas. Guerras são, essencialmente, disputas contra oponentes. Lutas são travadas diariamente entre nós mesmos e nossas difíceis escolhas.

Elena havia se separado há pouco. Pelo que entendi, o marido, também professor, possuía meios consistentes de manter as meninas nos moldes que até então haviam sido criadas; uma boa escola, moradia como as disponíveis à classe média do norte da Itália e tudo o mais necessário para a criação confortável dos filhos. Por si só, Elena não daria conta de manter esse status, seu trabalho como professora de literatura clássica proporcionava uma vida digna, mas só para um. O marido de Elena, insatisfeito com a separação, agiu como milhares na sua posição: usou de poder econômico para persuadir as filhas a ficarem com ele, como a peça do rei no xadrez que pode mais do que um simples peão.

Perguntei-me, enquanto a olhava enxugar as lágrimas, meio sem jeito e se desculpando, o que eu poderia fazer por ela. Nunca me julguei tão feminista, gosto de dizer que sou humanista, porque a injustiça e a covardia me incomodam muito, não importando o gênero da vítima. Reconheço que naquele caso, em particular, possivelmente o marido de Elena não fosse um lobo mau, um inquisidor de ideias, ou um usurpador de filhos. Os casamentos possuem desgastes que somente os atores da relação conhecem. No entanto, a fragilidade de Elena – a financeira – deu-me a impressão nítida de que não havia isonomia naquele jogo. Elena não possuía as mesmas condições que Pietro, seu marido. Por isso, investiguei.

— Além das aulas, você atua em outros meios? – perguntei enquanto jogava um pouco mais daquele delicioso parmesão sobre a massa.

— Escrevo artigos para alguns jornais. Nem sempre publicam...

— Elena é uma grande romancista, Margot. – atalhou Marcello, deixando escapar um pouco de molho ao sugo pelo cantinho dos lábios.

Luzia, que comia rápido, já havia terminado sua refeição, e como que de repente lançou uma frase de efeito: "As mulheres sem amor dissipavam a luz dos olhos, as mulheres sem amor morriam vivendo."

— Isto é seu, Elena? Seu texto? – perguntei.

— Sim, é... Luzia o leu há poucos dias, por isso o tem em mente. – justificou ela, com gentileza.

Marcello e Luzia, quase que em uníssono, responderam:

— O texto é bom, Elena. Aliás – completaram com suas falas sobrepostas – o texto é ótimo.

Naquela época, julguei que Elena fosse insegura quanto ao seu próprio talento. No entanto, assim que tive acesso ao romance com seu inteiro teor, afastei a ideia. A insegurança financeira, a incerteza sobre o poder de atração, a confusão emocional na qual muitas vezes somos metidos, pode parecer – aos olhares superficiais -, um tipo de pista falsa na direção do amadorismo profissional. Agora, abra um texto sem conhecer o seu autor e ouça a cadência de suas linhas. Observe onde está o ponto final, a palavra solta que ousa ser linha. Leia-o em voz alta. Observe os sinônimos incomuns em momentos oportunos e as palavras vulgares, nas curvas da emoção que ele provocou. O plantio do texto sincero é exatamente proporcional àquele que o escreve.

Depois de meu encontro com Eunice Frost, por sinal produtivo para a minha empresa, tomei um banho quente na banheira de meu quarto no hotel. Havia toda a opulência de Milão, em um estilo misturado pelas referências milenares da Itália; Roma Antiga, Renascentismo e até o Barroco (em vasos e pratinhos), tornando-se oportuno de um jeito que só eles sabem fazer; o jeito italiano que Domenico Dolce e Stefano Gabbana, souberam traduzir para a moda, anos depois. Deitada em uma cama de casal espaçosa, cujo objetivo parecia me invocar a ausência de um parceiro, abri o envelope que Marcello deixara na recepção. Naquela época, as cópias em xerox eram bem caras, não havia a facilidade e abundância de hoje, muito menos a deliciosa opção de imprimir em nossos escritórios, folhas e mais folhas de um manuscrito. Então, comecei a ler o manuscrito que Elena enviara à sua amiga Luzia. Ainda não possuía título, por isso, enquanto o lia fui imaginando uma possiblidade para ele. Caso não saibam, editores também sugerem títulos, além de correções ou alterações e supressões de parágrafos (esta última hipótese bem difícil para a maioria dos autores). Algo que me esqueci de dizer; Luzia estava traduzindo do italiano para o inglês o texto de Elena. Então, tive acesso às primeiras quarenta e cinco páginas traduzidas. Foi o suficiente para ver que tipo de autora era. Pronta. Madura. Seu texto, irretocável. Até o ponto em que cheguei estava presa por ele sem que nada no mundo – naquelas horas – fosse mais interessante ou urgente. E essas são medidas que utilizo até hoje para tomar minha decisão de publicar um manuscrito.

Fui dormir certa de que havia encontrado o meu primeiro best-seller europeu. Elena seria um nome conhecido em todo o mundo, e quanto a isso eu estava certa. Bem, que fosse então um nome com o selo da minha editora.

Na manhã seguinte, acordei mais cedo do que o previsto. Queria alcançar Elena na casa de Marcello, antes que partisse para Turim. Por isso, nem mesmo tomei café no hotel, fui direto para Magenta – o bairro onde meus amigos moravam. Antes disso passei na Marchesi. Sempre gostei dos lugares que carregam História. A tradicional Pasticceria Marchesi situava-se na Corso Magenta e, apesar de ter passado por duas grandes guerras, tendo sido fundada em 1824, sobrevivera com a tradição de quatro gerações. Escolhi um panetone e seis cannolis (não poderia passar meu último dia na Itália sem eles), apontando para a vitrine nos balcões de madeira e mármore originais de sua fundação, escolhi-os com todo carinho. Naquela época ela pertencia à mesma família, anos depois, uma de suas filiais foi vendida, em parceria, para a Prada.

A casa de Marcello ficava a poucas quadras dali, e resolvi ir a pé, assim poderia absorver um pouco mais do idioma, o ritmo dos homens e mulheres indo para o trabalho, pessoas idosas movendo suas pernas a fim de espantar a precariedade de seus membros. Comparei com o ritmo de NY e seus personagens. Era, por óbvio, um movimento distinto. Apesar de grande e importante, Milão mantinha, em suas ruas antigas da cidade fundada pelos celtas e posteriormente dominada pelos romanos, uma atmosfera mais palpável sob o ponto de vista social. Não sei se me farei entender, pois é possível que esta visão perpasse por minha raiz europeia, mas é como — se apesar de estranhos -, todos os transeuntes se conhecessem e se percebessem como semelhantes. Havia algo de familiar em Milão, que sinto também em Londres e em outras cidades europeias. Infelizmente não é o que sinto em NY, apesar de amar aquela cidade. Realmente, devo admitir se tratar do sentimento de pertencimento. Exceto em Berlim, lugar que visitei somente uma vez e de forma rápida, costumo me familiarizar com qualquer canto da Europa. É como caminhar em meu quintal, onde mesmo a menor das plantinhas não me é indiferente.

Na América, só senti este pertencimento quando visitei a Califórnia, anos depois, e não sei se parte deste sentimento se deveu à presença de Isabel.

Marcello morava na Via Olona, e depois de pedir algumas orientações segui no caminho da Basílica de Santo Ambrózio, próxima do ponto de referência que me deram. Em poucos minutos estava diante do prédio de quatro andares com sacadas repletas de vasinhos de plantas. Eles moravam no segundo andar, e agradeci por isso.

Estavam todos vestidos e prontos para ganhar a porta quando toquei a campainha. Marcello adorou a surpresa, mas não podia ficar mais do que 15 minutos conosco, precisava revisar a edição da revista para qual escrevia, La gaivota di Córsega. Fiquei com Elena, que embarcaria em um comboio logo depois do almoço, e Luzia – que naquele dia não teria aulas para ministrar, apenas roupas e uma casa para limpar, além dos meninos, que só iriam para a escola à tarde. Nós conversamos coisas triviais, enquanto os meninos se distraiam com aquela anormalidade de comer doces no café da manhã. Depois da segunda mordida no cannoli, falei direto para Elena:

— Quero publicar o seu romance.

— Quer... – Elena compartilhou um sorriso com Luzia que a afagou parabenizando-a.

— Sim. Pelo que entendi está todo pronto. Correto?

— Está, bem...Está, porém Luzia ainda não terminou a tradução. – ela estava feliz, contudo, o susto parecia retirar seu direito de comemorar.

— Posso finalizar a tradução em um mês. – disse Luzia, eufórica.

— Recomeçar em um mês, ou terminá-lo em um mês? – questionei para ter certeza.

— Finalizá-lo em um mês. – confirmou a tradutora.

— Muito bom... – eu disse enquanto dava cabo do cannoli.

Logo passamos para as tratativas. Ofereci uma quantia para comprar os direitos autorais da publicação em inglês, um adiantamento para a primeira edição e uma porcentagem sobre o preço de capa. Meu contrato para os autores americanos, continha mais regras e era mais amarrado, porém, com Elena não consegui colocar a editora acima de suas necessidades. Havia o gene de Otto Frank gritando em mim.

Imaginei que o valor do adiantamento lhe garantiria três meses de aluguel e certa mobilidade para o processo de separação. Eu já tinha visto isso na vida de vários amigos, e embora não tivesse filhos, os anos com Jack me mostraram que uma separação, seja voluntária ou por capricho do destino, nunca é um processo fácil. É aquela velha metáfora da troca de pele nas serpentes, sendo que nem sempre somos dotados de uma boa dose de veneno.

Elena já tinha publicado dois livros: o primeiro com sucesso de crítica, quando ainda era uma professora recém-formada, mas o segundo recebera uma crítica escassa e morna. Segundo minha experiência, ao menos nos Estados Unidos, aquele manuscrito era garantia de sucesso. O que de todo não estava errado, como vimos seis meses depois. Acontece que o fenômeno, a febre – como se disse em Nova Iorque -, aconteceu muito tempo depois. Neste meio tempo muitas coisas aconteceram em nossas vidas, e Elena, sobreviveu àquela separação.

Hoje ela mais conhecida como Elena Ferrante.

CAPÍTULO 48

A bruxa de Oxford
Janeiro de 1970
Londres

Após enviar inúmeras páginas com instruções minuciosas para Mendoza, Sol e Tony Bellura, decidi que era mais fácil ficar pela Europa até as festas de fim de ano. Precisava angariar bons títulos em outros idiomas para serem publicados na América, com o selo da minha editora. Felizmente os professores de Literatura indicavam clássicos e, nem sempre com tanta frequência, best-sellers. Se eu conseguisse reunir essas duas hipóteses para a Amstel, garantiria mais um tempo de fôlego para a empresa. Liguei para Lewis e George, ainda em Milão, expressando minha vontade de passar as festas com eles. Naquele ano, Pim e Fritzi não iriam para Londres comemorar o Dia de São Nicolau com a família de Eva; seu marido e filhas. Por isso, eu não teria condições de me meter na Basileia e correr o risco de ser vista ao lado de Otto Frank. A Suíça é cheia de cantinhos preciosos e Pim morava em um deles. Nos cantinhos preciosos as pessoas têm olhos mais atentos.

— Não ouse se hospedar em nenhum hotel. Você ficará conosco.

Com o passar dos anos, George e Lewis nunca me deixaram dormir em Londres a não ser sob o teto de sua casa. Em uma das manhãs em que tomávamos café, brinquei com George respondendo às implicâncias de Lewis contra seu companheiro.

— Se tivesse se casado comigo não teria este problema. – falei com um sorriso maroto na sala do apartamento de Lewis.

George se afetou deixando emergir sua porção de fel.

— Teria de aguentar coisa pior...

— O que é que ele teria de aguentar? – perguntei falsamente indignada.

— Sua tagarelice pela manhã.

Nós três rimos, porque Lewis sempre foi o tipo mudo na primeira hora da manhã, enquanto eu e George engatávamos em um assunto polêmico logo depois de escovarmos os dentes.

Depois deste Natal eu passaria quase todos os fins de ano em Londres. Apesar de ter meus amigos em NY, depois da morte de Jack ficou difícil para mim – por longos anos – enfrentar sua ausência nesta época do ano. Além disso, algumas vezes consegui me encontrar com meu pai pois, na Europa, chega-se rápido a outros países. Meus amigos me recebiam com imenso carinho em sua casa e com eles tive um tipo de intimidade que jamais tive com outras pessoas; falávamos de tudo e nenhum de nós julgava a posição do outro. Éramos uma constelação liberal. Em público, Lewis e George sequer se tocavam. Em casa, eram como todo casal normal que se ama, havia pequenos e delicados gestos de carinho e muita compreensão. Eventualmente, quando saíamos para fazer qualquer coisa em trio, não obstante o comportamento discreto de ambos, eu notava olhares oblíquos em relação aos dois, principalmente em ambientes mais requintados.

George nos convidou para um leilão no qual trabalharia naquela noite, no salão do Instituto de Arte Courtauld, em Penton House. Aceitei de imediato, sempre fui apaixonada por arte e nunca me saciei por completo, embora visitasse os museus de NY com frequência sabia que neste quesito, era praticamente impossível esgotar meus conhecimentos. Tivemos de convencer Lewis, após o ano novo sua úlcera dava sinais de repúdio a todos os condimentos e uma dose extra de álcool que ele havia ingerido; nada exagerado, mas o suficiente para fazer as feridas em seu estômago se manifestarem. Por fim, após ingerir um antiácido poderoso, decidiu nos fazer companhia. Meu casal de amigos se vestia com elegância, com o traço marcante da tradição inglesa, com direito a lenços perfeitamente acomodados nos bolsos dos ternos. Por sorte eu havia levado um vestido preto de gola alta, de caxemira felpuda, longas mangas. Prendi meus cabelos, que naquela época voltavam a um corte channel e lancei mão de um belo par de brincos em madrepérolas. Um casaco sobretudo (do qual não podemos abrir mão em se tratando do inverno londrino) e pronto, estava preparada para não envergonhar meus lordes da moda.

Chegamos ao local com mais de uma hora de antecedência. George era o assistente de leiloeiro, naquele tempo ele sonhava em alçar o posto em poucos anos. Estava lapidando seu nome naquele seleto e exigente círculo. O sr. Edwing Hugs, chegaria apenas meia hora antes do evento, lançaria mão de cumprimentos amistosos, risadas premeditadas, convites para os próximos eventos e subiria ao púlpito para, com sua impostada voz de leiloeiro, valorizar cada peça a ser arrematada. Ele tinha um olhar penetrante e quando fitava o público parecia lançar algum tipo de feitiço, posso dizer por conta própria, pois foi o que me fez arrematar um samovar de louça da Bavária. Enquanto a "estrela da noite" não chegava, George nos deixou desfrutando da coleção fantástica da galeria; havia Van Gogh, Degas, Gaugin, Manet nos olhando das paredes como se fôssemos intrusos em seus ambientes de paz. Já pensaram que são eles que nos observam e não o contrário? Se assim o for, imagino que a mocinha balconista de Manet não tenha gostado dos meus comentários.

Depois de algumas instruções para a equipe do staff, George se juntou a nós antes que a galeria se abrisse ao grande público. Eu e Lewis estávamos diante da icônica obra de Èdouart Manet; *A Bar at the Folies-Bergère,* produzido pelo artista em 1882, na França. Até hoje, guardo um particular carinho pela obra. Não por ser uma das minhas preferidas, mas por ter marcado uma noite tão inspiradora para nós.

Com as mãos apoiadas no balcão do bar e os pulsos à mostra, a figura principal do quadro demonstrava domínio sobre o ambiente; o homem à sua frente, refletido pelo espelho atrás do balcão, a solicita, mas seu olhar mostra estoicismo. Ele é como qualquer outro no ambiente em busca dos prazeres que a bebida proporciona. Como ele, dezenas a abordam ao longo das noites enfadonhas de Paris, para ela, a repetição de comportamentos, nem sempre dos mesmos rostos, lhe dá expertise dos estereótipos noturnos. É certo que, domina o local não só com um tipo de autoridade de quem detém a posse da droga, sobretudo, detém a consciência sociológica de seu entorno.

— Você está descrevendo a cena como uma jovem luterana no século passado. – disse-me George.

— Jovem luterana, por quê? – questionei correndo os olhos pelo salão onde estávamos.

— Ora Margot, por sua descrição, a *atendente* se enfada com o local. Critica a postura de quem se utiliza da noite, e seus encantos, para tornar a vida mais tolerável.

Lewis interferiu.

— George, como boêmio, considera seu olhar preconceituoso Margot... – ele estava pondo lenha na fogueira.

Detemo-nos sobre o quadro novamente. Os sons mais intensos da galeria vinham do salão, onde a equipe do leiloeiro se ocupava de separar hermeticamente as cadeiras para o evento. Foi uma grande honra desfrutar daquelas obras com privacidade ímpar. Hoje, com as galerias e museus cada vez mais frequentados, torna-se difícil encontrar um momento só nosso com essas obras.

— Ele tinha problema com proporções – eu disse atrevidamente sobre a obra de Manet.

— Como é que é? – respondeu George, que por ser um profissional da arte considerava meu comentário uma verdadeira heresia.

Lewis se divertia. E então continuei.

— Sim, perceba... Como seria possível que a visão do corpo projetado pelas costas, no espelho, tivesse proporções tão ... Digamos assim... Avantajadas com relação à cintura estreita e o tórax harmonioso que se apresentam em primeiro plano para nós?

George quis justificar, dizendo que as mulheres são ardilosas, muitas vezes nos enganando quanto sua verdadeira forma. Que o espartilho, por baixo do casaqueto de veludo negro, obrigava o artista a retratar a estreiteza forjada do tronco, que por trás daquela jovem de olhar enfadonho, havia glúteos sustentados por um quadril sensual e ainda, que sua origem simples se mostrava por aquele ângulo por onde as mulheres geralmente eram vistas na sociedade francesa.

Lewis e eu não conseguimos segurar o riso, porque aquele era o calcanhar de Aquiles de George; questionar o trabalho de uma lenda das artes plásticas. Mais ainda, porque ele era um verdadeiro amante do impressionismo.

— Nem posso imaginar o que ele faria para seu pincel me trazer quadris e glúteos... – continuei provocando-o.

Depois de resmungar contrariado pelos meus comentários, George precisou nos deixar para conferir o trabalho da equipe. Em meia hora os futuros arrematantes chegariam ao local. Após uma circulada breve, pois não há meios de cravar tempo para o deleite da arte, nos dirigimos ao salão principal. Lewis me fez despertar da conexão que senti com os quadros em que madonas abrigavam seus rechonchudos bebês em colos confortáveis. Essa fase de minha vida foi cercada por aparições de madonas férteis.

Após duas horas de evento finalmente o último arrematante levou para si uma tela de Marc Chalmé, produzido um ano antes. Fiquei encantada com o quadro, mas achei por bem parar no segundo lance, a coisa podia evoluir e, embora eu contasse com uma confortável vida financeira, meus planos para o futuro ainda não haviam tomado corpo e minha editora tinha pouco mais que um ano de vida. Uma das assistentes de George veio até mim com meu samovar da Bavária embalado cuidadosamente, e enquanto eu a agradecia e as demais pessoas se movimentavam pelo salão, um casal de meia idade aproximou-se com cortesia íntima de Lewis. Ao bater os olhos no casal, nutri uma antipatia indistinta pela mulher; ela tinha uma capacidade de olhar para tudo e todos com desprezo nato, como se ao nascer constatasse que este não era o melhor lugar para encarnar. Vestia-se com excessiva formalidade, tailleur de lá azul marinho, luvas, broche de cristais na lapela, sapatos de boneca com bico redondo e salto grosso; tudo para não errar, se o menos é mais, foi ela quem inventou o conceito. Segurava no braço do marido como eu fazia com papai — aos quatorze anos de idade, mas ao contrário de mim que o fazia em busca de proteção, a mim pareceu que a mulher segurava o marido como quem agarra um troféu.

Lewis me apresentou ao casal, e para o meu desgosto o catedrático de Oxford entabulou conversa acadêmica com meu amigo. O homem era agradável, apesar do inconfundível estereótipo de intelectual. Eu não o culpava, naquela época as universidades pareciam ter pacto com o estereótipo, e de seus bancos saía uma maioria moldada às vezes com pouquíssima dose de brilhantismo; isso ficaria a cargo dos subversivos. A esposa do *Doutor Não sei das Quantas*, olhava-me de cima abaixo, embora eu estivesse bem-vestida, por pouco senti-me como uma indigente. Logo em seguida, George veio até nós. Era um belo homem, elegante e de fino trato. Contudo, nem sempre isso bastava para certas pessoas no Reino Unido. A cor de sua pele, marrom como uma terra fértil, destacava-se no ambiente. A princípio pensei que este fosse o motivo pelo qual a esposa tivesse se mexido por dentro de seu hermético tailleur, e até quele momento eu a considerava apenas uma petulante inexpressiva. No entanto, a simples aproximação de George despertou nela uma chama, apagada até então. Ela interrompeu o diálogo do marido com Lewis, enquanto eu e George falámos algo do qual não me recordo:

— Sua amiga é americana, Dr. Lewis? – perguntou ela interrompendo a conversa dos médicos.

Antes que Lewis a respondesse, fiz questão de me pronunciar, eu detestava que falassem de mim como se eu fosse uma lembrança e não uma presença.

— Sou uma cidadã do mundo; nascida na Alemanha, apadrinhada pela Holanda, socorrida pela Inglaterra e finalmente, perfilhada pela América.

Pronto! Eu devia ter saciado sua curiosidade.

Lewis sorria cordialmente, rezando para que eu não declarasse guerra contra a mulher. Seu sorriso era desconcertado e amarelo e me implorava, silenciosamente, que parasse por ali. Ele sabia que eu detestava gente snobe. E por favor, leitor, me entenda... Por fazer parte de uma comunidade perseguida ao longo de séculos, culminando com aquele evento monstruoso, eu sabia detectar outras tribos. Acontece quando você é obrigado a abraçar suas origens, no meu caso como judia, isso se deu por meio de uma perseguição cruel. Não quer dizer que nutro preconceito ou desprezo por qualquer outro povo. Jamais! Sou uma cidadã do mundo — como respondi àquela mulher -, mas reconheço tipos e tribos e como em todos os nichos humanos; há sempre os que mal representam suas classes. Existia algo a mais na postura da mulher que, notei, parecia ter um bom conhecimento da vida de Lewis.

— Doutor Lewis – interrompeu ela novamente com a entonação de quem possui um título honorífico – Conhece esse senhor? Talvez ele tenha algum lance arrematado para lhe entregar, não?

Agora George era o seu alvo, e, embora ela soubesse exatamente quem ele era – como vim a saber mais tarde naquela mesma noite — fez-se de desentendida, colocando George à margem do círculo social. Acreditou que relegando-o ao cargo de entregador de objetos valiosos, o poria na prateleira social da qual ela não gostaria que as pessoas negras saíssem. Foi o que pensei naquela hora. Mas as raízes daquelas expressões faciais tinham outra motivação. Lewis ruborizou-se e tive a oportunidade de ver o marido apertar o braço magro da megera, uma deixa ou uma repreensão por sua indiscrição? Ela sabia que George era o primeiro assistente do leiloeiro, todos o viam transitar no salão fazendo este papel. Acreditei, mais uma vez, que ela merecia um passa-fora por sua postura, agora, se apresentando debochada. Não deixei por menos.

— Ah, não. Deixe-me apresentar George... Venha aqui, querido. – eu disse, afetadamente obrigando-a a cumprimenta-lo olhos nos olhos.

O marido estendeu a mão para George, em um cumprimento cordial. Estaria dando o exemplo para ela? Definitivamente ele não era cúmplice daquela postura.

— Ele também é americano? – continuou ela, na linha do cinismo.

— Não, George é britânico como a senhora.... Nós somos amantes. – falei com indisfarçável orgulho, o que causou um sorriso divertido no meu amigo. Lewis, por sua vez, queria sumir no mundo quando eu agia assim.

— A-amante... – balbuciou ela.

— Sim. – confirmei, puxando George e pendurando-me em seu ombro. Eu era, e ainda sou, baixinha e perto dele que tinha quase 1.90m, chegava a ser engraçado. – George é meu amante, mas Lewis não se incomoda, não é *honey? Falei,* com uma entonação à lá Betty Boop.

George adorou e embarcou na brincadeira dando-me um beijinho estalado. Lewis nada disse, estampou um sorriso amarelo como se achando graça. Enquanto isso, a mulher precisou de alguns instantes para se recompor, soltou-se do braço do marido e disse que o aguardaria no hall da galeria. Surpreendentemente o colega de Lewis se despediu de nós, desculpando-se. Quando nos vimos livres dos dois, caímos na gargalhada. Bem... eu e George. Lewis, que sempre foi refém da sociedade britânica, disse-me em um tom que disfarçava nossa cumplicidade:

— Você me paga, Annelies... – e isso arrancou mais gargalhadas de nós.

No fim da noite, quando nos esparramamos no sofá para assistir um episódio de Monty Python's pela BBC, Lewis nos confessou que jamais havia experimentado um sabor como o de horas atrás.

— Qual? – perguntei com a boca cheia de pipoca.

— O sabor da revanche. – disse ele, com os olhos brilhando com o reflexo da TV.

Antes de o programa começar, contou a mim o que George já sabia: o motivo que o levou a ser demitido de sua cátedra em Oxford. Na verdade, o que o tirou das salas de aula e o conferiu um diminuto cargo administrativo na reitoria.

Aquela mulher, Joanne Milford. Ela era uma das fundadoras do Clube das Esposas, um covil de mulheres que viviam à sombra dos maridos – todos médicos renomados do círculo londrino. Sua insignificante figura encontrou um meio de se destacar ao criar o tal clube, onde todas conversavam sobre as vidas de seus maridos, as teses que porventura eles desenvolvessem, futuras conferências e os hotéis onde se hospedariam. E só. Fora isso, o clube se atinha às alcovas da vida alheia. Foi por meio dela, e de suas "companheiras" que se soube do discreto relacionamento do Dr. Baume (como Lewis era conhecido em Oxford) e seu amante negro. Ou seja; minha intuição estava certa ao antipatizar de imediato com ela. Isso acontece quando somos muito ligados às pessoas que amamos, distinguimos seus desafetos facilmente.

A bruxa, sentiu-se, então à vontade para se imiscuir sobre nós com sua moralidade puritana.

Na década de 1970, apesar de todo o movimento que o mundo enfrentava pela liberdade sexual, notei que no Reino Unido havia um obstáculo a mais; a tradição. Em nome dela reprimem-se desejos, ocasionalmente sufocados pela falsa moralidade da sociedade. Este elemento carrega protocolos, obrigações seculares, títulos e convenções. Devo admitir que aprecio as tradições e as defendo. No entanto, muitas delas são usadas até hoje para forjar um planeta fictício que só adoece as novas gerações tanto quanto adoeceu as pregressas. Amar é o pressuposto da mente sã. Nada mais importa, além é claro, de sermos respeitados por nossas escolhas.

Nos EUA a vida dos casais gays também não era fácil. Havia um tímido movimento que tomava corpo com a ajuda de celebridades como Barbra Streisend (minha diva), Jane Fonda e muitos outros em defesa do direito de amarmos quem bem quisermos. Isso foi ótimo, pois sempre que um rosto admirado e querido tomava partido de uma causa, encorajava aqueles que os querem bem. Vejam quantas mulheres se inspiraram em Angelina Jolie para adotarem suas crianças e realizarem o desejo de serem mães.

E por falar em adoção, este é o próximo capítulo de minha vida.

Capítulo 49

Nova Iorque,
Maio de 1970 – Cumprindo uma promessa

Eu tinha voltado de Londres há quatro meses. Na manhã que antecedeu minha partida, Lewis e eu fomos passear no Hyde Park, como fazíamos sempre que eu visitava Londres. Ele transferiu suas consultas daquela manhã para a tarde do dia seguinte, quando finalmente eu estaria cruzando o Atlântico. Ele e George me mimavam como dois irmãos mais velhos.

Geralmente nós vínhamos pela Park Lane, e avançávamos pela Esquina dos Oradores, onde um século antes os ativistas em defesa dos direitos trabalhistas e as feministas reuniam expectadores em defesa de suas causas. Sentamo-nos em um banco abaixo de um frondoso plátano, e mesmo no inverno rigoroso de Londres, a árvore se doava em beleza. Foi quando Lewis disse algo que reverberou para além daquela manhã e retumbou por três meses em minha mente.

— Eu adoraria ter um filho com você, se não fosse pelos meios convencionais. – ele disse assim, com a perna direita cruzada sobre a esquerda, seu braço descansava sobre o encosto do banco atrás de minhas costas. Como uma mania *á lá Napoleão*, sua mão direita se aquecia por dentro do casaco, e havia um tom de quimera em sua voz. Nós estávamos observando uma jovem mãe ajudando sua criança a alimentar os pombos. Era um lindo dia de inverno, céu azul e imponente.

Olhei-o assustada. Senti-me honrada, logo depois frustrada. Não por sua homossexualidade, mas por minha soterrada infertilidade.

— O quê? Acha que nunca pensei nisso, Annelies Frank?

Mantive-me em silêncio, coisa rara. Lewis estava particularmente franco naquela manhã, talvez por conta de minha partida. A gente sempre se acabrunha com a partida dos verdadeiros amigos, não?

— Se eu não gostasse de homens, se não amasse George, me casaria com você e teríamos três filhos; Porthos, Athos e Aramis.

Lancei uma curta gargalhada imaginando os Três Mosqueteiros de Lewis.

— Três! Pelo amor de Deus, Lewis!

— Sim. – disse ele, meio amargurado. – Três irmãos criados com amor e companheirismo. Se um deles morresse, por um infortúnio qualquer, restaria o outro para confortar o terceiro irmão.

Lewis era filho único. Como eu havia perdido Margot em Belsen, imaginei como seria se Pim e mamãe tivessem um terceiro filho e ele tivesse sobrevivido. Sabem... Achei justa aquela conta.

— Mas por que esses nomes?

— Não é pelos nomes, é pelo lema...

— Um por todos e todos por um! – completei.

Só então, depois de décadas, notei como foi difícil para ele lidar com a solidão. Primeiro, quando sua mãe perdeu completamente a memória, o que o fez se dedicar como um louco pesquisando meios de reverter aquela situação, motivo que o levou a cursar medicina e se especializar em psiquiatria. Infelizmente a mãe de Lewis morreu muito antes de ele se aproximar de uma possível explicação para o seu caso. Depois, a questão de sua homossexualidade, quem eram as pessoas com quem Lewis podia contar? Em uma época em que os homens "tinham de ser homens". Como dizia a sra. Mendoza, ele não tinha alguém de seu próprio sangue com quem contar. Afinal, dizia ela, o sangue fala mais alto. Aquele tipo de parceria que eu tive com Margot, que Jack tinha com Mary, que Esther tinha com Halter, que Teçá tinha com András, Lewis não teve com ninguém. A parceria da consanguinidade. Um filho representaria isso para ele. Eu sei, leitores, que vocês estão pensando nos seus pais e dizendo: não é a mesma coisa que um irmão. Mas Lewis tinha planos para seu filho imaginário. Ensinaria a ele todos os jogos de tabuleiro, o levaria para as aulas de natação e tênis. Diria sim para qualquer aventura, como soltar pipa no telhado de casa, bem ao estilo Mary Poppins. Sendo que ele seria o Burt para o seu filho, jamais um sr. Banks. A Mary Poppins, pelo que eu estava entendendo, seria eu.

Aconcheguei-me a ele.

— Você acha que eu seria uma boa mãe?

Aquela conversa fizera emergir minhas antigas angústias da infertilidade, eu me achava castigada pela ausência de algum elemento moral, ou espiritual, necessário para a missão maternal.

— Sem dúvidas. – disse ele ainda com os olhos pregados nos gestos da mãe com a criança e os pombos. – Você é protetora Annelies. Defende seus amigos, aqueles que ama e até os que nem mesmo conhece. Nenhuma mulher é mãe quando lhe falta este instinto.

Três meses depois, os frutos daquela conversa tomavam as rédeas dos meus pensamentos. Depois de deixar todo o meu trabalho adiantado da editora, conversei com Mendoza e Tony. Eu precisava de uma semana na Etiópia. Como estávamos entrosados com o ritmo das publicações, decidi viajar o mais rápido possível.

Adis Abeba

Sarah Simonsen, uma ativista política, foi quem me auxiliou nesta viagem para a capital da Etiópia. Eu precisava encontrar uma guia turística confiável que me levasse à busca de Malik. Minha intuição dizia que teria de começar pelas regiões próximas a Eritreia pois, segundo

Jack, Amal e Rukia eram etíopes, embora vivessem nesta fronteira. De acordo com nossas pesquisas mais recentes, havia pouco para saber sobre as várias tribos que tinham sido praticamente dizimadas nas guerras civis. Os orfanatos, acampamentos de ajuda humanitária e asilos, estavam lotados, depois de alguns dias visitando-os cheguei a pensar que as nomenclaturas eram desnecessárias. Não havia muitos locais em que faixas etárias, gêneros ou grau de deficiência física, diferenciasse uns dos outros. Foi como revisitar Bergen-Belsen, sendo que ali, devido a ajuda humanitária a coisa fosse bem menos deprimente. Faltava comida, água potável, roupas e artigos de higiene. No entanto, havia expectativa. Os etíopes sentiam que a qualquer momento alguma força benevolente, humana ou divina, os ajudaria e agora eles estavam misturados aos eritreus. Segundo a decisão das Nações Unidas, em 1952, eles formavam a Federação da Etiópia e Eritreia. Mas os conflitos locais davam conta de que os eritreus permaneciam descontentes e moviam, sempre que podiam o ELF (Eritrean Liberation Front). Em meio a essa disputa, outros países enviavam frotas, armavam um lado e outro e deixavam seus bravos concidadãos pensarem que poderiam decidir seu futuro. Foi nesse contexto que me enfiei nos órgãos de ajuda humanitária para encontrar Malik.

Logo no primeiro dia notei que, se faltava conforto para aqueles povos, sobrava calor humano. Era como se a África liberasse ondas magnéticas de seu solo, tais ondas alimentavam qualquer um que estivesse sobre o chão. As frequências vibravam pelas solas dos pés, dando-nos um tipo de força que eu jamais sentira. Se um dia você for à África, entenderá o porquê de muitos estrangeiros não voltam de lá, eles desistem de viver em países ditos desenvolvidos onde sobram veículos blindados e evaporam-se as empatias. A Etiópia tinha uma maneira orgânica de me dizer que havia mistérios por todos os cantos do planeta, e os da África podiam ser absorvidos pela terra.

Assim que cheguei no hotel, senti que a tarefa não seria fácil. A guia que Sarah Simonsen me enviara falava muito mal o inglês, qualquer outro idioma que eu soubesse não estava na lista de dialetos que ela dominava. Ainda assim, conseguimos nos virar para que eu traçasse com ela um plano de busca por Malik. Inicialmente, Radija instruiu-me a procurar pelos registros da Cruz Vermelha. Sempre ela, a cruz que me salvou e que, se Deus quisesse, salvaria aquela criança.

Confesso que senti medo de descobrir que Malik e sua mãe estivessem mortos. Se assim fosse, não me perdoaria. Foi o único pedido de Jack para mim. E eu havia demorado 2 anos para realizá-lo. Tentei afastar a lembrança, como se tal pedido no leito de morte fosse um tipo de delírio de Jack. Sendo que, no fundo, sempre soube que ele estava plenamente cônscio de seu pedido. Não foi apenas em nosso encontro derradeiro que Jack me pediu isso. Foi no mínimo uma dúzia de vezes. Nestas ocasiões, ele nutria o desejo de que fizéssemos isso juntos. Falava-me das coisas belas da Etiópia, do povo, do tom da terra, dos animais e das plantas. Jack parecia mais africano do que americano. Como se, o Kentucky fosse uma imposição de Deus, e que ele, finalmente detentor de seu livre-arbítrio dissesse ao criador: Senhor, sinto informá-lo de que o senhor errou, eu pertenço à África.

Dia da partida

Os seis primeiros dias passaram como um piscar de olhos. Eu teria menos de 24 horas para encontrar Malik, e sinceramente, não tinha esperanças disso.

Meu voo estava marcado para às duas da tarde. Acordei cedo, pedi que o taxista me levasse mais uma vez ao escritório da Cruz Vermelha, minhas últimas esperanças condensaram-se ali. Dei-me conta de que os seis dias que reservei para encontrar Malik passaram como horas, embora eu não tenha dormido mais de cinco horas por noite. Acordava antes do nascer do sol, ouvia cantos em casas próximas ao hotel que ficava bem no centro de Adis Abeba. De minha janela eu via o monumento dourado em homenagem ao Imperador Menelik II, que em 1896 venceu a Batalha de Adwa. Nas primeiras horas da manhã a estátua fulgia sobre os raios de sol que sempre, sempre eram sentidos naquela terra.

Embora eu tenha conseguido, com a ajuda de Klára e Levi que agora eram extremamente influentes no universo diplomático, um ajudante eficiente, não obtivemos nenhuma informação otimista sobre Malik. Seu povoado havia sido entregue às mãos dos rebeldes eritreus, as mulheres tinham sido estupradas e assassinadas, por serem consideradas traidoras e as crianças, quando pequenas sofriam todo o tipo de maldade, até serem efetivamente eliminadas. Senti meus órgãos contorcendo por dentro, de revolta, angústia e remorso. Entendia, agora que estava com os pés na Etiópia, o que Jack me dizia através da melancolia bela de seus olhos. Uma tristeza por não ter o que fazer por pessoas dóceis e sofridas. Pensei em Malik e chorei todas as noites, sentindo um imenso amor por aquele bebê no colo de Jack. A foto que estava comigo era a única chance de encontrá-los. Mohamed, meu segundo guia, fez descobertas importantes em menos de 24 horas. Ele era descendente de um antigo líder tribal, e embora vivesse na capital, falava três dialetos. Não conseguia olhar para ele sem imaginá-lo com os trajes típicos das tribos africanas, apesar da calça social e da camisa polo. A embaixada do Reino Unido exercia uma grande influência na região, afinal, eles haviam libertado a Eritreia das mãos de Benito Mussolini e firmado um protetorado por lá. Meu guia, que no mesmo dia me levou para comer em sua casa e conhecer sua família, descobriu rapidamente que Rukia não estava viva. Não pude conter minhas lágrimas e fui consolada por Reina e Salomon, os filhos de Mohamed e de sua carinhosa esposa, Aziza. As crianças tinham cinco e oito anos, respectivamente. Pensei que Malik teria pouca diferença de idade em relação a Reina.

— Ainda há esperanças. Encontraremos Malik. – disse-me ele com a voz de um trovão benevolente.

Mas eu não via esperanças. No quinto dia, antevéspera de minha partida, já havíamos percorrido todos os órgãos e instituições que abrigavam crianças órfãs. Mohamed tinha vasculhado uma comunidade com casinhas humildes para além da Ponte Makonnen, e descobrira o nome de mais dois abrigos não tão grandes, mas era uma chance. Novamente, não conseguimos nada. Eu via inúmeras crianças e desejava que fossem Malik. Elas também me olhavam, desejando que eu as amasse. Ao me virar decepcionada, sentia neles a mesma sensação, de que não havia chegado a hora de eles serem encontrados por alguém que os cuidaria e os amaria. Decidi que, mesmo que não encontrasse Malik, ao regressar para a América escreveria um artigo sobre a Etiópia, pediria para Paul publicá-lo em nome de Jack. E vejam, naquela época as coisas não estavam nem perto de como ficariam com passar dos anos.

Horas depois, no dia da partida

Mohamed não saiu de meu lado, e não o faria enquanto eu não desaparecesse na pista de voo rumo à América. Discretamente peguei uma nota de cem dólares e depositei em suas mãos. Ele não queria aceitar. Negou-a com veemência, disse que a agência o pagara e estava tudo acertado.

— É um presente de amiga. Para você comprar algo para os meninos. Por favor, aceite. – olhei fundo em seus olhos de tom castanho-escuro, um dos olhos mais belos para os quais olhei na vida.

— Margot muito boa...

Fiz que não com a cabeça e já estava com um nó apertado na garganta, imaginando as coisas diariamente desperdiçadas até mesmo por mim, em um país de primeiro mundo onde tudo está ao nosso alcance sem nos darmos conta, simplesmente pelo fato de que sempre estiveram ao nosso dispor, um vaso sanitário em pleno funcionamento, por exemplo. Como se esperasse um momento certo, Mohamed sacou de sua bolsinha de pano, um embrulho. Algo fora embalado com esmero, embora o papel não passasse de um papel de pão. Sorri. Imediatamente intui do que se tratava. Salomon e Reina haviam feito bonequinhos de pano para mim: disseram para Mohamed que eram eu e Jack. Este detalhe ele só disse quando questionei o fato de ser um casal de bonequinhos:

— Vão se chamar Salomon e Reina – falei sorrindo enquanto sentia o cheiro de tinta dos tecidos.

— Não pode.

Olhei para Mohamed curiosa.

— Não posso?

— Não. Eles já foram batizados.

— Como assim? – perguntei sem entender.

— Soló e Reina os batizaram de Jack e Margot, para dar sorte e encontrar Malik.

Não consegui segurar minhas lágrimas. Elas estavam represadas no meio de minha garganta desde as primeiras horas daquele dia. Deixar a

Adis Abeba estava se tornando mais difícil do que eu imaginava. E, ao contrário de quando cheguei ao país, tudo ao meu redor fazia sentido. A precariedade não me incomodava, porque eu finalmente entendia que tinha outro nome: necessidade. Precariedade é o que nasce de onde existem oportunidades, mas os homens não as aproveitam. Necessidade, é o que se extingue quando os homens querem transformar as coisas mas não podem.

Encostei minha cabeça no ombro largo de Mohamed. Ele ficou imóvel. Como se soubesse que aquele gesto amalgamava tristeza, gratidão, e um incontrolável desejo de tornar-me forte, como ele era, como eram os homens e mulheres daquele continente.

Despertei daquele desejo com a voz carregada da atendente:

— Atenção passageiros do voo, 544 Addis Abheba – Nova Iorque. Embarque em dez minutos.

Mohamed segurou firme minha mala de mão, como um soldado eficiente.

— Escreva-me, por favor! – falei, segurando seu pulso largo e negro. – E mais uma coisa... Não hesite em me pedir ajuda, entendeu?

Mohamed anuiu. Mas eu sabia que aquilo não fazia diferença para ele. Margot Snyder era apenas mais uma pessoa bem-intencionada partindo de sua terra. Talvez ele nunca mais visse essa amiga, com quem teve imediata afinidade. Mesmo assim, sentia que lhe era cara e que nenhuma moeda ou nota de dinheiro seria melhor do que minha permanência junto dele e de sua família. A África é uma imensa teia de afetividade.

Entrei na aeronave com o pensamento em Jack, desejando que ele me perdoasse. Tentei nutrir um pensamento interessante no meu trabalho em Nova Iorque, as próximas publicações, feiras e eventos literários. Não conseguia. Estava com a terrível sensação de derrota e remorso. A única coisa que me consolava: "ainda bem que não falei nada para Lewis, semearia uma esperança vã". As pessoas foram se acomodando nos assentos da aeronave, pouquíssimas pareciam etíopes ou de qualquer país africano. E os que eram, ostentavam joias pesadas para lhes fornecer um tipo de status que os separava da miséria de seu povo. Meu assento era ao lado da janela, e as turbinas não haviam sido acionadas. Haveria uma escala, até que eu entrasse em outra aeronave e chegasse à América, mas naquele momento isso não fazia diferença porque notei que, em verdade, minha vida estava imensamente vazia sob o ponto de vista afetivo. Pim e Lewis moravam longe de mim, em NY eu tinha amigos mas eles tinham suas vidas e, a não ser pelo trabalho, meus finais de semana eram empurrados em meio aos projetos da editora. Eu não tinha com quem dividir um prato de sopa e falar sobre como havia sido o meu dia. Meus planos para Malik seriam também, planos para esse buraco negro que só crescia dentro de mim.

Vi a tripulação de piloto e copiloto atravessarem a pista e entrarem na aeronave, e em poucos segundos senti que partiríamos. Pensei, como essa terra com recursos tão escassos pode ter me conquistado em tão pouco tempo. Senti Jack ao meu lado. Minutos depois percebi três pessoas correndo pela pista, eles gritavam alguma coisa que não podíamos ouvir de dentro da aeronave. Acenavam seus braços agitadamente. E um deles era Mohamed, a outra uma mulher vestida de freira (era o que me parecia) e de mãos dadas com ela, uma criança de uns cinco anos. Senti meu coração na boca e foi então que as turbinas foram ligadas, criando o barulho das hélices em movimento. Levantei-me, atropelando as pessoas sentadas ao meu lado. Eu gritava para a comissária: *espere, não podemos partir!* Enquanto isso fui me dirigindo para a porta, olhando pelas janelas do corredor. Eu sabia o que era aquilo. Eu sabia porque Mohamed me gritava de fora, embora não pudesse ouvir sua voz. Eu sabia que ele me trazia Malik.

Fiz um escândalo para que abrissem as portas. É claro que eu não poderia sair do país com aquela criança de qualquer maneira, colocá-lo no avião e levá-lo para onde eu quisesse. Ele era um órfão e não pacote.

Quando finalmente o piloto, muito contrariado, aceitou abrir a porta porque via a freira na pista, fazendo o sinal de súplica com as mãos, gritei: Estou indo Malik. Estou indo!

Precisei de mais dez dias em Adis Abeba. Sair com Malik de lá não seria tão fácil como imaginei. Mais uma vez acionei Klára e Levi, bem como Lewis e seus contatos na embaixada inglesa. Isso foi depois de olhar para Malik como se tivesse encontrado meu tesouro na caverna de Ali Baba. Ele era tão lindo! E é até hoje. De uma maneira que somente os anjos podem entender, se parecia com George. Embora esse detalhe só tenha sido por mim notado quando os vi lado a lado pela primeira vez. Num primeiro momento, por conta da emoção, nos sentamos bancos do aeroporto para que Madre Clarissa me dissesse um pouco sobre Malik. Ele estava abrigado em um convento de freiras francesas, e nem mesmo Mohamed ou minha primeira guia tinham ouvido falar deste abrigo. Foi um funcionário do escritório da Cruz Vermelha que chegou até ele, foi ao meu encontro com a notícia no dia anterior, quando eu estava na casa de Mohamed despedindo-me de Salomon e Reina. Deixou um recado, mas a recepcionista do hotel o colocou de baixo de uma papelada e esqueceu de me passar. Ou seja, se não fosse pela obstinação do funcionário e da madre, Malik teria sido deixado para trás. Como a Etiópia era um país eminentemente muçulmano, as instituições católicas eram pouquíssimo toleradas ali. Mas faziam, silenciosamente, suas ações de caridade.

— Você conhecia Jack Himmel? – perguntou-me ela enquanto eu passava a mão sobre a face de Malik.

Ouvir a voz daquela mulher pronunciando o nome de Jack, me trouxe um tipo de orgulho do meu marido.

— Sim, ele era o meu marido.

A madre me olhou com ternura, entendendo que Jack não estava mais entre nós.

— Ele me pediu para ajudar Malik e Rukia. – sussurrei emocionada.

— Infelizmente ela nos deixou no último ano. Mas disse-nos que se Jack Himmel viesse para a Etiópia, podíamos entregar Malik sob seus cuidados.

— Isso não será possível. Mas estou aqui para realizar seu último desejo... – eu disse.

— Você terá de preencher alguns papéis, querida. Isso levará alguns meses.

— Meses? Eu não posso passar meses na Etiópia...

A madre fez um gesto de impotência.

— Quem sabe se tiver algum contato nos órgãos oficiais...

Foi isso que fiz assim que chegamos no hotel. Mas antes liguei para Lewis.

— Margot! Onde você está?

— Em Addis Abheba.

— O quê, na Etiópia?

— Sim. Preciso que me ajude.

— Em quê?
— Preciso que me ajude a levar nosso filho daqui.
— Nosso filho?
— Sim. Você não disse que queria ter um filho comigo?
— Annelies Frank, do que você está falando?
— Eu, você e George seremos os pais de Malik.
— Mas isso não é permitido pela lei.
— Isso mesmo, não é.
— Além disso, como faremos isso se você nem mora na Inglaterra?
— Quanto a isso nós conversaremos pessoalmente. Você acha que George vai gostar da nossa aventura? – perguntei com um entusiasmo inesquecível.
— Sim... Quer dizer...Nós sempre quisemos um filho. Mas, como será esse processo de adoção? – e depois ele fez uma pausa. – Você ...
— Pois é... Temos que realizar um pequeno detalhe.
— Qual?
— Você precisa se casar comigo.
Lewis ficou mudo por uns minutos, depois falou com o tom que usava em nossas sessões de terapia:
— Você sempre consegue o que quer, não é Anne Frank?
Desliguei o telefone depois de soltar uma sonora gargalhada.

Gastei todas as minhas economias naquela viagem. Constituímos um advogado em Londres especializado em adoção internacional. Ele me enviou vários papéis que assinei em um posto diplomático de Adis Abeba, casando-me com Lewis por procuração. Havia também uma solicitação para viajar com Malik, dirigida ao convento onde ele estava e assinada pela madre. Essa concessão nos dava seis meses para ficar com ele e solicitar o pedido de adoção perante as autoridades etíopes, através do consulado em Londres. Nesses dias de burocracia, enquanto Mohamed me levava para cima e para baixo, Malik se esbaldou de brincar com Solomon e Reina. Nós nos encontrávamos no fim do dia, quando ele estava todo sujo de brincar no quintal da casa de Mohamed. Sorria e corria ao meu encontro como se nos conhecêssemos desde sempre. Foi quando me dei conta de que as crianças são como os animais e as plantas, sempre reagem bem às pessoas que lhes querem bem.

Em Nova Iorque, Mendoza estava quase tendo um ataque. Pensava que eu tinha sido assassinada como pensamos que havia ocorrido com Jack, em 1965. Sol Rotteistein, era menos dramático e adorou o motivo da minha demora. Disse-me que ficasse tranquila, as coisas estavam sobre controle e ainda me deu duas ótimas notícias: tínhamos contratado dois novos autores: Richard Bach, com um título meio grande (Fernão Capelo Gaivota) e Gabriel Garcia Marquez, um autor colombiano de quem Jack já havia me falado. Seu título era: Cem Anos de Solidão. Fiquei tão feliz ao ouvir aquilo que mal contive minha alegria.

— Não sei o que seria de mim sem vocês...

Logo depois liguei para Londres. Precisava falar com George. Somente depois de toda a minha epopeia para salvar Malik, foi que me dei conta de que embora tivesse certeza dos desejos paternais de Lewis, parti do princípio de que os desejos de George seriam tal qual os dele.

— Lewis, quero falar com George.

Minutos depois ele veio ao telefone.

— Como você está, querido?

— Como ele é, Margot? – George falava de Malik

Sorri. Minhas apreensões eram infundadas. George desejou Malik tanto quanto eu.

— Ele é um doce de menino.

— E quando vocês chegam? Você vai morar conosco? Como vamos fazer com a assistente social?

Naquele momento me dei conta que naquela história, George faria o papel da mãe superprotetora.

— Explicarei tudo quando chegarmos. Você não está triste por eu ter que me casar com Lewis, está? Sabe que é só por Malik.

— Na verdade estou chateado sim...

Fiquei muda. Não sabia como contornar aquilo.

— Estou chateado porque você teria que se casar comigo e não com Lewis.

Dei uma gargalhada sonora enquanto ele emendava:

— Como vão achar que você e Lewis, duas velas pálidas, tiveram uma criança negra?

CAPÍTULO 50

Coming Around Again

Desde o momento em que Malik entrou em nossas vidas, os primeiros dez anos foram um esforço conjunto para protegê-lo, e torná-lo forte e corajoso, para enfrentar o mundo sem perder a ternura. Acredito que este seja o primeiro estágio de pensamento dos pais em geral. Acontece que eu não era a verdadeira mãe de Malik, tampouco George e Lewis haviam contribuído geneticamente para o seu nascimento. A pergunta era: Existem dois tipos de concepções de seres humanos? Acreditamos que sim. O concebimento biológico e o afetivo, infelizmente nem sempre se convergem em possibilidades coexistentes, é neste momento que surgem as adoções. Em muitos casos, essas relações sequer recebem este nome; e podem ocorrer entre tios e sobrinhos, avós e netos, primos, agregados, vizinhos, padrinhos. Pessoas que nos protegem e nos ajudam de maneiras imperceptíveis para os outros, mas não para nós. Isso, pode se manter tão natural a nós que só nos damos conta da contribuição deste alguém em nossas vidas, tempos depois. A adoção é multifacetada.

Como na música de Carly, título deste capítulo, nós vivíamos ao redor de Malik. Seu bem-estar, suas necessidades, seus gostos e suas verdadeiras raízes. E por falar em Carly, no início desta década ela estava casada com um rapaz lindo, chamado James Taylor. Os dois tinham duas belas crianças e eu sempre me encantava ao vê-los na TV. Mendoza me ligava dizendo: Coloque no canal tal, Carly está cantando. Vocês sabem, nós amávamos aquela menina, e o mundo passou amá-la através de sua música e a chamavam de Carly Simon. Em um desses momentos em que uma equipe de TV os filmou em casa, com a simplicidade de uma vida normal, notei que Carly estava no auge de sua beleza, a maternidade tem mesmo seus encantos. James cantava e tocava seu indefectível violão enquanto Carly o acompanhava. A única coisa que me incomodou naquele recorte de intimidade, foi o fato de ele não olhar para ela em nenhum momento, apenas para o seu violão, enquanto Carly cantava afinada e apaixonada sem tirar os olhos dele. Eu gostaria de ter dito a ela: Cuidado!, é perigoso se apaixonar pelos garotos de Massachusetts. Mas isso seria, além de dispensável, extremamente estúpido. Aquela história de amor precisava existir, do contrário como Carly teria composto Coming Around Again?

Ao contrário desta música de Carly, que amo e nesta época ainda não tinha sido composta, não passamos pela fase das fraldas, pois como vocês viram, Malik foi encontrado com quase cinco anos. Sendo, portanto, portador de memórias e palavras pronunciadas por sua boquinha infantil, seguindo os passos de seu povo e suas vivências. Não sabíamos o quanto ele se lembrava de Rukia, e nos primeiros anos sequer mencionamos seu nome. Ele não havia dito nada parecido com mama, mamy, man. E nós, não conhecíamos quase nada do idioma etíope. Mesmo assim, Lewis procurou livros que o nortearam sobre peculiaridades do idioma e da terra de Malik. Estávamos dispostos a manter viva a memória de seus ancestrais. Desde que isso não envolvesse os nomes Rukia e Amal. Pode parecer estranho agora, e um tanto quanto egoísta, mas foi a maneira que encontramos instintivamente de nos mantermos acima da biologia. O fato de Malik ter sido encontrado em um convento de freiras francesas, foi a chance de manter nossos primeiros contatos com ele, felizmente, havia um idioma comum entre nós.

Quanto a mim, dividia-me entre Nova Iorque e Londres. Isso foi um presente de Deus, por dois motivos: foi o mais próximo que cheguei da maternidade, e porque mesmo sem saber naquela época, eu e Pim pudemos estar mais próximos antes de ele partir em 1980, vítima de um câncer. Novamente, aquela maldita doença no meu caminho. Contudo, entre minhas idas e vindas, o crescimento da Amstel, e meus comparecimentos à Corte de Londres – sempre que a assistência social nos requisitava – foi uma década movimentada, causando-me um tipo de anestesia a respeito da morte de Jack. O que infelizmente, não ocorre agora em pleno 2020. É possível que você pense: "nossa, como ela conseguiu fazer isso"? além é claro, da questão financeira. Havia os arranjos que precisei fazer, enquanto minha editora se mantinha resistente em um momento que a cidade de NY estava quase decretando falência. Minha resposta é: O que tem que ser tem muita força. É claro que não foi fácil. No entanto, sem a minha querida e saudosa Mendoza, sem o empenho de Sol Rothestein e Tony Bellura – que nos deixou ao final desta década -, de Pim e das belas cartas de Miep elogiando aquele momento de minha vida, talvez eu não tivesse conseguido. E é claro, os livros. Sempre eles a me dizer que a Magia Profunda da vida se espalha como um enorme tapete sob nós, doando-nos indiscriminadamente uma dose de oportunidades infinitas. Eu as agarrei. Decidi que as agarraria para honrar minha irmã, a verdadeira Margot. Teria de honrar os seis milhões de judeus mortos no holocausto, honraria os homens que nos livraram das mãos dos nazistas e também, honraria a Deus. Ele sempre esteve ao meu lado, até quando pensei tê-lo abandonado.

Pim pagou algumas de minhas passagens para Londres, noutras vezes foram Lewis e George. Já no final dos anos setenta, orgulho-me em dizer, foram os meus ganhos como proprietária de uma das maiores editoras dos EUA.

Neste meio tempo...

Com o aumento da demanda e o sucesso dos títulos por minha equipe escolhidos, ampliei nosso quadro de funcionários. Estava em busca de artistas talentosos para a produção artística e projetos de capas.

Uma das minhas maiores frustrações na Simon & Schuster, era não poder meter o bedelho nesta área sempre que desejei. Portanto, na Amstel, prevaleci-me da condição de proprietária. Nesses tempos fui surpreendida com a visita de alguém muito querido, que eu não via há anos, o rabino Staremberg. Minha primeira reação era a de abraçá-lo, mas logo lembrei de que não poderia fazê-lo. Falamos de Klára, que agora morava em Roma com Levi e seus três filhos, e de Esther e Samuel, raras vezes eles vinham a NY, mas sempre que isso acontecia visitavam a Sinagoga Central, onde haviam se conhecido em uma Festa da Primavera.

Perguntei de suas filhas, Susan e Sophie. Soube que a mais nova estava casada há alguns anos, e já tinha dois filhos. O rabino falou dela com orgulho, dizendo que trabalhava em uma escola israelita lecionando o idioma hebreu. Porém, a coisa mudou quando perguntei de Susan.

— É sobre ela que vim falar.

Por um instante me incomodei. O episódio na casa do rabino, há mais de duas décadas poderia ter emergido agora, após todo aquele tempo? Imediatamente me dei conta de que depois de recobrar a memória, Susan e eu nos encontramos pouquíssimas vezes. No entanto, sempre com o interesse que ela tinha sobre mim e minha vida na Europa, muito claro. Era uma jovem intrigante, tornou-se mulher de uma maneira que eu sequer notei.

Fiquei em silêncio, aguardando a fala do rabino.

— Vou direto ao assunto, Margot. Não quero tomar seu tempo.

Fiz um sinal com as mãos, dando-lhe a deixa para tomar o tempo que fosse preciso.

— Preciso que arrume um trabalho para ela.

Sorri aliviada, então era isso! Nada ligado ao segredo de Anne Frank.

— Mas no que é que Susan costuma trabalhar? – perguntei para saber onde eu poderia encaixá-la.

— Ela não costuma trabalhar, este é o problema. — O rabino fez uma pausa enfastiada. – Não para em nenhum emprego, sumiu por vários meses seguidos ao longo dos últimos cinco anos. Não nos dava notícias, a mãe quase adoeceu dos nervos. Quando muito nós a víamos na TV, em algumas dessas passeatas lutando com os hippies por algum desses direitos.

Segurei o riso. Imaginar a filha de um dos mais influentes rabinos de Nova Iorque, como uma ativista transgressora, foi divertido. Apesar de que, Susan nunca me pareceu alguém propensa a seguir regras. O rabino tossiu por instantes, havia se engasgado em uma fala atropelada.

Tive pena dele, calculei que devia estar na casa dos setenta, preocupado, certamente, com o futuro da filha mais velha. Lembrei-me de como sua mão foi capaz de mudar o destino de tantos irmãos imigrantes e de que, embora com o rigor da tradição, tentava a todo o custo nos manter próximos dos princípios do Torá.

— Sabe, minha filha, os anos vão se encarregando de puxar tudo para baixo; nossos ossos, nossa energia, e quase sempre... nossas finanças.

Entendi o recado, por isso não o submeteria a nenhum constrangimento.

— E o que o senhor acha que Susan poderia fazer aqui na Amstel?

— Bem, – bufou pensativo – Ela gosta de pintar e desenhar. Eu até pedi que pintasse um mural no lado leste do muro da sinagoga, mas ela sempre dá alguma desculpa para não pisar lá.

— Acho que tenho algo para ela. Peça-lhe que me ligue, pode ser para minha casa mesmo. O sr. tem o meu telefone, não?

— Margot, agora vem a segunda parte do pedido...

— O que é?

— Você poderia fazer o convite, como quem não quer nada? Ela não sabe que vim aqui e gostaria de manter isso em segredo.

Soltei a caneta imediatamente sobre o papel onde estava anotando meus números de telefone. E lembrei de Pim, do amor dos pais que conhecem suas filhas e das coisas que são capazes de fazer por elas.

— Ligarei esta noite.

Dois dias depois, Susan Staremberg chegou a Amstel. Calçava sandálias plataforma, calça de lurex, uma blusa com franjas nas barras e um chapéu de palha que mais se parecia com uma marquise. Eu ri. Era exatamente disso que eu precisava na direção de arte da minha editora.

CAPÍTULO 51

Conhecendo meu primeiro best-seller

A minha editora havia fechado uma parceria com um grande grupo editorial inglês. Dizia respeito aos romances e poemas das Irmãs Brontë. Quando obras aclamadas caíam em domínio público, as grandes editoras corriam para reeditá-las e relançá-las com capas lindas e coletâneas que de tão belas, depois de lidas, se tornavam verdadeiros objetos de decoração. A literatura brontëana (como chamamos as obras desta talentosa família), já havia caído em domínio público há muito tempo, afinal datavam da metade do século XIX. Contudo, minha compra dizia respeito a uma determinada coleção, com notas de rodapé e prefácios de renomados professores das universidades inglesas. Pois bem, para avançar neste processo, muitas vezes a editora comprava também o projeto editorial, ou seja, a capa e a diagramação, ficando a nosso cargo apenas traduzi-los. Neste caso, em particular, a tradução não seria necessária, apenas uma pequena adaptação, pois as irmãs escritoras eram britânicas e entre o inglês britânico e o inglês americano existem ligeiros sombreados. Acontece que, infelizmente, algum espertinho deste grupo editorial, correu por fora e fechou todo este pacote com a Dubleday, mais uma vez eles estavam em meus calos. E resumo da ópera; tive de ir a Londres e "solucionar" a questão.

Nesta época, Malik passava da puberdade para a adolescência e o que nós chamamos de fase difícil, não estava nem perto de acabar.

Uma semana depois lá estava eu em Londres. Avisei a Pim e ele – como sempre cavalheiro – esforçou-se para ir ao meu encontro. Ele tinha boas desculpas para convencer Fritzi a viajar para Londres, pois a filha e as netas dela moravam lá, no entanto, acredito que já naquela época ele sentisse que havia algo de errado com o seu corpo. Disse-me que não sabia até quando conseguiria me encontrar nos nossos moldes, á lá James Bond. O tempo em Londres estava perfeito! Um tipo de prêmio que a natureza concede fora de época. Embora estivéssemos em pleno outono, as temperaturas passaram dos vinte e três graus o que nos permitiu, milagrosamente, um piquenique no Hyde Parque. E, embora Pim fosse uma pessoa conhecida em boa parte do mundo, mesmo as pessoas famosas naquela época, gozavam de alguma privacidade. Infelizmente eu não fazia ideia de que esta seria a última vez que eu desfrutaria da companhia de meu amado pai. Quero dizer, com qualidade.

O motivo real que me levou a Londres, me deu uma certa dor de cabeça. A editora inglesa era conceituada, estabelecida como tudo que deu certo na terra dos elfos: tradicional. Nada mais, nada menos, que a já mencionada Penguin. Tive de usar de um tom mais austero, quando, de posse do contrato onde a Amstel era a detentora do projeto nos EUA, provei por A mais B que, infelizmente, se o contrato não fosse respeitado, acionaríamos nossos advogados. Foi então que Eunice Frost saiu de uma sala contigua. Ela estava rigorosamente vestida no padrão editora londrina: um twin set de lã fina, em tom caramelo, a saia lápis se encerrava na altura do joelho, feita de um tecido bem grosso, mas que mesmo assim a mantinha com o status de mulher magra. Seus cabelos eram curtos, e para cima das orelhas se modelavam como um cogumelo. Sem qualquer maquiagem, seu rosto parecia algo como as esculturas de Rodin, fixas e sem enfrentar o expectador. Mesmo assim, sua presença impunha respeito. Acredito que isso ocorresse pelo fato de ser uma mulher experiente, pontual, exigente e exemplar. O chefe exemplar tem os melhores profissionais.

Quando Eunice bateu os olhos em mim, por mais incrível que pareça, esboçou um discreto sorriso. Será que ri de mim, ou sorri para mim? Pensei.

— Como vai Srta. Snyder?

— Estaria melhor, Miss Frost, se o motivo da minha viagem não fosse um triste incidente.

É claro que ela conhecia os detalhes da situação e, como uma boa inglesa, buscava maneiras de minimizar o estrago que o deslize de seu funcionário poderia causar à empresa que dirigia. Ela estava ali desde mocinha, começou como secretária do fundador da empresa, Sir Allan Lane. Lane também foi precursor do estilo *paperback*, e inovou ao publicar edições pocket colocando-as a venda nas *vending machines*. Esse tipo de máquina nasceu no Reino Unido, ali as pessoas compravam cigarros, biscoitos, bebidas, bilhetes de loteria e (após a iniciativa de Lane) até mesmo livros. E pasmem, as máquinas existiam desde meados de 1880. A sacada de Lane foi inserir livros nelas. Hoje essas máquinas estão em quase todos os hotéis, alguns hospitais e aeroportos. Mas naquela época não.

Eunice conhecia minha história na Simon & Schuster, e devia fazer parte do time de editores que não julgou uma traição de minha parte deixar a empresa e fundar a minha própria editora. Eu sabia disso instintivamente, são coisas que só nós, como julgados, podemos sentir.

Os funcionários da Penguin trabalhavam como em uma fábrica. Acredito até que batessem o ponto, coisa que na Amstel eu nunca quis implementar. Isso claro, se deve ao fato de que os sindicatos na Inglaterra tinham muita força. Meus funcionários eram, sobretudo, meus amigos de uma vida. Eu devia a eles o benefício da confiança, e confiaria a eles a minha própria vida. E ainda que anos depois, as coisas não fossem sempre assim, pois quando fundei minha filial em Londres precisei tratar com maior rigor as regras trabalhistas, sempre concedi a liberdade que ficava entre a responsabilidade e o ritmo individual de cada funcionário. Gostava de pessoas competentes, que cumpririam prazos, estariam mais relaxadas e poderiam marcar suas consultas médicas sem me consultar, no entanto, todos eles tinham de me entregar aquilo que eu havia exigido. Se me provassem que meu método funcionava para eles, eu nunca mudava as regras do jogo.

Para o espanto das pessoas que trabalhavam mais próximas da rigorosa Eunice, ela me convidou para um chá. Demonstrou genuíno interesse na Amstel, e quis estender nossa parceria. Aquele nosso expresso, anos antes em Milão, tinha marcado nossa relação. Finalmente; como uma raposa do mercado editorial, Eunice Frost me convenceu a trocar a edição completa da literatura brontëana, por uma coleção tão bela quanto, de ninguém menos que Dickens – Charles Dickens. Ela não me deu escolhas, a não ser aceitar. Afinal, todos nós sairíamos perdendo se a Amstel embarcasse em um litígio judicial. E, de mais a mais, se havia público nos EUA para uma coleção em capa dura das Irmãs Brontë, mais ainda para Dickens. Criamos, enfim, o nosso primeiro selo internacional em parceria com a Penguin.

Liguei para NY e comuniquei a solução. Susan, que agora era minha coordenadora editorial, não ficou satisfeita, e somente depois dos prós e contras, acabou por achar a proposta louvável. Ela era mais rápida em termos de finanças do que eu, lembre-se; a srta. Frank nunca foi amante da matemática. Eunice Frost explicou-me que, um de seus subordinados, havia corrido por trás dos interesses da Penguin e fechado um contrato com a Dubleday, sem a sua anuência. Agindo sem consultar a CEO da Penguin, a fim de impressioná-la. Fazendo isso, no entanto, ele atingiu o efeito contrário.

Foram dias intensos, dividida entre reuniões em busca de uma satisfatória solução. Aquele episódio foi uma lição para mim; nunca-jamais-em-tempo-algum, alguém além de mim assinaria qualquer contrato internacional, como fez o funcionário de Eunice Frost.

Depois de alguns dias desfrutando de encontros com meu pai, ele voltou para a Basileia. E então pude me doar para Malik. O nosso menino estava feliz, embora deixasse escapar uma discussão com meninos da escola, volta e meia perguntavam quem era sua mãe e debochavam do fato de ele ter dois pais. Nós três, Lewis, George e eu, decidimos que o nome de Rukia e Amal poderiam circular a partir de então.

— Não minta. – eu disse. – Quando perguntarem quem é a sua mãe, diga a eles que se chamava Rukia e morreu na Etiópia, sua terra natal.

Depois de alguns segundos, ao contrário do que imaginei, Malik não me fez mais perguntas sobre Rukia.

— Eu pensei que você iria morar conosco, tia Margot.

— Ainda não posso, querido...

Nessas horas, Lewis e George se emudeciam. Sabiam que uma figura feminina é importante na vida de uma criança. Seres em desenvolvimento estão constantemente em busca de referências. Eu tinha passado os cinco primeiros anos da década de 1970, viajando alucinadamente entre Nova Iorque e Londres, a ponto de conhecer os comissários de bordo pelo nome. O processo de adoção de Malik tinha sido extenuante. Muitas vezes precisei adiar compromissos como Feiras Literárias, simpósios, premiações. Isso não seria possível sem o trabalho incansável de Susan Staremberg e o meu anjo da guarda, a sra. Mendoza. Pensei em me mudar para Londres nesses momentos, pois as visitas das assistentes sociais eram marcadas em um período curtíssimo. Muito próximo de a coisa toda se resolver e a certidão de nascimento de Malik ser definitivamente concedida a nós, como seus pais adotivos, tive medo daquilo tudo não se consumar. E a ideia de termos de deixar Malik em um orfanato ou instituição de caridade, trouxe-me um tipo de força que me assemelhou a uma leoa. Eu sabia que estaria disposta a tudo para tê-lo conosco, até mesmo ir para a frente da tv pondo em risco minha "identidade secreta". A voz e o sorriso de Malik eram como bálsamos para toda e qualquer baixa energética pela qual eu estivesse passando. É assim até hoje.

Foi nesta ocasião que Lewis e George me levaram a um pub fantástico. Um dos amigos de George, da época da faculdade, tinha uma banda de Jazz e pop, e eles se apresentavam mais por hobby do que por ambição. Eu andava mesmo com saudades desses ambientes, como os que frequentei por anos com Jack. Os pubs londrinos tinham uma atmosfera diferente dos de NY. Os da Big Apple eram mais sofisticados, com um desejo claro de tornar a cena noturna algo parecido com uma produção hollywoodiana. Já os londrinos, queriam mesmo é diversão. Relax, baby!

Deixamos Malik em casa. Ele dormia cedo, e já era um rapazinho.

— Margot, você vai adorar este lugar. Além disso, a cerveja é gostosa e barata. – disse Lewis.

— Só por isso, entendeu Margot, só por isso o lugar é bom. – retrucou George, quando Lewis dava mais importância ao preço do que a qualidade das coisas.

— Entendi... – respondi sorrindo enquanto pegava o casaco no cabideiro da entrada.

— Não é por isso. – atalhou Lewis.

Meia hora depois estávamos no Cardiff, um pub onde de fato a cerveja era gostosa e os aperitivos mais ainda. As pessoas eram sorridentes e não tinham o menor problema com os seus dentinhos desalinhados. Amigos riam alto, universitárias vestiam suas botas de cano alto em vinil com vestidinhos curtos e cinturados, com o fito de conseguir uma companhia agradável, mesmo que só por uma noite. Um ou outro cliente, ainda usava coletes de tapeçaria, calças boca de sino, ou uma cacharrel de tom violeta, mas não como nos EUA, onde as pessoas desejavam que o movimento hippie vivesse para sempre. O amigo de faculdade de George tocava baixo, um instrumento que, para os meus ouvidos leigos, nem sempre se podia notar entre os outros. Mas Kennet era bom, segundo meus amigos. Tinha talento para a música, embora trabalhasse em um jornal e tivesse cursado filosofia em na UCL (Universidade College de Londres). George e Kennet, seu amigo, tinham estudado juntos. Eu não fazia a menor ideia de que George, alguma vez na vida, tivesse decidido ser filósofo e achei isso uma graça. Com o tempo notei que a filosofia e a arte eram praticamente irmás, enquanto George acendia seus cigarros finos ao longo da noite, fui assimilando mais traços de sua personalidade. Definitivamente, um homem refinado.

As horas que passamos naquele Pub diluíram-se como um sonho bom, e assim, vestiram-se de minutos. Kennet e sua esposa Mary, nos fizeram companhia após a apresentação da banda, que graças aos céus não tocou as músicas preferidas de Jack, mantendo mais o blues inglês no repertório e uma mistura de outras influências como Fleetwood Mac e Chicken Shack. Hoje, vocês chamariam aquela banda de rock alternativo. Kenneth e Mary formavam um casal divertido, desses que estão sempre sorrindo porque sabem que têm a vida inteira pela frente. Já tinham dois filhos, Emanuele com nove anos e Marie-Claire de 4 anos. Mary mostrou-os em pequenas fotografias bem presas a parte interna de sua carteira. Ficamos amigos de cara, ambos eram falantes e animados. Kennet, assim que soube que eu morava em NY e trabalhava como editora, perguntou-me se eu conhecia Al Zuckerman.

— Ah, sim, claro. Quem não conhece Al, com certeza não está com a melhor fatia da literatura norte-americana. – disse bicando minha cerveja, que já estava quente.

Senti que os olhos de Kennet brilharam com a minha resposta. Mesmo assim, ele conduziu a conversa com a maior naturalidade possível. Perguntei-me, rapidamente, por que um filósofo e músico conhecia Al Zuckerman, um dos agentes literários mais bem conceituados da

América. A conversa, como você pode imaginar corria dinâmica, em uma mesa com um psiquiatra, um *marchant*, um músico-filósofo, uma editora e Mary, que, embora eu ainda não soubesse o que fazia profissionalmente, tive certeza de que era uma mãe carinhosa, falamos de muffins de queijo a Jean Paul Sartre. Rimos muito. Kennet tinha, e tem, um senso de humor sagaz e refinado e fazia piada com as coisas mais simples. Adorei seu tipo de inteligência. Seus olhos, pequeninos, faziam o favor de se estreitar quando tinha uma piada na ponta da língua. Ele era a estrela da nossa mesa, sem dúvidas, catalisando facilmente a atenção para si. A noite estava perfeita, mas, infelizmente, eu voaria para NY no dia seguinte. Comecei a contabilizar as horas que eu teria para descansar até entrar no taxi e fazer meu check-in, no Heatrow. Apesar de que, naquela época, era tudo tão fácil, não precisávamos chegar com três horas de antecedência para um voo internacional.

— E por que você precisaria dormir, Margot, se tem todo o voo para fazer isso? – perguntou-me Mary.

— É mesmo... Deixe para se encontrar com Morfeu quando entrar no avião. – completou George.

— Mas, vocês todos trabalham amanhã... – falei imaginando que se sacrificariam por minha causa.

— Eu estou trabalhando em uns textos, em casa. – disse Kennet com o lábio marcado pela espuma da cerveja.

— Não tenho consulta marcada amanhã. – lembrou Lewis, pois sempre me levava ao aeroporto para tomarmos nosso último café.

Por instantes fiquei parada, pensando na ideia de atravessar a noite londrina na presença daquelas pessoas interessantes e divertidas.

— Está bem. Vamos atravessar a noite da capital inglesa! – eu disse brindando com a minha cerveja quente.

O pub fechou logo depois, mas George e Lewis convenceram o jovem casal de amigos a tomarem algo mais forte na casa deles. Fomos todos para lá, espremidos em um taxi. Colocamos Kennet, que é um homem alto, no banco do passageiro enquanto eu, Mary, George e Lewis nos espremíamos no banco de trás. Outra coisa que se podia fazer antigamente, superlotar os taxis. Agradecemos o fato de Malik ter um sono pesado e dormir no último quarto do corredor. Nos divertimos ao longo da noite e de repente, cansados, chegamos ao ponto das reflexões existenciais. Por que será que, ao avançar da noite, os amigos sempre convergem para as questões mais intimistas e reflexivas? Seriam os espíritos antigos, dos escritores iluministas, chegando para nos acompanhar?

Falamos de carreiras, sonhos, metas. Cada um tinha seu próprio modelo de felicidade. Até que George trouxe à baila os escritos de Kennet.

— E como vai o seu livro, Ken?

— Qual deles? – perguntou ele depois de dar uma bicada no whisky.

George e Lewis estavam acomodados no sofá maior, macio e cheio de almofadas com estampas psicodélicas. Pela manhã eles sempre brigavam por causa delas. Lewis as adorava, porque dizia que elas o remetiam ao inconsciente de seus pacientes, e George, extremamente exigente com a decoração do apartamento, dizia que um dia Lewis teria de escolher entre ele e as almofadas. Do outro lado estavam eu e Kennet, sentados lado a lado em um love seat de couro avermelhado. E Mary, deitou-se sobre o extenso tapete Savonnerie com uma das almofadas psicodélicas atrás da cabeça. Talvez acordasse cedo por causa das crianças e logo caiu no sono.

— Ah... – respondeu ele, em um tom desanimado. – Já terminei. Esperando respostas.

Eu o olhei por alguns instantes.

— Você é escritor, Kennet?

— É...Sim. Pode-se dizer que sim. E Margot, me chame de Ken. – disse ele com um sorriso amistoso.

— O que é que você escreve, Ken? – perguntei interessada.

Eu nunca fui de beber, e os enrolei a noite toda primeiro com aquele copo de cerveja no Pub e depois com uma dose de whisky, na casa de Lewis. Resumo da ópera, eu estava com o raciocínio preservado.

— Eu escrevo para uma editora, a Everest Books. Na verdade, sou editor. Este romance é uma ficção histórica, há um pouco de tudo, espionagem, romance, os meandros da Grande Guerra.

— Ora essas, um colega de profissão. Achei que fosse professor de filosofia.

Ken sorriu. Como que imaginando a confusão que fazemos por imaginar que a formação acadêmica de alguém é uma eterna amarra profissional.

— Ken é brilhante, Margot. – falou Lewis com um tom de quem perde a fluência por conta do álcool.

— E o que mais você escreve? – perguntei enquanto tentava imaginar o gênero preferido de Ken.

Ele era divertido, perspicaz e objetivo. Por certo gostava de brincar com os fatos reais. Ficção, certamente, mas qual?

Naquela noite, como que afastando todos os efeitos das bebidas consumidas até aquele momento, Ken me contou com entusiasmo sobre o seu mais novo romance; O buraco da agulha. Achei o título bem sugestivo e comecei a imaginar os porquês por trás desta escolha. Tratava-se de uma ficção histórica, ambientada na Segunda Grande Guerra, aliás até hoje, oitenta por cento de seus trabalhos são ambientados nas grandes guerras. É claro que ele se interessou por minha história. Escritores voltados para esse tipo de gênero nos olham como se fôssemos verdadeiras bibliotecas, com segredos que podem mudar o curso das suas histórias. Assim que Ken me desferiu a primeira pergunta sobre o holocausto, eu desconversei com a melhor das investidas?

— Eu gostaria de ler seu manuscrito, Ken. Claro, se você se interessar em publicar nos Estados Unidos.

Ken, que mais tarde se tornaria um dos maiores escritores de seu tempo, ajeitou-se no sofá para me olhar com uma seriedade com a qual encarou sua profissão por uma vida inteira:

— Você está falando sério?
— Mas é claro que sim...

Duas horas antes de partimos para o aeroporto, Ken, que não havia dormido mais do que quatro horas, me entregou um envelope volumoso. Seu manuscrito, O buraco da agulha, foi o meu passatempo durante o voo entre Londres e Nova Iorque.

Dois dias depois enviei um telegrama para a sua casa:

"Querido Ken, prepare-se para ser um sucesso. Queremos lançar seu romance nos EUA. Você gostaria de fazer parte do time Amstel Booksellers"?

CAPÍTULO 52

Feira Literária
Campus da Universidade de Nova Iorque

A Amstel estava causando algumas alterações de curso dentro de mim. Apesar de, ainda naquela época, não estar pronta para reler meu diário, minha porção Anne Frank voltava com toda força; ou seja, eu estava começando a rabiscar ideias. Vocês sabem, minhas ideias sempre clamaram por tinta e papel. Por uma questão de estratégia, resolvi submeter alguns escritos a uma antiga conhecida, Ellen Wolff, proprietária da Pantheon Books. Durante uns bons anos de minha vida, recebi no mínimo uns cinco convites dela e de seu marido, Kurt, para trabalhar com eles. E eu, como vocês sabem, mantive-me fiel a minha célula mater. Mesmo assim nós tínhamos uma ótima relação. O universo dos livros é sempre de muita cortesia. E foi através deles que fui apresentada a uma pessoa brilhante. Meus escritos foram por ele analisados.

Ele me disse que eu escrevia como uma americana. Entretanto, isso me incomodou no desenrolar da conversa pois, Umberto notou que eu não queria escrever como os americanos. Não naquela época. Queria escrever com a profundidade dos europeus. Primeiro, porque eu era europeia e admirava a nossa literatura com toda a minha força. Segundo, porque escrever como "uma americana" poderia significar muita coisa: ser prática, concisa, entreter, divertir, e até emocionar. No entanto, não provocar profundas reflexões. Naquela época eu me preocupava com isso. Além disso, esses meus escritos eram uma mistura da pesquisa de campo de Jack e minha experiência na Etiópia. Como eu conseguiria mesclar aqueles dois materiais, eu ainda não sabia. Mas a coisa fluía, todas as noites quando eu me deitava cheia de travesseiros grossos, para sentir que Jack estava comigo e com o meu bloquinho.

O amigo de Hellen Wolff era um renomado professor italiano. Hellen, que posteriormente seria sua editora nos EUA, submeteu meus textos a ele pois eu os havia enviado para que me desse uma sincera opinião. Por não fazer parte da minha equipe editorial, e ser uma experiente profissional, achei que com ela eu teria uma opinião imparcial sobre aqueles primeiros esboços. Hellen e o marido, imigrantes como eu, fundaram a Pantheon Books que era uma das maiores concorrentes da S&Schuster. Ela ficou surpresa com o meu pedido, pois assumi logo de cara que os textos eram meus. Acredito que tenha ficado impressionada pois, além de ler, mostrou para um amigo acadêmico italiano, que estava hospedado em sua casa a convite da Universidade de Nova Iorque. E foi ele, inclusive, quem teceu comentários sobre minhas crônicas.

Seu nome era Umberto Eco.

Talvez por isso tenha doído tanto. Porque justamente ele, a quem eu tanto admirava pela robustez de pensamento, escrúpulo textual (refiro-me a uma diligente menção a fatos históricos após muita pesquisa), e principalmente pela elegante e eficaz maneira de nos fazer refletir a cada parágrafo sobre a mediocridade humana, resumia-me com uma sentença a qual eu não queria estar relegada.

— Você está magoada com o que eu disse? – perguntou ele constrangido com a minha primeira reação.

Isso me embaraçava ainda mais, porque eu era uma mulher com mais de quarenta anos, em uma feira literária, representando a minha empresa que em poucos anos alçou um belo status no mercado editorial. Ocorreu-me que eu estava me comportando não como uma editora e empresária experiente, mas como uma escritora em busca de reconhecimento. Somava-se a isso o fato de que eu naquela época, ainda era visitada semanalmente pelo que as mulheres em idade fértil são visitadas. E nesses períodos do mês, qualquer coisa me magoava.

Umberto Eco era um cavalheiro. Segurou-me pelo ombro e convidou-me para um café. Disse com a voz grossa que tinha:

— Isso a ofende? A estética da literatura americana?

Não respondi a pergunta diretamente.

— Quero ter a contundência dos europeus. Refrigerar o pensamento humano através de contemplações e não de encantos e risos.

Depois de um tempo, Umberto sorriu, como se precisasse assimilar o idioma no qual nos falávamos.

— Acredita que a beleza se aloja na erudição?

— Não? É o que me leva pensar o trabalho de Gertrude Stein, Max Frisch...

Eco não se ateve a esboçar qualquer crítica aos nomes mencionados. Insistiu em mim e não nos outros.

— Você acha que todos os leitores do mundo são como você?

— Como?

— Você acha que todos os leitores do mundo querem se emocionar como você se emociona? Não acredita que uma grande parcela se encantaria pelo riso e a leveza de seu texto, e mesmo assim reformularia posturas e sentimentos?

— Não... Acredito que cada um reage a linguagem que melhor lhe cabe, no processo da intelectualidade.

— Ah... Estamos falando de símbolos? – disse ele enquanto bicava o café de sua xícara, seguindo de uma careta. – Café, *americani...*.

Eu ri.

— É, não temos expresso. – naquela época as máquinas de café expresso não estavam espalhadas por todas as cantinas, cafeterias e até escritórios dos Estados Unidos. Quem sabe, se assim o fosse, Umberto passasse mais tempo conosco.

Neste momento eu já havia enxugado minhas lágrimas. Ao longo da vida passei por momentos como esses, e lhes juro, gostaria de ter me controlado em todos eles. Foi um choro desconcertante, pois mostrou-

-me como uma aluna em busca de reconhecimento de seu mestre. Já notaram como o choro parece a antítese do profissionalismo? Gostaria que não fosse assim, mas é. No entanto, o meu choro, apesar de discreto, desmontou a intelectualidade de Umberto, que era atento a tudo ao seu redor e conseguia, como se diz hoje em dia, linkar a Idade Média à Guerra do Vietnam, a queda do império romano à do império soviético, e também a minha fragilidade intelectual ao meu ponto fraco: o holocausto. Não sei se, ao ler meu manuscrito, soube por Hellen Wolff que fui uma refugiada. Ele, por ter nascido apenas dois anos depois de mim, escapou dos horrores dos campos. Entretanto, como filho daquele tempo, foi marcado pela visão irrefutável deixada pelas guerras, qual seja a da reconstrução de nações. Neste processo, Umberto se salva através do estudo do passado, certamente, como todos nós, desejando que o futuro não o repita nas mais primitivas ações, reproduzindo somente os mais altos graus do pensamento.

— E então. Sobre os símbolos... – disse ele retomando a conversa. – As palavras, são como símbolos, possuem o seu próprio conceito de beleza. *Capice?*

Umberto, como a maioria dos estrangeiros, misturava à nossa conversa um pouco de seu próprio idioma.

— Sim, concordo. Palavras, sobretudo as da literatura, possuem assim como os símbolos diversos conceitos de beleza. Nem sempre unânimes.

— Bravo!

Votei-me para o café, olhando-o em seu terno azul caneta com gravata de igual cor.

— Você está dizendo que a literatura americana, neste caso, aludindo à minha escrita, possui a beleza própria de um público que a aceitaria?

— Perfeito. – disse-me ele como que atribuindo uma nota ao meu comentário.

A voluptuosidade de Umberto, só aumentou. Gesticulava mais. Deixava se ver por inteiro. Foi me envolvendo em seu olhar tão generoso de homem que vê o outro como um universo e não indivíduo. No fim da tarde, antes de me convidar para jantar, disse-me algo que jamais esqueci:

— Desenvolva a sua escrita, de preferência todos os dias. Chegará a um ponto em que seu texto, será como um Davi para Michelangelo, inteiro e perfeito. Então você terá o seu público.

Pareceu-me que os papéis estavam invertidos. Eu não era uma editora, com uma estrada de quase duas décadas, mas uma escritora em busca de um sonoro sim ao meu manuscrito. Isso acontece, queridos, acreditem. Mesmo com Anne Frank. Todos nós reverenciamos alguém a ponto de, mesmo com o maior renome e talento, duvidarmos disso ante ao brilhantismo do outro. Por sorte eu reverenciava um grande homem que não se utilizou dessa minha reverência para se colocar acima do bem e do mal.

Quando estava em Nova Iorque, Umberto sempre me convidava para um jantar. Nos encontramos um par de vezes junto de Hellen e Kurt Wolff e confesso, que se não tivesse perdido meu Jack há tão pouco tempo, teria caído em seu charme. Foi um dos homens mais interessantes que já conheci.

CAPÍTULO 53

Tulipa branca

"Quando o Senhor Frank entrava em um recinto,
era como se trouxesse o Sol com ele"

Hanneli Goslar

Desde que resolvi contar a vocês como foi a minha vida nesses 75 anos, minha maior dificuldade foi a seleção dos fatos mais importantes de década em década. Achei mais fácil para mim, e para vocês, visualizar essa linha do tempo de dez em dez. Eu tentei me parecer um pouco mais com a Anne do Diário, ao menos em momentos nos quais havia seriedade. Nunca quis que este livro fosse marcado pelos horrores do holocausto, embora eles tenham sido relembrados através da vida de Pim, de Peter van Pels (a quem me referirei mais à frente), de minhas amigas, de Eva Schloss e Fritzi (minha madrasta), das separações causadas pelos efeitos daquele terrível período em nossas vidas. Contudo, houve momentos em que me senti impotente para colocar no papel as minhas perdas pós-holocausto. Como agora, ao falar sobre a partida de Pim.

Percebam, não usei o termo morte pois ele ainda vive junto de mim. Alguns fatos foram importantes para que eu não mergulhasse em mais um estado de depressão, comum quando perdemos aqueles que mais amamos e que nos amaram como ninguém mais amará. Parece drástico e pessimista, mas é apenas uma constatação. Tenho amigos, tenho meu amado Malik, Susan, minha cuidadora Annie, meus gatos, meus livros e minha profissão. Tenho uma história e tanto, não é? Mas não tenho aqueles que mais me amaram na vida além de vocês, meus queridos leitores, que espero, compreendam as minhas decisões.

Pim, vocês sabem, não era apenas o meu amado pai. Era um homem no qual muitos deveriam se inspirar: correto, gentil, trabalhador, dócil, controlado, sincero e prudente. Eu poderia apenas dizer que foi um bom pai, jogar flores em seu caixão (pois, sim, estive na Basileia), escrever uma nota elogiosa no jornal – coisa que fiz em Nova Iorque. Mas essas seriam coisas tão clichês, tão automatizadas. Por isso precisei abrir este capítulo, que se refere a data de sua morte, para que vocês soubessem o porquê de ele ter sido o meu maior orgulho. Sim, eu adoro o sucesso e o legado de meu Diário, mas é de meu pai que mais me orgulho. Acreditem, vou repetir, Otto Frank não era o pai de Anne Frank; Anne Frank que era filha de Otto Frank. Captaram?

Olho para trás fazendo um checklist das decisões de Pim: nossa emigração de Frankfurt para Amsterdã, o apartamento na Praça Merry, a escolha de minha escola; a Escola Montessori (Pim sabia que eu tinha uma alma artística e por isso escolheu esta escola), olho para o Anexo e penso nos dois anos que todos os moradores tiveram ali dentro, trajetórias necessárias para que vivêssemos a História da Humanidade e deixássemos exemplos de resistência, e que sem ele não teríamos. Olho para as coisas que meu pai superou após sobreviver a Auschwitz, à perda de sua esposa e filhas, à perda de sua dignidade e vejo uma luz, a mesma luz a qual Hanneli se referiu ao falar de meu pai. E depois, depois de toda aquela dor, meu pai me tornou eternamente viva.

Uma vez, num de nossos secretos encontros, Pim me contou algo sobre a Primeira Guerra que me causou extremo orgulho. Ele e meus tios Herbert e Robert haviam servido ao exército alemão e em 1915, Pim foi chamado para o Regimento de Infantaria renano de Artilharia, em Mainz, estava com vinte e três anos. Graças a sua sorte, poder de previsão e a grande mão de Deus, Pim sobreviveu e foi, com mais trinta mil combatentes, condecorado por "bravura contra o inimigo". Minha avó Alice, estava feliz por seus três filhos terem sobrevivido, anos antes ela tinha perdido meu avô e levou muito tempo para se sentir efetivamente forte, no entanto, quando isso aconteceu, estava pronta para servir a Alemanha na guerra como auxiliar de enfermagem. Mesmo assim, Otto Frank, agora segundo-tenente e condecorado com a Cruz de Ferro, não regressava. Tio Herbert e Tio Robert já estavam em casa, são e salvos. Após a data do cessar-fogo, em 11 de novembro de 1918, a guerra dos alemães estava perdida para os ingleses, mas ao menos estavam todos; Os Frank vivos. O motivo do atraso de Pim, era que ele havia dado a palavra a um fazendeiro que foi forçado a ceder alguns de seus belos cavalos para a guerra. Meu pai prometeu que os levaria de volta, quando a guerra terminasse e para a surpresa do fazendeiro, seus cavalos foram devolvidos. Meu pai era um homem de palavra, foi criado em um tempo em que isso valia mais do que dinheiro no banco. Isso, serve apenas para ilustrar a vocês os motivos que me fazem sentir tanto a sua falta. Como quando foi a Maastricht, após a guerra, reencontrar Hanneli Goslar, minha melhor amiga, e sua irmãzinha Gabi. Pim intermediou toda a busca por familiares de Hanneli e sua mudança para a Palestina, ele fazia o que podia para prestar amor aos amigos e, principalmente, para aqueles que como ele estavam sozinhos.

Sinto muito remorso quando penso que meus caprichos negaram a ele a chance de compartilhar momentos em família entre mim, Fritzi, Eva Schloss e sua família. Mas isso implicaria em colocar muitas pessoas envolvidas em meus segredos, além de me tornar um alvo fácil para o desvelo de toda essa vida.

Meu pai avisou-me de seu câncer um ano antes de morrer, em 1979, dois anos após a inauguração de minha estátua em Amsterdã. Ele me disse com toda a calma que encontrou:

— Anne, estou doente.

Eu conhecia Pim com a palma da minha mão. Ele era um homem pragmático, gentil e generoso. A coisa que mais lhe trazia prazer era saber que as pessoas que amava estavam bem. Por isso, ao decidir me contar que estava doente, certamente não tinha esperanças de enfrentar aquilo com êxito.

— Doente como?

Obviamente, conhecendo meu temperamento como vocês conhecem, minha imediata reação foi resistir. O tom de minha voz, contrário ao controle da dele, mostrou para Otto Frank que teria de acalmar e, mais do que tudo, preparar sua filha para viver sem ele. Por isso usou da frase batida que os pais e avós usam para os seus descendentes:

— Não posso viver para sempre, querida.

— Ah, não Pim... Não faça isso comigo.

Mais uma vez fui egoísta. Pensei em meu universo particular. Ao invés de ser forte e resignada, dando-lhe o acolhimento necessário, mostrei-me egocentrada.

— Estou me tratando, Anne. Mas não acredito que a coisa vá funcionar. Os médicos dizem que o fato de eu estar resistindo já é um milagre; tenho...

— Noventa anos. – completei com aquele maldito nó na garganta.

É claro que não tive a menor chance de ficar em Nova Iorque trabalhando em paz, enquanto meu pai morria na Basileia. Ajustei tudo na editora, promovi Susan a Diretora-Executiva e disse-lhe que tomasse todas as providências necessárias para tocar a empresa. Aluguei uma casinha em Birsfelden, Suíça, e fiquei por lá até agosto de 1980; nos últimos meses da vida de meu pai. Era lá que Pim vivia com sua segunda esposa. Apresentei-me a ela, com uma peruca ridícula e uns óculos de armação redonda tartaruga. Forcei ao máximo meu sotaque americano e disse que estava interessada em escrever uma biografia sobre Otto Frank. Mesmo debilitado com o tratamento do câncer de pulmão (isso mesmo, leitores, o mesmo que levou meu Jack), Pim conseguiu se divertir com os meus disfarces. A equipe do hospital me recebia a contragosto, viam-me como uma jornalista inescrupulosa que em nome do trabalho fustiga um doente no leito de morte. Mas Pim dizia-lhes que gostaria de contribuir com o trabalho o máximo que pudesse. Eu sempre escolhia os horários em que Fritzi ia para casa descansar, e poucas vezes nos esbarramos. Difícil mesmo foi escapar da curiosidade de meu amado primo Buddy, ele visitava Pim regularmente. Embora soubesse que o melhor para Pim era voltar para o conforto do lar, sabia que quando ele voltasse para casa seria seu último tempo na Terra. Eles o deixariam morrer em paz, ao lado de sua família. Sua família não comportava uma jornalista estrangeira. No entanto, ele pediu a Fritzi que deixasse Margot Snyder frequentar a casa. Foi pela benevolência de Fritzi que consegui ficar ao lado de meu pai em seus últimos dias.

Quando Pim partiu, a palavra Nanches (alegria, em iídiche) tornou-se cada vez menos recorrente em minha vida.

CAPÍTULO 54

Margot Snyder, A biógrafa.

Não pensem que eu vivesse infeliz. Apesar de ter perdido Jack, e dez anos depois Pim, entendia que a vida tinha um fluxo e como em um rodamoinho carregava-nos — muitas vezes -, para o fundo. Nossas vidas possuem propósitos individuais que, nem sempre estão atrelados àqueles que amamos. O meu propósito era encontrar escritores brilhantes, não só os que escreviam bem e tinham uma fértil imaginação, mas aqueles que — de alguma forma — flertavam com o gênio universal. Richard Bach, quando escreveu Fernão Capelo Gaivota, trouxe uma onda reflexiva e espiritual, abriu uma porta para a sua geração, quem sabe inspirado por Gibran em O Profeta, décadas antes. Stephen King, pode ter sido uma versão supersônica de Agatha Christie e Love Craft. Paulo Coelho, arrastou multidões ao Caminho de Compostela (inclusive eu), após o seu Diário de um Mago, retomando a proposta entre Homem e Mistério, Deus e o Destino, em seu também conhecido O Alquimista. Da mesma forma em que Hemingway, e sua conhecida depressão, dizia por meio de seus textos: "O mundo é cruel, e não tem jeito. Dê o melhor de si para seu mundo particular". Pelo visto, ao tirar a própria vida, Ernest não ouvia mais os seus próprios conselhos. E ainda, J.K. Rowling, por que vocês imaginam que ela fez tanto sucesso com seu menino órfão e bruxo?

Você vai responder: Eram escritores muito criativos! Bem, isso já disse que não pode faltar. Mais uma vez você virá com as respostas óbvias, insistindo que JK possui uma capacidade descritiva fora do comum. Eu responderei: não é este o motivo daquele sucesso.

A resposta correta é: JK ouviu o gênio universal, que lhe dizia: "Fale sobre magia".

Enquanto eu tentava aguçar meus sentidos em busca desses autores, fui me deixando levar pelos prazeres de sempre: jantar com os amigos, teatros, cinema, leilões (George havia me apresentado este maravilhoso universo), e algumas viagens. Mas eu gostava mesmo era de decorar meu apartamento — quase sempre mudando algo de lugar — enchendo minha geladeira de sorvetes e colocando uma bela camisola para assistir Casal 20, com Robert Wagner e Stefanie Powers. Robert Wagner era o marido da minha queridinha, Natalie Wood, que estava sumida das telonas nos últimos anos, dedicando-se à família. Ela era uma das belas mulheres de Hollywood, e eu a adorava. Na série Casal 20, Robert fazia par com uma outra linda atriz e o enredo era tudo que sonhei para mim. Jennifer, a personagem central, tinha um marido e companheiro charmosíssimo, uma linda casa, um mordomo eficiente, um cãozinho adorável, e para fechar com chave de ouro, uma profissão excitante. Eu não perdia um capítulo sequer. Era um vício! Chegava a remarcar reuniões e encontros importantes se notasse que caíam no mesmo dia da semana do meu seriado.

Até que...

Na manhã de 29 de novembro de 1981, acordamos com a notícia de que Natalie Woody havia morrido afogada.

Fiquei impressionadíssima, primeiro porque eu a adorava; era um tipo de mulher forte e bela, sem qualquer artifício agressivo para se fazer notar. Segundo, porque as circunstâncias da morte foram bem estranhas. Pouco antes de morrer, Natalie havia concedido uma entrevista revelando que não sabia nadar e que tinha pavor de mar, rio ou lago. Apesar disso, possuía um Iate com o marido, onde constantemente eram fotografados em lindos momentos, estampando as páginas da revista Life, Vanity Fair, Vogue. Um casal lindo, o verdadeiro Casal 20.

Por meses ficamos obcecados com as circunstâncias da morte, a meu ver, bem mal esclarecidas. Seu corpo havia sido encontrado, próximo à Marina de Santa Catalina, a muitas léguas do Iate onde estavam seu marido, o barqueiro e o ator Chistopher Walken. Natalie o havia convidado para passar o fim de semana com eles; enquanto descansavam das filmagens de Brainstorn, um filme de ficção científica. Ao encontrarem o cadáver de Natalie, às 4:00 da manhã, a perícia diagnosticou alta dose de álcool. Além disso, Robert Wagner pediu ajuda somente após três horas de desaparecimento. Lembrem-se: ela não sabia nadar!

Foi horrível!

Após um ano da morte de Natalie, e os mistérios que rondam até hoje aquele evento, escrevi sua biografia: Natalie, um amor para não esquecer.

Naquele momento, a minha regra sobre o gênio universal foi banida. Aliás, tratando-se de mim, nunca fiz muita questão de ouvi-lo. Eu simplesmente mergulhava em uma ideia, pois partia do princípio de Einstein em que uma ideia existe na mente de quem pode pôr em prática. O outro ponto é que, apesar da voz do gênio universal, nunca fiz algo com o objetivo único e exclusivo de lucrar. É claro que teria de manter a minha editora, pagar meus funcionários, e isso passava — antes de mais nada — pela escolha de bons originais. No entanto, a obra tinha de possuir brilho, tinha de me causar emoção. A literatura é como as cores de uma tela, a escolha dos tons fará toda a diferença no resultado.

Como Marilyn, que também morreu em circunstâncias mal esclarecidas, eu não quis que Natalie fosse mais uma vítima da memória débil dos Estados Unidos. De minha parte, o que eu podia fazer, era contar sua história.

A biografia foi um dos maiores sucessos da editora e foi a partir de então que nasceu em mim o maior projeto da Amstel.

CAPÍTULO 55

A Biografia dos Presidentes

Após o estrondoso sucesso de O buraco da Agulha, Ken Follett finalmente alcançou a projeção almejada e com isso carregou o nome da Amstel Booksellers. Em seu currículo como escritor já existia uma lista de dez livros, mas como ele mesmo costuma dizer, eles não eram bons o suficiente. O que nos leva a crer que, seja lá o que você deseja ser na vida, prepare-se: você terá muito trabalho pela frente. O sucesso não é um belo rapaz sentado em uma poltrona confortável. O sucesso é persistente, intuitivo e braçal, e por isso ganha este nome. Existem sim, artistas com uma dose excessiva de sorte, que após pouco tempo no mercado (refiro-me a todo o mercado artístico) alcançam uma proeminência incalculável. No entanto, não raro isso passa por suas vidas com a velocidade de um cometa; porque a eles não foi imposto o tempo da maturação, necessário para darmos valor ao sucesso e mantê-lo ao nosso lado pelo resto de nossas vidas. Essa lista, de dez fracassos do meu querido Ken Follett, antes de alcançar o sucesso de O Buraco da Agulha, foi a sua base para dar continuidade a um trabalho que o move diariamente até hoje. A espera lhe mostrou, não só o que ele não deveria repetir, mas o quanto custou percorrer o seu próprio caminho. É claro que, como sua editora, não pude deixar de fazer o meu papel; cobrando um novo manuscrito.

— Ken! Como vai querido?

Liguei para o sul da França, onde ele estava se refugiando com a esposa e os filhos. Devido ao tremendo sucesso de público e crítica, ele finalmente se deu ao direito de umas férias. Na verdade, não eram férias, pois, assim como eu, seu coração pulsava pela certeza de que teria de surfar naquela onda e apresentar em breve um novo trabalho ao público. Somente naquele momento, ele estava dizendo ao mundo: Vejam, eu sou bom. E o mundo sempre nos responde. A resposta que ele deu para Ken foi: Sabemos disso. Mostre-nos mais.

— Margot! Estava mesmo pensando em você...

— Que bom, somos afinados.

Essa nossa afinidade dura, deixe-me ver... Quatro décadas. Qual o segredo para dar certo? Trabalho e conversa franca. Kennett sempre foi direto comigo, dizendo as coisas que não queria e as que queria, inclusive em termos de percentual. É claro que sempre me mostrei maleável, e noutros fui tão sincera que quase lhe apresentei a folha de custos da Amstel. Precisava dizer a ele que não era por falta de vontade, mas sim de recursos. Isso talvez tenha sido um dos motivos que o fez permanecer comigo, mesmo na década de 1980 quando quase precisei fechar a editora.

A coisa aconteceu devido aos custos com advogados para me defender na corte. Eis os motivos:

Movida pela necessidade de encontrar um novo desafio em minha vida, embarquei em um projeto colossal: escrever a biografia de todos os presidentes dos EUA. Como sempre gostei de política, dos seus bastidores e da vida privada das pessoas, acreditei que aquilo seria um bom passatempo. Bem, não se tratava de uma brincadeira, mas quando amamos o que fazemos, no saldo das contas, haverá uma dose bem maior de amor do que de enfado. É claro que me sentei com toda a minha equipe e perguntei qual deles gostaria de se responsabilizar pela biografia de alguns dos presidentes. Eu não daria conta nem da metade, e então Susan teve a ideia de reunirmos os dez primeiros em um só volume que se chamaria: Biografia dos Presidentes, Dez Primeiros Cavalheiros da América. Achei a ideia excelente!

Dez anos depois, já tínhamos a metade do trabalho pronto. Lembrem-se, comecei a pôr a mão na massa na administração Reagan, e neste ponto tínhamos que biografar quarenta presidentes. Foi exatamente quando a Amstel enfrentou um processo milionário movido pela família do Presidente Lyndon Johnson. Richard Wagner (que provavelmente não queria levantar nenhuma suspeita com seu nome envolvendo a morte da esposa), não tinha me dado trabalho para escrever a biografia de Natalie Wood. E a irmã e pais da atriz, ficaram felicíssimos com o meu convite. Já os descendentes de Lindon Johnson estavam dispostos a me dar trabalho. Ele havia morrido em janeiro de 1973, por isso a autorização foi cedida pelo espólio e não pelo próprio biografado. E isso sempre nos causou problemas. A hipótese de ser condenada a cifras vultuosas como costumam ser as indenizações nos EUA, apavorou-me. Constantemente eu era atormentada pela perda de meu pai, a culpa por não ter optado em viver com ele nos últimos anos, era algo até mais doloroso do que minhas lembranças de Bergen-Belsen. O remorso que me ligava a Pim era pior, pois nascera de minhas escolhas. Somado a isso, dois dos meus grandes autores não puderam ser reeditados pela Amstel Booksellers: Richard Bah e Carl Segan. Isso também me causou febres reumáticas. No entanto, o terrível aperto vinha da possibilidade de ter de vender minha editora, meu apartamento e ficar sem eira nem beira. Na casa dos 60 anos, você precisa de segurança. Ter um teto e um meio de subsistência é uma das circunstâncias capazes de manter a nossa saúde física e mental, sob controle. Enquanto isso, o processo corria em meio a prazos curtos para a defesa, diferente de como costumam sofrer pessoas vítimas das mais variadas violações ao redor do mundo, na América os processos indenizatórios correm com a velocidade da luz.

O que a família do presidente Lyndon alegou, foi que eu não tinha autorização para expor detalhes íntimos de familiares, afinal, eles não eram os biografados. Meu advogado alegou que não havia a menor chance de biografar alguém sem mencionar suas relações amorosas, familiares, profissionais. A vida de qualquer um, ao ser esmiuçada, traz tantos rostos, tantas histórias paralelas, imaginem a de um Presidente!

A tese de defesa passou por aí. E também, por um papel timbrado do escritório responsável pelos bens e direitos da família, datado de quase uma década. Bendita Mendoza, sua organização nos salvou várias vezes. Tudo para ela era relevante. Na época em que o projeto nasceu, logo nas primeiras semanas, ela me chamou em sua salinha e me mostrou um arquivo de quatro gavetões, de ferro. Assim que o vi, senti-me mal. Já falei sobre coisas de metal e derivados? Ao meu redor elas não existem. Pois bem, Mendoza não sabia disso. Seu rosto, decorado com uma armação de óculos redonda e grande, com lentes escuras e de grau, sorria para mim diante do arquivo.

— Abra-o.

Da primeira para a quarta gaveta a Mendoza havia feito pastas com os nomes de todos aqueles que haviam ocupado a Casa Branca, até então. As pastas dos republicanos eram azuis e as dos democratas, vermelhas. As cores da bandeira dos Estados Unidos.

— E estas? – perguntei puxando as pastas pretas que estavam por trás das vermelhas.

— Ora, Margot, estas são para os temas Top Secret. Acredite, você vai encontrar muitos. – Mendoza piscou para mim de um jeito maroto.

Fui até ela e a abracei.

— O que seria de mim sem você? Minha amiga e melhor assessora de todo o mundo.

Pois foram as pastas da Sra. Mendoza, guardadas literalmente à sete chaves, que me salvaram naquele processo.

Se fui poupada? Não.

Os honorários advocatícios rasparam minhas economias, mais o prejuízo de não poder renovar contrato com Elena. Ela tinha recebido uma proposta irrecusável de minha concorrente, a Dubleday, e em outras épocas eu teria feito uma contraproposta robusta. Mas não, tive que engolir essa imensa perda e pensar com os pés no chão. Há o tempo de avançar e o tempo de recuar na luta por nossos ideais. Aquele era o momento de lutar com minhas armas. Eu ainda tinha Kenneth, que agora era mundialmente conhecido como Ken Follett. A Biografia dos Presidentes estava prestes a ser finalizada, inclusive a de Lyndon Johnson, e quando lançada eu sabia que teria um público certo: historiadores e seus alunos de universidades, políticos e jornalistas. Além disso, amadurecia a ideia de traduzir as obras de Alberto Moravia, outro italiano cujo trabalho me sensibilizava bastante.

Mesmo assim, algo me tocou precisamente.

Foi em uma tarde de domingo, pois eu estava em casa. Provavelmente o mês de maio, porque as ruas de NY estavam repletas de tulipas em vasos enormes que ornavam os bairros de classe média e alta. Eu morava no Chelsea, bem perto da Amstel, que agora também era gráfica. Nunca mais voltei a ocupar o apartamento do Patchin Place. Lembro-me de estar na cozinha, pondo algum prato desses congelados no forno; uma massa, óbvio. Já notaram como os desprovidos de dotes culinários adoram massas? Algumas, ainda que fora do ponto, passam bem com um bom molho Alfredo e queijo ralado.

— Alô, aqui é Margot Snyder. – sempre tive este costume. Facilita a vida de quem liga e de quem atende.

— Margot, sono io. – era a voz aveludada de Elena.

— Elena, cara amica! Come te la passi? – eu arranhava um italiano, mas ela sabia que a partir dali teríamos que embarcar no inglês.

— Está ocupada? – perguntou ela com toda a cerimônia.

— Não, querida. Sou toda ouvidos.

Meu apartamento, um loft, com uma sala enorme e cozinha americana confortável, me bastava. Na parte de cima, um mezanino comportava minha cama com criado mudo, uma suíte e um pequeno sofá de dois lugares. Nas cozinhas americanas havia sempre telefones de parede com fios enormes. Então coloquei a massa no forno, dei a volta pelo balcão e me sentei na poltrona da sala, com o fio comprido e encaracolado esticado por cima do balcão.

— Margot, é sobre o nosso contrato...

— Sim querida, eu sei. Marcello me informou sobre a sua proposta. – Marcello continuava sendo meu agente literário na Itália.

— ... *Ma io*... – Elena era discreta, meiga, no entanto sempre me deu a impressão de que represava emoções com medo de que isso a aproximasse de sua origem napolitana, autêntica, tão criticada pelos italianos do norte.

— Querida... Não se preocupe... – falei para tranquilizá-la.

Houve um fungado do outro lado da linha. Imaginei que ela precisasse de alguns segundos para engatar no teor do que havia se proposto a me dizer. Então, com um costume que demorei para controlar, engatei em um assunto sobre a política da Itália e sobre as meninas. Tudo na mesma frase. Já perdi momentos mágicos na vida, inclusive com Jack, por não deixar as pessoas falarem. Rompia (com o fito de me defender ou de facilitar as coisas para os outros), frações de pura ternura, por efeito deste meu defeito. No entanto, Elena como se o pensamento dela fosse uma flecha viajante, acertou-me em cheio.

— Margot, eu nunca vou me esquecer do que você fez por mim... – sua voz estava definitivamente embargada.

— Não fiz nada querida, qualquer editor experiente é capaz de identificar o seu talento.

— ... Você fez... Você me deu importância no momento mais difícil de minha vida. Você me deu autonomia, e... Dignity.

Ficamos mudas por alguns instantes. Emocionamo-nos dizendo uma à outra que somos amigas, e não apenas profissionais que se respeitam. Repeti a ela a frase clássica: "Amigos, amigos, negócios à parte". Eu não me sentiria confortável, sabendo que aquela brilhante escritora se sacrificaria por mim. Quando a ajudei, não foi um sacrifício. Foi um gesto como tantos outros que já tiveram por mim. Um gesto de humanidade.

Nossa conversa fluiu com doçura e respeito, mas precisou ser interrompida por um pequeno acidente: a lasanha estava queimando no forno.

Apesar daquele momento conturbado, a Amstel tinha se mantido firme há quase duas décadas, e alguns autores eram tão fiéis a nós que muitas vezes me perguntei qual teria sido o nosso ingrediente mágico. Stephen era um deles. Talvez eu tivesse caído em suas graças, principalmente quando peguei um avião e fui lhe dizer pessoalmente que se não quisesse morrer, a hora de parar com as drogas era aquela. Eu lhe disse, meio sem paciência:

— Deixe de ser estúpido, Stephen. Não sabe o que o dinheiro de seus best-sellers pode comprar? São coisas bem melhores do que cocaína.

Nós estávamos sentados na varanda de sua casa, no Maine, e Tabby trazia duas xícaras com chocolate quente para nós duas e café para Stephen. Gastávamos horas no telefone falando sobre Stephen e a dificuldade que ele tinha de admitir que precisava se submeter a uma desintoxicação definitiva. Sua dependência não se restringia ao uso de cocaína. Ele chegou a ponto de se viciar em enxaguante bucal. Volta e meia Tabby se desculpava pelo fato de Stephen, por sua total falta de noção, ligar-me às duas, três, quatro da manhã, para me contar sobre seu mais extraordinário capítulo. Eu sabia que só poderia ser um dos meus autores, que geralmente ligavam para meu telefone particular. Eles costumam perder um pouco a noção das horas. O problema era que Stephen queria que eu prestasse atenção em algumas de suas macabras passagens, o que retirava completamente o meu sono. Apesar de não ser fã do gênero que ele domina como ninguém, ele era um dos meus "dez mais" e tinha me feito simpatizar com Carrie – A estranha. Ela me lembrava a vulnerabilidade de Esther, e sua doçura pouco compreendida. Mas o Iluminado foi demais para mim. Eu lhe disse: Stephen, não lerei e nem ouvirei nada sobre este livro.

— Por que, Margot?

— Costumo me hospedar em muitos hotéis, e quero andar por seus corredores em paz.

Isso lhe arrancava algumas risadinhas de satisfação. Apesar de ser o mestre do suspense, Stephen King sempre foi um menino para mim. Isto ficou claro quando ele escreveu Sobre a Escrita, uma autobiografia fabulosa, pois é também um espetáculo de oficina literária.

Com o tempo, e talvez devido às várias decisões envolvendo minha editora, fui adquirindo um tom autoritário e prático. Quem quisesse fazer parte da minha vida profissional, teria que lidar com isso. Eu estava me tornando aquilo que hoje escrevem em notas sobre os gigantes do mundo editorial: uma tigresa. Stephen, talvez por sua infância dura, aceitou-me como sua editora e agente literária.

Para acelerar o processo da Biografia dos Presidentes, eu havia contratado alguns professores recém-formados em literatura, da NYU, loucos por trabalho, e contava com a inigualável ajuda da senhora Mendoza que, apesar da idade avançada, possuía uma memória fora do normal. Ela ia, todos os dias para a editora, a pé! Aos 91 anos, estava sempre disposta a ajudar seus colegas de trabalho, com rigor e responsabilidade que eram seus traços fortes, porém, extremamente solidária. Apesar do trabalho de catalogar aqueles 40 presidentes, começamos a esbarrar nos entraves legais, parecidos com o de Lindon Johnson. Agora que estava tudo pronto, algumas famílias não estavam dispostas a autorizar as biografias, outras exigiam que "determinados fatos" fossem, vamos dizer... Alterados. Quer matar um biógrafo? Peça para ele editar verdades. Esse foi um momento desafiador para mim. Senti que minha cintura era muito estreita para jogar com aquilo. Como apresentar para o público uma coletânea em que alguns volumes trariam meias-verdades? Eu não queria isso. Principalmente em relação a John F. Kennedy. Foi neste ponto particular que tudo mudou a meu favor.

O projeto começou com Reagan, lembram? Pois bem, passamos por George Bush – que hoje chamamos de Bush pai – e já estávamos com Bill Clinton, quando o projeto se concluiu. Faltavam 19 presidentes para entrar para o nosso clube de biografados quando decidi ceder ao apelo de minha amiga. Infelizmente, na gestão W. Bush, perdemos a sra. Mendoza, minha companheira de tantas décadas. Não a ter por perto, arrastando seus pares de sapatos nos corredores da editora, era como se o mundo perdesse uma espécie de tulipa, a de tom laranja. Notei que no momento de sua partida, todos aqueles jovens meninos recém-formados, já eram profissionais preparados e seguros. Eles, assim como eu, teriam a lembrança daquela forte mulher que a vida dura de seu país, El Salvador, nos deu.

— Margot, não se prenda ao projeto inicial. Lance as 19 biografias enquanto dá continuidade às demais. Já será algo marcante para o mercado editorial. – disse-me ela enquanto segurava minha mão sobre a cama do Hospital Presbiteriano de New Jersey.

Sorri, mais pela comoção de perdê-la do que pela concordância. Ela sabia que isso seria difícil para mim devido de minha teimosia. Sempre gostei de finalizar etapas. Gostava de dar continuidade aos projetos tal qual eles nasciam. Porém, começava a assimilar aquela possibilidade, pois minha equipe já havia passado por anos de pesquisa e não aguentava mais aguardar as respostas das cortes americanas, a respeito dos nossos pedidos para publicar o que as bibliotecas públicas guardavam sem o menor segredo, no entanto, em obras espaçadas. Eu começava a entender o que Dolores Mendoza queria me dizer: publique, não pelo público ou pela Editora, mas pela equipe. O processo de publicação é prazeroso quando se materializa. Há a escolha das capas, a diagramação, o que gosto de chamar de roupinhas do livro. Ele se veste de símbolos que vão para além das palavras. Uma capa é um símbolo. Uma insígnia, que pode mudar de tempos em tempos, mas que – dependendo da época e do artista que a produz— entrará para sempre no imaginário coletivo. Exemplo: O Profeta de Gibran Kalil Gibran, o rosto de um homem com traços moçárabes ficou marcado por no mínimo três gerações. Outra; O pequeno príncipe de Saint Exupéry. Já notaram que ninguém ousa mudá-la?

Ou seja, Mendoza estava me dizendo: Publique, antes que todo o projeto se perca. E foi o que fiz, dois meses depois, arrependida de não ter dado este prazer para a minha querida assessora da vida inteira. Senti que ela estava conosco na tarde de lançamento na Strand Bookstore. Foi com este projeto que a Amstel Booksellers fincou estaca no mercado editorial como uma das melhores no mundo das biografias. É claro, você deve imaginar que a vida do nosso 35° Presidente, não deixei nas mãos de ninguém. Ele e Lincoln são os meus preferidos.

Agora estávamos sendo presididos por George W. Bush e as coisas entre ele e os líderes do Oriente Médio pareciam não estar muito tranquilas sob o ponto de vista financeiro, isso significa dizer que os EUA queriam algo que alguém não estava dando, resumidamente. Naquele momento, não imaginaríamos que seu filho também entraria para o rol da Casa Branca e no futuro, nos meteria em outra guerra, uma guerra que roubaria tesouros da Mesopotâmia e teria desdobramentos até hoje. Foi na gestão de Bush pai, em seu segundo mandato, que publiquei a Biografia dos Presidentes na versão completa; uma das mais bem editadas da história dos Estados Unidos, modéstia à parte. O que fizemos, desde a primeira parte das publicações, foi dar seguimento aos trabalhos. Escravos de decisões judiciais que nos davam a permissão para seguirmos a diante. A ordem das publicações tornou-se algo curioso, havia Jimmy Carter – que nos deu sua autorização com muita naturalidade -, biografado antes de Woodrow Wilson (dez posições atrás de Carter). Mas ao final de tudo, algo espetacular nos marcou: nos tornamos uma editora de biografias e começamos a ser procurados por fãs, historiadores, correligionários de outros políticos que marcaram a história dos EUA. É interessante como uma ideia pode marcar uma empresa. No início, nunca pensei que esse meu interesse pela política poderia mudar tantas vidas, principalmente a de Francine, a filha de Isaac Fieldman— que entrou para a Editora em em meados dos anos 1980 -, naquele grupo de recém-formados da NYU. De tanto crescer ouvindo o pai pesquisando sobre biografias de políticos, hoje ela é deputada pelo partido democrata. Isso me comove de maneira sobre humana. Uma ciranda de fatos e ideias que constroem vidas e rumos.

Francine às vezes visitava o pai no trabalho, quando ela e sua mãe passavam pela editora depois do expediente, para comer algo com Isaac. Formavam uma família tipicamente novaiorquina, isso quer dizer; fora dos padrões. Susan, era de família negra, do Mississipi, e Isaac de família judia imigrante da Croácia. Imaginem como saiu Francine: linda!

419

CAPÍTULO 56

Reencontrando o amor?

É possível que vocês se perguntem se tive outros amores além de Jack. A resposta é não. Mas tive flertes, paqueras, ou esses outros nomes que surgem de quando em quando para afiançar relações nem um pouco afiançáveis. Foram pessoas interessantes, com um bom coração e caráter, eu não aceitaria nem o Robert Redford (meu lindão) se não fosse alguém com o mínimo de decência moral. Partindo do princípio de que comecei a abrir meu coração na casa dos cinquenta "para novas possibilidades", o mercado afetivo estava com sujeitos disponíveis com uma dose igual ou maior de "pessoas experientes", como eu. Esperar que eu encontraria alguém com a ficha limpa (sem os seus próprios traumas e perdas) seria como acreditar no Coelhinho da Páscoa. Logo no início notei se tratar de uma Escolha de Sofia: era encontrar alguém cujas manias e traumas fossem compatíveis comigo ou os "aparentemente fáceis de lidar" com as incompatibilidades sob controle. E o mais importante: teria de existir a tal Química. Tive a sorte – se é que posso usar do termo – de me tornar uma cinquentona entre o final dos anos 70 e início dos 80, o que me dava a chance de atrair pessoas interessadas no meu conteúdo, nas minhas ideias, nos meus modos e gostos. Pode parecer estranho para quem leu meu diário, precisamente a primeira parte, o fato de eu não me achar uma mulher bonita. Ah, por favor, me deem um desconto. Eu só tinha 13 anos quando acreditava que praticamente todos os meninos da minha sala eram "caidinhos por mim". Depois de nos refugiarmos no Anexo Secreto, momento em que (para a maioria dos críticos literários minha veia literária aflorou), entro naquele processo de altos e baixos e chego a esta conclusão que se sedimentou com o tempo: não sou bonita. Porém... Sou inteligente, sagaz, divertida e solidária. Não é uma mistura qualquer, concordam? Vou parecer presunçosa novamente, mas lhes digo que ao longo da vida atraí homens bonitos, pois a soma dessas minhas características cria algo ao meu redor capaz de despertar o interesse dos outros. O nome disso é energia positiva. Já notaram como mulheres lindas e cheias de "atrativos" muitas vezes estão sozinhas? Não só mulheres... Homens charmosos e belos ficam à deriva enquanto os menos interessantes, esteticamente, angariam uma fila de pretendentes, pois estes últimos nos arrancam gargalhadas, oferecem seu ombro amigo, nos surpreendem com um convite inusitado, ou simplesmente se sentam ao nosso lado e aceitam assistir nosso programa favorito sem fazer cara feia. Não adianta ser bonito se você é chato. Anotem esta última frase, talvez a mais útil que já escrevi.

Nesta época, em que acreditei ser possível me ligar a alguém (após os repetitivos sermões junguianos de Lewis), existia ainda uma chama ardente de idealismo alimentando o romantismo, e algumas canções nos faziam acreditar no amor. Como as de Whitney Houston, George Benson ou Kenny Rogers. Bem, eu vou morrer acreditando no amor. Mas é que logo depois desta Era, a humanidade mergulhou de cabeça em um processo terrivelmente danoso: a ilusão de atribuir afetividade às coisas materiais. Infelizmente, na América do Norte isso se tornou insustentável. E foi um dos motivos que me fez partir de lá, anos depois.

É por isso que digo que tive a sorte de me tornar cinquentona naquela geração. Foi um tempo em que a sua foto no jornal e revistas, refletia a verdade sobre você. O maior "truque" ficava por conta de uma boa maquiagem ou uma boa iluminação. E se atrizes como Ingrid Bergman ou sua filha Isabella Rossellini, fossem fotografadas furtivamente, a beleza estava ali. Talvez não saíssem bem em uma foto por conta da luta contra os paparazzi, porém eram de fato maravilhosamente lindas com ou sem rugas. E havia as que, mesmo não tão belas, gostavam de si mesmas e consequentemente, da imagem refletida no espelho. Ao contrário de hoje em que as pessoas temem ser fotografadas, pois não podem mergulhar seus rostos em aplicativos na vida real.

Outra frase clichê que deve ser anotada: Seja você.

Ressalvadas as lições de moral que esta velhinha lhes dá, seguirei contando-lhes a fase da minha vida em que eu estava mal-acostumada com a reputação de Tigresa do Mercado Editorial. A primeira vez que li essa expressão sobre mim foi na revista Times. Acreditem: Eu saí na capa da Times. Não tive medo de que o mundo me reconhecesse por algum olhar atento. Eu já tinha um rosto maduro e havia assumido meu cabelo curtinho com aquela imensa franja lateral nos moldes de Tippi Hedren, em Os Pássaros, de Hitchcock. Usava blazers largos de quatro botões, com pantalonas de bocas soltas, saltos finos e altos. Além disso havia o meu perfume, Diva – do Húngaro – concedendo-me uma sofisticação indistinta ao longo do dia, ele é o tipo de perfume que ganha notas mais arrojadas conforme se embrenha em nossa pele. Olha, sem parecer esnobe... Eu tinha charme. Até hoje, segundo a minha enfermeira, sou uma senhorinha elegante. Nas décadas de oitenta e noventa, não medi esforços para impressionar empresários e escritores. Aliás, eu havia adquirido um hábito malvado de usar meus óculos de grau para negociar porcentagem de direitos autorais com os autores:

No momento em que eles estavam diante de mim, aguardando o veredicto sobre um novo manuscrito, eu segurava a haste dos óculos e mordia a ponta delas, com aquela expressão entre o desinteresse e o benefício da dúvida. Diante de mim os autores (até os mais famosos), deixavam transparecer o nervosismo, a insegurança de quem quer ser aprovado por alguém que respeita. Por fim eu dizia:

— Está bem, vamos publicar.

Em geral os autores liam as cláusulas contratuais por cima, pois meu contrato sempre foi padronizado. Uma regra justa, segundo eles próprios. Embora, enquanto assinavam o contrato de cessão de direitos autorais nem sempre soubessem o que eu já sabia: que suas obras seriam um sucesso. A partir de então, eles se incomodavam com os percentuais. E eu respondia: Está no contrato. *Touché!*

Não me recriminem, queridos. Mais ainda se forem escritores. Peguem este exemplo para quando tiverem a oportunidade de assinar um contrato com uma grande editora. Eu aposto que vocês sonham com isso!

Mas voltando ao título deste capítulo... Meu primeiro flerte foi Marco Tarantino. Ninguém ligado ao mundo editorial. Era o dono de uma cantina no Little Italy. Nossa aproximação foi suave e natural, pois ninguém com uma investida mais agressiva conseguiria me tirar do Maravilhoso Mundo de Jack. Bem, na verdade ninguém fez isso até hoje. No entanto, Marco era alguém agradável que adorava músicas boas, incluindo óperas e novos sucessos do mundo. Tinha a mente aberta, apesar de suas preferências, entre elas; a diva Maria Callas. Eu também amava Callas, mais ainda depois de ela ter sido trocada por Jackie Kennedy. Como vocês dizem hoje em dia; sou Team Callas. Procurem saber os detalhes deste triângulo amoroso entre elas e Aristotle Onassis, onde a cantora lírica levou a pior. Eu e Carlo éramos apaixonados por O mio babbino caro, de Giacomo Puccini, e volta e meia ele colocava — na voz de Callas — para ouvirmos no salão de sua cantina quando o restaurante fechava para o público. Adoraria ter me apaixonado perdidamente por ele, mas duvidava – e estava certa – de que isso fosse possível. Depois de um período curto tentando amá-lo como ele merecia, fui sincera e desfiz a nossa relação. Sobrou-nos uma relação de carinho e respeito. Depois disso fiquei só por mais um período. Era difícil para mim não associar qualquer homem a Jack. Eu teria, muito provavelmente, dado uma chance para Robert Redford, mas ele não era para o meu bico. ⊠

Neste meio tempo, algo retirou a minha paz. Meu reencontro com Teçá. Nós passamos longos períodos sem nos ver. Ela fugia de mim como o diabo da cruz, e estava sempre encontrando meios convincentes para negar meus convites. Continuava trabalhando na mesma fábrica de celulose, no Brooklyn. Nós nos víamos em geral na casa de András; ou pelo nascimento de seus filhos – que eram três -, ou nos batizados. Teçá se evadia de qualquer assunto mais profundo ou íntimo, dizendo-se bem. Mas seu aspecto me assustava. Seu viço, sua perspicácia, seu raciocínio rápido me pareciam algo como uma lembrança de um filme em preto e branco. E por falar em filme, por um milagre dos deuses ela aceitou ir comigo ao cinema para assistirmos Yentel, o filme de Barbra que foi dirigido e produzido por ela. Isso foi tão significativo para mim, ter a companhia de Teçá novamente. Acreditei que aquele era um sinal que esperei por anos, para nos reaproximarmos e retomarmos a beleza de nossa amizade. Nunca soube explicar o porquê de me sentir tão ligada a ela, como se a mim coubesse zelar por seu bem-estar. Pergunto-me se transferi o amor de Margot para Teçá.

Combinamos de nos encontrar no Cinema Ziegfeld, em Midtown, uma boa opção para ambas. Por ser em uma sexta-feira, sugeri que trouxesse um pijama, pois de lá, poderíamos jantar e ela dormiria na minha casa. Percebi que ela não foi tão rígida quanto as regras do shabbat e me perguntei o quanto aquilo falava da nova Teçá.

Ziegfeld era um cinema nos moldes dos antigos teatros, com paredes em revestimentos de carpete vermelho, um palco de madeira e arandelas projetando luzes amarelas para baixo. A pipoca ali era excelente, rescendia da calçada. Um letreiro luminoso indicava o nome do filme: Yentel, estrelado por Barbra Streisend. Lembro-me deste dia como se fosse hoje. Teçá chegou com os cabelos molhados, de jeans e um pulôver simples. Sua magreza me assustava, mas não falei nada sobre o assunto. Usava óculos de grau com armação redonda, e para quem não conhecesse sua versão anterior poderia até se parecer com uma estudante da NYU. Era uma pena que ela mesma não reconhecesse em si a veia intelectual que para mim sempre foi marcante.

— Já comprei nossos ingressos. – eu disse animada.

— Estou atrasada?

— Não. Mas fiquei com medo de que se esgotassem. Vamos comprar nossas pipocas?

— Sim, deixe que eu pago. – disse ela pondo a mão dentro de sua bolsinha a tiracolo.

— Está bem.

Parecia que uma cortina de fumaça entre nós duas se dissipava e isso me trazia uma espécie de alívio e entusiasmo. Resgatar minha relação com Teçá seria como ganhar uma dose de paz. Entramos na sala e ocupamos uma fileira no centro, um pouco mais para o alto onde o chão da sala se inclinava. Falamos brevemente sobre o que tínhamos lido nos jornais e sobre o cabelo curtinho de Barbra. Quando as luzes se apagaram, não dissemos mais nada e único som que produzíamos era o de nossas mãos nos sacos de pipocas. O filme foi se desenrolando e nós, como boas judias, achamos instigante a vida de uma jovem filha de rabino que sonhava em aprender o Talmud. A tradição proíbe que mulheres estudem o Talmud e a questão toda versava sobre o desejo desta moça em romper a tradição. Barbra era a personagem central e logo após a morte de seu pai, compreende que deverá dar um sentido em sua vida, fugindo de seu pequeno vilarejo na Polônia.

— Veja, parece até você quando cortou os cabelos. – eu disse para Teçá sem tirar os olhos da tela.

Não ouvi sua resposta, mas notei quando fungou enquanto Barbra cantava em uma clareira na floresta, a canção Papa, Can you hear me?. Também eu fui tomada de muita emoção, esta canção que era uma espécie de pedido para o pai de Yentel protegê-la além vida, e também para o Pai Maior, servia para mim e para Teçá. Nós duas não tínhamos mais os nossos pais. Senti, naquele momento, que o filme seria mais forte para nós do que esperávamos. Yentel é uma menina que se finge de menino para conseguir estudar, acessar escrituras sagradas que no judaísmo são inacessíveis às mulheres. Assim como o sonho Kosher de Teçá. Infelizmente, dei falta de Teçá tarde demais. Quando olhei para o lado ela não estava mais lá. Aguardei uns minutos, acreditando que tivesse ido ao banheiro. A princípio me senti ansiosa com seu retorno, ela estava perdendo bons diálogos do filme. Com o passar do tempo, vi que não voltaria. Fui a sua busca. Não estava no banheiro e nem na bomboniere. Soube pelo porteiro que uma moça com sua descrição havia saído há uns vinte minutos. Fiquei parada por um bom tempo na calçada, aguardando seu retorno. Isso jamais ocorreu.

Naquele mês empreendi inúmeras maneiras de encontrá-la. Acionei András, nada. Liguei para a casa de Esther em Dakota do Norte e perguntei a Halter se por acaso ele soubera notícias de Teçá, volta e meia ela lhe escrevia. Nada. Fui ao Brooklyn e decidi falar com Ilma. Eu não a via há tantos anos, senti pena de seu estado. Vivia sozinha, pois Bill Fischer a trocara por uma mulher vinte anos mais nova. Seu ex-marido sequer lhe cumprimentava na rua. András, que sempre fora um filho amoroso, a convidara para viver com ele, a nora e os netos, mas ela preferia ficar em seu apartamentinho no Brooklyn, cercada de suas quinquilharias.

— Eu nunca deveria ter duvidado dela, Margot. – disse-me enquanto me servia uma xícara de chá.

— Não mesmo. – respondi sinceramente – Mas ainda há tempo... Nunca é tarde para trazer os filhos de volta.

— Já tentei de tudo. Teçá passa longos períodos sem me ver, e quando isso acontece parece se tratar de um enorme sacrifício.

Os anos haviam trazido um inglês perfeito para Ilma, apesar de sua entonação do leste europeu. Ela era uma mulher com sessenta e poucos anos, mas aparentava quase um século. A indiferença de um filho pode sugar a vitalidade de uma mãe, Ilma me lembrava as múmias do Metropolitan.

Alguns meses depois, meu telefone tocou. Era cedo, um dia de semana comum. A voz de András, embargada, dizia-me que o galpão da fábrica de celulose havia pegado fogo.

— Fique calmo, ela não deve estar lá dentro. Talvez nem tenha chegado ao trabalho. – eu disse para ele, tentando convencer a mim mesma.

— Margot, ligue a TV. A fábrica explodiu. – disse ele em prantos.

Passei uma semana em choque. Fiz o que pude para consolar Ilma e András, eles eram uma família para mim. Nossa história de vida, que começou no Aquitânia em 1947, passou rápido diante de mim. Fui alimentada pela esperança de que Teça estivesse viva, pois os peritos não encontraram nada, nem arcada dentária, nem ossada, que pudesse ser atribuído a ela. Para piorar, havia quem jurasse que tinha visto Teçá atravessando ruas a minutos dali, ou seja, distante daquela explosão. Ela era conhecida em todo o bairro, pois trabalhou anos naquele lugar. No prédio em que morava, no decadente Bowery, houve quem jurasse que a vira naquela manhã, após a explosão, carregando uma mala. Mas como a maioria de seus vizinhos vivia drogada ou alcoolizada, nem eu, nem András, nos sentimos esperançosos quanto a esta possibilidade. Em seu diminuto apartamento, realmente havia pouquíssimas peças de roupas. Tudo estava impecavelmente limpo e organizado, no entanto, não me lembrava de ter visto seu troféu e o porta-retratos com a foto de András no colo do pai. Depois de muito tempo em busca de pistas sobre sua morte ou sobrevida, resignei-me com a primeira opção. Mas Ilma não. Perseguida pela culpa que sentia, negou-se a acreditar na morte da filha. Muitas vezes convenceu-me de que Teçá estava entre nós. Escondida. Nos castigando. Eu me perguntei: Nos castigando? Qual motivo teria levado Teçá a se esconder de mim, por mero prazer? Nunca cheguei a uma conclusão.

Foi então, após um ano, que decidi me despedi da minha tulipa negra. Rara e inigualável.

CAPÍTULO 57

Década de 1990
Ceviche

O primeiro ceviche que experimentei na vida, foi na casa de Isabel Allende, na Califórnia. Nós havíamos nos conhecido na sala de espera de um famoso astrólogo, em Manhattan. A consulta era marcada com meses de antecedência, tamanha a ânsia de ouvirmos daquele consultor dos astros, o que o céu nos guardava. Não adiantava falar seu pomposo nome para a secretária dele, esperando algum tipo de privilégio naquela extensa lista. Os consulentes eram majoritariamente estrelas de cinema, da TV, ou do rock. Engatamos em uma conversa animada e Isabel teve a gentileza de se apresentar, como se, já naquela época não fosse uma reconhecida escritora. Sorri, considerando o gesto de extrema simplicidade. Isabel estava de calça jeans e camisa branca, por cima disto um quimono pesado de tapeçaria andina. Usava colares e pulseiras de sementes e um batom em tom ferrugem. A garota propaganda do elemento terra, embora seja leonina. Nós estávamos as gargalhadas quando Sri Sathya (como gostava de ser chamado David Schurman), o nosso astrólogo, abriu a porta se desculpando pelo atraso. Junto dele saiu Demi Moore, na época casada com o charmoso Bruce Willis. Eu seria a próxima, porém, todo aquele atraso atrapalhou minha agenda pois tinha um jantar de negócios com fornecedores de matéria-prima para a Amstel. Cedi meu horário para Isabel que morava em outro Estado. Ela disse que não havia necessidade, mas fiz questão de dizer que não era nenhum incômodo, eu morava na cidade. Nesta altura ela já sabia quem eu era e trocamos cartões de visita.

No dia seguinte, havia um vaso com dois lindos girassóis na minha mesa e um cartão com o convite para um almoço.

— Por favor, não recuse. Preciso lhe contar o que os astros me reservam.

Foi assim que demos início a uma amizade que dura até hoje. Isabel, sensível às energias que a cercam, certa vez me ligou tarde da noite. Nós estávamos travando o início de uma relação comercial, enquanto a amizade já havia ultrapassado anos.

— Margot... — disse ela com se meu nome tivesse um acento agudo no a.

— Olá, querida! – eu disse reagindo ao seu sotaque inconfundível.

Papo vai, papo vem, Isabel convenceu-me a viajar até a Califórnia. Parecia adivinhar que eu vivia uma vida automatizada pelos dias na editora, e as noites em minha confortável cama, onde meia dúzia de macios travesseiros prometiam domesticar minha coluna. Viciada na voz de David Latterman e Biscoito Oreo, eu começava a acreditar que isso era sinônimo de uma vida feliz. Malik, que muitas vezes passou as férias comigo, agora mal me ligava. Estava emendando uma recente graduação em provas de mestrado.

Assim que cheguei em San Rafael, a mãe de Isabel, carinhosamente chamada de Panchita, nos presenteou com a iguaria peruana. Como as comidas japonesas, o ceviche por se tratar de um prato feito com peixes crus, é algo que você ama ou odeia. Se comê-lo uma vez só na vida e nunca mais experimentá-lo, é porque o odiou. Mas se comer pela segunda vez, eu lhes garanto que de tanto em tanto tempo o seu corpo clamará por aquele sabor. Isso aconteceu comigo e devo isso a Isabel, não há uma vez sequer que eu coma um ceviche sem pensar nela e em sua mãe; uma mulher de personalidade tão iluminada quanto a da filha. São aquelas coisas sobre o DNA das quais lhes falei. Os pedacinhos de peixe picados em cubos, contrastando com o roxo da cebola, o verde do coentro e da salsa, trouxeram um aroma fresco e exótico para a mesa, onde havia também guacamole e tortilhas. Pensei comigo: É, a Califórnia é o lugar adequado para elas. Embora fossem chilenas, ambas haviam morado no Peru e traziam suas experiências para a mesa. A mesa redonda, segundo a dona da casa uma regra para que todos pudessem se olhar melhor, seguia a decoração das paredes, das almofadas nos sofás, com colchas da América do Sul, jogadas diagonalmente sobre os braços de poltronas. Tudo em tons de ocre, vermelho queimado, trigo e verde. Era uma casa com cheiros e tons marcantes e aquilo tudo nos preenchia inevitavelmente, mesmo o mais inócuo dos mortais. E não, não havia miniaturas de lhamas nas estantes.

Isabel estava se recuperando de uma imensa dor, e parecia que dava os primeiros sinais de força. Sua filha Paula havia falecido em 1992, o que deu ensejo ao livro homônimo. Fiquei pensando em como ela conseguiria resistir a isso? Resistir a dor de uma imensa culpa. No livro, Isabel contou com toda crueza o processo de desligamento com seus filhos quando decidiu se divorciar de seu primeiro marido e viver ao lado de um grande amor: Willy. Neste momento, Isabel se abre ao meio e é possível como leitor olhar suas vísceras bem de perto, porque as vísceras de uma mãe são sempre a parte mais exposta de seu corpo. Não posso falar sobre maternidade, pois nunca estive nesta condição, a não ser por minhas preocupações com Malik e com quem ele andava, qual a carreira desejava seguir. Apesar de tudo que vivemos, para mim, os pais de Malik sempre foram George e Lewis. Em contrapartida, ocupei minha condição de filha, e lhes garanto que as culpas que os pais carregam não são tão diferentes das culpas de seus filhos, quando aqueles se vão. A relação humana de amor é dual: haverá sempre a certeza do sacrifício e a certeza da incompetência. Ao fundir essas duas certezas, criamos um laço afetivo muitas vezes lacerado, outras vezes costurado, e algumas vezes nunca mais remendado.

Paula era muito jovem quando morreu, 29 anos. Alguém cheia de propósitos humanitários, psicóloga, educadora. Dedicou-se a salvar pessoas na Venezuela e na Espanha, algumas vítimas de conflitos armados e guerras civis. Em meio a sua vida jovem e repleta de projetos, Paula descobre que possui uma rara doença, porfília, e o pior estava por vir; submetida a um tratamento errado entra em coma em poucos dias. Foi neste momento que sua mãe, Isabel, se mudou para o hospital onde ela ficou até seus últimos dias, e neste momento, como costumam fazer os escritores, colocou no papel todo o sofrimento de uma mãe que se dá conta de estar perdendo seu fruto. Culpa, desespero, altruísmo, amor, prisão e liberdade... Esse carrossel de emoções que nos visitam quando nós assimilamos – às vezes de supetão, noutras após anos – que perdemos aqueles que mais amávamos. Eu amo a minha amiga Isabel. A maneira sincera e profunda que tem de lidar com a vida, com os amigos, com os homens que amou, com a escrita. Eu a admiro em diversos aspectos. Sobretudo em sua capacidade silenciosa de ajudar os outros. Naquele fim de semana, Isabel me apresentou às amigas californianas, algumas vizinhas, outras eram pessoas que conheceu em grupos de terapia para pessoas que perderam filhos, algumas eram amigas de sua mãe, enfim... Um grupo heterogêneo como costuma ser na Califórnia. No fim da tarde de sábado, quando tomávamos um chá de ervas típicas das regiões andinas, Isabel me perguntou se eu já havia dormido ao relento.

— Ao relento? – questionei surpresa.

— Sim. Fora de casa, fora do abrigo de um teto. – ela disse sorrindo, entre a descontração e a dúvida que paira entre pessoas que falam um idioma não correspondente ao seu idioma natal.

Plasmei a pergunta enquanto meus pensamentos, de súbito, jorravam com lembranças de Bergen-Belsen. Meu corpo nu sobre outros corpos, sujos, pútridos, combalidos. Derrotados pelo nacional socialismo de Hitler. Senti como que no agora, a sensação inesquecível de estar em um espaço etéreo que divisa vida e morte. Inebriante estado de espírito em que nos sentimos simultaneamente inócuos como seres humanos e profícuos enquanto seres cósmicos. Sempre tentei exemplificar a sensação, até que muitos anos depois deste dia encontrei o livro de Jill Botlle Taylor, uma cientista que descreveu algo semelhante após uma Experiência Quase Morte em virtude de um AVC. Acreditem: nosso cérebro é como um amigo sincero, nos diz verdades, nos choca, nos protege, mas também esconde coisas que revela apenas quando julga apropriado. Sobre nossa capacidade espiritual, ele é um 007.

Isabel me despertou daquelas frações do tempo.

— Margot... Já dormiu ao relento? – sua voz baixa e doce pode confundir os outros, mas não a mim. Isabel é impaciente.

— Sim. Quando jovem...
— E foi bom? "It was good" – perguntou-me ela.
Olhei fundo em seus olhos curiosos.
— Foi um renascimento.
— Uau! Muito parecido com o que vou lhe propor.
— E o que é?
— Esta noite nós vamos fazer um ritual místico. Vamos dormir a luz da lua, em uma caverna que fica em um parque florestal, aqui em San Rafael. Vamos jogar tarot, contar segredos, nos ajudar com terapias holísticas.
— Mas isso é permitido, digo, eles abrem o parque à noite?
— Não é permitido. Mas também não é ilegal – então me deu uma piscadela. – O sobrinho de Mercedes, é o vigia do parque, esta noite é o seu plantão. Maravilhoso, não?

Acredito que minha expressão tenha ficado entre a surpresa e a excitação, porque logo depois Isabel soltou uma gostosa risada.

Nos anos noventa, a palavra Holístico estava começando a circular entre nós. Raros eram os ambientes em que se podia dizer a palavra e ser compreendido. Mas a Califórnia é sinônimo de vanguarda, porque abarca um sem-número de pessoas do mundo todo, a maioria fugindo do que não deu certo e convicto de que é possível tornar o mundo melhor. Isso era tão bom para mim, acreditar nisto! Aqui está também, a maior parte do eleitorado democrata dos americanos. Erroneamente pessoas de fora dos EUA os considera hippies. lol

Acontece...

O mundo é cheio de rótulos e estereótipos que vão nascer e morrer pela ignorância humana. Deixo para lá. Tentar esclarecer as entrâncias de um povo é a maior perda de tempo. É sentir ou teorizar... Sentir é sempre melhor.

Às 19:00, uma hora depois de o Parque fechar para o público entramos no carro de Isabel, uma perua wagon onde cabiam sacos de

dormir, lanternas, garrafas térmicas, cestas de piquenique, travesseiros e colchas, estava lotada. A notícia boa: era verão. E as noites no parque, embora bem frescas devido a vasta vegetação, não eram tão frias como no inverno. Panchita também foi conosco, o que achei fantástico, ela sempre me pareceu uma mulher de muitos mistérios e quando li A casa dos espíritos (um dos meus livros preferidos), não tive dúvidas. Chegamos em meia hora no portão do parque. Mais dois carros, um no estilo do de Isabel e outro, pequeno e antigo, estacionaram lado a lado. O resto do estacionamento estava vazio. O sol ainda despontava no céu, no verão da Califórnia ele só se vai depois das 21:00 horas. Olhei ao redor e não vi ninguém. Isabel e a mãe falaram algo em espanhol, algo que acontecia naturalmente e que eu sentia que tentavam controlar. Nunca era algo relevante. Coisa boba. E por isso falavam na língua natal.

— Mercedes ainda não chegou. – disse Isabel olhando para o banco de trás, onde eu estava. – Mas podemos entrar, Juan já nos conhece.

O jovem Juan era um rapaz baixo e de pele morena, com todos os traços de um mexicano. Tinha os fios dos cabelos negros e brilhosos, lisos lisos. Eu sempre fui apaixonada por este tipo de cabelo, como dos índios americanos. Não queria que os meus fossem tão volumosos e armados. Queria que caíssem submissos quando soltos e não subissem como se quisessem me desafiar.

Ele sorriu para Isabel.

— Como está, senhora?

— Bien y tu?

A mãe de Isabel foi beijando-o e colocando um pacote em sua mão, era uma iguaria daquelas que eu havia comido no dia anterior. Juan sorriu com seus dentes muito brancos e separados que lhe conferiam um aspecto ingênuo e dócil.

— Mira, Margot, como é guapo o nosso Juan.

A medida em que eu e minha querida Isabel nos tornávamos mais íntimas, o espanhol foi se tornando algo fluido em nossos diálogos. Isso não quer dizer que eu compreendia tudo ao pé da letra, mas como havia gestos e expressões dentre um contexto, fui intuindo certos termos.

Depois daquele inesquecível fim de semana na Califórnia, voltei para Nova Iorque me perguntando se o nosso gosto para carnes cruas se relacionava com nossa capacidade de engolir certas coisas da vida.

CAPÍTULO 58

As Duas Torres
(mas não as do Tolkien)

Quando decidi viver em Londres e abandonar NY, um dos pontos mais difíceis foi escolher o local onde morar. Aos 72 anos, deixar para trás minhas maiores referências, significou um recomeço e sinceramente... Penso que esta seja uma boa idade para recomeços, quando imaginamos que não há nada de extraordinário para nos acontecer. Deverá, então, partir de nós as grandes mudanças. Uma vantagem: Eu estava me mudando para um país de mesmo idioma. O motivo? Os Estados Unidos, como o resto do mundo, estavam ficando muito estranhos para mim. A democracia vinha tomando outros rumos, uma espécie de chancela para ofensas sem reparação. Mas houve um marco central, algo que potencializou este desejo cuja semente logo tomou corpo de arbusto: O 11 de setembro.

Naquela fatídica manhã, nenhum de nós acordaria capaz de imaginar o transcorrer do dia. Na véspera, eu e alguns funcionários da Editora estávamos empacotando objetos pessoais para levarmos ao décimo andar da Torre Sul, no World Trade Center. Nós já éramos o segundo maior grupo editorial das Américas, uma honra não? Por isso, acatando as sugestões de minha CEO, transferimos a diretoria e o editorial final para esta elegante localização. Todo pessoal da gráfica e do serviço pesado, continuaria trabalhando no Chelsea de onde, na realidade, nenhum de nós acabou saindo.

Acordei pontualmente às sete da manhã, há anos isso havia se tornado uma lei corporal e por mais que eu quisesse permanecer no quentinho dos lençóis, meu corpo se negava a continuar ali. Pela manhã, nunca fui de comer muito, por isso, um expresso após meu copo d`água em jejum e um pedaço de fruta qualquer, me deixavam pronta para a labuta. Tínhamos levado algumas coisas para as duas espaçosas salas da Torre Sul; laptops, agendas e livros de consulta que sempre estavam por perto para os trabalhos de edição, dicionários de mais de vinte idiomas. Semanas antes, um grupo de arquitetos havia subdividido as salas e claro; a maior parte tinha sido reservada à Margot Snyder. Dentro de meu escritório, algumas exigências: nenhum elemento metálico, papel de parede em tons claros, uma estante de madeira encontrada em uma Garage Sale no Brooklyn — o eterno bairro dos judeus de onde eu não conseguia me desvencilhar. Quadros e pequenos objetos seriam levados por mim, aos poucos. Decorar um ambiente é como degustar nosso vinho preferido, é preciso vagar. Minha máquina de escrever, a velha Olivetti que me acompanhou desde os tempos da S&S, eu mesma levaria naquela manhã de 11 de setembro. Nosso escritório seria inaugurado dali a uma semana. Faríamos um coquetel regado a camarões e canapés de massa folheada. Os convites já haviam sido confeccionados em nossa própria gráfica e enviados um mês antes para nossos autores, livreiros, agentes literários e empresários do ramo.

Kenneth me ligara na noite anterior, se desculpando pela ausência e me comunicando – como que para compensar – que estava me enviando seu último manuscrito por e-mail. Era um thriller sobre espiãs na Segunda Guerra, um enredo que ele domina como poucos. Disse-

-lhe que não se preocupasse, em breve nos veríamos em Londres pois Malik iria se casar. Kenneth espantou-se, não havia feito a conta de quanto o tempo passara. Ele mesmo já estava casado há quinze anos com Bárbara, sua atual esposa.

Susan Staremberg era minha Editora Chefe, e às vezes eu precisava mostrar a ela a quem pertencia àquela empresa. No geral, gostava de vê-la comandando sua equipe de revisores, tradutores e diagramadores. Tudo, efetivamente tudo, relacionado a edição de nossos livros passava por ela, até mesmo a revisão de traduções; Susan não autorizava a publicação antes de ler a versão em inglês. Por ser praticamente uma poliglota (falava e lia com fluência o francês, italiano, espanhol, alemão além do hebraico), escolhia a dedo a equipe de tradução. Uma vez a questionei quanto ao rigor, mesmo após a revisão da tradução ter sido aprovada pelos profissionais contratados para a leitura crítica. Dias antes daquela fatídica manhã, conversávamos sobre isso.

— Querida, se você confia na sua equipe, por que revisar tudo o que fazem?

Ela estava em minha sala, sentada de pernas cruzadas vestida com uma calça-pantalona em tom ferrugem, uma blusa cacharrel preta e altíssimas sandálias plataforma de verniz. Seus cabelos sempre soltos, longos e ondulados, como cortinas negras e volumosas no estilo Cher. Eu olhava para ela e me lembrava da menina que me mostrara meu próprio Diário publicado em alemão, no ano de 1949.

— Quem disse que eu reviso tudo? – respondeu-me ela com um sorriso maroto.

— Como? – perguntei com os óculos de leitura parados na ponta de meu nariz.

— Margot, uso uma tática muito simples... – Susan se ajeitou na poltrona e diminuiu o tom de voz para sinalizar que aquilo deveria ser o nosso segredo. – Eu leio os dois primeiros capítulos, dois outros mais ou menos no meio do miolo e o último. Caso me satisfaça, dou o aval.

— Espertinha... Mas por que esta seleção? – eu estava curiosa quanto ao fato de ela se sentir segura com seu método.

— Simples... Os dois primeiros capítulos me asseguram de que o tradutor capturou a voz narrativa do autor. Se estiver ok, passo para o meio. Percebo se houve nos dois outros capítulos a manutenção da qualidade narrativa e o respeito ao sentimento do autor. Por último, passo ao capítulo final, somente para me tranquilizar, certa de que superadas as duas exigências anteriores é praticamente garantida a satisfação no capítulo final.

— Tem lógica... mas é arriscado – pensei que se no passado eu tivesse adquirido esta expertise de Susan, muitas madrugadas teriam sido dormidas e não cruzadas pelos meus olhos exigentes.

Quem diria que a menina responsável pelo retorno de minha memória, se tornaria meu braço direito e esquerdo. Outra coisa que Susan fazia antes de designar ou contratar um tradutor; uma entrevista. Queria saber o quanto o tradutor conhecia da vida do autor. Susan, assim como eu, jamais dissociou o autor da obra. É preciso contextualizar, perscrutar a alma, a família, os amores de quem se prestou a marcar a História através da literatura e só assim... Transformar suas intenções nas orações de outro idioma. Sempre dei graças ao fato de Khalil Gibran ter escrito O Profeta em inglês, quando já morava nos EUA. Capturar toda aquela magia do idioma árabe, não seria tarefa fácil, perder-se-ia a chance da literalidade da alma, coisa que infelizmente – em algumas traduções – ocorre tragicamente.

Um pouco antes de sair de casa, às oito, meu telefone tocou. Um enorme celular, pesado como um tijolo. Atendi enquanto colocava as chaves do novo escritório em minha bolsa e puxava a antena para fora (Sim! Eles tinham antenas).

— Margot? — era Ellis, a mocinha encarregada da distribuição dos novos exemplares para as editoras.

— Olá, Ellis... Bom dia!

— Bom dia. Você está indo para o escritório? Poderia passar aqui antes disso?

— É urgente? Tenho uma reunião agora com Susan, na Torre Sul. Podemos sair de lá direto para o galpão e...

— É urgente... – disse ela, me interrompendo.

Susan e eu tínhamos marcado entre às oito e meia, nove horas, em nosso novo endereço. Ela queria que eu avaliasse os últimos reparos e os arquitetos — um casal jovem e competente, recém-saído da universidade -, estariam lá para ouvir qualquer exigência nossa. A ligação de Ellis pôs todo o nosso esquema matinal fora da curva, considerando o trânsito de Manhattan em um dia de semana, eu me atrasaria para a vistoria. Além disso, o que Ellis teria para falar comigo e não com Bryan Bloom, meu eficiente gerente de logística? É claro que algo de errado teria de ser sanado, se possível, e falar com "A dona de tudo ", era algo que estava nos planos de Ellis antes de reportar o problema a Susan.

— Bryan já chegou? – perguntei à Ellis.

— Não. Às terças-feiras ele chega ao meio-dia.

— Está bem. Vou ligar para Susan avisando que me atrasarei. Já estou saindo de casa, por pouco você não me pega. – eu disse a ela.

— Foram os anjos que me ajudaram... – a voz de Ellis respondeu do outro lado da linha e eu pude jurar que ela sorria.

Os anjos ajudaram a mim e Ellis. Ajudaram a todos os trabalhadores que não estavam naquelas duas torres gêmeas na manhã de 11 de setembro de 2001. Os anjos ajudaram Bryan, que estava no banco da faculdade pesquisando para sua tese de mestrado. Mas os anjos se esqueceram de avisar aos passageiros do voo 11 da América Air Lines, partindo de Boston com destino à Los Angeles, que não embarcassem pois em uma hora eles seriam lançados contra a Torre Norte do World Trade Center, o maior centro financeiro da Ilha de Manhattan. Os anjos também se esqueceram dos passageiros de um outro voo, da United, partindo naquela mesma manhã de Boston, também com destino a Los Angeles a não embarcarem naquela aeronave, eles foram lançados na Torre Sul do complexo. Não sabemos o porquê de os terroristas terem considerado aquele trecho viável para colocarem em prática um dos mais ousados e monstruosos planos de destruição do século XXI.

Cheguei à Editora às 8:30. A pé eu levava apenas 15 minutos da minha casa até lá. Foi uma escolha estratégica, desde o momento que comprei meu bucólico apartamento no Chelsea, 20 anos antes. Parei para comprar um café duplo para mim e para Ellis, sabia que teríamos uma reunião extraoficial e que isso demandaria estratégias. Escolhi dois muffins com gotas de chocolate, o doce sempre foi meu melhor combustível. Ellis recorria a mim e não a Susan, simplesmente pelo fato de que Susan agora era uma espécie de Margot Snyder dos anos 80. Eu havia criado um monstrinho enquanto caminhava para a terceira idade, mais serena e convicta de que para tudo há uma solução. Susan era uma versão minha, com uma dose a mais de exigência – eu acho... Ao sair de casa, fui tentando contatá-la certa de que ela, já tinha saído de casa e travava uma batalha com os arquitetos exigindo deles do menor ao maior detalhe. Esperei que visse minhas chamadas perdidas e retornasse a ligação. Mas isso ela só faria após esgotar a equipe de reformas, pensei.

Na editora, Ellis me explicou que a última edição de A Confraria, do nosso John Grisham, havia sido impressa com a capa número dois, justamente o projeto que não tinha sido aprovado por Susan. O capista, profissional de nossa equipe fixa, já tinha até recebido pelo trabalho.

Justamente a capa escolhida por Susan, não havia sido enviada para a equipe do impresso, por um erro da própria Ellis, que ao perguntar para Bryan onde estava o arquivo diagramado, recebeu dele a capa número dois. Aquilo seria uma promessa de hecatombe com Susan, que detestava esse tipo de erro. Mais ainda, se soubesse que Bryan tinha enviado o arquivo errado. Teria sido de propósito? Eu cheguei a pensar que entre os dois havia algo mais do que uma disputa de poder. Analisei o exemplar recém impresso, ainda quente da prensa. Ah! Como eu adoro a sensação de segurar um exemplar novinho em folha. Seu cheiro é como o de um bebê recém-nascido, prontinho para ser abraçado por leitores em diferentes partes do mundo. É tão fantástico parar para pensar que são objetos capazes de forjar mentes críticas e, quem sabe, com sorte, mentes brilhantes.

— Sinceramente, Ellis... Gosto mais desta capa do que a escolhida por Susan. – concluí ao analisar as duas. – Vamos fazer assim...

Não tive chances de concluir minha frase, pois fui interrompida pelo senhor Hernandez adentrando o galpão da prensa, aos berros. Ellis e eu estávamos sentadas em uma mesa, nos fundos do depósito, cada uma com um exemplar do Best-seller do momento. De Grisham nós já havíamos publicado O Dossiê Pelicano, em 1992, posteriormente o livro recebeu um roteiro adaptado para o cinema com as performances de Julia Roberts e Denzel Washington. John Grisham era um dos meus "dez mais".

— Aconteceu um desastre! Aconteceu um desastre. – repetia meu funcionário com um pesado sotaque hispânico.

— Um desastre? – perguntamos.

Outros funcionários já estavam ali, duas moças da limpeza que vinham a ser parentes do sr. Hernandez, Michael e Thomas, os subalternos de Bryan e Dylan, nosso motorista de carregamentos. Todos nós alheios ao que estava ocorrendo naquele instante, no seio de Manhattan, destroçando o brio dos EUA, ultrajando a segurança nacional da maior potência do Ocidente, e marcando para sempre a História da Humanidade.

Atropelando as palavras, o sr. Hernandez nos disse que as Torres Gêmeas estavam em chamas.

— Is burning... Exploding...

Senti um aperto no peito, mais por intuição do que por lógica. As palavras do meu funcionário não conseguiam formar uma imagem real, não só para mim, como para todos da editora. Imediatamente pensei em Susan, mas não como aquela mulher bela e decidida que assustava seus pretendentes. Lembrei-me dela com o Diário de Anne Frank em mãos.

— Susan! – gritei com as mãos trêmulas.

O inesperado sempre me desmoronou. Não me preparei para ele. Culpa do senhor A. H.

Michael subiu para o almoxarifado, onde guardávamos nossos arquivos com todas as notas fiscais e fichas de funcionários. Ligou a pequena TV que ficava sobre o arquivo e quase nunca era usada, conseguiu sintonizar na CNN. O que vimos, foi inacreditável. Eu não sei onde você estava neste dia, leitor, se havia nascido. O que posso garantir é que a maioria de nós compartilhou do mesmo sentimento ao ver aquelas imagens: incredulidade. A voz da jornalista nos dizia os horários em que as torres haviam sido atingidas por duas aeronaves, e como nós começamos a assistir tudo aquilo após a 9:20, ambas as torres tinham uma nuvem de fumaça saindo delas, como um dragão adolescente e voluntarioso que precisava sacrificar vidas para se manter vivo. A âncora da CNN repetia, Meu Deus! Meu Deus! Comecei a chorar e minhas mãos tremiam me impedindo de digitar as teclas do celular com os números de Susan. Ellis me acalmava, mas estava igualmente assustada como todos os outros. As informações vinham truncadas, ninguém poderia imaginar uma coisa daquelas em plena Nova Iorque, os repórteres corriam pelas ruas, afoitos por informações entre caminhões de bombeiros e veículos da NYDP. No auge de nossa indignação, alguém balbuciou: ataque terrorista, enquanto nós olhávamos em concordância. Só podia ser! Dois erros em um só dia, na terra dos pilotos bem treinados? Impossível! De repente, o inimaginável veio de encontro com o nosso estupor: outro avião, às 9:37 foi lançado contra o Pentágono.

— Não! – gritamos em uníssono.

Todos, sem exceção, perderam o reflexo. Mesmo assim, em nossa epifania instintiva, pensávamos que as torres seriam evacuadas a tempo, ao menos, salvando as pessoas que estavam nos andares inferiores. As torres tinham cento e dez andares, e o nosso escritório estava localizado no décimo primeiro, por sorte, não éramos uma empresa tão rica para disputarmos os andares superiores. Estar ali, já significava muita coisa para o mercado. Infelizmente, os andares mais altos foram atingidos pelas aeronaves, impedindo assim, a sobrevida de quem estava por lá. Havia pessoas pulando pelas janelas e isso nos chocou a ponto de não conseguirmos mais olhar para a tela da TV. Saí dali. Queria chegar até lá. Precisava saber notícias de Susan e a distância me deixava irascível. Corri para a rua em direção à esquina, assim seria mais fácil conseguir um taxi. Para uma terça-feira, Nova Iorque estava irreconhecível. No intervalo de uma hora, do momento em que saí de casa, cheguei na Editora e ligamos a TV, parecia que a cidade havia recebido um sonífero. Havia um silêncio incômodo, como que nos retirando o direito de fala. O primeiro taxi que parou, negou-se a me levar até lá. Foi quando Ellis me alcançou dizendo que me faria companhia. Conseguimos um segundo motorista do yellow cab, relutando tanto quanto o anterior, só me levou às proximidades das torres porque lhe disse que minha filha estava lá. O homem era um indiano que, de súbito, deitou seus olhos escuros e expressivos sobre mim. Ele já tinha ouvido no rádio que os bombeiros e engenheiros da prefeitura, temiam pela queda dos edifícios. Creio que isso tenha ocorrido por volta das 9:40. O trânsito estava praticamente parado. A polícia e órgãos de trânsito, ainda sob o efeito do choque, fecharam as principais vias, inclusive as que beiravam o Rio Hudson, a Brooklin Bridge, os metrôs. Estava cada vez mais claro para nós que o país fora alvejado por terroristas e houve quem se preocupasse com os parques, como Disneyland e Disney World. Aeroportos fecharam suas portas e suspenderam imediatamente todos os voos. Imaginem o desespero de quem estava prestes a embarcar, assistindo pelas enormes telas das áreas restritas aquelas imagens surreais.

Ellis segurava minha mão, que suava como uma bica. Ela também estava aflita, pensava o mesmo que eu, embora não tivéssemos reunido coragem para verbalizar, nossos medos eram palpáveis e, o que é pior, matematicamente prováveis.

Com um sotaque típico dos indianos, pronunciando demoradamente o r, o taxista me disse em tom de pesar: "Senhora, não posso avançar para além deste ponto. Está vendo aquela viatura, ela não vai me deixar passar".

Agradeci. Corri na direção dos complexos, ao longe, todos nós podíamos ver as chamas volumosas e negras, partindo das torres para ganhar, de forma nefasta, aquela bela manhã de setembro. Muitas pessoas corriam em nossa direção, desesperadas, gritando, chorando. Uma moça jovem estava tão cheia de fuligem negra em seu rosto, e tossia compulsivamente que nós paramos para ajudá-la. Havia desespero e choro, ela não conseguia dizer nada. Seus olhos sibilavam entre o agradecimento e a vontade de correr sabe-se lá para onde. Nós a acalmamos e depois ela sumiu agradecendo-nos. Era impossível individualizar os sons, porque isso é uma característica comum na guerra. Todos os ruídos fundidos no ruído maior da destruição.

Olhei mais uma vez para a tela de meu aparelho celular. Nada, Susan não havia feito contato naquelas duas horas. Comecei a pensar em toda a sua família; os pais já haviam morrido, mas havia seu filho, Noah, estudando no Canadá há 3 anos, além da irmã, o cunhado e os sobrinhos que a amavam. Pensei nos amigos e nos amores que ela colecionou ao longo da vida. A hipótese de perdê-la, e da forma que se afigurava a nós, abriu mais um vácuo bem no meio de meu peito. Achei que não conseguiria dar mais um passo, quando de repente Ellis gritou:

— Meu Deus! Está caindo, está caindo....

Ellis teve a presença de espírito que poucos possuem nessas horas. Tirou seus sapatos e os meus e me puxou com tanta força que não tive como não correr em seu ritmo. Sabe-se lá como, corri com aquela mocinha na casa dos vinte e poucos anos. Atrás de nós a Torre Sul, a segunda a ser atingida pelas aeronaves, e justamente onde Susan provavelmente estava, veio abaixo. Corremos sem olhar para trás. Tínhamos inteligência suficiente para saber o que a poeira daquelas toneladas poderia nos causar. Ferro, vidros, cimentos, madeira e corpos de seres humanos... Escombros de um ícone arquitetônico, ruindo atrás de nós.

Quanta tristeza! Aquela sensação jamais sairá de nossas lembranças. O inacreditável se perpetua na memória eterna.

Só paramos na Chambers Street, praticamente na fronteira com Tribeca. Eu precisava respirar.

Pouco tempo depois, foi a vez da Torre Norte ruir... O World Trade Center estava morto.

Horas antes

Naquela manhã Susan havia acordado atrasada. Isso nunca acontecia, mas por conta de um vernissage no salão do MET, na noite anterior, expondo quadros de um artista judeu em ascensão, tomou muitas taças de Bourbon e acordou com uma enxaqueca típica de quem se empolga além da conta. Notou, já as 8:30 que o celular, não havia carregado durante a noite. Tomou uma ducha correndo e lembrou-se que havia combinado entre 8:30 e 9:00 horas com Margot e que, por sorte, ela já devia estar no escritório novo conversando com os arquitetos. Foi capaz de se arrumar em 15 minutos e tomou um generoso copo d'água para engolir uma aspirina, enquanto fechava a porta de casa. Por morar em um charmoso loft no bairro de Tribeca, decidiu que não iria de carro para a Torre Sul do imponente World Trade Center. Em condições normais ela caminharia até lá, munida de um charmoso tênis da Adidas, uma calça de moletom e um blazer da mesma linha. Hoje teria de pegar um taxi e neste interim, passaria uma base na pele e um pouco de blush. Óculos escuros Donna Karan, e voilá! Estava montada a editora nova-iorquina.

Susan estava pegando a carteira para pagar a corrida de taxi quando ouviu um estrondo que fez a calçada tremer. Olhou para o alto e não pôde acreditar no que via. O motorista do taxi olhou pelo vidro frontal a fim de capturar a origem do som. Não acreditou no que viu e saiu do veículo. Todos os carros, que atravessavam a Canal Street pararam para ver aquilo. Os Estados Unidos e o mundo também. Perto deles cafeterias e lojas de diferentes artigos esvaziaram devido a curiosidade de todos. Naquele momento, havia quem pensasse que uma terrível explosão ocorrera na Torre Norte, mas logo outras pessoas comentavam que tinha sido o colapso de uma aeronave. Um ciclista contou que viu o avião voando baixo, enquanto vinha da Houston Street. A princípio o que se pensou era que se tratava de um erro de cálculo, um terrível erro de cálculo. Susan tirou os óculos escuros. Não podia acreditar no que via. Ela e o taxista ficaram lado a lado, como os outros motoristas, no meio do asfalto. Ninguém julgou prudente se mover até que a imagem tomasse corpo, tivesse lógica, pudesse ser assimilada. A morte de dezenas de pessoas nos andares superiores, era certa. Imediatamente as sirenes de ambulâncias e carros de bombeiros foram ouvidas, viaturas de todos os tamanhos passavam a 100 km por hora, e foi ainda sobre o efeito desses sons que os cidadãos de Nova Iorque viram após dezessete minutos, a segunda torre ser atingida, a torre sul.

— Margot! – gritou Susan pondo a mão sobre a boca. – Margot!

Começou a gritar para o taxista, ela precisava se aproximar dali. O homem a desencorajou, disse, imediatamente que era um ataque terrorista. Por que os homens raciocinam melhor nessas horas? O fato de ele ter traços árabes talvez tenha ajudado na conclusão.

Susan, de personalidade intensa, quase sempre obedecida do que obediente, não reagiu. O homem estava certo. O que mais seria implodido naquele dia? Se ao menos tivesse carregado seu maldito celular. Sabia o número de Margot de cabeça, um dos poucos, mas não tinha como ligar dali. Viu o aparelho do taxista. Ofereceu uma nota de 10 dólares por uma ligação, mas o rapaz, assim como ela, estava sem carga na bateria. Olhou ao redor, as pessoas que trabalhavam nas cafeterias estavam, assim como os clientes, nas calçadas. Porém, foi possível encontrar alguém no caixa de uma tabacaria.

— Senhor, por favor, preciso usar o telefone. – disse, com a voz trêmula. Em geral era controlada, apesar de vigorosa. Mas naquele dia, quem de nós tinha a natureza sob controle?

O homem disse que sim, e perguntou se era para celular. Naquela época isso fazia muita diferença. Ela pôs a nota de dez dólares em sua mão e começou a digitar. O aparelho não emitiu nenhum sinal. Estava mudo. Tentou novamente e nada. Perguntou ao homem se a linha estava com problema, ao que ele negou com um aceno. A indulgência do homem, contando o dinheiro do caixa enquanto pessoas morriam há poucos metros dali, a indignou. Saiu da tabacaria. Seu taxista permanecia no mesmo lugar. Não sabia o que fazer. Como saber se Margot estava no novo escritório junto de Liam e Andrea, o casal de jovens arquitetos, e a equipe da reforma? Estes últimos, coitados, eram os primeiros a chegar. Teriam tido tempo de esvaziar o local? O décimo primeiro andar era muito abaixo dos andares atingidos na torre sul, isso ela soube calcular. No início do projeto, reclamou com Margot por não desfrutarem da vista dos andares mais altos do edifício, o que tornava de fato aquele endereço um dos mais disputados metros quadrados do mundo. A Torre Sul fora atingida entre os andares 77 a 85. Tanto quanto na torre irmã, quem ali estava não teve chances de sobreviver.

Já eram quase 9:30 da manhã, os minutos corriam como segundos, e Susan tomou uma decisão. Iria caminhando até o local. Não conseguiria ficar ali, olhando tudo aquilo sem notícias de sobreviventes, sem obter alguma resposta. E afinal, se algo mais acontecesse diante dos olhos incrédulos dos americanos, só poderia ser uma bomba atômica. Da Cannal Street até a Chambers, via pessoas horrorizadas falando ao telefone, chorando de alegria ou tristeza ao ouvir o que temiam, abraçando umas as outras. Ela também queria abraçá-las, compartilhar daquela alegria, quem sabe, subtrair um pouco disso e liberar para o cosmo o desejo de saber que as pessoas de seu escritório estavam bem, que Margot Snyder, a mulher que havia lhe ensinado quase tudo, estava viva. As ruas começavam a ser bloqueadas por viaturas e fachas de isolamento. Susan se desesperou. Queria passar. Queria se aproximar. Pessoas queridas, rostos e nomes conhecidos estavam trabalhando lá, naquele lugar que ardia em chamas, liberando uma negra fumaça com óleo de avião, destroços e corpos humanos. Meu Deus! O que afinal estava acontecendo. A terceira guerra mundial? E por que ela começaria no coração de NY? Lembrou-se da voz de sua arquiteta na tarde anterior:

— Susan, o projeto está todo finalizado. Tudo como vocês nos pediram! – era uma moça pequena e de estrutura delicada, cabelos ruivos e pesados. Estava esperando seu primeiro bebê, de Liam, seu marido e parceiro.

Susan sentiu uma dor do ventre, lembrou-se de sua gravidez. Em 1981 ela e seu pai não passavam por um bom momento na relação. Ele, o rabino Staremberg, um dos mais respeitados da comunidade judaica, ela; a filha solteirona grávida de um não judeu. Estava com quase 40 anos e queria ser mãe, não importando os moldes do relacionamento que lhe daria este presente. A única exigência de Susan; conhecer o caráter do genitor e é claro, sentir-se atraída por ele. Isso aconteceu com seu professor de Ioga, um homem oito anos mais novo, imigrante indiano, sem muitas posses, mas, segundo ela, grande conhecedor da anatomia humana. Susan era sua amiga até hoje, e Noah, seu filho, sempre conviveu com o pai em harmonia. Ali, na calçada larga da Chambers ela pensou nisto tudo, em frações de segundos enquanto o rosto de sua arquiteta vinha ao seu encontro. Foi quando tudo ficou ainda pior: A Torre Sul veio abaixo.

Uma multidão apavorada corria na direção de Susan. Gritavam olhando para trás com medo de que a nuvem de poeira e destroços as alcançasse. E como em um sonho de quimera, uma quimera nascida do horror, dois rostos queridos vinham em sua direção: Margot e Ellis; estavam tão assustadas que não a viram e também não escutavam enquanto Susan gritava seus nomes. Ela estava feliz, e ria disso como se fosse possível rir naquele momento, mas a verdade é que nenhum de nós sabe como reagirá em circunstâncias como essas. Nosso sistema nervoso é zombeteiro. Finalmente Susan as alcançou pelo braço. As três correram um pouco mais, longe do perigo e começaram a chorar e se abraçar, sabedoras de que a História da América estaria marcada de sangue inegavelmente.

Não me lembro a que horas fui dormir naquela noite. Susan me fez companhia, em cinquenta anos de amizade, nunca havíamos feito companhia para a outra em nossas próprias casas. Era um dia atípico, cruel e surreal. Suas consequências não fugiriam a regra. Conseguimos notícias de nossa equipe de reforma, por obra dos anjos estavam todos à salvo. A notícia ruim, e que por força do destino acabou salvando duas vidas, é que Andrea e Liam, os jovens arquitetos não tinham ido ao encontro na Torre Sul, por conta de uma hemorragia que submeteu Andrea a uma curetagem.

— Fomos salvos do 11 de setembro, por causa do 11º andar. – disse-me Susan, enquanto baforava o décimo cigarro da noite.

— É verdade... – conclui procurando os sinais daquele evento.

— Pensando em dados práticos; perdemos muito dinheiro nisto tudo...

Fiquei uns minutos olhando para Susan enquanto a TV da sala reprisava os pronunciamentos de George W. Bush, as cenas das torres em chamas, o Pentágono e os esforços das autoridades em isolar a Casa Branca ao longo daquele dia. A ameaça terrorista tinha sido plantada em nosso cotidiano e por conta daquelas catástrofes, as filas de aeroportos nunca mais seriam as mesmas.

Naquele momento de terror, não atinei para o sonho de um mês antes, quando a sra. Mendonza me dizia para pensar nos seguros. Até do outro lado do mundo ela cuidou das coisas para mim. Como sempre fui mística, levei ao cabo sua sugestão e na manhã seguinte pedi para olhar os seguros de todos os imóveis da Editora. Contratei um seguro para as nossas duas salas novas no dia 6 de setembro, uma semana antes daquela tragédia.

— Não perdemos não... Nem vidas, nem dinheiro.

— Como assim?

— Contratei nosso seguro há uma semana, Susan.

— Shalom! — ela disse levando as mãos aos céus.

Nos Estados Unidos, a palavra Seguro vem antes de um bom-dia.

CAPÍTULO 59

Tive uma fase velhinha punk

Você pode não acreditar, mas de dez em dez anos nós seres humanos somos ... Como posso dizer na linguagem atual? Restartados. É como se um chip novo e cheio de novas possibilidades nos obrigasse a reaprender como nos comportar, como amar, como odiar. Não gosto desta última palavra. Com anos de terapia e orações, aprendi que o ódio chega a ser coisa de gente burra. E isso, definitivamente eu não sou. O ódio provém da revolta e de nossa falta de habilidade para mudar determinada situação. Ainda que isto necessite apenas de afastamento da coisa ou do alguém que nos faz odiá-lo, nem sempre conseguimos notar que o afastamento é a única solução. Levei alguns anos para notar que precisava me afastar de NY, na verdade dos EUA. As coisas estavam ficando estranhas por lá, no meu modo de ver. E não foi uma nem duas coisas que me fizeram partir, mas o conjunto de fatores capazes de retirar, diariamente dos meus olhos, um pouco dos EUA que eu amava. O país que me reconstruiu como ser humano. Isso ocorreu dos meus sessenta aos setenta anos, culminando em minha partida definitiva para a Inglaterra. Mas o marco final se deu no interior da Strand Bookstore, na esquina da 12th Street com a Broadway.

Eu adorava aquele lugar, principalmente porque havia sido inaugurado em 1927 e mantinha o cheirinho das coisas de antigamente. Era o remédio que eu precisava nos dias frios e solitários, quando nenhum amigo estava por perto. Havia uma torta de maçã, canela e pecã caramelizada, que não me deixava em paz enquanto eu estivesse sozinha com os meus pensamentos, deitada em minha confortável cama. Por isso, vesti o sobretudo por cima de um moletom flanelado (não disse que eu estava punk?), um gorro de lã ucraniana e parti para o meu oásis. A outra coisa maravilhosa desta livraria era que a lanchonete ficava no subsolo, o que me parecia uma espécie de refúgio para os adultos. Bem longe da sessão de livros infantis, localizada estrategicamente no segundo andar. Além disso, o cardápio não era... como dizer...Convidativo para os pequenos. Por isso uma moça jovem e inteligente, abriu, a poucos passos da livraria uma versão moderna da Candy and Juice, para onde as crianças partiam com seus livros recém— adquiridos.

Antes de descer para encontrar meu objeto de desejo no subsolo, passei pelas gôndolas centrais do andar térreo. É lá que sempre se mostram para nós os livros mais vendidos – os famosos best-sellers. Dei uma olhada na pilha do The Horse Whisperer, a aposta da minha editora naquele ano foi o romance de estreia de Nicholas Evans, um britânico muito talentoso. Fiquei feliz, a pilha estava sendo reposta naquele instante. Se não me engano aquele dia era um sábado chuvoso, quase no fim da tarde. Havia um movimento na livraria de pessoas que, provavelmente como eu, não puderam lidar com a solidão de seus apartamentos. Abordei um jovem simpático cujo rosto me lembrava algum cientista desses que nos fornecem informações parciais de suas descobertas; magro, alto, cabelos castanhos e encaracolados. Seus óculos se pareciam com os meus; de armação quadrada e preta. Assim como a maioria dos cientistas, possuía uma pele quase transparente causada pela falta de sol.

— Por favor .... – fixei os olhos em sua plaquinha de identificação – Harold, sabe me dizer se Nancy trabalha hoje? – Nancy era a neta do sr. Ben Bass, fundador da Strand e filha de Fred, com quem eu possuía uma velha amizade, dos tempos da Simon &Schuster. Agora Fred já era um senhorzinho careca e delegava a maior parte dessas tratativas à Nancy, que me poria a par de quantos exemplares eles haviam vendido desde a tarde de autógrafos, duas semanas antes. A verdade é que as livrarias não costumam dar este tipo de informações antecipadamente para as editoras, mas como eu disse, nossa relação era antiga.

— Ela acabou de sair. Seu turno se encerra às cinco. – respondeu ele solícito.

— Que pena...

— Gostaria de falar com mais alguém?

— Não, querido, isso pode ficar para outra hora. Obrigada.

Deixei o rapaz terminar seu trabalho com a linda pilha de nosso The Horse Whisperer, e dirigi-me para passar os olhos em outras coisas. Naquele momento não imaginava que fossemos vender mais de 15 milhões de cópias, muito menos que Robert Redford dirigiria um filme baseado na história! Também não imaginava que, ao rodar a segunda edição, poríamos o selo de best-seller do The New York Times na capa.

Dirigi-me, então, para o fundo da loja onde costumam ficar os livros menos vendidos, ou esquecidos pelo grande público. Eu estava em busca de algo novo afinal, continuava sendo uma caça talentos. É lá também que as sessões mais se misturam, porque os clientes abandonam em qualquer prateleira, o que desistem de levar para casa. Por isso, muitas vezes os livreiros veem o livro na lista do estoque, mas não o encontram onde deveriam estar. Havia um homem jovem, de uns quase quarenta anos, com uma criança. Eram um pai e filha, certamente, porque tinham uma beleza similar. Como só havíamos nós naquela parte da livraria, eu não poderia deixar de ouvir o que falavam.

— Papai, que desenho é este? – perguntou a menina passando as mãos sobre a capa do livro The Rise and Fall of the third Reich (O auge e a queda do Terceiro Reich), de William L. Shirer.

O autor era um sério correspondente de guerra e o livro fora publicado inicialmente em 1960. Foi um tipo de livro utilizado nas escolas americanas.

— É uma suástica, querida. – respondeu ele enquanto procurava por algo nas prateleiras de cima.

Eu não sabia se a criança havia pegado um livro aleatoriamente e isso despertara sua curiosidade, ou se fora uma escolha de seu pai.

— Suástica? – a menina continuava confusa porque apenas um nome não explicava nada.

Naquele momento eu estava em um estado de angústia. Mas precisava me controlar. Queria me agachar e explicar, dentro de um contexto condizente para aquela criança, o que aquilo significou para milhares de pessoas e para um povo em especial: os judeus. Mas seu pai, não dava muita importância para o cenho franzido da menina. Por outro lado, o que eu tinha a ver com aquilo? Era uma mulher madura, uma senhora de 66 anos. Tinha que me manter fora daquela relação na qual não tinha o menor direito de intervir. No entanto, as crianças possuem uma sensibilidade proveniente de outras galáxias, como todos nós já possuímos um dia, e isso fez com que ela continuasse a investigar.

— Este desenho é bom, ou mal, papai?

Foi então que eu quase desmaiei com a resposta do pai.

— É bom, filhinha. – e nesta hora ele se deteve a ela, de posse de outro livro.

Então ele começou a falar em homens corajosos que queriam mudar o mundo e tirar seres sujos da Terra, e que eram homens com desejo de tornar sua terra natal – a Alemanha — limpa e próspera pois, haviam perdido a sua liberdade. Eles quase conseguiram fazer isso, disse ele, mas algumas pessoas malucas não entenderam e começaram a destruir os seus planos.

Comecei a ver tudo rodar, fiquei apavorada com o semblante da criança que aos poucos ia se compadecendo daqueles tais homens virtuosos, os nazistas. Minhas pernas ficaram bambas e os pensamentos corriam rápido: "controle-se Margot, você não tem direito de interferir", "Vá embora, desça para comer a sua torta".

Para o meu horror ele não parou:

— Você se lembra do vovô, Heinz?

— Sim... – respondeu a menina com um amoroso sorriso.

— Pois então... Ele foi um desses heróis, que ajudaram a salvar a Alemanha.

Neste ponto ele pegou a menina pela mão e seguiu falando para ela sobre mentiras que contavam sobre os nazistas, falava baixo. Sabia o que os americanos, em sua maioria, pensavam dos nazistas. Havia movimentos gigantescos de conscientização sobre os horrores da Segunda Guerra, nas escolas, clubes e confraternizações. Nesta época, inclusive, o meu museu já tinha sido inaugurado em Buenos Aires. Mesmo assim, ainda existiam pessoas como aquele jovem pai, contaminados talvez por gerações anteriores, defendendo o ponto de vista dos nazistas; e o que é pior; os ovacionando.

E agora é que vem a parte de que hoje me envergonho, mas compreendo perfeitamente aquela Margot de sessenta e poucos anos. É uma fase em que as mulheres se confrontam com um instinto camicase; implodem as coisas que tentaram mudar e não conseguiram. Ao menos comigo foi assim. Por isso, dirigi-me logo atrás do homem e da menina, na fila. Ainda inflamada pelas coisas que ele a contava. Infelizmente só havíamos nós na fila e uma pessoa sendo atendida pelo caixa. Ele seria o próximo e eu não podia deixá-lo plantar aquelas mentiras na mente inocente daquela criança, seu semblante me lembrava tantas crianças de Belsen. Peguei um livro grosso de capa dura, na gôndola ao meu lado, e bati com força na cabeça do homem. É claro que, apesar do susto, ele nada sofreu... Quem sabe uma merecida dor de cabeça. Mas foi o suficiente para a criança dar um passo para trás e se assustar e, também para verter a atenção de todos na livraria, diretamente para mim.

— Pare de dizer essas mentiras para a sua filha, seu covarde!

— O quê... Quem é você? Está me confundindo.... – Ele era um homem alto e bonito, de pele branca e olhos claros, cabelos loiros. Mas tinha cara de intelectual – o que me feria ainda mais. A menina começou a chorar, acho que por causa do susto.

— Não tenha medo de mim querida... Você sabe isso que fiz com o seu pai? Os nazistas fizeram muito pior com a minha família, eles mataram minha mãe e minha irmã, mataram bebês, roubaram o que era nosso, batiam forte em nós no meio da rua, mais forte do que eu bati com este livro no seu pai... Eles mataram meus professores, meus colegas de escola e milhares e milhares de pessoas. Conte a verdade para ela! — eu gritei.

A livraria toda agora nos olhava, assustada. Harold, o atendente com quem eu havia falado, estava com a boca aberta e caída enquanto segurava alguns livros nos braços. E eu não falava, gritava. Já tinha cabelos brancos naquela época, e uma voz de pessoa madura. Mas ainda era uma mulher de estrutura pequena e magra. Se aquele homem quisesse, poderia me dar uma surra. No entanto, tanto eu como ele, sabíamos o que isso significava nos EUA. Cadeia na certa. Ele mesmo poderia ter chamado a polícia mediante a minha agressão, porém, certamente por vergonha e susto, não o fez.

— Você quer saber o que é uma suástica, meu amor? – eu disse me dirigindo à menina – É o símbolo do mal, de pessoas perversas, o símbolo da morte e da intolerância. Nunca, nunca pense que isto é bom e belo. Isso é muito feio. – disse apontando para o livro que estava em sua mão.

Depois me dirigi a ele com o dedo em riste, e vociferei:

— Não contamine a sua filha, que é uma criança, com o ódio de seus antepassados.

O homem estava com muita vergonha. Certamente atordoado pelo que o fiz passar e por isso, totalmente sem reflexo. Ele não era um nazista de raiz, do contrário teria me revidado a livrada, não importando minha idade. Era apenas alguém, que como a filha, tinha sido contaminado por imigrantes criminosos que se infiltraram na América do Norte, e eu não teria como deixar aquilo passar embaixo de meu nariz. É claro que hoje em dia eu não faria nada disso, embora igualmente como há vinte e tantos anos, sentir-me-ia imensamente devastada. Hoje, apenas me afastaria.

— Fique calma, Claire – disse ele para a filha, mantendo-a longe de mim.

— Claire – eu falei para ela — me desculpe pelo que a fiz passar, mas eu não posso permitir que uma criança como você vá embora pensando que este é um símbolo bonito. – apontei para a suástica . – Não é sabe... Não é....

Saí da livraria chorando até o meu apartamento.

Decidida a partir, despedi-me de Nova Iorque com a última contribuição para a coluna: Arte e Literatura, do The New York Times. A crítica versou sobre a obra de Margaret George, Cleópatra.

"Não podemos incorrer no erro da pressa, como bem nos mostra Margaret George em sua fabulosa Cleópatra. Escrever é o mesmo que esculpir enredos, as palavras são o nosso cinzel, qualquer emprego mal calculado de pura insolência verbal pode extrair nossas mais profundas intenções. Se a época requer apenas volume e não qualidade ou substância, isso não significa que os escultores devam submeter-se constantemente às competições de mercado. O tempo da arte é constante, por vezes volátil, mas não vulgar... Selvagem, inadmite rédeas em favor da quantidade. Entender esta lei universal, aprovada na assembleia dos deuses da arte, pode demandar tempo. No entanto, no instante em que os reveses da profissão deixam claro para o escritor que é no substrato da alma que se revela a excelência, tudo flui como uma orquestra bem ensaiada: as circunstâncias do sucesso apresentam-se aqui e ali, até que de uma mirada desnudam-se pela proximidade. Pronto. Está aí a colheita do empenho e do respeito ao tempo da arte. Margaret, nos prova através de sua extensa e criteriosa pesquisa, que a escrita não pode, nem deve submeter-se a velocidade fabril. Este, que é um dos nossos mais antigos meios de comunicação, requer o cuidado dos antigos artífices, bem como esta brilhante escritora o fez, como faziam os escribas do último faraó do Egito."

Trecho da crítica de Margot Snyder, para o The New York Times em análise da trilogia: Cleópatra, de Margaret George.
29 de agosto de 2002.

Eu estava partindo de NY e, mesmo que pudesse manter a coluna através de e-mails, senti que por um período não me deteria a isto. Minha nova vida demandaria urgências práticas e, por conta delas, eu não me sentia à vontade para manter certos compromissos. Afinal, eu não era mais uma jovem mulher. Á beira dos setenta, a gente precisa reconhecer um novo ritmo imposto por desgastes do corpo, nem sempre só dele, há os desgastes da alma. O último volume de Cleópatra estava sobre a mesa de minha espaçosa sala. Todo rabiscado em trechos que considerei extraordinários. Apesar de ter sido "obrigada" a ler best-sellers mais badalados para a coluna do jornal, já nos últimos anos comecei a impor meu gosto pessoal e não mercadológico. Aquela última crítica tinha outros alvos, além dos leitores do jornal, mirei nos novos editores.

Deixar apenas uma trajetória de sucesso a ser imitada por eles, não bastava para mim. Eu queria despertá-los para a palavra Tempo. Se estávamos todos escravos de um "tempo" em que nossas vidas mais pareciam produtos com códigos de barras e prazo definidos de validade, a mim sobrava a missão de lembrar que esse tempo havia sido criado por nós mesmos, a raça humana. Podendo, então, ser reiniciado de acordo com a nossa percepção da vida. Naquele momento, eu estava predestinada a falar sobre o tempo da arte, da produção inspirada, o tempo de maturar as ideias, sem, contudo, deixá-las sentadas ao lado da janela. Não falo de abafar ou postergar criações, isso é preguiça e não maturação. Falo de produzir coisas duráveis, bens duráveis. E creiam, a arte é um dos bens mais duráveis com o qual a humanidade pode contar. A literatura não foge à regra. Conte, nos dedos, os séculos desde o momento em que a Ilíada foi trazida ao público. Da Grécia para cá a única coisa a qual não resistimos foi a robotização. Máquinas produzem peças, líquidos, produtos em massa. Mas nós não somos máquinas e o que fazemos, como escritores, tem espírito, logo, inalcançável para as máquinas.

Aquele meu artigo elogioso para Margart George e sua majestosa Cleópatra, produto de muita pesquisa, tornou-se um manifesto em favor de todos os escritores que se prestam a criar algo belo e profundo, ainda que não compatível com os prazos que um público mimado lhes exige.

Não foi fácil para mim deixar Nova Iorque. Ela representou a edificação de uma vida de sucesso, para além de Anne Frank. Meus amigos de uma vida tinham sido feitos ali. Meu grande amor, minha carreira. Mas o episódio na livraria, culminando com a livrada, perseguia-me. Será que eu estava me tornando uma intolerante? Ou simplesmente notara que meu acervo de gentilezas e tecnicismo para atacar o Holocausto, havia se exaurido? Teria isso sido um sinal de como os EUA se tornariam? Não podia acreditar que a terra dos sonhos se vestiria com a indumentária da intolerância, pois se assim o fosse, eu não teria forças para lidar com isso. Embora naquela época não soubesse definir o porquê de escolher Londres para ser a velha Anne Frank, sentia-me indesejavelmente imprópria para NY. Acredito que parte disso se deu pela repetição, era entediante fazer sempre as mesmas coisas, comer nos mesmos lugares, visitar os mesmos museus. Exposições no MOMA e MET, supriam, temporariamente este ritmo de meu cotidiano. Mas logo o espiral repetitivo voltava a me incomodar. Uma sessão de autógrafos aqui, um coquetel ali, e as noites vazias do meu apartamento questionavam para aquela mulher se aquele cenário era tudo para ela. Morrer em NY? Não. Eu queria guardar aquela grande maçã no Éden dos meus anos dourados. Estava na hora de virar a página.

CAPÍTULO 60

Praça Merwedeplein, Amsterdã
12 de janeiro de 2010

Estou sentada em um dos bancos da Praça Merwedeplein. É inverno em Amsterdã, embora em meu peito faça um calor semelhante ao de uma volumosa fogueira. Por cima da copa de uma árvore, vejo a janela da nossa sala de estar do apartamento 31-2. O motivo que me levou à Holanda foi a partida de nossa amada Miep, no dia anterior. Imaginei que naquele momento ela devia estar olhando por nós, ao lado de seu amado Jean, que havia partido anos antes dela. Miep Gies estava na companhia dos que amava, prestes a completar cento e um anos quando fechou seus olhos para sempre. Dois dias antes eu estava em minha casa, no bairro de Nothing Hill, fazendo uma lista para minha enfermeira-acompanhante levar até o mercado, quando o telefone tocou me dando a triste notícia. Liguei para Malik e o comuniquei de que teria de ir a Amsterdã.

— Amsterdã, neste frio?

— E o que tem o frio, você nem parece um britânico? – retruquei.

— Talvez eu não seja. – respondeu ele em tom malcriado.

Eu tinha sofrido um AVC há alguns anos, mas, apesar de tudo estava ótima. A não ser por uma sequela na perna direita que exigiu anos de fisioterapia, obrigando-me a usar uma bengala. Meu raciocínio, graças a Deus, estava preservado. Ainda assim, aproveitei a deixa e passei a Amstel Booksellers para o nome de Malik, pondo uma cláusula obrigando-o a deixar Susan Staremberg como nossa CEO, em Nova Iorque.

— Partirei amanhã, sem falta.

— Com quem?

— Annie está vendo se pode me acompanhar. – Annie era a minha acompanhante.

— E se ela não puder?

— Irei sozinha.

— De jeito nenhum. Eu vou com você.

Malik era o diretor da Amstel em Londres, meu filho e afilhado (dependendo de com quem estivéssemos conversando) e alguém que fazia de tudo para decidir os detalhes de minha vida, após aquele maldito AVC. Estava com 44 anos, tinha se divorciado há dois anos e agora namorava uma médica ortopedista de origem paquistanesa. Ela era uma gracinha de pessoa e uma vez fizera questão de me convidar para um jantar com seus pais. A comida estava ótima, mas meu intestino de oitenta anos, recusou-se a digerir o frango com curry. Resultado: dois dias de desarranjo.

— Não estou gagá, Malik. Posso pedir auxílio nos aeroportos, as comissárias são sempre gentis.

— Sei que não está gagá. Sou eu que não consigo ficar em paz.

Agora, dois dias depois, ele estava segurando a minha mão, sentado ao meu lado naquele banco de praça. Por sorte não nevava em Amsterdã, mas o frio era o mesmo; trazido pelo vento dos Países Baixos. Decidimos caminhar pelo bairro, pois eu dissera que tinha vivido ali na infância. Insisti que gostaria de fazer aquele passeio, mesmo com relutância de sua parte.

— Mas e se você levar outro tombo?

— Parece até que você tem a minha idade... Quanto medo! Eu estou bem.

— Está com as suas botas ortopédicas?

— Essa coisa feia... – reclamei em um muxoxo.

— É feia, mas tem solado antiderrapante.

— Eu sei.

Devidamente agasalhados, saímos do hotel em direção à Praça. Fiquei feliz por tê-la toda para mim, já que as crianças e idosos preferiam vê-la por dentro de seus apartamentos. A grama estava úmida pela ação das baixas temperaturas, assim como os bancos. As árvores nuas com seus bracinhos finos estirados para o alto, pareciam pedir que Deus as agasalhasse. Fechei os olhos. Os sons de risos e piadinhas das minhas amigas, vieram até mim. De frente para a nossa janela, vislumbrei mamãe e Margot. E da esquina eu via a silhueta longilínea de meu pai, com sua maleta de trabalho e seu chapéu de feltro. Atrás de nosso banco, ficava a casa de Eva Schloss, no conjunto de apartamentos bem em frente ao nosso. Imediatamente pensei nas viradas do destino quando brincávamos juntas e eu sequer imaginaria a dança que ele imporia àqueles casais: minha mãe e o pai de Eva mortos no holocausto, enquanto meu pai e sua mãe anos depois de sobreviverem, se encontrariam e uniriam suas dores e escovas de dentes. Meu corpo se moveu sobre uma nuvem de lembranças e entrou como um espectro no apartamento onde fomos felizes. Subiu os lances de escadas, abriu a porta e se deparou com a mobília da sala. De lá, meu espectro olhava para fora da janela onde via uma senhora de oitenta anos, de mãos dadas com um homem negro de quarenta e quatro anos. Quem eles seriam, perguntava-se agora Anne Frank de sua janela. E uma voz do futuro diria para ela; são você e o seu filho. Com uma expressão curiosa e intrigada, a Anne Frank da Praça Merry tentava imaginar os caminhos que levaram aquelas pessoas até lá. E a voz do futuro responderia: Você não vai acreditar!

Com os olhos fechados eu sentia o vento frio. Sorvia o passado pela janela do espaço-tempo e via Margot chegando toda agasalhada, aninhada aos seus livros da maneira que gostava de carregá-los. Pela fenda do espaço, Margot, da calçada, também observa a senhora de cabelos brancos e gorro moderno. Mas logo ela se vira e entra em casa, ávida em contar alguma coisa para mamãe. Se a porta do espaço-tempo tivesse sido aberta em uma sexta-feira, Margot e mamãe estariam se preparando para o Shabbat, iriam de braços dados até a sinagoga enquanto eu e Pim ficaríamos em casa preparando algo gostoso para elas. Eu e ele nunca fomos tão religiosos como elas. A Anne Frank da janela, já desinteressada de sua própria velhice, despertaria da "viagem" e correria para o telefone perguntando a Hanneli se podia dormir em sua casa, se sim, elas ficariam até tarde conversando sobre todo o tipo de assunto.

— Por que você quis vir aqui? – perguntou Malik.

— Para matar saudades.

— Quer dizer que você morou no mesmo bairro que Anne Frank?

— Sim.

Malik fez uma pausa. Embora ao longo de sua vida eu tenha sido uma Madre-Madrinha, como ele gostava de me chamar, agindo como sua protetora e confidente, ele nunca teve coragem de me fazer perguntas mais profundas sobre meu passado como imigrante e sobrevivente do holocausto. Naquele momento eu sentia que as perguntas emergiriam. Ele estava tão bonito, um homem maduro, de pele negra e olhos em tom de caramelo. Era forte, mas não acima do peso. Não gostava de exercícios físicos, como eu, seguiu o caminho das letras o que deixou George e Lewis contrariados quando, na época de ingressar na universidade, ouviram dele:

— Vou seguir a carreira de Tia Margot, serei editor de livros.

E assim ele fez, sempre decidido e senhor de si. Sua personalidade era dócil e poucas vezes vi erupções de raiva, embora como todos os adolescentes tenha nos dado uma dose de dor de cabeça.

— Você nunca me contou os detalhes desta época...

— Você nunca perguntou.

— Posso fazer isso agora?

— Já está fazendo... – respondi sorrindo.

— Com quem você morava aqui?

— Com meu pai, minha mãe e irmã.

— Os nazistas arrancaram vocês de casa?

— Não. Eles nos descobriram em nosso esconderijo. Nós abandonamos nossas coisas e fomos com poucos pertences para um lugar seguro.

— Não posso imaginar o que é ter de abandonar nossa casa para fugir da morte.

Olhei para baixo e raspei a sola da bota antiderrapante no chão de cascalhos. Malik teve de fazer isso com sua mãe, na Etiópia, quarenta anos antes. Mas era muito pequeno para se lembrar.

— Se você quiser, podemos mudar de assunto.

— Não... Eu quero mesmo lhe contar sobre isso.

— Está bem. – falou ele enquanto se aninhava a mim.

— Sabe Malik, Deus me deu uma segunda chance, mas passei o resto da vida perguntando por que ele não tinha feito isso a minha mãe e minha irmã.

— E o seu pai?

— Ele sobreviveu, mas eu só descobri isso cinco anos após a Libertação.

— Por causa da amnésia?

— É... por isso.

Pouco tempo antes de morrer, Lewis contou a Malik sobre os detalhes de como nos conhecemos. Acredito que tenha feito isso para que nosso filho, como ele gostava de dizer, conhecesse tudo sobre minha vida que pudesse me afetar no futuro.

— Como vocês foram descobertos neste esconderijo?

— Fomos denunciados, não sabemos por quem.

— Recentemente assisti um documentário que reunia vários sobreviventes do holocausto. Muitos tinham se escondido com suas famílias, alguns sobreviveram por anos em porões escapando dos campos de extermínio.

Quando Malik falou campos de extermínio senti uma flechada no peito. Eu não queria ouvir aquelas palavras, não ali na Praça Merry.

— E houve quem morreu nos esconderijos não pelos agentes da SS, mas pela fome.

— É verdade. E alguns, aqui em Amsterdã, eram jogados canal abaixo pelas pessoas que os escondiam. Elas não sabiam o que fazer com os corpos. Podiam ser mortas, mesmo não sendo judias, por terem nos ajudado.

— Miep também ajudou vocês, como ajudou a família de Anne Frank? – Malik sabia que éramos amigas, e vez por outra trocava palavras com ela por telefone.

— Sim.

— Eu li que ela e o marido se arriscaram por vários judeus, com cupons de racionamento.

— É verdade, por dezenas.

— Sempre pensei que vocês tivessem se conhecido por questões editoriais, ou por conta do Diário ou por conta do próprio livro que Miep escreveu.

Malik era apaixonado pelo Diário de Anne Frank. Acreditem, isso não partiu de mim. Foi no colégio, no quinto ano, ele e seus colegas de sala foram apresentados ao diário. Por décadas foi uma obra exigida no currículo escolar ao redor do mundo.

— Aliás, por que nós jamais publicamos o Diário de Anne Frank? Nunca entendi seu desinteresse. Agora que estamos aqui, podíamos aproveitar para conversar com o Museu Anne Frank, quem sabe conseguimos comprar os direitos e fazer uma linda edição? – de repente ele ficou afoito. – Lembro-me daquele trabalho de escola que você me ajudou a fazer. Eu sabia coisas sobre Anne Frank e sua família, que nem mesmo meu professor conhecia. Agora, entendo... É por que você a conheceu?

— Muito.

— Entendo... Por isso deve ser difícil publicar o Diário. Você não quer usar essa relação entre vocês duas para se aproveitar financeiramente.

— Também.

Ele fez uma pausa. O assunto do Diário tinha trazido um brilho para ele, que era (para o meu azar), um fã de Anne Frank.

— Não sei como nunca me dei conta de combinar a sua história com a dela, afinal, vocês eram judias, tinham a mesma idade e moravam na mesma cidade... – maneou a cabeça como quem se dá conta do que sempre esteve diante de si.

— Às vezes, até a luz do sol nos é imperceptível.

Malik assentiu com um sorriso e fixou os olhos na janela de nosso antigo apartamento. O vento ficou mais forte e varreu algumas folhas secas formando uma caravana vegetal diante de nós.

— Se Anne Frank soubesse quanto me ajudou...

— É? Como?

— Ora, Margot. Embora eu ame os meus pais, e você, nunca foi fácil entender a minha célula familiar. Fui criado por dois homens, um branco e outro negro, que eram na verdade um casal em plena Grã-Bretanha.

— É, não deve ter sido fácil...— eu disse apertando sua mão que estava protegida como a minha por luvas de lã.

— Anne Frank foi minha amiga. As páginas de seu diário me diziam que ser um adolescente não era fácil em nenhuma parte do mundo, menos ainda em meio a guerra. Ela me ensinou a não me culpar, quando tive raiva de amar meus pais apesar de desejar que eles não fossem gays e nem casados.

Meus olhos estavam naufragados. Embora Malik não tenha notado, pois continuava com os olhos pregados na janela do apartamento.

— Hoje, sei que eles foram as pessoas mais amorosas e decentes que Deus podia me dar. Deus, você e Jack... Não é?

— Sim...— respondi emocionada.

Então ele continuou.

— Enquanto eu lia o Diário fui me tornando menos egoísta... Fui pensando nas coisas que eu tinha e ela não.

Minhas mãos estavam trêmulas. A emoção nas lembranças de Malik se misturavam às minhas lembranças do Anexo, ao cheiro de meu Diário, às vozes da Família Van Pels, ao mau humor do sr. Pfeffer e aos silêncios falados de Margot.

— Desculpe, acho que nossa conversa pode emocioná-la demais. – disse ele limpando minhas lágrimas.

— Emoções belas nos rejuvenescem.

Malik sorriu. Após alguns minutos me perguntou:

— Quando vocês foram para o esconderijo, do que é que você mais sentia falta?

Respirei fundo. Queria ser o mais honesta possível, até agora tinha respondido apenas verdades. Mas esta resposta, por ser ele um grande conhecedor do Diário de Anne Frank, revelaria tudo. Olhei para ele com ternura, já me desculpando por revelar-lhe minha história após tanto tempo. Enquanto isso ele aguardava minha resposta. Malik queria saber o que eu, quando menina e escondida dos nazistas, mais sentia falta. Então eu disse:

— De Moortje, minha gatinha.

Naquele instante, Malik olhou pela primeira vez nos olhos que conheceu em 1970, com o nome de Margot Snyder. Vasculhou minhas linhas de expressão com uma lupa imaginária, e mergulhou em meus vincos e rugas como quem desce pelas frestas do Grand Canyon. Eu tinha oitenta e um anos, cabelos totalmente brancos e longos, pois estava com saudades de vê-los assim. A partir dos setenta fui querendo resgatar os gostos da Anne do Liceu. A ponta de meu nariz, infelizmente, crescia para baixo e os lóbulos das orelhas pesavam injustamente como pêndulos gordos. A velhice é uma coisinha malvada. Mas talvez tenha sido nos meus olhos, que agora eram assumidamente os olhos de Anne Frank, que Malik tenha encontrado a tão conhecida curiosidade da menina judia mais famosa do mundo. Ela morava dentro de mim e acenava para ele.

— Você...você é...

— Sempre. E tenho muito mais para lhe contar.

Nós ficamos mais três dias em Amsterdã. Malik quis conhecer a livraria onde Pim comprou meu Diário, que ficava na esquina da Praça Merry. Quis conhecer a escola Montessori, que agora tinha o nome de Escola Anne Frank, o Liceu, a sorveteria onde eu e minhas amigas nos encontrávamos, embora em seu lugar houvesse uma loja de revelação de fotos. Em um dado momento, Malik me perguntou se eu havia amado Peter, pois essa foi uma de suas dúvidas sobre meus sentimentos, e da forma como os expressei no Diário. Eu lhe disse que Peter foi um anjo que Deus colocou em nossas vidas, e que finalmente, quando tudo acabou compreendi os motivos de meu pai ao convidar os Van Pels, no lugar dos Goslar que nos eram tão queridos. Por conta da gravidez da senhora Goslar, a mãe de Hanneli e da pequena Gabi, isso se tornaria um grande problema para nós como clandestinos. Um bebê não entende que não pode chorar porque estamos sendo caçados em uma guerra. Ele simplesmente chora. Então, Pim chamou os Van Pels, que tinham apenas um filho, adolescente como Margot, e que também poderia me fazer companhia, como fez. Saber que Peter esteve com Pim por quase todo o tempo em Auschwitz, foi também para mim a certeza de que nós já éramos como uma verdadeira família, eu disse a Malik. Pim me contou em um de nossos encontros mais emotivos, que em Auschwitz, Peter dividia toda a sua comida com ele, e que agiu como um filho. Infelizmente, pouco tempo antes de o Exército Vermelho ter libertado o campo, Peter foi levado em uma marcha até *Aussenlager* Melk que o fez sucumbir em uma mina de trabalhos forçados, aos dezoito anos.

    Não me recordo se foi desta vez, em que passou dias me fazendo uma série de perguntas, ou se quando já estávamos em Londres, Malik quis saber qual – de todas as homenagens que recebi na vida – mais me emocionou. Respondi sem pestanejar: A Castanheira.

    — Não se lembra? – eu disse a ele. – A castanheira a qual me reporto várias vezes no diário, por onde eu via as mudanças da estação, na janela da água-furtada.

    Malik, como que se lembrando do óbvio, assentiu. Sim, ele se lembrava dela.

Ela foi para mim uma ampulheta, concedendo-me generosamente a passagem do tempo. Muitas vezes acreditei que sua maneira de viver, alheia às maldades dos homens, eram sinais de Deus dizendo que tudo se transforma e que há beleza nas transformações. Contei a ele que em todos esses anos, de todas as homenagens que a família Frank recebeu em virtude do meu diário, um fato que me marcou profundamente: foi o de ela ser chamada de "A árvore de Anne Frank". Devo confessar que de todas as láureas, esta é a única da qual sinto-me devedora. Se vocês ainda não alcançaram este status, leitores, eu os convido a persegui-lo. Esqueçam os bancos de praças, estátuas de bronze, e por Deus...Esqueçam os jazidos pomposos. Ter uma árvore em todo o mundo, reconhecidamente como sua, não tem preço. O mais bonito nisto tudo, é que nós já éramos uma da outra, mas as pessoas tocadas pelo amor que se fundiu em nós, tiveram o cuidado de chancelar esse amor, por conta delas mesmas e de suas capacidades em notar o que de fato nos é caro. Meus leitores, não só os holandeses, mobilizaram-se em uma missão para salvá-la de um destino cruel: o de ser demolida por conta de pragas e fungos. O governo holandês sensibilizou-se através de vários pedidos, praticamente uma causa mundial, o que fez com que ela recebesse uma estrutura de ferro para sustentá-la pois, o maior risco era de cair sobre a casa do vizinho, ou sobre o Museu.

Quando estive em Amsterdá com Malik, ela ainda estava de pé e pude abraçá-la quando não havia mais ninguém nos arredores do museu. Malik me fotografou neste momento. Infelizmente, em agosto de 2010, após um forte temporal, minha castanheira sucumbiu. Acredito que tenha recebido algum tratamento especial. É possível que mais pessoas como eu, tenham querido uma lembrança dela, julgando, com isso, estarem carregando uma lembrança minha.

Em verdade vos digo – como dizia ELE -, cada ser humano merecia ter uma árvore para si. Não carros, nem aviões, mansões, anéis de brilhante. Apenas uma bela árvore como a minha Castanheira.

*Interlúdio

(a palavra interlúdio era usada antigamente, nos cinemas. Para nos dar a chance de irmos à toalete, ou beber algo, quando o filme era longo. Como vocês podem desconhecê-la, e por eu gostar dela, resolvi dar essa pausa usando a palavra. Afinal, depois do capítulo anterior acho que precisamos de um copinho de água, não?).

CAPÍTULO 61

"Há uma quantidade determinada de coisas que todos deveríamos saber em cada idade e cada estágio de nossas vidas".

Clarissa Pinkola Estés,
Mulheres que correm com Lobos

Meus queridos leitores,
(já notaram que quando começo o capítulo assim é porque pretendo falar mais a sério?)
Entramos na "última" parte da minha vida.

Não estou registrando aqueles tempos a mim tão preciosos apesar das saudades. Falo agora a partir do ano de 2019 e 2020. Momento em que decidi abrir esta caixa de Pandora. Por isso peço que tenham paciência, pois, se estiveram comigo até agora e não são tão ruins em matemática, sabem que cheguei aos noventa anos.

Apesar de apreciar os tons mais otimistas (para o bem de minha conexão com os mais jovens), haverá momentos em que não poderei omitir as verdades por trás da velhice.

Não sei se para combatê-la, mas nos últimos anos tenho consumido muito do que foi criado para o público infanto-juvenil; Nárnia é um dos meus refúgios. Em noites de insônia, recorro às conversas do Senhor Tumnus e Lúcia Pevensie ao pé da lareira, muitas vezes desejando tomar um pouco daquele chá que revela danças de salamandras. É meu dever, no entanto, dizer-lhes que embora nosso corpo físico combata a velhice mal e porcamente, o espírito se fortalece com ela. Neste aspecto é ótimo envelhecer. Nos tornamos mais previdentes e menos belicosos. Há exceções, claro, muita gente na minha idade se prevalece das rugas para chantagear o mundo, culpar a Deus ou o destino por "um triste fim". Mas estes, com todo o respeito, são os menos inteligentes. Nosso tempo é curto. Desde o dia em que nascemos, por isso, desperdiçá-lo culpando o universo por não realizar nossos desejos, é um desperdício cósmico.

Como escrevi em algum momento deste livro, Deus é perfeito e a nossa imperfeição consiste em não o compreender. Querem uma dica? Procurem os seus sinais na natureza, e nunca, nunca subestimem a aproximação de um pássaro, seu canto ou a conversa de um com outro sobre as copas das árvores. Quando você estiver por perto, abaixo dessas árvores ou em bancos de praças preste atenção nessas delicadas conversas de passarinhos; são na verdade conversas de anjos que muitas vezes, intercedem por nós. Bem como, não julguem o ritmo apressado de um rio, ou um córrego impotente, cada qual abriga seus microrganismos da maneira que pode. Vocês também carregarão suas bagagens da maneira que podem. E então, chegarão à minha idade contabilizando as vezes em que se deixaram levar pelas aparências, olhando para os velhos ignorando que já foram jovens. Ou, quem sabe, ouvindo que os tempos bons já se foram. Pois eu lhes digo: os tempos melhores são meras ilusões para convencer os homens de agora de que podem esmorecer na tarefa de serem eles mesmos, seres melhores. Não confiem nessas conversas fiadas. Os tempos bons estão dentro de nós, são como conchinhas que coletamos a beira do mar. E todas as gerações os tiveram. Lembrem-se que, em sua infinita sabedoria Deus observa a tolice de seus filhos como um bom fruto. As tolices humanas levaram alguns homens a grandes feitos. Alguns homens, atravessaram mares e desertos por serem considerados tolos e ignoraram os perigos destas travessias. A tolice, muitas vezes, é a semente do destemor. Por isso, não se obrigue a ser um sabichão.

Aquele que desconhece o impossível não o teme. Por não temê-lo, o conquista.

E por falar em impossível, deixo-lhes uma dica de algo que aprendi ao longo desta minha vida: soterrem o mal. Como? Falando insistentemente no Bem, nas suas práticas, nos seus benefícios. Ajam a favor do Bem e do que é correto. A tentação de jogar luz sobre a maldade será grande, nos momentos em que se sentirem revoltados com as injustiças do mundo. Neste caso sugiro que as denunciem e, se estiver ao alcance de vocês, ponham a mão na massa e façam o que puderem para derrotar a injustiça. Em seguida, retornem para a filosofia do Bem. Sejam chatos. Habituem-se às palavras suaves, aos gestos comedidos, ao exercício de ouvir mais do que falar (como isso é difícil!).

É isso.

Espero não estar parecida com o rabino Staremberg, isso me pareceu um sermão. ☺

P.S: Esse emoticon é para vocês saberem que apesar de estar com noventa anos, não parei no tempo.

CAPÍTULO 62

Londres, Nothing Hill

"Coisas transformam-se em mim"

Ouço essas palavras cantadas em um tom baixo vindo do corredor, é Annie chegando para me fazer companhia. Acreditem, minha cuidadora tem um nome parecido com o meu, se não fosse pelo i. Não entendo nada de português, sua língua natal, mas gosto da sonoridade e já aprendi a diferenciar o idioma português do Brasil do de Portugal, o primeiro é mais suave como uma chuva fina típica de Londres; enquanto o português de Portugal me soa como uma forte trovoada. Seu nome não é nada brasileiro, pois o pai era americano.

Minha "enfermeira" (já explico o porquê das aspas) brasileira, veio para a Inglaterra há dez anos e não há meios de se acostumar com o frio dos ingleses. Lembro-me de sua entrevista com Malik. Ela era a única na sala com um livro em mãos, enquanto o resto das candidatas não tirava os olhos dos celulares. Seu currículo não tinha nada de atrativo; não era uma enfermeira formada, não tinha uma carta de recomendação, falava inglês para se virar. Mas duas coisas me fizeram escolhê-la: o fato de ter cedido seu lenço para a pessoa ao seu lado, que fungava a todo instante, e às vezes em que sublinhava determinadas partes do livro. Comecei a imaginar quais eram as partes, e o porquê de ter feito isso. Eu tinha sofrido aquele AVC e não havia meios de convencer Malik que poderia viver só. Queria continuar fazendo as coisas de sempre, como por exemplo; ir para a Editora todos os dias. Do meu quarto eu observava as aspirantes a cuidadora de Margot Snyder, por uma câmera que Malik colocou conectada à sala. Ele disse que não confiava em ninguém e que, mesmo após encontrarmos alguém de confiança, deixaria a câmera conectada ao seu celular. Achei um exagero e disse-lhe que eu não me submeteria ao Big Olho, como dizia George Orwell. Na verdade, eu tinha medo de assumir que a ideia de ter alguém comigo constantemente não era tão ruim. Estava me sentindo só e por isso renunciaria a minha privacidade

— Senhor, sou uma pessoa maleável quanto aos horários e posso até fazer horas extras, só não deixe faltar calefação na casa, eu não suporto passar frio. – respondeu Annie ao saber que preencheria a vaga.

Achei graça. Como alguém que sofre tanto com o frio pôde escolher a Inglaterra para viver? É que nem sempre se trata de escolhas...

Acionei o sininho que Malik trouxera de casa; uma antiga relíquia de George. Quando ele vinha me visitar e eu pedia ao meu cozinheiro alguma coisa, ele dizia:

— Acione o sininho, Vitória. – aludindo-me à Rainha.

Por isso o acionei, para chamar Malik ao meu quarto.

— Está vendo aquela ali, com o livro?

— Estou.— ele disse procurando pelo currículo dela em suas mãos.

— Dispense as outras. Quero falar com ela.

— Mas por que não entrevistamos todas. Você pode se surpreender, nem sempre as aparências...

O interrompi.

— Malik, sou eu quem vou conviver com ela e não você. Não quero conversar com ninguém que se pareça com Frauline Helga.

Ele saiu maneando a cabeça, mas sorria com o meu jeito. Depois de conversar com a candidata, e saber que se chamava Annie Edith, não tive dúvidas que era a pessoa certa. Como alguém com o nome de minha mãe não poderia me fazer bem? E Annie, é quase Anne. Bati o martelo e cá estamos nós, após todos esses anos nos dando muito bem.

— Bom dia, Margot... – disse-me ela com seu sotaque peculiar.

— Bom dia, minha querida. Como passou a noite?

— Muito bem, já que não choveu para piorar meu reumatismo.

Às vezes eu sentia que no auge de meus 90 anos, era eu quem deveria cuidar daquela mulher de 60, bela apesar das dificuldades que havia sofrido. Annie era como uma mulher da alta sociedade que embora perca as suas posses, jamais perderá sua classe. Conheci muitas em Bergen-Belsen. Decidi, para facilitar certas formalidades, atribuir-lhe o título de enfermeira. Por exemplo, quando íamos a alguma solenidade. Achei que se a concedesse esse título daria a ela autoridade para afastar certos indivíduos de mim. E Anne, com muita perspicácia e desenvoltura, captava no ar esse meu desejo. Nós havíamos criado alguns códigos instintivamente, quando eu tombava a cabeça de lado concedendo-lhe a deixa para me tirar de circulação. Geralmente eu ia de cadeira de rodas em solenidades – como na Câmara de Letras e Livros. Soava-me como uma garantia a ser renovada periodicamente. Parecia que a mídia precisava se certificar de que Margot Snyder, estava viva. A lenda editorial, a mulher por trás de grandes autores, a tigresa do mercado literário. Essas foram algumas das nomenclaturas que me dedicaram nos últimos anos. Eu me lembrava de quando tais elogios tinham importância para mim, como na primeira vez em que li algo parecido em uma matéria de capa da Revista Times. Fiquei com a revista repousando em minha cabeceira durante um ano. Depois a guardei e nem sei onde ela estaria aqui no meu mausoléu. Annie não gosta de quando chamo minha casa de mausoléu, mas afinal, que nome seria mais apropriado?

Ela sempre me faz ver o lado bom de estar viva, e por ser espiritualizada traz um pouco de sentido filosófico para este momento em que me pergunto o porquê de Ele me manter presa à Terra.

Enquanto pendura sua capa e o chapéu, que lhe conferem um ar notadamente europeu, cantarola novamente a canção: *Coisas transformam-se em mim, é como chuva no mar... Há ondas a me atravessar...* Pergunto de quem é a canção, e do que fala. Ela sorri. Tira as luvas, pega o aparelho celular e digita rápido algumas palavras. Coloca em minhas mãos o telefone que mais parece uma TV. Naquele pequeno retângulo vejo duas mulheres cantando a linda canção e Annie vai traduzindo para o inglês, do jeito que pode, pois reconhece que como na literatura, as músicas também exigem cuidado na tradução. O sentimento em si, a coisa que me fez saber mais da canção, não requer tradução: está na voz das duas cantoras; uma brasileira e a outra portuguesa. Sinto-me imediatamente conectada à canção. E embora a letra traduzida remeta-me a algo familiar, é na melodia que me entrego. Admito que a música é uma das únicas coisas que consegue tocar minha alma como algo completamente novo. Traz-me frescor.

— Quem são? – pergunto sem tirar os olhos da tela que cabe em minhas mãos.

— Essa aqui é a Marisa Monte e a outra é a Carminho. – responde ela acompanhando a canção comigo até a última nota.

Olho para Annie e devolvo-lhe o aparelho com um sorriso curto.

— Muito boa, muito boa canção.

— Ah, Miss Snyder, Marisa Monte só faz música boa...

Estendo minhas mãos até a mesinha de três pés ao lado da janela, onde Annie costuma me encontrar todas as manhãs. Não só ali, mas em vários pontos da casa, peço que espalhem bloquinhos de papel e lápis apontados à precisão cirúrgica (um dos costumes que marcaram minha vida), é para o caso de registrar frases que ainda me veem ou simplesmente algo que preciso fazer e não posso esquecer. Foi meu médico, um neurologista francês, quem sugeriu este hábito. Disse-me assim que me julgou apta para uma vida "relativamente" independente:

— Miss Snyder, um AVC é sempre um dano cerebral. Sua recuperação é um milagre para a medicina, a julgar por sua idade – eu tinha 77 anos quando fui encontrada inconsciente no mercadinho próximo à minha casa.

"Tenha sempre papel e lápis por perto, para o caso de registrar qualquer coisa que queira fazer. Em 5 minutos um cérebro danificado pode apagar o mais robusto pensamento".

Com aquelas palavras, o neurologista havia sinalizado o que até uma criança entenderia: sua memória é um artigo de luxo. Meu consolo? Quantos velhinhos, ainda que não tenham sofrido um AVC, possuem uma boa memória? Ora essa... Eu estava muito bem, sim senhor!

Anotei em meu bloquinho: Marisa Monte.

— Margot, você não precisa anotar. É só pedir e coloco uma sequência de vídeos para você assistir.

— Ah é? E quando você não estiver aqui? Vou pedir a quem? Com essa minha memória de geleia.

Annie sorriu expondo seus dentes compridos e alinhados. Era uma companhia agradável, e dificilmente discordava de mim, o que fazia com que nos déssemos muito bem. Depois de seis meses cumprido o combinado com Malik (de dormir em minha casa), e certificando-se de que eu estava bem, Annie passou a dormir em sua casa, todas as noites; desta vez cumprido o combinado comigo e não com o meu filho. Eu sabia de toda a sua vida; que viera para a Inglaterra ajudar a filha mais nova, uma moça que tinha duas filhas pequenas; sendo uma com necessidades especiais, a pequena Alice, e a outra, loirinha como um raio de Sol, se chamava Aurora. Para que a filha pudesse trabalhar à noite, e ganhar um pouco mais no restaurante de um luxuoso hotel, Annie tomava conta das crianças. Ao saber disso, me sentia melhor quando ela partia no fim do dia para cuidar das netas, do que quando ficava junto de uma velha. No início Anne não achou certo enganar o Mr. Lewis — era assim que ela chamava Malik -, negando-se a me obedecer. Quando viu do que eu seria capaz para enxotá-la da minha casa, aceitou minha imposição.

— Deixe de ser boba, você dorme aqui todas as noites e nada demais me acontece. Já disse...Vá ficar com suas netas. Eu estou velha e só preciso do meu cobertor e minha cama. Além disso, não sou uma inválida.

Já fazia um tempo que ela saía às 20:00 e voltava no dia seguinte, às 9:00 da manhã. Como Malik nunca acordava antes das dez da manhã, Annie não correria o risco de ser descoberta. Além disso, ele não vinha todos os dias pois a Editora ocupava um grande espaço de sua vida.

Último Capítulo

*Tulipa Amarela.
Ou melhor... Estrelas Amarelas*

Tenho duas gatinhas siamesas, Moortje e Mouschi. Não preciso lhes explicar o porquê dos nomes, preciso? Elas apareceram inesperadamente em minha vida. E então começo a pensar nas coisas que foram nossas no início de nossa vida e regressam em outros corpos, embora provoquem em nós a mesma ternura. Elas estão ao meu lado, aqui no sofá, enquanto ouço as notícias no jornal.

Londres,
24 de março de 2020 (quarentena)
514 mortes na Espanha
320 na Inglaterra
Itália, meu Deus! Mais de mil mortos

Boris Johnson acaba de fazer um pronunciamento, um daqueles que nenhum Premier gostaria de fazer:

Fiquem em casa

Não se reúnam com mais de 2 pessoas

Saiam apenas para comprar o necessário.

A meu ver, pronunciamento tardio. No entanto, acredito que tais medidas não surtiriam efeito de qualquer forma, há uma semana. O ser humano é previsível, e não adianta contar com todos os meios de comunicação, redes sociais, jornais, canais de tv 24 horas, índices, tabelas, curvas acentuadas e achatadas da doença que começou na Ásia e se alastra pelo planeta.

Além disso, não se surpreendam se daqui a 70 anos alguns lunáticos surgirem com "provas" de que isso não existiu. Ou melhor, "não foi bem assim", "não foram tantas mortes nem tantos infectados", "se as grandes economias do mundo tivessem agido melhor", "A humanidade se desesperou"...

Acreditem, alguns de vocês viverão para ouvir isso.

Por enquanto, faço o que posso para acalmar Malik. Ele fala como os economistas da BBC.

— O que vamos fazer Margot? Ninguém terá tempo para ler livros, ou dinheiro para comprá-los... E os nossos funcionários?

— Acalme-se, querido... Os livros resistirão como resistiram à Santa Inquisição, ao nazismo, às muitas ditaduras. Algumas pessoas os usam mais do que remédios.

— Margot, não é momento para humor.

— Não estou brincando, você como profissional do livro deveria saber disto. – disse com sinceridade.

— Neste momento estou mais para profissional dos números. – sua voz estava áspera e sem emoção.

— Estou vendo... – respondi. – Quantos funcionários estão em nossa folha de pagamento?

— Temos sessenta e três funcionários, vinte por cento ganham um pouco mais do que as duas mil e quinhentas libras do governo, mas isto não é o pior. Nosso galpão é alugado por doze mil, mais os custos da matéria prima que ainda não pagamos neste mês, tenho dez notas fiscais diante de mim, além de é claro; o déficit de três meses sem produção. Estamos com cinquenta caixas de Notre Dame, do Follett empilhadas lá embaixo e ninguém para abrir as portas das livrarias que as encomendaram.

Pensei nos best-sellers que nos salvavam sempre que as coisas ficavam difíceis no mercado editorial. Nós contratávamos os melhores capistas e designers gráficos e lançávamos uma linda e inédita edição com o selo da Amstel Booksellers. Eu pensava nas pequenas livrarias de Londres, já tão necessitadas de compradores, nos fins de semana quando Annie me levava para passear em Nothing Hill, eu via cada vez menos gente em seus interiores. Entristecia-me o fato de ver qualquer pessoa, independente da faixa etária, andando com a cara nos celulares, não estavam lendo. Óbvio! Estavam naquele maldito whatsapp. É claro que a FNAC e outros grandes lojistas sofreriam também, mas a questão é que os grandes empresários costumam ter tudo grande, inclusive a margem para empréstimos, o que nós sabíamos que aconteceria em pouco tempo.

Enfim, tinha pena dos livreiros e donos de livrarias, mas agora precisava pôr minha mente para funcionar e salvar a pele daqueles que dependiam de nós. Estava agradecida por ser consultada por Malik, por um tempo tive a impressão de que eu era apenas uma velhinha escrevendo memórias. Agora eu voltava a sentir o cheiro da Tigresa Literária. Este cheiro, infelizmente, misturava-se à pomada de cânfora que Annie passava em minhas articulações naquele exato momento.

— Malik, dê-me números!

— Para respirarmos por três meses, sem atrasar salários, aluguéis, fornecedores... – houve uma pausa e pude ouvir seus dedos batendo em uma calculadora. – De 150 a 200 mil libras.

— Hum... E quanto temos em caixa? – perguntei.

— Pouco... Cerca de 30 mil, porém...Ainda temos alguns valores para receber de acertos semestrais.

— Está bem. Ligue-me em 30 minutos.

— Margot...

Não respondi. Fui à luta.

Annie estava rosqueando a tampa da pomada silenciosamente pois, sabia que meu raciocínio estava a galope.

— Querida, por favor, ajude-me aqui. – fiz sinal para que ela trouxesse a cadeira de rodas até mim e logo ela estava pondo a minha almofadinha nas costas. – Você sabe onde está aquela agenda de couro vermelho?

Eu estava fuçando na gaveta do criado mudo quando minha cuidadora se dirigiu até a sala e voltou em poucos segundos com a agenda.

— Você a guarda na escrivaninha. – disse ela.

— Obrigada. O que seria de mim sem a sua memória?

Abri a agenda nas últimas folhas, enquanto outras páginas com nomes e endereços de pessoas queridas me traziam uma terrível nostalgia, porém, meu instinto profissional havia despertado e agora não era momento de devaneios. Vamos, vamos ver, falei comigo mesma enquanto abria na página reservada à letra B de Bancos.

— Pronto! Agora só preciso saber como acessar esta conta.

Havia duas senhas anotadas abaixo do Banco Credit Suisse e eu sequer me lembrava se já as tinha usado em algum momento da vida. Lembrava-me que em uma das viagens a NY, nos últimos cinco anos, uma correspondência urgente, cuja urgência já havia expirado, pedia-me para entrar em contato com a instituição financeira. Naquela época, foi Dolores, minha eficiente secretária quem me ajudou e sua letra estava delicadamente desenhada nas folhas de minha agenda. Aquela conta era a conta Anne Frank.

Em 1977, três anos antes de morrer, meu pai me pediu para aceitar parte dos recursos da venda do Diário, dizendo serem suas economias, nós tivemos uma longa conversa, e quando eu digo longa, acredite, estamos falando de muitas horas. Um dos motivos que me fez negar os valores, por muito tempo, foi o fato de – como já lhes disse – não concordar com coisas que eu mesma havia escrito. As coisas sobre mamãe principalmente. Outra questão era que, se algum dia suspeitassem de minha sobrevida, ninguém poderia me acusar de charlatanismo, falsidade ideológica, conivência com falso anúncio de morte...Sei lá mais o quê. Dois dias depois daquela conversa com Pim, eu estava assinando uma infinidade de papéis, provenientes de um banco suíço onde os astros do cinema costumavam manter contas astronômicas. Meu pai, devo admitir, tinha um poder inegável de usar as palavras certas no momento certo para alcançar seus fins.

— Anne você é responsável por tudo isso; pela Fundação, pelo Museu, pelos projetos de inclusão social...

— Eu não... – respondi com a força que pude.

— Por favor, não me interrompa. – disse ele com dureza.

Baixei a cabeça, ele ainda era meu pai.

— Miep, Eva e Fritzi ficarão responsáveis por diferentes tarefas. Elas estiveram ao nosso lado por todos esses anos.

Eu era uma mulher de 48 anos, no momento daquela conversa minha editora era uma das maiores da América, representada em grande parte da Europa, com distribuição inclusive para o México, Chile, Argentina e Brasil. Nós traduzíamos para mais de dez idiomas, além do inglês, os maiores best-sellers das duas últimas décadas e por incrível que pareça, jamais permiti a publicação de O Diário de Anne Frank. Acredito que a soma de todos esses fatores tenha me deixado mais confortável para aceitar aquele pedido.

— E além disso – completou meu pai com a firmeza das pessoas sob os signos de terra –, não se trata apenas de ganhar algo que é seu por direito, mas dar a isso a melhor destinação possível.

Otto Frank trouxe uma lista de projetos sociais cuja quantia a mim destinada poderia fazer muita diferença. O nome Cruz Vermelha me chamava a atenção.

— Está bem... – foi minha única frase sobre o seu pedido.

Agora eu estava de posse das senhas da conta suíça, cujo saldo eu não fazia a menor ideia de quanto seria. Aliás, sequer sabia como ou onde usá-las. Não podia pedir a Annie que me levasse as agências bancárias, Boris Johnson havia mandado fechá-las bem como o comércio em geral. Talvez pudesse ligar para o gerente... Não. Ele também devia estar na quarentena. Como sempre, foi Annie quem me esclareceu as coisas:

— Onde é que entra esta senha? – falei em voz alta.

— Precisa de ajuda, Margot?

Como eu havia imaginado, havia um jeito moderno para lidar com aquilo. Annie baixou o aplicativo do banco em meu aparelho celular cujas funções eu sequer conhecia direito, fez meu cadastro, criou uma nova senha e me disse que eles enviariam um e-mail para confirmar. Bem, e-mail eu tinha e usava bastante, era nele que eu salvava meus capítulos – como este aqui.

— Em quanto tempo? – perguntei ansiosa.

— Bem, não sei... Talvez em poucos minutos, ou horas. Temos de aguardar.

Com 91 anos ainda não aprendi a aguardar. Em termos de trabalho, quero tudo para agora.

— Você quer um chá? Ou prefere almoçar? – perguntou ela solícita, eram 11:50 da manhã.

— Não quero nada... Obrigada. – voltei para o assunto do banco – Será que conseguimos falar com alguém?

Annie me olhou ciente de que não teria sossego enquanto eu não resolvesse aquilo. Neste meio tempo meu celular tocou:

Era Malik.

— Ainda não...ligo de volta. – e desliguei.

Tamborilei os dedos nos braços da cadeira enquanto minha cuidadora dobrava o edredom sobre minha cama e me perguntou:

— Você não tem um cartão eletrônico, desta conta?

— Devo ter... – como eu poderia não saber destas coisas com precisão?

— Então se tiver é só ligar para o número que fica no verso do cartão. Eles sempre têm um 0800, mesmo com essa pandemia os bancos atendem para emergências, ainda mais.... – ela fez um movimento com o maxilar adiantado – esses daí.

Depois de alguns minutos e muitas solicitações de um atendente gentil com sotaque alemão, compreendi que devia estar falando com alguém da própria sede do banco, que era em Zurique, o que explicava o sotaque alemão do rapaz. A Suiça era dividida por cantões e cada um falava um idioma oficial, o de Zurique era o alemão. Seu nome era Christophen.

— Senhora Snyder, poderia confirmar sua data de nascimento?

— Sim. É 12 de Junho de 1929. – respondi imediatamente.

— Senhora... – antes que ele dissesse que estava errado, notei que havia fornecido a data de nascimento de Anne Frank e não de Margot Syder que era 18 de setembro de 1929 (o dia de aniversário da Greta Garbo).

— Oh, não. Desculpe Christophen, me confundi com a data de minha irmã. Sou uma senhora de 91 anos. – disse tentando consertar meu deslize. – Minha data de nascimento é 18 de setembro de 1929.

— Não há problemas, senhora. Mantenha-se em linha que transferirei para o setor responsável.

— Mais um setor? Só porque errei uma data? – disse meio sem paciência.

— Não senhora, não é porque errou a data é porque o seu tipo de conta é de investidor e eu só atendo as contas correntes comuns.

— Ah...sim... – investidor? pensei comigo...

— O próximo atendente esclarecerá qualquer dúvida para a senhora.

— Ok. Obrigada, Christophen. Pode me transferir.

Eu estava ansiosa para ver o quanto aquela conta poderia nos dar de fôlego para ultrapassar o período da quarentena, ao até quando pudéssemos retomar nossa vida. Finalmente alguém me atendeu, com uma voz madura. Depois de 5 minutos certificando-se de que eu era Margot Snyder, forneceu-me uma contrassenha no caso de eu perder a senha anterior. Não disse meu saldo, apenas que eu estaria apta para — através do próprio celular – acessar qualquer informação sobre os meus investimentos. Não perguntei nada sobre isso, poderia dar margem para pensarem que eu era uma impostora já que havia se passado um bom tempo desde minha última "aparição". Eu não entendia como eu podia ser uma investidora sem investir...

Annie me ajudou a fazer o acesso por celular.

— Pronto. Agora você aperta saldo e verá os valores de sua conta.

Meus óculos não estavam por perto, e então pedi que ela conferisse para mim.

— O que foi? Acha que seu não confiasse em você trabalharia para mim? Vamos, ajude-me antes que Malik me ligue novamente.

Com dois toques na tela Annie acessou o saldo e começou a contar algo em voz alta:

— 1, 2, 3, 4, 5...

— O que é que você está contando?

Então ela me olhou assustada:

— A quantidade de zeros.

Sorri contente e conforme a expressão incrédula de Annie se avolumava, mais eu achava graça.

— ... são 7 zeros, Margot – balbuciou ela.

— Que bom! – eu disse. – Um milhão de francos suíços...

— Margot... – interrompeu-me Annie – São sete zeros depois do número cinco.

Bati palmas. Nossa editora estava salva!

"Deus sabe tudo, mas Anne sabe muito mais"
Sra. Pick-Goslar

Após todos esses capítulos, estou aqui me perguntando... Vocês acham que eu banquei a sabichona, como dizia a sra. Goslar, mãe da minha melhor amiga? Ao me tornar Margot Snyder, fiz de tudo para afastar a Anne Frank presunçosa de minha vida, lembrar daquela versão me incomodava a tal ponto que decidi reler meu Diário apenas após a morte de meu pai, quando precisei revisitar minha antiga versão onde viviam Pim, mamãe e Margot, Peter e seus pais. Acredito que nos primeiros anos de esquecimento estive mais próxima da personalidade de Margot, será que inconscientemente procurei em sua figura um refúgio seguro, um modelo ideal? A resposta é sim! Claro. Quem mais do que a minha doce Margot seria um exemplo para Anne Frank viver longe de si mesma? Se as teses de Freud fossem assim, vamos dizer, incontestáveis, eu teria imitado Pim. Mas creio que sempre estive longe de alcançar a excelência deste modelo.

Acreditem, não raras vezes ri de mim mesma relendo o Diário. Também chorei, ao relembrar aquele rico convívio com os moradores do Anexo. Uma mistura de Dor e Glória, como diria Pedro Almodóvar. Voltar, voltar no tempo, não seria o mais rico dos poderes mortais? E ao voltar no tempo, eu não poderia ouvir nenhuma música de Andrew Lloyd, elas me esmagam por uma beleza profunda. Principalmente nas notas de I Dreamed a Dream, do musical Os Miseráveis. Esta canção traz a mim, todos os rostos de minha vida. E mais ainda, os de Bergen-Belsen.

Recorri às páginas de meu Diário, também, para me perdoar. Precisava entender o porquê de combater tão pesadamente a sra. Van Pels, a mim chamada por Petronella. Durante anos, esta foi uma tarefa muito difícil para mim. Admitir as coisas que escrevi sobre ela, *a madame*, principalmente após conhecer os detalhes de sua morte. Sabia o quão doloroso seria este processo. Justamente pelo fato de que, quando eu e Margot estávamos em Bergen-Belsen, portanto há alguns meses separadas de mamãe que ficara em Auschwitz, reencontramos a sra. Van Pels. Ela cuidou de nós como pôde e nos informou sobre a morte de mamãe. Isso nos devastou tão profundamente, que acredito ter sido a porta de entrada para dois corpos combalidos contraírem tifo logo depois. Pouco antes de nos encontrar em Bergen-Belsen, ambas estavam juntas, disse-nos ela. Mamãe morreu de exaustão, no entanto, hoje sei que morreu de tristeza. Pensava que estávamos mortas, pois assim que fomos transferidas para Belsen, ela sequer pôde se despedir de nós. Estava nos campos, cavando com aquelas malditas pás que em geral eram usadas por camponeses habilidosos no interior da Europa, e não por filhas de industriais alemãs. Mesmo assim, sei que teria sobrevivido ao saber que nós, ou Pim, ainda estávamos vivos.

Sobre como Deus nos ensina:

Penso no fato em que justamente a sra. Van Pels tenha sido uma de nossas últimas companhias. Aos 90 anos consigo entender o quê Ele queria de mim. Naquele momento, porém, só conseguia pensar em como era injusto não ter mamãe ou Pim, por perto, mas sim, Auguste Van Pels. Se você nunca leu meu diário, adianto-lhe o seguinte:

1 - Em meus registros você a identificará pelo codinome Petronella ou sra. Van Daan, embora seu verdadeiro nome fosse Auguste Van Pels.

2 - Não encontrará nada de bom sobre ela através daqueles relatos.

3 - Talvez, como muitos de meus leitores já disseram, você se pergunte por que meu pai achou por bem convidar os Van Pels para o nosso esconderijo, no lugar dos Goslar.

4 - Petronella, ou Sra. Van Daan, não era um problema de convívio só para mim, isso se estendia à maioria dos habitantes do Anexo.

Com relação a pergunta de número 3: Deus tinha tudo planejado.

Meu pai era um homem com intenções de salvar toda a humanidade. Por isso, sentiu-se na obrigação de levar ao menos mais uma família para o esconderijo. Além disso, havia Peter, o filho único dos Van Pels, alguém jovem para fazer companhia a mim e Margot.

Quanto à Sra. Van Pels (Petronella Van Daan) e seu papel em minha vida, tenho a seguinte teoria: Todas as vezes em que alguém absolutamente incompatível com você, nos sentidos mais amplos (moral, ético, intelectual, familiar), cruzar o seu caminho, procure entendê-lo. Não o julgue, não o magoe, e o mais difícil; tente perdoá-lo. O caminho estará não só para você, como para ele, no patamar de uma escola. Você terá de ser aprovado nesta missão para que Deus o liberte desta pessoa. Eu não havia sido aprovada, nem mesmo a senhora Van Pels quando após nosso convívio no Anexo, fomos capturadas pela SS. Passamos pelas mesmas prisões. Ela nos fez companhia em Westerbok, em Auschwitz-Birkenau, depois encontrou a mim e Margot em Bergen-Belsen e no fim de tudo, foi quem descobriu que minha melhor amiga, Hanneli Goslar, estava bem perto de nós, do outro lado da cerca elétrica. O que me causou tremenda felicidade em meio a todo aquele terror.

Por quê? Por que a Senhora Van Pels? De todas as pessoas no mundo, de todas as pessoas que nos haviam sido apresentadas durante os anos em que vivemos na Holanda, dos judeus da sinagoga, no nosso bairro, das escolas tanto as minhas – Montessori, Liceu — como a escola de Margot, a Jeker School? De tantos amigos que fizemos... Por que ela?

Hoje sei que a pobrezinha foi levada de Bergen-Belsen para Raguhn, em Buchenwald, e depois para Theresientadt. E, embora tenhamos detalhes de como se deu sua morte, por total fraqueza de espírito, não aguento lhes dizer. A mim é muito doloroso. Desculpem. A resposta que tenho após tudo que vivemos é: Deus estava me ensinando que somos irmãos. Não importava que Auguste Van Pels fosse uma mulher madura, que não fizéssemos parte da mesma família, que não dividíssemos o mesmo DNA. No fim de nossas vidas, no pior momento de nossas vidas, era ela quem estava conosco e quando nos encontrou em Bergen-Belsen, parecia que tinha encontrado suas próprias filhas

Eis a lição.

É breve meu tempo por aqui, sinto isto com muita naturalidade. E talvez meu conformismo advenha de uma perene sensação de dever cumprido. Não no todo. É difícil partir com a certeza de ter feito seus deveres de casa. É preciso uma consciência realista e humilde para fazermos o inventário de nossos atos, isentos de justificativas ou autocomiseração. Erros são erros, não são deslizes, vacilos, equívocos, gafes, indelicadezas. São erros. Entenda quem você era no momento do erro, analise-se o mais imparcialmente possível, coloque outro em seu lugar no momento do erro. Agora, pergunte-se se faria isso novamente. Se a resposta for não, perdoe-se. Você não pode mudar o passado. Se a resposta for sim, faria novamente, então isso não foi um erro foi o que, na opinião dos outros, deveria ter sido diferente. O conceito de erro deriva de o quanto somos capazes de abrir mão dele. Se com o erro cometido fomos felizes, então pare de chamá-lo de erro e deixe isso a cargo dos outros.

E sabem o que me deu coragem para colocar isto aqui?
Yellow, a canção do Coldplay. Adoro esses meninos!

Yellow – amarelo. A cor de nossas estrelas, as que nos mandaram bordar em nossos casacos e prender em nossas roupas para que fôssemos identificados como judeus. Assim que ouvi esta canção não pensei em outra coisa, e em como um momento tão marcante de nossas vidas, pode, num futuro distante, nos relacionar com coisas belíssimas como esta canção da minha banda britânica preferida. Ah... Esse Yellow é para nós, que acreditamos nas estrelas!

Look at the stars
(as estrelas que tivemos de carregar)

Look how they shine for you
(somos nós, judeus, brilhando no céu)

And everything you do
(vivendo para além da vida)

Yeah they were all yellow
(sim, sobrevivemos como estrelas amarelas)

E aqui me despeço por hoje... arrastando meus chinelos felpudos em direção ao meu quarto. É verão aqui em Londres, mas os velhos estão sempre com frio nos pés e eu não seria diferente. Vou cantarolando Yellow pelo corredor comprido de meu apartamento. Annie – minha acompanhante — acha graça, ela gosta de me ver conectada às coisas da nova geração.

Carta ao leitor e Agradecimentos:

Queridos leitores,

Quando imaginei esta vida para Anne Frank, o fiz ciente de que enfrentaria (entre outros desafios), dois tipos de leitores: os apaixonados pelo Diário de Anne, que são milhares ao redor do mundo, e os que — embora não o tenham lido — sabem quem foi Anne Frank: uma das seis milhões de vidas tiradas pelo Holocausto.

Neste processo, pesquisei tudo que pude a respeito da família de Anne e é claro; reli seu diário. Aconselho que o leiam a cada cinco anos, no mínimo, para junto com Anne notarem como é possível experimentarmos o mesmo texto com olhares completamente novos. Essa mudança, inevitável, foi o que desejei não só para ela como para todas as vítimas do Holocausto. Por outro lado, tomei o cuidado de não o transformar em um romance sobre os horrores da Segunda Guerra – uma tarefa de muita responsabilidade. Falar através da voz de Anne, foi o condão que encontrei para homenagear os sobreviventes. Por isso, neste romance, ela tem tantos amigos sobreviventes ao seu redor. A vida não foi fácil para eles, apesar de terem resistido.

Aproveito a oportunidade para me desculpar por algum deslize a respeito do judaísmo. Muitas vezes tive vontade de escrever essas páginas no interior silencioso de alguma sinagoga, fazer perguntas para rabinos, trocar experiências com judeus. Fiz isso por outros meios. E com muita reverencia e respeito.

Sobre a Simon & Schuster e a maioria das editoras citadas, elas já existiam à época e foram responsáveis por uma jornada editorial admirável. Richard Simon era mesmo o pai da cantora Carly Simon, e esta foi uma grata surpresa para mim enquanto construía a jornada de Anne.

Por fim, agradeço o apoio e a compreensão de meus amados, Jonas e Gustavo, meu filho e marido, sempre dispostos a me ouvir e trocar experiências sobre meus personagens.

Agradeço a meu editor, Fernando Sarvier, por receber este trabalho com confiança ímpar.

Sara Vertuan, minha querida diagramadora, que trouxe seu talento para a capa e o miolo desta obra, com empenho e delicadeza, muito obrigada!

Carinhosamente,
Gabriela Maya